다자이 오사무 선집

다자이 오사무 지음 | 김유동 옮김

서커스

차례

다자이 오사무 선집

일러두기

1. 사이시옷은 발음과 표기법이 관용적으로 굳어져 있는 경우를 제외하고는 가급적 사용을 지양했다.

2. 일본어 'ち'와 'つ'는 철자의 위치에 상관없이 '치'와 '츠'로 표기했다.

3. 일본 인명의 경우 성 다음의 이름이 파열음 ㅋ, ㅌ, ㅍ으로 시작될 경우 그대로 표기했다. 단 성의 경우는 ㄱ, ㄷ, ㅂ으로 표기했다.

4. 고유명사 표기는 음독의 경우 관용적으로 굳어진 경우를 제외하고는 일본어 한자음을 사용하지 않고 가급적 우리 한자음대로 적었다.

5. 거리, 무게, 시간 등의 옛날식 단위는 현대식 단위로 환산해 표기하기도 했다.

6. 작품의 이해를 돕기 위해 옮긴이가 각주를 달았다.

등롱 灯籠

　말을 하면 할수록, 사람들은 나를 믿어주지 않습니다. 만나는 사람들 모두가 나를 경계합니다. 그저, 그리운 마음에 얼굴을 보고 싶어 찾아가보아도, 무엇 하러 왔느냐는 눈빛으로 나를 맞아줍니다. 참을 수 없는 심정입니다.

　이제는, 아무 데도 가고 싶지 않아졌습니다. 바로 지척에 있는 목욕탕에 가는 것도, 반드시 해넘이를 기다렸다 갑니다. 누구한테도 얼굴을 보여주기 싫어서입니다. 한여름이면, 그럼에도, 저녁의 어스름 속으로 나의 무명옷이 희읍스름하게 떠올라 보이는 것이, 엄청 뚜렷할 것처럼 여겨져, 죽을 정도로 당혹스러웠습니다. 어제지요, 어제, 부쩍 시원해지면서, 슬슬 소모사 梳毛絲의 계절이 되었으므로, 당장에 검은색 홑옷으로 바꿔 입을 생각입니다. 이런 옷을 입은 채로, 겨울도 지내고, 봄도 지내고 또다시 여름이 와서, 다시금 흰 바탕의 무명옷을 입고 돌아다녀야 한다면, 그건 너무한 일이지요. 하다못해 내년 여름까지는 이 나팔꽃 무늬의 무명옷을 당당하게 입고 다닐 수 있는 신분이 되고 싶다, 부처님 젯날의 인파 속을 옅은 화장을 하고 걷고 싶다, 그랬을 때의 기쁨을 생각해보면, 벌써부터 가슴이 두근거립니다.

도둑질을 했습니다. 그것은 틀림없습니다. 좋은 일을 했다고는 생각하지 않습니다. 하지만, —아니죠, 처음부터 말씀드리겠습니다. 나는 하느님을 향해 말씀드리는 겁니다. 나는, 사람을 신뢰하지 않습니다. 내 말을 믿을 수 있는 사람은, 믿어주십시오.

나는, 가난한 게다 가게의 외동딸입니다. 간밤에, 부엌에 앉아서 파를 다듬고 있었는데, 집 뒤 벌판에서, 누나! 하고 울면서 부르는 아이의 목소리가 애달프게 들려와서, 나는 문득 손을 멈추고 생각했습니다. 나한테도 저처럼 따르고, 울면서 불러주는 동생들이 있었더라면, 이처럼 쓸쓸한 처지가 되지 않았을지도 몰라, 생각하면서, 파 냄새로 아려진 눈에 뜨거운 눈물이 솟아나, 손등으로 눈물을 훔쳤더니, 한층 더 파 냄새에 자극되어, 자꾸만 줄줄 눈물이 흘러나와, 어찌해야 할지 모르게 되고 말았습니다.

저 망나니 계집애가, 마침내 사내랑 놀아나기 시작했군, 하고 미장원께로부터 소문이 나기 시작한 것은, 올해 벚나무 잎이 파랗게 피어날 무렵으로, 패랭이꽃이랑, 부용꽃이 부처님 젯날 야시장에 나오기 시작했는데, 그 무렵은 참으로 즐거웠습니다. 미즈노 씨는, 해가 넘어가면, 나를 데리러 와주었고, 나는, 해가 지기도 전부터, 벌써 제대로 옷을 갈아입고, 화장도 끝마치고, 몇 번씩이나, 몇 번씩이나, 집 문턱을 나왔다 들어갔다 했던 것입니다. 동네 사람들은 그런 내 모습을 발견하고, 저것 봐, 게다집 사키코가 바람나기 시작했어라는 둥 손가락질을 하고 속삭거리며 웃었다는데, 나중에는 나도 이를 알게 되었습니다. 부모님도, 어렴풋이 짐작은 하고 계셨겠지만, 그래도 아무 말씀을 하지 않으셨습니다.

나는 올해 24세가 되었습니다만 시집도 가지 못하고 있는데, 신랑을 맞이하지 못하고 있는 것은, 우리 집이 가난하기 때문입니다. 그러나, 어머니만 해도, 이 마을에서 알아주는 지주님의 첩이었다가, 아버지와 눈이 맞아서, 지주님의 은혜를 저버리고 아버지 집으로 들어왔고, 오래지 않아 나를 낳았으며, 내 생김새가, 지주님하고도, 또한 나의 아버지하고도 닮지 않았다면서, 더욱더 고립되고, 한때는 거의 범법자 취급을 받고 있었던 모양인데, 그런 가정의 딸이었던 만큼 외로운 집안인 것도 당연한 일이었겠지요. 하긴, 이런 생김새 가지고는 돈 많은 화족들의 집안에 태어났더라도, 역시 외로울 팔자였을지도 모릅니다. 하지만, 나는 아버지를 원망하지 않습니다. 어머니도 원망하지 않습니다. 나는 아버지의 실질적인 딸입니다. 누가 무어라고 하든, 나는 그것을 믿고 있습니다. 아버지도 어머니도 나를 매우 소중히 대해주었습니다. 나 역시 부모님을 공경합니다. 아버지도 어머니도 약한 사람입니다. 친자식인 나한테까지도 눈치를 보십니다. 약하고 쭈뼛거리는 사람을, 모두 따뜻하게 보살펴주어야 한다고 생각합니다. 나는 부모님을 위해서는 어떤 외로운 일도 참고 견디어내야겠다고 생각하고 있었습니다. 하지만, 미즈노 씨와 알고 지내게 되면서부터는, 역시 효도에 좀 소홀해지게 되었습니다.

말씀드리기도 부끄러운 일입니다. 미즈노 씨는, 나보다 다섯 살이나 연하인 상업학교 학생입니다. 하지만, 용서해주십시오. 나에게는 별도리가 없었던 것입니다. 미즈노 씨하고는 올봄, 내가 왼쪽 눈에 탈이 나서, 근처 안과에 갔다가, 그 병원 대기실에서 알게 되었습니다. 나는 한눈에 사람을 좋아하게 되는 성품의 여자입니다. 역시 나처럼 왼쪽 눈에 흰 안대를 하고, 불쾌한 듯이 눈썹을 찡그리고 조그마한 사전 페이지를 넘기고 있는 모습은, 매우 불쌍해 보였습니다. 나 역시 안대 때문에 자꾸만 우울해져서, 대기실 창문을 통해 바깥의 메밀잣밤나무의 여린 잎을 바라보고 있었는데, 그 잎이 지독한 아지랑이에 둘러싸여 파랗게 불타오르는 것처럼 보이는 것이, 머나먼 옛날이야기 나라 속에 있는 것으로 여겨졌습니다. 미즈노 씨의 얼굴이, 그처럼 이 세상의 것이 아닌 듯 아름답고 고귀한 듯이 느껴졌던 것도, 아마, 그, 나의 안대의 마법이 작용했던 것 같습니다.

미즈노 씨는 고아입니다. 아무도, 돌봐주는 사람이 없습니다. 원래는 괜찮은 약종상의 도매집이었는데, 어머니는 미즈노 씨가 아기일 때 돌아가셨고, 아버지도 미즈노 씨가 열두 살 때 돌아가셨는데, 그러다가 집안이 망해버리는 바람에, 형 둘, 누나 하나가 모두 뿔뿔이 먼 친척 집으로 가게 되었고, 막내인 미즈노 씨는, 점포의 지배인 집에서 거두어주어, 이제는 상업학교에 다니고 있지만, 매우 답답한, 그리고 쓸쓸한 나날을 보내고 있는 모양입니다. 그래서, 나와 함께 산책을 하고 있을 때만이 즐겁다고, 스스로도 그렇게 말한 적이 있습니다. 생활 면으로도, 여러모로 부자유스러운 점이 있는 듯, 올여름, 친구들과 바다에 헤엄치러 가기로 약속을 했다면서도, 조금도 즐거운 듯한 모습을 볼 수가 없고, 오히려 시무룩해 있기에, 그날 밤, 나는 도둑질을 했습니다. 남자의 해수욕복 하나를 훔쳤습니다.

마을에서 가장 규모가 큰 다이마루大丸 가게로 쓱 들어가, 여자용 간단복을 이것저것 고르는 체하면서, 뒤쪽의 검은 해수욕복을 살짝 끌어당겨, 겨드랑이 밑에 쏙 쑤셔 넣고, 가게를 나왔는데, 두세 발짝 걷다가, 뒤에서 여보세요 소리가 났고, 와악 소리를 지르고 싶을 정도의 공포심이 나서 미친 듯이 뛰었습니다. 도둑이야! 하는 굵은 외침 소리가 뒤에서 나면서, 꽝 어깨를 맞아, 비틀거리며 뒤돌아보았다가 철썩, 하고 뺨을 얻어맞았습니다.

나는 파출소에 끌려갔습니다. 파출소 앞에는 엄청난 사람들이 몰려 있었습니다. 모두가 동네의 아는 얼굴들이었습니다. 나의 머리는 헝클어지고, 옷자락 밑으로는 무릎이 나와 있었습니다. 비참한 몰골이라고 생각했습니다.

경찰관은, 나를 파출소 안쪽 좁은 다다미방에 앉혀놓고, 여러 가지를 물었습니다. 희고 갸름한 얼굴에, 금테 안경을 낀, 27, 8세의 불쾌한 생김새의 경찰관이었습니다. 한바탕 나의 이름과 주소와 나이를 묻고, 이를 일일이 수첩에 쓰고 나서, 갑자

기 징그럽게 웃으며,

　―이게 몇 번째인가?

하고 말했습니다. 나는 오싹 한기를 느꼈습니다. 나에게는 대답할 말이 떠오르지 않았습니다. 우물쭈물하고 있다가는, 감옥에 들어가게 된다, 무거운 죄명을 뒤집어쓰게 된다, 어떻게든 말을 잘해서 벗어나야 해, 하고 필사적으로 변명의 말을 찾아 헤매었지만, 뭐라고 이야기를 해야 할 것인지 오리무중을 헤매는 꼴이었는데, 그처럼 무서웠던 일은 없습니다. 외치듯이, 겨우 끄집어낸 말은, 나 스스로 생각해도, 볼품없고 당돌한 것이었지만, 일단 한마디를 꺼내면서, 마치 여우에게 홀리기라도 한 듯, 두서없이 주절거림이 시작되었는데, 아무래도 미친 것이 아닌가 생각됩니다.

　―저를 감옥에 보내서는 안 됩니다. 저는 잘못하지 않았습니다. 저는 스물넷이 됩니다. 24년 동안, 저는 효도를 했습니다. 아버지와 어머니를 소중하게 모셔왔습니다. 제가, 무엇을 잘못했단 말입니까. 저는 남에게 손가락질 한 번 당한 일이 없습니다. 미즈노 씨는 훌륭한 분입니다. 장차 틀림없이 훌륭한 사람이 될 것입니다. 그것을, 저는 알고 있습니다. 저는 그 사람을 창피하지 않게 해주고 싶었습니다. 친구랑 바닷가로 가기로 약속이 되어 있었습니다. 남들처럼 준비를 해서, 바다에 보내주고 싶었습니다. 그게 어째서 잘못입니까. 저는 바보입니다. 바보지만, 그래도, 저는 훌륭하게 미즈노 씨를 차려입혀 보일 겁니다. 그분은 품위 있는 집안 태생입니다. 남과는 다릅니다. 저는 어찌 되어도 좋습니다. 그분만 훌륭하게 세상에 나갈

수 있다면, 그것으로 저는 좋아요. 저에게는 일거리가 있으니까요. 저를 감옥에 보내서는 안 됩니다. 저는 스물넷이 되도록, 나쁜 짓이라곤 하나도 안 했어요. 연약한 부모님을 열심히 보살펴왔거든요.

안 돼요. 안 돼요. 저를 감옥에 보내서는 안 돼요. 24년 동안 그처럼 노력을 했는데, 그리고 딱 하룻밤, 아차 잘못 손을 놀렸다고 해서, 그것만 가지고 24년간, 아니, 나의 일생을 망가뜨려서는 안 돼요. 저는 이상합니다. 평생 동안, 딱 한 번, 나도 몰래 오른손이 한 자쯤 움직였다고 해서, 그게 손버릇이 나쁘다는 증거가 되는 걸까요? 너무해요. 딱 한 번, 딱 2, 3분의 사건 아니냐고요. 나는 아직 젊어요. 이제부터의 인생이라고요. 나는 지금까지와 마찬가지로, 괴롭고 가난한 생활을 참고 견디어나갈 거예요. 그것뿐이라고요. 나는 아무것도 달라진 것이 없어요. 어제 그대로의 사키코란 말입니다.

해수욕복 하나로, 다이마루 씨한테 이 얼마나 폐가 되고 있습니까. 사람을 속여서 천 엔, 2천 엔 쥐어짜 챙겨도, 아니, 한 재산 들어먹게 하고서도, 그러고도 사람들에게 칭찬받고 있는 사람도 있지 않냐고요. 감옥은 도대체 누구를 위해서 있는 겁니까. 돈 없는 사람만 감옥에 처넣고 있습니다. 그 사람들은, 아마도 남을 속일 줄 모르는 약하고 정직한 성정을 가진 이들이지요. 사람을 속이고 잘 사는 사람만큼은 사악하지 못하기 때문에, 자꾸만 몰리다 보면, 그런 밥통 같은 짓을 해서, 2엔, 3엔을 강탈하고, 그랬다고 해서 5년이고 10년이고 감옥에 들어가 있어야 한다니, 하하하하, 우습구나, 우스워. 이게 무어냐고. 아아 엉망 아니냐고요.

나는 분명 미쳤던 것이겠지요. 그랬던 게 틀림없습니다. 경찰관은 창백한 얼굴로 나를 빤히 바라보고 있었습니다. 나는, 문득 그 경찰관이 좋다는 생각이 들었습니다. 울면서, 그래도 억지로 미소를 지어 보였습니다. 아무래도 나는, 정신병자 취급을 받았던 것 같습니다. 경찰관은 나를 다칠세라 소중하게 경찰서로 데리고 가주었습니다. 그날 밤은 구치소에서 자고, 아침이 되자, 아버지가 데리러 와주었고, 나는 집에 돌아가게 되었습니다. 아버지는 집으로 돌아가는 길에, 얻어맞지는 않았느냐고, 한마디 슬쩍 나에게 물었을 뿐이었습니다. 그것 말고는 달리 아무 말도 없었습니다.

그날, 석간을 보고, 나는 얼굴이 귀까지 새빨개졌습니다. 내 이야기가 나와 있었습니다. '좀도둑에게도 핑계는 있어, 변질된 좌익 소녀 도도한 미사여구'라는 제목이었습니다. 치욕은 그것뿐이 아니었습니다. 동네 사람들이, 어슬렁어슬렁 우리 집 근처를 돌아다니는데, 나는 처음, 그것이 무슨 뜻인지 몰랐지만, 모두가 내 꼴을 엿보기 위해 와 있는 것이라는 것을 깨닫게 되자, 몸이 부들부들 떨렸습니다. 나의 그 별것도 아닌 행위가, 얼마나 큰 사건이었는지, 점차로 확실하게 이해가 되면서, 그때 우리 집에 독약이 있었더라면, 나는 간단히 그것을 먹어버렸을 것이고, 근처에 대나무 숲이라도 있었더라면, 나는 아무렇지도 않게 그 속으로 들어가 목을 매달았을 것입니다. 이삼 일 동안, 우리 가게는 문을 닫았습니다.

이윽고 나는, 미즈노 씨에게 편지를 받았습니다.

—나는, 이 세상에서 사키코 씨를 가장 믿고 있는 사람입니다. 다만, 사키코 씨에게는 교육이 부족합니다. 사키코 씨는, 정직한 여성이지만, 환경상으로는 올바르지 않은 점이 있습니다. 나는 그것을 고쳐드리려 노력해왔지만, 역시 절대적인 것이 있습니다. 인간은 학문이 없어서는 안 됩니다. 얼마 전, 친구와 더불어 해수욕을 하러 가서, 바닷가에서 인간의 향상심의 필요에 대해, 오랜 시간 서로 논했습니다. 우리는 앞으로 훌륭해질 것입니다. 사키코 씨도, 앞으로는 행실을 올바르게 하고, 범한 죄의 백만 분의 일이라도 갚으며, 사회에 깊이 사죄하십시오. 세상 사람들은, 그 죄를 미워하되, 그 사람을 미워하지 않습니다. 미즈노 사부로. (읽고 난 뒤 반드시 태워주십시오. 봉투도 함께 태워주십시오, 반드시.)

이것이 편지의 전문입니다. 나는 미즈노 씨가 원래 부잣집 도련님이었다는 사실을 잊고 있었습니다.

바늘방석 같았던 하루하루가 지나고, 어느새 이처럼 시원해졌습니다. 오늘 밤에는 아버지가, 이놈의 전등이 이렇게 어두워서는 기분이 자꾸 가라앉아서 못쓰겠다며, 6조* 방의 전구를 50촉의 밝은 전구로 바꾸었습니다. 그러고는, 세 식구가 밝은 전등불 아래서 저녁을 먹었습니다. 어머니는, 아아, 눈부셔, 눈

---

* 일본 전통 가옥의 방은 바닥에 깔린 다다미疊의 개수로 크기를 표시하는데, 1조疊의 크기는 지역마다 다소 차이가 있지만 대략적으로 3×6척(910×1,820mm)이다. 따라서 다다미 1조는 대략 우리의 반 평에 해당한다.

부셔 하시면서, 젓가락을 든 손을 이마께로 가져가며, 매우 들뜬 듯이 말했고, 나는 아버지에게 술을 따라드렸습니다. 우리들의 행복은 어차피, 이러한, 방 안의 전구를 바꾸는 일 정도구나, 하고 살짝 나에게 말해주었지만, 별로 쓸쓸한 기분도 들지 않고, 오히려 이 단출한 우리 집 사람들이, 매우 아름다운 주마등 같은 기분이 들어, 아, 들여다보고 싶거든 들여다보라지, 우리 가족은 아름답다고, 뜰에서 울어대고 있는 벌레들에게도 말해주고 싶은 조용한 기쁨이 가슴속에 벅차올랐습니다.

(1937년 10월)

만원 滿願

이것은, 지금으로부터 4년 전의 이야기다. 내가 이즈 미시마의 친지네 집 2층에서 한여름을 지내며, 「로마네스크」라는 소설을 쓰고 있을 때의 이야기다. 어느 날 밤, 술에 취해 자전거를 타고 거리를 달리다가 다쳤다. 오른발 발목이 찢어졌는데, 상처는 별것이 아니었지만, 술을 마신 탓으로 피가 많이 났으므로, 당황해서 의사에게 달려갔다. 의사는 32세로, 체격이 크고 퉁퉁한 것이 사이고 타카모리西鄕隆盛*를 닮았다. 매우 취해 있었다. 나와 비슷하게 비틀비틀 취해서 진찰실에 나타났으므로, 나는 우스웠다. 치료를 받으면서 내가 킥킥 웃었다. 그러자,

---

* 에도 막부 시대부터 메이지 시대 전기에 활약한 무사이자 정치가. 메이지 유신의 공신으로 1987년 세이난 전쟁을 일으켰으나 실패 후 자결하였다.

의사도 킥킥 웃기 시작, 결국에는 둘이 소리를 합쳐가며 크게 웃었다.

그날 밤부터 우리 사이는 가까워졌다. 의사는 문학보다는 철학을 좋아했다. 나도 그런 이야기를 하는 것이 마음 편해서, 이야기에 신이 났다. 의사의 세계관은, 원시이원론原始二元論이라고나 할 것으로, 세상 돌아가는 일을 착한 자와 악당의 싸움으로 보는 게 꽤 시원시원해 좋았다. 나는 사랑이라는 단일신을 믿고자 속으로 애쓰고 있었지만, 의사의 선인악인설을 듣다 보면, 답답한 가슴에 청량감을 느꼈다. 예컨대, 저녁때 나의 방문을 접대하면서, 다짜고짜 부인에게 맥주를 가지고 오라고 하는 의사 자신은 선인이요, 오늘 밤은 맥주가 아닌 브리지(트럼프 놀이의 일종)를 하시지요, 라고 웃으면서 제의하는 부인이야말로 악당이라는 의사의 예증에는, 나도 순순히 찬성했다. 부인은 자그마하고 둥근 얼굴이었지만, 안색이 희고 고상했다. 아기는 없었지만, 부인의 동생으로, 누마즈의 상업학교에 다니는 얌전한 소년 하나가 2층에 있었다.

의사의 집에서는 다섯 종류의 신문을 보고 있었으므로, 나는 그것을 읽기 위해 거의 매일 아침, 산책길에 들러서, 30분 내지 1시간 실례를 했다. 뒷문으로 들어가, 안채 툇마루에 앉아서, 부인이 가져오는 차가운 보리차를 마시면서, 바람에 날려 버석버석 소리를 내는 신문을 한 손으로 꾹 누르고 읽었다. 툇마루에서 두 칸도 떨어져 있지 않은, 푸른 풀밭 사이를 물이 넘치도록 흐르는 시내가 흐르고 있고, 그 시내를 따라 나 있는 가느다란 길을 자전거로 지나가는 우유 배달 청년이, 매일 아침 안녕하세요, 하고 나에게 인사를 한다. 그 시각이면, 약을 가지러 오는 젊은 여인네가 있었다. 간단복에 게다를 신고, 말끔한 느낌을 주는 사람으로, 곧잘, 의사하고 진찰실에서 함께 웃곤 하는데, 어쩌다가 의사가, 현관까지 그 사람을 배웅하면서,

"부인, 조금만 더 참으시면 됩니다" 하고 큰 소리로 질타하는 일이 있다.

의사의 부인이, 한번은 나에게, 그 까닭을 이야기해주었다. 소학교 선생의 부인인데, 그 선생이 3년 전에 폐가 나빠졌다가, 요즈음 부쩍 좋아졌다는 것이다. 의사는 열심히, 그 젊은 부인에게, 지금이 매우 중요한 시점이라며 엄하게 금지시켰고, 부인은 그대로 지켰다. 그래도, 때때로, 어쩐지, 딱하게 물으러 오는 일이 있다. 의사는 그때마다, 마음을 굳게 먹고, 부인, 조금만 더 참으세요, 하고 언외의 의미를 곁들여 질타한다는 것이다.

8월 말, 나는 아름다운 것을 보았다. 아침, 의사의 집 툇마루에서 신문을 읽고 있는데, 내 곁에 비스듬히 앉아 있던 부인이,

"어머나, 엄청 기뻐하는 것 같네요" 하고 작은 목소리로 속삭거렸다.

문득 고개를 드니, 바로 눈앞의 오솔길을 간단복을 입은 청결한 모습이 휙휙 날듯이 걸어간다. 흰 양산을 빙글빙글 돌리고 있었다.

"오늘 아침, 허락이 나온 거지요." 부인은 다시 속삭인다.

3년, 이렇게 한마디로 이야기하지만, ─가슴이 멘다. 해가

지날수록, 나에게는 그 여성의 모습이 아름답게 떠오른다. 그것은, 의사 부인의 코치인지도 모른다.

(1938년 9월)

우바스테 姥捨*

그때,

"좋아요, 저는 말끔하게 뒤처리를 할게요. 처음부터 각오하고 있었던 거예요. 정말이지, 이제는." 변한 목소리로 중얼거렸으므로,

"그건 안 되지. 당신의 각오라는 건 나도 알고 있어. 혼자서 죽을 생각이거나, 아니면 혼자서 될 대로 되어라 하고 시골로 가거나, 뭐 그런 것이겠지. 당신한테는 제대로 된 부모도 있고,

---

* 이 단편은 다자이의 첫 번째 아내와의 동반자살 시도 경험을 다룬 것으로 기로耆老 전설을 다룬 민화 〈우바스테야마姥捨て山〉에서 제목을 따왔다. 칸 영화제에서 황금종려상을 탄 이마무라 쇼헤이 감독의 〈나라야마 부시코楢山節考〉가 이 민화를 다루었다.

동생도 있어. 나는 당신이 그런 기분으로 있다는 것을 알고 있으면서도 아, 그렇군요 하고 보고 있을 수는 없어." 이렇게 분별 있는 듯한 소리를 하고 있으면서도, 카시치嘉七도 문득 죽어버리고 싶었다.

"죽을까. 함께 죽자. 신도 용서해주시겠지."

둘은 엄숙하게 준비를 시작했다.

엉뚱한 사람을 애무한 아내와, 아내를 그런 행위에까지 몰아갈 정도로, 그 정도로 일상의 생활을 황폐하게 만들어버린 남편은, 서로 일의 결말을 죽음으로 지으려고 생각했던 것이다. 이른 봄의 어느 하루였다. 그달의 생활비가 14, 5엔 있었다. 그것을 그대로 모두 챙겼다. 그 말고는 두 사람이 갈아입을 만한 옷가지가 있을 뿐. 카시치의 도테라와 카즈에의 겨울옷 한 벌, 오비帶* 둘, 그것밖에는 남아 있지 않았다. 그것을 보자기에 싸서 카즈에가 들고, 부부가 모처럼 어깨를 나란히 하는 나들이였다. 남편에게는 망토가 없었다. 구루메가스리** 옷에 헌팅 캡, 짙은 감색의 비단 목도리를 목에 감고, 게다만큼은 희고 새 것이었다. 아내에게는 코트가 없었다. 하오리도 기모노도 같은 야가스리*** 무늬의 메이센****으로, 연붉은 색깔의

---

* 일본 옷의 띠.

** 감색 바탕에 흰점박이 무늬의 옷. 구루메는 지명.

*** 화살 깃 모양의 비백飛白 무늬.

**** 銘仙. 거칠게 짠 비단으로 만든 가볍고 착용감이 좋고 저렴한 기모노. 1800년 전후 에도 시대에 만들어져 메이지, 다이쇼, 쇼와 시대에 서민들 사이에 급격히 보급되었다.

외국제 숄이 어울리지 않게 그 상반신을 덮고 있었다. 전당포 조금 못 미친 곳에서 부부는 헤어졌다.

한낮의 오기쿠보역에는 조용조용 사람들이 드나들고 있었다. 카시치는 역 앞에 말없이 서서 담배를 피우고 있었다. 두리번두리번 카시치를 찾다가, 언뜻 카시치의 모습을 알아보자 거의 구르듯이 뛰어오더니,

"성공이에요. 대성공" 하고 신이 나 있었다. "15엔이나 빌려줬어요. 바보같이."

이 여자는 죽지 않아. 죽게 해서는 안 되는 사람이야. 나처럼 생활에 억눌려 있지 않아. 아직 생활할 힘을 남겨놓고 있거든. 죽을 사람은 아니야. 죽음을 꾀했다는 것만으로도, 이 사람의 세상에 대한 체면은 섰을 거야. 그거면 됐어. 이 사람은 용서받을 거야. 그걸로 됐어. 나 혼자만 죽자.

"대단한 수완이군" 하고 미소 지으며 칭찬을 해주고서, 슬쩍 어깨를 두드려주고 싶다는 생각이 들었다. "합치면 30엔 아냐. 웬만한 여행은 할 수 있겠는데."

신주쿠까지의 표를 샀다. 신주쿠에서 내려 약방으로 달려갔다. 그곳에서 수면제 큰 박스를 하나 사고, 그다음에 다른 약국으로 가서 다른 종류의 수면제를 한 박스 샀다. 카즈에를 가게 밖에 남겨두고, 카시치는 웃으면서 그 약품을 샀기 때문에 별반 약사의 의심을 사지는 않았다. 마지막으로 미츠코시 백화점에 들어가 약품부로 가서, 그곳의 인파 때문에 조금은 대담해져서, 큰 박스로 두 개를 샀다. 검은 눈동자에 진지한 얼굴을 한 갸름한 얼굴의 여점원이 살짝 의심의 주름살을 미간에 지

었다. 마땅찮은 얼굴을 했던 것이다. 카시치도 아차 싶었다. 갑작스럽게 미소도 지어낼 수 없었으므로 카시치는 일부러 카즈에에게 바짝 붙어서 인파 속을 걸어 다녔다. 자신은 이처럼 아무렇지도 않게 걷고 있지만, 역시 남이 보면 어딘지 이상한 그림자가 있는 법이다. 카시치는 슬프다고 생각했다. 약을 사고 난 뒤 카즈에는, 특매장에서 흰 버선을 한 벌 샀고, 카시치는 고급 외국 담배를 사고 밖으로 나왔다. 자동차를 타고 아사쿠사로 갔다. 활동관에 들어갔고 그곳에서는 〈황성荒城의 달〉이라는 영화를 하고 있었다. 맨 처음 시골 소학교의 지붕과 목책이 비쳐지며, 아이들의 노랫소리가 들려왔다. 카시치는 그 광경에 눈물이 났다.

"애인끼리는 말이야," 카시치는 어둠 속에서 웃으면서 아내에게 말을 걸었다. "이렇게 활동사진을 보면서, 요렇게 손을 서로 잡고 있는 거래." 애처로운 마음에, 오른손으로 카즈에의 왼손을 끌어당겨 그 위에 카시치의 모자로 덮어서 감추고 카즈에의 조그마한 손을 꾹 쥐어보았지만, 그래도 괴로운 입장에 놓여 있는 부부 사이에서는, 그것은, 불결하게 느껴지고, 두려운 마음에, 카시치는 살짝 손을 놓았다. 카즈에는 낮은 소리로 웃었다. 카시치의 어설픈 농담 때문에 웃은 것이 아니라 영화의 시시한 개그를 보고 웃은 것이다.

이 사람은 영화를 보면서 행복해질 수 있는 정숙한, 좋은 여자다. 이 사람을, 죽여서는 안 되지. 이런 사람이 죽는다는 건 잘못된 거다.

"죽는 거, 그만둘까?"

"네, 그러세요." 골똘히 영화를 보면서, 확실히 대답했다. "저, 혼자서 죽을 생각이니까요."

카시치는, 여체女體의 신기함을 느꼈다. 활동관을 나왔을 때에는 날이 저물고 있었다. 카즈에는 스시를 먹고 싶다고 말했다. 카시치는 스시는 비려서 좋아하지 않았다. 게다가 오늘 밤에는 좀 더 비싼 것을 먹고 싶었다.

"스시는 곤란한걸."

"그렇지만, 저는 먹고 싶어요." 카즈에에게 아집의 미덕을 가르친 것은 바로 카시치였다. 인종忍從의 얌전한 얼굴의 불순함을 예증해가면서 잘난 척하며 가르쳤다.

모두 나한테로 되돌아오지 않나.

스시집에서 술을 조금 마셨다. 카시치는 굴 튀김을 시켰다. 이것이 도쿄에서의 마지막 음식이다, 하고 자신에게 들려주면서 쓴웃음을 지었다. 아내는 다랑어회를 먹고 있었다.

"맛있어?"

"맛없어요." 아주 못마땅하게 그렇게 말하고 나서, 다시 한 입 먹고서 "아아, 맛없다."

둘 모두 별로 말을 하지 않았다.

스시집을 나와서, 다음으로 만자이* 공연장에 들어갔다. 만원이어서 앉을 수가 없었다. 입구부터 넘쳐나는 관객에 이리 밀리고 저리 밀리며 서서 보고 있었는데, 그래도 때때로 아하

---

* 漫才. 두 사람이 두고 받고 하는 익살스러운 재담.

하하 하고 함께 소리를 내어 웃었다. 관객에게 밀려 카즈에는 카시치가 있는 곳으로부터 4, 5미터나 멀리 떨어져 있었다. 카즈에는 키가 작으므로, 관객의 틈으로 무대를 기웃거리며 보느라 큰 고생을 하고 있었다. 촌티 나는 소녀로 보였다. 카시치도 관객에게 떠밀리며 발돋움을 해가면서 카즈에의 그런 모습을 걱정스러운 듯이 찾고 있는 것이다. 무대보다도 카즈에의 모습 쪽을 더 많이 보고 있었다. 검은 보자기를 가슴에 꼭 껴안은 채로, 그 짐 속에는 약도 들어 있는데, 머리를 이리저리 움직여 가면서 무대 위의 예능인의 모습을 보고자 애쓰고 있는 카즈에도, 때때로 뒤돌아보면서 카시치의 모습을 찾고 있었다. 서로 언뜻 눈길이 마주쳐도, 별로 두 사람은 미소도 짓지 않았다. 아무렇지도 않은 얼굴을 하고 있었지만, 그래도 역시 안심이었다.

저 여자한테, 나는 엄청 신세를 졌다. 그건 잊어서는 안 돼. 책임은 모두 나에게 있거든. 세상 사람들이 만약 저 사람을 지탄하게 된다면, 나는 어떻게 해서든, 저 사람을 감싸주지 않으면 안 된다. 저 여자는 좋은 사람이다. 그건 내가 잘 알고 있다. 믿고 있다.

이번의 일은? 아아, 안 돼, 안 돼. 나는 웃어넘길 수가 없는 거다. 안 되는 거다. 그 일만큼은, 나는 아무렇지 않은 듯이 있을 수 없다. 참을 수가 없다.

용서해줘. 이것은 내 마지막 에고이즘이야. 윤리는, 나는 참을 수가 있다. 감각이, 참을 수 없는 거다. 도저히 참을 수가 없는 거야.

폭소의 물결이 크게 장내로 퍼져나갔다. 카시치는 카즈에게

게 눈짓을 하고 밖으로 나갔다.

"미나카미水上로 가자, 응?"그 전해의 여름 한 철을, 미나카미역에서 걸어서 한 시간가량 가면 도착하는 다니카와谷川 온천이라는 산중의 온천장에서 지낸 일이 있다. 사실은 매우 괴롭게 보낸 여름이었지만, 너무나 괴로워서, 이제는 짙은 색채로 칠해진 그림엽서처럼 감미로운 추억으로조차 여겨지게 되었다. 하얗게 소낙비가 쏟아지는 산, 강, 슬프게 죽을 수 있을 것으로 여겨졌다. 미나카미 소리를 듣고, 카즈에의 몸은 갑자기 생기가 돋았다.

"아, 그렇다면, 난 황률을 사 가야 돼요. 아줌마가 말이죠, 먹고 싶다 먹고 싶다 그렇게 말했거든요."그 숙소의 노파에게 카즈에는 어리광부리고, 그리고 사랑받고 있었던 것 같았다. 거의 아마추어 하숙 같은 여관인데, 방도 셋밖에 없었고, 안에 욕탕도 없어서, 바로 곁의 큰 여관으로 목욕을 하러 가거나, 비가 올 때에는 우산을 받고, 밤이면 등롱이나 양촛불을 가지고 밑에 있는 골짜기까지 내려가 개천가의 조그만 노천탕에 몸을 담가야 했다. 노부부 둘뿐으로 아이도 없었고, 그래도 세 방이 모두 꽉 차는 일도 있어서, 그런 때면 노부부가 쩔쩔매게 되고, 카즈에도 부엌에서 일을 도와주기도 하고 방해도 하곤 했던 모양이었다. 밥상에도 연어알젓이랑 낫토 같은 것이 나오는 등 여관의 요리는 아니었다. 카시치로서는 마음이 편했다. 할머니가 치통을 앓아 보다 못한 카시치가 아스피린을 주었더니, 너무나 잘 들어서 손쉽게 쿨쿨 자버리는 것을 보고, 평소에 늙은 아내를 사랑하고 있는 주인은 걱정스럽다는 듯이 쩔쩔매는지라, 카즈에는 크게 웃었던 것이다. 언젠가 카시치가 홀로 고개를 떨구고 숙소 가까이 있는 풀숲을 건들건들 걷다가, 문득 숙소의 현관 쪽을 보았더니, 어두컴컴한 현관 계단 밑의 마룻방에 늙은 아내가 조그맣게 털퍼덕 앉은 채 멍하니 카시치의 모습을 바라보고 있었는데, 그것은 카시치의 소중한 비밀의 하나가 되었다. 늙은 아내라고 해봤자, 마흔네다섯 정도의 복스러운 얼굴에 품위 있게 느긋한 인물이었다. 주인은 양자인 모양이었다. 그의 노처老妻인 것이다. 카즈에는 황률을 샀다. 카시치가 권해서 좀 많이 사게 했다.

우에노역에서는 고향의 냄새가 풍긴다. 누군가 고향 사람이 보고 있지 않을까 하고 카시치는 언제나 두려웠다. 특히 그날 밤은 두 사람의 차림새가 점포의 점원과 식모가 명절 휴가 가느라 어슬렁거리는 듯한 차림새였는지라 남의 눈을 피하고 싶었다. 매점에서 카즈에는 〈모던 일본〉의 탐정소설 특집호를 샀고, 카시치는 위스키 작은 병을 샀다. 니가타행, 10시 반 기차에 올라탔다.

마주 보고 자리에 앉고 나서, 두 사람은 조금 웃었다.

"저, 나 말이에요, 이런 차림으로 가면 아줌마가 이상하게 생각하지 않을까요?"

"무슨 상관이야. 둘이서 아사쿠사에 활동사진 보러 갔다가 돌아오는 길이 남편이 술에 취해서, 미나카미의 아줌마한테 가자고 고집을 부려서 그대로 와버렸다고 말하면 되는 거야."

"그건 그렇네요" 하고 멀쩡한 얼굴이 되었다.

금방 또 말을 꺼낸다.

"아줌마, 놀라겠지요." 기차가 출발하기까지는 역시 마음이 놓이지 않는 모양이었다.

"좋아하시겠지. 틀림없이." 발차했다. 카즈에는 갑자기 뻣뻣한 얼굴이 되어 흘긋 플랫폼을 곁눈으로 보았고, 그것으로 끝이었다. 배짱이 섰는지, 무릎의 보자기를 풀어 잡지를 꺼내더니 페이지를 들척거렸다.

카시치는 다리가 무겁고, 가슴만이 불쾌하게 울렁거려서, 약이라도 마시는 듯한 기분으로 위스키병을 입에 댔다.

돈만 있었더라도, 공연히, 이 여자를 죽게 하지 않아도 좋았던 것이다. 상대인, 그 사내가, 좀 더 분명한 사내였더라면, 이건 또 다른 길도 찾을 수 있었던 것이다. 눈 뜨고 볼 수가 없다. 이 여자의 자살은, 의미가 없다.

"이봐, 나는, 착한 아이인가?" 갑자기 카시치는 말을 꺼냈다. "나만 혼자서, 착한 아이가 되려 하고 있는 걸까?"

목소리가 컸으므로 카즈에는 당황했고, 그러고는 눈썹을 험하게 찌푸리며 화를 냈다. 기시치는 맥없이 싱글싱글 웃었다.

"하지만 말이야," 웃기려는 듯이, 일부러 필요 이상으로 목소리를 낮추어, "당신은, 아직, 그다지 불행한 게 아니야. 왜냐하면 당신은, 보통 여자거든. 나쁠 것도 없고, 좋을 것도 없는, 본질부터가 보통 여자인 거야. 하지만, 난 달라. 고약한 작자지. 아무래도, 이건, 보통 이하야."

기차는 아카바네를 지나고, 오미야를 지나, 어둠 속을 마구 달리고 있었다. 위스키의 취기도 있고 해서, 그리고 기차의 속도에 촉발되어, 기시치는 능변能辯이 되어 있었다.

"여편네가 정떨어져 하고, 그렇다고 해서 어찌할 수도 없고 해서, 이렇게 우물쭈물 여편네를 따라다니는 일이, 얼마나 추레한 일인지, 나도 알고 있거든. 어리석은 거지. 하지만, 나는 착한 아이가 아니야. 착한 아이는 싫어. 내가 뭐, 사람이 좋아서 여자한테 속아 넘어가고, 그리고 그 여자를 단념할 수가 없어서, 여자에게 질질 끌려다니다 죽어가지고, 예술하는 친구들한테, 순수하다느니, 세상 사람들에게, 나약하지만 좋은 사람이었다느니, 그따위 싸구려 동정을 얻으려 하는 게 아니라고. 나는 나 자신의 고통에 져서 죽는 거야. 뭐, 당신 때문에 죽는 게 아니야. 나한테도 좋지 않은 게 많이 있었던 거야. 너무 남에게 의지했어. 남의 능력을 과신한 거지. 그것도, 그리고 그것 말고도 부끄러운 갖가지 내 실패도, 나 자신이 알고 있거든. 나는 어떡해서든, 정상적인 사람의 생활을 하고 싶어서, 얼마나, 지금까지 애써왔는지 당신도 조금은 알고 있잖아. 지푸라기 하나, 거기에 매달려 살아온 거야. 아주 조금의 무게만으로도 그 지푸라기가 끊어질 것만 같아서, 나는 온 힘을 다해왔는데. 알고 있겠지. 내가 약한 게 아니라, 고통이 너무 무거웠던 거야. 이건 푸념이고 원망이야. 하지만, 이걸 입으로 내뱉어서, 확실하게 말하지 않으면, 남들은, 아니 당신만 해도, 내 철면피의 두께를 과신해서, 저 작자는 괴롭다 괴롭다 하지만, 저건 포즈야, 시늉이야 하고 가볍게 보고 있는 거지."

카즈에는 무엇인가 말을 하려 했다.

"아니, 괜찮아. 당신을 나무라는 게 아니야. 당신은 좋은 사람이야. 언제나, 당신은 온순했어. 말 그대로 믿는 사람이지. 당신을 비난하고 싶지는 않아. 당신보다도 훨씬 학식이 있고, 꽤 오래된 친구들조차도 내 괴로움을 알지 못했거든. 내 애정을 믿지 않았어. 무리도 아니지. 나는, 말하자면, 서툴렀던 거야." 그렇게 말하고 나서 미소 지었더니, 카즈에는 순간 마음이 풀려,

"알았어요. 이젠 됐다고요. 다른 사람이 들으면 큰일 아니에요."

"아무것도, 이해하지 못하는군. 당신한테는, 내가 엄청 바보로 보이는 모양이군. 나는 말이야, 지금, 스스로 착한 아이가 되고 싶어하는 마음이, 가슴 어느 한구석에 역시 깃들어 있는 게 아닐까, 하고 그래서 괴로워하고 있는 거야. 당신하고 함께 살며 6, 7년이나 지났지만, 당신은, 한 번도, 아니지, 그런 것으로 당신을 비난하고 싶지는 않아. 무리도 아니야. 당신의 책임은 아니거든."

카즈에는 듣고 있지 않았다. 잠자코 잡지를 읽기 시작하고 있었다. 카시치는 엄숙한 얼굴이 되어, 캄캄한 창문을 향해 혼잣말처럼 말을 계속했다.

"말도 안 돼. 어떻게 내가 착한 아이란 말인가. 사람들은 나를 어떻게 말하고 있지. 거짓말쟁이, 게으름뱅이, 젠체하는 사치꾼, 난봉꾼, 그 말고도 엄청 많은 악담을 하고 있어. 그런데도, 나는, 잠자코 있었어. 한마디 변명도 하지 않았어. 나로서는 내 나름의 신념이 있었거든. 하지만, 그것은 말로 내뱉어서는 안 되는 거야. 그래 가지고는 아무것도 안 되는 거지. 나는 아무래도 역사적 사명이라는 것을 생각해. 나 하나의 행복만으로는 살아갈 수가 없어. 나는 역사적으로 악역을 하려 했지. 유다

의 악이 강하면 강할수록, 그리스도의 사랑의 빛이 커지는 거야. 나는 자신을 멸망하는 인종이라고 생각했어. 나의 세계관이 그렇게 가르친 거지. 강렬한 안티테제를 시도했어. 멸망하는 것의 악을 엠퍼사이즈해 보이면 보일수록, 다음에 태어나는 건강의 빛의 용수철도, 그만큼 강하게 튀어올라, 그것을 믿고 있었던 거지. 나는 그것을 기원하고 있었던 거야. 나 하나는 어찌되든 상관없어. 반입법反立法으로서의 나의 역할이, 그다음에 태어나는 명랑함에 조금이라고 소용이 된다면, 그걸로 나는 죽어도 상관없다고 생각하고 있었던 거야. 아무도 웃기만 하고, 진실로 받아주지 않을지 모르지만, 실제로 그건, 그렇게 생각하고 있었거든. 나는, 그런 바보인 거야. 나는 잘못되어 있었을지도 몰라. 역시 어딘가 나는 우쭐해 있었을지도 몰라. 그야말로 달콤한 꿈인지도 몰라. 인생은 연극이 아니거든. 나는 패배해서 어차피 곧 죽을 거니까, 당신만이라도 정신차려줘, 라는 말은, 이건 잘못된 것인지도 모르겠군. 한 목숨 내던져 만들어낸 썩은 냄새 잔뜩 풍기는 먹을 것은 개도 먹지 않겠지. 풍족한 사람이야말로 달갑지 않은 선물인지도 몰라. 내가 남과 더불어 번영하는 것이 아니고서는, 의미가 없는 것인지도 몰라." 창문은 대답할 턱이 없었다.

카시치는 일어서서, 비틀비틀 화장실 쪽으로 걸어갔다. 화장실에 들어가 문을 꼭 닫은 다음, 약간 주저한 다음 양손을 딱 하고 붙였다. 기도하는 자세였다. 조금도 포즈는 아니었다.

미나카미역에 도착한 것은 새벽 4시였다. 아직 어두웠다. 걱정하던 눈도 거의 사라졌고, 역의 한구석에 지저분한 회색으로 조금 남아 있을 뿐, 이 정도라면 산속의 다니카와 온천까지 걸어갈 수도 있을 것이라고 생각했지만, 그래도 조심을 하느라 카시치는 역전의 자동차집을 두들겨 깨웠다.

자동차가 구불구불 지그재그로 꺾어 가면서 산을 오름에 따라, 야산이 어두운 하늘을 밝힐 정도로 새하얀 눈으로 덮여 있다는 걸 알 수 있었다.

"춥네요. 이처럼 추울 줄은 몰랐어요. 도쿄에서는, 벌써 소모사梳毛絲로 된 옷을 입고 다니는 사람도 있거든요." 운전사에게까지 복장에 대한 변명을 하고 있었다. "아, 저기서 오른쪽."

숙소에 가까워지면서 카즈에는 활기를 띠기 시작했다. "분명히, 아직도 자고 있을 거예요." 이번에는 운전사에게 "네, 좀 더 앞에요."

"됐어요, 스톱." 카시치가 말했다. "나머지는 걷지." 그 앞은 길이 좁았다.

자동차에서 내려, 카시치도 카즈에도 버선을 벗고 숙소까지 60미터쯤 걸었다. 노면의 눈은 녹다 만 채로 아슬아슬하게 엷게 쌓여 있었다. 두 사람의 게다를 후줄근히 적셔놓았다. 숙소의 문을 두드리려 하자, 조금 뒤떨어져 걸어온 카즈에는 서둘러 달려와,

"제가 두드릴게요. 제가 아주머니를 깨울 거예요." 공을 내세우고 싶어하는 아이 같았다.

숙소의 노부부는 놀랐다. 말하자면 조용히 허둥거렸다.

카시치는, 홀로 횡하니 2층으로 올라가, 지난여름에 지냈던 방에 들어가, 전등 스위치를 켰다. 카즈에의 목소리가 들려온

다.

"그게 말이죠, 아주머니네로 가자면서, 듣지를 않는 거예요. 예술가라는 게, 어린애라니까요." 자신의 거짓말을 깨닫지 못하는 듯, 신이 나 있었다. 도쿄는 소모사, 라는 말을 또 했다.

조용히 늙은 아내가 2층으로 올라와, 천천히 방의 덧문을 열면서,

"잘 오셨수"

하고 한마디 했다.

밖은 어느 정도 훤해져 있었다. 새하얀 산허리가, 바로 눈앞에 나타났다. 골짜기를 내려다보니, 뭉게뭉게 아침 안개 밑바닥으로 한 줄기 계곡물이 흐르는 것도 보였다.

"엄청 춥네요." 거짓말이다. 그다지 춥다고 생각하지 않았지만, "술, 마시고 싶네요"

"괜찮겠수?"

"그럼요, 이제 몸은 아주 좋아요. 살쪘지요."

그때 카즈에가 커다란 고타츠*를 들고 왔다.

"아이고 무겁다. 아주머니, 이거, 아저씨 것을 빌려 왔어요. 아저씨가 가져가도 좋다고 하셨거든요. 추워서 견딜 수가 있나." 카시치 쪽으로는 눈길도 주지 않은 채 혼자서 이상하게 신이 났다.

둘만 남게 되자 갑자기 진지한 얼굴이 되어,

---

* 숯불이나 전기로 따뜻하게 하는 이불 밑의 작은 난방기구.

"나, 피곤해요. 목욕을 하고, 그러고 나서 한잠 잘 생각이에요."

"저 아래쪽 노천탕에 갈 수 있을까."

"네, 갈 수 있나봐요. 아저씨들도, 매일 가신대요."

주인이 큼직한 짚신을 신고 어제 막 내린 눈을 밟아주고, 그 뒤를 카시치, 카즈에가 따라가 어슴푸레한 골짜기로 내려갔다. 주인이 가지고 온 돗자리 위에 옷을 벗어놓고, 둘은 탕 속으로 들어갔다. 카즈에의 몸은 통통하게 살이 붙어 있었다. 오늘 밤 죽을 몸으로는 도저히 생각할 수 없었다.

주인이 사라진 다음 카시치는,

"저 언저린가?" 하고 짙은 아침안개가 서서히 흐르고 있는 하얀 산허리를 턱으로 가리켜 보였다.

"하지만, 눈이 깊어 올라가지 못하겠지요?"

"좀 더 하류가 좋을까. 미나카미역 쪽에는 눈이 그다지 없었거든."

죽을 장소를 이야기하고 있었다.

숙소로 돌아오니 이불이 깔려 있었다. 카즈에는 바로 그 속으로 파고 들어가 잡지를 읽기 시작했다. 카즈에의 이불의 발쪽에는 커다란 고타츠가 놓여 있어서 따뜻할 것 같았다. 카시치는 자신의 이불을 들쳐 올리고 테이블 앞에 앉아서, 고타츠에 바짝 붙어 술을 마셨다. 안주는, 게의 통조림과 말린 표고버섯이었다. 사과도 있었다.

"이봐, 하룻밤 더 연장하지 않을래?"

"네." 아내는 잡지를 보면서 대답했다. "아무래도 좋지만. 하지만, 돈이 모자라게 될지도 몰라요."

"얼마나 남아 있는데?" 그런 말을 물으면서, 카시치는 말할
수 없이 부끄러웠다.

미련, 이것은 고약한 것이다. 세상에서 가장 칠칠치 못한 일
이다. 이건 안 되지. 내가 이처럼 우물거리고 있는 것은, 다름
이 아니라, 이 여자의 몸을 원하고 있기 때문이 아닐까.

카시치는 자신에게 질려버렸다.

살아서, 두 번 다시, 이 여자하고 살아갈 생각은 없는 것일까.
빚, 그것도 질이 나쁜 빚, 이것을 어쩔 것인가. 오명汚名, 반미치
광이로서의 오명, 이것을 어쩔 것인가. 병고病苦, 사람들이 이를
믿어주지 않을 얄궂은 병고, 이를 어쩔 것인가. 그리고, 육친.

"저기 말이야, 당신은, 역시 내 육친한테 진 거지. 아무래도
그런 것 같아."

카즈에는 잡지에서 눈을 떼지 않은 채 빠른 말투로 답했다.

"그래요, 저는, 어차피 마음에 들지 않는 며느리예요."

"아니, 그렇게만 말할 건 아니야. 분명히 당신한테도, 노력이
모자란 점은 있었어."

"이젠 됐어요. 됐다고요." 잡지를 내팽개치고, "사리만 따지
고 있군요. 그래서, 사람들이 싫어하는 거예요."

"아, 그런가. 당신은 나를 싫어했군. 실례했어." 카시치는 취
한 사람처럼 말했다.

어째서, 나는 질투하지 않는 것일까. 역시 나는, 잘난 체하는
놈일까. 나를 싫어할 턱이 없다. 그것을 믿고 있는 것일까. 분
노조차 없다. 카즈에의 그 사내가 너무나 약한 탓일까. 나의 이

러한, 사물을 받아들이는 방식이야말로, 오만이라는 게 아닐까. 그렇다면, 나의 사고방식은 몽땅 글러먹은 것이다. 나의 지금까지의 삶은 전부 틀렸다. 무리도 아니다. 수수께끼라고 이해하지 않고, 왜 단순히 증오할 수가 없는 것일까. 그러한 질투야말로, 조촐하고 아름답지 않은가. 순수한 분노야말로 고상하고 솔직한 것이 아닐까. 아내에게 배반당하고, 그 타격으로 죽어 가는 모습이야말로, 청순의 슬픔이 아닐까. 그런데도, 나는 뭔가. 미련이라느니, 착한 아이라느니, 자비로운 얼굴이라느니, 도덕이라느니, 빚이라느니, 책임이라느니, 신세라느니, 안티테제라느니, 역사적 의무라느니, 육친이라느니, 아아 안 되겠다.

카시치는 곤봉을 휘둘러서, 자신의 머리를 냅다 두들겨 패고 싶다고 생각하는 것이다.

"한숨 자고 나서, 출발이다. 결행, 결행."

카시치는 자신의 이불을 잡아끌어, 그리로 파고들었다.

어지간히 취해 있었으므로 그럭저럭 잘 수 있었다. 멍하니 눈을 뜬 것은 낮이 좀 지나서였는데, 카시치는 쓸쓸함을 견뎌낼 수 없었다. 벌떡 일어나더니, 곧바로 다시 춥다 추워, 하면서 아래층 사람에게 술을 부탁했다.

"자, 이제 일어나라고. 출발이야."

카즈에는 입을 조금 벌리고 자고 있었다. 말똥히 눈을 뜨고서,

"어머, 벌써, 시간이 그렇게 됐어요?"

"아니, 점심때가 좀 지났을 뿐이지만, 나는 더는 안 되겠어."

아무 생각도 하고 싶지 않았다. 빨리 죽고 싶었다.

그러고부터는, 빨랐다. 이 근처의 온천을 온 김에 돌아다녀 보고 싶다고, 카즈에한테 말하게 하고서 숙소를 떠났다. 하늘도 환하게 개어 있었다. 우리는 어슬렁어슬렁 걸으면서 도중의 경치를 구경하면서 산을 내려갈 테니까, 하고 자동차를 거절하고 한참 걷다가 문득 뒤돌아보니, 숙소의 아주머니가 줄곧 뒤를 따라 쫓아오고 있었다.

"이봐, 아주머니가 오셨어." 카시치는 불안했다.

"이건 말이요," 늙은 아내는 얼굴을 붉히며, 카시치에게 종이꾸러미를 내밀었다. "솜이야. 우리 집에서 자아내서 만든 거지. 아무것도 없어서 말이오."

"고맙습니다" 하고 카시치.

"아줌마, 뭐 그런 걱정까지 하시고" 하고 카즈에. 어째선지 둘은 안도하고 있었다.

카시치는 부지런히 걷기 시작했다.

"조심히 가요."

"아주머니도 안녕히 계세요." 뒤에서는, 아직 인사를 하고 있었다. 카시치는 빙글 뒤로 돌아서,

"아주머니, 악수."

손을 세게 잡힌 늙은 아내의 얼굴에는 쑥스러움과, 그리고 공포의 빛까지 떠올라 있었다.

"취했거든요." 카즈에는 곁에서 주석註釋을 달았다.

취해 있었다. 웃고 웃으며 아주머니와 헤어져, 터덜터덜 산을 내려감에 따라서 눈도 엷어지고, 카시치는 조그만 목소리로, 저긴가, 여긴가, 하고 카즈에와 의논을 시작했다. 카즈에는

좀 더 미나카미역에 가까운 편이 쓸쓸하지 않아서 좋다고 말했다. 이윽고 미나카미의 거리가 시야에 활짝 펼쳐졌다.

"더 이상 미룰 것은 없어, 그렇지." 카시치는 밝은 모습을 가장하면서 말했다.

"네." 카즈에는 진지하게 끄덕였다.

길 왼쪽의 삼나무 숲으로, 카시치는 일부러 천천히 걸어 들어갔다. 카즈에도 뒤따랐다. 눈은 거의 없었다. 낙엽이 두껍게 쌓여 있었다. 축축하게 젖어 있었다. 거침없이 죽죽 앞으로 나갔다. 급한 경사가 진 곳은 기어 올라갔다. 죽는 데도 노력이 필요하다. 둘이 앉을 수 있을 정도의 풀밭을 겨우 찾아냈다. 그곳에는 조금 햇볕이 쬐고 있었고, 샘도 있었다.

"여기에서 하지." 피곤했다.

카즈에는 손수건을 깔고 앉아 카시치를 보고 웃었다. 카즈에는 거의 말이 없었다. 보자기에서 약품을 하나씩 꺼내 봉지를 뜯었다. 카시치는 그것을 꺼내서,

"약에 관한 건, 내가 해야 돼. 줘봐, 당신은, 이만큼만 먹으면 돼."

"얼마 안 되네요. 이 정도로 죽을 수 있겠어요?"

"처음 하는 사람은 그것만으로 죽거든요. 나는 노상 먹고 있어서, 당신의 열 배는 먹어야 하고요. 살아남았다간 비참하거든." 살아남게 되면 감옥이다.*

그런데도 나는 카즈에를 살아남게 하고, 그렇게 해서 비굴한 복수를 하려는 건 아닐까. 설마, 그런, 달콤한 통속소설 같은, ─화까지 나는 바람에, 카시치는 손바닥에서 넘쳐날 정도

의 정제를 샘물로 꿀꺽, 꿀꺽 먹었다. 카즈에도 서투른 손놀림
으로 함께 먹었다.

입술을 맞추고, 둘은 나란히 드러누워서,

"그럼, 이별이야. 살아남은 사람은 굳세게 사는 거야."

카시치는 최면제만으로는 좀처럼 죽지 않는다는 것을 알고
있었다. 슬그머니 자신의 몸을 낭떠러지 가까이까지 이동시켜
서, 허리띠를 풀어 목에 감고서, 그 끝을 뽕나무 비슷한 나뭇
가지에 묶어서 잠이 드는 것과 동시에 낭떠러지에서 미끄러져
내려, 그렇게 목을 매어 죽는 장치를 해놓았다. 이전부터, 그러
기 위해 낭떠러지 위의 이 풀밭을 특히 골랐던 것이다. 잠이 들
었다. 줄줄 미끄러져 가는 것을 희미하게 의식했다.

춥다. 눈을 떴다. 캄캄했다. 달빛이 흘러 떨어지고, 여기는?
―퍼뜩 정신이 들었다.

나는 살아남았다.

목으로 손을 가져간다. 허리띠는 제대로 감겨 있다. 허리가
차가웠다. 물웅덩이에 떨어져 있었다. 그래서 알 수가 있었다.
낭떠러지를 따라 수직으로 곧장 떨어지지 않고, 몸이 옆으로
굴러 낭떠러지의 오목한 곳으로 떨어진 것이다. 그 오목한 곳
에는 샘에서 졸졸졸 나오는 물이 괴어 있어서, 카시치의 등에
서 허리에 걸쳐 뼈까지 얼 것처럼 차가웠다.

---

* 다자이는 1930년 카페의 여급이던 다나베 시메코와 동반자살을 시도했
  으나 다나베만 사망했다. 그로 인해 경찰로부터 자살방조죄를 추궁받았으
  나 큰형의 노력 등으로 기소유예 처분을 받는 것으로 끝났다.

나는 살았다. 죽지 않은 것이다. 이것은 엄숙한 사실이다. 이렇게 된 이상, 카즈에를 죽게 내버려두어서는 안 된다. 아아, 살아 있기를, 살아 있기를.

사지가 오그라들어서 일어나기조차 쉽지가 않았다. 혼신의 힘을 다해 일어나 나뭇가지에 묶어 놓았던 띠도 목에서 풀어놓고, 물웅덩이 안에 책상다리를 하고 앉아 주변을 둘러보았다. 카즈에의 모습은 없었다.

기어다니면서 카즈에를 찾았다. 낭떠러지 밑에 검은 물체가 보였다. 조그마한 강아지처럼 보였다. 슬금슬금 기어 내려가 가까이 가서 보니, 카즈에였다. 다리를 만져 보니 싸늘했다. 죽었나? 자신의 손바닥을 카즈에의 입에 가볍게 대서 호흡을 살펴보았다. 없었다. 바보! 죽어버렸어. 속 썩이는 넌 같으니라고. 이상한 분노로 화끈해졌다. 난폭하게 손목을 잡아서 맥을 짚어보았다. 희미하게 맥박이 느껴졌다. 살아 있다, 살아 있어. 가슴에 손을 대어보았다. 따뜻했다. 뭐야. 바보 같으니라고. 살아 있다. 장하다, 장해. 꽤 사랑스럽게 보였다. 그 정도의 분량으로, 설마 죽을 리가 없다. 아, 아, 아. 다소의 행복감을 가지고, 카즈에의 곁에 벌렁 드러누웠다. 그런 상태에서 카시치는 다시 정신을 잃었다.

두 번째로 눈을 떴을 때는, 곁에 있던 카즈에가 쿨쿨 크게 코를 골고 있었다. 카시치는 그 소리를 들으면서 부끄러워질 정도였다. 튼튼한 넌이로군.

"이봐, 카즈에, 정신 차려. 살았어. 둘 모두 살았다고." 쓴웃음을 지으면서, 카즈에의 어깨를 흔들었다.

카즈에는 편안한 얼굴로 곯아떨어져 있었다. 심야의 산속 삼나무는, 불쑥불쑥 말없이 서 있었는데, 뾰족한 바늘 같은 가지 끝에는 차가운 반달이 걸려 있었다. 왠지 눈물이 나왔다. 훌쩍훌쩍 오열하기 시작했다. 나는, 아직 아직도 아이야. 아이가 무엇 때문에 이런 고생을 해야 한다는 말인가.

갑자기, 곁에 있던 카즈에가 외치기 시작했다.

"아줌마, 아파요. 가슴이 아파요." 피리 소리 비슷했다.

카시치는 경악했다. 이렇게 큰 목소리를 냈다가, 만약 누군가 산기슭의 길을 지나던 사람이 들었다가는 곤란하겠구나 생각했다.

"카즈에, 여기는 숙소가 아니야. 아줌마 같은 건 없다고."

알 턱이 없었다. 아파요, 아파요 하고 외치면서 몸을 괴로운 듯이 꿈지럭거리더니, 그러다가 밑으로 뒹굴뒹굴 굴러갔다. 느슨한 경사면이, 기슭의 길까지 카즈에의 몸을 굴려 갈 것 같아서, 카시치도 무리하게 자신의 몸을 굴려 그 뒤를 쫓았다. 한 그루의 삼나무가 가로막아서 카즈에는 그 줄기에 걸렸다.

"아줌마, 추워요. 고타츠 가져다주세요" 하고 소리 높이 외쳤다.

다가가서, 달빛에 비친 카즈에를 보니, 더 이상 사람의 모습이 아니었다. 머리는 헝클어지고, 게다가 그 머리카락에는 삼나무의 낙엽이 잔뜩 붙어 있어, 사자의 갈기처럼, 전설적인 산할멈*의 머리처럼, 크게 헝클어져 있었다.

정신 차려야지, 나라도 정신 차리지 않으면 안 돼. 카시치는 비틀비틀 일어나 카즈에를 끌어안고, 다시 삼나무 숲 안쪽으로 끌어당기려고 애를 썼다. 넘어지고, 기고, 미끄러지고, 나무뿌리에 매달리고, 흙을 긁어 대며 조금씩 조금씩 카즈에의 몸을 숲 안쪽으로 끌어 올렸다. 몇 시간, 벌레의 노력을 계속했을까.

아아, 이제 싫다. 이 여자는 나에게는 너무 무거워. 좋은 사람이지만, 내 힘에는 부친다. 나는 무력한 인간이다. 나는 평생, 이 사람 때문에 이런 고생을 해야 하는 것일까. 싫다, 더는 못하겠다. 헤어지자. 나는, 내 힘으로, 할 수 있는 데까지는 다 했다.

그때, 확실하게 결심이 섰다.

이 여자는 글렀다. 나에게만 무제한으로 기대고 있다. 남이 뭐라고 하든 나는 이 여자하고 헤어질 거다.

새벽이 가까워왔다. 하늘이 뿌예지기 시작했던 것이다 카즈에도 점점 얌전해졌다. 아침안개가 자욱하게 숲에 충만해 있다.

단순해지자. 단순해지자. 남자다움, 이라는 이 낱말의 단순성을 웃지 않으리라. 인간은 소박하게 사는 수밖에 달리 살 방법이 없는 존재다.

곁에 누워 있는 카즈에의 머리에서 삼나무 잎사귀를 하나하나 꼼꼼하게 치워주면서 카시치는 생각했다.

나는, 이 여자를 사랑하고 있다. 어찌해야 할지 모를 정도로 사랑하고 있다. 그게, 바로 내 고뇌의 시작인 것이다. 하지만, 이젠 됐어. 나는 사랑하면서도 떠날 수가 있는, 무엇인지 모를

---

* 야마우바山姥. 산속 깊숙한 곳에 사는 늙은 여인의 모습을 한 요괴.

강함을 얻었다. 살아가기 위해서는 사랑조차도 희생하지 않으면 안 된다. 뭐야, 당연한 이야기 아냐. 세상 사람들은 모두 그렇게 살아가고 있어. 당연한 삶을 사는 거야. 살아가기 위해서는 그 외에는 다른 도리가 없어. 나는 천재가 아니다. 미치광이가 아니다.

대낮이 좀 지나기까지, 카즈에는 푹 잤다. 그동안에 카시치는 비틀거리면서도 자신의 젖은 옷을 벗어서 말렸고, 또한 카즈에의 게다를 찾아 헤맸고, 빈 약통을 땅에 파묻기도 하고, 카즈에의 옷에 묻은 진흙을 손수건으로 닦아내기도 하는 등 많은 일을 했다.

카즈에는 잠에서 깨어나, 카시치로부터 간밤의 일을 여러 가지로 듣고는

"여보, 미안해요" 하고 살짝 고개를 숙였다. 카시치는, 웃었다.

카시치 쪽은 이제 걸을 수 있게 되었지만, 카즈에는 아니었다. 잠시 둘은 앉은 채로, 앞으로의 일을 의논했다. 돈은 아직 10엔 가까이 남아 있었다. 카시치는 둘이 함께 도쿄로 돌아가자고 주장했지만, 카즈에는 옷도 매우 더러워져서 이 꼴로 도저히 기차를 탈 수는 없다고 했고, 결국 카즈에는 다시 자동차로 다니카와 온천으로 되돌아가 아줌마에게 다른 온천장에서 산책하다 넘어져서 옷이 더러워졌다거나, 적당히 어설픈 거짓말을 해서 카시치가 도쿄로 돌아가서 갈아입을 옷과 돈을 가지고 다시 맞이하러 올 때까지 여관에서 정양靜養하는 것으로 이야기가 마무리되었다. 카시치의 옷이 말랐으므로 카시치는

홀로 삼나무 숲을 벗어나 미나카미의 거리로 나가서 과자와 캐러멜과 사이다를 사서 다시 산으로 되돌아와 카즈에와 함께 먹었다. 카즈에는 사이다를 한 모금 마시고 토했다.

어두워질 때까지 둘이 함께 있었다. 카즈에가 겨우 그럭저럭 걸을 수 있게 되자, 둘이서 삼나무숲을 빠져 나왔다. 카즈에를 차에 태워 다니카와로 보낸 다음, 카시치는 홀로 기차를 타고 도쿄로 돌아왔다.

그다음으로는, 카즈에의 숙부에게 사정 이야기를 털어놓고 나서, 일체의 일에 대해 부탁했다. 말수가 적은 숙부는,

"유감스럽구면"

하고 자못 유감스러운 듯 보였다.

숙부가 카즈에를 데리고 돌아와, 숙부의 집에서 맡으면서,

"카즈에란 년, 여관집 딸이라도 되는 듯이, 밤에 잘 때에는 주인과 아줌마 사이에 이불을 깔게 해서 느긋하게 자고 있던 걸. 웃기는 애야" 하고 말하며, 목을 움츠려가며 웃었다. 달리 아무 말도 없었다.

이 숙부는 좋은 사람이었다. 카시치가 확실히 카즈에와 헤어진 뒤로도, 카시치와 아무 허물 없이 술을 마시고 놀았다. 그래도 때로는,

"카즈에도, 불쌍하지"

하고 생각났다는 듯이 말했고, 카시치는 그럴 때마다, 마음이 약해져 난처했다.

(1938년 10월)

부악백경富嶽百景

후지산의 정각頂角을 보면, 히로시게*의 후지는 85도, 분
초**의 후지도 84도가량. 그러나 육군의 실측도에 따라 동서와
남북으로 단면도를 만들어보면, 동서 종단은 124도가 되고, 남
북은 117도이다. 히로시게, 분초뿐 아니라, 대개의 후지산 그
림은 예각이다. 산꼭대기가 가늘고, 높고, 늘씬하다. 호쿠사이***
에 이르러서는, 그 정각이 거의 30도로, 에펠 철탑 같은 후지산

---

* 안도 히로시게安藤廣重(1797-1858). 풍경 판화 연작으로 유명하다.

** 다니 분초谷文晁(1763-1841). 일본화뿐 아니라 서양화 기법도 익혀 사생
적인 풍경화를 그렸다.

*** 가츠시카 호쿠사이葛飾北斎(1760-1849). 일본, 중국, 서양의 화풍을 모
두 받아들여 이색적인 풍경화로 일가를 이루었으며 서구 사회 예술가들
에게까지 영감을 주었다.

까지 그려놓고 있다.

그러나, 실제 후지는 어엿한 둔각인 데다, 평퍼짐하게 퍼져, 동서 124도, 남북은 117도로서, 결코, 쑥 빠진, 늘씬하게 높은 산은 아니다. 예를 들어 내가, 인도 같은 어느 나라에서 갑자기, 솔개에게 붙잡혀, 일본의 누마즈 언저리의 바닷가에 떨어뜨려져서, 문득 이 산을 발견했다 하더라도, 별로 경탄하지는 않을 것이다. 일본의 후지야마(외국인들은 흔히 '후지산'이 아닌 '후지야마'로 부른다)를 처음부터 동경하고 있기 때문에 원더풀한 것이지, 그따위 속된 선전을 전혀 알지 못하고, 소박하고 순수한 텅 빈 마음에 대해서는 과연 얼마만큼이나 호소력을 발휘할 것인가. 그런 이야기가 되고 보면 다소간 마음이 불안해지는 산이다. 낮은 거다. 산자락이 펼쳐져 있는 것치고는 낮다. 그 정도의 산자락을 가지고 있는 산이라면, 적어도 그 1.5배 정도 높아야 한다.

짓코쿠 고개에서 본 후지만큼은 높았다. 그것은 훌륭했다. 처음, 구름 때문에 산꼭대기가 보이지 않으므로, 나는 그 산자락의 경사도로부터 판단해서, 아마도 저 언저리쯤이 정상이려니 하고 구름의 한 점에 표시를 해놓았는데, 구름이 걷히고 보니, 틀렸다. 내가 미리 표시를 해둔 곳보다도 그 높이는 갑절이나 높은 곳에서 파란 꼭대기가 쑥 나타난 것이다. 놀랐다, 라기보다도 나는 공연히 근지러울 때처럼 껄껄 웃었다. 잘났군 하고 생각했다. 사람은 완전하고 믿음직스러운 것을 보면, 먼저 맥을 놓고 웃는 모양이다. 온몸의 나사가 터무니없이 헐거워져서, 좀 요상한 표현이기는 하지만, 띠를 풀어놓고 웃는다, 같은 느낌이다. 여러분이, 만약에 애인과 만났는데, 만나는 순간, 애인이 깔깔거리고 웃음을 터뜨렸다면, 이건 경하할 일이다. 절대로 애인의 무례를 나무라서는 안 된다. 애인은, 당신을 만나, 당신의 완전하고 믿음직스러움을, 온몸으로 느끼고 있는 것이기 때문이다.

도쿄의 아파트 창문을 통해 보는 후지산은 보잘것없다. 겨울에는, 똑똑하게 잘 보인다. 조그맣고, 새하얀 삼각이, 지평선에서 쏙 나와 있다. 그것이 후지다. 별것이 아니다. 크리스마스의 장식 과자다. 게다가 왼편으로 어깨가 기울어져가면서, 허전하게, 고물부터 서서히 침몰해가고 있는 군함의 모습과 비슷하다. 3년 전 겨울, 나는 어떤 사람에게 이런 뜻밖의 말을 듣고서, 어찌 할 바를 몰랐다. 그날 밤, 아파트의 한 방에서, 홀로 벌컥벌컥 술을 마셨다. 한잠도 자지 못하고 술을 마셨다. 새벽, 소피를 보려고 일어났는데, 아파트의 변소, 방충망이 쳐진 네모진 창문으로, 후지가 보였다. 조그맣고, 새하얗고, 왼쪽으로 약간 기울어진, 그 후지를 잊을 수가 없다. 창문 밑 아스팔트 길을 생선 장수의 자전거가 냅다 달리고 있는데, 오! 오늘 아침은, 모처럼 후지가 뚜렷하게 잘 보이는데, 엄청 춥네 따위를 중얼거리며, 나는 어두운 변소 속에 우뚝 서서, 창문의 방충망을 쓰다듬으면서 쿨쩍쿨쩍 울었다. 그런 추억거리는 두 번 다시 떠올리고 싶지 않다.

1938년 초겨울, 생각을 말끔히 일신할 요량으로, 나는 가방 하나를 들고서 여행을 떠났다.

고슈甲州. 이곳 산들의 특징은, 산들의 기복선이 이상하게 허무한, 느슨한 점에 있다. 고지마 우스이라고 하는 사람의 일본 산수론에도, '토라진 산이 많고, 이 땅에서 신선놀이를 하는 듯하다'라고 되어 있었다. 고슈의 산들은, 어쩌면, 산의 별종일지도 모른다. 나는 고후시에서 버스를 타고 한 시간, 미사카 고개에 당도한다.

미사카 고개. 해발 1,300미터. 이 고개 꼭대기에 덴카 찻집이라는 곳이 있어, 이부세 마스지 씨가 초여름 무렵부터, 이곳 2층에 자리 잡고 일을 하고 계신다. 나는 그것을 알고 이곳에 온 것이다. 이부세 씨의 일에 방해가 되지 않는다면, 옆방을 빌려, 나도 한동안 그곳에서 선유仙遊해볼까 생각하고 있었다.

이부세 씨는 일을 하고 있었다. 나는 이부세 씨의 허락을 받아, 당분간 그 찻집에 머무르게 되었고, 그로부터 매일, 싫더라도 후지와 정면으로 마주 보지 않을 수 없게 되었다. 이 고개는 고슈에서 도카이도로 빠지는 가마쿠라 대로의 요충지여서, 북면 후지의 대표 관망대로 불리는데, 이곳에서 본 후지는, 예전부터 후지 3경의 하나로 칭해지고 있다지만, 나는 그다지 마음에 들지 않았다. 마음에 들지 않았을 뿐 아니라, 경멸까지 했다. 너무나, 안성맞춤의 후지다. 한가운데에 후지가 있고, 그 밑에 가와구치 호수가 싸늘하게 펼쳐져 있고, 근경의 산들이 그 양쪽 소매에 웅크리고 앉아, 호수를 떠안는 것처럼 도사리고 있다. 나는 한눈에, 당황하고 얼굴을 붉혔다. 이것은 마치, 목욕탕의 페인트 그림 같지 않은가. 연극 장면의 배경이다. 그야말로 주문에 딱 들어맞는 경치인지라, 나는 면구스러워서 혼이 났다.

내가 그 고개의 찻집에 와서, 사흘이 지나자, 이부세 씨의 일도 일단락되어, 어느 갠 날 오후, 우리는 미츠 고개를 올랐다. 미츠 고개, 해발 1,700미터. 미사카 고개보다 조금 높다. 가파른 언덕을 기듯이 올라갔고, 한 시간 정도 지나 미츠 고개 꼭대기에 도달했다. 칡덩굴을 헤쳐 가며, 가느다란 산길을 바짝 기듯이 올라가는 우리의 모습은 결코 보기 좋은 것은 아니었다. 이부세 씨는, 제대로 등산복 차림이어서 경쾌한 모습이었지만, 나는 마침 등산복을 가지고 오지 않아, 도테라* 차림이었다. 찻집의 도테라는 기장이 짧아서, 내 무릎은 한 자 이상 드러났고, 게다가 찻집 영감님에게서 빌려 온 고무바닥을 깐 덧신을 신고 있었으므로, 내가 보기에도 너절한 꼬락서니라, 약간 아이디어를 작동시켜 띠를 매고, 찻집 벽에 걸려 있던 낡은 맥고모자를 써보았는데, 더더욱 꼴불견이 되었다. 이부세 씨는 남의 차림새를 놓고 절대로 우습게 말하는 사람이 아니었건만, 그때만큼은 약간 안됐다는 얼굴을 하면서, 남자는, 하지만 차림새 따위에는 신경 쓰지 않는 것이 좋지, 하고 작은 목소리로 감싸 준 일을, 나는 잊지 않고 있다.

좌우간 꼭대기에 도달하기는 했는데, 급작스럽게 짙은 안개가 끼기 시작해, 정상의 파노라마라고 불리는 깎아지른 절벽가에 서보았지만, 좀처럼 시계가 열리지 않아, 아무것도 볼 수가 없다. 이부세 씨는 짙은 안개 속, 바위에 걸터앉아, 유유히 담

---

* 일본의 전통적 방한용 덧옷. 요즘엔 주로 남자들이 실내복으로 입는다.

배를 피우면서, 방귀를 뀌었다. 참으로 무료한 모습이었다. 파노라마대에는 찻집이 셋 늘어서 있다. 그중의 하나, 할아버지와 할머니 둘이서 경영하고 있는 조촐한 집을 택해서, 그곳에서 뜨거운 차를 마셨다. 찻집 할머니는 매우 안쓰러워하며, 정말이지, 때를 잘못 맞추셨네요, 안개는 조금 있으면 지나갈 것으로 생각되는데, 후지는 바로 저 앞에 똑똑히 보인답니다, 이렇게 말하고, 가게 안에서 후지의 큰 사진을 끄집어내어, 절벽가에 서서 그 사진을 양팔로 높이 들어 올리며, 바로 이 언저리에, 이처럼, 이렇게 크게, 이처럼 뚜렷이, 이렇게 보인답니다, 하고 열심히 설명을 했다. 우리는 차를 마시면서, 그 후지를 바라보며 웃었다. 좋은 후지를 보았군. 안개 깊은 것을 유감으로 생각하지 않았다.

그 다음다음 날이었을까, 이부세 씨는 미사카 고개를 철수하게 되어서, 나도 고후까지 길동무를 했다. 고후에서 나는, 어떤 아가씨와 선을 보기로 되어 있었다. 이부세 씨에게 이끌려, 고후시의 변두리에 있는, 그 아가씨 집을 방문했다. 이부세 씨는 적당한 등산복 차림이다. 나는 가쿠오비*에 여름 하오리**를 입고 있었다. 아가씨네 집 뜰에는 장미가 많이 심겨 있었다. 그 집 어머니의 마중을 받아 객실로 가서, 인사를 했고, 그러는 동안 아가씨도 왔는데, 나는, 아가씨의 얼굴을 보지 않았다. 이부세 씨와 어머니는, 어른끼리의 세상 돌아가는 이야기를 하고

---

* 남성 기모노의 딱딱하고 폭이 좁은 허리띠.

** 기모노 위에 입는 기장이 짧은 겉옷.

있었는데, 문득, 이부세 씨가,

"엇, 후지산이네" 하고 중얼거리며, 내 등 뒤쪽의 중인방을 쳐다보았다. 나도, 몸을 틀어서, 뒤쪽 중인방을 쳐다보았다. 후지산 꼭대기 분화구 조감鳥瞰 사진이, 액자로 걸려 있었다. 새하얀 수련꽃 비슷했다. 나는, 그것을 살펴보고 나서, 다시 천천히 몸을 되돌렸을 때, 아가씨를 슬쩍 보았다. 마음을 정했다. 다소의 곤란이 있더라도, 이 사람하고 결혼해야겠다고 생각했다. 저 후지는 고마운 존재였다.

이부세 씨는, 그날 귀경하시고, 나는, 다시 미사카로 되돌아왔다. 그로부터 9월, 10월, 11월 15일까지는, 미사카의 찻집 2층에서, 조금씩, 조금씩 일을 계속해서, 그다지 내키지 않는 이 '후지 3경의 하나'와 지칠 정도로 대화를 나누었다.

한번은, 크게 웃은 일이 있었다. 대학 강사인지 무엇인지 하고 있는 낭만파 친구 하나가, 하이킹 도중, 내 방에 찾아온 일이 있는데, 그때, 둘이서 2층 복도로 나가, 후지를 보면서,

"영, 속물스럽군. 후지 님, 이런 느낌 아닌가."

"보고 있는 동안, 오히려 쑥스러워지지."

어쩌고 건방진 소리를 하면서 담배를 피웠다. 그러다가, 친구는, 문득,

"어, 저기 중처럼 생긴 건 뭐지?" 턱으로 가리켰다.

군데군데 찢어진 곳이 있는 승복을 걸치고, 기다란 지팡이를 끌며, 후지를 쳐다보고 또 쳐다보면서, 언덕을 올라오는 50세 정도의 작은 남자가 있다.

"딱, 후지미 사이교富士見西行* 꼴 아닌가, 구도가 제대로야."

나는 그 스님을 그립게 떠올렸다. "어쩌면, 이름 있는 성승聖僧일지도 모르지."

"바보 같은 소릴. 거지야." 친구는 냉담했다.

"아니, 아니, 탈속脫俗한 듯한 구석이 있어. 걸음걸이 같은 게, 제격이 아니냐고. 옛적에, 노인 법사能因法師**가 이 고개에서 후지를 찬양하는 노래를 지었다던데, ―"

내가 말하는 동안에, 친구는 웃기 시작했다.

"이봐, 저걸 보라고. 제격이 아닌걸."

노인 법사는, 찻집의 하치라는 개가 짖어대는 바람에, 어찌할 바를 모르고 허둥거렸다. 그 꼬락서니는 정이 떨어질 정도로 딱했다.

"아니올시다로군, 역시." 나는 낙심했다.

그 거지의 허둥거리는 꼴은, 오히려 천박할 정도로 우왕좌왕, 결국에는 지팡이도 내던지고 허둥지둥, 허둥지둥, 도저히 안 되겠다고 도망을 쳤다. 참으로 그 꼴은 말이 아니었다. 후지산도 속스럽고, 법사도 속스럽구나 하면서, 지금 떠올려봐도, 한심하다.

닛타라는 25세의 온후한 청년 하나가, 고개를 다 내려간 곳에 있는 요시다라는 갸름하게 생긴 거리의 우편국에 근무하고 있는데, 그 사람이 우편물을 보고, 내가 이곳에 와 있다는 것을

---

* 일본화의 화제画題 중 하나로, 사이교 법사西行法師가 뒤쪽을 향해 후지산을 보고 있는 그림.

** 헤이안 중기의 가인으로 일본 36가선歌仙의 한 명. 가집『현현집玄玄集』.

알았다면서, 고개 위 찻집으로 찾아왔다. 2층의 내 방에서 한동안 대화를 하면서 조금 친숙해졌을 무렵, 닛타는 웃으면서, 실은 두세 명 제 친구가 있어서, 모두가 뵈러 올라올 생각이었는데, 막상 가자 하니까, 모두들 뒷걸음을 치더라고요. 다자이 씨는 지독한 데카당이고, 게다가 성격파탄자, 이렇게 사토 하루오 선생님의 소설에도 쓰여 있었던지라, 설마, 이처럼 진지하고 제대로 된 분이라고는 생각하지 못했거든요. 저도, 억지로 모두 데리고 올 수는 없었거든요. 다음번에는 모두 데리고 오겠습니다. 괜찮을까요?

"그거야 상관없지만……" 나는 쓴웃음을 지었다. "그렇다면 자네는 필사적인 용기를 내어서, 자네 친구들을 대표해서 나를 정찰하러 온 셈이로군."

"결사대였습니다." 닛타는 솔직했다. "간밤에도, 사토 선생님의 그 소설을 다시 한 번 되풀이해서 읽은 다음 여러모로 각오를 단단히 하고 왔습니다."

나는, 방의 유리창 너머로, 후지를 바라보았다. 후지는 묵묵히 서 있었다. 훌륭해, 하고 생각했다.

"좋군, 후지는, 역시 좋은 점이 있어. 잘하고 있는 거야." 역시 후지한테는 못 당해, 하고 생각했다. 끊임없이 오락가락하는 나의 애증의 마음이 부끄러우면서도, 후지는 역시 위대하다고 생각했다. 잘하고 있는 거야, 하고 생각했다.

"잘하고 있습니까?" 닛타에게는 내 말이 우스웠던 모양인지 총명하게 웃고 있었다.

닛타는 그 뒤로, 여러 청년들을 데리고 왔다. 모두들, 조용한 사람들이다. 그들은 나를 선생님이라고 불렀다. 나는 진지하게 이를 받아들였다. 나에게는 자랑거리가 하나도 없다. 학문도 없다. 재능도 없다. 육체도 보잘것없고, 마음보도 시원찮다. 하지만, 고뇌만큼은, 그 청년들에게 선생 소리를 들어도, 잠자코 이를 받아들일 수 있을 정도의 고뇌만큼은 겪어왔다. 오직 그것뿐이다. 지푸라기 한 올 정도의 자부다. 하지만, 나는, 이 자부만큼은 확실히 가지고 있는 것으로 생각하고 있다. 버르장머리 없는 망나니처럼 평가되어온 나의, 이면의 고뇌를 도대체 몇 사람이나 알 것인가. 닛타 그리고 다나베라는 단가短歌를 곧잘 하는 청년 둘은 이부세 씨의 독자였고, 그런 안심감도 있어, 이 둘과 가장 친하게 되었다. 한번은 요시다로 안내받아 간 일이 있었다. 매우 기다란 거리였다. 산록의 느낌이 들었는데, 후지산에 해도, 바람도 가려져서 기다랗게 자라난 식물 줄기처럼, 어둡고, 쓸쓸한 느낌의 거리였다. 도로를 따라 맑은 물이 흐르고 있다. 이것은 산록 마을의 특징인 듯, 미시마에서도, 이런 식으로, 온 마을에 맑디맑은 물이 흐르고 있다. 후지의 눈이 녹아서 흘러온 것이다, 이렇게 그 지방 사람들은 진지하게 믿고 있다. 요시다의 물은, 미시마의 물에 비해 물의 양도 부족하고 더럽다. 물을 바라보면서 내가 말했다.

"모파상의 소설에는, 어떤 아가씨가, 귀공자네 집으로 매일 밤, 강을 헤엄쳐서 만나러 갔다고 쓰여 있었는데, 옷은, 어떻게 한 것일까. 설마, 벌거벗은 것은 아닐 테고."

"그렇네요." 청년들도 생각했다. "수영복이 아닐까요."

"머리 위에 옷을 이고, 단단히 매고, 그렇게 하고 헤엄을 친걸까?"

청년들은 웃었다.

"아니면, 옷을 입은 채로 들어가, 푹 젖은 모습으로 귀공자를 만나고, 둘이서 스토브에서 말린 것일까? 그렇게 했다면, 돌아갈 때에는 어떻게 한 것일까. 모처럼 말린 옷을, 다시 푹 적셔 가며 헤엄치지 않을 수가 없을 테고. 걱정이로군. 귀공자 쪽에서 헤엄쳐 오면 좋았을 텐데. 남자라면 팬츠 하나로 헤엄을 치더라도 그다지 흉할 것도 없으니까 말이지. 귀공자는 맥주병이었을까?"

"아니, 아가씨 쪽에서 많이 반해 있었을 것으로 생각합니다." 닛타는 진지했다.

"그럴지도 몰라. 외국 이야기에 나오는 아가씨는, 용감하고 사랑스럽지. 일단 좋아졌다 하면, 강을 건너서까지 만나러 가니 말이야. 일본에서는 그렇게까지 되지 않아. 어떤 연극이 있지 않았나. 한가운데로 강이 흐르고, 양쪽 강변에서 남자랑 아가씨가 서로 비탄에 빠져 있는 연극 말이야. 그랬을 때, 애당초 아가씨는 비탄에 빠질 필요가 없지. 헤엄쳐 가면 어때서. 연극에서 보니, 아주 좁은 강이었거든. 철벅철벅 건너가면 어때서. 그따위 비탄은 의미가 없어. 동정이 안 가. 아사가오朝顔 아가씨의 오이가와大井川 이야기는 말이지, 그건 큰 강인 데다가 아사가오는 장님이니까, 그건 좀 동정심이 가지만, 하지만, 그것만 해도, 헤엄쳐서 못 갈 것도 없잖아. 오이가와의 말뚝에 매달려서, 하느님을 원망해봐야 의미가 없는 거야. 아, 한 사람 있네. 일본에도, 용감한 게 하나 있었네. 그놈은 대단해. 알고 있나?"

"있나요?" 하고 청년들도 눈을 반짝거렸다.

"기요히메*야. 안친을 쫓아가느라 히다카가와를 헤엄쳤지, 마구 헤엄을 쳤어. 그건 대단한 이야기야. 기요히메는 그때 열 넷이었거든."

걸어가며, 싱거운 이야기를 하면서, 거리 변두리의 다나베의 친지의 것인 듯한, 조용하고 오래된 여관에 도착했다. 그곳에서 마시게 되었는데, 그날 밤의 후지가 좋았다. 밤 10시경, 청년들은, 나 하나만 여관에 남겨놓고 뿔뿔이 제 집으로 갔다. 나는 잠이 오지 않아, 잠옷 바람으로 밖에 나갔다. 엄청, 밝은 달밤이었다. 후지가 좋았다. 달빛을 받아, 새파랗게 투명한 듯, 나는 여우에게 홀린 듯한 기분이 들었다. 후지가, 물이 뚝뚝 흐르듯이 파란 거다. 인燐이 피어오르는 느낌이었다. 도깨비불, 여우불, 반딧불이, 갈대, 칡덩굴의 잎. 나는 발이 없는 듯한 기분으로, 밤길을, 똑바로 걸었다. 게다 소리만이, 나의 것이 아닌 듯, 카랑코롱 카랑코롱 하고 맑은 소리를 울려댄다. 살그머니 돌아다보면, 그곳에는 후지가 있다. 파랗게 타면서 하늘에 떠 있다. 나는 탄식을 한다. 유신의 지사, 구라마텐구鞍馬天狗.** 나는 자신을 그렇게 생각했다. 좀 뽐내는 듯한 기분으로, 주머니에 손을 넣고 걸었다. 내가, 매우 괜찮은 사나이인 듯이 느껴졌

---

* 기노쿠니야 도성사道成寺의 전설. 기요히메가 그 집에 묵은 스님 안친을 사모하여 마침내 뱀이 되어 추적, 안친이 잠입한 도성사의 종을 휘감고 안친을 태워 죽였다고 전해진다. 인형 조루리의 제재로 쓰임.

** 옛날 구라마산에 살고 있었다는 텐구. 텐구는 사람 모양에 코가 매우 높고 얼굴이 빨간, 날개가 있고 신통력을 가졌다는 상상의 괴물이다.

다. 한참 걸었다. 지갑을 떨어뜨렸다. 50전錢 은화가 스무 닢가량 들어 있었는데, 너무 무거워 주머니에서 툭 떨어진 모양이다. 나는 신기하게도 아무렇지도 않았다. 돈이 없으면 미사카까지 걸어서 돌아가면 된다. 그대로 걸었다. 문득, 지금 온 길을, 그대로 다시 한 번 걸으면 지갑은 있다, 는 것을 깨달았다. 손을 품에 꽂은 채, 건들건들 되돌아섰다. 후지, 달밤, 유신의 지사. 지갑을 떨어뜨렸다. 흥취 있는 로맨스라고 생각했다. 지갑은 길 한복판에서 반짝거리고 있었다. 있는 것이 당연하다. 나는 그것을 주워 여관으로 가서 잤다.

후지한테 홀린 것이다. 나는, 그날 밤, 바보였다. 완전히 무의지無意志였다. 그날 밤의 일을 이제 떠올려보아도, 묘하게 나른해진다.

요시다에서 하룻밤 자고, 다음날 미사카에 돌아왔는데, 찻집 마나님은 싱글싱글 웃었고, 15세 된 딸은 새침해져 있었다. 나는, 지저분한 짓을 하고 온 것이 아니라는 점을 은근히 알려주고 싶어져서, 어제 하루의 행동을, 물어보지도 않았건만, 주절주절 상세하게 이야기했다. 잔 여관의 이름, 요시다의 술맛, 한밤중의 후지, 지갑을 떨어뜨린 일, 모두 이야기해주었고, 아가씨도 기분이 좋아졌다.

"손님! 일어나서 보세요!" 새된 큰 목소리로, 어느 날 아침, 찻집 바깥에서 아가씨가 외쳤으므로, 나는 내키지 않는 기분으로 일어나, 복도로 나가보았다.

아가씨는, 흥분해서 볼이 빨갛게 되어 있었다. 잠자코 하늘을 가리켰다. 보니, 눈. 엇 하고 놀랐다. 후지에 눈이 내린 것이다. 산꼭대기가 새하얗게 빛나고 있었다. 미사카의 후지도 우습게 볼 것이 아니로군, 하고 생각했다.

"좋군"

하고 칭찬해주었더니, 아가씨는 자랑스러운 듯,

"훌륭하지요?" 하더니, "미사카의 후지가 이래도 별것 아니에요?" 하고 쪼그려 앉으면서 말했다. 내가 평소에, 이런 후지는 속물스러워서 안 된다고 말하고 있었으므로, 아가씨는 속으로 뾰로통하고 있었던 것인지도 모른다.

"역시, 후지는 눈이 오지 않으면 안 되는 거야." 나는 그럴싸한 표정을 지으면서 그렇게 고쳐 말했다.

나는 잠옷 차림으로 산을 싸돌아다니면서, 달맞이꽃의 씨를 양손 가득 따가지고 와서, 이를 찻집 뒷문께에 뿌려주고,

"알았지, 이건 내 달맞이꽃이거든, 내년에 또 와서 볼 거니까, 여기에 빨래한 물 같은 걸 버리면 안 된다." 아가씨는 끄덕거렸다.

유독, 달맞이꽃을 선택한 것은, 후지에는 달맞이꽃이 잘 어울린다고 생각하게 된 연유가 있어서다. 미사카 고개의 그 찻집은 말하자면 산중의 외톨이 집인지라 우편물은 배달되지 않는다. 고개의 정점에서 버스로 30분가량 흔들리며 저 아래, 하구 호반의 가와구치 마을이라는 글자 그대로의 한촌寒村에 도착하게 되는데, 그 가와구치 마을의 우편국에는, 나에게 온 우편물이 모아져 있으므로, 나는 사흘에 한 번 정도 그 우편물을 가지러 가야 한다. 날씨 좋은 날을 택해서 간다. 이 버스의 여차장은, 유람객을 위해, 각별하게 풍경의 설명을 해주지 않는

다. 그래도 때때로 생각났다는 듯이 매우 산문적인 말투로, 저
것이 미츠 고개, 맞은편이 가와구치호수, 빙어라는 물고기가
있습니다 등, 나른한 듯한, 중얼거림 비슷한 설명을 들려주는
일도 있다.

가와구치에서 우편물을 받아, 다시 버스를 타고 찻집으로
돌아가는 길에, 내 발 옆에, 짙은 찻빛 두루마기를 입은 창백하
고 단정한 얼굴의, 60세쯤, 나의 어머니와 많이 닮은 할머니가
단정하게 앉아 있었고, 여차장은 생각이 났다는 듯이, 여러분,
오늘은 후지가 잘 보이는군요 하고, 설명인지, 저 혼자 감탄하
는 것인지 모를 말을 불쑥 내뱉는 바람에, 등가방을 진 젊은 샐
러리맨과, 커다랗게 일본식 머리 스타일로 치장하고 입가를 소
중하게 손수건으로 가리고, 비단옷을 입은 게이샤풍의 여인
네들이, 몸을 크게 구부리며, 일제히 차창으로부터 고개를 내
밀고서, 새삼스럽게, 그 변함없이 별스럽지도 않은 세모의 산
을 바라보면서, 야아라느니, 어머나라느니, 넋 빠진 탄성을 지
르면서, 차 안이 한동안 술렁거렸다. 하지만, 내 곁의 마나님은
가슴에 깊은 근심거리라도 있는 것인지, 다른 유람객과는 달
리, 후지에는 한 번도 눈길을 주지도 않고, 오히려 후지와는 반
대쪽 산길을 따라 난 절벽을 빤히 바라보는지라, 나는 그 모습
에, 몸이 찌르르할 정도로 쾌감이 느껴져, 나 또한, 후지 같은
것, 저런 속물스러운 산, 보고 싶지도 않다는, 고상하고 허무한
마음을, 그 할머니에게 보여주고 싶은 생각이 나서, 당신의 고
뇌, 외로움, 모두 잘 알고 있습니다. 이렇게 부탁을 받은 것도
아니련만, 공명共鳴의 몸짓을 보여주고 나서, 할머니에게 응석

이라도 부리듯, 슬쩍 다가앉아, 할머니와 똑같은 자세를 취하며, 멀거니 언덕 쪽을 바라보았다.

할머니도 무언가, 나에 대해 안심하는 구석이 생겼는지, 불쑥 한마디,

"어머, 달맞이꽃."

그렇게 말하며, 손가락으로 길가의 한곳을 가리켰다. 휙 하고 버스는 지나갔고, 내 눈에는 얼핏 눈에 들어온 황금빛 달맞이꽃 하나, 꽃잎도 아련하게 지워지지 않고 남았다.

3,778미터나 되는 후지산과, 꿋꿋하게 대치하면서, 꿈쩍도 않고, 무엇이랄까, 금강역초金剛力草라고나 표현해야 할 정도로, 늠름하게 서 있는 그 달맞이꽃은 좋았다. 후지에는 달맞이꽃이 썩 잘 어울린다.

10월 중순에 접어들었건만, 내 작업은 영 지지부진하다. 사람이 그립다. 새빨갛게 불타고 있는 저녁놀, 2층 복도에서 홀로 담배를 피우면서, 일부러 후지에는 눈길조차 주지 않으면서, 그야말로 피가 뚝뚝 떨어지는 듯한 새빨간 단풍을 응시하고 있었다. 찻집 앞 낙엽을 쓸어 모으고 있는 찻집 마나님에게 소리를 질렀다.

"아줌마! 내일은 날씨가 좋겠네요."

내가 생각하기에도 깜짝 놀랄 정도로 드높고, 환성에 가까운 목소리였다. 아줌마는 비질을 멈추고서, 얼굴을 들고, 이상하다는 듯이 눈썹을 찡그리면서,

"내일 무슨 일이 있으세요?"

그 소리를 듣자, 나는 난처해졌다.

"아무것도요."

아주머니는 웃기 시작했다.

"쓸쓸해지신 거로군요. 산에라도 오르시지 그러세요."

"산은, 올라가봤자, 금방 또 내려와야 하니까 재미없어요. 어느 산에 올라가보아도 후지산이 보일 뿐, 그걸 생각하면, 마음이 무거워지거든요."

내 말이 이상했던지, 아줌마는 그저 애매하게 끄덕거리고 나서, 다시 낙엽을 쓸었다.

자기 전에, 방의 커튼을 슬쩍 열고 유리창 너머로 후지를 본다. 달밤이면 후지는 창백하게, 물의 정령 같은 모습으로 서 있다. 나는 한숨을 쉰다. 아아, 후지가 보인다. 별이 크다. 내일은, 좋은 날씨로군, 하고 그런 것만이 희미한 삶의 기쁨이지, 그러고 다시, 슬그머니 커튼을 닫고, 그대로 자는 것인데, 내일, 날씨가 좋다고 해서, 별로 이 몸에는, 어떻다는 것도 없지 않은가, 이렇게 생각하니, 웃음이 나와, 홀로 이불 속에서 쓴웃음 지었다. 괴로운 것이다. 작업은, ─순수하게 글을 쓴다는 일의, 그 괴로움보다도, 아니, 글쓰기는 오히려 나의 즐거움이기까지한 것인데, 그런 게 아니라, 나의 세계관, 예술이라는 것, 내일의 문학이라고 하는 것, 말하자면, 새로움이라고 하는 것, 나는 그런 것들에 대해, 아직도 우물쭈물, 고뇌하고, 과장이 아니라, 몸부림치고 있었다.

소박한, 자연의 것, 따라서 간결하고 선명한 것. 그런 것을 싹 휘어잡고, 그대로 종이에 베낀다는 일, 그것 말고는 없다고 생각하고, 그렇게 생각할 때에는 눈앞의 후지의 모습도, 또 다른 의미를 지니고 눈에 들어온다. 이 모습은, 이 표현은, 결국, 내가 생각하고 있는 '단일 표현'의 아름다움인지도 모르지, 하고 약간 후지하고 타협하려다 말고, 하지만, 역시 어딘가 후지의, 너무나 막대 모양의 소박함에는 질리고 있는 구석도 있는지라, 이런 게 좋다고 한다면, 호테이사마布袋樣*의 인형도 좋지 아니한가 말이다. 호테이사마 인형은, 도저히 참을 수가 없다. 그따위는, 도저히, 좋은 표현이라고 생각할 수 없다. 이 후지의 생김새도, 역시 어딘지 잘못되어 있는 거야. 이건 아니야, 하고 다시금 생각해보게 된다.

아침저녁으로 후지를 보면서, 우울한 날을 보내고 있었다. 10월 말, 산기슭 요시다 마을의 유녀遊女 단체 하나가 미사카 고개로 왔다. 아마도 1년에 한 번쯤 있는 노는 날이겠지. 자동차 다섯 대에 타고 왔다. 나는 2층에서 그 모습을 보고 있었다. 자동차에서 내린 가지각색 차림의 유녀들은, 새장에서 갓 풀려난 전서구처럼, 처음에는 방향을 알지 못해, 그저 몰려서서 어정거리면서, 침묵 가운데 이리 밀리고 저리 밀리고 하고 있더니, 이윽고 슬슬, 그 이상했던 긴장도 풀려, 각자 걷기 시작했다. 찻집 앞에 진열되어 있는 그림엽서를 얌전하게 고르고 있는 자, 우두커니 후지를 바라보는 자, 어둡고 쓸쓸해서 보고 있을 수 없는 풍경이었다. 2층의 홀로 있는 남자의, 목숨 아끼지 않는 공감도, 이들 유녀의 행복에 대해서는 전혀 도움이 되는

---

* 일본 민속의 7복신福神의 하나. 뚱뚱한 배를 하고, 자루를 멘 모습.

바가 없다. 나는 마냥, 보고 있지 않아서는 안 되는 것이다. 괴로운 자는 괴로워하라지, 떨어질 자는 떨어지고 말이야. 나와 상관없는 일이거든. 그게 세상이란 말이다. 그렇게 억지로 싸늘하게 생각하면서 그들을 내려다보고 있었지만, 나는 매우 고통스러웠다.

후지한테 부탁해야지. 불쑥 그런 생각이 떠올랐다. 이봐, 이 작자들을 잘 부탁할게. 그런 기분으로 우러러보니, 추운 하늘 가운데에, 우뚝 솟아 있는 후지산, 그때의 후지는 마치, 도테라 차림에 주머니에 손을 넣고, 거만한 자세로 서 있는 큰형님 모습으로까지 여겨졌다. 나는 그렇게 후지에게 부탁을 하고 나서, 매우 안심하고, 마음이 가벼워져서 찻집의 여섯 살 된 사내아이와, 하치라는 삽살개를 데리고, 그 유녀들을 버리고, 고개 가까이 있는 터널 쪽으로 놀러 갔다. 터널 입구께에서 서른쯤 된 몸이 마른 유녀가, 혼자, 무엇인가 꽃을 잠자코 따고 있었다. 우리가 지나가도, 뒤돌아보지도 않고 열심히 꽃을 따고 있다. 이 여자에 대해서도 부탁합니다, 하고 다시 후지를 우러러보며 빌어놓고, 나는 아이의 손을 끌고, 횅하니 터널 속으로 들어갔다. 터널의 차가운 지하수를, 볼에, 목덜미에, 점점이 맞아가면서, 내가 상관할 일이 아니지, 하고 일부러 큰 걸음으로 걸어보았다.

그 무렵, 내 결혼 이야기도, 진척이 되지 않고 있었다. 나의 고향에서는 전혀, 도움을 받을 수 없다는 것이 확실해져서, 나는 난처해졌다. 하다못해 100엔 정도는 도와줄 테지 하는, 염치없는 생각을 했고, 그것으로 소소하지만, 엄숙한 결혼식을 올린 다음, 그 뒤에 살림을 하게 되면 그 비용은 내가 일을 해서 벌 생각으로 있었다. 하지만, 두세 번 편지가 오간 끝에, 집으로부터의 원조는 전혀 없다는 것이 분명해져서, 나는 어찌할 바를 몰랐다. 이렇게 된 이상, 혼담을 거절당해도 어쩔 수가 없겠다고 각오하고, 어찌 되었든, 상대방에게, 내 사정 이야기를 다 털어놓으려고, 나는 홀로, 고개를 내려가 고후의 아가씨 댁을 방문했다. 다행히 아가씨도 집에 있었다. 나는 객실로 안내되었고, 아가씨와 그 어머니 두 사람을 앞에 두고, 모든 사정을 고백했다. 때로는 연설조가 되어버리는 바람에 애를 먹었다. 하지만 비교적 솔직하게 이야기한 것 같았다. 아가씨는 침착하게,

"그럼, 댁에서는 반대하시는 것입니까" 하고 고개를 갸웃하며 나에게 물었다.

"아니요, 반대하는 것이 아니라," 나는 오른손은 살짝 탁자 위에 대고서, "너 혼자서 알아서 하라고 하는 것 같습니다."

"좋습니다." 어머니는 품위 있게 웃으면서, "저희도, 보시는 바와 같이 부자는 아닙니다. 그래서 대단한 예식 같은 것은 오히려 부담스럽답니다. 오직, 당신만, 애정과 직업에 대한 열의만 가지고 있다면, 그것으로 우리는 좋습니다."

나는 감사의 말을 하는 것도 잊어버리고, 잠시 멍하니 뜰을 바라보고 있었다. 눈이 뜨거워지는 것을 의식했다. 이 어머니에게 효도를 해야겠다고 생각했다.

돌아오는 길에, 아가씨는 버스 정류장까지 배웅해주었다. 걸으면서,

"어때요, 좀 더 교제를 해보시겠습니까."

같잖은 소리를 한 것이다.

"아뇨. 이제, 더는." 아가씨는 웃고 있었다.

"무슨, 질문이 있으신가요?" 점점 더 바보짓이다.

"있습니다."

나는 무슨 질문에나, 있는 그대로 답할 생각이었다.

"후지산에는 벌써 눈이 내렸나요?"

나는 그 질문에 맥이 탁 빠졌지만,

"내렸습니다. 꼭대기 쪽에, ―"라고 말하다 말고, 문득 앞을 보니, 후지가 보인다. 이상한 생각이 들었다.

"뭐야. 고후에서도 후지가 보이지 않습니까. 놀리는 건가요." 깡패투의 말이 되고 말았고, "지금 그것은 우문입니다. 사람을 우습게 보고."

아가씨는 고개를 숙이고 쿡쿡 웃으면서,

"하지만, 미사카 고개에 계시기도 해서, 후지에 대해서라도 물어보지 않으면 실례가 될 것 같아서요."

우스운 아가씨로군 하고 생각했다.

고후에서 돌아오자, 역시 숨을 쉴 수 없을 정도로 어깨가 결려온다는 것을 깨달았다.

"좋네요, 아주머니, 역시 미사카는 좋네요. 내 집에 돌아온 기분까지 드는걸요."

저녁을 먹고 나서, 아줌마와 딸이 교대로 내 어깨를 두드려주었다. 아줌마의 주먹은 단단하고 야무졌지만, 딸의 주먹은 부드러워서 그다지 효험이 없다. 좀 더 세게, 좀 더 세게 소리를 듣더니, 딸은 도끼를 들고 들어와서, 그것으로 내 어깨를 통, 하고 쳤다. 그 정도로 해주지 않으면, 어깨의 결림이 풀리지 않을 정도로, 나는 고후에서 긴장했고, 열심히 애썼던 것이다.

고후에 갔다 온 후 이삼일은 나도 멍하니, 일할 기분이 우러나지 않아, 책상 앞에 앉아서 두서없이 낙서를 하면서, 배트* 담배를 7, 8갑이나 피우고, 다시 드러누워서, "금강석도 닦지 않으면……"이라는 노래를 되풀이해 되풀이해 노래하고 있을 뿐, 소설은 한 장도 써나갈 수가 없었다.

"손님은, 고후에 가시더니 나빠지셨네요."

아침, 내가 책상에 턱을 괴고 앉아, 눈을 감고, 이런저런 생각을 하고 있었는데, 내 등 뒤에서, 도코노마**를 걸레질하면서, 15세의 딸은 매우 속상한 듯이, 조금 가시 돋친 말투로, 그렇게 말했다. 나는 돌아보지도 않고,

"그런가. 나빠졌지?"

딸은, 걸레질을 멈추지 않은 채,

"그래요. 나빠졌죠. 요 이삼일은 공부가 통 앞으로 나가지 않지 않아요. 나는 매일 아침, 손님이 여기저기 써놓은 원고용지, 번호순으로 정리하는 것이, 너무 즐거워요. 많이 써놓으시면 기뻐요. 어젯밤에도 나는 2층으로 몰래 살펴보러 왔거든요, 알아요? 손님, 이불을 머리부터 뒤집어쓰고, 자지 않아요."

---

* 문학작품에 종종 등장하는 담배명으로 아쿠타가와 류노스케, 나카하라 추야, 다자이 오사무 등 애호자가 많았다.

** 일본식 객실 상좌에 바닥을 한 단 높여놓은 장식간.

나는, 고마운 일이군 하고 생각했다. 좀 과장해서 말한다면, 이것은 인간의 살아나가기 위한 노력에 대한 순수한 성원이다. 아무런 보수도 생각하지 않는다. 나는 딸을 아름답구나 생각했다.

10월 말이 되자, 산의 단풍잎도 컴컴하고 더러워지는구나 싶더니, 하룻밤 폭풍이 분 다음, 산은 금방 시꺼먼 나무숲이 되고 말았다. 유람객도, 이제는 거의 손으로 셀 정도밖에 되지 않는다. 찻집도 쓸쓸해져서, 어쩌다가 아줌마가 여섯 살 된 아들을 데리고, 고개 아래 후나즈, 요시다로 물건을 사러 가고, 집에는 딸 하나, 유람객도 없이, 하루 종일, 나는 딸과 단둘이서, 고개 위에서 조용히 지내는 일이 있다. 내가 2층에서 심심해져서, 밖을 건들거리며 돌아다니다가, 뒷문께에서 빨래를 하고 있는 딸의 곁으로 다가가,

"심심하지."

이렇게 큰 소리로 말하고 웃었더니, 딸은 고개를 떨구었고, 나는 그 얼굴을 들여다보다가 정신이 버쩍 들었다. 울상을 짓고 있는 것이다. 분명 공포의 표정 아닌가. 아, 그랬구나, 쓸쓰레하게 생각하면서, 나는 획 돌아서서 낙엽이 잔뜩 깔린 좁다란 산길을, 매우 언짢은 기분으로 마구 걸었다.

그다음부터는 조심했다. 딸이 혼자 있는 경우에는, 가능한 한 2층에서 나오지 않도록 애를 썼다. 찻집에 손님이 올 때면, 내가 그 딸을 지켜주는 의미도 있어, 성큼성큼 2층에서 내려와, 가게 한구석에 앉아 천천히 차를 마셨다. 언젠가 새 신부 차림의 손님이, 정식 일본 옷을 입은 할아버지 두 사람과 같이

자동차로 와서, 이 고개 찻집에서 쉰 일이 있다. 그때에도 딸 하나밖에는 찻집에 없었다. 나는, 역시 2층에서 내려와 구석의 의자에 앉아, 담배를 피웠다. 신부는 옷자락이 기다란 옷을 입었는데, 금란金襴으로 된 오비를 등에 지고, 츠노가쿠시角隠し*를 두른 당당한 정식 예복이었다. 매우 특이한 손님이었으므로, 딸도 어찌 응대를 해야 할지 몰라, 신부와 두 노인에게 차를 따라드리기만 하고, 내 등 뒤에 조용하게 숨어 있는 듯이 선 채로, 잠자코 신부를 바라보고 있었다. 일생에 한 번뿐인 경사스러운 날, 고개 맞은편에서, 반대편인 후나즈, 아니면 요시다 마을로 시집을 가는 것일 터인데, 중간에, 이 고개 꼭대기에서 잠시 쉬면서, 후지를 바라본다는 일은, 곁에서 보더라도, 간지러울 정도로 로맨틱했다. 그러다 보니, 신부는, 살그머니 찻집에서 나가, 찻집 앞의 언덕가에 서서, 찬찬히 후지를 바라보았다. 다리를 엑스 자로 해서 서 있는, 대담한 포즈였다. 여유가 있는 사람이로군, 하면서 신부를, 후지와 신부를, 나는 감상하고 있었는데, 곧 신부는 후지를 향해 커다랗게 하품을 했다.

"어머나!

등 뒤에서 조그만 소리가 났다. 딸도 재빨리 그 하품을 발견했던 것이다. 이윽고, 신부 일행은, 대기하고 있는 자동차를 타고, 고개를 내려갔는데, 나중에 그 신부 평은 엉망이었다.

"익숙하더군. 저 여자는 아마도 두 번째, 아니 세 번째쯤 될

---

* 일본식 결혼식 때 신부가 머리에 두르는 흰 비단 천.

걸. 신랑이, 고개 아래서 기다리고 있을 터인데, 자동차에서 내려, 후지를 바라보시고 말이야, 처음 결혼하는 신부였으면 말이야, 그런 건방진 짓을 할 수 있을 턱이 없지."

"하품하던데요." 아가씨도 강조하면서 찬의를 표했다. "그렇게 크게 입을 벌리고 하품을 하다니, 뻔뻔스러워요. 손님도 저런 신부를 얻으면 안 돼요."

나는 나이값도 못하고 얼굴을 붉혔다. 나의 결혼 이야기도 점차로 호전되어갔고, 어떤 선배에게 신세를 단단히 진 것이다. 결혼식도, 그저 집안사람 두셋만이 참석하게 해서, 조촐하면서도 엄숙하게, 그 선배의 집에서 하기로 되었고, 나는 그 사람의 따뜻한 인정에, 소년처럼 감격하고 있었다.

11월에 접어들자, 더 이상 미사카의 추위는 견디기가 어려워졌다. 찻집에서는 스토브를 마련해놓았다.

"손님, 2층이 추우시죠? 일하실 때에는 스토브 곁에서 하시지요." 마나님은 그렇게 말했지만, 나는 남이 보는 앞에서는 일을 할 수가 없으므로 이를 거절했다. 마나님은 걱정이 되어서, 고개 밑 요시다로 가서, 고타츠를 하나 사 왔다. 나는 2층 방에서 이것을 쓰면서, 이 찻집 사람들의 친절에 대해 마음속으로부터 감사의 말을 하고 싶었다. 하지만, 이미, 전체의 3분의 2가량 눈을 뒤집어쓴 후지의 모습을 바라보고, 또, 가까이 있는 산들의 쓸쓸한 겨울 숲을 보고는, 이 이상 이 고개에서 피부를 에는 한기를 참고 있는 것도 무의미한 것 같아 산을 내려가기로 마음먹었다. 산을 내려가는 그 전날, 나는 도테라를 겹쳐 입고, 찻집 의자에 앉아, 뜨거운 엽차를 마시고 있는데, 겨울 외투를 입은, 타이피스트라도 되는지, 젊고 지적인 아가씨가 둘, 터널 방면으로부터, 무엇인지 웃음소리를 내면서 걸어와, 문득 눈앞에 새하얀 후지가 있는 것을 발견하고, 감동한 듯이 우뚝 서더니, 소곤소곤 의논을 하다가, 그중 하나, 안경을 쓴 살갗이 흰 아가씨가 생글생글 웃으면서, 내 쪽으로 다가왔다.

"실례합니다. 셔터 좀 눌러주세요."

나는 허둥거렸다. 나는 기계에 대해서는 별로 밝지가 못하다. 사진 취미 따위는 전혀 없는 데다, 도테라를 두 겹이나 껴입고 있는 바람에, 찻집 사람들까지도, 산적 같다고 말하며 웃는, 그런 형편없는 꼬락서니로, 아마도, 도쿄의, 그런 화려한 아가씨로부터, 하이칼라*의 일거리를 부탁받고, 속으로 당황했던 것이다. 하지만, 다시 생각해보았다. 이런 꼴을 하고 있기는 하지만, 역시 남이 보면, 어딘지, 세련된 구석도 있어 보이고, 사진 셔터 정도는 능숙하게 다룰 줄 아는 사나이로 보일지도 모르지 않나 등, 조금은 들뜬 기분도 작용해, 나는 아무렇지도 않다는 듯이 아가씨가 내미는 카메라를 받아 들고, 무심한 듯한 말투로, 셔터 누르는 방법을 잠시 물어본 다음에, 떨리는 마음으로 렌즈를 들여다보았다.

한가운데에 후지, 그 밑에 조그마한 양귀비꽃이 둘. 둘 다 빨간 외투를 입고 있다. 둘은 꼭 끌어안듯이 붙어 서서, 매우 진

---

* 20세기 초 일본 근대화의 물결 속에서 서양풍 혹은 도회풍의 의복, 패션 등을 추구하는 경향을 지칭하는 말.

지한 얼굴이 되었다. 나는 우스워 죽을 것 같다. 카메라를 든
손이 떨려서 어쩔 도리가 없다. 웃음을 참고서, 렌즈를 들여다
보니, 양귀비꽃, 점점 더 새침해서, 딱딱해져 있었다. 영 초점을
맞추기가 힘들어, 두 사람의 모습을 렌즈에서 추방해버리고,
그저 후지산만을 렌즈 하나 가득 캐치해서, 후지산, 안녕, 신세
많았습니다. 찰칵.

"네, 찍었습니다."

"감사합니다."

둘이 한목소리로 인사를 한다. 집에 돌아가 현상해보고는
놀랄 테지. 후지산만이 커다랗게 찍히고, 둘의 모습은 아무 데
도 보이지 않을 것이다.

그 이튿날, 산을 내려왔다. 우선, 고후의 싸구려 여관에서 일
박하고, 그다음 날 아침, 여관 복도의 지저분한 난간에 기대,
후지를 보았더니, 고후의 후지는, 산들의 뒤로, 3분의 1가량 얼
굴을 내밀고 있었다. 꽈리 비슷했다.

(1939년 2월)

황금 풍경黃金風景

바닷가 짙푸른 떡갈나무,
그 떡갈나무에 실처럼 황금 사슬 엮여서……
　　　　　　　　　　－푸시킨

　나는 어렸을 때, 그다지 품행이 좋은 편이 아니었다. 하녀를 괴롭혔다. 나는, 느림뱅이는 딱 질색이다. 그래서, 느림보 하녀를 못살게 굴었다. 오케이お慶는 느려빠진 하녀다. 사과 껍질 하나 깎는데도, 그걸 깎으면서 무얼 생각하고 있는 건지, 두 번, 세 번이나 멈추는지라, 이봐, 하고 그럴 때마다 매섭게 소리를 질러주지 않았다가는, 한 손에는 사과, 한 손에는 과도를 든 채로 그저 언제까지나 멍하니 앉아 있다. 좀 모자란 게 아닐까 생각되었다. 부엌에서 아무 일도 안 하고, 그저 멍하니 서 있는 모습을 나는 곧잘 보곤 했는데, 어린 마음에도 어쩐지 볼품사납고, 묘하게 신경에 거슬려서, 이봐, 오케이, 하루는 짧은 거야, 같은 어른들이나 할, 이제 돌이켜 생각해보아도 등줄기가 서늘해지는 인정머리 없는 소리를 지르곤 했다. 그것으로도

모자라, 하루는 오케이를 불러다 놓고, 내 그림책의 열병식에 나오는 몇백 명이나 되는 병사들—말 타고 있는 자, 깃발 들고 있는 자, 총 메고 있는 자—을 하나하나 가위로 오려내라고 했더니, 굼뜬 오케이는 아침부터 점심도 거른 채 저녁 무렵이 될 때까지, 겨우 30명가량, 그나마도 대장의 수염 한쪽을 잘라 없애버리기도 하고, 총 든 병사의 손을 곰의 발처럼 엄청 크게 잘라내기도 해놓은지라, 내가 일일이 이에 대해 잔소리를 해댔다. 한여름이었다. 오케이는 땀을 많이 흘리는 체질인지라, 오려놓은 병사들이 몽땅 오케이의 손에서 난 땀으로 흠뻑 젖어버렸다. 나는 마침내 울화통이 터져서 오케이를 걷어찼다. 분명 어깨를 걷어찼을 터인데, 오케이는 오른쪽 뺨을 감싸더니, 고꾸라지듯 엎드려 울음을 터뜨리고, 울며불며 말했다. "부모님한테도 얼굴을 밟힌 일이 없어요. 평생 기억해둘 거예요." 신음이라도 하는 듯한 말투로 띄엄띄엄 그렇게 말을 했기에, 내 딴에도 기분이 매우 더러워졌다. 그 일 말고도, 나는 그것이 거의 천명이기라도 하듯, 오케이를 들볶았다. 지금도 다소간 그렇기는 하지만, 나는 무지하고 굼뜬 사람은 도무지 참을 수가 없다.

재작년, 나는 집에서 쫓겨나, 하룻밤 새 난처한 지경이 되어, 거리를 헤매게 되었고, 이 집 저 집 매달리며 그날그날의 목숨을 이어가며, 어쩌면 글을 써서 자활할 수 있을 것 같다는 생각이 들었을 때, 덜컥 병이 나고 말았다. 남들의 도움을 받아 여름 한철, 치바현 후나바시초 뻘투성이 바닷가에 조그마한 집을 빌려 자취하면서 보양할 수가 있게 되었는데, 밤마다 잠옷을 짜낼 정도의 식은땀과 싸웠고, 그래도 일은 하지 않을 수가 없어, 아침마다 차가운 한 홉짜리 우유만이, 오직 그것만이, 기묘하게도 삶의 기쁨으로 느껴졌고, 마당 한 모퉁이에서 협죽도가 꽃을 피워내고 있는 광경을 놓고, 하늘하늘 불이 피어나고 있는 모습으로밖에는 느낄 수 없을 정도로, 나의 머리도 더할 나위 없이 지쳐 있었다.

그 무렵, 호적 조사를 나온 마흔 가까운, 야위고 체격이 작은 경찰관이 현관에서, 장부에 있는 나의 이름과, 그리고 손질을 안 해 제멋대로 자라난 수염투성이인 내 얼굴을 찬찬히 비교해보더니, 어, 선생은 ……댁 도련님 아니십니까? 그렇게 말하는 경찰관의 말에는 강한 고향 사투리가 배어 있어서 나는 퉁명스럽게 그렇다고 대답했다. "당신은?"

경찰관은 수척한 얼굴에 찢어질 정도로 함박웃음을 띠면서,

"아, 역시 그렇군요. 잊어버리셨을지 모르겠지만, 그럭저럭 20년쯤 전에, 저는 K에서 마차집을 하고 있었답니다."

K란 내가 태어난 동네 이름이다.

"보시다시피" 나는 웃음기라고는 전혀 없이 응수했다. "나도, 이제는 이런 지경이 됐지요."

"당치도 않은 말씀" 경찰은 더 한층 즐거운 듯이 웃으면서, "소설을 쓰신다니, 그건 대단한 출세입니다."

나는 쓴웃음을 지었다.

"그런데 말이죠" 하고 경찰은 조금 목소리를 낮추더니, "오케이가 늘 선생님 이야기를 하고 있답니다."

"오케이?" 얼른 알아듣지 못했다.

"오케이 말입니다. 잊어버리셨겠지요. 댁에서 하녀 일을 했던—"

생각이 났다. 아아, 하고 나도 모르게 신음 소리가 나며, 나는 현관 마루에 쪼그린 채, 고개를 떨구고, 20년 전 느려터진 한 하녀에게 저지른 나의 악행이 하나하나 선명하게 떠올랐고, 정말이지 그 자리를 견디기가 힘들었다.

"행복하신가요?" 문득 고개를 쳐들고 그런 뚱딴지같은 질문을 하는 나의 얼굴은, 분명, 죄인, 피고, 비굴한 웃음을 띠고 있었을 것이라 기억한다.

"네, 뭐, 그럭저럭." 태평스럽게, 그렇게 밝은 목소리로 대답하고 나서, 경찰관은 손수건으로 이마의 땀을 닦고, "괜찮으시겠습니까. 다음번에는 집사람을 데리고, 한번 느긋하게 인사차 들르겠습니다."

나는 펄쩍 뛰어오를 정도로 가슴이 철렁했다. 아니요, 뭐, 그럴 것까지는, 하고 격렬하게 거부하면서, 나는 이루 말로 할 수도 없는 굴욕감으로 몸부림치고 있었다.

하지만 경찰관은 명랑했다.

"애가 말이죠, 선생님, 이곳의 역에 근무하게 되었거든요, 그게 맏이랍니다. 그 뒤로 사내, 계집애, 계집애, 그 막내가 여덟 살이 돼서 올해 초등학교에 들어갔거든요. 이젠 안심이지요. 오케이도 고생했고요. 뭐랄까, 뭐, 댁 같은 좋은 집안에 들어가 예의범절을 보고 배운 사람이라 역시 어딘가 달랐지요." 조금은 얼굴을 붉히며 웃고 나서, "덕분입니다. 오케이도 선생님의 이야기를 노상 하곤 했었지요. 이번 공휴일에는 꼭 함께 인사드리러 오겠습니다." 갑자기 진지한 얼굴이 되더니, "그럼, 오늘은 이만 실례하겠습니다. 안녕히 계십시오."

그로부터 사흘이 지나, 내가 일에 대해서보다도 돈 문제로 고민을 하다 보니, 집에 들어박혀 있을 수가 없어서, 대나무 지팡이를 들고 바다로 나갈 생각으로 현관문을 쓱 열었더니, 바깥에 세 사람, 유카타를 입은 아빠와 엄마 그리고 빨간 양복을 입은 여자아이가 그림처럼 아름답게 나란히 서 있었다. 오케이의 가족이었다.

나는 스스로도 놀랄 만큼 화난 목소리로 말했다.

"오셨군요. 오늘, 나는 이제 볼일이 있어서 나가지 않으면 안 됩니다. 죄송하지만, 다른 날 와주십시오."

오케이는 품위 있는 중년의 부인이 되어 있었다. 여덟 살짜리는 하녀 노릇을 하던 오케이와 아주 닮은 얼굴을 하고 있었는데, 약간 굼떠 보이는 탁한 눈으로 나를 쳐다보고 있었다. 나는 애처롭게도, 오케이가 아직 한마디도 내뱉지 않고 있는 사이 도망치듯이 해변으로 뛰어나갔다. 대나무 지팡이로 해변의 잡초를 쳐내고 또 쳐내면서, 단 한 번도 뒤를 돌아보지도 않고, 한 발 한 발 쾅쾅 내리찍듯이 하며, 좌우간 해변을 따라 거리 쪽으로 똑바로 걸었다. 나는 거리에서 뭘 했던 걸까. 그저 뜻도 없이, 활동사진 가게 간판을 쳐다보기도 하고, 양복점 진열창을 바라보기도 하고, 쯧쯧거리며 혀를 차기도 하는 중에, 마음속 한구석에서는 졌다, 졌어, 하고 속삭이는 소리가 들려왔는가 하면, 이래서는 안 되지, 하고 격하게 몸을 흔들어대고 나서, 다시 걷기도 하고, 30분가량 그렇게 하고 있었을까, 나는 다시 집으로 돌아왔다.

바닷가 쪽으로 가다가 나는 멈춰 섰다. 보라, 앞쪽에는 평화의 그림이 있었다. 오케이네 세 가족, 평화롭게 바다로 돌 던지기를 하면서 웃음꽃을 피우고 있었다. 목소리가 여기까지 들려온다.

"상당히" 경찰관은 냅다 힘을 들여 돌팔매질을 하면서 "머리가 좋은 분인 것 같던데. 저분은 앞으로 훌륭한 사람이 될 거야."

"그럼요, 그렇고말고요." 오케이의 자랑스러운 높은 목소리다. "저분은, 어렸을 적부터 남들하고는 달랐어요. 아랫것들도 엄청 살뜰하게 보살펴주셨죠."

나는 선 채로 울었다. 격렬한 흥분이, 눈물에, 참으로 기분 좋게 녹아버린 것이다.

졌다. 이건, 좋은 일이야. 그렇지 않으면 안 된다. 그들의 승리는, 앞으로 나의 내일의 출발에도 빛을 던져준다.

(1939년 3월)

게으름의 가루타 懶惰の歌留多

　나에게 있는 숱한 악덕 가운데, 가장 현저한 악덕은 게으름이다. 그것은, 더 이상, 의심의 여지가 없다. 일단, 게으름에 관해서만큼은 나는 진짜배기다. 설마하니, 이것을 자랑하고 있는 것은 아니다. 정말이지, 나 자신이 기가 막힌 것이다. 나로서는, 이것은 최대 결함이다. 분명, 부끄러운 결함이다.

　게으름만큼이나, 요리조리 빠져나갈 수 있는 악덕이란 것도 드물다. 와룡臥龍이다. 나는 생각하는 일을 하고 있다. 대낮에 켜져 있는 등불, 면벽구년面壁九年. 조금 더 상想을 짜내고, 안案을 구성한다. 때를 기다린다. 현자가 바야흐로 움직이고자 하면 반드시 우색愚色이 있느니라. 숙려. 결벽. 집착. 나의 괴로움을 모르는가. 선탈仙脫. 무욕. 세상이 세상인 만큼, 안 그래? 침묵은 금이야. 세상사는 거추장스럽다. 때가 아직 무르익지 않았다. 튀어나온 말뚝은 얻어터진다. 누우면 넘어질 걱정이 없다. 무봉천의無縫天衣. 인재는 말이 없어도 세상이 알아주는 법. 절망. 돼지에게 진주. 여차해서 일이 터지면. 신대神代*부터 말로 드러내지 않는 나라. 우스꽝스러워서. 대기만성. 금지. 자애. 남아 있는 자에게는 복이 온다. 어찌 그들에게 근심이 없었으랴. 사후死後의 명성. 즉, 고급이란 말이다. 명배우니까. 청경우독晴耕雨讀. 세 번 고사固辭하고 움직이지 않는다. 갈매기, 그것은 벙어리 새랍니다. 하늘을 상대로 삼아라. 앙드레 지드는 부자지?

이 모든 것이 게으름뱅이의 빠져나가는 말들이다. 나는, 정녕 부끄럽다. 괴로움이고 나발이고 없다. 어째서 쓰지 않는 것인가. 실은, 몸 컨디션이 좀 이상해서, 이런 식으로 다급한 지경에, 눈길을 떨구고, 가련하게 고백하기도 하지만, 하루에 배트 50개비 이상을 피워대고, 술, 마셨다 하면 한 되쯤 거뜬히 마시고 나서, 녹차에 만 밥을 세 공기나 먹어대는 그런 병자도 있던가.

요는 게으른 것이다. 노상 이런 꼬락서니인지라, 나는 도저히 가망이 없는 인간이다. 이렇게 단정해버리기는, 나로서도 쓰라린 일이지만, 이제는 더 이상 나를 내버려두어서는 안 된다. 괴롭다느니, 고매하다느니, 순결하다느니, 순진하다느니, 그따위 소리는 듣고 싶지도 않다. 써라. 만담이든, 촌평이든 말

---

* 일본 신화의 시대 구분에서 신들이 지배하는 시대를 의미. 천지개벽부터 초대 천황인 신무神武 천황 즉위 전까지를 가리킨다.

이다. 쓰지 않는 것은 예외 없이 게으름 때문이다. 어리석은, 어리석은 맹신이다. 사람은 자기 이상의 일도 할 수 없고, 자기 이하의 일도 할 수 없다. 일하지 않는 자에게는 권리가 없다. 인간 실격. 당연한 일 아닌가.

그렇게 생각을 하고, 상을 찌푸리고 책상 앞에 앉기는 했는데, 그랬는데, 아무것도 하지 않는다. 턱을 괴고 앉아, 멍하니 있다. 그렇다고 심오한 일을 생각하고 있는 것도 아니다. 게으름뱅이의 공상처럼 우스꽝스럽고 허망한 것도 없다. 악행천리라고들 하는데, 게으름뱅이의 공상 역시, 졸졸거리고 쉼 없이 흐르면서 달린다. 무엇을 생각하고 있는가. 이 사나이는, 지금, 여행에 대해 생각하고 있다. 기차 여행은 지루하니까. 비행기가 좋겠다. 많이 흔들리겠지. 비행기 안에서 담배를 피울 수 있는지 몰라. 골프 바지를 입고, 포도를 먹으면서 비행기를 타고 있으면 멋지겠지. 포도는, 그건 씨가 있는 것일까. 씨째 먹는 것일까. 제대로 포도 먹는 방법을 알아야겠군. 이렇게 생각하고 있노라면, 괜히 두렵고, 두서가 없다. 당황해서, 책상 서랍을 휙 열어, 아무렇게나 서랍 속을 휘젓다가, 천천히 한 개의 귀이개를 꺼내, 과장되게 얼굴을 찡그리고, 귀 청소를 시작한다. 그 귀이개의 한 끝에는 보들보들하고 흰 토끼털이 달려 있으므로, 사나이는 그 털로 자기 귓속을 후비면서 눈을 가늘게 뜬다. 귀 청소가 끝난다. 이렇다 할 일도 아니다. 그러고 다시, 서랍 속을 뒤진다. 감기를 위한 검은 마스크를 발견했다. 이것도 재빨리, 쓱 얼굴에 쓰고, 꼿꼿하게 눈썹을 세우고, 눈알을 번쩍하고 굴려서, 좌우를 둘러본다. 이렇다 할 일도 아니다. 마스크를 벗고, 서랍에 넣은 다음 탁 하고 서랍을 닫는다. 다시 턱을 괸다. 옥수수란 건, 하바리 음식이다. 그것의 정식 먹는 방식은 어떤 것일까. 옥수수 하나를 먹고 있는 모습은, 하모니카를 열심히 불어대고 있는 것 같지, 하고 바보 같은 생각을 한다. 아무리 지독한 니힐이라 하더라도, 마지막까지 따라다니는 것은 먹을 것인 모양이다. 게다가 이 사나이는 미각을 모른다. 맛보다도, 방법이 문제인 것 같다. 거추장스러운 음식은 거들떠보지도 않는다. 꽁치의 경우, 먹어보면, 그것은 맛있는 것인지도 모르지만, 이 사나이는 그것을 싫어한다. 가시가 있기 때문이다. 대체로 생선을 싫어하는 모양이다. 미각 때문이 아니라, 가시 발라내기가 귀찮다. 매우 비싼 모양이지만, 은어의 소금구이 같은 것은 조금도 기쁘지 않다. 그저 인사차, 슬쩍 젓가락으로 뒤적거려보기도 하지만, 그것으로 끝, 돌아보지도 않는다. 계란 프라이를 좋아한다. 가시가 없기 때문이다. 두부를 좋아한다. 역시 먹는 데 아무런 수고를 하지 않아도 되기 때문이다. 마실 것을 즐긴다. 우유. 수프. 갈분탕, 맛이 있고 없고가 없다. 그저 먹기에 귀찮지 않은 것이다. 그러고 보니, 이 사나이는 아무래도, 더위, 추위를 모르는 것 같다.

여름, 아무리 덥더라도, 부채 따위를 쓰지 않는다. 귀찮아서다. 남이, 오늘은 상당히 덥군요, 하고 말하며 부채를 내놓으면, 아, 그렇군요, 오늘은 덥군요, 하고 처음으로 깨닫고, 매우 당황하면서, 부채를 들어, 시원하다는 얼굴로 부채질을 해보기는 하지만, 금방 귀찮아져서 손을 멈추고, 멍하니 무릎 위에서, 그 부채를 만지작거리는 형편이다. 추위도 모르는 것이 아닐까.

누군가 다른 사람이 화로에 숯을 넣지 않으면, 하루 종일, 불이 없는 화로를 안고, 꼼짝도 않고 있다. 움직이지 않는다. 남이 주의를 주지 않으면, 늦가을, 초겨울, 엄동, 멀쩡한 얼굴을 하고, 여름의 흰 셔츠를 입고 있다.

나는 팔을 뻗어, 책상 옆 책장에서, 한 일본 작가의 단편집을 꺼내, 입을 꾹 다물었다. 무엇인가, 현미경적인 연구라도 시작하는 듯, 엄청 도사리고 앉아, 한 페이지, 한 페이지, 천천히 책장을 넘긴다. 이 작가는, 지금 거장 소리를 듣고 있다. 이상한 문장이기는 하지만, 읽기가 쉬워, 나는 이처럼 마음이 허전할 때면, 꺼내서 읽곤 한다. 좋아하는 것이겠지. 그럴싸한 표정을 짓고 읽고 있다가, 갑자기 껄껄거리며 웃기 시작한다. 이 사나이의 웃음소리에는 특색이 있다. 말 웃음소리와 비슷한 것이다. 나는 기가 막혔다. 그 작가 자신이라고 생각되는 주인공이, 분별력이 있는 듯한 표정으로 보자기를 가지고, 호반의 별장에서 시내로 저녁 반찬을 사러 나가는 장면이 묘사되어 있는데, 그 주인공이 서두르는 모습이 나로서는 처량해서 웃고 말았다. 점잖은 나이의 훌륭한 남자가, 아내의 부탁을 받고, 보자기를 들고, 부지런히 시내로, 파를 사러 나간다니, 이건 너무 심하다. 게으름뱅이인 게 틀림없다. 이런 생활은 안 되지. 아무 짓도 하지 않고, 빈들거리는 꼴을 보고, 아내가 보다 못해, 쇼핑을 부탁한 것이다. 곧잘 있는 일이다. 부탁을 받고는, 응, 파 5전어치란 말이지, 이렇게 끄덕이고 나서, 멍청이 같으니라고. 허리띠를 고쳐 매고서, 자신이 무언가 소용이 닿았다는 점이 기뻐서, 서둘러, 보자기를 들고, 쇼핑을 나간다. 애처롭군, 애처로워. 눈

섭이 굵고, 수염 깎은 자국이 퍼렇게 난 훌륭한 사나이 아닌가. 나는 좀 당황하며, 그 책을 덮어버리고, 살그머니 책장에 되돌려놓고, 그러고서는 또, 이렇다 할 일도 아니다. 턱을 괴고 앉아, 멍하니 있는 것이다. 게으름뱅이, 육지의 동물을 예로 든다면, 늙고 병든 개이다. 볼품이고 무엇이고, 네 다리를 내던져놓고, 불그스름한 뱃살을 씰룩거려가면서 양지바른 곳에 하루 종일 꼼짝도 않고 있다. 사람이 그 곁을 지나가도, 짖기는커녕, 가늘게 뜬 눈으로 몽롱하게 바라보고 나서 다시 눈을 감는다. 볼품없는 꼬락서니다. 더럽다. 바다의 동물을 예로 든다면, 해삼이랄까. 해삼은 징그럽다. 끔찍하다. 불가사리라고나 할까. 철거덕하고 바위에 매달려서, 어쩌다가 잠시 손가락을 놀리곤 하지만, 불가사리는 아무런 생각도 하지 않는다. 아, 못 견디겠다. 못 견디겠다. 나는 벌떡 일어난다.

놀랄 것은 없다. 화장실에 다녀왔다. 기대에 못 미쳐서 한심하다. 서서 잠시 생각에 잠겼다가, 그러고 나서, 옆방으로 들어가,

"이봐, 뭐 도울 거 없어?"

옆방에서는 안사람이 바느질을 하고 있다.

"네, 있어요." 얼굴도 들지 않고, 그렇게 대답을 한다. "이 인두를 달궈주세요."

"아, 그래."

인두를 받아 들고, 커다란 남자가, 다시 책상 앞에 앉아서, 곁에 있는 화로의 재 속으로 그 인두를 꾹 쑤셔 넣는다.

쑤셔 넣은 다음, 무슨 큰일이라도 한 것처럼, 차분히 앉아 담

배를 피워 문다. 이렇게 되면, 저, 보자기를 들고 파를 사러 가는 꼬락서니하고 다를 게 없다. 더 나쁘다.

참으로 한심하고, 밉고, 자기 자신을 죽여버리고까지 싶어져서, 에잇! 하고 쓰기 시작한 글자가, 바로,

게으름의 가루타.*

야금, 야금, 생각하고, 생각해가면서 써나갈 작정으로 보인다.

이ぃ : 살아가는ぃくる 일에도 마음 서둘러지고, 느끼는 일에도 조급해지네.

비너스는 바다의 거품에서 태어나, 서풍에 이끌려서 파도 사이를 누비고 누벼, 사이프러스섬의 물굽이에 표착했다. 사지는 기품 있게 길쭉하고, 착실하게 묵직하고, 유백색 피부의 여러 부분, 곧 귓불, 곧 볼, 곧 손바닥, 모두 엷은 장밋빛으로 물들어 있었고, 조그마한 얼굴은 향긋할 정도로 청정했다. 온몸에서 레몬의 향기 비슷한 고상한 향기를 내뿜고 있었다. 비너스의 이 아름다움에 매혹된 신들은, 이 사람이야말로 사랑과 미의 여신이라고 상찬하면서, 은근히 고약한 소망을 품고 있었다.

---

* 일본식 카드로 주로 정월에 실내에서의 놀이 도구로 사용되었다. 이, 로, 하로 시작되는 47글자가 적힌 이로하 가루타가 가장 고전적이고 유명하다.

비너스가 백조에게 끌게 한 이륜마차를 타고, 숲과 과수원 속을 달리며 놀고 있노라니, 고얀 소망을 가진 수십 신들이, 이륜마차에서 피어나는 엄청난 먼지를 뒤집어써가면서 땀을 닦으며 그 뒤를 쫓아다녔다. 놀이에 지친 비너스가 숲속, 깊고 깊은 냉천冷泉에서 땀에 젖은 사지를 몰래 씻고 있는데, 저쪽 나무숲 사이에서, 그리고 바로 앞 풀더미 그늘에서, 신들의 욕망 어린 눈이 반짝이고 있었다.

비너스는 생각했다. 이처럼 매일 귀찮은 생각을 하기보다는, 아예 누군가에게 이 몸을 내던져줄까. 이거다, 하고 결정한 한 사나이에게, 이 몸을 내던지고 말까.

비너스는 결심했다. 1월 초하루 일찍, 신들의 아버지 주피터 님의 궁전에 참배를 가서, 세 번째 남자를 나의 평생의 남편으로 정하자. 아아, 주피터 님, 부탁드립니다. 좋은 남편을 점지해주세요.

설날, 새하얀 천을 얼굴에 뒤집어쓰고, 나는 듯이 집을 나섰다. 숲속 오솔길에서 첫 번째 남자를 만났다. 비너스의 다리는 우뚝 멈추어서 움직이지 않는다. 남자. 늠름한 미남의 장부였다. 아침 안개 속에서 팔짱을 끼고, 비너스의 얼굴을 보지도 않고 유유히 걸어간다. "아아, 이 사람이다! 세 번째는 이 사람이다. 두 번째는, ―두 번째는 이 자작나무." 그렇게 외치며 그 대장부의 넓은 가슴에 몸을 던졌다.

주어진 운명의 바람결 사이에 몸을 맡기고, 그렇게 해서 중요한 한 점에서 훌쩍 몸을 돌려, 보다 드높은 운명을 만든다. 숙명과, 한 점의 인위적인 기술. 비너스의 결혼은 행복했다. 이

대장부야말로, 주피터 님의 아들, 천둥번개의 정복자 불칸 그 사람이었다. 큐피드라는 사랑스러운 아이까지 낳았다.

여러분이 20세기 도회지의 한길에서, 이러한 점을 저녁 안개 속 남의 눈을 피해가며, 그윽이 시도하고자 하는 경우라면, 틀에 박힌 듯 세 번째 사람을 선택해도 좋다. 때에 따라서는, 전봇대를, 포스트를, 가로수를 각각 한 사람으로 친들 어떠한가. 큐피드가 태어나기란 보장된 것은 아니지만, 불칸 씨를 얻는 일만큼은 확실하다. 나를 믿으시오.

로ろ : 감옥ろうや은 어둡다.

어두울 뿐 아니라, 겨울에는 춥고, 여름에는 덥고 냄새가 나며, 백만의 모기 떼. 참을 수 있는 것이 아니다.

감옥, 이것은 피해야 한다.

하지만, 종종 생각하는 일인데, 수신, 제가, 치국, 평천하의 차례란 꼭 구애되어야 하는 것은 아니다. 몸이 아직 수양이 덜 되고, 일가도 애당초 가지런해지지 않았더라도, 치국과 평천하를 생각해야 하는 경우도 있다. 오히려, 순서를 거꾸로 해보면 상쾌하다. 평천하, 치국, 제가, 수신. 좋을시고.

나는 가와카미 하지메河上肇 박사의 인품을 좋아한다.

하は : 어머니はは여, 아이를 위해 분노하라.

"아닙니다. 나는 믿을 수 없어요. 나쁜 것은 당신입니다. 이 아이는 정이 많은 아이거든요. 이 아이는 언제나 약한 아이를 감쌌습니다. 이 아이는, 나의 아이입니다. 오오, 그래. 울지 마라. 이처럼 내가 온 이상, 이젠 손가락 하나 못 건드리게 할 거다!"

니に : 미움을 받아にくまれて 미움을 받아 미움을 받아 강해
　　 진다.

때로는, 좀 제대로 된 소설을 쓰라고. 자네, 요즈음 들어, 겨우 세상 평판도 좋아진 것 아닌가. 또 이런 너절한 이로하 가루타 따위라니 곤란하지 않은가. 세상 사람들은, 자네가 아직 병이 낫지 않은 게 아니냐고 의심하게 될지도 모르잖나.

나의 훌륭한 친구들은 이렇게 말하며 걱정해줄지도 모르지만, 그건 더 이상 걱정하지 않아도 돼. 나는 아직, 노인이 아니거든. 요즈음 이를 깨달았다. 별거, 아니다. 모든 것이 이제부터이다. 미숙하다. 문장 하나도 생각하고 생각한 끝에 쓰고 있다. 아직은 나의 일만으로도 꽉 차 있다. 분노, 슬픔, 웃음, 몸부림 치며 하루하루를 살아가고 있는 것이다. 당연한 일이지만, 나는 이를 고마운 발견이라고 생각한다.

『전쟁과 평화』나 『카라마조프의 형제』는, 아직 나로서는 쓸 수가 없다. 그것은 뭐, 확실하게 말할 수 있다. 절대로 쓸 수 없다. 기분만큼은 다 되어 있지만, 이를 지탱할 역량이 없다. 하지만, 나는 그런 일로 슬퍼하지 않는다. 나는 오래 살 생각이다. 해볼 생각이다. 이런 각오도, 요즈음 겨우 하게 되었다. 나는 문학을 좋아한다. 그 점은 어지간한 경지다. 이를 희석시켜

서는 안 된다. 좋아하지 않고서는 할 수 있는 직업이 아니다. 신앙, ─조금씩, 그것을 이해하게 된 것이다. 큰 남자가, 분별 있는 얼굴을 하고, 이로하 가루타 따위나 만들고 있는 그림은, 마치 벤케이弁慶*가 공놀이를 하고 있는 그림 아니면, 금강역사 가 종이접기를 하고 있는 그림이거나, 모세가 새총으로 참새를 노리고 있는 그림쯤으로, 엄청 진기해 보일 것으로 생각한다. 그것은 알고 있는 바다. 하지만, 그것으로 족하다고 생각한다. 예술이란 그런 것이다. 매우 진지하다. 볼 수 있는 사람은 보면 된다.

물론, 나는 이런 식의 글만을 쓰면서 만족하고 있는 것은 아니다. 이러한 까다로운 형식은, 나 자신도 힘들고 싫다. 기성 소설의 작법도, 제대로 빠짐없이 마스터하고 있다. 당장, 이 소설 가운데도, 여기저기에 채용하고 있는 것이다. 소설도 장사이므로, 그 언저리는 잘 알고 있다. 이른바, 얌전한 소설도 앞으로 쓸 것이다. 아무래도 이런 소리를 쓰면서, 볼썽사납고, 얼굴이 달아올라서 견딜 수가 없다. 하지만, 이것도, 나의 좋은 친구들을 안심시키기 위해, 꼭 좀 써놓고 싶다. 순수를 추구하느라 질식하기보다는, 나는 탁하더라도 크게 되고 싶다. 지금은 그렇게 생각하고 있다. 다름이 아니다. 한마디로, 지고 싶지 않다.

이 작품이 건강한지, 불건강한지, 그것은 독자가 평가해주리

---

* 무사시보 벤케이, 헤이안 시대의 무술에 능한 승려.

라 생각하지만, 이 작품은 결코, 너절한 것은 아니다. 너절하기는커녕, 나는 전력을 다하고 있다. 이런 소설을, 지금 발표하는 것은, 나로서는 불이익일지도 모른다. 하지만, 31세는 31세 나름으로, 여러모로 모험을 하는 일이 진짜라고 생각한다. 『전쟁과 평화』는, 나로서는 아직 쓸 수가 없다. 나는 이제부터도 다양하게 헤맬 것이다. 괴로워할 것이다. 파도는 거친 것이니까. 그 점, 자만하지 않는다. 충분히, 소심할 정도로 조심하고 있다고 자부한다. 이 작품의 형식도, 정감도, 결국, 31세의 그것에서 한 발짝도 나가지 못했음이 틀림없다. 하지만, 나는 여기에 자신감을 갖지 않으면 안 된다. 31세는 31세답게 쓰는 수밖에는 없다. 그것이 가장 좋으리라 생각하고 있다. 쓰면서, 공연히 슬퍼졌다. 이따위 소리를 쓰면 안 되는 것인지도 모르겠다. 하지만, 가슴이 울렁거려서 쓰지 않을 수가 없었다. 요즈음은 매우 조심해서, 살얼음 위를 건너는 기분으로 살고 있다. 엄청 공격을 당했으니까.

하지만, 이제는 좋다. 나는 해낼 것이다. 아직 조금은 흔들거리지만, 그렁저렁 튼튼히 자랄 것이다. 거짓말을 하지 않는 생활은, 결코 쓰러지는 일은 없을 것이라고, 나는 그것부터 믿지 않으면 안 된다.

그건 그렇고, 예전의 이야기를 하나 하고자 한다.

불행하다고 생각했다. 남들은 모두, 나를 아직은 행복한 편이라고 평했다. 나는 나약하게, 그럼요, 그렇고말고요, 하고 수긍했다. 무엇이 부족해서 허우적거리는 걸까. 사서 고통을 받고 있는 거야, 인생의, 생의 딜레탕트, 너무나 운이 좋아서 황송해하고 있는 거야. 그런 성품의 여자들이 있거든, 공연한 잔걱정이 많은 사람인데, 뒷소문에만 신경을 쓰고 있는 거야.

그리고 또, 가인박명佳人薄命, 회옥유죄懷玉有罪* 따위의 말로 나로 하여금 얼굴을 붉히게 만들고, 당황하게 해서 술을 퍼마시게 하는 고약한 장난을 치는 자까지 생겼다.

하지만, 어느 날 밤, 자네는 불행한 남자로군, 이렇게 보통 목소리로 말하고서 아무렇지도 않아 한 사람, 사토 하루오佐藤春夫** 다. 나는 훤하게 앞길이 열리는 듯한 실감을 맛보았고, 참으로 그렇게 생각하십니까, 하고 되물었다. 나는 엷게 미소 짓고 있었던 듯했다. 응, 불행해, 하고 역시 쉽게 수긍했다.

또 한 분, 문예춘추사의 침침한 응접실에서의 M·S 씨. 자네하고 정사情死할 정도로 자네를 좋아할 그런 편집자라도 나오기 전에는, 자네는 불행한 작가야, 이렇게 한마디씩 잘라 확실하게 말했다. 그처럼 분명하게 말해주는 S 씨의 깡마른 몸집에 가득한 결의의 말을, 나는 진심으로 고맙게 생각했다.

많은 경우, 나는 그저 쓴웃음으로 보답받고 있었던 것이다. 많은 사람들에게, 나는 무엇인가 귀찮은, 그저 건방진 존재였다. 하지만, 나는, 모든 이를 두려워했고, 그리고, 모두를 조금이라도, 그리고 한 시간이라도 오래 즐겁게 하고, 자신을 가지

---

* 『춘추좌씨전春秋左氏傳』에 나오는 말로 신분에 맞지 않는 귀한 물건을 가지고 있으면 재앙을 초래한다는 경계의 말.
** 시인, 작가. 고전적이고 격조 높은 시를 쓰고, 후에 환상적이고 탐미적인 소설을 썼다.

고, 크게 웃음 짓게 만들고자, 오직 그것만을 염원하고 있었다. 나는 도둑 흉내를 냈다. 거지꼴까지도 해 보였다. 마음 한구석에는 진짜배기 도둑을 품어 안고, 거지의 실감을 깃들이며, 오뇌惱悩하고 전전輾轉하는 밤낮을 보내고 있는 가녀리고 가난한 사람의 자식은, 나의 몸부림의 그늘에서 죄스러운 형님을 발견하면서 은근히 안도와 삶에 대한 자부심을 가져줄 것이 틀림없을 거라 믿고 있었다. 멍청한 생각을 한 것이다. 당장에 나는 밀쳐 내던져진 것이다. 심판의 가을. 나는 증오의 대상으로 변해 있었다. 어떤 중요한 일선에서, 나는 명확히 소홀함이 있었다. 게을렀다. 일선, 패배해서, 둑이 무너지는 기세, 나는 아예 극악하게 태어난 인간으로 지적당했다. 약하고 가난한 사람의 원망, 조롱과 매도의 불길은, 왕년의 죄의 형님의 귓불을 지져 놓았다. 아야야야, 하고 우스꽝스러운 비명을 지르며, 우왕좌왕, 난로가로 다가가면 도토리의 폭발, 물병의 물을 마시고자 하면, 게의 집게발, 깜짝 놀라 엉덩방아를 찧으면, 엉덩이 밑은 호박벌의 둥지. 안 되겠구나, 하고 뜰로 뛰어나오면, 지붕으로부터 데굴데굴 절구의 문안, 저 '원숭이와 게의 싸움猿蟹合戰'* 에 나오는 원숭이의 형벌 그대로, 사방팔방이 꽉 막혀, 숨소리마저 끊어질듯, 마굴魔窟의 방으로 뛰어들었다.

그날 밤의 일을 나는 잊지 못한다. 죽으려 하고 있었다. 어찌해볼 도리가 없었다. 취해 떨어져, 망토도 벗지 않은 채 쓰러져

---

* 무로마치 시대의 민화. 교활한 원숭이가 게를 속여 죽인 뒤 게의 자식에게 복수를 당한다는 내용이다.

서,

"이봐, 옛날의 명기名妓라는 건 말이야," 여자는 곁에서 웃고 있었다. "어떤 놈한테든, 아무렇지도 않게 몸을 맡겼단 말이다. 물처럼, 주렴처럼, 그냥 몸을 맡기는 거야. 그러고는 모나리자처럼 살짝 입술을 찡그리고 조용하게 도사리고 있으면, 손님은 미치는 거지. 논밭을 다 팔아치우는 거야. 알았어? 그 점이 중요해. 옛날부터 명기 소리를 듣는 사람은, 모두가 그랬거든. 공연스레, 반지 따위나 졸라대서는 안 되는 거지. 언제까지나, 잠자코 모자라다는 듯이 하고 있는 거야. 재주는 팔되, 몸은 팔지 않는다는 둥 정조를 굳게 지키고 있는 사람은, 여자인지라, 역시 몸을 맡겼다 하면, 그것으로 뚝 손님이 끊어져서, 여간해선 명기가 될 수 없어." 지독한 소리다. 사탄의 미학이랄까, 명기론의 한 자락이랄까. 얼토당토않은 소리를 질러대고는 잠이 들었다.

문득 눈을 떠보니, 방은 캄캄하고, 고개를 드니, 베개맡에 새하얀 각봉투 하나가 반듯하게 놓여 있었다. 왜 그랬는지, 뜨끔했다. 빛이 발할 정도로 순백의 봉투였다. 반듯하게 놓여 있었다. 손을 뻗어, 주워 올리려 하다가, 공허하게 다다미를 긁고 말았다. 정신이 들었다. 달빛이었다. 그 마굴 방의 커튼 틈으로, 달빛이 비쳐 들어, 내 베개맡에 사각형의 달그림자를 던져주고 있었다. 꼼짝도 할 수 없었다. 나는 달에게서 편지를 받았던 것이다. 말할 수 없는 공포였다.

견딜 수가 없어, 벌떡 일어나, 커튼을 젖히고 창문을 밀어내며, 달을 보았다. 달은, 낯선 얼굴을 하고 있었다. 무슨 말인가

하려다가, 나는, 훅 하고 숨을 들이쉬었다. 달은 여전히 모르는 체하고 있다. 냉철 그 자체다. 도대체, 인간 따위는 문제 삼지 않는다. 바탕이 다른걸. 나는 추하게 뻣뻣이 서서, 쓴웃음도 아니었다, 수줍음도 아니었다, 그런 미지근한 것이 아니었다. 신음했다. 그대로 조그만, 여치가 되고 싶었다.

마구 어리광을 부리고 있다. 자연 속에서 조그맣게 살아가는 일이 고독임을, 준엄하게 알았습니다. 천둥번개에 집 한 칸을 태우고 난 터에 핀 오이꽃. 그, 쓰레기터의 오이꽃 한 송이를, 강하게, 소중하게 키워나가야겠다고 생각했습니다.

호 ほ : 반딧불이ほたる의 빛, 창문의 눈.*

청창정궤淸窓淨机,** 나야말로 수재라며 책을 펼쳐놓고 단정히 앉아 있는데, 아아, 그 창밖, 호외를 알리는 종소리가 지나가는구나. 그래도 우리는, 공부하지 않으면 안 된다. 들어라, 금붕어도 그저 방목放牧해 놓으면 달포도 살지 못할 것임을.

헤 ヘ : 군인ヘい을 보내며 슬프구나.

전쟁터로 가는 군인을 전송하면서, 울어서는 안 되는 것일

까요. 자꾸만 눈물이 나서 못 견디겠어요. 용서해주세요.

토と : 아무래도とても 이 세상은 모두 지옥이야.

시노바즈노이케不忍の池,* 하고 어느 날 밤, 불쑥 입에서 튀어 나왔는데, 그러고 나서, 엇? 이상한 이름이로군, 하는 생각이 났다. 여기에는 분명 이런 유래가 있었을 거야. 틀림없을걸.

확실한 연대는 알지 못한다. 에도의 하타모토旗本** 집안에 간무리 와카타로冠若太郎라는 17세의 소년이 있었다. 벚꽃잎처럼 아름다운 소년이었다. 죽마고우로 유라 고지로由良小次郎라는 18세의 소년 무사가 있었다. 초승달처럼 아름다운 소년이었다. 어느 겨울 흐린 날, 말고삐 쥐는 방법에 대해, 두 사람 사이에 의견 차이가 생겼고, 논쟁 끝에, 한쪽 소년의 한쪽 볼이 빙긋하고 엷은 웃음을 띤 것이 또 한쪽 편의 소년을 격노하게 만들었다.

"베겠다!

"좋아, 용서하지 않겠다." 결투 약속을 하고 말았다.

그 약속의 날, 유라는 집을 나서려다 비가 퍼붓는지라, 안으로 되돌아가 우산을 받고 출발했다. 약속한 곳은 우에노의 산이다. 도중에 우산이 없어 거리의 어느 집 처마 밑에 서 있는 간무리의 모습을 보았다. 간무리는 엷은 분홍빛 산다화처럼 어

---

* 도쿄 우에노 공원에 있는 연못. 연꽃의 명소.

** 에도 시대의 쇼군 직속 고위 출신의 영주 집안을 가리킨다.

깨를 조그맣게 움츠리고, 곤혹스러운 모습이었다.

"이봐" 하고 유라는 소리를 질렀다.

간무리는 눈을 굴려 유라를 발견하고 방긋 웃었다. 유라도 조금 볼을 붉혔다.

"가자."

"응." 차가운 빗속을, 둘은 나란히 걸었다.

하나의 우산에, 둘이 머리를 맞대고 걸었다. 그리고 약속한 지점에 당도했다.

"준비는?"

"돼 있어."

곧바로 칼을 빼서, 서로 마주 보며, 둘이 동시에 웃음을 터뜨렸다. 서로 칼질을 했는데, 간무리가 졌다. 유라는 간무리의 숨통을 끊었다.

칼에 묻은 피를, 우에노의 연못에서 깨끗이 씻었다.

"원한은 원한이야. 무사의 의지. 약속을 어길 수 없지."

그날부터, 사람들은 시노바즈노이케라고 불렀다. 재미없는 세상이로군.

치ち : 짐승ちくしょう의 설움.

옛날의 축성築城 대가들은, 성을 설계할 때, 그 성이 폐허가 되었을 때의 모습을 가장 고려하면서 설계도를 그렸다. 폐허가 된 다음, 훨씬 자태가 좋아지도록 설계해두는 것이다. 옛날 불꽃놀이의 불꽃을 만드는 명인은, 쏘아 올린 다음, 알맹이가 공중에서 펑 하고 갈라지는, 그 소리에 가장 고심을 했다. 불꽃은 듣는 것. 도기는 손바닥에 올려놓았을 때의 무게가 가장 중요하다. 고래로, 명공名工 소리를 듣는 사람들은, 모두 이 무게에 대해 가장 고심했다.

이런 식으로, 그럴싸한 얼굴을 하고 집안사람들에게 가르쳐 주면, 집안사람들은 감탄하며 듣고 있다. 몽땅 엉터리다. 그런 바보 같은 소리는, 어떤 책에도 쓰여 있지 않다.

또 말한다.

그리우면, 찾아와서 보라 샘이 되었네, 시노다 숲 원한의 칡 잎사귀.*

이것은 누구나 알고 있는 암여우가 지은 노래다. 원한의 칡 잎사귀라는 말에는 역시 짐승의 천박한 연정이 서려 있어, 허무하고, 슬프다. 그 바닥의 또 바닥에, 무엇인가 엄청난, 이 세상의 것이 아닌 공포까지도 느껴진다.

---

* こいしくば、たずね來て見よいずみなる、しのだの森のうらみくずの葉. 시노다信太는 예전에 오사카에 속해 있던 지명으로 현재의 이즈미시 북부에 해당한다. 시노다 숲의 녹나무 거목 밑 굴에서 살던 흰 여우, '구즈노하 여우くずの葉狐'가 인간으로 환생해서, 아베노 야스나安倍保名라는 사람과 혼인, 아이 하나를 낳고 살았다는 전설이 있다. 즉 이 전설을 아는 사람에게 통하는 시이다. '구즈노하'의 '구즈'는 칡을 가리킨다. '우라미うらみ'에는 두 가지 뜻이 있다. 하나는 '한恨'이고 또 하나는 '뒤쪽을 보다裏見'라는 것이다. 이렇게 한 낱말을 두 가지 뜻으로 겸해서 사용하는 것을 '가케코토바掛詞'라고 한다. 즉 "원한의"는 다른 한편으로 '뒤쪽을 본다'는 뜻을 겸했는데, 바람에 흘끗 뒤집히는 칡 잎사귀가 희다는 데서 가사에 많이 활용된다. 왜 하필 '칡 잎사귀'냐 하면, '가을의 일곱 가지 초목'에 칡이 들어가 있어서 시구에 단골로 쓰인다.

옛날, 에도 후카가와의 하타모토의 아내가 젊은 나이에 죽었다. 딸 하나를 남겨놓고 갔다. 어느 날 밤, 남편의 베갯머리에 나타나 노래 하나를 읊었다. "캄캄한 밤, 니오이 산길을 더듬어 가다, 가나의 울음소리에 스러져 헤매었네." 니오이 산길은 저승에 있는 산 이름인지도 모른다. 가나는 딸아이의 이름이겠지. 스러져 헤매었네는 과연 젊은 여인의 유령답고, 가련하지 않은가.

하나 더, 이 역시 요괴가 지은 노래이지만, 사정은 자세하지가 않다. 의미 또한 확실하지 않지만, 이 세상의 것이 아닌 처참함이 느껴진다. 그것은 이런 노래다. "나의 사랑하는 이를 그립게 바라보니, 왜가리로다. 말 없음을 원망하지 않으리니."

그리고, 실토를 하자면, 모두가 나의 픽션이다. 픽션의 동기는, 그것은 작자의 애정이다. 나는 그렇게 믿고 있다. 사탄 숭배satanism는 아니다.

리リ : 용궁りゅうぐう 님은 바다 밑바닥에.

늙은 몸을 안고, 이룰 수 없는 꿈을 좇아, 황량한 바닷가를 헤매는 이, 백발의 우라시마 타로浦島太郎*는 여전히 이 세상에 넘치도록 있다. 풍뎅이를 상자 속에 넣고, 그 벌레가 버둥거리

---

* 유명한 옛날이야기의 주인공. 한 어부가 거북을 타고 용궁에 가서 갖은 호화 생활을 하다 돌아오다, 선물로 받은 상자를 약속을 어기고 열었다가 별안간 백발노인이 되었다는 줄거리.

는 발소리, 바삭바삭하는 소리를 들으면서, 이를 놓고 내 음악 상자 타령을 한다는 것은 매우 비참한 일이다.

예전에는 독일의 황제 폐위. 그리고 에티오피아의 황제. 어제의 석간에 의하면, 스페인 대통령 아사냐 씨도 마침내 사직하고 말았다.

하기야, 이런 사람들은 의외로 여유작작하게 자적하고 있었는지도 모른다. 벚꽃 동산을 팔아버린들, 뭐, 산과 들에는 벚꽃의 명소가 수두룩이 있다, 그런 것을 모두들 내 것이라고 생각하고 보고 즐겼다는 것 아니겠나. 그쪽은 호걸들이었던지라, 깨끗이 체념하고 있는 것인지도 모른다. 그렇지만 나는 종종 생각하는 게 있다. 쑹메이링 宋美齡*은 도대체 어쩔 셈일까.

누ぬ : 늪ぬま의 도깨비불.

북쪽 지방의 여름밤은, 유카타 하나 가지고는 싸늘한 느낌이다. 당시, 나는 18세, 고등학교 1학년생이었다. 여름방학에, 고향에 돌아가, 동구 밖의 이나리 稲荷**의 늪에 매일 밤 대여섯 개의 도깨비불***이 있다는 소문을 들었다.

달 없는 밤, 나는 자전거에 호롱불을 매달고, 흔들거리며 도깨비불을 보러 갔다. 가는 길에는 여치 울음소리가 시끄럽게

---

* 장제스와 결혼, 국민 정부의 요직을 역임한 인물.
** 곡식의 신을 모신 사당.
*** 일본식 표현은 호화狐火, 즉 여우불.

울렸고, 반딧불이도 흩어놓은 것처럼 많이 반짝이고 있었다. 이나리의 도리이*를 빠져나가, 나는 공연스럽게 자전거의 종을 울려대었다.

늪가에 도달하자, 자전거 앞바퀴가 꿀쩍꿀쩍 빠져들었다. 나는 자전거에서 내려, 조그맣게 한숨을 내쉬며 도깨비불을 보았다.

늪 맞은편에, 하나, 둘, 세 개의 붉고 둥근 불이 흔들흔들 떠 있었다. 나는 자전거를 끌며, 늪가를 따라 걸었다. 그리 크지 않은 늪이다.

가까이 다가가 보니, 다섯 명의 할아버지들이, 멍석을 깔고 술판을 벌이고 있었다. 도깨비불은 늪가의 버드나무에 매달아 놓은 세 개의 등롱이었다. 운동회 할 때 쓰는 히노마루 등롱이다. 할아버지들은, 내 얼굴을 알고 있어서, 모두들 손뼉을 치며 나를 환영했다. 나는 그 다섯 명 중 두 분의 할아버지를 알고 있었다. 한 분은 쌀가게를 하다가 들어먹었고, 또 한 분은 너절한 여인네를 첩으로 앉혀 치매가 되었는데, 두 분 모두 사람들의 웃음거리가 되어 있었다. 늪을 건너온 바람은 매우 냄새가 난다.

다섯 분은 매일 밤 이곳에 모여, 단가 모임을 연다는 것이다. 나의 자전거 호롱불을 보고서, "야, 도깨비불이로군, 이렇게 영혼을 껐소이다" 하고 서로 돌아보며 한바탕 웃어 재꼈다. 나는

---

* 일본 신사 등의 기둥문.

찬 탁주를 두세 잔 받아 마셨다. 그러면서, 그들의 구句라는 것을 몇 보게 되었다. 모두가 지독하게 형편없었다. 갈대 그늘의 해골바가지, 라는 구도 있었다. 나는 그대로 자전거를 타고 집에 돌아왔다.

"명월이로다, 자리에는 아름다운 얼굴도 없네." 바쇼芭蕉도 지독한 말씀을 하셨군.

루る : 유전윤회るてんりんね[*]

여기에는, 어떤 제국대학 교수의 신상에 대해 써볼까 했는데, 그것이 매우 어렵다. 그 교수는 바로 이삼일 전에 기소되었다. 좌경사상이라고 되어 있다. 그러나, 이 교수는 5, 6년 전, 우리가 학생이었을 무렵, 스스로 학생들의 좌경사상의 선도를 담당하고 있었던 것이다. 그리고, 그 무렵의 교수의, 선도를 위한 논리도, 오늘의 기소 이유 중 하나로 들고 있었다. 그런 부분이 매우 까다로웠다.

사오일만 여유가 있었더라도, 나는 갖가지로 생각하고 궁리를 해서, 이것을 그런대로 하나의 이야기로 정리해서 제시할 수가 있으련만, 오늘은 이미 3월 2일이다. 이 잡지는 3월 10일 전후에 발매되는 모양이니까, 오늘쯤이면 그야말로 마감 직전이다. 나는, 오늘 안에, 어떤 일이 있더라도 이 원고를 인쇄소

---

[*] 流轉輪廻, 생과 사를 몇 번이나 반복하면서 세계를 끊임없이 떠도는 일.

에 보내지 않으면 안 된다. 그렇게 약속했다. 이런 괴로운 생각을 하는 것도, 요는, 평소의 게으름 때문이다. 이래가지고는 분명 안 된다. 각오만큼은 대단하지만, 이제까지처럼 게을러빠져서는, 변변한 소설가가 되기는 글렀다.

오ぉ : 오바스테야마をばすてやま* 산마루의 솔바람.

이로써 스스로를 훈계할지어다. 다시 한 번 이러한 추태를 되풀이한다면, 그야말로 우바스테야마姥捨山다. 게으름의 가루타. 글자 그대로 이것은 게으름의 가루타가 되고 말았다. 처음부터 그럴 작정이었던 것은 아니고? 아니요, 더는, 그런 거짓말은 하지 않겠습니다.

와ゎ : 나는われ 산을 향해 쳐다본다.

카か : 백성을 하대하기かみんしいたげ는 쉽고, 하늘을 속이기는 어렵다.

요ょ : 밤よる이 지나면 아침이 온다.

(1939년 4월)

---

* 나카노현에 있는 산으로 늙은 숙모를 친어머니처럼 모시고 살다, 결혼 후 아내의 강요에 못 이겨 이 산에 숙모를 업고 와 버렸으나, 정에 못 이겨 다시 모시고 와 살았다는 전설이 있다.

여학생 女生徒

아침에, 눈을 뜰 때의 기분은, 재미있다. 숨바꼭질을 할 때, 벽장 속 캄캄한 곳에서 조용히 쪼그리고 숨어 있다가, 갑자기, 데코 짱이 활짝 벽장문을 열면, 햇빛이 좍 들어오고, 데코 짱이 "찾았다!" 하고 큰 소리를 지르고, 눈이 부시고, 그러고서 요상하고 거북살스러운 기분, 그리고 가슴이 두근거리며, 옷깃을 여미기도 하고, 좀, 수줍어져서, 벽장에서 나온 다음에도, 갑자기 화가 나고, 그런 느낌, 아니야, 다르다. 저 느낌도 아니다. 어쩐지, 좀 더 견딜 수가 없다.

상자를 열면, 그 안에, 또 작은 상자가 있고, 그 작은 상자를 열면, 또 그 안에 좀 더 작은 상자가 있고, 그것을 열면, 또, 또, 작은 상자가 있고, 그 작은 상자를 열면 또 상자가 있고, 그렇게 일고여덟 개나 연 끝에 마침내 마지막으로 주사위 정도로 작은 상자가 나오고, 그것을 열어보았더니 아무것도 없는 텅 빈 공간. 그 느낌, 화들짝 눈이 깬다는 따위, 그건 거짓말이다. 흐려지고 흐려지고, 그러다가 점점 녹말이 밑으로 가라앉고, 조금씩 맑은 웃물이 생기다가, 마침내 피로한 눈이 떠진다. 아침은 어쩐지, 흥을 깬다. 슬픈 일이 많이 가슴에 떠올라 견딜 수가 없다. 싫다, 싫어. 아침에 나는 가장 추하다. 양쪽 다리가 더할 수 없이 피로하고, 그리고, 아무 짓도 하고 싶지 않다. 푹 자지 못해서일까. 아침은 건강이야 따위의 말은 거짓말이다. 언제나 언제나 같다. 가장 허무하다. 아침 잠자리에서, 나는 늘 염세적이다. 싫다. 여러 가지로 추한 후회뿐, 한꺼번에 묵직하게 가슴을 콱 막고, 몸부림치게 된다.

아침은 심술쟁이다.

"아빠" 하고 조그만 소리로 불러본다. 공연스레 부끄럽고, 기쁘고…… 일어나서, 잽싸게 이불을 개킨다. 이불을 들어 올릴 때, 영차, 소리를 지르고, 화들짝 놀란다. 나는 지금까지, 자신이 영차 따위의 천박스러운 소리를 할 여자라고는 생각하지 않았다. 영차라니, 할머니의 외침 소리 같아서 싫다. 어째서 이런 소리를 냈던 것일까. 내 몸속, 어딘가에 할머니가 한 사람 있는 것 같아 기분이 좋지 않다. 이제부터는 조심해야지, 남의 천덕스러운 걸음걸이를 흉보면서도, 문득, 자신도 그런 걸음걸이를 하고 있는 것을 알아차렸을 때처럼, 매우 풀이 죽었다.

아침은, 언제나 자신이 없다. 잠옷 차림 그대로 경대 앞에 앉는다. 안경을 쓰지 않은 채 거울을 들여다보면, 얼굴이 조금 얼비쳐, 참하게 보인다. 자신의 얼굴 중에서 안경이 가장 싫지만,

다른 사람은 모르는 안경의 장점도 있다. 안경을 벗고 먼 곳을 보는 것을 좋아한다. 전체가 흐릿해져서, 꿈처럼, 요지경처럼 멋지다. 지저분한 것은 아무것도 보이지 않는다. 큰 것만, 선명한, 강한 색, 빛만이 눈으로 들어온다. 안경을 벗고 사람을 보는 것도 좋아한다. 상대방의 얼굴이, 모두, 자상하고, 예쁘게, 웃어 보인다. 게다가 안경을 쓰지 않고 있을 때면, 결코 남하고 싸움을 할 생각을 하지 않게 되고, 나쁜 소리도 하고 싶지가 않다. 그저, 묵묵히, 멍하니 있을 뿐. 그리고, 그런 때의 나는, 남에게도 호인처럼 보이겠지 생각하기 때문에, 더더욱, 나는 멍하니 안심하고, 아양을 떨고 싶어지고, 마음도 매우 부드러워진다.

하지만, 역시 안경은, 싫다. 안경을 쓰면 얼굴이라는 느낌이 사라져버린다. 얼굴에서 일어나는 갖가지 정서, 로맨틱, 아름다움, 격함, 약함, 순진함, 애수, 그런 것을, 안경이 몽땅 차단해 버린다. 그리고 눈으로 이야기하기라는 짓도, 우스울 정도로 할 수가 없다.

안경은 괴물이다.

나는 늘상 내 안경을 싫다고 생각하고 있어서인지, 눈이 아름답다는 것이 가장 좋은 일이라고 생각된다. 코가 없더라도, 입이 감추어져 있더라도, 눈이, 그 눈을 보고 있노라면, 좀 더 자신이 아름답게 살아야겠다고 만드는 눈이었으면 좋겠다고 생각한다. 나의 눈은, 그저 크기만 할 뿐, 아무것도 아니다. 찬찬히 내 눈을 보고 있노라면, 낙심하게 된다. 어머니조차도, 별 수 없는 눈이라고 말씀하셨다. 이런 눈을 빛이 없는 눈이라고 하는 거겠지, 라고 생각하면 맥이 빠진다. 이러니 말이죠, 형편없는 거예요. 거울을 보면, 그때마다 윤기 나는 눈이 되었으면 하고 진지하게 생각한다. 새파란 호수 같은 눈, 푸른 초원에 누워서 천공을 바라보고 있는 듯한 눈, 때때로 구름이 흐르다 비치는 거야. 새의 그림자까지도, 또렷이 비치는 거지. 아름다운 눈을 가진 사람과 많이 만나고 싶다.

오늘 아침부터 5월이다. 그렇게 생각하니, 무언가 들뜨는 마음이다. 역시 좋다. 이제, 여름도 가깝지 않은가. 뜰에 나가니 딸기꽃이 눈에 들어온다. 아버지가 돌아가셨다는 사실이 불가사의하다. 죽어서 사라졌다는 것은 이해하기 어려운 일이다. 영 이상하다. 언니라든지, 헤어진 사람이라든지, 오래도록 만나지 못하고 있는 사람들이 그립다. 아무래도 아침은, 지나간 일, 이미 앞서 간 사람들의 일이, 공연스레 가깝게, 단무지 냄새처럼 짐짐하게 떠올라 못 견디겠다.

자피하고 카아(불쌍한 개라서 '카아'*라고 부른다)하고 두 마리 개가 서로 얽혀가면서 뛰어왔다. 두 마리를 앞에 놓고, 자피만을 흠뻑 예뻐해주었다. 자피의 새하얀 털은 빛을 발하고 아름답지만, 카아는 더럽다. 자피를 귀여워해주면, 카아는 곁에서 울 듯한 얼굴을 하고 있다는 것을 잘 알고 있다. 카아가 불구라는 점도 알고 있다. 카아는 슬프고, 싫다. 불쌍하고 불쌍해 견딜 수 없으니까, 일부러 심술을 부리는 거다. 카아는 들개로 보이니까, 언제 개장수 손에 죽을지 모른다. 카아는 발이 저

---

* '불쌍하다'는 일본어로 '카와이소우可哀相'라고 한다.

모양인지라, 도망치다 보면 늦을 것이다. 카아, 어서, 산속으로라도 가버려라. 너는 아무도 귀여워하지 않으니까, 빨리 죽는 게 나아. 나는 카아한테만이 아니라, 사람한테도 몹쓸 짓을 하는 아이란다. 남을 난처하게 만들고, 자극을 한다. 정말이지 못된 아이야. 툇마루에 걸터앉아서, 자피의 머리를 쓰다듬어주면서, 눈을 찌르는 푸른 잎을 보고 있다가, 마음이 상해서 땅 위에 털퍼덕 앉고 싶은 생각이 났다. 울어보고 싶어졌다. 꾹 숨을 참았다가, 눈을 충혈시키면, 조금쯤 눈물이 날지도 모르겠다고 생각해, 해보았건만, 안 된다. 이젠, 눈물이 없는 여자가 된 것인지도 모른다.

단념하고, 방 청소를 시작한다. 청소를 하면서, 문득 〈도진 오키치唐人お吉〉* 노래를 한다. 살그머니 주변을 훑어보는 느낌. 평소, 모차르트네, 바흐네 하고 열중하고 있을 터인 자신이 무의식적으로 〈도진 오키치〉를 불렀다는 것이 재미있다. 이불을 들어 올릴 때 영차라고 한다든지, 청소를 하면서 〈도진 오키치〉 노래를 부르는 꼴을 보면, 나도 이젠 다되었군 하고 생각한다. 이쯤 되었으면, 잠꼬대 같은 것을 할 때 얼마나 품위 없는 말을 할지, 불안해죽겠다. 하지만, 괜히 우스워져서, 비질을 멈추고, 홀로 웃는다.

어머니, 누군가의 혼담 때문에 한바탕 분투, 아침 일찍부터

---

* 본명 사이토 키치齊藤きち. 1841년 이즈 시모다에서 선박 목공의 딸로 태어나 일본의 초대 미국 총영사 해리스의 시첩이 되었고, 후에 고향에서 투신. 그녀의 비극적인 이야기는 유행가로도 만들어졌다.

출동하셨다. 내가 어렸을 무렵부터 어머니는, 남의 일에 발 벗고 나서기 때문에, 이제는 익숙해져 있지만, 정말이지 놀라울 정도로, 쉴 줄 모르고 움직이는 어머니에게는 탄복한다. 아버지가, 너무나 공부만 하고 있는 바람에, 어머니는, 아버지의 몫까지 한 것이다. 아버지는 사교라느니 하는 것과는 아예 거리가 멀지만, 어머니는, 정말이지 기분 좋은 사람들의 모임을 만든다. 두 분 모두 아주 다른 면을 가지고 있지만, 서로 존경했던 것 같다. 추한 곳이라고는 없는, 아름답고 편안한 부부라고나 할까. 아아, 건방지다, 건방져.

된장국이 데워질 때까지, 부엌에 걸터앉아서, 앞쪽의 잡목숲을 멍하니 바라보고 있었다. 예전에도, 그리고 앞으로도, 이처럼 부엌 문턱에 앉아서, 이대로의 자세로, 게다가 아주 똑같은 생각을 하면서 숲을 보고 있었다, 보고 있는, 그런 기분이 들어, 과거, 현재, 미래, 그런 것이 한순간에 느껴지는 듯한 이상한 기분이 들었다. 이런 일은, 종종 있다. 누군가와 방 안에 앉아 이야기를 하고 있다. 눈길이, 테이블 귀퉁이로 가서 딱 서서 움직이지 않는다. 입만이 움직이고 있다. 이런 때에, 이상한 착각을 일으킨다.

언제던가, 이와 똑같은 상태로, 똑같은 일에 대해 이야기하면서, 역시, 테이블의 한 귀퉁이를 바라보고 있었다. 그리고, 앞으로도, 지금과 같은 일들이, 고대로 나에게 닥쳐온다. 이렇게 믿어버리는 기분이 드는 것이다. 아무리 멀리 있는 시골의 들길을 걷고 있을 때에도, 분명, 이 길은, 언젠가 왔던 길이라고 생각한다. 걸으면서 길가의 콩잎을 싹 쥐어뜯으면서도, 분명,

이 길의 여기에서 이 잎을 쥐어뜯은 일이 있다, 고 생각한다. 그리고 또, 앞으로도 몇 번씩이나, 몇 번씩이나, 이 길을 걷고, 이 자리에서 콩잎을 쥐어뜯는 거야 하고 믿는 것이다.

그리고 이런 일도 있다. 언젠가, 목욕탕에 들어가 앉아 있을 때, 문득 손을 봤다. 그랬더니, 이제 앞으로 몇 년이 지나, 목욕을 하고 있을 때, 이, 지금의 아무 생각 없이 손을 바라본 일을, 그리고 바라보면서 탁 하고 느꼈던 것을 아마도 떠올릴 것이 틀림없어, 라고 생각하고 말았다. 그렇게 생각했더니, 무엇인지 어두운 느낌이 들었다. 그리고, 어느 날 저녁, 밥을 밥통으로 옮기고 있을 때, 인스피레이션, 이라고 말하면 과장이지만, 무엇인지 몸속을 핑, 하고 달려가는 것을 느끼면서, 뭐랄까, 철학의 꼬랑지라고 표현하고 싶은데, 좌우간 그것의 엄습을 받아, 머리도 가슴도 구석구석까지 투명해지면서, 어쩐지 살아나갈 일로 사뿐 정착해버린 것 같은, 잠자코, 소리도 내지 않고, 우무가 나란히 밀려 나갈 때의 유연성을 유지하면서, 그대로 파도 사이사이로, 아름답고 가볍게 살아나갈 수 있을 것 같은 느낌이 들었다. 이때는, 철학 따위는 저리 가라다. 도둑고양이처럼 소리도 내지 않고 살아나간다는 예감 따위는, 별 볼 일이 없는 것이라며, 오히려, 두려웠다. 그러한 기분 상태가 오래 이어지면, 사람은 신들린 것처럼 되어버리는 것이 아닐까. 그리스도. 하지만, 여자 그리스도 따위는 영 아니다.

결국은, 나는 할 일이 없으니까, 매일, 몇백, 몇천의 보고 들은 것들의 감수성 처리를 할 수 없게 되어버려서, 멍하니 있는 사이에, 그놈들이 도깨비 같은 얼굴이 되어서, 툭툭 튀어나오는 것이 아닐까.

식당에서, 밥을, 혼자서 먹는다. 올해, 처음으로 오이를 먹는
다. 오이의 푸름으로부터, 여름이 온다. 5월의 오이의 푸른 맛
에는, 가슴이 텅 빌 것 같은, 아릴 것 같은, 간지러울 것 같은
슬픔이 있다. 홀로 식당에서 밥을 먹고 있자니, 자꾸만 여행을
떠나고 싶다. 기차를 타고 싶다. 신문을 읽는다. 정치인 고노
에 近衛* 씨의 사진이 나와 있다. 고노에 씨는 좋은 남자일까. 나
는, 이런 얼굴은 좋아하지 않는다. 이마가 못생겼다. 신문에서
는, 책 광고문이 가장 즐겁다. 한 글자, 한 줄에 100엔, 200엔,
이렇게 광고료를 내야 하는 만큼, 모두들, 열심이다. 한 글자,
한 구절, 최대의 효과를 거두려고, 끙끙 앓으면서 쥐어짜 내놓
은 명문이다. 이처럼 돈이 드는 문장은, 세상에 흔하지 않다.
어쩐지 기분이 좋다. 통쾌하다.

밥을 다 먹고, 문단속을 하고, 등교. 문제없어, 비는 내리지
않을 거라고 생각하기는 하지만, 그래도, 어제 어머니에게서
받은 우산을 꼭 들고 다니고 싶어서, 이것을 휴대. 이 엄브렐러
는, 어머니가 처녀 시절 쓰던 것이다. 재미있는 우산을 발견해
서, 나는 좀 으쓱해진다. 이런 우산을 들고, 파리의 거리를 쏘
다니고 싶다. 어쩌면, 이번 전쟁이 끝날 무렵, 이런 꿈을 담은
것 같은 고풍 엄브렐러가 유행하겠지. 이 우산에는 보닛풍의

---

* 고노에 후미마로 近衛文麿. 일본 화족 최고의 가문인 고노에가 출신으로
일본의 군국주의 물결이 거셀 때 세 차례나 수상을 역임했다. 전후 A급 전
범으로 체포되기 직전에 자살했다.

모자가 썩 잘 어울릴 거야. 핑크색 깃이 긴, 목덜미를 시원하게 열어젖힌 의상에, 검은 비단 레이스로 짠 기다란 장갑을 끼고, 커다랗고 차양이 넓은 모자에는, 아름다운 제비꽃을 다는 거야. 그리고, 짙은 녹색의 파리 레스토랑에 점심을 먹으러 가는 거지. 나른한 듯이 턱을 괴고 앉아, 지나가는 인파를 바라보고 있는데, 누군가가, 살그머니 내 어깨를 두드린다. 갑작스레 음악, 장미의 왈츠. 아아, 우스워라, 우스워. 현실은, 이 낡아빠지고 요상한, 손잡이가 싱겁게 기다란 우산 하나. 나 자신이 비참하고 불쌍하다. 성냥팔이 아가씨. 어디, 풀이라도 뜯어주고 가야겠다.

나가면서, 집 문 앞의 풀을 좀 뜯어내, 어머니에 대한 근로봉사. 오늘은 무엇인가 좋은 일이 있을지도 모른다. 똑같은 풀이건만, 어째서 이처럼 뜯어내고 싶어지는 풀과, 가만히 놓아두고 싶은 풀 같은 게 있는 것일까. 예쁜 풀과 그렇지 않은 풀은, 형태는 조금도 다를 것이 없는데, 그럼에도, 마음에 드는 풀과, 밉살스러운 풀, 이렇게 딱 갈라지는 것일까. 이유는 없다. 여자의 호불호란 건 아주 제멋대로거든. 10분간의 근로봉사를 끝내고, 정거장으로 서둘러 간다. 밭길을 지나가면서, 자꾸만 그림을 그리고 싶어진다. 도중, 신사神社 숲의 오솔길을 지나간다. 이것은 나 스스로가 발견해놓은 지름길이다. 숲속 오솔길을 걸으면서 문득 아래를 보니, 보리가 두 치가량 여기저기에 뭉쳐서 자라고 있다. 그 파란 보리를 보고 있다가, 아아, 올해도 병사들이 왔었구나 하고 깨닫게 된다. 작년에도 많은 병사들과 말이 와서, 이 신사에서 쉬고 갔다. 한참 지난 뒤에 그곳을 지나면서 보니, 보리가, 오늘처럼 쑥 자라나 있었다. 하지만, 그 보리는, 더 이상 자라지 않았다. 올해도, 병사들의 말 여물통에서 흘러나와 싹이 트고 맥없이 자라난 이 보리는, 이 숲은 이처럼 어둡고, 전혀 해가 비치지 않으니, 가엾게도, 이렇게 자랐다가 죽어버리겠지.

신사 숲의 오솔길을 빠져나와, 역 가까이서, 노동자 네댓 명과 함께 걷게 된다. 그 노동자들은 언제나 그렇듯이, 말할 수 없는 지저분한 말을 나를 향해 토해낸다. 나는 어찌하면 좋을지 망설여진다. 그 노동자를 추월해서 앞으로 가고 싶지만, 그러자면, 노동자들 사이를 뚫으며 빠져나가고, 스쳐 지나가야 한다. 겁난다. 그렇다고 우두커니 서서, 노동자들을 먼저 가게 하고, 거리가 넉넉히 생길 때까지 기다리기란, 좀 더 담력이 필요하다. 그것은 실례되는 일이어서, 노동자들이 성을 낼지도 모른다. 몸은 달아오르고, 울고 싶어졌다. 나는 그 울음이 나오는 것이 창피해서, 그자들을 향해 웃어주었다. 그리고 천천히 그자들의 뒤를 따라 걸었다. 당장에는 그것으로 그치고 말았지만, 그 분한 마음은, 전차를 타고 나서도 지워지지 않았다. 이런 시시한 일에 태연해질 수 있도록, 어서 강해지고 싶었다.

전차 입구 바로 가까이에 빈자리가 있었으므로, 나는 그곳에 내 물건을 놓고, 스커트 자락을 바로 하고, 앉을 생각이었는데, 안경 낀 남자가, 싹 내 물건을 치우고 자리에 앉아버렸다.

"저, 거기는 내가 맡은 자리예요" 했더니, 남자는 쓴웃음을 지으면서 신문을 읽기 시작했다. 잘 생각해보니, 어느 쪽이 뻔뻔한 것인지 모르겠다. 내 쪽이 뻔뻔한 것인지도 모르지.

어쩔 수 없이, 엄브렐러와 소지품을 시렁에 얹어놓고, 나는 손잡이 고리에 매달려, 늘 하듯이, 잡지를 읽기 위해, 펄렁펄렁한 손으로 넘기고 있다가, 묘한 생각을 하게 되었다.

나에게서, 책 읽기라는 것을 빼앗아버리고 나면, 이 경험이 없는 나는, 울상을 짓고 말겠지. 그럴 정도로 나는, 책에 쓰여 있는 것에 의지하고 있었다. 한 권의 책을 읽고는, 금방 그 책에 열중하고, 신뢰하고, 공명하고, 여기에다 생활을 밀착시켜 본다. 그러고, 다른 책을 읽었다 하면, 당장에 휙 바뀌면서, 언제 그랬더냐 하는 거다. 남의 것을 훔쳐 와서 내 것으로 제격 만들어놓는 재능은, 그 교활함은, 이것은 나의 유일한 특기다. 정말이지, 이 교활함, 속임수에는 정나미가 떨어진다. 매일매일, 실패에 실패를 거듭하고, 큰 창피를 당해보면, 조금은 중후해질지도 모른다. 하지만, 그런 실패에까지도 이러쿵저러쿵 핑계를 대면서, 그럴듯하게 미봉하고, 제대로 정리된 것 같은 이론을 내놓고, 고육苦肉의 연기를 당당하게 할 것 같다(이런 말도 어떤 책에선가 읽은 일이 있다).

정말이지, 나는 어느 것이 진짜 자신인지 알 수가 없다. 읽을 책이 없어져서, 흉내 낼 만한 것이 하나도 없게 된다면, 나는 도대체 어찌해야 한단 말인가. 어떻게도 해볼 도리가 없이 위축해서, 공연히 코만 풀고 있게 될지도 모른다. 좌우간, 전차 속에서, 매일 이런 식으로 흔들흔들 생각만 하고 있어서는 안 된다. 고약한 온기가 남아 있어서 참을 수 없다. 무엇이든 해야한다, 어떻게든 해야 한다고 생각은 하지만, 어떻게 하면, 내자신을 확실하게 파악할 수 있을 것인가. 지금까지의 나의 자기비판 따위는 거의 의미가 없는 것이라고 생각한다. 비판을 해보고서, 마음에 들지 않는, 약한 점이 눈에 들어오면, 금방 거기에 물렁하게 빠져가지고, 스스로를 위로하고, 뿔을 바로잡으려다 소를 죽이는 일은 좋지 않다는 식으로 결론을 내리게 되므로, 비판이고 뭐고 있을 수가 없다. 아무 생각도 하지 않는 편이 양심적이다.

이 잡지에도, '젊은 여성의 결점'이라는 제목으로 다양한 사람들이 써놓고 있다. 읽고 있는 사이, 나 자신의 이야기를 하는 것 같아 부끄러운 마음이 든다. 게다가, 쓰는 사람에 따라, 평소에 바보라고 생각하고 있는 사람은, 바로 그대로, 바보 같은 느낌이 드는 말을 하고 있고, 사진으로 보면서, 멋진 느낌이 드는 사람은, 멋진 말솜씨를 발휘하고 있어서, 웃음이 나와, 때때로 쿡쿡거리면서, 읽어나간다. 종교가는 바로 신앙을 들고 나오고, 교육가는, 처음부터 끝까지 은혜, 은혜, 거린다. 정치가는, 한시漢詩를 끄집어낸다. 작가는, 젠체하고 그럴듯한 말을 쓰고 있다. 우쭐거린다.

하지만, 모두들, 상당히 확실한 말만 쓰고 있다. 개성이 없다는 것. 깊이가 없다는 것. 올바른 희망, 올바른 야심, 그런 것으로부터 멀리 떨어져 있다는 것. 즉, 이상이 없다는 것. 비판은 있지만, 자신의 생활과 직접 연관시키는 적극성이 없다는 것. 무반성, 참자각, 자기애, 자중이 없다. 용기 있는 행동을 하더라도, 그 모든 결과에 대해 책임을 가질 수 있는지 어떤지. 자기 주위의 생활양식에는 순응하고, 이를 처리하는 데는 능숙하지만, 자신, 그리고 자신 주변의 생활에, 올바르고 강한 애정을 가지고 있지 않다. 참의미로서의 겸손이 없다. 독창성이 모자라며 모방뿐이다. 인간 본래의 '사랑'의 감각이 결여된 것이다. 고상한 체하고 있지만 기품이 없다. 그 밖의 많은 일들이 쓰여 있다. 정말이지 읽다가 정신이 번쩍 드는 일이 많다. 결코 부정할 수가 없다.

하지만, 여기 쓰여 있는 말 모두가, 어쩐지 낙관적인, 이 사람들의 평소의 기분하고는 동떨어지게 그저 써놓은 듯한 느낌이 든다. '진정한 의미의'라든지, '본래의'라는 형용사가 많이 들어 있는데, '참'사랑, '참'자각이란 어떤 것인지, 확실히 알아들을 수 있게 쓰여 있지는 않다. 이 사람들에게는 알고 있는 것인지도 모르겠다. 그렇다면, 좀 더 구체적으로, 오직 한마디, 오른쪽으로 가라, 왼쪽으로 가라고 오직 한마디, 권위를 가지고 지시해주는 편이 얼마나 고마운지 모르겠다. 우리는, 사랑의 표현 방침을 상실하고 있는 만큼, 이것도 안 된다, 저것도 안 된다고 말하지 말고, 이렇게 해라, 저렇게 해라, 하고 강한 말로 일러주기만 한다면, 우리는 모두 그대로 할 것이다. 아무도 자신이 없는 것일까. 여기에 의견을 발표하고 있는 사람들도, 언제나, 어떤 경우에나, 이런 의견을 가지고 있는 것은 아닌 모양이다. 올바른 희망, 올바른 야심을 갖고 있지 않다고 야단을 치고 있지만, 그렇다면, 우리들이 올바른 이상을 좇아 행동할 경우에는, 이 사람들은 어디까지나 우리를 지켜보고, 이끌어줄 수 있을 것인가.

우리들로서는, 자신이 가야 할 최선의 장소, 가고 싶다고 생각하는 아름다운 장소, 자신이 뻗어나갈 수 있는 장소, 어슴푸레하게나마 알고 있다. 좋은 생활을 하고 싶어 한다. 그야말로 올바른 희망, 야심을 가지고 있다. 의지할 만한 꿋꿋한 신념을 가졌으면 하고 초조해하고 있다. 하지만, 이들 모두, 아가씨라면 아가씨로서의 생활에 이를 구현하고자 한다면, 얼마나 노력이 필요할 것인가. 어머니, 아버지, 언니, 오빠들의 생각이라는 것도 있다(말로는, 고리타분하다는 등 비판하지만, 결코 인생의 선배, 노인, 기혼자들을 우습게 알아서는 안 된다. 오히려, 늘 두세 단계 높이 평가하고 있을 터). 시종, 생활과 연관되어 있는 친척이라는 자들도 있다. 친지도 있다. 친구도 있다. 게다가, 항상 거대한 힘으로 우리를 밀어대는 '세상'이라는 것도 있지 않은가. 이 모든 것들을 보고 생각하고 하다 보면, 자신의 개성을 신장시키는 따위의 이야기가 아니다. 뭐, 눈에 뜨이지 않게, 여느 다수의 사람들이 지나가는 길을 잠자코 나아가는 것이 가장 영리한 것이겠지 하고 생각하지 않을 수 없다. 소수자를 위한 교육을, 전체에게 한다는 것은 매우 끔찍한 일로 여겨진다. 학교의 수신修身 과목과, 세상의 법하고는 매우 다르다는 것을, 점점 자라면서 알게 되었다. 학교의 수신을 절대적으로 지키고 있다가는, 그 사람은 손해를 보게 마련이다. 이상한 사람 소리를 듣는다. 출세하지 못하고, 노상 가난하다. 거짓말하지 않은 사람이라는 게 있기는 한가. 있다면, 그 사람은 영원히 패배자다. 나의 친척 가운데에도, 한 사람, 품행방정하고, 굳은 신념을 가지고, 이상을 추구하고, 그야말로 진정한 의미로 살고 있는 분이 있는데, 친척 모두가, 그 사람을 흉보고 있다. 밥통 취급을 하고 있다. 나 같은 경우, 그런 바보 취급을 당하고 패배할 것을 뻔히 알면서, 어머니나 모두에게 반대해가면서까지 내 생각을 관철시키는 짓은 할 수 없다. 무섭다. 어렸을 때는, 나도 내 기분이 다른 사람의 기분과 아주 달라졌을 때에는, 어머니에게,

"왜?" 하고 묻곤 했다. 그럴 때면, 어머니는, 무엇이라고 한마디로 끝내고, 그리고 화를 내곤 했다. 나빠, 불량스러워, 하고 말하고, 어머니는 슬퍼하는 것 같았다. 아버지에게 이른 적도 있다. 아버지는, 그럴 때면 잠자코 웃고 있었다. 그리고 나중에 어머니에게 "중심을 벗어난 아이군"이라고 말씀하셨다고 한다. 점점 자라남에 따라, 나는 흠칫거리게 되었다. 양복 하나 만드는 데도, 남의 생각을 의식하게 되고 말았다. 나의 개성 같은 것을, 사실은 남몰래 사랑하고 있지만, 사랑해나갔으면 생각하고는 있지만, 그것을 확실하게 자신의 것으로서 구현하는 일에 대해서는 겁이 난다. 남들이 좋게 생각하는 아가씨가 되려고 늘 생각한다. 많은 사람이 모였을 때, 나는 얼마나 비굴하게 굴곤 하는지, 입으로 내뱉고 싶지도 않은 말을, 기분과는 아주 동떨어진 말을, 거짓으로 종알거리는 거다. 그러는 편이 득이다. 득이라고 생각하기 때문이다. 마음에 안 드는 일이다. 어서, 도덕이 일변하는 날이 왔으면 한다. 그렇게 되면, 이런 비굴함도, 그리고 자신을 위해서가 아니라, 남의 생각을 위해서 매일 애써서 살아갈 일도 없을 것이다.

어머, 저기, 자리가 비었네. 얼른 시렁에서 물건과 우산을 내려서, 재빨리 끼어든다. 오른쪽에는 중학생, 왼쪽에는 아기를 업고 포대기를 두르고 있는 아줌마. 아줌마는 늙은 주제에 짙

은 화장을 하고, 머리는 유행에 맞게 휘둘러놓았다. 얼굴은 예쁘지만, 목덜미에 주름이 져 있어서, 천박스러워, 때려주고 싶을 정도로 싫다. 인간은, 서 있을 때와, 앉아 있을 때와는 생각이 아주 딴판이다. 앉아 있자니, 허망한 것, 무기력한 것만 생각하게 된다. 나와 마주 보고 있는 자리에는 네댓 명 같은 나이 또래의 월급쟁이들이 멍하니 앉아 있다. 서른쯤 되었을까. 모두가 마음에 안 든다. 눈이, 힘없이 흐려 있다. 패기가 없다. 하지만, 내가 지금, 이 중 누군가 한 사람에게 방긋 웃어주었다가는, 오직 그것만으로, 질질 끌려가서, 그 사람과 결혼해야 할 처지에 빠질지도 모른다. 여자는 자신의 운명을 결정하는 데, 미소 하나로 충분한 것이다. 무서운 일이다. 신기할 정도다. 정신 차리자.

오늘 아침에는 정말이지 이상한 생각만 하게 된다. 이삼일 전부터, 우리 집 정원을 손질해주는 식목원 사람의 얼굴이 눈에 어른거려 견딜 수가 없다. 어디로 보나 식목원 기사이지만, 얼굴의 느낌이 아무래도 다르다. 좀 과장을 한다면 사색가 같은 얼굴을 하고 있다. 살빛이 검은지라 그만큼 단단해 보인다. 눈이 좋다. 눈썹도 야무지다. 코는, 엄청 들창코이지만, 그것이 또, 검은색과 매치돼서, 의지가 강해 보인다. 입술 모양도 매우 좋다. 귀는 좀 더럽다. 손으로 말하자면, 그야말로 식목원 기사로 되돌아가게 되지만, 검은 중절모를 깊게 눌러쓴 그늘의 얼굴은, 식목원 기사로 놔두기는 아까운 생각이 든다. 어머니에게 서너 번씩이나, 저 기사는 처음부터 식목원 기사였을까 하고 물었다가, 결국 야단을 맞고 말았다. 오늘, 물건을 싸가지고 온 이 보자기는, 마침, 그 기사가 처음 온 날, 어머니에게 받은 것이다.

그날은 우리 집 대청소 날이어서, 부엌 고치는 사람과 다다미 가게 사람도 들어와 있었고, 어머니도 서랍장 정리를 하다가, 이 보자기가 나오는 바람에 내가 받은 것이다. 여성스러운 예쁜 보자기. 예쁘니까 잡아매기가 아깝다. 이렇게 앉아서, 무릎 위에 놓고 몇 번씩이나 살짝 본다. 만진다. 전차 안의 모든 사람들이 봐주었으면 좋으련만, 아무도 보지 않는다. 이 예쁜 보자기를, 그저, 슬쩍 봐주시기만 해도, 나는 그 사람한테 시집가도 좋아. 본능, 이라는 말과 마주치게 되면, 울어보고 싶다. 본능의 크기, 우리 의지대로는 움직이게 할 수 없는 힘, 그런 것이, 때때로 여러 가지 상황으로부터 이해하게 되면, 미칠 것 같은 기분이 된다. 어찌하면 좋을까. 멍해지고 마는 것이다. 부정도 긍정도 없다. 그저, 거대한 것이, 픽 하고 머리로 뒤덮어오는 것 같다. 그리고 나를 자유로이 끌고 다니고 있는 것이다.

끌려가면서 만족하고 있는 기분과, 이를 슬픈 기분으로 바라보고 있는 다른 감정. 어째서 우리는 스스로만이 만족하고, 자신만을 평생 사랑해나갈 수 없는 것일까. 본능이, 나의 지금까지의 감정, 이성을 먹어가고 있는 것을 보는 것은 슬프다. 조금이라도 자신을 잊는 일이 있은 뒤로는, 오로지 낙심해버리고 만다. 이 자신, 저 자신에게도 본능이 확실하게 있다는 것을 알게 되고 보면, 울 것 같다. 어머니, 아버지, 하고 부르고 싶어진다. 하지만, 또 진실이라는 것은 생각 밖으로, 자신이 싫다고 생각하는 곳에 있는 것인지도 모르니까, 더더욱 한심하다.

벌써 오차노미즈역이다. 플랫폼에 내려서니, 어쩐지 모든 것이 개운해져 있었다. 지금 막 했던 생각을 되새겨보려 하지만, 영 떠올라주지 않는다. 그, 계속을 생각해보려 했지만, 통 떠오르지 않는 것이다. 애써보았지만, 아무 생각도 나지 않는다. 텅 빈 것이다. 그때, 때로는, 자신을 상당히 감동시킨 것도 있었던 것 같고, 괴롭고 부끄러운 일도 있었을 터인데, 지나고 나면, 아무 일도 없었던 것이나 마찬가지다. 지금이라는 순간은 재미있다. 지금, 지금, 지금, 하고 손가락으로 짚고 있는 동안에도, 지금은 멀리 사라져버리고, 새로운 '지금'이 와 있는 것이다. 육교의 계단을 또각또각 올라가면서, 이게 뭐냐 하고 생각했다. 바보같이. 나는, 좀 지나치게 행복한 것인지도 모른다.

오늘 아침의 고스기 선생님은 예쁘다. 내 보자기처럼 예쁘다. 아름다운 청색이 어울리는 선생님. 가슴의 새빨간 카네이션도 두드러진다. '만들기'라는 점만 없었더라도, 훨씬 훨씬 이 선생님이 좋았을 터인데, 지나치게 포즈를 잡고 있다. 어딘지 무리가 있다. 저래 가지고는 피곤해질 것이다. 성격도, 어딘지 난해한 구석이 있다. 알 수 없는 점을 많이 가지고 있다. 어두운 성질이면서도, 억지로 밝게 보이려 하는 점도 뻔히 보인다. 하지만, 어찌 되었든 매력 있는 여자다. 학교 선생님 같은 일을 하게 놔두기에는 아까운 생각이 든다. 교실에서는, 이전만큼은 인기가 없게 되었지만, 나는, 나 하나만은, 이전과 마찬가지로 끌리고 있다. 산속, 호반湖畔의 고성에 살고 있는 아가씨, 그런 느낌을 풍긴다. 묘하게 칭찬을 하고 말았군. 고스기 선생님 이야기는, 어째서 늘 이처럼 딱딱해지는 것일까. 머리가 나쁜 것이 아닐까. 슬퍼진다. 아까부터 애국심에 대해 길게 설명을 해 주고 있는데, 그런 것은 다 알고 있는 것 아닌가. 어떤 사람이 되었건, 자신이 태어난 곳을 사랑하는 기분은 있을 텐데. 시시해. 책상 위에 턱을 괴고, 멍하니 창밖을 바라본다. 바람이 세서인지, 구름이 예쁘다. 교정 구석에 장미꽃이 네 송이 피어 있다. 노랑 하나, 하양 둘, 핑크 하나. 멍하니 꽃을 바라보면서, 인간도, 참으로 좋은 점이 있다고 생각했다. 꽃의 아름다움을 발견한 것은 인간이고, 꽃을 사랑하는 것도 인간 아닌가.

점심시간에, 도깨비 이야기가 나왔다. 야스베 언니의, 일고 一高* 7대 불가사의의 하나, '열리지 않는 문짝' 이야기에는, 모두들 꺄악 꺄악이다. 귀신이 메롱 하고 나타나는 식이 아니라, 심리적이어서 재미있다. 너무나 호들갑을 떠는 바람에, 이제 막 밥을 먹었건만, 어느새 배가 고파졌다. 얼른 호빵 부인에게서 캐러멜을 얻어먹는다. 그리고 나서 다시 한바탕 공포 이야기로 푹 빠진다. 모두들, 이 귀신 이야기 같은 데는 흥미가 솟는 모양이다. 하나의 자극이라는 것일까. 그리고, 이것은 괴담은 아니지만, '구하라 후사노스케 久原房之助'** 이야기는 우습고

---

* 전전 일본의 관공립 중심 교육 체제의 정점에 있던 고등교육기관. 정식 명칭은 제일고등학교이고 도쿄제국대학의 예과로 대다수의 일고 졸업생이 도쿄제국대학으로 진학했다. 전후 연합군사령부의 학제 개혁에 의해 1950년 폐지되었다.

** 일본의 실업가, 정치가. 히타치와 닛산의 창업주이자 구하라 재벌의 총수로 '광산왕'이라고 불렸다. 제1차 세계대전 후의 경제 공황을 계기로 정계에 진출해 우익에 자금을 제공하며 2·26사건에 깊이 관여했다.

또 우습다.

오후의 미술 시간에는, 모두들 교정으로 나와서 사생 연습이다. 이토 선생님은, 어째서 나를, 언제나 무의미하게 괴롭히는 것일까. 어제도 나에게, 선생님 자신의 그림 모델이 되라고 했다. 내가 오늘 아침 가져온 낡은 우산이, 클래스의 대환영을 받아서, 모두가 떠들어대고 있는지라, 마침내 이토 선생님도 알게 되고 말았고, 그 우산을 들고서 교정 귀퉁이의 장미꽃 옆에 서 있으라고 하셨다. 선생님은, 나의 이런 모습을 그려서, 이번 전람회에 내실 거란다. 30분만 모델이 되어드리기로 승낙했다. 남의 도움이 되는 일은 기쁜 일 아닌가. 하지만, 이토 선생님과 둘이 마주 보고 있노라면 엄청 피로해진다. 이야기가 끈적끈적하고 이론이 너무 많은 데다, 지나치게 나를 의식하고 있어서인지, 스케치하면서 이야기하는 것이 모두 내 이야기뿐이다. 대답하기도 귀찮고, 번거롭다. 분명하지 않은 인물이다. 이상하게 웃기도 하고, 선생님답지 않게 수줍어하기도 하고, 좌우간 깔끔하지 않아서 질색이다. "죽은 누이동생이 떠오른군" 같은 말은 정말 질색이다. 사람은 좋은 것 같은데, 제스처가 너무 많다.

제스처라면, 나도 지지 않을 만큼 많이 가지고 있다. 나의 것은 게다가, 교활하고 영리하게 꾸며져 있다. 아주 태깔스러워서 뒷감당이 안 된다. "나는 포즈를 지나치게 꾸미고, 포즈에 이끌려 있는 거짓말쟁이 귀신이다" 어쩌고 하는데, 이것 또한, 하나의 포즈니 구제불능이다. 이처럼, 얌전하게 선생님의 모델이 되어드리면서도, 진지하게, "자연스러워지고 싶다, 순진해지고 싶다" 하고 기원하고 있는 거다. 책 따위를 읽는 것은 그만두는 거야. 관념만으로 살고, 무의미한, 시건방진 알은체 따위는 경멸, 경멸이다. 이런, 생활에 목표가 없다고, 좀 더 생활에, 인생에, 적극적이 되면 좋을 텐데, 자신에게는 모순이 있다느니 하면서, 자꾸만 생각하고 고뇌하고 있는 모양이지만, 너의 경우는, 감상뿐이야. 자신을 동정하고, 위로하고 있을 뿐이야. 그리고, 자신을 너무나 과대평가하고 있는 거야, 아, 이런 더러운 마음을 가진 나를 모델로 삼다니, 선생님의 그림은 분명 낙선이야. 아름다울 턱이 없는걸. 안됐지만, 이토 선생님이 바보처럼 보여서 견딜 수가 없다. 선생님은 나의 팬티에 장미꽃 자수가 있는 것조차 몰라.

똑같은 자세로 말없이 서 있는 동안, 느닷없이 돈 생각이 간절해졌다. 10엔만 있으면 되는데.『마담 퀴리』가 가장 읽고 싶다. 그리고, 문득, 엄마가 오래 살았으면 생각을 한다. 선생님 모델 노릇은 정말이지 힘들다. 녹초가 되고 말았다.

학교가 끝나고, 절집 딸 킨코 양하고, 몰래, 할리우드로 가서, 머리를 다듬었다. 완성된 모습을 보니, 원하던 것처럼 되지 않아 속이 상했다. 어디로 보나, 나는 조금도 귀엽지 않았다. 비참한 생각이 들었다. 매우 풀이 죽고 말았다. 이런 데에 와서, 몰래 머리 치장이나 하고, 아주 더러운 한 마리의 암탉 같은 기분까지 들어, 진심으로 후회했다. 우리가, 이런 곳에 온다는 건, 자기 자신을 경멸하고 있는 것이라고 생각했다. 킨코 양은 신이 났다.

"이대로, 선 보러 갈까" 하고 당치도 않은 말을 꺼내더니, 아

무래도, 킨코 양 자신이, 정말로 선을 보러 가게 된 것으로 착각을 일으켰는지,

"이런 머리에는 어떤 색깔의 꽃을 꽂으면 좋을까?"라느니, "화복和服을 입었을 때에는, 띠는, 어떤 것이 좋을까?" 하고 본격적으로 시작한다.

정말이지, 아무런 생각도 없는 귀여운 사람.

"어떤 분하고 선을 보시나요?" 하고 나도 웃으면서 물었더니,

"떡집은, 떡집하고, 라고 하지 않습니까" 하고 점잔 빼고 답했다. 그건 어떤 의미냐고, 내가 약간 놀라며 물었더니, 이 절집 아가씨는 절집으로 시집가는 것이 가장 좋은 거야, 평생 먹을 걱정 안 하고, 라고 대답해서 나를 다시 놀라게 했다. 킨코 양은 아주 무성격無性格인 것 같다. 따라서, 여성스러움이 가득하다. 학교에서 나와 자리를 이웃하고 있다는 것뿐, 나는 그다지 살갑게 굴어주지 못하고 있건만, 절집 따님 쪽에서는 나를, 자신의 제일가는 친구라고 말하고 있는 것이다. 귀여운 아가씨다. 하루걸러 편지를 주기도 하고, 매우 자상하게 나를 돌봐주고 있어서, 고맙기는 하지만, 오늘은 너무 들떠 있어서, 싫다는 생각이 들었다. 킨코 양과 헤어져서 버스를 탔다. 공연히 우울해진다. 버스 속에서 지저분한 여자를 흘끗 보았다. 옷깃이 꾀죄죄한 옷을 입고, 북슬북슬한 붉은 머리를 빗 한 개로 말아놓고 있다. 손발도 더럽다. 게다가 남자인지, 여자인지, 알 수가 없는, 무뚝뚝한 검붉은 얼굴을 하고 있다. 게다가, 아아, 가슴이 메슥거린다. 그 여자는 큰 배를 가지고 있는 것이다. 때때로 혼

자서 싱글거리고 웃고 있다. 암탉. 남몰래 할리우드 같은 데에 가는 나지만, 조금도 이 여자하고 다를 것이 없는 거다.

오늘 아침, 전차에서 본, 짙은 화장을 한 아주머니를 떠올린다. 아아, 더럽다, 더러워. 여자는 싫다. 내가 여자인 만큼, 여자의 불결함을 잘 안다. 이가 갈릴 정도로 싫다. 금붕어를 만진 다음의, 저 참을 수 없는 비린내가, 내 몸 하나 가득 배어 있는 것만 같아서, 씻어도 씻어도 지워지지 않는 것 같고, 이처럼, 하루하루, 자신도 암컷의 체취를 발산시켜나가는 것일까 생각하면, 또 생각나는 것도 있으므로, 이대로 소녀인 채로 죽고 싶다. 문득, 병이 들었으면 생각한다. 엄청 심각한 병이 들어, 땀을 폭포같이 흘려서 말라빠지게 되면, 나도, 말끔히 청정해질지도 모른다. 살아 있는 한, 도저히 벗어날 수 없는 것일까. 착실한 종교의 의미도 조금 알게 된 것 같은 느낌이 든다.

버스에서 내리자, 좀 홀가분해졌다. 아무래도 탈것은 싫다. 공기가 혼탁해서 참을 수 없다. 대지는 좋다. 땅을 밟고 걸으면, 내가 좋아진다. 아무래도, 나는 좀 경박스럽다. 무사태평이다. "개굴개굴하니 무얼 보고 돌아가나. 밭에 난 양파를 보고 돌아가자. 개구리가 우니까 돌아가자." 이렇게 작은 목소리로 불러보고 나서, 이 아이는 어떻게 이리 태평스러운 아이란 말인가, 하고 스스로 답답해지면서, 키만 자라는 꼴이 밉상스럽다. 좋은 아가씨가 되어야지 하고 생각했다.

집으로 가는 이 시골길은, 매일매일 너무나 익숙하게 보아온 터라, 얼마나 조용한 시골인지를 깨닫지 못하게 되었다. 오직, 나무, 길, 밭, 그뿐이니까. 오늘은 한번, 외지에서 온 사람

흉내를 내보자. 나는 간다 언저리의 게다집 딸인데, 태어나서 처음으로 교외의 땅을 밟아보는 것이다. 그렇게 되면, 이 시골은 도대체 어떻게 보일까. 멋진 생각. 가련한 생각이다. 나는 새삼스러운 얼굴로, 일부러, 과장되게 이리 기웃 저리 기웃 해본다. 조그만 가로수 길을 내려갈 때는, 위를 쳐다보고, 신록의 가지들을 바라보면서, 어머, 하고 작은 탄성을 질러보고, 다리를 건널 때에는 잠시 시냇물을 들여다보고, 물거울에 얼굴을 비춰 보면서, 멍멍하고, 개 흉내를 내면서 짖어보기도 하고, 멀리 있는 밭은 바라볼 때에는 눈을 조그맣게 뜨고, 황홀한 듯한 시늉을 하면서 참 좋다, 하고 중얼거리며 한숨을. 신사에서는, 잠시 쉰다.

신사의 숲속은 어둠침침하므로, 기겁을 하고 일어나, 아아, 무서워, 무서워, 말하면서 어깨를 조그맣게 움츠리고 바지런히 숲을 통과, 숲 바깥쪽의 환함에 짐짓 놀란 시늉을 하면서, 여러 가지로, 새롭게 새롭게 하고 신경을 써가면서 시골길을 골똘하게 걷고 있는 동안에, 어쩐지 쓸쓸해졌다. 마침내, 길가의 풀밭에 털썩 앉아버렸다. 풀 위에 앉았더니, 방금 이제까지의 들떠 있던 기분이, 툭 소리를 내며 사라져버리고, 제격하고 진지해졌다. 그리고, 이즈음의 자신을 조용히, 천천히 생각해보았다. 어째서, 요즈음의 내가 안 좋단 말인가. 어째서 이처럼 불안한 것일까. 노상, 무엇인가에 겁을 내고 있는 거다. 얼마 전에도, 누군가에게 이런 소리를 들었다. "너는 요즈음, 점점 속물스러워지는구나."

그런지도 모른다. 나는, 분명 나빠졌어. 시시해졌어. 안 된다,

안 돼. 약해, 약해. 갑자기, 큰 소리가 왁 나올 뻔했다. 그따위 외침 소리 가지고, 내 약점을 가려보려 해도 소용없어. 좀 더 뭔가를 해야지. 나는 사랑을 하고 있는 것인지도 몰라. 푸른 초원을 등지고 뒹굴었다.

"아버지" 하고 불러본다. 아버지, 아버지. 저녁놀의 하늘은 아름다워요. 그리고, 저녁 안개는, 핑크색. 저녁 햇빛이 안개 속에 녹아들어, 번지면서, 그래서 안개가 이처럼, 연한 핑크색이 된 것이겠지요. 그 핑크색 안개가 한들한들 흐르면서, 나무숲 사이로 파고들기도 하고, 길 위를 걷기도 하고, 초원을 쓰다듬기도 하고, 그리고, 나의 몸을 살포시 감싸버립니다. 나의 머리카락 한 올 한 올까지 핑크빛은 살그머니 희미하게 비추고, 그리고 보드랍게 쓰다듬어줍니다. 그보다도, 이 하늘은 아름답습니다. 이 하늘에 대해서는, 나는 태어나서 처음으로 머리를 숙이고 싶은 겁니다. 나는, 지금 하느님을 믿습니다. 지금, 이 하늘의 색깔은 무슨 색이란 말입니까. 장미, 화재. 무지개. 천사의 날개. 대가람. 아니 아니, 그런 게 아니죠. 좀 더 거룩합니다.

'모두를 사랑하고 싶다'고 눈물이 나올 정도로 생각했습니다. 가만히 하늘을 보고 있는데, 자꾸만 하늘이 변해갑니다. 점점 푸른 기가 더해지고 있습니다. 오직, 탄식뿐. 발가벗고 싶어졌습니다. 그리고, 지금처럼 나뭇잎과 풀이 투명하고 아름답게 보인 일도 없습니다. 살그머니, 풀을 만져보았습니다.

아름답게 살아갔으면, 하고 생각했습니다.

집에 돌아와보니, 손님. 어머니도 벌써 돌아와 있다. 늘 그렇듯, 무엇인지 매우 활기찬 웃음소리. 어머니는, 나와 둘만 있을 때면, 얼굴이 아무리 웃고 있더라도, 소리를 내지 않는다. 하지만, 손님과 이야기할 때면, 얼굴은 조금도 웃고 있지 않은 채, 소리만, 높다랗게 웃는 거야. 인사를 하고 곧장 뒤란으로 돌아가, 우물가에서 손을 씻은 다음 구두를 벗고 발을 씻고 있는데, 생선 가게 아저씨가 와서, 기다리셨지요? 항상 감사합니다, 하고 말하고 커다란 생선 한 마리를 우물가에 두고 갔다. 무어라고 하는 생선인지는 모르지만, 비늘이 자잘한 것으로 보아, 이것은 북해에서 나는 것이라는 느낌이 든다. 생선을 접시에 옮겨놓고 나서, 다시 손을 씻는데, 홋카이도의 여름 냄새가 났다.

재작년 여름방학에 홋카이도의 언니 집으로 놀러 갔을 때가 떠오른다. 도마코마이苫小牧의 언니 집에서는, 해안이 가까워서 인지, 늘 생선 냄새가 나고 있었다. 언니가, 그 집의 휑뎅그렁한 부엌에서, 저녁에 홀로, 하얗고 여성스러운 손으로, 맵시 있게 생선 요리를 하고 있던 모습도 똑똑히 기억난다. 나는 그때, 공연히 언니에게 아양을 떨고 싶어졌다. 하지만 언니에게는 그 무렵, 이미 도시 짱도 태어나 있어서, 언니는, 이미 나의 것이 아니었으므로, 그런 생각을 하고 보니, 휙 하고 썰렁한 틈새기 바람이 느껴져서, 도저히 언니의 가느다란 어깨에 매달릴 수가 없어졌고, 죽고 싶을 정도로 쓸쓸한 기분으로, 빤히, 저 어둑어둑한 부엌 구석에 선 채로, 넋이 빠질 정도로 언니의 하얗게 고물거리는 손가락 끝을 바라보던 광경도 떠올랐다. 지나간 일은 모두가 그립다. 육친이란 것은 신기한 거야. 남이었으면, 멀리 떨어져 있으면, 점차로 희미하게, 잊어버릴 터이지만, 육친은 더욱더 그립고 아름다운 광경만이 떠오른다.

우물가의 수유 열매가 발갛게 물들어가고 있다. 이제 2주만 지나면 먹을 수 있게 될지도 모른다. 작년에는 우스운 일이 있었다. 내가 저녁때 혼자서 수유를 따서 먹고 있었는데, 자피가 빤히 바라보고 있기에, 애처로워서 한 개 주었다. 그랬더니, 자피가 먹어버렸다. 다시 두 개를 주었다. 먹었다. 너무나 재미가 나서, 이 나무를 흔들어서 뚝뚝 떨어지게 했더니, 자피는 마구 먹기 시작했다. 멍청한 녀석, 수유를 먹는 개는 처음이야. 나도 발돋움을 해서 수유를 따 먹는다. 자피도 아래서 먹고 있다. 우스웠다. 그때의 일이 떠오르고 보니, 자피가 그리워져서,

"자피!" 하고 불렀다.

자피는 현관 쪽에서 젠체하고 뛰어왔다. 갑자기, 이가 갈릴 정도로 자피가 귀여워서, 꼬리를 강하게 붙잡았더니, 자피는 내 손을 가볍게 물었다. 눈물이 나올 것 같은 기분이 들어 머리를 때려준다. 자피는 아무렇지도 않다는 듯, 우물가에서 소리를 내며 물을 마신다.

방으로 들어가니, 전등이 켜져 있다. 아버지는 안 계시다. 역시 아버지가 없으면, 집 안 어딘가에 커다란 공석이 뻥 하고 남아 있는 듯한 기분이 들어 몸부림이 난다. 화복으로 갈아입고, 벗은 속옷의 장미에 예쁘게 키스를 하고, 경대 앞에 앉았더니, 객실 쪽에서 사람들의 웃음소리가 왁자하니 나는 바람에, 나는 공연스레 화가 났다. 어머니는 나와 단둘이 있을 때는 괜찮은데, 손님이 와 있을 때면, 이상하게 나하고 멀어지면서, 차갑게 서먹서먹해지고, 나는 그럴 때면, 아버지가 가장 그리워지고 슬퍼진다.

거울을 들여다보니, 내 얼굴이, 어머나, 하고 생각될 정도로 생기 넘쳐 있다. 얼굴은 남이다. 나 자신의 슬픔이나 괴로움이나, 그런 심지하고는 전혀 관계없이, 별개로 자유로이 살고 있다. 오늘은 볼연지도 바르지 않았는데, 이처럼 볼이 환하게 발그레하고, 게다가 입술도 조그맣게 빨간빛을 발하며 귀엽다. 안경을 벗고 살짝 웃어본다. 눈이, 매우 보기 좋다. 파랗게 파랗게 맑고 깨끗하다. 아름다운 저녁 하늘을 오래도록 바라보아서, 이처럼 예쁜 눈이 된 것일까. 신나는 일이다.

조금 들뜬 마음으로 부엌으로 가서, 쌀을 씻고 있는 사이 다시금 슬퍼졌다. 먼젓번 고가네이의 집이 그리워진다. 가슴이 불탈 것처럼 그립다. 그, 좋은 집에는 아버지도 계셨고, 언니도 있었다. 어머니도 젊었고, 간식을 받아 들고, 두 사람에게 아양도 부리고, 언니에게 싸움도 걸고, 그러고 나면 으레 야단을 맞고, 밖으로 뛰쳐나가 멀리멀리 자전거 타기다. 저녁에는 돌아와서, 즐거운 저녁밥이다. 정말로 즐거웠다. 나 자신을 되돌아본다거나, 불결하게 부대끼는 일도 없이, 그저, 응석을 부리고 있으면 되었다. 얼마나 큰 특권을 나는 누리고 있었단 말인가. 그것도 아무렇지도 않게, 쓸쓸하지도 않고, 괴롭지도 않았다.

아버지는 훌륭한 아버지였다. 언니는 자상해서, 나는 항상 언니에게 매달렸다. 하지만, 조금씩 자라남에 따라, 무엇보다도 내 자신이 마음에 들지 않게 되었고, 나의 특권은 어느덧 사라져버리고 벌거숭이가 되었다. 더럽다 더러워. 조금치도 남에게 응석을 부릴 수도 없게 되었고, 생각에만 잠기고 있으며, 괴로운 일만이 많아져버렸다. 언니는 시집을 가버렸고, 아버지는 이제 안 계시다. 오도카니 어머니와 나만 남았다. 어머니도 쓸 쓸한 일뿐일 테지. 요전에도 어머니는, "더 이상 살 재미가 없 어져버렸구나. 너를 바라봐도, 나는, 실토하자면, 그리 즐거움 을 느끼지 못한단다. 용서해주렴. 행복이란 것도, 아버지가 없 으면, 오지 않는 것이 좋아"라고 했다. 모기가 나왔다 싶으면 문득 아버지 생각이 떠오르고, 옷솔기를 뜯다 보면 아버지 생 각이 나고, 손톱을 깎을 때에도 아버지 생각이 나고, 차가 맛있 게 끓여져도 아버지 생각이 난다. 내가 아무리 어머니의 마음 을 위로해드리고, 이야기 상대가 되어드려도, 역시 아버지하고 는 다르다. 부부의 사랑이라는 것은, 이 세상에서 가장 강한 것 이어서, 육친의 사랑보다도 거룩한 것임이 틀림없다. 건방진 생각을 했구나, 하고 저절로 얼굴이 붉어지면서, 나는 젖은 손 으로 머리를 긁어 올린다.

쓱쓱 쌀을 씻으면서, 나는, 어머니가 사랑스럽고 애처롭게 느껴져, 잘해드려야지 하고 진심으로 생각한다. 이따위로 웨이 브를 만들어놓은 머리 따위는 당장에 풀어버리고, 그런 다음 머리카락을 좀 더 길러야지. 어머니는, 전부터, 내 머리가 짧은 것을 언짢게 생각하고 계셨으니까, 길게 길러서, 반듯하게 묶 어 보여드리면, 좋아하시겠지. 하지만, 그렇게까지 해가면서 어머니를 위로한다는 것도 마음에 안 들어. 정떨어져. 생각해 보니, 요즈음 내 속에서 지글거리는 마음은, 어머니와 어지간 히도 관계가 많다. 어머니의 마음에 쏙 드는 딸이 되고 싶기는 하지만, 그렇다고, 이상하게 아양을 떠는 것도 싫다. 잠자코 있 어도, 어머니가 나의 마음을 제대로 알고 안심하고 계신다면,

가장 좋을 텐데 말이다.

나는 정말이지, 방자하지도 않고, 결코 세상의 웃음거리가 될 만한 짓도 하지 않고, 괴롭더라도, 쓸쓸하더라도, 중요한 것은 제대로 지키고, 그러면서 어머니와 이 집을 사랑하고 사랑하며, 사랑하고 있으니까, 어머니도, 나를 절대로 믿어주고, 마음 편히 지내고 계시면, 그것으로 좋다. 나는 반드시 훌륭해질 거다. 몸이 가루가 되도록 임할 거다. 그것이 지금의 나로서는 가장 큰 기쁨이고 사는 길이라고 생각하고 있건만, 어머니는, 조금도 나를 신뢰하지 않고, 아직까지도 어린애 취급을 하고 있다.

내가 어린아이 같은 소리를 하면, 어머니는 좋아하시는데, 얼마 전에도, 내가 웃기게, 우쿨렐레를 끄집어내서, 뿡뿡하고 까불어대었더니, 어머니는 진심으로 즐거워하시면서, "어머, 비가 오나? 빗소리가 들리네" 하고 시치미를 떼며, 나를 놀렸는데, 내가 진심으로 우쿨렐레 따위에 열중하고 있는 것으로 생각하고 있는 모양이었으므로, 나는, 한심해서 울고 싶어졌다. 어머니, 나는 이제 어른입니다. 세상살이, 무엇이든지 다 알고 있다고요. 안심하고, 나에게 무엇이든지 의논해주세요. 우리 집 경제 사정 같은 것도 모두 터놓고서, 이런 실정이니까 너도 말이다…… 이렇게 말해주셨더라면, 나는 결코 구두를 사달라고 졸라대지 않아요. 착실하고, 검소하고 검소한 딸이 될 겁니다. 정말로, 그것은, 분명합니다. 그런데도, 아아, 〈그런데도〉라는 노래가 있었던 것을 떠올리고, 혼자서 피식피식 웃고 말았다. 정신 차리고 보니, 나는 멍하니, 솥에 양손을 담근 채로,

바보같이 이런저런 생각을 하고 있었던 것이다.

안 돼, 안 돼. 손님한테 어서 저녁상을 올려야 해. 아까 그 생선은 어떻게 해야 하는 것일까. 좌우간 머리를 잘라내고, 등뼈를 따라 칼집을 내 뼈와 두 조각의 살로 발라내고, 된장에 담가놓기로 하자. 그렇게 해서 먹으면 틀림없이 맛이 있지. 요리란 모두 감으로 해야 하는 거야. 오이가 남아 있으니까, 거기에 초간장. 그리고 내 장기인 계란 프라이, 그리고 또 한 가지, 로코코 요리로 하자. 이것은 소생이 고안해낸 요리랍니다. 접시 하나하나마다, 각각, 햄과 달걀, 파슬리와 양배추, 시금치, 부엌에 남아 있는 것들 모두를, 알록달록하고 아름답게 배합해서 솜씨 좋게 늘어놓는 것이어서, 수고도 필요 없고, 경제적이고, 조금도 맛있는 것은 아니지만, 식탁만큼은 매우 흥청거리고 화려하게 되면서, 괜스레 사치스러운 요리처럼 보이는 것이다.

계란 옆에 파슬리의 푸성귀, 그 옆에 햄의 붉은 산호초가 살짝 고개를 내밀고 있고, 양배추의 노란 잎은 모란의 꽃잎처럼, 새 날개의 부챗살처럼 접시에 깔려 있고, 푸르디푸른 시금치는, 목장인가 호수인가. 이런 접시를 둘, 셋, 나란히 식탁에 올려놓으면, 손님은 뜻하지 않게, 루이 왕조를 떠올리는 것이다. 설마, 그 정도는 아니겠지만, 어차피 나는, 맛있는 요리 같은 것은 만들 줄 모르니까, 차라리 모양만이라도 아름답게 꾸며서, 손님을 현혹시켜, 어물쩍 넘기는 것이다. 요리는 첫인상이 중요하다. 대개는 그것으로 어물쩍 넘어갈 수 있지. 하지만, 이 로코코 요리에는, 어지간히 미술 감각이 필요하다. 색채의 배합에 대해 상당히 민감하지 않고서는 실패한다. 적어도 나 정도의 섬세함이 없어가지고는 말이다. 로코코라는 말은, 얼마 전 사전에서 찾아보았더니, 화려할 뿐 내용이 텅 빈 장식 양식이라고 정의되어 있어서 웃었다. 명답 아닌가. 아름다움에 내용 따위가 있을 필요가 있는가. 수수한 미美란, 언제나 무의미하고 무도덕하다. 당연하지. 그래서 나는 로코코가 좋다.

늘 그렇지만, 나는 요리를 하면서, 이것저것 맛을 보고 있는 동안, 공연히 지독한 허무감이 엄습해온다. 죽을 듯이 피곤해지고 우울해진다. 온갖 노력의 포화 상태에 빠지고 마는 것이다. 이젠, 뭐, 아무래도, 어찌 되어도 좋은 것이다. 결국에는, 에라! 될 대로 되라지 하고 맛이고 체면이고, 엉망으로 내동댕이치고, 닥치는 대로 해버리고는, 아주 못마땅한 얼굴을 하고 손님에게 내놓는다.

오늘의 손님은, 더더욱 우울하다. 오모리大森의 이마이다 씨 부부와, 올해 일곱 살 된 요시오다. 이마이다 씨는 마흔에 가까운데, 호남자처럼 피부색이 희고 마음에 들지 않는다. 어째서 시키시마敷島 잎담배 따위를 피운단 말인가. 그 흔한 양절兩切 담배*가 아니면, 어쩐지 불결한 느낌이 드는 것이다. 담배라면 양절 담배지. 시키시마 따위를 피우고 있으면, 그 사람의 인격까지도 의심스러워지는 것이다. 번번이 천장을 향해서 연기를 뿜고는, 네, 네, 그러시구면요, 란다. 지금은 야학교 선생 노릇을 하고 있다고 한다. 부인은, 자그마하고, 쭈뼛거리는 듯하고,

---

* 필터가 없는 담배.

게다가 천덕스럽다. 별것도 아닌 일 가지고, 얼굴을 다다미에 댈 듯이 하면서, 몸을 뒤틀며, 웃어대는 것이다. 딱히 우습지도 않은데. 그렇게 과장스럽게 웃어대는 것이, 뭔가 고상한 짓이라고 착각하고 있는 것이다.

요즈음 세상에서 이런 계급 사람들이 가장 나쁜 것이 아닐까. 가장 더러운 거야. 프티 부르*라는 것일까. 하급 관리라는 것일까. 아이만 해도 그렇다. 묘하게 되바라져서, 순진하고 건강한 구석이라고는 없다. 조금도 없다. 그렇게 생각하고 있으면서도, 나는 그런 기분을 모두 다 꾹 누르고서, 절도 하고, 웃기도 하고, 이야기도 하면서, 요시오 군은 귀여워요, 귀여워, 하면서 머리를 쓰다듬어주며, 거의 거짓투성이로 모두를 속이고 있는 셈이고 보면, 이마이다 내외 같은 이들도, 나보다 훨씬 순수한 것인지도 모른다. 모두들 나의 로코코 요리를 들며, 내 솜씨를 칭찬해주는 바람에, 나는 시시해지기도 하고, 화가 나기도 하고, 울고 싶은 기분이지만, 그렇지만, 애써 즐거운 듯한 얼굴을 지어 보이고, 마침내 나도 끼어들어 함께 밥을 먹기는 했는데, 이마이다 씨 부인의 끈질기고 무지스러운 칭찬에는 결국 화가 나서, 좋다, 이제 거짓말은 그만두자 하고 태도를 바꾸어서,

"이런 요리는, 조금도 맛있지 않습니다. 아무것도 없어서…… 저의 궁여지책이거든요." 이렇게 나는 있는 그대로 이

---

* petit-bourgeois의 준말로 생각이 고리타분한 소시민 계급.

여학생 **135**

야기를 했는데, 이마이다 씨 내외는, 궁여지책이라니, 참 멋진 말을 한다며 손뼉을 칠 듯이 웃어젖히는 것이다. 나는 속이 상해서, 젓가락과 밥공기를 내동댕이치고, 큰 소리를 내어서 울까 하고 생각했다. 꾹 참고, 억지로 히죽히죽 웃어 보였더니,

"이 아이도 점차로 쓸모 있게 되었지요" 하는, 어머니의 말씀. 어머니는 나의 슬픈 기분, 잘 알고 있으면서도, 이마이다 씨의 기분에 맞추느라고, 그따위 쓸데없는 말을 하고는 호호호 웃었다. 어머니, 그렇게까지 해가면서 이마이다 씨의 비위를 맞출 필요는 없어요. 손님을 맞고 있는 어머니는 어머니가 아니다. 그저 가녀린 여자다. 아버지가 돌아가셨다고 해서, 이처럼 비굴해진단 말인가. 정이 뚝 떨어져서, 아무 소리도 할 수 없게 되어버렸다. 돌아가주세요. 돌아가주세요. 우리 아버지는 훌륭한 분이다. 자상하고, 그러면서도 인격이 높았다. 아버지가 없다고 해서, 그처럼 우리를 우습게 볼 것이면, 지금 당장 돌아가주십시오. 정말로 이마이다에게 그렇게 말하고 싶었다. 하지만, 나는 역시 약하다. 요시오에게 햄을 잘라서 주기도 하고, 부인에게 채소절임을 꺼내드리는 등 봉사를 했다.

저녁밥이 끝나고, 나는 바로 부엌으로 물러나, 뒷정리를 시작했다. 어서 혼자가 되고 싶었던 것이다. 그렇다고, 내가 고상하게 굴고 있는 것은 아니지만, 저런 사람들과 이 이상, 억지로 이야기를 해본다거나, 함께 웃을 필요는 없을 것이라 생각한다. 저런 사람들에게도, 예의를, 아니 아니, 아첨을 할 필요는 절대로 없다. 싫다. 더 이상은 싫다. 나는 할 만큼 했다. 어머니만 해도, 오늘의 내가 꾹 참고 상냥하게 구는 태도를 기쁜 듯

이 바라보고 있지 않았던가. 그 정도로도 좋았던 것일까. 강하게, 세상과의 사귐은 사귐이고, 나는 나다, 이렇게 분명하게 구별해놓고, 척척 기분 좋게 사물을 대응하고 처리해나가는 편이 좋은지, 아니면, 남이 흉을 보더라도, 언제든 자기 자신을 잃지 않고 도도하게 사는 편이 좋은지, 어느 편이 좋은지 알 수가 없다. 평생을, 자신과 똑같을 정도로 연약하고 자상하고 따뜻한 사람 속에서 살아갈 수 있는 신분의 사람은 부럽다. 고생 따위는, 고생하지 않고 일생을 마칠 수 있다면, 일부러 사서 고생할 필요 따위는 없는 거다. 그게 좋아.

자신의 기분을 죽이고, 남을 위해 애쓰는 일은, 아마도 좋은 일임에는 틀림없겠지만, 앞으로, 매일처럼 이마이다 내외 같은 사람에게 억지로 웃어주고, 맞장구를 쳐주지 않으면 안 되는 것이라면, 나는 미칠 것이 틀림없다. 나 같은 것은 도저히 감옥에 들어갈 수도 없어, 하고 우스꽝스러운 생각을 문득 한다. 감옥은커녕, 하녀도 될 수 없어, 마나님이 될 수도 없다. 아니지. 마나님의 경우는 좀 다르지. 이 사람을 위해 평생을 이바지할 것이다, 하고 제대로 각오가 선다면, 아무리 괴롭더라도, 새까맣게 되어 일을 하고, 그러면서도 충분히 사는 보람이 있을 테니까, 희망이 있을 테니까. 나도 훌륭하게 할 수 있다. 당연한 일이지. 아침부터 밤까지, 이리저리 생쥐처럼 일을 할 것이다. 마구마구 빨래도 하고. 많이 더러워진 것들이 모이더라도, 불쾌할 것은 없다. 지글지글거리며 히스테리가 발작한 것처럼 마음이 안정되지 않는다. 도저히 어찌해볼 도리가 없다. 빨래를 모두, 하나도 빠짐없이 빨아서, 빨랫대에 걸 때에, 나는 이제 이것으로, 언제 죽어도 좋다고 생각한다.

이마이다 씨가 돌아간다. 무슨 볼일인가가 있다면서, 어머니를 데리고 나가버린다. 허둥지둥 쫓아가는 어머니도 어머니다. 이마이다가 이런저런 일로 어머니를 이용하는 것은 이번뿐만은 아니지만, 이마이다 내외의 뻔뻔스러움이 지겨워서 때려주고 싶은 기분이 들지만, 문간까지 모두를 배웅하고 나서, 홀로 멍하니, 저녁의 어두운 길을 바라보노라니, 울고 싶어진다.

우편함에는, 석간과, 편지가 두 통. 하나는 어머니에게, 마츠자카야에서 여름 세일 안내. 또 한 통은 나에게, 사촌인 준지로부터다. 이번에 마에바시前橋의 연대로 전임하게 되었습니다, 어머니에게 안부를, 이렇게 간단한 통지다. 장교님이라 해도 그다지 멋진 생활 내용 같은 것은 기대할 수 없지만, 그래도, 매일매일, 엄격하게 무리 없이 기거하는 그 규율이 부럽다. 언제나, 할 일이 척척 결정되어 있으니 말이다. 기분상 편할 것이라고 생각된다. 나로 말하자면, 아무 짓도 하고 싶지 않으면, 아예 아무 일도 하지 않아도 되고, 어떤 나쁜 짓까지도 할 수 있는 상태에 놓여 있는 것이고, 또 공부를 하고자 한다면, 무한이라고 할 수 있을 정도로 공부할 시간이 있는 것이고, 욕심을 낸다면, 웬만한 소망이 다 이루어질 것 같은 기분이 들고, 여기서부터 저기까지라는 노력의 한계가 주어져 있다면, 얼마나 기분이 편해질지 모른다. 바짝 단단히 쥐어짜주면, 오히려 고맙다.

전쟁터에서 애쓰고 있는 병사들의 욕망은, 오직 하나, 그것은 푹 자고 싶다는 욕망뿐이라고, 어떤 책엔가 쓰여 있었는데,

그런 군인들의 고생을 불쌍하게 생각하는 반면, 나는 매우 부러웠다. 시시껄렁하고, 번잡스럽고 돌고 도는, 밑도 끝도 없는 생각의 홍수로부터 깨끗이 단절되어서, 오직 자고 싶다, 자고 싶다, 하고 갈망하는 상태란, 그야말로 청결하고, 단순하고, 생각만 해도 상쾌함을 느끼는 것이다. 나 같은 사람은 한 번쯤 군대 생활을 하면서 단단하게 단련이 되면, 조금은, 분명하고 아름다운 아가씨가 될지도 몰라. 군대 생활을 하지 않더라도, 신新처럼 순진한 사람도 있건만, 나는 그야말로, 나쁜 여자다. 못된 아이다.

신은 준지 씨의 동생으로, 나와는 동갑내기인데, 어쩌면 그처럼 착한 아이인지. 나는 친척 중에서, 아니, 온 세상에서, 신이 제일 좋다. 신은 눈이 보이지 않는다. 젊은 나이에 실명을 하다니 무슨 날벼락인가. 이런 조용한 밤에, 방에 혼자 있으면, 어떤 기분일까. 나라면, 외롭더라도, 책을 읽거나, 경치를 바라보거나 하면서, 얼마간 그것을 해소할 수 있지만, 신은 그런 것을 할 수 없다. 오직, 잠자코 있을 뿐이다. 지금까지 남보다 훨씬 더 노력해서 공부도 하고, 또 테니스도, 수영도 잘했었는데, 지금의 외로움, 괴로움이 어떨까. 간밤에도 신 생각을 하면서, 잠자리에 들고부터 5분간, 눈을 감아보았다. 자리에 들어 눈을 감고 있을 뿐인데도, 5분간도 길고, 답답하게 느껴지는데, 신은, 아침도, 낮도 밤도, 몇 날, 몇 달 동안 아무것도 보지 못하는 거다. 불평을 하고, 화도 내고, 투정도 해준다면 나도 기쁘겠는데, 신은 아무 소리도 하지 않는다. 신이 불평이나 남의 흉을 보는 것을 들은 일이 없다. 게다가 언제나 밝은 말투, 무심한 얼굴을 하고 있다. 그것이 더더욱 아프게 다가오는 것이다.

　이런저런 생각을 하면서, 방을 쓸고 나서 목욕물을 데운다. 욕조를 지키면서, 밀감 상자에 걸터앉아 바작바작 소리를 내며 타는 석탄불을 의지해 학교 숙제를 모두 해치우고 만다. 그래도 아직 목욕물이 데워지지 않았으므로,『묵동기담濹東綺譚』*을 다시 읽어본다. 쓰여 있는 사실은, 결코 고약한, 더러운 것은 아니다. 하지만, 여기저기 작자의 젠체하는 대목이 눈에 띄어 그것이 어쩐지, 좀 케케묵은 듯한 허전한 느낌을 준다. 나이 탓일까. 하지만, 외국의 작가는 아무리 나이가 들어도, 훨씬 대담하고 달콤하게, 대상을 사랑한다. 그리고, 오히려 불쾌감이 없다. 하지만, 이 작품은, 일본에서는 괜찮은 쪽의 부류가 아닐까. 비교적 거짓이 없는, 조용한 체념이, 작품의 밑바닥에서 느껴져서 상쾌하다. 이 작가의 작품 중에서도 이것이 가장 원숙한 멋을 풍겨주어서 나는 좋다. 이 작가는 매우 책임감이 강한 사람 같다. 일본의 도덕에 지나치게 신경을 쓰는 바람에 오히려 반발을 일으켜, 이상하게 칙칙해져버린 작품이 많았던 것 같은 기분이 든다. 애정이 지나치게 깊은 사람에게 있기 쉬운 가짜 악취미다. 일부러 추한 도깨비 가면을 뒤집어써서, 그 때문에 오히려 작품을 약하게 만들어버린다. 하지만, 이『묵동기담』에는 쓸쓸함이 깃든 든든한 강점이 있다. 나는 그 점을 좋아한다.

　목욕물이 데워졌다. 욕실에 전등을 켜고, 옷을 벗은 다음, 창

---

* 나가이 카후가 〈아사히신문〉에 연재한 소설.

문을 활짝 열어놓고, 조용히 물속에 들어간다. 산호수의 푸른 잎이 창문으로 기웃거리며, 한 장 한 장의 잎사귀가 전등 빛을 받아 강하게 번들거리고 있다. 하늘에는 별이 반짝반짝. 몇 번씩 다시 쳐다보아도 반짝반짝. 누운 채로 넋을 빼고 있노라니, 내 몸의 희읍스름함이, 일부러 보지 않고 있건만, 그래도 어렴풋이 느껴지고, 시야 어딘가에 제대로 들어와 있다. 좀 더 잠자코 있다 보니, 어렸을 때의 하얗던 느낌과 다르게 느껴진다. 참을 수가 없다. 육체가, 나의 기분과는 관계없이 저 혼자 성장해 가는 것이 참을 수 없이 곤혹스럽다. 부쩍부쩍, 어른이 돼가고 있는 자신을 어찌해볼 도리가 없어 슬프다. 될 대로 되라고, 가만히, 자신이 어른이 되어가고 있는 것을 바라보는 것 말고는 방법이 없는 것일까.

언제까지나, 인형 같은 몸으로 있고 싶다. 목욕물을 절벅절벅 휘저으면서 아이들처럼 굴어도 영 마음이 무겁다. 앞으로 살아갈 이유가 없을 것 같은 기분이 들어 괴로워진다. 마당 건너 들판에서 누나! 하고 반울음소리로 외치는 다른 집 아이의 목소리가 문득 가슴을 찔러온다. 나를 부르고 있는 것은 아니지만, 지금 저 아이가 울면서 따르고 있는 그 '누나'가 부러운 것이다. 나한테도, 저처럼 따르고 응석을 부리는 동생이 하나라도 있었으면, 나는 이처럼 하루하루, 볼품없이 어쩔 줄 모르고 살고 있지는 않을 것이다. 삶에 훨씬 생기가 있을 것이고, 평생을 동생을 뒷바라지해주고, 이바지하고자 하는 각오도 할 수 있는 것이다. 정말이지, 어떤 괴로운 일도 참아내 보일 거다. 그리고, 참으로 자신이 불쌍해 보였다.

목욕을 끝내고, 어쩐지 오늘 밤은, 별이 신경 쓰여서 마당으로 나가본다. 별이 쏟아지는 것 같다. 아아, 어느새 여름이 가깝다. 개구리가 여기저기서 울고 있다. 보리가 버석버석거리고 있다. 몇 번씩 쳐다봐도 별이 많이 빛나고 있다. 지난해의 일, 아니다 지난해가 아니다. 어느새 재작년이 되고 말았다. 내가 산책하러 나가겠다고 떼를 쓰고 있었더니, 아버지는 병든 몸이었건만, 함께 산책에 나가주셨다. 언제나 젊었던 아버지는, 독일어의 '너는 100까지, 나는 99까지'라는 의미의 노래를 가르쳐주시기도 하고, 별 이야기를 해주시기도 하고, 즉흥시를 지어 보이시기도 하고, 지팡이를 짚고, 침을 픽픽 퉁겨내면서, 눈 껌벅이기를 해가면서, 함께 걸어주셨다. 좋은 아빠. 가만히 별을 쳐다보고 있노라면, 아버지의 일이 똑똑히 기억난다. 그로부터 1년, 2년 지나, 나는 점차로 못된 아가씨가 되고 말았다. 나 혼자만의 비밀을 많이 많이 가지게 되어버렸네요.

방으로 돌아와, 책상 앞에 앉아 턱을 괴고, 책상 위의 백합 꽃을 바라본다. 좋은 냄새가 난다. 백합 냄새를 맡고 있노라면, 이처럼 혼자 심심하게 있더라도, 결코 더러운 기분이 일어나지 않는다. 이 백합은, 엊저녁, 역에까지 산책을 하러 갔다가, 돌아오는 길에 꽃집에서 한 송이 사 온 것인데, 그 뒤로 이 방은 아주 딴 방이 된 것처럼, 상쾌하고, 문을 슬쩍 열기만 해도, 금방 백합 향기가, 훅 감지되어, 얼마나 좋은지 모른다. 이렇게 조용히 바라보고 있으면, 정말로 솔로몬의 영화榮華 이상이라고 실감하며, 육체 감각으로 수긍이 간다. 문득 지난해 여름의 야마가타山形가 떠오른다. 산에 올랐을 때, 절벽 한허리께에 너무나 많은 백합이 무리 지어 피어 있어서 놀라고 황홀해졌다. 하지만, 그 가파른 절벽은 도저히 기어 올라갈 수 없다는 것을 알았으므로, 아무리 매료되었더라도, 오직 바라보는 수밖에 없었다. 그때, 때마침 가까이 있던 모르는 광부가, 말없이 휙휙 절벽으로 기어 올라갔고, 눈 깜짝할 사이에 하나 가득, 양손으로 떠안을 수도 없을 정도로 백합꽃을 꺾어다 주었다. 그리고 조금도 웃지도 않으면서, 그것을 모두 나에게 주었다. 그야말로, 하나 가득, 하나 가득 말이다. 아무리 호화스러운 무대든, 결혼식장이든, 이처럼 많은 꽃을 받아본 사람은 없을 것이다. 꽃 멀미라는 것을 그때 처음으로 맛보았다. 그 새하얀 크고 큰 꽃다발을 양팔을 벌려서 겨우 껴안았더니, 앞이 전혀 보이지 않았다. 친절한 그 젊고 진지한 광부는, 지금 어찌 지내고 있을까. 꽃을 위험한 장소에서 따서 준 것, 오직 그것뿐이지만, 백합을 볼 때면 꼭 그 광부가 생각난다.

서랍을 열어, 뒤적거리고 있었더니, 작년 여름의 부채가 나왔다. 흰 종이에, 겐로쿠元禄 시대*의 여인 하나가, 방정하지 못한 자세로 앉아 있고, 그 곁에는, 꽈리가 둘 그려져 있다. 이 부채에서, 지난여름이, 연기처럼 풀썩 피어난다. 야마가타의 생활, 기차 속, 잠옷, 수박, 개천, 매미, 풍경 소리. 갑자기 이것을 들고 기차를 타고 싶어진다. 부채를 펼치는 느낌이 좋다. 펄럭펄럭 뼈대가 펼쳐져나가면서, 갑작스레 사뿐 가벼워진다. 빙글

---

* 학예와 문화가 왕성했던 17세기 말의 연호로 에도 막부의 문화와 경제가 난숙했던 시기이다.

빙글 돌리고 있는데 어머니가 돌아오셨다. 기분이 좋으시다.

"아, 피곤하다, 피곤해" 하면서 별로 불유쾌한 얼굴도 아니다. 남의 일 해주는 것을 좋아하는지라 어쩔 수가 없다.

"좌우간, 이야기가 너무 까다로워서……" 하면서 옷을 갈아입고 욕탕으로 들어간다.

목욕을 하고 나서, 나와 둘이서 차를 마시면서, 이상하게도 생글생글 웃는 어머니가 무슨 말을 하는가 싶었는데,

"너는, 요전부터 〈맨발의 소녀〉라는 영화를 보고 싶다고 하지 않았니? 그렇게 가고 싶으면 가도 좋아. 그 대신에, 오늘 밤은, 좀 어머니의 어깨를 주물러주렴. 일을 하고서 그 대가로 가는 건 더 즐거운 일 아니겠니?"

나는 너무나 좋았다. 〈맨발의 소녀〉라는 영화를 보고 싶었지만, 요즈음 나는 그저 놀기만 했으므로, 눈치를 보고 있었던 것이다. 그것을 어머니는 제대로 알아차리고, 나에게 일을 시켜서, 나로 하여금 활개 치고 영화 구경하러 갈 수 있게 해주신 거다. 정말이지, 엄마가 좋아서, 절로 웃음이 나왔다.

어머니하고 이처럼 둘이서 밤을 지내는 것도 꽤 오랜만인 것 같은 기분이 든다. 어머니의 교제 활동이 활발해서 그렇다. 어머니도, 여러모로 세상 사람들에게 얕보이지 않기 위해 노력하고 있는 것이리라. 이렇게 어깨를 주무르고 있는 동안, 어머니의 피로가 내 몸으로 전달될 정도로 잘 느껴진다. 소중히 대해드려야지 생각한다. 아까, 이마이다가 왔을 때, 어머니를, 조금 원망한 일을 부끄럽게 생각한다. 죄송해요, 하고 입속으로 조그만 소리로 말해본다. 나는 늘, 내 생각만을 하고, 어머니한

테는 역시 마음속으로부터 응석을 부리고 난폭한 태도를 취하고 있음을 깨닫는다. 어머니는 그럴 때마다, 얼마나 속이 상하실까, 그따위 생각은 전적으로 하지도 않는 나다. 아버지가 돌아가시는 바람에 어머니는 약해져 있는 것이다. 나 자신, 힘들다, 못살겠다고 어머니에게 완전히 매달려 있으면서도, 어머니가 조금이라도 나에게 기대거나 하면, 질색하며, 지저분한 것을 보기라도 한 듯한 기분이 드는 것은, 정말이지 못된 일이다. 어머니나, 나나, 역시 똑같은 약한 여자이다. 지금부터는, 어머니와의 생활에 만족하고, 늘 어머니의 기분을 맞춰드리며, 옛이야기도 하고, 아버지 이야기도 하면서, 단 하루라도, 어머니 중심의 날을 만들고 싶다. 그렇게 해서 사는 보람을 느끼고 싶다. 어머니에 대해, 마음으로는 걱정도 하고, 좋은 딸이 되고자 생각은 하지만, 행동이나, 말이 되어 나올 때의 나는 버릇없는 아이일 뿐이다. 게다가, 요즈음의 나는, 아이들만큼 깨끗한 구석조차 없다. 더러워지고, 부끄러운 일뿐이다. 괴롭다, 고뇌한다, 쓸쓸하다, 슬프다, 라는 게 도대체 무슨 소리인가. 확실하게 말을 한다면, 죽었다. 잘 알고 있으면서도, 그 비슷한 명사 하나, 형용사 하나 꺼내지 못하고 있지 않은가. 그저, 어쩔 줄 몰라 하고, 마지막에 가서는, 벌컥해가지고, 마치 무엇 같지 않은가 말이다. 옛날의 여인네들은 노예라느니, 자신을 무시하는 벌레라느니, 인형이라느니, 안 좋은 소리를 들었지만, 지금의 나보다는 훨씬 좋은 의미의 여성스러움이 있었고, 마음의 여유도 있었으며, 인종忍從을 상큼하게 처리해나갈 예지도 있었고, 수수한 자기희생의 아름다움도 알고 있었고, 온전한 무보수의,

봉사의 즐거움도 알고 있었다.

"아, 좋은 안마사네. 천재네요."

어머니는 늘 그렇듯 나를 놀린다.

"그렇지요? 진심이 깃들어 있기 때문이에요. 하지만, 내 장점은 안마만이 아니에요. 그것만으로는 허전하잖아요. 좀 더 좋은 점도 있어요."

순수하게 생각한 그대로 이야기를 하고 보니, 그것은 나의 귀에도 상쾌하게 들렸다. 요 2, 3년, 내가 이처럼 순진하게, 무슨 소리를 분명하게 해본 일이 없었다. 내 분수를 확실하게 깨닫고 체념하고 보면, 비로소 고요하고 새로운 자신이 탄생하는 것인지도 모른다고 기쁘게 생각했다.

오늘 밤은 어머니한테, 여러모로 감사의 뜻도 있고 해서, 안마가 끝난 다음, 덤으로, 『쿠오레』를 조금 읽어드린다. 어머니는, 내가 이런 책을 읽고 있음을 알고는, 역시 안심이 된다는 얼굴이 되지만, 며칠 전, 내가 케셀의 『메꽃』을 읽고 있었을 때, 살그머니 내 책을 빼앗아서, 표지를 흘금 보고서, 매우 어두운 얼굴을 했고, 하지만, 아무 말도 없이 그대로 금방 책을 되돌려주기는 했지만, 나는 어쩐지 언짢은 기분이 들어, 계속해서 읽을 마음이 없어지고 말았다. 어머니는 『메꽃』을 읽으셨을 리가 없을 터이지만, 그래도 느낌으로 알아차리는 모양이다. 밤, 고요한 가운데 홀로 소리를 내어 『쿠오레』를 읽고 있는데, 내 목소리가 매우 크고 멍청하게 울리는 바람에, 읽으면서도 자꾸만 시시한 마음이 들어, 어머니에게 부끄러운 생각이 들고 만다. 주변이 너무 조용해서, 멍청한 기운이 두드러진다. 『쿠오레』는 언제 읽어도, 어렸을 때에 읽고 받았던 감격과 조금도 다름없는 감격을 받으며, 나 자신의 마음도, 순진하게, 깨끗하게 되는 듯한 기분이 들어, 역시 좋구나 하고 생각된다. 하지만, 목소리를 내서 읽는 것과, 눈으로 읽는 것과는 매우 느낌이 달라서, 놀라고 질려버린다. 하지만, 어머니는, 엔리코의 장면이라든지, 가르로네의 대목에서는, 엎드려서 눈물짓고 있었다. 우리 어머니도, 엔리코의 어머니처럼 훌륭한 어머니다.

어머니는 먼저 잠이 들었다. 오늘 아침 일찍 집을 떠났으므로, 매우 피곤했을 것이다. 이불을 바로 해드리고, 이불 끝자락을 잘 펴드린다. 어머니는 자리에 누우면 금방 눈을 감는다.

나는, 그때부터 욕실에서 빨래를 한다. 요즈음 이상한 버릇이 들어, 12시 가까이 되고서야 빨래를 시작한다. 낮 시간에 철 벅철벅 빨래로 시간을 없애는 것이 아까운 듯한 생각이 드는데, 그 반대인지도 모른다. 창문으로 달이 보인다. 쪼그리고 앉아 싹싹 빨면서, 달님에게 살짝 웃음을 던져본다. 달님은 모르는 체하고 있었다.

문득, 이 똑같은 순간, 어딘가의 불쌍하고 쓸쓸한 계집애가 똑같이 이처럼 빨래를 하면서, 이 달님에게 살짝 웃음을 던졌다, 웃음을 던졌다고 믿어버렸다. 그것은 먼 시골 산꼭대기의 외딴집, 깊은 밤 말없이 뒤꼍에서 빨래를 하고 있는 괴로운 아가씨가, 지금 있는 것이다. 또한, 파리의 뒷골목 지저분한 아파트 복도에서도, 역시 나와 같은 또래의 계집애가 홀로 조용히 빨래를 하면서 이 달님에게 웃음을 던진다. 이렇게 조금도 의심할 바 없이, 망원경으로 정말로 확인이라도 한 것처럼, 색채도 선명하게 또렷이 떠오른다. 우리 모두의 괴로움을, 정말이지 아무도 모른다.

이제 어른이 되어버리면, 우리의 괴로움과 쓸쓸함은, 우스꽝스러운 것이었다며, 아무렇지도 않게 추억할 수 있을지도 모르지만, 하지만, 완전히 그 어른이 될 때까지의 이 길고도 정떨어지는 기간을, 어떻게 지내는 게 좋을까. 아무도 가르쳐주지 않는다. 내버려둘 수밖에 없는 홍역 같은 병일까. 하지만, 홍역으로 죽은 사람도 있고, 홍역으로 눈이 머는 사람도 있지 않은가. 내버려두는 것은 나쁜 일이다. 이처럼 매일, 울적해지기도 하고, 울컥해지기도 하고, 그중에는 길을 잘못 들어, 아주 타락해버려서 회복할 수 없게 되어, 일생을 엉망진창으로 보내는 사람도 있다.

또한, 아예 자살해버리는 사람도 있다. 그렇게 되고 만 다음, 온 세상 사람들이, 아아, 좀 더 살았더라면 알게 되었을 것을, 좀 더 어른이 되면, 저절로 알게 될 것을, 하고 아무리 원통해해봤자, 당사자로서는, 괴롭고 괴롭고, 그럼에도, 간신히 거기까지 견디어내고, 무엇인지 세상에서 듣자, 들어보자 하고 열심히 귀 기울여보지만, 역시 무엇인가 무덤덤한 교훈을 되풀이해가며, 참아라, 참아라 하고 다독일 뿐, 우리는 언제까지나 부끄러운 허탕을 치고 있다.

우리는, 결코 찰나주의도 아니지만, 지나치게 먼 산을 가리키면서, 저기까지 가면 전망이 좋다며, 하긴 아마도 그것은 조금도 거짓말이 아님을 알고 있지만, 현재 이처럼 지독한 복통을 일으키고 있음에도, 그 복통에 대해서는 못 본 체하고, 그저, 자, 자, 좀 더 참아라, 저 산 꼭대기까지만 가면 되는 거야, 하고 오직 그것만 가르치고 있다. 틀림없이 누군가가 틀린 거다. 나쁜 것은 너야.

빨래를 끝내고, 욕실 청소를 하고, 그러고 나서, 방문을 열었더니, 백합 향기가 살짝 났다. 마음 밑바닥까지 투명해졌다. 숭고한 니힐, 이라고나 할 만한 심정이 되었다. 조용히 잠옷으로 갈아입고 있었는데, 지금까지 조용히 자고 있는 것으로만 여겼던 어머니가, 눈을 감은 채 돌연 말을 하는 바람에 움찔했다. 어머니는 종종 이렇게 나를 놀라게 한다.

"여름 구두가 필요하대서, 오늘 시부야에 간 김에 보고 왔단다. 구두도, 비싸졌더구나."

"됐어요. 그런 거 별로 갖고 싶지 않아요."

"하지만, 없으면, 곤란하지 않겠니?"

"응."

내일도 또다시, 똑같은 날이 오겠지. 행복은 평생, 안 오는 거야. 그건 익히 알고 있는 바다. 하지만, 꼭 온다, 내일은 온다, 하고 믿고서 자는 것이 좋을 테지. 일부러, 쿵 소리를 내며 이불에 쓰러진다. 아아, 기분 좋다. 이불이 싸늘해서, 등줄기가 알맞게 시원해지면서, 어느새 졸리다. 행복은 하룻밤 늦게 온다. 멍하니, 그런 말을 떠올린다. 행복을 기다리고 기다리다, 결국 참아내지 못해서 집을 뛰쳐나가고, 그다음 날에, 멋진 행복의 소식이, 버리고 나간 집을 찾아왔지만, 이미 늦었다. 행복은 하룻밤 늦게 오는 거다. 행복은, ─

마당에서 카아의 발소리가 난다. 퍼덕퍼덕퍼덕퍼덕, 카아의 발소리에는 특징이 있다. 오른쪽 앞발이 좀 짧고, 게다가 앞다리는 O형 안짱다리이므로, 발소리에도 쓸쓸한 티가 난다. 곧잘 이런 한밤중에 마당을 돌아다니는데, 뭘 하고 있는 것일까. 카아는 불쌍하다. 오늘 아침에는 심술을 부렸지만, 내일은 예뻐해줄게.

나는 슬픈 버릇이 있는데, 얼굴을 양손으로 딱 덮지 않고서는 잠이 오지 않는 것이다. 얼굴을 덮고 가만히 있는다.

잠에 빠질 때의 기분은 묘하다. 붕어일까, 뱀장어일까, 툭툭 낚싯줄을 잡아당기는 듯, 왠지 무겁다. 납 같은 힘이, 실을 가지고 나의 얼굴을, 쭉 끌었다가, 내가 솔솔 잠에 들려 하면, 다시, 잠시 실을 늦춘다. 그러면, 나는 아차 하고 정신을 차린다. 또, 툭 당긴다. 솔솔 잠든다. 다시, 살짝 줄을 놓는다. 그런 일을 세 번 아니면 네 번 되풀이한 다음, 비로소 쭈욱 크게 당겨서, 이번에는 아침까지, 안녕히 주무세요.

나는, 왕자님이 없는 신데렐라다. 내가, 도쿄의, 어디에 있는지 아시겠어요? 이제, 다시는 만나 뵙지 않겠습니다.

(1939년 4월)

추풍기 秋風記

문득 서서,
세상 생각을 하니,
그 모두가 이야깃거리 같구나
—이쿠타 초코 生田長江

저…… 나는…… 어떤 소설을 쓰면 좋을까. 나는 이야깃거리의 홍수 속에 살고 있지 않은가. 배우가 되면 좋았을걸. 나는 나의 잠든 얼굴까지도 스케치할 수 있으니까.

내가 죽더라도, 내 죽은 얼굴을, 말끔하게 화장해줄, 슬픈 사람도 있지 않은가. K가 그걸 해줄 테지.

K는 나보다 두 살 위니까, 올해 서른두 살의 여성이다.

K 이야기를 해볼까.

K는, 나하고는 딱히 핏줄이 이어지거나 한 것은 아니지만, 그래도 어렸을 때는 우리 집과는 서로 오가면서, 가족처럼 지냈다. 그리고, 지금도 K는, 나와 마찬가지로, "태어나지 않았으면 좋았을걸" 하고 생각하고 있다. 태어나서 10년도 지나지 않아, 이 세상의, 가장 아름다운 것을 보고 말았지. 언제 죽더라

도 후회는 없다. 하지만, K는, 살아 있다. 아기를 위해서 살아 있다. 그리고, 나를 위해서 살아 있다.

"K, 내가 밉지?"

"응." K는 엄숙하게 끄덕인다. "죽어주었으면 좋겠다고 생각할 때도 있어."

엄청, 많은 살붙이들이 죽었다. 맨 위의 누님은 26세로 죽었다. 아버지는 53세로 죽었다. 막내동생은 16세로 죽었다. 셋째형은 27세로 죽었다. 올 들어, 그 바로 다음 누님이 34세로 죽었다. 조카는 25세로, 이종사촌은 21세로, 둘 다 나를 좋아했건만, 역시, 올해 연이어 죽었다.

꼭 그렇게, 죽어야 할 이유가 있는 것이라면 이야기해주면 좋겠네. 나로서는 아무 짓도 할 수 없겠지만, 둘이서 얘기라도 하자고. 하루에 한마디씩이라도 좋겠지. 한 달이 걸리든, 두 달이 걸리든 좋으니, 나하고 놀아달라고. 그러고 나서도, 아직 살아나갈 전망이 서지 않는다면, 아니, 그렇게 되더라도 너 혼자 죽어서는 안 되는 거야. 그렇게 되었을 때는, 우리, 모두 함께 죽자고. 남아 있는 사람이 불쌍하지 않냐고. 자네는 아는가. 단념해야 하는 사람들의 애정의 깊이를.

K는, 그렇게 살고 있다.

올해 늦가을, 나는 격자무늬 캡을 쓰고 K를 찾아갔다. 휘파람을 세 번 불자, K는 뒷문을 슬쩍 열고 나온다.

"얼마?"

"돈이 아니야."

K는, 내 얼굴을 빤히 들여다본다.

"죽고 싶어졌어?"

"응."

K는 가볍게 아랫입술을 씹는다.

"이맘때가 되면, 해마다, 못쓰게 되는 모양이네요. 추위 때문에 그렇게 되는 걸까. 윗도리는 안 입어요? 어머, 어머, 맨발로."

"이러는 게 멋진 거라는데?"

"누가 그렇게 가르쳤는데?"

나는 한숨을 내뱉었다. "아무도 가르쳐주지 않았지."

K도 조그맣게 한숨을 내쉰다.

"누군가, 좋은 사람은 없을까."

나는 미소를 짓는다.

"K랑 둘이서, 여행을 가고 싶은데……"

K는 진지하게 끄덕거린다.

알고 있다. 모두, 모두, 알고 있다. K는 나를 데리고 여행을 떠난다. 이 아이를 죽여서는 안 되지.

그날 한밤중에, 둘은 기차를 탔다. 기차가 움직이기 시작하자, K도, 나도, 마침내, 무언가 마음이 놓인다.

"소설은?"

"쓸 수가 없어."

깜깜한 어둠 속의 기차의 소리는, 트라타타, 트라타타, 트라타타타.

"담배 할래?"

K는 세 종류의 외국 담배를 핸드백에서 하나씩 꺼낸다.

언젠가, 나는 이런 소설을 쓴 적이 있다. 죽어야겠다고 생각한 주인공이, 한 개비의 고상한 향기의 외국 담배를 피웠다. 그 어렴풋한 즐거움 때문에, 죽기를 포기했다, 그런 소설을 쓴 일이 있다. K는 그것을 알고 있다.

나는 얼굴을 붉혔다. 그래도, 같잖게도, 새침하게 그 세 종류의 외국 담배를 공평하게 한 개비씩 차례로 꼬나물어본다.

요코하마에서, K는 샌드위치를 산다.

"안 먹어요?"

K는, 일부러 천덕스럽게, 혼자서 우적우적 먹는다.

나도 차분히 한 조각 먹는다. 짜다.

"한마디라도 무슨 소리를 하면, 그만큼, 남들을 괴롭힐 것만 같아서…… 공연히 괴롭히는 것 같아서, 숫제, 잠자코 미소 짓고 있기만 하면 좋을 테지만, 나는 작가니까, 무언가 이야기를 하지 않고서는 살아갈 수 없는 작가니까, 매우 힘이 들어. 나로서는, 꽃 한 송이조차도 적당하게 사랑할 수가 없어. 은근한 향내를 사랑하는 것만으로는, 도저히 참을 수가 없다. 돌풍처럼 꺾어서, 손바닥에 놓고, 꽃잎을 뜯어내고, 그러고 나서 짓이겨서, 참을 수 없어 울부짖으며, 입술 사이로 욱여넣고서, 냅다 씹어대고 뱉은 다음, 신발로 짓밟고…… 그렇게, 나로서도 나 자신을 어찌해야 할지 모릅니다. 자신을 죽이고 싶습니다. 나는 인간이 아닐지도 모릅니다. 나는 요즈음, 정말로 그렇게 생각해. 나는, 그, 사탄이 아닐까. 셋쇼세키殺生石,* 독버섯. 설마, 요시다고텐吉田御殿**이라고까지는 안 할 거야. 그래도 나는 남자거든."

"글쎄." K는 엄한 얼굴이 된다.

"K는 나를 미워해. 내 팔방미인을 미워하는 거지, 아, 알았다. K는 내 강함을 믿고 있어, 내 재주를 지나치게 높이 평가하고 있어. 그리고, 내 노력을, 남이 알지 못할 정도로 바보 같은 노력을, 알지 못하는 거야. 염교 껍질을 벗기고 벗겨도 아무것도 없는 거야. 이 원숭이의 슬픔, 알아? 마주치게 될 모든 사람을 사랑한다는 건 아무도 사랑하지 않는다는 거야."

K는 나의 소매를 잡아끈다. 내 목소리가 남보다 높았던 것이다.

나는 웃으면서, "여기에도 내 숙명이 있어."

유가와라湯河原. 하차.

"아무것도 없다는 건 거짓말이에요." K는 여관에서 내준 잠옷으로 갈아입으면서, 그렇게 말했다. "이, 잠옷의 무늬는, 이 파란 줄무늬는, 정말 아름답지 않아요?"

"아아." 나는 피로해 있었다. "아까 말한 염교 이야기?"

---

* 도치기현 나스온천향 근처에 있는 용암 덩어리. 도바 천황이 몹시 사랑한 애첩(늙은 여우의 화신)이 죽어서 돌로 변한 것으로, 이를 만지면 화를 입었다고 하는데 훗날 스님 겐노가 지팡이로 치자 둘로 쪼개져 돌의 영이 나타나 성불했다고 하는 전설이 있다.

** 에도 시대에 전승된 센히메의 기담에 등장하는 장소로, 밤마다 요시다고 텐으로 미남을 불러들여 죽인다는 전설이 있다.

"네." K는 옷을 갈아입고, 내 바로 옆에 조용히 앉았다. "당신은 현재를 믿지 않는 거야. 지금의, 이, 찰나를 믿을 수가 있어?"

K는 소녀처럼 무심하게 웃더니, 내 얼굴을 들여다본다.

"찰나는 누구의 죄도 아니야. 누구의 책임도 아니고. 그건 알고 있어." 나는 어르신네처럼 똑바로 방석에 앉아서, 팔짱을 끼고 있다. "하지만, 그건, 나로서는 생명의 기쁨이 될 수는 없어. 죽을 찰나의 순수만큼은 믿을 수 있지. 하지만, 이 세상의 기쁨의 찰나는, —"

"그 뒷감당이 무섭다고?"

K는 조금 떨며 있었다.

"도저히 뒷감당을 할 수가 없어. 불꽃은 한순간이지만, 육체는 죽지도 않고 몰골사납게 언제까지고 남아 있으니까 말이야. 아름다운 오로라를 본 찰나에, 육체도 함께 불타버려서, 깨끗이 사라져버리면 좋으련만, 그렇게 될 수도 없고."

"심지가 약한 거야."

"아아, 더 이상 말하기 싫어. 무슨 소리든지 할 수 있거든. 찰나에 대해서는 찰나주의자한테 물어보라지. 손을 잡고 가르쳐주는 거야. 모두들 요리법의 제 자랑이야. 인생의 맛 내기 같은 거야. 추억으로 사느냐, 지금 이 찰나에 몸을 맡길 것이냐, 아니면, —장래의 희망 같은 것으로 살 것이냐. 의외로, 그런 점에서 인간의 바보와 영리함의 차이가, 드러나는 것인지도 몰라."

"당신은, 바보야?"

"그만둬, K. 바보도 똑똑이도 없어. 우린 더 나쁘거든."

"가르쳐줘!

"부르주아."

그것도, 영락해버린 부르주아. 죄스러운 추억만으로 살아가고 있다. 둘은, 매우 썰렁한 마음으로 부지런히 일어나, 수건을 가지고 아래층의 큰 욕탕으로 내려간다.

지난날도, 내일 일도 말하지 않으리라. 그저, 이 한때를, 정이 넘치는 이 한때를, 하고 침묵 속에서 단단히 마음먹고서, 나도, K도 여행을 떠난 거다. 가정 사정을 말해서는 안 된다. 일신의 괴로움을 이야기해서는 안 된다. 내일의 공포를 이야기해서는 안 된다. 남의 생각을 말해서는 안 된다. 어제의 수치를 이야기해서는 안 된다. 오직, 이 한때, 그저, 이 한때만 잠잠해지길, 하고 바라면서, 둘은, 조용히 몸을 씻었다.

"K, 내 배의 여기에, 상처 자국이 있지? 이건 맹장 수술 자국이야."

K는, 어머니처럼 자상하게 웃는다.

"K의 다리도 길지만, 내 다리, 봐, 아주 길지? 기성복 바지 가지고는 안 되거든. 매사에 불편한 사나이지."

K는, 어둠의 창문을 바라본다.

"말이지, 좋은 못된 짓이라는 말, 없을까."

"좋은 못된 짓이라." 나도 별생각도 없이 뇌까려본다.

"비인가?" K는 귀를 기울인다.

"골짜기야, 바로 이 아래를 흐르고 있지. 아침이 되어서 보면, 이 욕탕의 창문 가득 단풍잎이야. 바로 코앞에, 어랏, 하고 생각할 정도의 높은 산이 서 있거든."

"가끔 와요?"

"아니, 한 번."

"죽으러."

"그렇지."

"그때 놀았어?"

"놀지 않았어."

"오늘 밤은?" K는 멀쩡한 얼굴이다.

나는 웃는다. "무어야, 그게 K의 좋은 못된 짓이로구나. 난 또 뭐라고, 나는, ―"

"뭔데."

나는 결심을 하고, "나랑 같이 죽는 것인 줄 알았지."

"아아, 이번에는, K가 웃었다. "나쁜 선행이라는 말도 있어요."

욕탕의 긴 계단을 한 단, 한 단, 천천히 올라갈 때마다 좋은 못된 짓, 나쁜 선행, 좋은 못된 짓, 나쁜 선행, 좋은 못된 짓, 나쁜 선행, ……

게이샤 한 명을 불렀다.

"우리들, 둘만이 있다가는 함께 정사心中할까 두려우니까, 오늘 밤은 자지 말고 지켜봐주세요. 죽음의 신이 오거든 쫓아내버리라고요." K가 진지한 얼굴로 그렇게 말하자,

"알았습니다. 여차하면, 3인 정사라는 수단도 있긴 하지요" 하고 답했다. 간제요리觀世緣*에 불을 붙여, 그 불이 꺼지기 전에 말로 표현한 것의 이름을 말하고 나서 옆 사람에게 돌리는

그 놀이를 시작했다. "아무짝에도 소용이 닿지 않는 것. 자."

"한쪽이 쪼개진 게다짝."

"걷지 못하는 말."

"깨진 샤미센."

"찍히지 않는 사진기."

"불 들어오지 않는 전구."

"날지 않는 비행기."

"그리고, ―"

"빨리, 빨리."

"진실."

"뭐라고?"

"진실."

"맥 빠지네. 그렇다면, 인내."

"거 어렵군요, 나는, 수고."

"향상심."

"데카당."

"그저께의 날씨."

"저." K다.

"나." 이건 나다.

"그럼, 저도요, ―나." 불이 꺼졌다. 게이샤의 패배다.

"하지만, 어려운 걸 어째요." 게이샤는 솔직하게 유유자적하

---

* 종이를 가늘게 잘라서 실처럼 꼰 뒤 그것을 엮어서 만든 것.

고 있었다.

"K, 농담이겠지. 진실도, 향상심도, K 자신도 아무짝에 소용이 없다는 소리는 농담이겠지. 나 같은 사람도, 살아 있는 한은, 어떻게든 훌륭하게 살아야겠다고 애를 쓰고 있거든. K는 바보야."

"돌아가요." K도 정색을 했다. "당신의 진실함을, 당신의 진실한 괴로움을, 그처럼 모두에게 자랑하고 싶다는 거예요?"

게이샤의 미모가 나빴다.

"돌아갈래, 도쿄로 돌아갈래. 돈 줘요. 돌아갈 거야." 나는 일어나서, 잠옷을 벗었다.

K는, 내 얼굴을 쳐다본 채 울고 있다. 희미하게 웃는 얼굴을 남겨놓은 채로 울고 있다.

나는, 돌아가고 싶지 않았다. 아무도 말려주지 않았다. 에라, 죽자, 죽자, 나는 옷을 갈아입고 버선을 신었다.

여관을 나왔다. 뛰었다.

다리 위에 서서, 저 밑에 있는 흰 골짜기의 흐름을 바라보았다. 자신을 바보라고 생각했다. 바보다, 바보다, 하고 생각했다.

"잘못했어요." 조용히 K는, 뒤에 서 있었다.

"남을, 남을 돌보는 일도 어지간히 해두라고." 나는 울기 시작했다.

숙소로 돌아가보니, 이불이 두 채 깔려 있었다. 나는 베로날을 한 봉 먹고, 금방 자는 체를 했다. 잠시 후, K는 살그머니 일어나 똑같은 약을 한 봉 먹었다.

이튿날은, 대낮이 되도록 이불 속에서 꾸벅거리고 있었다. K는 먼저 일어나, 복도의 덧문 하나를 열었다. 비가 온다.

나도 일어나, K와는 말도 하지 않고, 혼자서 욕탕으로 내려 갔다.

어젯밤의 일은 어젯밤의 일이다. 어젯밤의 일은 어젯밤의 일이야. ─억지로 나에게 타이르면서 욕조 속을 헤엄쳐 다녔 다.

욕조에서 기어 나와, 창문을 열고, 구불구불 흘러가고 있는 흰 골짜기를 내려다보았다.

내 등짝에 차갑게 손이 와 닿는다. 벌거벗은 K가 서 있다.

"할미새." K는 냇가 바위 위에 서서 꼼지락거리는 작은 새를 가리킨다. "할미새를 놓고, 지팡이를 닮았다니. 그따위 그럴싸 한 소리를 한 시인이 있지요. 저 할미새는, 훨씬 팔팔하고, 훨 씬 갸륵하고, 애당초에, 인간 따위는 문제로 삼지도 않고 있는 데 말이죠."

나도 방금 그런 생각을 하고 있었다.

K는 욕조에 몸을 미끄러뜨리듯 담그며,

"단풍이란 훌륭한 꽃이군요."

"어젯밤에는, ─" 내가 머뭇거리자,

"잠이 왔어요?" 무심히 묻는 K의 눈은 호수처럼 맑았다.

나는, 욕조로 풍덩 뛰어들어, "K가 살아 있는 동안은, 난 안 죽을 거야. 알았지."

"부르주아라는 거 나쁜 거예요?"

"나쁜 놈이라고 나는 생각해. 외로움도, 고뇌도, 감사도, 이런 게 모두가 취미거든. 독선이라는 거야. 프라이드만 가지고 살고 있지."

"남의 소문에만 신경을 쓰고……" K는 훌쩍 욕조에서 나와, 싹싹 몸을 닦으면서, "그 안에 자신의 육체가 있다고 생각하고 있는 거죠."

"부자가 하늘나라에 들어가기란, —" 그렇게 농담으로 말하다가, 찰싹하고 얻어맞았다. "평범한 행복은, 어려운 건가 봐."

K는 살롱에서 홍차를 마시고 있었다.

비 때문인지, 살롱에는 사람이 많았다.

"이 여행이, 무사히 끝나면" 나는, K와 나란히, 산이 내다보이는 창가의 의자에 앉았다. "나는 K에게 무슨 선물을 할까."

"십자가." 그렇게 중얼거리는 K의 목덜미는, 가늘고, 연약해 보였다.

"아, 밀크." 레지에게 그렇게 말하고 나서, "K는 역시 화가 났구나. 어젯밤에 돌아가자는 따위의 엉뚱한 소리를 한 것 말이야, 그건, 연극이야. 난, 무대 중독인지도 모르겠어. 하루 한 번, 이렇게 같잖게 굴지 않고서는 성이 차지 않는 거지. 지금만 해도, 이렇게 여기에 앉아 있는 것만 해도, 죽을 만큼 으스대고 있는 셈이야."

"사랑은?"

"내 버선이 뚫어진 게 신경이 쓰여가지고, 그래서 실연해버린 밤도 있어."

"자, 내 얼굴, 어때요?" K는 진지하게 얼굴을 가까이 했다.

"어떻다니." 나는 얼굴을 찡그린다.

"예뻐?" 남남 같은 느낌으로 "젊어 보여?"

나는 때려주고 싶다는 생각이 든다.

"K, 그처럼, 외로운 거야? K, 잘 기억해두라고. K는 현모양처고, 그리고, 나는 불량소년, 인간쓰레기야."

"당신만……" 이렇게 말하려는데, 레지가 밀크를 가지고 왔다. "아, 고마워요."

"괴로워하는 것도 자유야." 나는 밀크를 마시면서, "기뻐하는 것도 그 사람의 자유야."

"그런데, 나는 자유가 아니거든, 양쪽 모두."

나는 깊은 한숨을 내쉰다.

"K, 뒤쪽에 대여섯 명 남자가 있지. 어느 쪽이 좋아?"

직장인 같은 젊은이 네 명이 마작을 하고 있다. 위스키소다를 마시면서 신문을 읽고 있는 중년의 남자가 둘.

"한가운데요." K는 산들의 면면을 씻어 내리고 있는 안개의 흐름을 바라보면서, 천천히 말한다. 뒤돌아보니, 어느새, 한 청년이 살롱 한가운데에 서서, 주머니에 손을 꽂은 채, 입구 오른쪽에 있는 국화의 생화를 바라보고 있다.

"국화는, 어렵단 말이야." K는, 생화의 무슨 유파流派라고 했던가, 좋은 지위에 있었다.

"아아, 오래고 오래전 얘기지. 저 양반의 옆얼굴, 아키스케 형하고 쏙 닮았군. 햄릿." 그 형은 27세로 죽었다. 조각을 곧잘 했었는데……

"하지만, 나는 남자들을, 그다지 잘 모르거든요." K는 수줍은 듯이 말했다.

호외요.

레지는 모두에게 한 장 한 장 가져다주었다. ―사변이 일어
난 지 89일째. 상하이 포위 완성. 적군 궤멸 전선에서 총퇴각.

K는 호외를 흘긋 보더니,

"당신은?"

"병종丙種이야."

"나는 갑종이군요." K는 깜짝 놀랄 만큼 큰 소리로 웃기 시
작했다. "나는 산을 보고 있었던 게 아니라, 보세요, 이 눈앞에
빗방울 모양을 보고 있었어요. 모두 각각 개성이 있지요. 거드
름을 피우며, 똑 하고 떨어지는 것도 있고, 조급하게, 깡마르
게 톡 떨어지는 것도 있고, 으쓱하면서 짝 소리를 내고 떨어지
는 것도 있고, 싱겁게 하늘거리며 바람결에 떨어지는 것도 있
고, ―"

K도, 나도, 엄청 지쳐 있었다. 그날 유가와라를 떠나 아타미
에 도착했을 무렵에는, 이미 아타미의 거리는 저녁 안개에 뒤
덮여, 집집의 등불은, 희미하게 비쳐서 맥 빠지게 여겨졌다.

여관에 도착해서, 저녁때까지 산책을 하자고 해서, 여관의
우산을 둘 빌려, 바닷가로 나가 본다. 비 오는 해면은 둔하게
여울져서, 싸늘한 물방울을 튀기며 흩어지곤 했다. 무뚝뚝하게
될 대로 되라는 식이었다.

뒤돌아보니, 거리에는 아직도 드문드문 등불이 산재해 있었
다.

"어렸을 적에" K는 멈춰 서서 말을 건다. "그림엽서에 바늘로 빵빵 구멍을 내서, 남포 불에 비쳐 보면, 그 그림엽서의 양관洋館이랑, 숲이랑, 군함에, 예쁜 일루미네이션이 생겨서, ―그런 생각 안 나요?"

"난 이런 경치" 나는 일부러 감각이 무딘 듯한 소리를 한다. "환등으로 본 일이 있지. 모두가 피어난 모습으로……"

바닷가를 슬슬 걸었다. "춥군. 목욕을 하고 나서 나오면 좋았을걸."

"우린 더 이상 필요한 건 아무것도 없지요."

"그럼, 모두 아버지한테 받아버렸으니까."

"당신의 죽고 싶다는 기분, ―" K는 쪼그리고 앉아 맨발의 뻘을 씻어 내리면서, "알고 있어."

"우리들은" 나는 열두어 살의 소년처럼 응석을 부린다. "어째서 혼자 힘으로 살 수가 없는 것일까. 생선 가게를 해도 좋은 거 아니겠어."

"아무도 그런 걸 하게 내버려두지 않아요. 심술 사납도록, 우리를 소중하게 대해주니까요."

"그렇지, K, 나만 해도 아주 비천한 일을 하고 싶지만, 모두들 웃을 거고, ―" 낚시질하는 사람의 모습이 눈에 띄었다. "아예, 평생을 낚시질이나 하면서, 바보처럼 살까 봐."

"안 될걸, 고기의 마음을 너무나 잘 알기 때문에."

둘이서 웃었다.

"대체로 알 것 아냐, 내가 사탄이라는 것. 내가 사랑한 사람들은 모두 못쓰게 되어버린다는 것을."

"나한테는 그렇게 여겨지지 않아요. 아무도 당신을 미워하지 않는 거야. 가짜 악취미."

"싱거웠나?"

"네, 이 절의 돌비석처럼요." 길가에 보살의 돌비석이 서 있다.

"나, 아주 단순한 이야기를 할까. K, 진지한 이야기야, 알겠어? 나를, ―"

"관둬요! 알고 있어요."

"정말?"

"나는 무어든지 알고 있어요. 나는 자신이 첩의 아이라는 것까지도 알고 있거든요."

"K, 우리들, ―"

"아, 위험해." K는 내 몸을 감쌌다.

뿌직뿌직 소리를 내며, K의 우산이, 버스 바퀴에 걸렸고, 이어서 K의 몸이, 수영의 다이빙처럼 획 하고 하얗게 일직선으로 차바퀴 밑으로 끌려 들어갔다. 빙글빙글하고 꽃수레.

"서라! 서라!

나는 몽둥이로 머리통을 세차게 맞은 것 같은 생각으로 격노했다. 겨우 멈춘 버스의 옆구리를 힘껏 걷어찼다. K는 버스 아래, 비로 흠씬 두들겨 맞은 도라지꽃처럼 아름답게 엎어져 있었다. 이 여자는 불행한 사람이다.

"아무도 만지지 마!

나는 정신을 잃은 K를 끌어안고 소리 내어 울었다.

가까운 병원까지 K를 업고 갔다. K는 작은 목소리로 아야,

아야, 하고 울고 있었다.

K는 병원에 이틀 동안 있다가, 달려온 집안사람들과 함께 자동차로 집에 돌아갔다. 나는 홀로 기차로 돌아갔다.

K의 상처는 그리 대단한 것은 아닌 모양이었다. 나날이 좋아지고 있다.

사흘 전, 나는 볼일이 있어서 신바시에 갔다가, 돌아오는 길에 긴자를 어슬렁거렸다. 문득, 어떤 가게 장식창에 은십자가가 있는 것을 발견하고, 그 가게에 들어가, 은십자가가 아닌, 진열장의 청동 가락지 하나를 샀다. 그날 밤, 나의 주머니에는 잡지사에서 막 받은 돈이 좀 있었던 것이다. 그 청동 가락지에는 노란 돌로 된 수선화 한 송이가 장식으로 붙어 있었다. 나는 그것을 K에게 보냈다.

K는 그 답례로, 올 세 살이 되는 K의 장녀 사진을 보내주었다. 나는 오늘 아침, 그 사진을 보았다.

(1939년 4월)

사랑과 미에 대해서愛と美について

　형제자매, 다섯이 있었는데, 모두가 로맨스를 좋아했다. 장남은 29세. 법학사다. 남과 만나면 좀 으스대는 나쁜 버릇이 있지만, 이것은 그 자신의 약함을 커버하기 위한 도깨비 가면 같은 것이어서, 알고 보면 매우 약하고 무척이나 자상하다. 형제들과 영화를 보러 가서, 이건 태작駄作이야, 형편없어 하면서, 그 영화에 나오는 사무라이의 의리와 인정에 감복해서, 으레, 맨 먼저 울고 마는 것은 언제나 이 맏이다. 아주 그렇게 정해져 있다. 영화관을 나온 뒤에는 갑자기 으스대면서, 꾹 다문 언짢은 표정으로, 길을 가면서 한마디도 하지 않는다. 태어나서 아직 한 번도 거짓말이라는 것을 한 일이 없노라고 주저 없이 공언하고 있다. 그게 과연 맞는 말인지 어떤지 모르겠지만, 그러나 강직, 결백의 일면은 분명 가지고 있었다. 학교 성적은 그다지 좋은 편이 아니었다. 졸업 후에는 어디에서도 근무하지 않은 채, 단단히 집을 지키고 있다. 입센을 연구하고 있다. 요즘 『인형의 집』을 다시 읽고서 중대한 발견을 했다고 크게 흥분하고 있다. 노라는 그때 사랑을 하고 있었다. 의사인 랑크를 사랑하고 있었던 것이다. 그것을 발견했다. 형제들을 불러 모아 놓고, 그것을 지적하면서 큰 소리로 질타, 설명하느라고 애를 썼지만, 헛수고였다. 형제들은 글쎄, 하고 고개를 갸웃하면서 싱글싱글 웃고 있을 뿐, 도무지 흥분의 기색을 보이지 않는다. 대체로 형제들은 이 형을 우습게 알고 있다. 만만히 보고 있는 듯한 기색이 있는 것이다.

장녀는 26세. 아직 결혼을 하지 않고, 철도성에 근무하고 있다. 프랑스어를 곧잘 했다. 키는 160센티미터에 살짝 모자랐다. 매우 말랐다. 형제들에게 '말馬'이라고 불리는 일이 있다. 머리를 짧게 자르고, 로이드 안경을 끼고 있다. 마음이 화려하고 누구하고나 금방 친구가 되고, 열심히 봉사하고는, 버려진다. 그것이 취미다. 우수, 적요寂寥의 느낌을 은근히 즐기는 것이다. 하지만 한 번, 같은 과에 근무하는 젊은 관리에게 열중했다가, 그러고는 역시 버림받았을 때에는, 그때만큼은 그야말로 진심으로 낙심했고, 멋쩍기도 해서 폐가 나빠졌다고 거짓말을 해서 일주일이나 누워 있었고, 그런 다음 목에다 붕대를 둘둘 감고서, 공연히 기침을 자꾸만 해가면서 의사에게 갔더니, 엑스레이로 정밀하게 조사받은 끝에, 드물게 보는 강건한 폐라며 의사에게 칭찬을 받았다. 문학 감상은 본격적이었다. 실로 많이 읽는다. 동서양을 가리지 않는다. 힘이 넘쳐서, 스스로도 뭔가를 몰래 쓰고 있다. 그것은 책장 오른쪽 서랍 속에 감추어놓았다. 서거 2년 후에 발표할 것, 이렇게 써놓은 종이쪽지가, 그 축적된 작품 위에 반듯하게 놓여 있는 것이다. 2년 후가 10년 후로 고쳐져 있기도 하고, 2개월 후로 고쳐져 있기도 하고, 때로는 100년 후가 되어 있기도 하는 것이다.

차남은 24세. 이 친구는 속물이었다. 제국대학의 의학부에 재적. 하지만 학교에는 별로 가지 않았다. 몸이 약한 것이다. 이쪽은 진짜 환자다. 놀라울 정도로 아름다운 얼굴을 하고 있었다. 인색하다. 큰형이 남에게 속아 몽테뉴가 쓰던 라켓이라는, 별스럽지도 않은 낡은 라켓을 50엔으로 깎아 사 왔다며 득의양양해 있을 때, 차남은 뒤에서 홀로, 너무나 분통이 터지는 나머지 크게 열이 났다. 그 열 때문에 결국 신장에 탈이 났다. 남을, 누가 되었든, 경멸하고 싶어하는 경향이 있다. 남이 무엇이라고 말하면, "켓" 하고 기괴한, 까마귀 부리와 날개를 가진 덴구天狗의 웃음 비슷한 불유쾌한 웃음소리를 거침없이 발하는 것이다. 오로지 괴테에 빠져 있다. 이것도, 괴테의 소박한 시 정신에 경복해 있는 것이 아니라, 괴테가 고위고관이었던 것에 경도되어 있는 모양이다. 그런 낌새가 없는 것도 아니다. 수상쩍은 작자다. 하지만 형제들 모두가 즉흥시 등을 겨룰 때면, 언제나 1등이다. 능력이 있는 것이다. 속물인 만큼, 말하자면 정열의 객관적 파악이 분명하다. 자신이 마음먹고 정진하면 어쩌면 일류 작가가 될 수 있을지도 모른다.

이 집의 발이 불편한 식모 아이가 죽을 만큼 좋아하는 차녀는 21세. 나르시시스트다. 한 신문사에서 미스 일본을 모집하고 있을 때, 그때에는 어지간히 자기 추천을 하고 싶어 사흘 밤을 몸부림쳤다. 큰 소리를 지르며 떠들어댔다. 하지만, 사흘 밤의 몸부림 끝에 자신의 키 가지고는 부족하다는 것을 깨닫고 단념했다. 형제 중에서, 오직 홀로 두드러지게 작았다. 140센티미터가 조금 넘는다. 그런데도 결코 볼썽사납지는 않다. 상당한 미모였다. 깊은 밤, 옷을 벗고 거울을 향해 싱긋 귀엽게 미소를 지어 보기도 하고, 통통하고 하얀 양발을 화장수로 씻고서 그 발가락 끝에 살짝 스스로 입맞춤하고서 눈을 감고 황홀한 표정을 짓기도 한다. 한번은 코끝에 바늘로 찌른 것 같은 조그마한 종기가 나서, 우울한 나머지 자살을 꾀한 일이 있다. 독서의 선정에는 특색이 있다. 메이지 초년의 『가인지기우佳人之奇遇』, 『경국미담經國美談』 등을 헌책방에서 찾아가지고 와서 혼자 킥킥거리며 읽고 있다. 구로이와 루이코黑岩淚香, 모리타 시켄三田思軒 등의 번역물 등을 즐겨 읽는다. 어디서 구해 온 것인지 이름도 모를 동인 잡지를 많이 모아놓고, 재미있는데, 멋진데, 하고 진지한 얼굴로 중얼거리면서 끝에서 끝까지 꼼꼼히 독파하고 있다. 사실은 이즈미 교카泉鏡花를 은근히 가장 애독하고 있었다.

막내는 18세다. 올해 일고一高의 이과理科 갑류甲類에 입학했다. 고등학교에 들어가면서부터 그의 태도가 싹 달라졌다. 형들, 누나들로서는 그 꼴이 우스워죽을 지경이다. 하지만 막내는 매우 진지하다. 집안의 아무리 소소한 분쟁에도 막내가 얼굴을 들이밀고, 부탁도 하지 않았건만 사려 깊은 듯이 심판을 내리는 바람에 어머니를 비롯한 온 집안사람들이 말을 잃을 정도로 질려버렸다. 그 바람에 막내는 집안사람들에게 경원당하고 있는 모양새다. 막내는 그것이 불만스럽기 짝이 없다. 맏딸은 그의 입이 툭 튀어나온 불만스러운 얼굴을 보다 못해, '홀로 어른인 체하고 있어도, 아무도 어른으로 보지 않는 애처로움'이라는 시를 지어 막내에게 주면서, 그의 재야유현在野遺賢*의 무료함을 달래주었다. 얼굴이 새끼곰처럼 귀엽게 생겨서, 형제들이 자꾸만 보살피는 바람에 다소 출랑이 같은 구석이 있다. 탐정소설을 즐긴다. 때때로 혼자 방 안에서 변장을 해보기도 한다. 어학 공부라면서 일어 대역의 코난 도일 작품을 사가지고 와서 일본어 쪽만 읽고 있다. 형제 중에서 어머니를 걱정해주고 있는 것은 나뿐이라고, 혼자서 비장감에 잠겨 있다.

아버지는 5년 전에 죽었다. 하지만 생활의 불안은 없다. 요컨대, 좋은 가정이다. 때때로 모두가 하나같이 따분해질 때가 있다. 여기에는 손을 들 수밖에 없다. 오늘은 흐리고 일요일이다. 소모사 옷의 계절로, 이 음울한 장마가 지나면 여름이 온다. 모두가 객실에 앉아, 어머니는 사과즙을 만들어, 다섯 아이에게 마시게 한다. 막내 혼자만, 특별히 큰 컵으로 마시고 있다.

지루할 때면, 모두가 이야기의 연작을 시작하는 것이 이 집의 관습이다. 때로는 어머니까지 여기에 동참하는 일도 있다.

"뭣 좀 없을까." 맏형은 뻐기듯이 주변을 둘러본다. "오늘은

---

*『서경』대우모大禹謨 편의 '현명한 사람은 전부 관리가 되고 재야에는 현명한 사람이 없다'는 말을 비틀어 표현한 것.

좀 색다른 주인공을 만들어보고 싶은데."

"노인이 좋겠네." 차녀는 탁자 위에 턱을 받쳐놓고, 그것도 집게손가락으로 한쪽 볼을 받치고 있다. "간밤에 나는, 곰곰이 생각해보았거든." 뭐, 이제 막, 문득 떠올랐을 뿐이다. "인간 가운데 가장 로맨틱한 족속은 노인이다, 하는 걸 알았거든. 노파는, 안 돼. 할아버지가 아니면 안 돼. 할아버지가, 이렇게, 툇마루에 조용히 앉아 있으면, 벌써, 그것만으로도, 로맨틱하지 않아. 아이 멋져."

"노인이라." 맏형은 잠시 생각하는 체하다가, "좋아, 그걸로 하자. 가능한 한 달콤하고 애정이 풍부한, 아름다운 이야기가 좋겠네. 지난번의 걸리버의 후일담은 다소 음산하기 짝이 없었어. 나는 요즘 다시 브랜드를 되읽고 있는데, 아무래도 어깨가 결려. 너무 어려워." 솔직하게 실토하고 말았다.

"나한테 시켜줘요, 나한테." 별생각도 하지 않은 채, 바로 큰 소리로 나선 것은 막내다. 벌컥벌컥 과즙을 마시고서, 대뜸 의견을 내놓는다. "나는, 나는, 이렇게 생각한답니다." 엄청 어른스러운 말투였으므로, 모두가 쓴웃음을 지었다. 둘째 형도, 예의 켓 하는 괴상한 웃음소리를 내었다. 막내는 심통이 난 얼굴로,

"나는 그 할아버지는, 틀림없이 대수학자가 아닐까 생각합니다. 틀림없이 그래요. 위대한 수학자예요. 물론 박사지요. 세계적인. 지금은 수학이 급격하게 점차 변해가고 있는 때입니다. 과도기가 시작되고 있는 겁니다. 세계 대전 끝 무렵, 1920년경부터 오늘날까지 약 10년 동안 그것은 계속해서 일

어나고 있어요." 어제 학교에서 막 듣고 온 강의를 그대로 흉내 내고 있는 판이라 당할 재간이 없다. "수학의 역사도 되돌아보면, 이런저런 시대와 더불어 변천해온 것만은 틀림없습니다. 우선 최초의 단계는, 미적분의 발견 시대에 해당합니다. 그리고 그리스에서 전해져온 수학에 대한 넓은 의미의 근대적 수학입니다. 이렇게 해서 새로운 분야가 열린 셈이기 때문에, 그 열린 직후는 고도화된다기보다도 오히려 넓혀가는 시대, 확장의 시대입니다. 그것이 18세기 수학입니다. 19세기에 접어들 무렵에도 역시 이러한 단계가 있었습니다. 즉, 이때도 급격히 변한 시대입니다. 한 사람의 대표자를 뽑는다면, 예컨대 Gauss, g, a, u, ss입니다. 급격하게 점차 변화하고 있는 시대를 과도기라고 한다면, 현대는 그야말로 대과도기입니다." 이건 도무지, 이야기도 아무것도 아니다. 그래도 막내는 으쓱했다. 기세가 올라왔다며 내심 미소 짓고 있다. "마구 복잡해지며, 그래서 정리定理만이 범람하고, 지금까지의 수학은 완전히 막다른 곳에 도달했습니다. 하나의 암기물로 타락해버린 겁니다. 이때, 수학의 자유성을 외치며 감연히 일어선 것은, 지금의 그 할아버지 박사입니다. 훌륭한 분이지요. 만약에 탐정이라도 되었더라면, 아무리 기괴한 어려운 사건이라도, 쓰윽 현장을 한 바퀴 둘러보기만 하고서도, 대번에 탁하고 해결해버릴 것이 틀림없습니다. 그런 머리가 좋은 할아버지입니다. 좌우간에 Cantor가 말한 것처럼," 또 시작되었다. "수학의 본질은 그 자유성에 있습니다. 분명, 그렇습니다. 자유성이란, Freiheit의 번역어입니다. 일본에서도 자유라는 말은 처음에 정치적인 의미

로 사용되었으므로, Freiheit의 원래의 의미하고 꼭 들어맞지 않을지도 모릅니다. Freiheit란, 잡히지 않는다, 구속되지 않는다, 소박한 것을 가리킵니다. frei가 아닌 예는 비근한 곳에 잔뜩 있는데, 너무 많아서 오히려 예를 들기가 힘듭니다. 예를 들면, 우리 집 전화번호는 아시다시피 4823입니다. 이 세 자리와 네 자리 사이에 점을 하나 넣어 4,823이라고 씁니다. 파리의 경우처럼 48|23이라고 하면 좀 더 알기 쉬울 텐데, 무엇이 되었든 세 자리마다 점을 붙여야 합니다. 이렇게 되고 보면, 이미 하나의 사로잡힘입니다. 노박사는 이러한 모든 누습을 타파하고자 애쓰고 있는 것입니다. 훌륭합니다. 참된 것만이 사랑할 만한 것이라고 푸앵카레가 말했습니다. 맞습니다. 참된 것을, 간결하게, 직접 채용해왔더라면, 그것으로 좋은 겁니다. 그보다 나은 것은 없습니다."

이쯤 되면 이야기고 뭐고 없는 것이다. 형제들도 서로 얼굴을 마주 보며 어이없어하고 있다. 막내는 다시 딱딱한 이론을 계속한다. "공론을 이야기하느라 도무지 가닥이 잡히지 않아 죄송합니다만, 마침 요즈음 해석 개론을 하고 있어서 다소 기억하고 있는 것입니다만, 하나의 예로서 급수에 대해 이야기하고자 합니다. 2중, 혹은 2중 이상의 무한급수의 정의에는 두 종류가 있는 것이 아닐까 생각됩니다. 그림을 그려 보여 드리면 잘 알 수 있을 텐데, 말하자면 프랑스식과 독일식의 두 가지가 있습니다. 결과는 똑같이 되지만, 프랑스식 쪽은 모든 사람에게 납득이 가도록 자못 합리적인 입장입니다. 하지만, 오늘날의 해석 책은 전부 이상하게도 하나같이 담합하기라도 한 것처럼 독일식뿐입니다. 전통이라는 것은 무언가 종교심을 불러 일으키는 모양입니다. 수학계에도 슬슬 종교심이 기어 들어와 있습니다. 이는, 절대로 배격하지 않으면 안 됩니다. 노박사는 이 전통의 타파에 나선 것입니다." 기세가 점점 올라간다. 모두들 전혀 재미가 없다. 막내 혼자서, 마치 그 노박사라도 되는 것처럼 기를 쓰고 딱딱한 이야기를 계속한다.

"요즈음은, 해석학의 시작으로 집합론을 말하는 관습이 있습니다. 이에 관해서도, 수상한 점이 있습니다. 예컨대 절대수렴의 경우, 예전에는 순서에 관계없이 합이 정해진다는 의미로 사용되었습니다. 거기에 대해 조건적이라는 말이 있습니다. 이제는 절대치의 급수가 수렴한다는 뜻으로 사용합니다. 급수가 수렴하고, 절대치의 급수가 수렴되지 않을 때에는 항의 순서를 바꾸어서, 임의의 limit에 tend시킬 수 있다는 데서, 절대치의 급수가 수렴하지 않아서는 안 된다는 것이 되므로, 그것으로 좋은 것이지요." 조금 의심스럽게 되어간다. 불안하다. 아, 내 방 책상 위에 다카기 선생의 그 책이 놓여 있는데, 하고 생각하지만, 새삼스럽게 그것을 가지러 갔다 올 수도 없지 않은가. 저 책에는 뭐든 전부 쓰여 있는데, 이제는 울고 싶어져서, 혀도 꼬이고 몸도 떨려 비명에 가까운 소리를 지르며,

"요컨대" 형제들은 모두가 고개를 숙이고, 큭큭 웃었다.

"요컨대" 이번에는 정말로 우는 소리다. "전통, 이라는 것이 되고 보면, 웬만한 오류도 깨닫지 못하는 가운데 놓치고 말지만, 문제는 미세한 곳에 얼마든지 있는 것입니다. 좀 더 자유로운 입장에서, 극히 초등적이고 만인에게 맞는 해석 개론이 나

오기를, 절실히, 바라고 있는 바입니다." 엉망이다. 이렇게 해서 막내의 이야기는 끝났던 것이다.

분위기가 좀 썰렁해졌을 정도다. 도저히 이야기의 뒤를 이을 만한 실마리가 없었다. 모두, 진지해져버렸다. 장녀는 배려심이 깊었으므로, 막내의 이 실패를 구제하기 위해 웃음이 터지려는 것을 꾹 참고서 조용히 말했다.

"지금 이야기한 것처럼, 그 노박사는 매우 고매한 뜻을 품고 계십니다. 고매한 뜻에는 언제나 역경이 따라붙습니다. 이것은 이미, 절대로 정확한 정리定理입니다. 노박사도 역시 세상에 받아들여지지 못하고, 기인이다, 변태다, 하는 소리를 주위 사람들에게 듣고서, 때때로 매우 쓸쓸해져서, 오늘 밤에도 지팡이를 들고 신주쿠로 산책을 나갔습니다. 여름이었는데, 이제부터는 이야기입니다. 신주쿠는 대단한 인파였습니다. 박사는 후줄근한 유카타 차림에 띠를 가슴께 높직이 매고, 그리고 띠의 매듭 끝을 뒤로 기다랗게 늘어뜨려, 마치 쥐의 꼬리처럼 보이는, 그야말로 불쌍한 풍채였습니다. 게다가 박사는 매우 땀을 많이 흘리건만, 오늘 밤은 손수건까지 잊어버리고 나오는 바람에 한층 비참한 꼴이 되었습니다. 처음에는 손바닥으로 얼굴의 땀을 닦았지만, 도저히 그 정도로 수습될 만한 땀이 아니었습니다. 그야말로 마치 폭포처럼 이마에서 흘러내리는 땀은 한 줄기는 콧등을 따라, 또 한 줄기는 관자놀이를 따라 온 얼굴을 흠뻑 씻어 내리고, 그러고는 전부 턱을 따라 가슴으로 미끄러져 내리는 바람에, 그 고약한 기분으로 말할 것 같으면, 마치 기름 항아리 하나 가득 든 동백유를 머리부터 좍 하고 뒤집어쓴 기분이어서, 노박사도 여기에는 손을 들고 말았습니다. 결국 유카타의 소매로 재빨리 얼굴의 땀을 닦고, 다시 조금 걷고서는, 남이 보지 않는 사이에 쓱 소매로 닦고 하는 동안, 어느새 그 양쪽 소매는 소나기를 맞은 것처럼 푹 젖고 말았습니다. 박사는 원래 그런 데에 신경을 쓰는 사람이 아니었지만 이 엄청난 땀에는 난처해졌으므로, 마침내 어느 맥주홀로 뛰어들게 되었습니다. 맥주홀에 들어가 선풍기의 미지근한 바람을 쐬었더니 그래도 조금은 땀이 가라앉았습니다. 맥주홀의 라디오는 이때 큰소리로 시국 강화講話를 하고 있었습니다. 문득 그 목소리에 귀를 기울이며 생각해보니, 아무래도 이것은 귀에 익은 목소리입니다. 그 녀석이 아닐까? 하고 생각하고 있었는데, 과연, 그 강연 끝에 아나운서가, 바로, 그 녀석의 이름을, 각하라는 존칭을 붙여서 보고했습니다. 노박사는 귀를 씻고 싶은 기분이 들었습니다. 바로 그 녀석하고 동창회 같은 데서 얼굴을 마주치는 일이 있는데, 그럴 때마다 그 녀석은 박사를 공연히 조롱하는 것이었습니다. 재치도 없고, 천박하고, 말도 안 되는 진부한 농담을 연발하고, 일행들도 우습지도 않건만 손뼉을 치면서 저 녀석의 한마디 한마디에 까르르거리는 바람에 언젠가는 박사도 자리를 박차고 분연히 일어섰는데, 그때 탁자에서 바닥으로 굴러떨어져 있던 밀감 하나를 쩍 밟는 바람에 너무나 놀라, 힛 하고 빈약한 비명을 올렸으므로, 만장이 포복절도해서, 박사의 모처럼의 정의의 분노도 슬픈 결과가 되고 말았습니다. 그럼에도 박사는 단념하지 않습니다. 언젠가는 저 녀석을 패버릴 생각입니다. 그 녀석의 비열하고 탁한 목소리를 바로 지금 라디오에서 듣고 박사는 불쾌해서 견딜 수가 없습니다. 맥주를 벌컥벌컥 마셨습니다. 원래 박사는 술에 그리 강한 편이 아닙니다. 금세 취하고 말았습니다.

점괘팔이 아가씨 하나가 맥주홀에 들어왔습니다. 박사는 여기, 여기, 하고 조그만 목소리로 상냥하게 불러, 넌 몇 살이니? 열셋이라. 그렇구나. 그럼, 이제 5년, 아니 4년, 아니 3년 지나면 시집갈 수 있겠구나. 알겠니. 13에 3을 더하면 얼마냐, 응? 이런 식으로 수학 박사도 술이 취하면 조금은 야해집니다. 좀 지나치게 여자애를 놀려댄 바람에 결국 박사는 여자아이에게 점괘를 사지 않을 수 없는 신세가 되었습니다. 박사는 원래 미신을 믿지 않습니다. 하지만 오늘 밤은, 아까의 라디오 탓도 있고 해서 속이 상해 있었던지라, 문득 그 점괘로 자신의 연구, 운명의 행방을 시험해보고 싶어졌습니다. 사람이란 생활에 파탄이 시작되면, 아무래도 무엇인가의 예언에 매달리고 싶어지는 법입니다. 슬픈 일이지요. 그 점괘는 불길에 쬐어야 나오는 식이었으므로, 박사는 성냥불로 그 점괘 종이를 쬐고 취한 눈을 번쩍 떠서 주시했습니다. 처음에는 무슨 모양 같아서 별생각도 없이 보았는데, 그러는 동안 점차로 명확하게 고풍스러운 글자체의 히라가나가 또렷이 종이에 나타났습니다. 읽어봅니다.

'원하는 대로'

박사는 흐뭇하게 웃었습니다. 아니, 흐뭇하게 정도가 아닙니다. 박사쯤 되는 사람이, 에헤헤헤, 그야말로 품위 없는 웃음을 웃으며, 쑥 목을 길게 빼 주변의 취객을 둘러보았지만, 취객들은 별로 상대해주지도 않습니다. 그래도 박사는 상관치 않고, 취객 하나하나에게, 아아, 원하는 대로, 헤헤헤헤, 죄송합니다, 호호호 하는 등 그야말로 복잡한 웃음을, 젊디젊게 웃음을 흩뿌리며 모두에게 인사를 했고, 이제는 아주 자신감을 회복해서 유유히 그 맥주홀을 나왔습니다.

밖은 넘치는 사람들의 흐름으로 대단했습니다. 이리 밀리고, 저리 밀리고, 모두들 땀에 젖었고, 그러면서도 멀쩡한 모습으로 걷고 있습니다. 걷고는 있지만, 아무것도, 이렇다 할 목적도 없건만, 그래도 모두들 그날이 쓸쓸하기 때문에 무엇인가 은근한 기대를 품고 있었고, 그래서 이처럼 시침 떼고 멀쩡하게 밤의 신주쿠를 걸어보고 있는 것입니다. 아무리 신주쿠의 거리를 오락가락해보지만, 좋은 일이 있을 리가 없습니다. 거야 뭐 정해진 이치지요. 하지만 행복이란 것은, 그것을 은근히 기대할 수 있기만 해도, 그것은 행복인 것입니다. 지금의 세상에서는, 그렇게 생각하지 않아서는 안 됩니다. 노박사는 맥주홀의 회전문에서 빙그르르 하고 배출되고서, 비틀거리며, 그 도시의 쓸쓸한 기러기 떼의 행렬에 섞여 들어, 금방 밀리고 밀쳐지며, 헤엄치는 몰골로 기러기 떼와 함께 흘러갑니다. 하지만, 오늘 밤의 노박사는 이 신주쿠의 대군중 속에서는, 아마도 가장 자신감이 있는 인물일 것입니다. 행복을 잡을 확률이 가장 큰 것입니다. 박사는 때때로 생각을 떠올리고 싱글싱글 웃기도 하고, 혹은 아주 불량소년처럼 서투른 휘파람을 시도해보기도 하는 가운데, 쿵 하고 박사에게 부딪친 사람이 있습니다. 하지만 그런 일은 당연한 것입니다. 이만한 혼잡 가운데서는 부딪치는 것이 당연한 일입니다. 이렇다 할 특별한 건 없습니다. 학생은 그대로 지나치고 맙니다. 잠시 후, 다시, 쿵 하고 박사에게 부딪힌 아름다운 아가씨가 있습니다. 하지만 이 역시 당연한 일입니다. 이만한 혼잡 가운데서는 부딪치는 것이 당연한 일입니다. 뭐라 할 것도 없습니다. 아가씨는 지나갔습니다. 행복은 아직도 유예 중입니다. 변화는 등 뒤로부터 다가왔습니다. 톡톡, 박사의 등을 가볍게 두드리는 사람이 있습니다. 이번에는 진짜입니다."

장녀는 눈길을 내리깔며 여기까지 이야기하더니, 얼른 안경을 벗어서, 손수건으로 안경알을 부지런히 닦기 시작했다. 이것은 장녀가 다소간 멋쩍게 생각할 때면 으레 하는 버릇이다.

차남이 계속했다.

"영, 나로서는 묘사가 시원치 않아서, ―아니, 안 될 것은 없지만, 오늘은, 좀 귀찮으니까, 간단히 해버리겠습니다." 건방지다. "박사가 뒤를 돌아보니, 마흔 가까운, 통통한 마담이 서 있습니다. 아주 기묘하게 생긴 조그만 개를 한 마리 안고 있습니다.

둘은 이런 대화를 했습니다.

―행복하세요?

―그럼, 행복하지, 당신이 사라지고 난 뒤로, 모든 일이 좋아졌고, 모든 것이, 말하자면 바라는 대로야.

―칫, 젊은 애를 맞아들인 거지요?

―나쁜가.

―그럼요, 나쁘지요. 저의 개 취미만 그만두면 언제든 다시

당신한테 돌아가도 좋다고, 그런 약속을 했잖아요.

　─그만둔 게 아니잖나. 뭐야, 이번 개는, 이것도 형편없네. 이건 지독하군. 애벌레라도 먹고 살아가고 있는 느낌이야. 요괴 비슷하잖아. 기분 나빠.

　─그처럼 일부러 창백한 얼굴을 보일 필요 없어요. 그렇지, 프로야, 네 흉을 보고 있는 거란다. 짖어라, 멍 하고 짖어줘.

　─그만둬, 그만둬. 당신은 여전히 정떨어지는 여자군. 당신하고 이야기를 하고 있노라면, 난, 언제나 등줄기가 싸늘해져. 프로라구? 뭐가 프로야. 좀 더 괜찮은 이름을 붙이지 그래. 아무렇게나 붙인 이름이야. 못 참겠네.

　─이름이 어때서요. 프로페서의 프로라구요. 당신을 흠모하고 있는 거예요. 귀엽지 않아요.

　─못살겠군.

　─어머, 어머, 역시, 땀이 많군요. 어머나, 소매 같은 걸로 닦으면 보기 흉해요. 손수건 없어요? 이번 부인은 정신머리가 없군요. 여름 외출에는 으레 손수건 세 장하고, 부채거든요. 나는, 한 번도 그걸 잊은 일이 없다고요.

　─신성한 가정에, 트집을 잡으면 곤란하지. 불쾌해.

　─황송합니다. 자, 손수건, 드릴게요.

　─고마워. 빌려둘게.

　─아주 남이 되어버렸군요.

　─헤어지면 남이야. 이 손수건, 역시 옛날 그대로의, 아니, 개 냄새가 나는걸.

　─억지 부리지 마세요. 생각나죠? 어때요?

―쓸데없는 소리 마. 소양머리 없이.

―어머나, 어느 쪽이요? 역시, 이번 마나님도, 당신한테 아기처럼 아양 부리고 있어요? 관두세요. 그 나이에 볼썽사납게. 꼴사나워요. 아침에 잠든 채로 버선을 신기는 따위.

―신성한 가정에, 트집을 부리면 곤란해. 나는, 지금, 행복하거든. 모든 게 잘 돌아가고 있어.

―그리고, 역시 아침은 수프? 달걀을 하나 넣어요? 둘?

―둘이야. 셋 넣을 때도 있지. 모든 게 당신이 있을 때보다 풍성해. 도무지, 나는, 이제 와 생각해봐도, 당신처럼 말 많은 여자는 이 세상에 별로 없을 것 같다는 생각이 들어. 당신은 어째서 나를 그다지도 지독하게 닦달을 한 거야. 나는, 내 집에 있으면서도, 마치 더부살이하는 기분이었어. 밥 세 공기째 달라고 할 때는 슬쩍 내밀기만 했지. 그건 분명해. 나는 그 무렵 아주 중대한 연구에 착수하고 있었어. 당신은, 그런 건, 조금도 이해하려 하지 않았어, 그저, 뭐, 내 조끼의 단추가 어쩌고저쩌고, 담배꽁초가 어쩌고저쩌고, 그따위 소리를 아침부터 밤까지 주절거리고. 그 바람에 나는, 연구고 무엇이고 엉망진창이었어. 당신하고 헤어지고서, 당장에 나는 조끼의 단추를 몽땅 뜯어내버렸고, 또 담배꽁초를 몽땅 툭툭 커피잔에 던져 넣었지. 그건 매우 유쾌했어, 아주 통쾌했지. 혼자서 눈물이 나도록 크게 웃었어. 나는 생각하면 생각할수록, 당신한테 혼나고 있었던 거야. 자꾸만, 자꾸만 화가 났어. 지금까지도, 나는, 충분히 화가 나 있어. 당신은 도대체 남을 돌볼 줄 모르는 여자야.

―죄송해요. 나, 어렸던 거예요. 용서해주세요. 이제, 이제,

알았어요. 개 따위, 문제가 아니었던 거예요.

　—또 우네. 당신은 언제나 그 수법을 썼어. 하지만, 이젠, 안 돼. 나는, 지금, 만사가 원하는 대로이거든. 어디 가서 차라도 마실까.

　—안 돼요. 저, 이제, 확실히, 알았어요. 당신하고, 나는, 남이 거든요. 아니죠, 예전부터 남이었어요. 마음이 살고 있는 세계 가, 천 리 만 리나 떨어져 있었던 거예요. 함께 있어봐야, 서로 를 불행하게 만들 뿐이에요. 이젠 깨끗이 헤어지고 싶어요, 저 는 말이죠, 곧 신성한 가정을 가지게 돼요.

　—잘될 것 같아.

　—문제없어요. 그분은, 말이죠, 직공이에요. 직공장. 그분이 없으면 공장의 기계가 움직이지 않는데요. 커다란, 산 같은 느 낌의, 착실한 분이에요.

　—나하고는 다르군.

　—네. 학문은 없어요. 연구 같은 건, 하지 않아요. 그렇지만, 매우 솜씨가 좋아요.

　—잘되겠지. 잘 가. 손수건은 빌려둘게.

　—안녕히 가세요. 어머, 허리띠가 풀릴 것 같아요. 매드릴게 요. 정말이지, 언제까지나, 언제까지나, 속을 태우시고. ……마 나님에게, 안부 전해주세요.

　—응, 기회가 있으면, 말이지."

　차남은 훗 하고 입을 다물었다. 그리고 켓 하고 자조自嘲했 다. 24세치고는 꽤 착상이 어른스럽다.

　"난, 이미, 결말을 알아버렸어." 차녀는 젠체하고 그 뒤를 잇는다. "그것은, 아마도, 이럴 거에요. 박사가 그 마담하고 헤어지고 나서, 쫘 하고 소나기를 만나는 거야. 어쩐지 무덥더라니. 산책하는 사람들은 거미 새끼들이 흩어지듯이 좍 흩어지고, 어디로 사라져버린 것인지, 귀신처럼, 바로 조금 전까지 그처럼 많은 사람들이 있었건만, 눈 깜짝할 사이에 온 거리는 한산해지고 신주쿠의 길거리는 빗발만이 하얗게 물보라를 피우고 있었습니다. 박사는, 꽃가게 처마 밑에 어깨를 쪼그리고 비를 긋고 있습니다. 이따금 아까 받은 손수건을 꺼내 잠시 바라보고는, 다시 허둥거리며 주머니에 넣습니다. 문득, 꽃을 살까, 생각합니다. 집에서 기다리고 있는 아내에게 선물로 가져가면, 아마도 아내가 기뻐해줄 것이라고 생각했습니다. 박사가 꽃을 산다는 일은, 이것은 정말이지, 태어나서 처음 있는 일입니다. 오늘 밤은 박사의 행동이 좀 이상합니다. 라디오, 점괘, 전부인, 개, 손수건, 여러 가지 일이 있었습니다. 박사는 꽃집으로 대단한 결의를 하고 들어가고, 그러고는 망설이고, 망설이며, 땀을 뻘뻘 흘려가면서, 그래도 큰 송이의 장미를 세 송이 샀습니다. 엄청 비싼 것에 놀랐습니다. 도망치듯 꽃집에서 나와, 택시를 잡아 총알같이 집으로. 언제나, 따뜻하게, 박사를 돌보며, 모든 것이, 잘 돌아가고 있습니다. 현관에 들어가자마자,

—나 왔어! 하고 큰 소리로 말하며, 대단한 기세입니다. 집 안은 적막합니다. 그래도 박사는 개의치 않고 꽃다발을 들고 방으로 쑥 들어가, 안쪽 서재로 가서는,

—나 왔어. 비를 만나 혼났네. 어때. 장미꽃이야. 모든 게, 원하는 대로 된다는군.

책상 위에 놓여 있는 사진을 향해, 말하고 있는 것입니다. 아까, 깨끗이 막 헤어지고 난 마담의 사진입니다. 아니, 하지만 지금보다 10년 젊었을 때의 사진입니다. 아름답게 미소 짓고 있었습니다." 대략 이런 거 아니겠어, 하는 식으로, 나르시시스트는 다시금 집게손가락으로 건방지게 턱을 받치며, 온 방 안을 훑어보았다.

"응, 대체로," 맏형은 "그 정도면 좋겠지. 하지만, ―" 맏형은 맏형으로서의 위엄을 유지하지 않으면 안 된다. 맏형은, 동생들에 비해 볼 때, 공상력은 풍부하지 않았다. 이야기의 줄거리는 서투르기 짝이 없었다. 재능이 빈약한 것이다. 하지만 맏형은 그런 일로 동생들에게 업신여김을 받을 수는 없다. 반드시 마지막으로 한마디, 사족을 붙인다. "하지만, 말이야. 너희들은 한 가지 중요한 점을 빠뜨리고 있어. 그것은, 그 박사의 용모에 관해서야." 별것도 아니었다. "이야기에는 용모가 중대한 거야. 용모를 이야기함으로써 그 주인공에게 육체감을 주고, 또 듣는 이에게 그의 근친 누군가의 얼굴을 떠올리게 만들어서, 이야기 전체에, 인티메이트한, 남의 이야기가 아닌 듯한 생각을 품게 만들 수가 있는 거지. 내 생각에 의하면, 그 노박사는 키 156센티미터, 체중 48킬로그램, 상당히 작은 남자야. 용모에 대해서 말하자면, 이마는 환하게 높고, 눈썹은 옅고, 코는 작고, 큰 입은 야무지게 다물고, 미간에는 주름, 흰 볼수염은 풍성하게 자라고, 은테 돋보기를 끼고, 무엇보다도 둥근 얼굴이야." 이것은 별게 아니라, 맏형이 존경하고 있는 입센 선생의 얼굴이다. 맏형의 상상력은, 이처럼 시시하다. 역시, 사족이라는 느낌이 있다.

이렇게 해서 이야기가 끝난 것인데, 끝나고 만 순간, 다시, 그들은 더욱 엄청나게 따분해진 것이다. 한바탕의 소소한 흥분 뒤에 오는 권태, 황량, 뭐라 말할 수 없는 기분이다. 5형제, 한 마디라도 말을 꺼냈다가는 금방 치고받는 싸움이라도 시작될 것 같은, 험악한 분위기에 견딜 수가 없었다.

어머니는, 홀로 떨어져 앉아서, 다섯 형제들의 각각의 성격이 나타나 있는 이야기를 시종 싱글벙글 웃으며 즐기고 있었는데, 이때, 슬그머니 일어서서 장지문을 열고서, 환히 얼굴빛을 바꾸며,

"어머, 문 앞에 코트를 입은 이상한 할아버지가 서 있네."

다섯 형제가 깜짝 놀라서 일어섰다.

어머니는, 홀로 몸도 가누지 못할 정도로 크게 웃었다.

(1939년 5월)

신록의 말 新樹の言葉

    고후는 분지다. 네 변이 모두 산이다. 소학생 때, 지리에서 처음으로 분지라는 말을 접하면서, 선생님에게 온갖 설명을 다 들었지만, 도저히 그 제 모습을 상상해볼 수가 없었다. 고후에 와보고서야, 비로소, 아하 그렇구나 하고 이해가 되었다. 아주 큰 늪을 퍼내고 말려서, 그 늪의 바닥에 논을 만들고 집을 지으면, 그것이 분지다. 하긴, 고후 분지만큼 커다란 분지를 만들자면, 주변 50~60리나 되는 널따란 호수를 파서 말려야 할 것이다.

    늪의 바닥이란 소리를 하고 보면, 고후도 왠지 음침한 느낌이 들겠지만, 실은, 화려하고, 조그맣고, 활기 있는 거리다. 사람들은 곧잘, 고후를, '절구의 바닥'이라고 평하지만, 당치도 않은 말이다. 고후는 좀 더 멋쟁이다. 실크해트를 뒤집어, 그 모자 바닥에, 아주 조그마한 깃발을 세우고서, 이게 고후다, 하고 생각하면 틀림이 없다. 깨끗하게 문화가 배어들어 있는 거리다.

이른 봄 무렵, 나는 이곳에서 잠시 일을 하고 있었다. 비가 내리는 날, 우산도 쓰지 않고 목욕탕에 갔다. 목욕탕은 바로 가까운 곳에 있었기 때문이다. 도중에, 우비를 입은 우편배달부와 문득 얼굴이 마주치자,

"아, 잠시만요" 하고 우편배달부가 조그마한 목소리로 나를 불러 세웠다.

나는 놀라지 않았다. 무엇인가, 나에게 우편물이 왔구나 생각하고, 방긋도 하지 않고, 잠자코 손을 내밀었다.

"아닙니다, 오늘은 우편물이 오지 않았어요." 그렇게 말하고 미소 짓는 우편 배달부의 코끝에, 빗방울 하나가 반짝이고 있었다. 22, 3세의 볼이 발간 청년이었다. 귀여운 얼굴을 하고 있었다.

"선생님은, 아오키 다이조 씨, 맞지요?"

"네, 그런데요." 아오키 다이조라는 것은 나의 원래의 호적 이름이다.

"꼭 닮았거든요."

"뭐가요?" 나는 좀 당황했다.

배달부는 싱글벙글 웃고 있다. 비에 젖으면서, 두 사람은, 한 길에서 서로 마주 본 채로, 잠시 잠자코 있었다. 어색한 기분이었다.

"코키치 씨를 아십니까." 매우 친근하다는 듯이, 조금은 놀

리는 듯한 말투로, 이렇게 말했다.

"나이토 코키치 씨를 아시지요?"

"나이토 코키치, 말인가요?"

"네, 그래요." 배달부는, 이젠 내가 알고 있는 것으로 확신한 듯, 자신만만하게 수긍한다.

나는 조금 생각하고 나서,

"모르겠는데요."

"그래요?" 이번에는 배달부도 고개를 갸웃하고 나서, "선생님은, 고향이 츠가루 쪽이시죠?"

좌우간 이렇게 비를 맞아서는 안 되겠으므로, 나는 살짝 두부집 처마 밑으로 피해 들어가,

"이리 와요. 비가 심해졌네요."

"네" 하고 순순히, 나와 나란히 두부집 처마 밑을 들어와, "츠가루시죠."

"맞습니다." 스스로도 아차, 하고 생각할 정도로 못마땅한 대답을 해버렸다. 한마디라도 고향 소리가 났다 하면, 나는 금세 풀이 죽는다. 아픈 것이다.

"그렇다면, 틀림없군요." 배달부는 복숭아꽃 볼에다, 볼우물을 지어가며 웃었다. "선생님은 코키치 씨의 형입니다."

나는 공연히 뜨끔하면서, 언짢은 기분이 들었다.

"이상한 말을 하시네요."

"아뇨. 뭐, 그게 틀림없습니다." 혼자서 신나서 떠들고, "닮았어요. 코키치 씨, 좋아하겠네."

제비처럼, 휙 몸을 날려, 비 오는 길거리로 뛰어나가며,

"그럼, 또 봐요." 조금 달리다 뒤돌아보며, "곧장 코키치 씨한테 알려드릴게요, 네."

우두커니 두부집 처마 밑에 남겨진, 나는 꿈을 꾸는 것 같았다. 백일몽. 그런 기분이 들었다. 어지간히 리얼리티라곤 없는 말 같지 않은 소리였다. 좌우간, 목욕탕으로 달려가, 욕탕 속에 잠기면서, 천천히 생각하는 사이에 불쾌해지기 시작했다. 메슥거려왔던 것이다. 내가 조용하게 낮잠을 자고 있으면서, 아무 짓도 하지 않았는데, 벌 한 마리가 날아와서, 내 뺨을 콕 찌르고 날아갔다, 그런 느낌이었다. 그야말로 재난 아닌가. 도쿄에서의 이런저런 공포를 피해서, 고후에 살그머니 와가지고, 거처 같은 것도 알리지 않은 채, 조금은 마음을 가라앉혀, 조금씩 일을 진행해, 그런대로 일의 진도도 잘 나가고 있어서 은근히 좋아하고 있었건만, 이건 정말 생각지도 않은 재난이다.

전혀 알지도 못하는 사람이, 줄줄이 눈앞에 나타나더니, 나에게 웃음을 던지고, 말을 걸고, 나는 그 귀신들에게 포위를 당해, 뭐라고 인사해야 할지도 모르고, 어쩔 줄 몰라 하는 그림은, 상상만 해도 불유쾌하다. 일이고 뭐고 알게 뭐냐. 적당히 나를 휘저어놓고 나서, 아이고, 정말이지, 사람을 잘못 보았습니다, 하고 물러날 것이 틀림없는 것이다. 나이토 코키치라. 아무리 생각해도, 그런 사람은 모른다. 게다가 형제라니, 어처구니없다. 사람을 잘못 본 것이 틀림없다. 어차피 만나보면, 모든 일에 흑백이 지어질 것이다. 그렇다고는 하지만, 이 불쾌감, 어떻게 해줄 거야. 알지도 못하는 사람이, 형님, 반갑습니다 어쩌고 한다니, 말도 안 되는 이야기다. 정떨어진다. 흐리멍덩하고,

끈적끈적하는 것이, 희극도 아니다. 무지하다. 싸구려다.

참을 수 없는 굴욕감을 가지고 탕에서 나와, 탈의장 거울에 내 얼굴을 비춰 보니, 나는 흉악한 얼굴을 하고 있었다.

불안하기도 하다. 오늘의 이 뜻밖의 사건 때문에, 내 생애가 다시 역전해서, 지독한 구렁텅이로 빠져드는 것이 아닐까 하고, 과거의 비참한 일도 떠오르면서, 이러한 난제, 분명 이것은 난제다. 그 웃어버릴 수 없는 허망하기 짝이 없는 난제를 해소할 길 없어, 마침내 기분이 험악해져서, 집에 돌아오고 나서도, 무의미하게, 막 쓰다 만 원고지를 박박 찢고 있는 동안에, 이 재난에 빌붙어볼까, 하는 비열한 근성도 고개를 쳐들면서, 이런 불유쾌한 마음으로 일을 할 수는 없지, 변명처럼 중얼거리고 나서, 벽장에서 고슈^{甲州}산 백포도주 됫병을 끄집어내어, 찻잔으로 벌컥벌컥 마시고, 취기가 오르자 이불을 뒤집어쓰고 자고 말았다. 이 역시 엄청, 바보스러운 남자다.

하녀가 깨우러 왔다.

"여보세요, 손님입니다."

왔구나, 하고 벌떡 일어나면서

"들어오시라고 해."

전등이 훤하게 켜져 있었다. 장지문이 엷은 황색이다. 6시쯤 되었을까.

나는 재빨리 이부자리를 벽장 속에 쑤셔 넣고, 방을 대강 치우고서, 하오리를 걸치고, 하오리 끈을 맨 다음, 책상 곁에 반듯하게 앉아 대비를 했다. 설마하니, 이러한 기묘한 경험은, 나로서는, 평생에 두 번 다시 없을 것이다.

손님은 혼자였다. 구루메가스리를 입고 있었다. 하녀의 안내로, 잠자코 내 앞에 앉아, 공손하게, 긴 절을 했다. 나는 조급해져 있었다. 제대로 절도 받지 못하고,

"사람을 잘못 봤습니다. 죄송하지만, 사람을 잘못 봤습니다. 우스꽝스러운 일입니다."

"아닙니다." 낮은 목소리로 그렇게 말하고 절을 한 그 자세로 쳐다보는 얼굴은 단정했다. 눈이 너무 커서, 좀 약한 듯한 이상한 느낌을 주기는 하지만, 이마도, 코도, 입술도, 턱도 조각이라도 한 듯 선이 분명했다. 조금도 나하고는 닮지 않은 것이다. "오츠루의 아들입니다. 잊어버리셨습니까. 어머니는, 형님의 유모였습니다."

확실하게 하는 그 말을 듣자, 아, 하고 떠오르는 것이 있었다. 펄쩍 뛸 듯이 강한 충격을 받았다.

"그래, 그런가, 그렇습니까." 나는 스스로도 꼴불견스러울 정도로 큰 소리로 웃기 시작했다. "이건, 지독하군, 정말이지, 지독해. 그랬구나, 정말입니까?" 달리 할 말이 없었다.

"네." 코치키도 흰 이를 드러내며, 밝게 웃었다. "언젠가 만나뵙고 싶었습니다."

좋은 청년이다. 이 사람은 좋은 청년이야. 나는 첫눈에 그것을 알아차렸다. 온몸이 마비될 정도로, 말하자면, 나로서는 만세였다. 대환희, 그런 말이 딱 들어맞는다. 숨 막힐 정도의 환희 말이다.

나는 태어나자마자 유모에게 맡겨졌다. 이유는 잘 알 수가 없다. 어머니가 약했던 것일까. 유모의 이름은 '츠루'라고 했

다. 츠가루 반도의 어촌 출신이다. 아직 젊었던 것 같다. 남편과 아이가 연이어 죽고 홀로 있는 것을 우리 집에서 발견해 고용했던 것이다. 이 유모는 시종, 나를 완강하게 떠받들어주었다. 세상에서 가장 훌륭한 사람이 되어야만 한다. 그렇게 늘 가르쳤다. 츠루는, 나의 교육에 전념했다. 내가 대여섯 살 때, 다른 하녀에게 응석을 부리거나 하면, 진심으로 걱정을 하면서, 저 하녀는 착하다, 저 하녀는 나쁘다, 어째서 착하냐 하면, 어째서 나쁜가 하면, 이렇게 일일이 나에게 어른의 도덕을, 정좌하고 앉아 가르쳐주었던 일을, 나는 아직 잊지 않고 있다. 여러 가지 책을 읽어주며, 한시도 나를 내버려두지 않았다.

여섯 살 때의 일로 생각된다. 츠루는 나를 마을의 소학교로 데리고 가서, 분명 3학년 교실 뒤쪽 비어 있던 책상에 앉혀서 수업을 받게 했다. 읽기는 할 수 있었다. 별스럽지 않게 할 수 있었다. 하지만, 산수 시간이 되어, 나는 울었다. 조금도, 아무것도 할 수 없었다. 츠루도 유감스러웠을 것이 틀림없다. 나는 그때, 츠루를 볼 면목이 없어, 몹시 대단히 울었다. 나는 츠루를 어머니라고 생각했다. 나의 진짜 어머니를, 아, 이 사람이 어머니로구나, 하고 처음으로 알게 된 것은, 그로부터 훨씬 뒤의 일이다. 어느 날 밤, 츠루가 사라졌다. 꿈결처럼 기억하고 있다. 입술이 싸늘하게 차갑기에 눈을 떠보니, 츠루가 베갯머리에 반듯하게 앉아 있었다. 하지만, 츠루는 빛을 발하듯이 아름답고 희게 차려입고서, 마치 다른 사람인 것처럼 차갑게 앉아 있었다.

"안 일어날래?" 작은 목소리로 이렇게 말했다.

나는 일어나야겠다고 노력은 해보았지만, 졸려서 도저히 그렇게 할 수가 없었다. 츠루는 살그머니 일어서서 방을 나갔다. 이튿날 아침, 일어나보니, 츠루가 집에서 사라진 것을 알고, 엄마가 없어, 엄마가 없어졌어, 하고 엄청 울며 뒹굴었다. 어린 나이에도, 그야말로 단장斷腸의 마음이었던 것이다. 그때, 츠루의 말대로 일어나주었더라면 어찌 되었을까, 이를 생각하면, 지금까지도 나는 슬프고, 원통하다. 츠루는 먼 고장으로 시집을 간 것이다. 그 이야기는 훨씬 후에 들었다.

내가 소학교 2, 3학년 무렵, 대보름 때, 츠루가 우리 집에 한 번 왔다. 완전히 다른 사람이 되어 있었다. 하얗고, 자그마한 사내아이를 데리고 왔다. 부엌의 아궁이 곁에 그 사내아이와 둘이 나란히 앉아서, 손님처럼 얌전히 있었다. 나를 향해서도, 공손히 절을 하는 등, 참으로 서먹서먹했다. 할머니가 자랑스럽게, 나의 학교 성적을 츠루에게 이야기하고 있기에, 내가 나도 모르게 싱글거리고 있었더니, 츠루는 나를 똑바로 보면서, "시골에서는 1등이라지만, 다른 곳에는, 좀 더 잘 하는 아이들이 많이 있는 거란다" 하고 가르쳤다.

나는 정신이 버쩍 들었다.

그 뒤로, 츠루를 보지 못했다. 세월이 지남에 따라, 츠루에 대한 기억이 희미해지고, 내가 고등학교에 들어간 해, 여름방학에 고향에 돌아와, 츠루가 죽었다는 것을 집안사람들에게서 들었지만, 별로 울지도 않았다. 츠루의 남편은, 고슈의 가이甲斐 비단 도매상 지배인으로, 아내가 죽고 아이도 없어서, 그대로 나이 많은 독신자로서, 1년에 한 번씩, 내 고향으로 사업차 출장을 왔고, 그러는 사이 연을 맺어주는 사람이 나와서, 츠루와 맺어졌다. 그런 사실도 그때 처음 알았을 정도이고, 집안사람까지도 그 이상의 사정은 그리 깊이 모르는 모양이었다. 10년이나 떨어져 있었으므로, 츠루가 죽어도, 살아도, 나의 실감으로서 남아 있는 점은, 열성스러운 교육 마마였던 젊었을 때의 츠루뿐, 그것을 그리워하는 마음은 있지만, 그 이외의 츠루는, 전혀 남이었으므로, 츠루가 죽었다는 말을 듣고서도, 아, 그랬군, 하고 생각했을 뿐, 별 충격은 받지 않았던 것이다. 그로부터 다시 10년, 츠루는 나의 아스라이 먼 추억 속에 조그맣게, 그러나 결코 꺼지지 않고 거룩하게 빛나고 있지만, 그 모습은 순수하게 추억 속에 완성되어 고정되어버렸는지라, 설마하니, 지금의 이 현실의 생활과 연결될 것이라고는 생각도 못 한 것이다.

"츠루는, 고후에 있었나요?" 나는 그것조차 알지 못했다.

"네, 아버지가 이 고장에서 점포를 열고 있었으니까요."

"가이 비단 도매상에서 일하셨지요. ─" 츠루의 남편이, 가이 비단 도매상 지배인이었다는 이야기는, 나도 전에 집안사람들에게 들은 일이 있으므로, 그것은 잊지 않고 알고 있었다.

"네, 야무라谷村의 마루산丸三이라는 가게에서 일하시다가, 후에, 독립해서, 고후에서 양복점을 시작하셨습니다."

말투가, 살아 있는 사람 이야기를 하는 것 같지 않았으므로,

"건강하신가요?"

"저, 돌아가셨습니다." 분명하게 대답하고서는 좀 쓸쓸한 듯이 웃었다.

"그럼, 양친 모두?"

"그렇습니다." 코키치 씨는 담담하게 말했다. "어머님이 돌아가신 것은 아시지요?"

"알고 있습니다. 내가 고등학교에 들어간 해에 들었습니다."

"12년 전입니다. 내가 열셋이고, 마침 소학교를 졸업한 해지요. 그리고 5년 지나, 내가 중학교를 졸업하기 직전에, 아버지는 미쳐서 돌아가셨습니다. 어머니가 돌아가시고 나서는, 영기운이 없으신 것 같았는데, 그러고는 좀, 놀기 시작하신 모양입니다. 점포는 상당히 컸지만, 계속해서 쇠퇴하기만 했지요. 그 무렵은 전국적으로 양복점이 시원찮던 시절이었던 것 같았습니다. 여러모로 괴로운 일도 있었겠지만, 고약한 죽음이었습니다. 우물에 빠지셨어요. 세상에는 심장마비라는 것으로 해두었지만요."

난처해하는 기색도 없고, 그렇다고 해서 폭로증 같은 거칠고 자포자기적인 말투도 아니고, 무심하게 사실을 간결하게 말하고 있는 태도다. 나는, 그의 말에서, 상쾌함을 느낄 정도였지만, 그렇다고 남의 집의 세세한 사정까지 터치하는 것은, 나로서는 불안하고 싫으므로 금방 화제를 바꾸었다.

"어머니는 돌아가신 연세가 어찌 되시나요?"

"어머니요, 어머니는 36세에 돌아가셨습니다. 훌륭한 어머니였지요. 돌아가시기 직전까지 형님의 이름을 말씀하셨어요."

이렇게, 대화가 끊어지고 말았다. 내가 잠자코 있자, 청년도 입을 다물고 조용히 있다. 내가 언제까지나 할 말을 찾지 못하

고 안타까운 마음으로 있었더니,

"나가시지요. 바쁘신가요?"라고 말하며 나를 구원해주었다.

나도 안도하며,

"네, 나갑시다. 함께, 저녁밥이라도 먹을까요?" 훌쩍 일어나서, "비도 그친 것 같군요."

둘이 나란히 집을 나섰다.

청년은 웃으면서,

"오늘 밤엔 말이죠, 계획이 있거든요."

"아, 그래요." 나에게는 이제, 아무런 불안도 없었다.

"잠자코 따라와주세요."

"알았어요. 어디든 가지요." 하던 일을 모두 희생하더라도 후회할 일은 없다고 생각했다.

걸으면서,

"하지만, 용케 만났네요."

"네, 이름은 전부터 어머니에게 아침저녁으로 듣고 있었던지라, 실례지만, 진짜배기 형 같은 기분이 들어서, 언젠가는 만날 수 있을 것이라고, 기묘하게 낙관하고 있었지요. 이상도 하지요? 언젠가는 만날 수 있을 것이라고 확신하고 있었기에, 저는 태평스러웠거든요. 나만 건강하게 살고 있으면 하고요."

문득, 나는 눈시울이 뜨거워지는 것을 의식했다. 이처럼 은근히 나를 기다리고 있는 사람도 있었다니, 살아 있기를 잘했군, 하고 생각했다.

"내가 열 살이고, 자네가 셋, 아니면 네 살 때, 한 번 만난 일이 있지 않았나. 어머니가, 대보름때, 조그맣고 살갗이 흰 아이를 데리고 왔는데, 그 아이가 매우 얌전해서, 나는 잠시 그 아이를 질투했거든. 그게 자네였던 것이 아닐까."

"저일지도 모르죠. 잘 기억이 나지 않거든요. 다 자란 다음에 어머니가 그렇게 말씀하는 바람에, 어렴풋이 생각나는 것 같기도 하고요. 좌우간, 긴 여행이었는데, 집 앞에 예쁜 개울이 흐르고 있었어요."

"개울이 아니지, 그건 큰 도랑이었어. 정원 연못의 물이 넘쳐서, 그쪽으로 흐르고 있었던 거야."

"그랬군요. 그리고 커다란 배롱나무가 집 앞에 있었고, 빨간 꽃이 많이 피어 있었고요."

"배롱나무라, 아닐걸. 자귀나무라면 한 그루 있었지. 게다가, 자네는 그 무렵 작았기 때문에, 도랑도 나무도 모두 크게 보인 것이겠지."

"그럴지도 모르죠." 코키치는 순순히 끄덕이며 웃고 있다. "그 밖의 것들은 조금도, 아무것도 기억하지 못합니다. 형님의 얼굴 정도는 기억해두어도 좋았을 텐데."

"셋이나 넷 무렵이면, 기억이 없는 것이 당연하지 않나. 하지만, 어때, 처음으로 만난 형이라는 작자가, 저따위 싸구려 여인숙에서 뒹굴뒹굴하고 있고, 풍채도 시원치 않고, 섭섭하지 않나."

"아니요." 분명히 부정하기는 했지만, 어딘지 거북스러워 보였다. 좀 섭섭했던 거다. 이런 사람이 있을 줄 알았으면, 나는 하다못해 중학교 선생쯤은 되어 있었어야 했는데, 하고 나도 분하게 생각했다.

"아까의 그 우편배달부는, 자네 친구인가?"

"네." 코키치는 환한 얼굴이 되었다. "친구입니다. 하기노 군이라고 합니다. 좋은 친구지요. 그 친구는, 이번에 큰 공을 세웠어요. 전부터, 제가, 그 친구한테, 형님에 대한 이야기를 하고 있었고, 그 친구도 형님의 이름을 알고 있었는데, 종종 형님에게 우편물을 배달하고 있는 중에, 문득, 이 사람이 아닐까 생각했다는 겁니다. 대엿새 전, 저한테 와서, 그런 말을 하기에, 저도 가슴을 울렁거리며, 어떤 사람이더냐고 물었더니, 그저 여인숙에 우편물을 던져 넣기만 해서, 얼굴은 본 일이 없다는 겁니다. 그렇다면, 이번에는 생김새를 은근히 알아봐달라, 만약에 다른 사람이면 큰 추태가 아니겠느냐며, 누이하고 함께 난리가 났지요."

"누이도, 있나?" 나의 기쁨은 더더욱 더해졌다.

"네. 저하고 네 살 차이지요. 스물하나입니다."

"그럼, 자네는," 나는 갑자기 볼이 달아오르는 바람에 당황해서 엉뚱한 소리를 한 것이다. "스물다섯이로군. 나하고는 여섯 살 차이네. 어디에 근무하나?"

"이 백화점입니다."

눈을 들어 보니, 5층짜리 다이마루 백화점의 창문에 화려하게 등불이 밝혀져 있다. 어느새, 주위는 사쿠라마치櫻町. 고후에서 가장 번화한 거리로서, 이 고장 사람들은 고후 긴자銀座라고 부르고 있다. 도쿄의 도겐자카道玄坂를 깔끔하게 정돈해 놓은 듯한 번화가다. 길 양쪽을 줄줄 흘러 다니고 있는 인파도 여유가 있고, 또한 어딘지 세련되었다. 노점 꽃집에는 어느새

200

철쭉이 나와 있다.

백화점을 따라 오른쪽으로 꺾어지니 야나기마치柳町다. 이곳은 조용하다. 하지만, 양쪽 집들은 모두가 거뭇거뭇한 노포들이다. 고후에서는 가장 품격 높은 거리일 것이다.

"백화점은, 지금, 한창 바쁘겠군. 경기도 좋겠지?"

"아주 대단합니다. 얼마 전에도 구입을 하루 일찍 한 덕분에, 3만 엔 가까이 벌었지요."

"오래 근무했나?"

"중학교*를 졸업하고서 바로지요. 집이 없어지는 바람에, 주변 사람들에게 동정을 받게 되고, 아버지의 친지들의 도움도 있고 해서, 저 백화점 양복점에 들어갈 수 있었던 겁니다. 모든 분이 친절합니다. 누이도 1층에서 일하고 있고요."

"장하네." 입에 발린 소리가 아니었다.

"철부지라, 형편없어요." 갑자기 어른스러운, 점잖은 소리로 말하는 바람에, 나는 우스웠다.

"아니지, 자네는 장해. 조금도 움츠러들 것 없어."

"할 수 있는 만큼, 하고 있을 뿐이에요." 조금 어깨를 펴며 그렇게 말하더니, 멈춰 섰다. "여깁니다."

보니, 이 역시 거무스름한 문이 있는 앞면이 10간**쯤 되는 고풍스러운 요정이었다.

"너무 고급이야. 비싸지 않은가?" 내 지갑에는 5엔 지폐 한

---

* 당시의 중학교는 중학교와 고등학교를 합친 형태였다.
** 間. 척관법에서 사용하는 길이의 단위로 1간은 약 1.8미터.

장과, 그리고 잔돈이 2, 3엔 있을 뿐이었다.

"괜찮아요. 상관없습니다." 코키치는 묘하게 고집한다.

"비쌀걸, 분명, 이 집은……" 나는 좀처럼 마음이 내키지 않았다. 커다란 붉은색 액자에, 새겨져 있는 망부각望富閣이라는 이름에서 엄청 어마어마하고, 비쌀 것으로 여겨졌다.

"저도, 처음이거든요." 코키치는 조금 움찔하며, 그렇게 조그만 목소리로 속삭였고, 그러고 나서 잠시 생각 끝에 다시, "괜찮아요, 상관없어요. 여기가 아니면 안 됩니다. 자, 들어가시지요."

무엇인가 사연이 있는 것 같았다.

"괜찮을까." 나는 코키치에게도 그리 돈을 쓰게 하고 싶지 않았다.

"처음부터 계획하고 있었던 거랍니다." 코키치는 분명한 어조로 말했다. 그러더니 자신의 흥분을 알아차리고, 부끄러운 듯이, 웃기 시작, "오늘 밤에는, 어디든 함께해주시기로 약속하지 않았던가요."

그 소리를 듣고 나도 결심했다.

"그래, 들어가지." 대단한 결의다.

요정에 들어가고 보니, 코키치는 이곳에 처음 온 사람 같지가 않았다.

"바깥쪽 2층 8조 방이 좋겠네."

안내하는 하녀에게, 그런 말을 했던 것이다.

"야, 계단도 넓혀놓았네."

그리운 듯이, 두리번거리며 주변을 훑어보고 있다.

"뭐야, 처음이 아닌 것 같은데?"

"아니요, 처음이에요." 그렇게 대답하면서, "8조는 어두워서 안 좋을까? 10조 쪽은 비어 있을까?"라는 둥, 하녀에게 묻고 있다.

바깥채 2층 10조 방에 안내받았다. 좋은 방이다. 란마欄間[*]도, 벽도, 벽장도 오래되고, 무게가 있어 싸구려가 아니다.

"여기는 조금도 달라지지 않았네." 코키치는 나와 탁자를 사이에 두고 마주 앉아, 천장을 쳐다보기도 하고, 뒤돌아서 란마를 바라보기도 하고, 들뜬 모양으로 그런 말을 중얼거리고, "엇, 장식간이 좀 달라졌나?"

그러고 나서, 내 얼굴을 똑바로 쳐다보면서, 방글방글 웃으면서,

"여기는 말이죠, 저의 집이었어요. 언젠가 한번은 와봐야겠다고 생각하고 있었지요."

그 말을 듣자, 나도 갑자기 흥분했다.

"아, 그랬군. 어쩐지 집의 구조가 요릿집 같지가 않더라니. 아, 그랬구나." 나도 새삼스럽게 방 안을 둘러보았다.

"이 방에는 말이죠, 가게의 물건들이 잔뜩 쌓여 있어서, 우리는, 그 옷감을 가지고 산을 만들기도 하고 골짜기를 만들기도 하면서 놀았답니다. 이쪽은 이렇게 햇볕이 잘 들지 않아요? 그래서, 어머니는, 딱 형님이 앉아 계신 그 언저리에 앉아서, 곧잘

---

[*] 방문의 상인방과 천장 사이에 통풍과 채광을 위해 마련한 교창交窓 부분.

옷을 만들곤 했지요. 10년도 더 된 옛날이지만, 이 방에 들어와 보니, 역시 옛날 일들이 하나하나 생생하게 떠오르는군요."

조용히 일어나, 한길로 면한, 밝은 장지를 조금 열어보고서,

"아, 맞은편도 똑같네요. 구루시마 씨네, 그 옆이 실 가게, 또 그 옆이 저울집. 조금도 달라지지 않았군요. 야, 후지가 보인다." 내 쪽으로 얼굴을 돌리고,

"똑바로 보여요. 한번 보세요. 옛날하고 똑같네요."

나는 아까부터 참을 수가 없었다.

"자, 돌아가지. 안 되겠어. 여기서는 술도 마실 수 없겠군. 이젠 알았으니, 돌아가기로 하지." 불쾌하게 느끼게까지 된 것이다. "안 좋은 계획이었군."

"아닙니다. 감상 따위는 없어요." 장지문을 닫으며, 탁자 곁으로 와 모로 앉으며, "뭐, 이제는 어차피 남의 집입니다. 하지만, 오랜만에 와보니, 모든 것이 신기하고, 저는 기쁩니다." 거짓 없이 마음 깊이까지 기쁜 듯 미소 짓고 있었다.

조금도 구애되지 않은 그 태도에, 나는 신음이 나오도록 감탄했다.

"술, 하십니까? 저는 맥주라면 조금은 마시지만요."

"일본술은, 안 하나?" 나도, 여기서 마시기로 마음먹었다.

"즐기지는 않아요. 아버지가 주정뱅이였던지라." 그렇게 말하고는 귀엽게 웃었다.

"나는 술주정은 안 하지만, 꽤 좋아하는 편이지. 그럼 나는 술을 마실 테니, 자네는 맥주를 하라고." 오늘 밤은 퍼마셔도 좋다고, 스스로에게 허가를 했다.

코키치는 하녀를 부르려고 손뼉을 쳤다.

"자네, 거기 초인종이 있지 않은가."

"아, 그렇네요. 우리 집이었을 때에는 이런 게 없었거든요."

둘은 웃었다.

그날 밤, 나는 어지간히 취했다. 게다가 뜻밖에도 고약하게 취했다. 자장가가 나빴던 거다. 나는 취해서 노래를 한다는 따위의 짓은 절대로 하지 않는데, 그날 밤은 어찌 된 셈인지, 문득 "고향의 신사神社에서 뭘 받았지, 둥둥 울리는 북" 등 엉터리로 노래를 시작했고, 코키치도 낮은 소리로 이에 화답했는데, 그게 안 좋았다. 쿵 하고 온 세상의 감상을 홀로 진 것 같은 기분이 들어 도저히 견뎌내기 힘들었다.

"하지만, 좋다, 좋아. 젖 형제라는 건 좋은 거야. 핏줄이란 건 말이야, 좀 지나치게 짙어서 말이야, 끈적거려대는 게 지겹거든. 하지만, 젖 형제라는 것은 젖줄 아닌가. 상쾌하고 좋아. 아, 오늘은 참 좋았어." 이런 소리를 하면서, 당면해 있는 애달픈 마음에서 도피해보려고 애써보지만, 좌우간, 아무래도, 유모인 츠루가 매일 열심히 바느질을 하고 있었다는 바로 그 자리에 책상다리를 하고 앉아 술을 마시고 있어 가지고는 얌전하게 취할 도리가 없었다. 문득 보니, 바로 곁에, 등을 둥그렇게 하고서 바느질을 하는 유모가 앉아 있는 것 같아서, 도저히 차분하게, 코키치하고 이야기할 수가 없었다. 혼자서 벌컥벌컥 마시고, 그러다가, 코키치를 상대로 마구 트집을 잡아가며, 약자 골리기를 시작했다.

"이봐, 아까도 말했지만, 자네는 나를 만나서, 얼마나 낙심을 했겠냔 말이야, 아니, 아니, 알고 있어. 변명은 듣고 싶지 않다고. 내가 대학 선생쯤 되었더라면, 자네는 좀 더 일찍, 내 도쿄의 집을 찾아냈을 것이고, 그리고, 자네는 자네 누이동생을 데리고 둘이서 나를 찾아왔을 거야. 아니, 변명은 듣고 싶지 않다니까. 그런데 말이야, 내가 지금, 이렇다 할 집도 없지. 정말, 내 생각에도 별 볼 일 없는 작가거든. 조금도 유명하지도 않고 말이야. 나한테는 아오키 다이조라는 이름 말고, 또 하나, 소설을 쓸 때만 사용하는, 이상한 이름이 있지. 있지만, 그건 말 안 하겠어, 말해봤자, 어차피 자네는 알 턱이 없지. 한 번도 들어보지 못한 이상한 이름 말이야. 말하는 것만 손해지. 하지만, 자네, 경멸해서는 안 되는 거야. 세상에는, 우리 같은 종류의 인간도 필요한 법이지. 없어서는 안 될, 중요한 톱니바퀴의 하나야. 나는 그렇게 믿고 있어.

그래서, 괴로워도 이렇게 버텨내며 살고 있는 거야. 죽지 않을 거야. 자애. 인간은 이걸 잊어서는 안 되는 거야. 결국, 믿을 것이라곤, 이 기분 하나지. 앞으로 나도 위대해질 거야. 뭐야, 이까짓 집 한둘쯤은 거뜬히 되사고 말 거야. 풀 죽지 마, 풀 죽지 말라고. 자애. 이것만 잊지 않으면 문제없어." 이렇게 말하면서, 견딜 수 없게 되어버렸다.

"풀 죽으면 안 되는 거야. 알겠나, 자네 아버지, 그리고 자네 어머니, 이렇게 두 사람이 힘을 합쳐 이 집을 지었지. 그리고 운수 사납게, 다시 이 집을 내놓은 거야. 하지만, 내가 만약에 자네 아버지, 어머니였다면, 별로 그걸 슬퍼하지 않을 걸세. 아이가 둘 다 훌륭하게 성장해서, 남에게 손가락질 받지 않으며,

상쾌하게 그날그날을 살아가고 있다면, 이처럼 기쁜 일이 없지 않은가. 대승리야. 빅토리지. 뭐야, 이까짓 집 한두 채 가지고 집착해서는 안 되는 거야. 집어던지라고. 과거의 숲 따위는. 자 애야. 내가 있지 않나. 울면 되나." 울고 있는 것은 나였다.

그러고는 엉망진창이었다. 무슨 소리를 했는지, 어떤 짓을 했는지, 나는 거의 기억하지 못한다. 한번은 화장실에 갔는데, 코키치가 안내를 했다.

"뭐든지 다 알고 있네."

"어머니는, 화장실을 가장 깨끗하게 청소하셨거든요." 코키치는 웃으면서 그렇게 대답했다.

그 일과, 또 한 가지. 취해 떨어져서, 그대로 뒹굴고 있었는데, 베갯머리에서,

"하기노 씨는, 매우 닮았다고 하던데." 소녀의 목소리였다. 누이동생이 왔구나, 하고 생각했으므로, 나는 자면서,

"그래, 맞아. 코키치 씨는 나하고는 남이야. 핏줄이 아니라고. 젖줄일 뿐이지. 닮았을 리가 있나." 그렇게 말하면서, 일부러 크게 뒤척이면서, "나 같은 술꾼은 안 돼."

"그렇지 않아요." 순진한 소녀의 열띤 목소리였다. "우리는 기뻐요. 열심히 해주세요. 네? 너무 술 마시면 안 돼요."

강한 어조가 유모인 츠루의 어조를 쏙 닮았으므로, 나는 실눈을 뜨고, 베개 옆 소녀를 살그머니 쳐다보았다. 반듯하게 앉아 있었다. 내 얼굴을 빤히 보고 있었으므로, 나의 취한 눈과, 언뜻 시선이 마주쳐, 소녀는 미소 지었다. 꿈처럼 아름다웠다. 시집을 가는, 그날 밤의 츠루를 똑 닮았던 것이다. 그때까지의

험악한 취기가, 서늘할 정도로 풀리면서, 나는 매우 안심했고, 그리고 다시 잠들어버렸던 모양이다. 무척 취해 있었다. 화장실에 갔었던 일과, 그리고 소녀의 미소, 이렇게 둘만큼은 나중에도 또렷이 생각해낼 수 있지만, 그 밖의 일은 통 떠오르지 않았다.

반쯤 자면서, 나는 자동차에 태워졌는데, 코키치 남매도 내 양옆에 탔던 것 같다. 도중에 꽥꽥 괴상한 새소리를 듣고서,

"저게 뭔가?"

"해오라기예요."

이런 대화를 한 것을 희미하게 기억하고 있다. 산골짜기 마을이로구나, 하고 취해 있으면서도, 여수旅愁를 느꼈다.

집으로 돌아와, 코키치 남매가 이부자리까지 깔아준 모양이었다. 나는 이튿날 정오 가까이까지 내동댕이쳐진 대구처럼, 정신없이 잤다.

"우편배달부예요. 현관에." 여인숙 하녀가 그렇게 말하는 바람에 일어났다.

"등기우편인가요?" 나는 잠이 덜 깨서 그런 소리를 했다.

"아뇨." 하녀도 웃고 있었다. "잠시, 뵙자는데요."

간신히 생각이 났다. 어제 하루의 일이, 차례로 생각났다. 하지만, 무언가, 처음부터 끝까지 모두, 꿈만 같아서, 도저히, 실제로 이 세상에서 일어난 일로 생각되지 않았고, 콧등의 기름기를 손등으로 닦아내면서, 현관에 나가보았다. 어제의 그 배달부가 서 있다. 역시 귀여운 얼굴로 방글방글 웃으면서,

"야, 아직도 주무시고 계셨군요. 간밤에는 취하셨다지요? 아

무렇지도 않으신가요?" 매우 친근한 어조다.

"네, 아무렇지도 않습니다." 내 딴에도 역시 좀 어색해져서, 쉰 목소리로 퉁명하게 대답했다.

"이것, 코키치 씨의 누이동생이……" 백합 꽃다발을 내민다.

"뭡니까, 그건." 나는, 그 서너 송이의 하얀 꽃을 멍하니 바라보다가, 큰 하품이 나왔다.

"간밤에, 선생님이, 그렇게 말씀하지 않으셨나요? 아무 도움도 다 필요 없어, 방에 장식할 꽃이 하나 있으면, 그것으로 다라고."

"그랬나, 그런 소리를 했나." 나는 좌우간 꽃을 받아 들고, "이거, 정말 고맙습니다. 코키치 씨하고 누이에게 이렇게 전해주세요. 간밤에는 정말 실례했습니다. 여느 때는 그런 꼬락서니가 아니니까, 두려워 말고, 종종 이곳으로 놀러 와달라고요."

"하지만, 이렇게 말하던걸요. 일에 방해가 되니까, 숙소에는 오지 말라고 해서, 일이 끝나고 나서, 다 함께 미타케御岳로 놀러 가야겠다고, 그렇게 말하던걸요."

"그래요? 그런 바보 같은 소리를 내가 했단 말이죠. 일 따위는 아무렇게나 적당히 할 수 있으니까, 미타케가 되었든 어디든 꼭 함께 갈 거라고, 그렇게 전해주세요. 나는 언제든 좋거든요. 이를수록 좋겠네. 이삼일 안에 가면 좋겠군요. 어쨌든, 그건 그쪽 형편대로 하자고 그렇게 말해주세요. 나는 정말로, 언제든 좋으니까요." 정색을 하고 말했다.

"알겠습니다. 저도 함께 가겠습니다. 앞으로도 잘 부탁드립니다." 좀 이상스러운, 허둥거리는 인사였으므로, 나는 배달부의 얼굴을 다시 보았다. 새빨개져 있는 거다.

나는 잠시 생각하다 금방 깨달았다. 이 우편배달부와 그 소녀는, 아마도, 얌전하게 잘될 것이라고 생각했다. 조금은, 섭섭하기도 하고, 당황했던 나의 감정도, 바로 그 자리에서 깨끗이 정리할 수 있었다. 그것으로 된 거다.

백합꽃은, 적당한 화병에 꽂아서 가져오라고 하녀에게 부탁하고, 나는, 나의 방으로 돌아와 앉아보았다. 좋은 일을 해야겠다고 생각했다. 좋은 동생과 좋은 누이동생의 마음으로부터의 성원이, 등판에 시원하게 느껴지면서, 그 녀석들을 위해서라도, 어떻게든 좀 잘되어보아야겠다고 생각했다. 문득 보니, 내가 어젯밤에 입고 나간 옷이, 반듯하게 개켜져, 머리맡에 놓여 있다. 나의 새로운 누이동생이, 어제, 나에게서 벗겨서 개켜놓은 것임이 틀림없다.

그로부터 이틀 후, 불이 났다. 나는 아직 일을 하느라고 깨어 있었다. 한밤중인 2시 지나, 시끄러운 경종 소리가 울려대는데, 너무나 그 소리가 시끄러워, 나는 일어서서 유리창을 열어보았다. 활활 타고 있었다. 숙소로부터 꽤 떨어진 곳이다. 하지만, 그날 밤은 전혀 바람이 없어서, 불길은 냅다 하늘 높이로 활활 피어올라, 그 불꽃의 기세가 여기서도 확실히 들리는 듯하며, 떨릴 정도로 장관이었다. 언뜻 보니, 달밤이어서 후지산이 아스라이 보이는데, 기분 탓인지, 후지산도 불꽃에 비춰져서 연분홍빛이 되어 있었다. 사방의 산 모습까지도, 역시 무엇인가 땀에 젖고, 홍조를 띤 것처럼 보였다.

고후의 화재는, 늘 바다의 큰 군불이다. 멍하니 바라보고 있

는 사이, 야나기마치, 간밤의 망부각 생각이 났다. 가깝다. 분명
그 근처. 나는 곧장 잠옷 위에 윗옷을 걸쳐 입고, 털목도리를
목에 둘둘 두르고서, 뛰어나갔다. 고후역 앞에서 1.5킬로미터
쯤을 단숨에 뛰었더니, 숨이 끊어질 것 같았다. 전봇대를 끌어
안듯 기대어, 헉헉 숨을 몰아쉬며 좀 쉬고 있는 동안에, 과연,
내 앞으로 마구 달려가는 사람들은, 제각각, 야나기마치, 망부
각 소리를 외쳐대고 있는 거다. 나는 오히려 침착해졌다. 이번
에는 천천히 걸어서 현청縣廳 앞까지 갔더니, 사람들이 제각기
성城으로 가자, 성으로 가자고 속삭이고 있는 소리가 들렸으므
로, 그래 맞다, 성에 올라가면 화재 장면이 환하게 보이겠구나
깨닫게 되었으므로, 사람들의 뒤를 따라 마이즈루성舞鶴城 터
의 돌계단을 다소 덜덜 떨면서 올라가, 간신히 돌담 위 광장에
도달. 바라보니, 바로 밑에서 불길이 엄청난 소리를 내면서 타
고 있었다. 분화구를 내려다보는 심정이다. 어쩐지, 나의 눈썹
에까지 그 열기가 느껴졌다. 나는 금방 덜덜덜덜 떨어댄다. 불
구경을 하면, 어쩐 까닭인지, 이처럼 온몸이 덜덜 떨리는 것이,
내 어렸을 때부터의 버릇이다. 이의 뿌리도 맞지 않는다*는 것
이 적확한 실감이었다.

톡하고 어깨를 치는 사람이 있었다. 뒤돌아보니, 코키치 남
매가 미소 지으며 서 있었다.

"아, 타고 말았네." 나는 혀가 굳어져서, 똑똑히 발음할 수 없

---

* 무서움이나 추위로 이가 딱딱 울릴 정도로 떠는 모양을 가리키는 관용구.

었다. "네, 불탈 수 있는 집이었어요. 아버지도, 어머니도, 행복하셨던 거지요." 불빛을 받으며 나란히 서 있는 코키치 남매의 모습은, 어딘지 늠름하고 아름다웠다. "아, 안채 2층으로도 불길이 돌았나 봐요. 전소로군요." 코키치는 혼자 중얼거리고 미소 지었다. 분명하게 단순한 '미소'였다. 마음속 깊이 나는, 지난 10년 이래, 감상에 의해 불타 문드러지고 있는 나 자신의 정신의 어리석음을, 부끄럽게 생각했다. 예지를 망각해버린 오늘날까지의 나의 맹목적 격정을 추악하다고까지 느꼈다.

짐승의 포효 소리가 끊임없이 들려오고 있다.

"저게 무얼까?"

나는 아까부터 이상했던 것이다.

"바로 뒤에, 공원 동물원이 있거든요." 누이동생이 가르쳐주었다. "사자 같은 게 튀어나오면 큰일이지요." 환하게 웃고 있다.

너희들은 행복해. 대승리다. 그리고, 좀 더, 훨씬 행복해질 것이고. 나는 크게 팔짱을 끼고, 그러면서도 여전히 덜덜 떨면서, 은근히 안간힘을 쓰고 있었다.

(1939년 5월)

개 이야기 畜犬談

　나는 개에 대해서는 자신 있다. 언젠가는 꼭 물릴 것이라고
하는 자신 말이다. 나는 꼭 물릴 것이 틀림없다. 자신 있다. 용
케도 오늘날까지 물리지 않고 무사하게 지냈구나, 신기한 마
음까지 든다. 여러분, 개는 맹수다. 말을 쓰러뜨리고, 때로는 사
자하고 싸워서, 이를 정복한다고 하지 않는가. 왜 안 그렇겠는
가, 이렇게 나는 홀로 쓸쓸한 듯이 고개를 끄덕이고 있다. 개의
저 날카로운 이빨을 보라. 장난이 아니다. 지금은, 저처럼 길거
리에서 무심한 자세를 취하고 있기는 하지만, 하찮은 존재입
니다, 하고 스스로를 낮추고서, 쓰레기통이나 들여다보는 꼴을
보여주고 있기는 하지만, 원래는 말을 쓰러뜨릴 정도의 맹수
다. 언제 미쳐 날뛰면 그 본성을 드러낼 것인지 알 수가 없다.
　개는 반드시 줄로 단단히 묶어두어야 한다. 약간의 빈틈도

보여서는 안 된다. 세상의 많은 개 주인은, 스스로 맹수에게 마음을 허락하고, S야, S야 따위로 아무렇지도 않게 부르며, 마치 가족의 일원이라는 듯이 가까이서 대하고, 세 살짜리 귀염둥이로 하여금, 그 맹수의 귀를 획 잡아당기게 해서 큰 웃음을 짓고 있는 광경을 보노라면, 전율을 느끼고 눈을 가릴 수밖에 없다. 불의에 으르렁하고 물어뜯으면 어찌할 생각이란 말인가. 정신을 차려야지.

개 주인조차도, 물리지 않으리라고 보증할 수 없는 맹수를 (개 주인이라 해서 절대로 물리지 않는다는 것은 어리석고 정신 나간 미신에 지나지 않는다. 저 무시무시한 이빨이 있는 이상, 반드시 문다. 결코 물지 않는다는 것은 과학적으로 증명될 턱이 없다는 이야기다), 그 맹수를 놓아기르고, 길거리를 어정거리게 둔다는 것은 무슨 일일까. 작년 늦가을, 나의 친구가, 마침내 이 피해를 당했다. 애처로운 희생자란 말이다. 친구의 말에 의하면, 친구는 아무 짓도 하지 않고, 주머니에 손을 넣은 채 골목을 느긋이 걷고 있는데, 개 한 마리가 도로 위에 가만히 앉아 있었다. 친구는 역시 아무 짓도 하지 않고, 그 개의 곁을 지나갔다. 개는 그때, 묘한 곁눈질을 했다고 한다. 아무 일도 없이 지나갔다. 순간, 으르렁하고 오른쪽 다리를 물더라는 것이다.

재난이다. 한순간의 일이다. 친구는 망연자실했다고 한다. 조금 지나, 분해서 눈물이 흘러나왔다. 왜 안 그렇겠는가, 이렇게 나는 역시 쓸쓸하게 수긍하고 있다. 그렇게 되면 더 이상 어쩔 도리가 없지 않은가. 친구는 아픈 다리를 끌고 병원에 가서 치료를 받았고, 그로부터 21일간, 병원을 다녔다. 3주간이나 말이다. 다리의 상처가 낫고 나서도, 몸 안에 공수병이라는 가공스러운 병독이, 어쩌면 주입되어 있을지도 모른다는 걱정 때문에, 그 병독에 관한 주사를 맞지 않을 수가 없었다.

개 주인하고 담판하는 따위의 일은, 그 친구의 약한 마음 가지고는 도저히 불가능한 일이다. 꾹 참으며, 자신의 불운에 대해 한숨만 쉬고 있을 뿐이다. 게다가 주사라는 게 결코 싸지가 않아서, 그러한 여분의 저축이란 게, 실례지만 그 친구에게 있을 턱이 없는지라, 경제적으로 힘든 처지에 놓였을 게 틀림없으므로, 좌우간, 이건 지독한 재난이다. 큰 재난이다. 그뿐이 아니다. 깜박, 주사를 소홀히 했다가는, 공수병이라는 것으로, 발열과 뇌란惱亂의 고통을 당하고, 끝내는 몰골이 개를 닮아가서, 네발로 기게 되고, 마구 멍멍 짖게 된다는, 그런 처참한 병에 걸릴지도 모른다는 것이다. 주사를 맞으면서 친구가 겪은 우려와 불안이 어떠했겠는가. 친구는 노력가인 데다 올바른 사람이므로, 볼썽사납게 흐트러짐 없이 3 곱하기 7, 21일 동안 병원에 다니고, 이제는 멀쩡하게 돌아다니고 있지만, 만약에, 이것이 나였더라면, 그놈의 개, 살려두지 않았을 것이다. 나는 남보다 3배, 4배나 복수심이 강한 사나이이므로, 아마도 그렇게 되었더라면 남의 5배나 6배쯤 잔인성을 발휘해버릴 것이므로, 당장에 그 자리에서 그놈의 개의 골통을 엉망으로 깨부수고, 눈알을 파내고, 마구마구 씹어서 퉤 뱉어내고, 그래도 성이 안차, 그 일판의 개들을 몽땅 독살해버렸을 것이다.

이쪽에서 아무 짓도 안 했는데, 갑자기 으르렁하고 물다니,

이 무슨 무례이며, 난폭한 짓이란 말인가. 아무리 짐승이라지만 용서할 수 없다. 짐승임이 애처로워 사람들은 이를 오냐오냐해주고 있는 게 잘못이다. 사정없이 엄벌에 처해야 한다. 지난가을, 친구의 조난 소리를 듣고서, 나의 애완견에 대한 평소의 증오심은 극에 달했다. 시퍼런 불꽃이 피어오를 정도의 외골수적인 증오 말이다.

올 정월, 야마나시현 고후 교외에 8조, 3조, 1조의 방이 있는 초가집을 빌려서, 몰래 숨어들 듯이 들어가, 신통치도 않은 소설을 열나게 쓰고 있었는데, 이 고후의 거리는, 어디를 가나 개가 있다. 엄청나게 많다. 한길에, 어떤 놈은 우두커니 서고, 어떤 놈은 냅다 기를 펴고 드러눕고, 어떤 놈은 달리며, 어떤 놈은 엄니를 드러내고 마구 짖어대는 등, 약간의 빈터가 있다 하면, 반드시 그곳에는 들개의 소굴인 듯, 이리저리 뒹굴어대며, 격투기 연습에 열을 내고, 밤이 되면 인적 없는 길거리를 바람처럼, 노상강도처럼 우글우글 무리를 이루어 종횡으로 날뛰고 있다.

고후의 집집마다, 적어도 2마리쯤은 키우게 있는 게 아닐까 하는 생각이 들 만큼 엄청난 숫자다. 야마나시현은, 원래부터 가이견의 산지로 알려져 있는 모양이지만, 길거리에서 볼 수 있는 개의 모습은, 결코 그런 순수 혈종의 것이 아니다. 붉은 삽살개가 가장 많다. 볼품없는 잡종뿐이다. 애당초 나는 개에 대해서는 언짢은 생각을 가지고 있었던 터에, 친구의 조난 이래로 혐오의 마음이 더해져, 경계를 더욱 게을리하지 않았지만, 이처럼 개들이 우글거리고, 어떤 골목에서도 날뛰고 있거나, 혹은 둥글게 몸을 말고 유연히 자고 있어서는, 도저히 마음 놓고 지낼 수가 없었다. 나는 참으로 고심했다. 가능하다면, 무릎 가리개, 손목 가리개, 투구를 뒤집어쓰고 거리를 걷고 싶었다. 하지만, 그런 꼬락서니는 아무래도 이상할 것이고, 풍기상으로도 도저히 허용될 것 같지 않았으므로, 나는 다른 수단을 취하지 않을 수 없었다. 나는 진지하게 골똘히 대책을 생각해 보았다.

나는 먼저 개의 심리를 연구했다. 인간에 대해서라면, 나도 약간은 아는 바가 있어서, 더러는 정확하게, 제대로 지적할 수 있기도 했지만, 개의 심리는 영 어렵다. 사람의 말이, 개와 사람과의 감정 교류에 어느 정도나 소용이 닿는 것인지, 그것이 첫 번째 난문이다. 말이 소용이 닿지 않는다면, 서로의 몸짓, 표정을 읽는 수밖에 없다. 꼬리의 움직임 같은 것은 중대하다. 하지만, 이 꼬리의 움직임이라는 것도, 주의해서 보면 매우 복잡해서 쉽사리 읽히는 것이 아니다. 나는 거의 절망했다. 그래서, 엄청 졸렬하고 무능하기 짝이 없는 일책을 생각해냈다. 볼품없는 궁여지책이었다. 나는, 좌우간 개를 만나면, 만면에 미소를 띠고, 조금도 해칠 마음이 없다는 점을 보여주기로 했다. 밤이면, 그 미소를 보지 못할지도 모르므로, 천진스럽게 동요를 흥얼거리면서, 착한 인간임을 알리기 위해 노력했다. 이것은 다소 효과가 있었던 것 같다. 개는 나에게, 아직은 덤벼들지 않는다. 그렇다고는 하지만, 마음을 놓는 것은 금물이다.

개의 곁을 지나갈 때에는, 아무리 무섭더라도, 절대로 뛰어서는 안 된다. 싱글싱글 비루한 눈치 보기 웃음을 흘리면서, 무심하다는 듯이 고개를 흔들면서, 천천히, 천천히, 속으로는, 등덜미에 송충이가 10여 마리 기어 다니는 듯한 숨 막히는 오한을 느껴가면서도 서서히, 서서히 지나간다. 참으로, 나 자신의 비굴함에 대해 정이 떨어진다. 울고 싶을 정도의 자기혐오를 느끼기는 하지만, 이렇게 하지 않다가는, 금방이라도 달려들 것만 같은지라, 나는 모든 개들에게 볼썽사나운 인사를 시도해 본다. 머리카락을 너무 길게 기르고 있다가는, 어쩌면 수상한 자라며 짖어댈지도 모르므로, 그처럼 싫어하는 이발소에도 열심히 다니기로 했다. 지팡이 같은 것을 들고 다녔다가는, 개 쪽에서 위협을 주는 무기로 착각해서, 반항심을 일으키는 일이 있어서는 안 되지 하고, 지팡이는 영원히 폐기하기로 했다. 개의 심리를 알 수가 없어서, 그저 닥치는 대로, 아무렇게나 비위를 맞추는 동안에, 참으로 의외의 현상이 나타나기 시작했다. 개들이 나를 좋아하기 시작한 것이다. 꼬리를 살랑거리며, 줄줄이 따라온다. 나는 엄청 속이 상했다. 참으로 얄궂은 일이다. 늘상 나는 고약하게 생각해왔고, 또 최근 들어서는 증오의 극점에까지 도달해 있는, 바로 그 개들이 좋아해주다니, 그보다는 아예 낙타의 흠모를 받고 싶을 정도다. 아무리 나쁜 여인이라 하더라도 흠모해주면 기분이 나빠질 리는 없다고 하는 것이, 천박스러운 상정 아닌가. 프라이드가, 심지가, 도저히 이를 허용할 수 없는 경우가 있다.

용서가 안 된다. 나는 개가 싫다. 일찍부터 그 흉포한 맹수성을 간파하고, 언짢게 생각하고 있었다. 겨우 하루 한두 번의 잔반을 얻어먹기 위해, 벗을 팔고, 아내와 이별하고, 내 몸 하나, 처마 밑에 눕히고, 충성스러운 얼굴을 하고, 왕년의 벗에게 짖어대고, 형제, 부모까지도 언제 보았더냐 하고 잊어버리고, 오직 주인의 낯빛을 살피고, 아양과 아첨을 떨면서도 부끄러운 줄 모르고, 얻어맞고서도, 깨갱 하고 꼬리를 말고서 어쩔 줄 몰라, 사람을 웃기는, 그 정신의 비열함, 추함이라니. 하루에 10리*를 거뜬히 달릴 수 있는 튼튼한 다리를 가졌고, 사자까지도 쓰러뜨리는 희고 반짝이는 날카로운 엄니를 가지고 있으면서, 게으르고 껄렁하고 썩어빠진 근성을 부끄러운 줄 모르고 발휘하며, 한 조각의 긍지도 없이, 속절없이 인간계에 굴복하고, 예속되어, 동족이 서로 적대시하고, 얼굴이 마주치면 짖어대고, 물어대며, 이렇게 인간의 비위를 맞추고자 애쓰고 있다. 참새를 보라. 아무런 무기도 갖지 않은 연약한 존재이면서도 자유를 확보하고서, 인간계하고는 완전히 다른 별개의 작은 사회를 영위하고, 동족이 서로 가까이하며, 어엿하게 나날의 가난한 생활을 노래하며 즐기고 있지 않은가. 생각하면 생각할수록 개는 불결하다. 개는 싫다. 어쩐지 나를 닮은 듯한 구석이 있어서, 더더욱 싫다. 참을 수가 없다. 그런 개가 나를 좋아하고, 꼬리를 흔들며 친애의 뜻을 표명하고 보니, 낭패라고도, 분하다고도, 뭐라고도 말할 수가 없다. 너무나, 개의 맹수성을 두려워하고, 높이 평가하고 절제도 없이 알랑거리며 걸어 다닌 바람에, 개는 오히려 지기知己를 얻었다고 오해하고, 나를 다루

---

* 척관법에서 길이의 단위로 동아시아 3국이 각각 그 길이가 다르다. 현재 중국에서는 약 500미터, 우리나라는 약 400미터, 일본은 약 3.9킬로미터.

기 쉽다고 생각한 끝에 이런 난처한 결과에 도달한 것이지만, 매사의 일에는 절도라는 게 소중하지 않은가. 나는, 아직도, 도무지 절도라는 것을 모른다.

이른 봄날, 저녁 먹기 조금 전에, 49연대의 연병장으로 산책을 나갔는데, 두세 마리의 개가 내 뒤를 따라오는 바람에, 행여나 뒤꿈치를 꽉 하고 물지나 않을까, 제정신이 아니었는데, 그래도 노상 있는 일인지라, 단념하고, 무사태평을 가장하면서, 냅다 뛰고 싶은 충동을 애써 억누르고, 억누르며, 건들건들 걸어갔다. 개들은 나를 따라오면서도, 더러는 서로가 싸움을 벌이기 시작해, 나는 짐짓 돌아보지도 않고 모르는 체하고 걷고 있지만, 속으로는 참으로 질리고 말았다. 권총이라도 있으면, 주저 없이 탕 쏘아 죽이고 싶은 기분이었다. 개들은, 나의 그러한 외면여보살外面如菩薩, 내심여야차內心如夜叉적인 간특한 속마음이 있는 것도 모르고, 어디까지나 따라온다.

연병장을 한 바퀴 빙 돌아서, 나는 역시 개의 흠모를 받으며 집으로 향했다. 집에 가 닿을 때까지는 등 뒤의 개들도 어디론지 사라져버리는 것이 지금까지의 방식이었건만, 그날따라, 매우 끈질기고 잘 따르는 개 한 마리가 있었다. 새까만, 볼품없는 강아지다. 매우 작다. 길이가 다섯 치쯤 되는 느낌이다. 하지만, 작다고 해서 마음을 놓아서는 안 된다. 이빨은 이미 다 자랐을 것이다. 물렸다가는 병원에 3 곱하기 7, 21일 동안 다녀야 할 테지, 게다가 이처럼 어린놈에게는 상식이라는 것이 없어서, 어떻게 변덕을 부릴지 알 수 없다. 한층 조심해야 한다. 강아지는 앞서거니, 뒤서거니, 내 얼굴을 쳐다보면서 아장아장 달리더니, 결국 우리 집 현관까지 따라왔다.

"여보, 요상한 놈이 따라왔어."

"어머, 귀여워라."

"귀엽긴 무슨. 쫓아내라고. 잘못 다루면 물 거야, 과자라도 주고서."

바로, 연약외교다. 강아지는 곧장 나의 속마음의 두려움을 알아차렸고, 이를 이용해서, 뻔뻔스럽게도 그대로 우리 집에 눌러살게 되었다. 그리고 이 개는 3월, 4월, 5월, 6, 7, 8, 슬슬 가을바람이 불기 시작한 현재에 이르기까지, 우리 집에 있는 중이다. 나는 이 개 때문에 몇 번이나 울고 싶었는지 모른다. 나로서는 어쩔 도리가 없었다. 나는 어쩔 수 없다, 이 개를 포치라고 부르고 있기는 하지만, 아직도 나는 이 포치를 우리 집 식구로 생각할 수가 없다. 남의 식구 같은 기분이 든다. 착 들어맞지를 않는다. 불화라는 거다. 서로가 심리를 읽어가면서 불꽃을 튀기고 있다. 그리고, 서로가, 아무리 해도 석연한 기분으로 같이 웃을 수가 없었다.

처음, 이 집에 왔을 때에는 아직 어려서, 땅바닥의 개미를 신기한 듯이 관찰한다거나, 두꺼비가 무서워서 비명을 지른다든지 해서, 그 모습에 나도 실소를 한 일도 있었고, 밉기는 하지만, 하느님의 배려로 우리 집에 오게 된 것인지도 모른다고 생각하고, 툇마루 밑에 잠자리를 마련해주기도 했고, 먹을 것도 아기용으로 연하게 끓여주고, 벼룩 퇴치용 가루약을 몸에 뿌려주기도 했는데, 한 달이 지나자 이제는 감당할 수가 없다. 슬슬 똥개의 본모습을 발휘하기 시작했다. 천덕스럽다. 원래, 이 개는 연병장 구석에 내버려졌던 것이 틀림없다. 그날 산책의 귀로에, 나에게 치근덕거리면서 따라왔을 때에는 볼품없이 마른 것이, 털도 빠져 있었고, 엉덩이 부분은 거의 민둥산이었다.

나쯤 되니까, 이놈에게 과자도 주고, 죽도 만들어주고, 험한 말 한 번 던지지도 않고, 헌데를 만지듯이 정중하게 대접해주었던 것이다. 다른 사람이었으면, 발로 걷어차서 쫓아버렸을 것이 틀림없다. 나의 그런 친절한 대접도, 알고 보면, 개에 대한 애정 때문이 아니라, 개에 대한 선천적인 증오와 공포에서 비롯된 노회한 거래에 지나지 않는 것이지만, 그래도 내 덕분에, 이 포치는 털도 가지런해지고, 그럭저럭 어엿한 수캐로 자랄 수 있었던 것이 아닐까. 나는 내 은덕을 알아주기를 바라는 마음은 요만큼도 없지만, 조금쯤은 나에게 무엇인가 즐거움이라는 것을 주어도 좋으련만, 역시 버려진 개가 아니던가. 밥도 엄청 먹고, 식후 운동을 하는 속셈일까, 게다짝을 장난감 삼아 무참하게 물어뜯어놓고, 마당에다 널어놓은 빨래를 공연히 애를 써가며 끌어 내려가지고는 뻘투성이로 만들어놓는다.

"이런 저지레는 제발 하지 말아다오. 정말이지 곤란하거든. 누가 너한테 이런 짓을 해달라고 하기나 했어?" 이렇게, 나는 속에 바늘이 돋친 소리를 한껏 부드럽게, 빈정거리며 말해주는 일도 있지만, 개란 놈은 눈망울을 굴리면서, 빈정거리고 있는 나에게 엉겨 붙는다. 이 무슨 아양 떨기 정신이란 말이냐. 나는 이 개의 철면피에는 정말이지 손을 들었고, 이를 경멸하기까지 했다. 자라면서 이 개는 무능함이 드러났다. 우선, 생김새가 시원치 않다. 어렸을 무렵에는 조금쯤은 모양새의 균형이 잡혀 있어서, 어쩌면, 우수한 혈통의 피가 섞여 있는지도 모르겠다고 생각하게 할 때도 있었건만, 그것은 새빨간 거짓이었다. 몸통만이 죽죽 길게 뻗었고, 팔다리가 현저하게 짧았다. 거북처럼 말이다. 참으로 꼴불견이었다.

그런 못생긴 꼬락서니로, 내가 외출했다 하면 반드시 그림자처럼 나에게 따라붙는지라, 애들까지도, 야, 요상한 개 좀 봐라, 하고 손가락질하며 웃는 일도 있어서, 약간 겉치레를 하는 나는, 아무리 젠체하고 걸어보았자, 소용이 없게 되었다. 아예 남인 것처럼 빠른 걸음으로 걸어보지만, 포치는 내 곁을 떠나지 않은 채, 내 얼굴을 쳐다보고 또 쳐다보면서, 앞서거니, 뒤서거니 뒤엉키듯이 따라오는지라, 아무리 애써보았자, 우리 둘은 남처럼 보이지 않았다. 찰떡같이 기분이 통하는 주종主從으로밖에는 보이지 않는 것이다. 덕분에, 나는 외출할 때마다 아주 어둡고 우울한 기분이 들곤 했다. 좋은 수양을 한 셈이다.

그랬는데, 그저 그렇게, 따라다니기만 할 무렵까지는 그런대로 괜찮았다. 그러는 동안에 마침내 숨겨져 있던 맹수의 본성을 드러내게 되었다. 싸움과 격투를 즐기게 된 것이다. 나를 따라서 거리를 걷다가 마주치는 개 모두에게 인사를 하고 지나간다. 즉, 닥치는 대로 싸움을 하면서 지나가는 것이다. 포치는 다리도 짧고, 젊은 나이면서, 싸움은 상당히 세었다. 빈터에 있는 개 소굴로 쳐들어가, 한 번에 다섯 마리의 개를 상대로 싸울 때는 참으로 위태롭게 보였지만, 그래도 멋지게 몸을 빠져나와 난리를 피했다. 대단한 자신감을 가지고, 어떤 개에게나 덤벼든다. 때로는 기세가 죽어서, 짖어대면서 후퇴를 하는 경우도 있기는 하다.

소리가 비명에 가까워지면서, 새까만 얼굴이 더욱 까매진다. 언젠가는 송아지 같은 셰퍼드에게 덤벼드는 바람에, 그때는 내가 파랗게 질리고 말았다. 꼼짝도 못했다. 앞발로 포치를 장난감처럼 다뤘는데, 진지하게 대해주지 않았으니 망정이지, 덕분에 포치도 살 수가 있었다. 개는 한번 그처럼 혼이 나면, 매우 주눅이 드는 모양이다. 포치는 그때부터는 눈에 뜨이게 싸움을 피하게 되었다. 애당초 나는 싸움을 좋아하지 않고, 아니, 좋아하지 않는 정도가 아니다. 길거리에서 야수의 싸움을 방치하고 허용한다는 따위는, 문명국의 수치라고 믿고 있으므로, 저 귀청을 찢는 듯한 으르렁 깽깽 하는 개들의 야만스러운 소리에 대해서는 죽여도 시원치 않은 분노와 증오를 느낀다.

나는 포치를 사랑하고 있는 것이 아니다. 두려워하고 미워하기는 하지만, 조금도 사랑하고 있지는 않다. 죽어주었으면 하고 생각하고 있다. 내 뒤를 쪼르르 따라다니며, 무언가, 그것이 부양받고 있는 자의 의무라고나 생각하고 있는 것인지, 길에서 만나는 개, 만나는 개마다 반드시 냅다 짖어대고 있어, 주인인 나는, 그럴 때면 얼마나 공포로 떨고 있는지. 자동차를 불러 세워서, 그것을 타고, 문을 쾅 닫고 나서, 재빨리 도망치고 싶은 기분이다. 개끼리의 싸움으로 끝나는 것이라면, 그런대로 괜찮겠는데, 만약에 상대방 개가 화가 나서, 포치의 주인인 나에게 덤벼드는 일이 생긴다면 어쩔 것인가. 그런 일이 없다고 장담할 수는 없다. 피에 굶주린 맹수 아닌가. 무슨 짓을 할지 알 수 있는 게 아니다. 나는 처참하게 물려서 3 곱하기 7, 21일

동안 병원 신세를 져야 한다. 개싸움은 지옥이다. 나는 기회가 있을 때마다 포치에게 타일렀다.

"싸우면 안 된다. 싸움을 할 거라면, 나한테서 멀리 떨어진 곳에서 해주었으면 좋겠어. 나는 너를 좋아하지 않거든."

조금쯤은, 포치도 알아듣는 모양이었다. 그런 말을 하면 조금 풀이 죽는다. 점점 더 나는 개를 꺼림한 존재로 생각했다. 내가 되풀이하고 되풀이하여 말해준 충고가 효과를 발휘했는지, 아니면, 저 셰퍼드와의 일전에서 꼴사나운 참패를 한 것이 효과를 낸 것인지, 포치는 비굴할 정도로 연약한 태도를 취하기 시작했다. 나와 함께 거리를 걷다가, 다른 개가 포치에게 짖어 대면, 포치는

"아아, 싫다, 싫어, 야만스럽네"

하고 말하는 듯, 전적으로 내 마음에 들기 위해 품위 있게 부르르 몸을 떨기도 하고, 상대방 개를 별수 없는 놈이로구나, 하고 매우 애처로운 듯이 곁눈질로 보고, 그러고 나서, 나의 안색을 살피며, 헤헤헷 하고 비루하게 아첨을 떨 듯이 웃는데, 그 천덕스러운 꼬락서니라니.

"하나도, 좋은 점이 없잖아, 이놈은. 남의 안색만 살피고 말이야."

"당신이 너무 이상하게 대해서 그래요."

집사람은, 처음부터 포치에게 무관심했다. 빨래를 망쳐놓을 때면 구시렁거리다가도 평소에는 아무렇지도 않다는 듯 포치야 포치야 하고 불러서 밥도 먹이고 하고 있다. "성격을 파탄시켜버린 게 아닐까요" 하고 웃는다.

"주인을 닮아간다는 소린가." 나는 점점 씁쓰레하게 생각했다.

7월에 접어들자, 이변이 일어났다. 우리는 간신히 도쿄의 미타카에 막 지어가고 있는 조그만 집을 발견해냈고, 그것이 완공되는 대로, 월 24엔으로 세를 들 수 있도록, 집주인과 계약서를 교환하고, 슬슬 이사 준비를 시작했다. 집이 완성되면 집주인이 속달로 통지를 해주기로 되어 있었다. 포치는 물론 버리고 가기로 되어 있었다.

"데리고 있어도 괜찮은데……" 아내는 역시 포치를 별로 문제시하지 않고 있다. 이래도 저래도 좋은 것이다.

"안 돼. 나는 예뻐서 키우고 있는 게 아니야. 개한테 복수당할까봐 겁이 나서, 어쩔 수 없이 놔두고 있는 거야, 그걸 몰라?"

"하지만, 잠시만 포치가 보이지 않게 되면, 포치는 어디 갔어, 어디 갔어, 하고 난리잖아요."

"없어지면, 또 기분이 나빠져서야. 나 몰래, 뒤에서 동지를 규합하고 있는지도 모르잖아. 저놈은 내가 경멸하고 있다는 것을 알고 있는 거야. 복수심이 강한 것 같으니까, 개란 놈은."

지금이야말로 절호의 기회라고 생각했다. 이 개를 이대로 잊어버린 체하고, 여기에 놓아둔 채 싹 하고 자동차를 타고 도쿄로 가버리면, 설마하니 개가 사사코 고개를 넘어서 미타카까지 쫓아오는 일은 없을 거야. 우리는 포치를 버린 게 아니야. 그저 깜빡하고 데려가는 일을 잊어버린 거지. 죄가 될 것도 없어. 게다가 포치한테 원망받을 까닭도 없지 않은가. 복수당할 일도 없는 거다.

"별일 없겠지. 두고 간다고 해도, 굶어 죽거나 하는 일은 없겠지. 죽은 영혼의 앙갚음이란 것도 있으니까 말이야."

"원래가 버려진 개였으니까요." 아내도 좀 불안해진 모양이다.

"그럼, 굶어 죽는 일은 없겠지. 그럭저럭 잘해나갈 거야. 저런 개를 도쿄로 데려갔다가는, 나는 친구들한테도 부끄러워. 몸통이 너무 길어서, 꼴불견이거든."

포치는 두고 가는 것으로 확정 지었다. 그랬는데, 이번에는 이변이 일어났다. 포치가 피부병에 걸렸다. 이게 또한 심했다. 형용은 삼가겠지만, 그 참상은, 눈을 돌리게 하는 바가 있었다. 여름의 뜨거운 열기와 더불어, 말할 수 없이 고약한 악취를 풍기게 되었다. 이번에는 아내가 녹초가 되고 말았다.

"동네분들한테 미안해요. 죽이세요." 여자들은, 이런 상황에서는 남자보다도 냉혹하고 심지도 굳다.

"죽인다고?" 나는 깜짝 놀랐다. "조금만 더 참으면 되잖아."

우리는 미타카의 집주인에게서 올 속달을 간절히 기다리고 있었다. 7월 말이면 될 거라고 한 집주인의 말이었지만, 7월도 슬슬 끝나가고 있어, 이제나저제나 하고 이삿짐도 다 꾸려놓고 기다리고 있건만, 영 통지가 오지를 않는 것이다. 문의 편지를 내기도 하면서 기다리고 있는 사이, 포치의 피부병이 시작되었다. 보면 볼수록 무참의 극치였다. 포치도 이제는 자신의 추한 꼴을 부끄러워하는지, 좌우간 어둠침침한 곳을 좋아하게 되고, 어쩌다 현관의 햇발을 잘 받는 돌바닥 위에서 축 늘어져 있다

가도, 내가 그 꼴을 발견하고,

"야, 정말 심하구나"

하고 매도하면, 서둘러 일어나 고개를 떨구고, 못 견디겠다는 듯이 슬금슬금 툇마루 밑으로 들어가버린다.

그래도, 내가 외출할 때면 어디선지 발소리도 없이 나타나, 나를 따라오려 한다. 이런 귀신같은 놈이 따라오게 놔둘 수 있을까보냐 하고, 그럴 때마다, 나는 잠자코 포치를 응시한다. 조소의 웃음을 입가에 노골적으로 띠고서, 얼마든지 포치를 바라본다. 이것은 매우 효험이 있었다. 포치는 자신의 추한 꼬락서니가 퍼뜩 떠오르는지, 고개를 떨구고 어디론지 모습을 감춘다.

"도저히 못 참겠어요, 저까지 근질근질해져서……" 아내는 가끔씩 나와 의논을 한다. "될 수 있는 대로 보지 않으려고 애를 쓰고 있기는 하지만, 한번 보았다 하면 못 견디겠어요. 꿈속에서까지 나온다니까요."

"조금만 더 참아." 참는 수밖에는 없다고 생각했다. 설혹 병들었다고는 하지만 상대방은 일종의 맹수 아닌가. 선불리 만졌다가는 물릴 것이고. "내일이라도, 미타카에서 답장이 오겠지. 이사해버리면 그만 아니겠어?"

미타카의 집주인에게서 답장이 왔다. 읽고 나서 낙심했다. 비가 계속 오는 바람에 벽이 마르지 않았고, 또, 일손 부족으로, 완성되자면 앞으로 열흘쯤 걸릴 예정이라는 것이었다. 진저리가 났다. 포치한테서 벗어나기 위해서라도, 하루바삐 이사하고 싶었던 것이다. 나는 이상한 초조감 때문에 일도 손에 잡히지 않아서 잡지를 읽기도 하고, 술을 마시기도 했다. 포치의 피부병은 나날이 심해져서, 나의 피부까지도, 어쩐지 자꾸만 긁적거리게 된다. 심야, 문 밖에서 포치가 버적버적 가려움으로 몸부림치고 있는 소리 때문에, 얼마나 오싹했는지 모른다. 못 견디겠다. 아예 이걸, 하는 사나운 발작에 시달린 일도 종종 있었다. 집주인에게서 20일 더 기다리라는 편지가 와가지고, 내 엉클어진 분만은, 대뜸 가까이 있는 포치와 연관 지어져 가지고, 이놈 때문에, 이렇게 매사가 원활하게 진행되지 않는 거야, 이렇게 모든 일들을 포치 탓으로 여기고, 기묘하게 포치를 저주했고, 어느 날 밤, 내 잠옷에 개벼룩이 옮아 있는 꼴을 보자, 마침내 지금까지 참고 참아온 분노가 폭발해, 나는 속으로 중대한 결심을 했다.

죽여야겠다고 생각한 것이다. 상대방은 무서운 맹수다. 여느 때의 나였으면, 이런 난폭한 결의 따위는 거꾸로 서는 일이 있더라도 떠오를 수가 없는 것이었지만, 분지 특유의 혹서 때문에, 조금은 이상해져 있을 무렵이었고, 또한 허구한 날 아무 일도 하지 않고, 그저 멍하니 집주인에게서 올 속달을 기다리면서, 죽을 것 같은 무료한 나날을 보내며 안달복달, 여기다 불면증까지 겹쳐 발광 상태에까지 도달해 있었으니 어쩌랴. 그 개벼룩을 발견한 날 밤, 당장에 아내한테, 쇠고기 큰 덩어리를 사러 보내고, 나는 약국으로 가서 모종의 약품을 조금 사 왔다. 이것으로 준비는 끝났다. 아내는 매우 흥분해 있었다. 우리 도깨비 부부는, 그날 밤, 얼굴을 맞대고 조그만 소리로 의논을 했다.

이튿날 새벽, 4시에 나는 일어났다. 자명종에 시간을 맞추어 놓았지만, 나는 그것이 아직 울리기도 전에 눈이 떠졌다. 허옇게 동이 터가고 있었다. 공기는 싸늘할 정도였다. 나는 대나무 껍질로 된 보퉁이를 들고 밖으로 나갔다.

"끝까지 보고 계시지 말고, 금방 돌아오세요." 아내는 현관에 서서 배웅을 하며, 침착하게 말했다.

"알았어. 포치, 이리 와!

포치는 꼬리를 흔들면서 툇마루 밑에서 나왔다.

"와, 오라고!" 나는 횡하니 걷기 시작했다. 오늘만큼은, 그따위로, 심술 사납게 포치의 모습을 노려보는 짓 따위는 하지 않았으므로, 포치도 자신의 추한 꼴을 망각하고, 잰걸음으로 나를 따라왔다. 안개가 깊다. 주위는 고요히 잠들어 있다. 나는 연병장 쪽으로 향했다. 도중, 엄청 큰 붉은 털의 삽살개가, 포치를 향해 짖었다. 포치는 늘 하듯이 품위 있는 태도를 보이며, 뭘 떠들어대고 있는 거야, 라고 말하기라도 하듯, 경멸의 시선을 그 개에게 보냈을 뿐, 기세 좋게 그 앞을 통과했다. 삽살개는, 비열했다. 무법스럽게도 포치의 등 뒤로부터 바람과도 같이 엄습해서, 포치의 싸늘해 보이는 고환을 노렸다. 포치는 찰나에 휙 하고 돌아섰다. 잠시 머뭇거리더니, 내 눈치를 살폈다.

"해라!" 나는 큰 소리로 명령했다. "삽살개는 비겁하다! 마음 놓고 해라!"

허락이 떨어졌으므로, 포치는 부르르 한 번 큰 몸부림을 치더니, 쏜살같이 삽살개의 품으로 뛰어들었다. 댓바람에 이리 뒹굴, 저리 뒹굴, 두 마리는 하나의 공처럼 되어 격투를 벌였다. 삽살개는 포치의 갑절 정도 큰 체구를 하고 있었지만, 못 당했다. 얼마 지나지 않아, 깽깽 비명을 지르면서 물러나고 말았다. 여기다 피부병까지 옮았을지도 모르지, 바보 같은 놈.

싸움이 끝난 다음, 나는, 마음이 놓였다. 글자 그대로 손에 땀을 쥐고 구경하고 있었던 것이다. 한때는 두 마리 개의 격투에 말려들어, 나도 함께 죽을 것 같은 기분까지 들었던 것이다. 나는 물려 죽어도 괜찮단다. 포치야 마음껏 싸우는 거야! 하고 나도 온몸에 매우 힘을 주고 있었다. 포치는 도망치는 개를 쫓는 것 같더니, 멈춰 서서, 내 안색을 언뜻 살피고서, 고개를 떨구고 나에게로 되돌아왔다.

"잘했어! 세구나." 칭찬해주고 나서 나는 걷기 시작했다. 다리를 따각따각 건너자, 여기는 연병장이다. 옛날에, 포치는 이 연병장에 내버려졌다. 그래서, 다시, 이 연병장으로 돌아온 것이다. 너의 고향에서 죽으렴.

나는 멈춰 서서, 툭 하고 쇠고기 큰 덩어리를 내 발치에 떨어뜨리며,

"포치, 먹어." 나는 포치를 보고 싶지 않았다. 멍하니 그 자리에 선 채로, "포치, 먹어." 발치에서 꾸적꾸적 먹는 소리가 난다. 1분도 지나지 않아 죽을 것이다.

나는 등을 구부정하게 하고, 느릿느릿 걸었다. 안개가 깊다. 바로 앞에 있는 산이 거무스름하게 보일 뿐이다. 남알프스 연봉도, 후지산도, 아무것도 보이지 않는다. 아침 이슬 때문에 게다짝이 축축히 젖어 있다. 나는 조금 더 구부정한 자세로, 느릿느릿 집으로 향했다. 다리를 건너, 중학교 앞까지 와서, 뒤돌아

보니, 포치가 멀쩡히 서 있었다. 면목 없다는 듯이, 고개를 떨구고, 나의 시선을 피했다.

나도, 어른 아닌가. 공연한 감상은 없었다. 금방 사태를 알아차렸다. 약의 효험이 없었던 것이다. 고개를 끄덕이고 나서, 나는 이미 출발점으로 다시 돌아왔다. 집에 돌아와,

"글렀어, 약발이 듣지 않아. 관두기로 해. 저 녀석에게는 죄가 없잖아. 예술가란, 원래 약자 편 아니겠어." 나는 오면서 생각했던 말을 그대로 내뱉었다. "약자의 편이라고, 예술가로서는, 이것이 출발점이고, 또 최고의 목적이거든. 이런 단순한 걸, 나는 잊고 있었네. 나만이 아니지. 모두가 잊고 있는 거야. 나는, 포치를 도쿄로 데려갈 생각이야. 친구들이 만약에 포치의 생김새를 놓고 웃으면 한 대 갈겨줄 테야. 계란 있어?"

"네." 아내는 얼떨떨한 얼굴을 하고 있었다.

"포치한테 줘, 두 개 있으면, 두 개 주고. 당신도 참아. 피부병이란 건 말이야, 금방 낫는 거야."

"네." 아내는, 여전히 얼떨떨한 얼굴이다.

(1939년 8월)

피부와 마음 皮膚と心

툭, 하고 팥알 비슷한 조그만 뾰루지 같은 것이 왼쪽 유방 밑에 생겨, 잘 살펴보니, 그 뾰루지 둘레에도 자잘하고 빨간 뾰루지가 분무라도 한 듯이 그 언저리를 덮고 있었는데, 그 당시에는 가렵지도 아무렇지도 않았습니다. 밉살스러운 생각이 들어, 목욕탕에서 유방 밑을 수건으로 살가죽이 벗겨질 정도로 문질렀습니다. 그게 탈이었나 봅니다. 집에 돌아와 경대 앞에 앉아서, 가슴을 펴고 거울에 비추어 보니, 기분이 언짢아졌습니다. 목욕탕에서 집까지는 걸어서 5분도 걸리지 않건만, 그 잠깐 사이에, 그 젖 밑으로부터 배에 걸쳐 손바닥 2개의 넓이로, 새빨갛게 익은 딸기처럼 되어 있는 바람에, 나는 지옥도를 본 것 같은 기분이 되면서, 갑자기 눈앞이 캄캄해졌습니다. 그때부터의 나는, 지금까지의 내가 아니게 되었습니다. 자신이 남처럼 느껴졌습니다.

정신이 나간다는 것은 이런 상태를 가리키는 말일까요. 한
참 동안, 멍하니 그대로 앉아 있었습니다. 암회색 구름이, 뭉게
뭉게 내 언저리를 감싸고 있고, 나는 지금까지의 세상에서 멀
리 떨어져서, 물체에서 나는 소리도 나에게는 희미하게밖에는
들리지 않는, 암울한, 땅 저 바닥의 시시각각이 그때부터 시작
된 것입니다. 잠시, 거울 속 나신을 바라보고 있는 사이, 툭, 툭,
비가 뿌리기 시작한 것처럼 여기저기에 빨간 좁쌀알이 나타나
기 시작해, 목 주변, 가슴에서, 배에서, 등판으로까지, 나돌고
있는 모양이므로, 거울 둘로 등을 비추어 보았더니, 하얀 등판
의 슬로프에, 빨간 싸라기를 흩뿌려놓은 것처럼 잔뜩 튀어나와
있었으므로, 나는 얼굴을 가리고 말았습니다.

"이런 게 생겨서……" 나는 그이에게 보였습니다. 6월 초의
일입니다. 그이는 반소매 와이셔츠에 짧은 바지를 입고, 오늘
할 일도 대충 끝난 듯, 책상 앞에 멍하니 앉아서 담배를 피우고
있었는데, 일어나서, 나에게 이리저리 향하게 하고, 눈을 찡그
리고, 찬찬히 바라보고, 여기저기를 손가락으로 꾹꾹 눌러보고
나서,

"가렵지 않아?" 하고 물었습니다. 나는 가렵지 않다고 대답
했습니다. 조금도, 아무렇지도 않았던 것입니다. 그이는 고개
를 갸웃하고 나서, 나를 툇마루의 서쪽 햇빛이 환히 비추는 곳
에 세워놓고, 벗은 몸인 나를 이리저리 돌리면서 좀 더 세밀하
게 살펴보았습니다. 그이는, 내 몸에 관해서는 언제나, 지나칠
정도로 세세하게 신경을 써줍니다. 매우 말이 없고, 그러면서

도, 속으로는 언제나 나를 소중하게 대해줍니다. 나는, 제대로
그런 점을 알고 있으므로, 이렇게 툇마루의 환한 곳에 나와서,
부끄러운 벗은 모습을, 서쪽으로 돌리고, 동쪽으로 돌리면서,
끝도 없이 만져대도, 오히려 하느님에게 기도하는 듯한 조용하
고 침착한 기분이 들어, 얼마나 안심이 되었는지 모릅니다. 나
는 선 채로 가볍게 눈을 감고, 이렇게 죽을 때까지 눈을 뜨고
싶지 않은 기분이었습니다.

"알 수 없는걸. 두드러기라면 가려울 텐데. 설마하니 홍역은
아니겠지."

나는 기가 막혀 웃었습니다. 옷을 고쳐 입으면서,

"쌀겨 알레르기인가. 저는 목욕탕에 갈 때마다, 가슴이랑 목
을, 쌀겨 주머니로 아주 세게 박박 문지르거든요."

그런지도 몰라. 그걸 거야. 이렇게 해서, 그이는 약국에 가서,
튜브에 들어 있는 희고 질척질척한 약을 사 와서, 이를 잠자코
나의 몸에 문지르듯이 발라주었습니다. 상큼, 몸이 시원해지
고, 조금 기분도 가벼워져서,

"옮는 것은 아닐까요."

"신경 쓰지 말라고."

그렇게 말은 하지만, 그이의 슬픈 기분, 그것이 나를 위해 슬
퍼해주고 있는 기분임이 틀림없지만, 그 기분이, 그이의 손가
락 끝에서 나의 썩은 가슴에, 쓰라리게 울리는 바람에, 아아,
어서 나아야겠다고 진심으로 생각했습니다.

그이는 평소에도, 나의 미운 용모를, 매우 세심하게 감싸주
었고, 내 얼굴의 여러 가지 우스꽝스러운 결점을 농담으로라도

말하는 일이 없고, 참으로 아주 조금이라도, 내 얼굴을 비웃지 않으면서, 그야말로 활짝 갠 날처럼, 맑게, 여념이 없는 모습으로,

"잘생겼다고 생각해. 나는 좋아."

이런 말까지도 툭하고 내뱉는 일이 있어서, 나는 어쩔 줄 모르고 난처해지는 일도 있습니다. 우리가 결혼한 것은 올 3월이었습니다. 결혼이라는 말조차, 나로서는 매우 사치스럽고, 들뜨고, 도저히 맨 정신으로 말을 꺼낼 수도 없을 정도로, 나의 경우에는, 약하고 가난하고 겸연쩍었습니다. 애당초에 나는 이미 28세입니다. 오타후쿠*로 생기는 바람에 연이 잘 닿지 않았고, 스물네댓까지는 나에게도 두셋 정도 그런 이야기가 나오기는 했지만, 일이 성사되는 듯하다가는 깨지고, 성사되는 듯하다가는 깨졌는데, 그것은, 우리 집이 부자도 아닌 데다가, 홀어머니에, 나와 여동생 이렇게 여자뿐인 세 식구 살림이므로, 좀처럼 좋은 혼담 같은 것은 바랄 수도 없습니다. 그것은 욕심 사나운 꿈이지요.

25세가 되자, 나는 각오를 했습니다. 평생 결혼을 하지 못하더라도, 어머니를 돕고, 누이동생을 키우면서, 그것만을 삶의 보람으로 삼기로 말이지요. 누이동생은 나보다 일곱 살 어린, 올 21세가 되는데, 예쁘게 생겼고, 점차로 철이 나서, 멋진 처녀가 되었으므로, 이 누이동생에게 훌륭한 데릴사위를 짝을 맞

---

* お多福. 둥근 얼굴에 광대뼈가 나오고 코가 납작한 생김새.

춰주고, 그러고 나서, 나는 나의 살 길을 도모하자, 그때까지는 집에서, 살림살이, 교제, 이 모든 것을 내가 맡아서, 이 집안을 지키자, 그렇게 각오를 하고 보니, 그때까지 속으로 꾸물꾸물 고뇌하고 있던 것 모두가 사라지고, 괴로움도, 외로움도, 멀리 사라져버리고, 나는 집안 살림을 하면서도 양재를 배워 조금씩 동네 아이들의 양복 주문 같은 것도 받으면서, 장래의 자활의 근거가 마련될 무렵, 지금의 그이와의 이야기가 움터 나온 것입니다.

혼담을 가지고오신 분은 말하자면, 돌아가신 아버지의 은인이라고 할 만한 의리 있는 분이었으므로, 함부로 거절할 수도 없었고, 게다가 이야기를 들어보니, 저쪽은 소학교를 나온 채, 부모도 형제도 없이, 그 나의 망부의 은인이, 거두어서 어렸을 무렵부터 키워주었다니까, 물론 그쪽에도 재산 같은 것이 있을 턱이 없고, 서른다섯, 조금은 솜씨를 알아주는 도안공이고, 월수는 200엔으로, 그 이상이 되는 달도 있다고 하지만, 혹, 한 푼도 들어오지 않는 달도 있으므로, 평균적으로 7, 80엔이라는 것입니다. 게다가, 저쪽은 초혼이 아니라, 좋아하는 어떤 여자와 6년이나 살다가, 재작년에 어떤 사정이 있어 헤어졌고, 그 다음으로는, 자신은 소학교 출신으로 학력도 없고, 재산도 없고, 나이는 들었고 해서 제대로 된 결혼 따위는 바랄 수도 없으니까, 아예 평생 결혼하지 않고, 마음 편하게 살자 하고, 홀아비 노릇을 하고 있었던 것을, 망부의 은인이 달래기를, 그러다간 세상 사람들한테 이상한 사람 취급을 받게 되어 좋지 않으니까, 얼른 색시를 맞아라, 좀 알 만한 곳이 있으니까, 하면서 우리들 쪽으로 은근히 다리를 놓게 되었는데, 그렇게 되자 나와 어머니가 얼굴을 마주 보며, 난처해지고 말았습니다.

어디 한 구석 좋은 점이라고는 없는 혼담이니까요. 아무리 내가 안 팔리고 남은 노처녀라지만, 잘못을 저지른 일이 한 번도 없는 터에, 이젠, 그런 사람이 아니고서는 결혼을 할 수 없는 처지가 되었단 말이군, 하고 처음에는 화도 났고, 그 뒤로는 몹시 쓸쓸한 마음이 들었습니다. 거절하는 수밖에 없지만, 이 이야기를 가지고 오신 분이 망부의 은인인 분이었으므로, 어머니도 나도 일이 시끄러워지지 않게 잘 거절하지 않으면 안 된다고, 우물쭈물하고 있었는데, 문득 저는, 그 사람이 불쌍해지기 시작했습니다.

틀림없이 자상한 사람일 거야. 나도 여학교를 나왔을 뿐, 특별히 무슨 학문이 있는 것도 아니다. 대단한 지참금이 있는 것도 아니고. 아버지가 돌아가셨고, 약한 가정이다. 게다가 보다시피, 얼굴도 오타후쿠인 데다 그럭저럭 할망구 꼴이고 보니, 나야말로 조금도 괜찮은 점이라고는 없다. 어울리는 부부일지도 몰라. 어차피, 나는 불행하지 않은가. 거절을 하고, 망부의 은인하고 거북해지는 것보다는…… 하고, 점점 기분이 기울어져갔고, 게다가, 부끄럽게도, 조금은 볼이 붉어질 만한 들뜬 기분도 있었습니다. 너, 정말 괜찮겠니, 하고 역시 걱정스러워하는 어머니에게는 그 이상 말도 하지 못하고, 내가 직접, 그 망부의 은인에게 분명한 답을 하고 말았습니다.

결혼하고 나서, 나는 행복했습니다. 아니죠, 아니, 역시 행복이라고 하지 않아서는 안 됩니다. 벌을 받겠지요. 나는 소중하게 대접받았습니다. 그이는 매우 마음이 약했고, 게다가 먼젓 번 여자에게 버림받은 처지인 듯, 그 바람에 한층 쭈뼛거리며, 매우 답답할 정도로 모든 일에 자신감이 없고, 생김새도 마르고 조그마하고, 얼굴도 빈상입니다. 일은 열심히 합니다. 내가, 어머나 하고 놀란 것은 그 사람의 도안을 잠깐 보고서, 그것이 전에 본 일이 있는 도안이었다는 점이었습니다. 이게 무슨 기연이란 말입니까. 그이에게 물어보고, 그 점을 확인하고서, 나는 그때 처음으로 그이에게 사랑을 할 때처럼 가슴이 두근두근했습니다.

그 긴자의 유명한 화장품 가게의, 덩굴장미 모양의 상표는, 그이가 고안한 것이었습니다. 그뿐이 아니라, 그 화장품점에서 팔고 있는 향수, 비누, 분 등의 상표 디자인, 그리고 신문광고도, 거의가 그 사람의 도안이었던 것입니다. 10년도 전부터, 그 가게의 전속처럼 되어서, 이색적인 덩굴장미 모양의 상표, 포스터, 신문광고 등 거의를 혼자서 그렸다는 것이고, 지금도 그 덩굴장미 모양은 외국인조차도 기억을 하고 있어, 그 점포의 이름을 모르더라도, 덩굴장미를 우아하게 얽어놓은 특징 있는 도안은, 누구든 한번 보기만 하면, 꼭 기억하게 되는 존재였습니다.

나 같은 사람도, 여학교 무렵부터, 이미 그 덩굴장미 모양을 알고 있었던 것 같은 기분입니다. 나는 묘하게도, 저 도안에 끌려, 여학교를 나오고 나서도, 화장품은 모두 그 화장품점의 것을 사용하는, 말하자면, 팬이었던 것입니다. 하지만 나는 단 한번도 그 덩굴장미 모양의 고안자에 대해서는 생각해본 일이 없는, 매우 무심한 사람인 셈이 되겠는데, 저만이 아니라, 모든 세상 사람들 역시 신문의 아름다운 광고를 보더라도, 그 도안공을 생각하는 일은 없을 터이지요. 도안공 같은 것은 그야말로 존재 없는 실력자가 아닐까요. 저 역시, 그 사람의 신부가 되고서, 한참 지난 다음, 비로소 알아차렸을 정도이니 말입니다. 이를 알게 된 저는 너무 기뻐서,

"저는요, 여학교 시절부터 이 모양이 매우 좋았어요. 당신이 그리신 것이군요. 정말 기뻐요. 나는 행복해요. 10년도 이전부터 당신하고 멀리 이어져 있었던 거예요. 이렇게 만나기로 정해져 있었던 거예요" 하고 조금 들떠서 조잘거렸더니, 그이는 얼굴을 붉히면서,

"뭘, 그런 소릴. 직업이잖아, 요" 하고 진심으로 부끄럽다는 듯, 눈을 끔벅거리더니, 그러고 나서, 픽 하고 힘없이 웃은 다음, 서글픈 듯한 표정이 되었습니다.

언제나 그이는 자신을 비하하고, 내가 전혀 그렇게 생각하고 있지도 않건만, 학력에 관한 것, 그리고 두 번째라는 것, 가난 등에 매우 신경을 쓰며, 이에 구애받고 있는 모양인데, 그렇다면, 나 같은 오타후쿠는 도대체 어쩌라는 것일까요. 부부가 나란히 자신감이 없고, 어쩔 줄 모르고, 서로의 얼굴이 말하자면, 수치로 가득합니다. 그이는 더러는, 나에게 흠뻑 응석을 부려주기를 바라는 모양이지만, 저는 28세 할망구인 데다, 이처럼 오타후쿠인지라, 더욱이나, 그이의 자신감 없이 비하하고 있는 모습을 보는 사이, 이쪽에도 그런 것이 전염되어버려서, 더더욱 삐거덕거리는 바람에, 도저히 천진스럽고 귀엽게 응석

을 부릴 수가 없는 것입니다.

마음은 그리워하고 있건만, 반대로 나는 진지하고 차가운 대답을 하게 되고, 그렇게 되면 그이는 무뚝뚝해지고, 나로서는 그 기분을 알고 있는 만큼, 더더욱 당황해서 서먹서먹해지고 맙니다. 그이 또한, 나의 자신 없음을 잘 알고 있는 듯, 때로는, 뚱딴지같이, 나의 얼굴, 혹은 옷의 무늬 등 매우 어색하게 칭찬하는 일이 있어서, 나로서는 그이의 자상한 마음을 아는지라, 조금도 기쁘지가 않고, 가슴이 메서, 애처롭게 울고 싶어지는 겁니다.

그이는 참 좋은 사람입니다. 먼젓번 여자 이야기 따위는 정말이지 요만큼도 비친 적이 없습니다. 덕분에 저는 언제나 그런 일은 잊고 삽니다. 이 집만 해도, 우리가 결혼하고서 새로 빌린 것이고, 그이는, 그 전에는 아카사카의 아파트에 살고 있었지만, 아마도 안 좋은 기억을 남기고 싶지 않다는 생각도 있고, 또 나에 대한 자상한 마음 씀씀이도 있었던지, 이전의 가재도구를 몽땅 팔아버리고, 작업 도구만을 가지고 이 츠키지의 집으로 이사했고, 나에게도 어머니에게서 받은 약간의 돈이 있었으므로, 둘이서 조금씩 세간살이를 사 모았습니다.

이불과 서랍장도, 내가 친정에서 가지고 온 것이고, 먼젓번 여자의 그림자는 조금도 비치지 않고, 그이가 나 이외의 여자와 6년이나 함께 살았었다는 따위는, 이제 와서는 믿을 수 없을 정도가 되었습니다. 정말이지, 그이의 불필요한 자기 비하만 없었더라면, 그리고 나를 좀 더 거칠게, 소리도 치고, 눈치 보지 않고 대해주었더라면, 나도, 순진하게 노래도 부르고, 얼마든지 그이한테 아양도 떨 수 있을 것으로 생각되건만, 그렇게만 된다면 분명 밝은 가정이 될 테지만, 두 사람 모두, 추하다는 자각 때문에…… 나야 어찌 되었건, 그이로 말할 것 같으면, 무엇 때문에 자기 비하를 할 필요가 있을까요. 소학교를 나왔을 뿐이라고 하지만, 교양이라는 점으로는 대학 출신의 학사하고 조금도 다를 것이 없었습니다.

레코드만 하더라도, 매우 고상한 취미의 것을 모으고 계시고, 내가 한 번도 이름조차 들은 일이 없는 외국의 새 소설가의 작품을, 틈틈이 열심히 읽고 계시고, 게다가, 저 세계적인 덩굴장미의 도안, 그리고 자신의 가난을 때때로 자조하고 계시지만, 요즈음은 일거리도 많고, 100엔, 200엔, 이렇게 큰 목돈이 들어왔으며, 얼마 전에는 이즈伊豆의 온천에 데려가주었을 정도이건만, 그이는 이불과 서랍장과, 그 밖의 가재도구를, 장모에게 받게 된 것을 놓고 지금도 신경을 쓰고 있어서, 나는 오히려 부끄러워지고, 공연히 나쁜 짓이라도 한 것 같은 생각이 드는 것입니다. 모두 싼 물건들인데, 하고 울고 싶을 정도로 속상해지자, 동정이나 연민으로 결혼하는 것은 잘못된 일이고, 나는 역시 혼자 사는 것이 더 낫지 않았을까, 하고 엄청난 생각을 한 밤도 있습니다.

좀 더 강한 것을 추구하는 볼썽사나운 부정不貞이 고개를 드는 일까지 있는 것을 보면, 나는 나쁜 사람입니다. 결혼을 하고, 처음으로 청춘의 아름다움을, 회색으로 지내버리고 만 원통함이, 혀를 깨물고 싶을 정도로 통렬히 느껴지면서, 이제라도 무엇인가로 보상을 하고자, 그이와 둘이서, 오롯이 저녁밥을 먹으면서도, 쓸쓸함을 참을 수 없어져서, 젓가락과 밥공기를 든 채로 울상을 지은 일도 있습니다. 이 모든 것들이 나의 욕심이겠지요.

이처럼 오타후쿠인 주제에 청춘 타령은 당치도 않은 것. 웃음거리가 될 뿐입니다. 나는 이대로, 이것만으로도, 분에 넘치도록 행복합니다. 그렇게 생각하지 않으면 안 됩니다. 공연스레 분수없는 소리가 나오고, 그러는 바람에, 이번 일처럼, 이렇게 기분 나쁜 뾰루지 같은 것이 솟아나는 것이겠지요. 약을 바른 탓인지, 뾰루지도 그 이상은 번지지 않고, 내일쯤이면 나을지도 모르겠다며, 하느님께 살그머니 기도하고, 그날 밤은 일찌감치 잠자리에 들었습니다.

자면서 곰곰 생각해보아도 무엇인가 이상한 생각이 들었습니다. 나는 어떤 질병도 두려워하지 않지만, 피부병만큼은, 아주, 아주, 못 견딥니다. 어떤 고생을 하더라도, 아무리 가난해지더라도, 피부병만큼은 걸리지 말았으면 하고 생각하고 있었습니다. 다리 한 짝이 없어지더라도, 팔 한 짝이 없어지더라도, 피부병 따위에 걸리는 것보다는 얼마나 나을지 모를 정도입니다. 여학교에서, 생리 시간에, 여러 가지 피부병 병균에 대해 배우면서, 나는 온몸이 근질근질하고, 그 벌레나 균 사진이 실려 있는 교과서 페이지를 갑자기 잡아 찢고 싶어졌습니다. 그리고, 선생님의 무신경이 저주스럽고…… 아니지, 선생님 역시 아무 생각 없이 가르치고 있는 것은 아니야, 직무상, 열심히 참아가며, 당연하다는 듯이 가장하고 가르치고 계신 것이다. 그게 틀림없어 하고 생각하고 보니, 더더욱 선생님의 그 후안무치가 한심하고, 딱해서, 나는 몸부림을 쳤습니다.

그 생리 시간이 끝난 다음, 나는 친구들과 토론을 하고 있었습니다. 아픔, 간지러움, 가려움 중에서 어느 것이 가장 괴로운가, 그런 논제가 나왔고, 나는 단연코 가려움이 가장 무섭다고 주장했습니다. 안 그런가요? 아픔이나 간지러움도, 자체로 지각의 한도가 있다고 생각합니다. 얻어맞고, 베이고, 아니면 간지러움을 당하더라고 그 괴로움이 극한에 도달하게 되면, 사람은 틀림없이 정신을 잃을 겁니다. 정신을 잃고 나면 몽환경 아니겠어요? 승천 말입니다. 고통으로부터 피할 수가 있습니다. 죽어버리면 그만 아닙니까.

하지만, 가려움이란 것은, 파도의 너울거림 같아서, 고조해 올라갔다가는 무너지고, 올라갔다가는 무너지면서, 한없이 둔하게 굼실거리고, 준동하기만 하면서, 고통이 막다른 정점까지 치고 올라가는 일은 결코 없으니까, 정신을 잃는 일도 없고, 물론 가려워서 죽는다는 일도 없을 것이며, 영원히 미적지근하게, 괴로워해야 하는 겁니다. 이렇게 보면, 물론 가려움보다 더한 고통이란 건 없을 것입니다. 내가 만약에 예전의 시라스*에서 고문을 받고, 베이기도 하고, 두들겨 맞기도 하고, 또 간지럼을 태워준다 해도 그런 일 가지고는 자백을 하지 않을 겁니다. 그러다가, 아마도 정신을 잃고, 이런 일이 두세 번 계속되면 나는 죽어버리겠지요. 자백 같은 것은 하지 않을 것입니다.

---

* 白州. 에도 시대에 재판을 하고 죄인을 문초하던 곳.

나는 동지들이 있는 장소를 한 목숨 던져 지켜 보일 것입니다.

하지만, 벼룩이나 이, 그리고 옴벌레 같은 것을 대나무통 하나 가득 들고 와서, 자, 이것을 너의 등덜미에 뿌려주겠다고 한다면, 나는 온몸에 소름이 끼쳐 덜덜 떨면서, 말씀드리겠습니다, 살려주십시오. 열녀고 뭐고, 양손을 합쳐 들고 애원할 생각입니다. 생각해보면, 펄쩍 뛸 정도로 고약한 일 아닙니까. 내가 그 휴식 시간에, 친구들에게 그렇게 이야기했더니, 친구들도, 모두 금방 공감해주었습니다. 언젠가, 선생님의 인솔 아래 클래스 모두가 우에노의 과학 박물관에 간 일이 있습니다. 분명 3층의 표본실이었던 것 같은데, 나는 꺅 하고 비명을 지르고, 펑펑 울고 말았습니다. 피부에 기생하는 벌레의 표본이, 게 정도의 크기로 모형으로 만들어져 진열장에 나란히 장식되어 있어서, 바보! 하고 큰 소리로 외치고 곤봉으로 엉망진창으로 때려 부수고 싶은 기분이었습니다. 그로부터 사흘이나, 나는 잠들기가 힘들고, 여기저기 가렵고, 밥맛이 없었습니다.

나는 국화꽃조차도 싫어합니다. 조그만 꽃잎이 우글우글하는 꼴이, 마치 무슨 벌레 같았습니다. 나무줄기의 울퉁불퉁한 것을 보아도, 오싹하고, 온몸이 근지러워집니다. 연어알젓 같은 것을 아무렇지도 않게 먹는 사람의 속을 알 수 없습니다. 굴 껍데기, 호박 거죽, 자갈길, 벌레 먹은 잎, 닭 볏, 깨, 홀치기염색, 문어 발, 차 찌꺼기, 새우, 벌집, 딸기, 개미, 연밥, 파리, 비늘, 모두가 싫습니다. 후리가나*도 싫습니다. 조그마한 가나는 꼭 이(虱) 같으니까요. 수유 열매, 오디, 모두 싫습니다. 달의 확대 사진을 보고서도 구역질이 난 적이 있습니다. 자수에서도 무늬에 따라서는 도저히 참을 수 없는 것이 있습니다.

　이처럼 피부 질환을 싫어하므로, 자연히 조심을 많이 해서, 아직까지는 거의 부스럼의 경험이 없었습니다. 그리고 결혼하고부터는 매일 목욕탕에 가서, 온몸을 꾹꾹 쌀겨 주머니로 닦곤 했는데, 아무래도 너무 문질렀던 것 같습니다. 이처럼 부스럼이 잔뜩 튀어나와버리다니. 분하고 원통하게 생각합니다. 도대체 얼마나 나쁜 짓을 했단 말입니까. 하느님도 너무하십니다. 하필이면 내가 가장 싫어하고, 혐오하는 것을 주셔놓고, 이 말고도 다른 병이 없는 것도 아닌 터에, 마치 작은 금 표적을 톡 하고 맞혀버린 것처럼, 그야말로 내가 가장 두려워하는 구덩이로 빠뜨려, 나는 참으로 이상하게 생각했습니다.

　이튿날 아침, 먼동이 어슴푸레 터오는 가운데 일어나, 살그머니 경대를 향했다가, 아아 하고 신음했습니다. 나는 귀신입니다. 이것은 내 모습이 아니야, 뭉그러진 토마토 같은 것이, 목과 가슴에도, 배에도 우둘투둘 추하기 짝이 없는 꼬락서니로 콩알처럼 큰 부스럼이, 마치 온몸에 뿔이라도 솟아난 것처럼, 버섯이 돋아난 것처럼, 빈틈도 없이 튀어나와, 후후후후 웃음이 나옵니다. 슬슬 양다리 쪽으로까지 번져나가고 있는 것입니다. 도깨비, 악마. 나는 사람이 아닙니다. 이대로 죽게 해주세요. 울거나 하면 안 된다. 감추어야 한다. 이런 추한 꼬락서니가 되어가지고 훌쩍훌쩍 울어보았자 조금도 예쁘지 않을 뿐

---

* 한자 옆에 조그맣게 붙인 읽기 표시.

아니라, 점점 더 연시가 찌부러져버린 것처럼 우스꽝스러워지고, 볼썽사나워져서, 손도 댈 수 없을 정도로 비참한 광경이 되고 말겠지요. 감추자.

그이는, 아직 모른다. 보여주고 싶지 않다. 원래 못생긴 내가, 이처럼 썩은 살갗이 되고 말았으니, 나는 더 이상 취할 만한 구석이 없다. 쓰레기다. 쓰레기터다. 이제 이쯤 되고 보면, 그이도, 나를 위로해줄 말이 없겠지. 위로를 받는다는 건 질색이다. 아직도 위로한다면, 나는 그이를 경멸해줄 테다. 싫다. 나는 이대로 헤어져야 한다. 위로하면 안 돼. 나를 보면 안 돼. 내 곁에는 아무도 없다. 아아, 좀 더, 좀 더 넓은 집이 필요하다. 평생 떨어진 방에서 살고 싶다. 결혼하지 말았으며 좋았을 것을. 28세까지 살지 않았으면 좋았을 것을. 19세 때 겨울에 폐렴에 걸렸을 때, 치유되지 않고 죽는 게 나았다. 그때 죽었더라면, 지금 이처럼 괴롭고, 꼴사납고 형편없는 지경을 당하지 않아도 되었을 것이다. 나는, 단단히 눈을 꾹 감은 채 꼼짝도 않고 앉아서, 가쁜 숨만 쉬면서, 그러다가 어느 사이 마음까지도 도깨비가 되어버리는 기미가 느껴지고, 온 세상이 조용하게 가라앉으면서, 분명 어제까지의 내가 아니게 되었습니다.

나는 슬금슬금, 짐승처럼 일어나 옷을 입었습니다. 옷은 고마운 존재로구나 하고 곰곰 생각했습니다. 아무리 형편없는 몸통도, 이처럼 싹 감추어주니 말입니다. 기운을 차리고, 빨래 너는 곳으로 올라가 해를 험악하게 바라보고 나서, 나도 모르게, 깊은 한숨을 쉬었습니다. 라디오 체조 구령이 들려오고 있습니다. 나는, 혼자서 쓸쓸한 마음으로 체조를 시작해, 하나, 둘,

하고 작은 목소리를 내면서 씩씩한 체를 해보았지만, 문득 참을 수 없을 정도로 자신이 불쌍해져, 도저히 계속해서 체조를 할 수 없어, 울음이 터질 것 같아졌고, 게다가, 지금 갑자기 몸을 움직인 탓인지, 목과 겨드랑이의 임파선이 묵직하게 아프기 시작해, 살짝 건드려보니, 모두 단단하게 부어 있었고, 이를 안 순간 나는 참을 수가 없어져서, 무너져 내리듯이 털썩 주저앉고 말았습니다. 나는 못생겼기 때문에, 그늘을 찾아, 참고 참아가며 살아왔건만, 어째서 나를 못살게 구는 것입니까 하고, 누구에게랄 것도 없이 눌어붙을 것 같은 큰 분노가, 버적버적 일어나고 있었는데, 마침 그때, 뒤에서,

"야아, 이런 데에 와 있었군. 기가 죽으면 안 되지" 하고 그이의 자상한 말소리가 들리더니, "어때, 조금은 나아졌어?"

좋아졌다고 대답할 생각이었는데, 나의 어깨에 가볍게 올려놓은 그이의 오른손을, 살그머니 떼고 일어나,

"집에 갈래요." 그런 말이 나오고 말면서, 나 자신도 나를 알 수 없게 되고, 이젠 무엇을 할 것인지, 무슨 소리를 할 것인지 책임을 질 수 없게 되고, 자신도 우주도, 몽땅 믿을 수 없게 되었습니다.

"어디, 좀 보자고." 그이는 당혹한 듯이, 웅얼거리는 말소리가 멀리서 들리듯 해서,

"싫어요."

나는 몸을 빼며, "이런 데에 멍울이 생겼어요" 하고 겨드랑이 밑에 양손을 댄 채, 엉망으로 마구 울음을 터뜨렸는데, 참지 못하고 아앙 소리를 내며, 못생긴 28세의 오타후쿠가 어리광

부리고 울어보았자, 귀여워 보일 턱이 없겠지. 추악한 꼴이라는 것을 알고는 있지만, 눈물이 자꾸만 나오는가 싶더니, 침까지 흘러나와, 나는 조금도 괜찮은 구석이라곤 없는 거다.

"됐어, 울지 마! 의사한테 데려다줄게." 그이의 목소리가, 여태까지 들어보지 못했을 정도로 강하게 울렸습니다.

그날은, 그이도 일을 쉬고, 신문광고를 찾아본 끝에, 나도 언젠가 한두 번 이름만은 들은 적이 있는 유명한 피부과 전문 의사에게 가기로 하고, 나는 외출복으로 갈아입으면서,

"몸을, 다 보여주어야 하는 걸까요?"

"그럼." 그이는 매우 품위 있게 미소 지으면서 대답했습니다. "의사를 남자라고 생각하면 안 되는 거야."

나는 얼굴을 붉혔습니다. 은근히 기뻤습니다.

밖으로 나가자, 햇빛이 눈부시고, 나는 자신을 한 마리 못생긴 송충이처럼 생각했습니다. 이 병이 나을 때까지 온 세상을 칠흑 같은 심야로 만들어놓고 싶었습니다.

"전차는 싫어요." 나는 결혼을 한 후, 처음으로 그런 사치스러운 말을 했습니다. 이제는 뾰루지가 손등에까지 번져 있는데, 언젠가 나는 이처럼 무서운 손을 한 여자 하나를 전차 속에서 본 일이 있었고, 그 후로는, 전차의 손잡이를 붙잡는 일조차 불결하게 느껴져, 옮지나 않을까, 꺼림칙하게 생각하고 있었는데, 이제는 내가, 그 언젠가의 여자 손과 똑같은 꼴이 되고 말았으니, '나의 불운'이라는 말이 이처럼 뼛속까지 울리는 일은 없었습니다.

"알아." 그이는 밝은 얼굴로 그렇게 답하고서, 나를 택시에

태워주었습니다. 츠키지를 떠나 니혼바시, 다카시마야 뒤쪽 병원까지, 아주 가까운 거리이지만, 그러는 동안, 나는 장의차를 타고 있는 기분이었습니다. 눈만이 살아 있어서, 거리의 첫여름 모습을, 멍하니 바라보면서, 길 가는 여자와, 남자들 중 아무도 나처럼 부스럼이 나 있지 않은 것이 신기했습니다.

병원에 도착해서, 그이와 함께 대기실에 들어갔더니, 여기는 또 세상하고는 아주 다른 풍경으로, 예전에 츠키지의 소극장에서 본 고리키의 「밑바닥」이라는 연극의 무대를 문득 떠올렸습니다. 바깥쪽은 짙은 녹색으로 눈부실 정도로 밝았건만, 이곳은, 어찌 된 일인지, 해가 있건만 어둑어둑하고, 선뜩한 차고도 습한 기운이 있고, 시큼한 냄새가 코를 찌르고, 맹인들이, 고개를 숙이고, 많이 있는 겁니다. 맹인은 아니지만, 어딘지 몸이 불편한 느낌의 할머니 할아버지가 많이 있다는 데서 놀랐습니다. 나는 입구 가까운, 벤치 끝에 걸터앉아, 죽은 듯이 늘어져서 눈을 감았습니다. 문득, 이 많은 환자 가운데, 내가 가장 중한 피부병 환자일지도 모르겠다는 생각이 나서, 깜짝 놀라 눈을 뜨고, 얼굴을 처들어, 환자 하나하나를 훔쳐보게 되었는데, 역시나, 나처럼 드러내놓고 뾰루지가 난 사람은, 한 사람도 없었습니다. 피부과와 또 한 가지, 도저히 편한 마음으로는 말할 수 없는, 고약한 이름의 병, 그 두 가지 전문의였다는 것을, 나는 병원 현관의 간판을 보고 처음으로 알게 되었는데, 그렇다면, 저기 앉아 있는 저 젊고 잘 생긴 영화배우 같은 남자는, 아무 데도 부스럼 같은 것은 없는 것 같으니까 피부과가 아니고, 다른 쪽 과의 병인지도 모른다고 생각하고 보니, 이제는 이 대

기실에 웅크리고 앉아 있는 망자 같은 사람들은 모두 그쪽 환자 같은 느낌이 들어,

"여보, 잠시 산책하고 오세요. 여기는 좀 음침하니까요."

"아직, 멀었나 보군." 그이는 공연히 내 곁에 우뚝 서 있었던 것입니다.

"네, 제 차례가 오려면, 점심때쯤 되어야 하나 봐요. 여기는 더러워요. 당신이 있으면 안 돼요."

스스로도 어머 하고 생각할 정도로, 의외로 엄한 목소리가 나왔고, 그이도 이를 순순히 받아들였던지, 천천히 끄덕거렸습니다.

"당신도, 같이 안 나갈 거야?"

"아니에요. 저는 괜찮아요." 나는 미소 짓고, "저는 여기 있는 것이 가장 편해요."

이렇게 그이를 여기서 내보내고, 나는 조금 마음이 가라앉았으므로, 다시 벤치에 앉아 눈이 시다는 듯이 눈을 감았습니다. 곁에서 보노라면, 나는 아마도 젠체하고 거드름을 피우면서 바보 같은 명상에 빠져 있는 할망구처럼 보이겠지만, 나는 이렇게 하고 있는 것이 가장 편합니다. 죽은 체. 그런 말이 떠올라 우스웠습니다. 하지만, 점차로 나는 걱정스러워졌습니다. 누구에게나 비밀은 있다. 그런 고약한 말을 누군가 내 귀에 속삭거린 듯한 기분이 들어, 울렁거리기 시작했습니다. 어쩌면, 이 뾰루지도— 하고 생각하고 보니, 금방 소름이 끼치는 듯한 기분이 들어, 그이의 자상함과, 자신감 없음은 그런 데서 온 것이 아닐까, 설마하니.

그때 처음으로, 우스운 일이지만, 그때 처음으로, 저 사람한 테는 내가 첫 여자가 아니었지, 이런 것을 실감을 가지고 생각하게 되어, 어쩔 줄 모르게 되었습니다. 속았다! 사기 결혼이다. 당돌하게 그런 말도 떠올라서, 그이를 쫓아가서 때려주고 싶은 생각이 났습니다. 바보지요. 처음부터 그렇게 알고 그이에게 간 것인데, 이제 갑자기, 그이가 처음이 아니라는 것, 이게 참을 수 없을 정도로 속상하고, 원망스럽고, 돌이킬 수 없는 감정으로, 그이의 먼젓번 여자의 일이, 새삼스럽게 농밀하게 내 가슴으로 닥쳐오는 바람에, 진지하게 처음으로 그 여자가 두렵고, 밉살스럽다는 생각이 들었고, 지금까지, 단 한 번도, 그 사람 생각을 해 본 일도 없는 나의 태평스러움이, 눈물이 날 정도로 속이 상했습니다. 괴로움, 이것이 저 질투라는 것일까요. 만약에 그렇다면, 질투란 것은, 참으로 구원이라고는 없는 광란, 그것도 육체만의 광란입니다. 한 점도 아름다운 구석이라고는 없는 괴수 같은 것이랄까. 세상에는 아직도 내가 모르는, 몹쓸 지옥이라는 게 있었던 거죠. 나는 살아간다는 것이 싫어졌습니다.

스스로가 한심스러워져서, 얼른 무릎 위의 보자기를 풀어, 소설책을 꺼내, 아무렇게나 펴 들고는 무작정 거기부터 읽기 시작했습니다. 보바리 부인. 엠마의 고통스러운 생애가, 언제나 나를 위로해줍니다. 엠마의 이처럼 퇴락해가는 길이, 나로서는 가장 여자다운 자연의 것으로 자꾸만 생각이 듭니다. 물이 낮은 곳으로 흐르듯이, 몸이 나른해지는 듯한 순수함을 느낍니다. 여자란, 이런 것이지요. 말할 수 없는 비밀을 가지고 있는 것입니다. 왜냐, 그것은 여자가 '타고난' 것이니까요. 진흙탕을 으레 하나씩 가지고 있는 겁니다. 확실하게 말할 수 있습니다. 왜냐, 여자에게는 하루하루가 전부이니까요.

남자하고는 다르지요. 죽음 후도 생각하지 않습니다. 사색도 없습니다. 일각일각의, 아름다움의 완성만을 원하고 있는 거지요. 생활을, 생활의 감촉을 그지없이 사랑합니다. 여자가, 찻잔이나 고운 무늬의 옷을 사랑하는 것은, 그것만이 바로 사는 보람이기 때문입니다. 시시각각의 움직임이, 그것이 그대로 살아 있는 것의 목적입니다. 달리 무엇이 필요할까요. 고도의 리얼리즘이, 여자의 이 발칙함과 부유浮遊의 마음을 가차 없이 까발려준다면, 우리 자신도 처신이 얼마나 편해질지 모를 것으로 생각합니다. 여인의 그 깊이를 모를 '악마'에 대해서는 아무도 손대지 않고 보지 않는 체하기 때문에, 그래서 비극이 일어나는 것입니다. 높고, 깊은 리얼리즘만이 우리를 진실로 구해주는 것인지도 모릅니다.

여자의 마음은, 거짓 없이 말한다면, 결혼 다음 날에도, 다른 남자 생각을 아무렇지도 않게 할 수 있거든요. 사람의 마음은 결코 방심할 수가 없습니다. 남녀칠세 어쩌고 하는 옛 가르침이, 불쑥 무서운 현실감으로, 나의 가슴을 치면서 문득 생각났습니다. 일본의 윤리라는 것은 거의 완력적으로 사실인 것으로구나 하고, 현기증이 날 정도로 놀랐습니다. 무슨 일이든지 모두 알려져 있다, 예전부터 진흙탕이 명확하게 도려내어져 있는 것이다, 이렇게 생각하니, 오히려 마음이 시원하고, 상쾌하게 안심이 되어, 이러한 꼴사나운 부스럼투성이의 몸이 되고서도,

역시 그런대로 뭔가 매력이 많은 할망구, 이렇게 여유를 가지고 자신을 웃어주고 싶은 기분도 들어서, 다시 책을 읽었습니다.

지금은, 로돌프가, 다시 살그머니 엠마에게 몸을 갖다 붙이며, 달콤한 말을 빠른 소리로 속삭거리고 있는 장면인데, 나는 읽으면서 아주 다른 기묘한 생각을 하면서 나도 모르게 빙긋 웃고 말았습니다. 엠마가, 이때 뽀루지가 잔뜩 나 있었더라면 어찌 되었을까 하고 당치도 않은 공상이 떠올랐고, 아니다, 이건 중대한 아이디어라고 진지해졌습니다. 엠마는 분명히 로돌프의 유혹을 거절했을 것이 틀림없습니다. 그리고, 엠마의 생애는 아주 딴판이 되었을 것이다. 그랬을 게 틀림없어. 어디까지나 거절했을 테니까. 그렇게 하는 수밖에 별도리가 없으니 말이다. 그런 몸을 가지고는. 그리고, 이것은 희극이 아니지, 여자의 생애는, 그 당시의 머리 스타일, 옷의 무늬, 졸림, 혹은 사소한 몸의 컨디션 등으로 마구 결정되고 마는 것이다. 너무나 졸려서, 등 뒤의 귀찮게 구는 아이를 비틀어 죽인 유모까지도 있지 않았던가.

특히 이런 뽀루지는 여자의 운명을 얼마나 역전시키고, 로맨스를 왜곡시킬 것인지 알 수 없는 것입니다. 마침내 결혼식을 앞둔 전날 밤, 이런 뽀루지가 생각지도 않게 툭 튀어나오더니, 삽시간에 가슴으로, 팔다리로 마구 퍼져버린다면 어찌해야 한단 말입니까. 나는 이런 일이 있을 가능성이 있다고 생각합니다. 뽀루지만큼은, 정말이지, 평소의 조심성을 가지고서는 막을 수 없는, 무엇이랄까, 하늘의 뜻에 의한 것으로 생각됩

니다. 하늘의 악의를 느낍니다. 5년 만에 귀국하는 남편을 마중 나가기 위해 서둘러 요코하마 부두로 가서, 가슴 두근거리며 기다리고 있는 동안에 얼굴의 중요한 부분에 보랏빛 종기가 나타나, 만지작거리고 있는 사이, 어느새, 그 기쁨 가득했던 젊은 부인도, 눈 뜨고 봐줄 수 없을 정도로 변해버린 오이와 님 お岩さま* 이야기. 그런 비극도 있을 수가 있는 것이다. 남자는 종기 따위는 아무렇지도 않게 여기는 모양이지만, 여자들은 살갗만으로 살아가고 있는 존재랍니다. 부정하는 여자가 있다면 거짓말쟁이입니다. 플로베르 따위를 나는 잘 알지 못하지만, 매우 세밀한 사실 묘사가인 모양으로, 샤를이 엠마의 어깨에 키스하려고 하자, "안 돼요. 옷에 주름이……" 하고 거부하는 장면이 나오는데, 그런 세세한 안목을 가지고 있으면서, 어째서 여성의 피부병에 대한 고통에 대해서는 써놓지 않은 것일까요. 남자로서는 도저히 이해할 수 없는 고통이기 때문이겠지요. 아니면, 플로베르쯤 되는 사람이라면, 충분히 알고 있으면서도, 그럼에도 그것은 지저분해서, 도저히 로맨스에 어울리지 않는다면서, 모르는 체하고 경원敬遠하고 있는 것일까요. 하지만, 경원이라면, 교활해요, 교활해. 결혼 전날 밤, 혹은, 그립고 그리운 사람과 5년 만에 만나기 직전 같은 때 생각지도 않게 괴물 같은 종기의 엄습을 받게 된다면, 나 같으면 죽는다.

---

* 요츠야 괴담四谷怪談의 등장인물로, 남편 이에몬에게 독살당해 추한 모습으로 죽음을 맞이한 아내 오이와가 귀신이 되어 나타나 복수를 한다는 내용이다.

가출해서 타락해버릴 것이다. 자살할 것이다. 여자는 순간순간의, 나름의 아름다움에 대한 기쁨을 가지고 살고 있는 것이니 말입니다. 내일이야 어찌 되건 말이죠. ─쏙 하고 문이 열리더니, 그이가 다람쥐처럼 조그마한 얼굴을 들이밀고, 아직이야? 하고 눈으로 물었으므로, 나는 경박스러운 손놀림으로 부르고 나서, "말이죠." 천박스러운 투의 새된 목소리였으므로, 나는 어깨를 움츠리고, 이번에는 될 수 있는 대로 목소리를 낮추어, "말이죠, 내일은 아무래도 좋다고 마음먹었을 때의 여자한테, 가장 여성스러움이 배어 나와 있다, 그렇게 생각하지 않으세요?"

"뭐라고?" 그이가 당황해하고 있으므로 나는 웃었습니다.

"말이 서툴렀네요. 알 수가 없는 거지요, 뭐, 됐어요. 저는, 이런 데에 잠시 앉아 있는 동안에, 왠지, 사람이 달라진 것 같아요. 이처럼 밑바닥에 있으면 안 되나 봐요. 저는, 심지가 약해져서, 주변의 분위기에 금방 영향을 받고, 금방 물들어버리나 봐요. 전, 천덕스러워졌어요. 마음이 자꾸만, 형편없게, 타락해가지고, 마치, 뭐……"라고 말하다 말고 입을 꾹 다물고 말았습니다.

프로스티튜트, 그렇게 말하려 했던 것입니다. 여자가 영원히 입 밖에 내서는 안 될 말. 그리고 한 번쯤은, 꼭, 그런 생각으로 고뇌하는 말. 전적으로 자긍심을 상실했을 때, 여자는 반드시 그런 생각을 한다. 나는 이런 종기가 튀어나오는 바람에, 마음속까지 도깨비가 되고 말았구나, 하고 실정을 어슴푸레 이해하게 되었고, 내가 지금까지 오타후쿠, 오타후쿠 하면서, 모든 일

에 자신 없는 양상을 가장하고 있었지만, 하지만, 역시 내 피부
만큼은, 그것만큼은, 남몰래 소중히 하고, 그것이 유일한 프라
이드였다는 점을 이제 깨닫게 되면서, 내가 자부하고 있던 겸
양이라느니, 조신스러움이라느니, 인종忍從이라느니, 이런 것
은 의외로 기댈 수도 없는 가짜였고, 내실은 나도, 지각, 감촉
의 일희일비만으로, 장님같이 살아온 가련한 여자였구나 하고
깨달으면서, 지각, 감촉이 아무리 예민해보았자, 그것은 동물
적인 것이었구나, 조금도 예지하고는 상관이 없구나, 참마로,
우둔한 백치에 지나지 않았구나, 하고 확실하게 나 자신을 알
게 되었습니다.

　나는, 잘못되어 있었습니다. 나는, 그래도 자신의 지각의 델
리케이트함을, 은근히 고상한 것으로 생각하고, 이를 머리가
좋은 것으로 잘못 생각하고, 남몰래 자신을 위로하고 있지는
않았을까. 나는 결국, 어리석은, 머리가 나쁜 여자였던 거죠.

　"여러 가지 생각을 했어요. 나는, 바보예요. 나는 마음속부터
미쳐 있었던 거예요."

　"왜 안 그렇겠어. 다 알아." 그이는 정말로 알고 있다는 듯이
슬기로운 웃음을 띤 얼굴로 대답하고 나서, "이것 봐, 우리 차
례야."

　간호원에 이끌려, 진찰실에 들어가, 띠를 풀고 단숨에 홀딱
벗고, 흘끗하고 나의 유방을 보았는데, 거기서 석류를 보고 만
겁니다. 눈앞에 앉아 있는 의사보다도, 그 뒤에 서 있는 간호원
이 보는 것이 훨씬 속이 상했습니다. 의사란 게, 역시 사람이라
는 느낌이 나지 않는 것이라고 생각했습니다. 얼굴의 인상조차

도, 나로서는 확실하지 않았습니다. 의사 쪽에서도 나를 사람 취급을 하지 않고, 이리저리 살피더니,

"중독입니다. 무언가, 나쁜 것을 드셨나 보군요." 아무렇지도 않은 목소리로 말했습니다.

"나을까요?"

그이가, 물어주었고,

"낫습니다."

나는, 멍하니, 다른 방에 있는 듯한 기분으로, 듣고 있었습니다.

"혼자서 훌쩍훌쩍 울며 속상해하는 꼴을 보고 있을 수가 없었거든요."

"금방 낫습니다. 주사를 놓죠."

의사는 일어섰습니다.

"단순한, 것입니까?" 그이가 물었다.

"그럼요."

주사를 맞고, 우리는 병원을 나왔습니다.

"벌써, 손 쪽은 나았어요."

나는, 여러 번씩이나 햇빛 쪽으로 양손을 들고 바라보았습니다.

"기뻐?"

그 소리를 듣고, 나는 부끄러워졌습니다.

(1939년 11월)

속천사 俗天使

저녁밥을 먹고 있었는데, 그러다가, 나는 젓가락과 밥그릇을 든 채로, 멍하니 움직이지 않게 되어버려, 집사람의 왜 그러세요, 하는 물음에, 나는, 글쎄 싫증이 나버린 거야, 밥을, 먹는 일이 싫증이 나버린 거야, 하고 대답했지만, 그뿐이 아니라, 달리 생각하던 일이 있어서, 그 바람에, 밥도 먹지 않고 멍해져버렸다. 그렇지만, 이런 이야기를 집사람에게 하는 것이 귀찮아졌으므로, 이대로 밥은 남길게, 괜찮겠지? 했더니, 집사람은 괜찮아요, 하고 대답했다.

옆에다 미켈란젤로의 〈최후의 심판〉 큰 사진판을 펼쳐놓고, 그것만 들여다보면서 젓가락을 놀리고 있었지만, 그림 중앙에 왕자와도 같은, 건강한 청춘의 그리스도가 벗은 모습으로, 하계의 동란 중의 망자들에게 무엇인가를 내던지는 듯한, 느긋한 몸짓을 하고 있고, 젊고 조그마한 처녀인 채로 있는 청초한 어머니는, 그 아름답고 용감한 전라의 아들에게, 숫되게 기대며, 아들에 대한 마음에서 우러나는 신뢰를 보이며 고개를 숙인 채 조용히 머무르며, 아스라이 생각에 잠긴 모습이, 나의 조촐한 식사를 결국 중단하게 만들었다.

찬찬히 들여다보니, 그처럼 느긋한, 마치 모모타로桃太郎*와도 같이 영롱한 그리스도의 복부에, 그리고 그 들어 올린 손등에, 발에, 컴컴하고 큰 상처 자국이 확실하고 무참하게 그려져 있는 것이다. 나는 어렸을 때, 긴타로金太郎**보다는, 긴타로와 둘이서 산에 숨어 살고 있는 젊고 아름다운, 산할멈 쪽에 마음이 끌렸다. 그리고, 말을 탄 잔 다르크도 잊을 수 없다. 청춘 때의 나이팅게일의 사진에도 마음이 끌렸다. 하지만, 이제 눈앞에 있는 이 젊은 처녀인 채로 있는 어머니를 보자면, 전혀 비교도 되지 않는다.

이 어머니는 영리하고 조그마한 여종과도 비슷하다. 청순하고 조금은 쌀쌀한 간호원과도 비슷하다. 하지만 그런 것이 아니다. 경망스럽게 형용해서는 안 된다. 간호원이라니, 당치도 않은 말이다. 이것은, 역시 절대로 터치해서는 안 될 것 같은 기분이다. 아무에게도 보여주지 않고, 영원히 숨겨두고 싶은 심정이다.

---

* 일본 옛날이야기의 주인공으로 복숭아에서 태어났다고 전해진다.
** 이 또한 옛날이야기의 주인공으로 괴력의 소유자 사카타노 긴토키를 가리킨다.

〈성모자聖母子〉, 나는 그 실상을, 이제 와서야 겨우 깨달았다. 분명 더할 나위 없는 존재다. 다빈치는 온갖 신산을 겪어가면서, 〈조콘다〉를 완성시켰지만, 무참하게도 신품神品은 아니었다. 신과 싸운 벌이다. 마의 작품이 되고 말았다. 미켈란젤로는, 비굴한 울음 섞인 노력으로, 무지하기는 했지만, 신의 존재를 감지할 수 있었다. 어느 쪽이 더 고생을 했는지, 나는 알 수 없다. 그러나, 미켈란젤로의, 이런 작품에서는, 어쩐지 신의 도움이 자꾸만 느껴졌다. 인간의 작품이 아닌 구석이 있었다. 미켈란젤로 자신도, 자신의 작품에서 풍기는 불가사의한 순수함을 알지 못할 것이다. 미켈란젤로는 열등생이므로, 하느님이 도와주어서 그려진 것이다. 이것은 미켈란젤로의 작품이 아니다.

이러한, 훌륭한 것을 보고서, 나는 식사를 중지하고, 이리저리 방 안을 둘러보았다. 집사람이 고개를 숙이고 밥을 먹고 있다. 나는, 〈최후의 심판〉 사진판을 접어, 옆방으로 물러나, 책상에 마주 앉았다. 어지간히 자신이 없었다. 아무것도 쓰고 싶지 않아졌다. 나는 이 잡지, 〈신조新潮〉에 모레까지 20매의 단편을 보내야 한다. 오늘 밤, 이제부터 작업에 들어갈 작정이었지만, 나는 지금, 마치 얼빠진 사람처럼 하고 있었다.

복안은 이미 세워져 있다. 끝맺음의 말까지도 준비되어 있었다. 6년 전의 초가을에, 100엔을 가지고 친구 셋을 꼬드겨 유가와라 온천에 놀러 가서, 우리 넷이 각각 서로 죽일 정도로 싸움도 하고, 울고, 웃고, 화해한 이야기를 쓸 생각이었지만, 싫어졌다. 별다른 이유도 없다. 말하자면, 늘 하던 식의 작품이다. 가하지도, 불가하지도 않은 '스케치'랄까. 저것을 보지 않았어야 했다. 〈성모자〉 같은 데에 정신이 팔리지 않았어야 했다. 나는 거침없이 술술 써나갔을 테지.

아까부터 담배만 피워대고 있다.

"나는 새가 아니랍니다. 그리고 짐승도 아니랍니다." 어린아이들이, 언젠가 처량한 가락을 붙여, 들판에서 노래하고 있었다. 나는 집에서 누운 채로 듣고 있었지만, 공연히 눈물이 나왔으므로, 일어나서, 집사람에게 물어보았다. 저건 뭐야, 무슨 노래지. 집사람은 웃으면서 대답했다. 박쥐의 노래일걸요. 새와 짐승의 싸움 때의 노래겠지요. "그래? 지독한 노래로군." "그런가요" 하고 아무것도 모르면서 웃고 있다.

그 노래가, 지금 생각이 났다. 나는 의지가 박약한 사나이다. 나는 아첨쟁이다. 나는 새도 아니다, 짐승도 아니다. 사람도 아니다. 오늘은 11월 13일이다. 4년 전 이날, 나는 어떤 불길한 병원에서 나가도 된다는 허락을 받았다. 오늘처럼 이렇게 추운 날은 아니었다. 활짝 갠 가을 날씨로, 병원 뜰에는 아직도 코스모스가 남아 있었다. 그 무렵의 일은, 앞으로 5, 6년이 지나, 좀 마음이 가라앉게 되면, 꼼꼼히 차분하게 써볼 생각이다. '인간 실격'이라는 제목을 달 생각이다.

이젠 더 쓰고 싶지가 않아졌다. 하지만, 나는 쓰지 않으면 안 된다. 〈신조〉의 N 씨에게는 지금까지도 여러모로 폐를 끼치고 있다. 이런 말이 문득 떠올랐다. "나에게도 누항陋巷의 성모가 있었다."

애초에, 무기력한 고집의 말이다. 지상의 어떤 여성을 그려본들, 저 미켈란젤로의 성모와는 비슷하지도 않은, 왜가리와 두꺼비 정도의 차가 난다. 예를 들자면, 내가 오기쿠보에서 하숙을 하고 있었을 무렵, 근처의 중화소바집에 곧잘 가곤 했다. 어느 날 밤, 내가 조용히 중화소바를 먹고 있는데, 그곳의 자그마한 여종업원이, 에이프런 밑으로 몰래 계란을 꺼내, 톡 깨서 내가 먹고 있는 그 국수 위에, 떨어뜨려주었다. 나는 비참한 생각이 들어 얼굴을 들 수가 없었다. 그 뒤로는 가능한 한 그 집에는 가지 않기로 했다. 참으로 부끄러운 기억이다.

그리고 또, 내가 5년 전에 맹장을 앓았다가 복막으로까지 번져, 수술이 약간 까다로웠던 데다, 그 당시에 쓴 약이 버릇이 되어, 중독 증상을 일으키는 바람에, 이를 고치기 위해 미즈카미 온천에 갔다가, 이삼일은 잘 견디어냈는데, 결국 고통에 못 이겨, 미즈카미의 조그만 병원으로 뛰어들어, 늙은 의사에게 사정 이야기를 하고, 약품을 1회분만 받아 온 일이 있다. 돌아올 때, 둥근 얼굴의 간호원이 방글방글 웃으며, 몰래 또 1회분의 약을 더 건네주었다. 나는 그 대금을 더 내려 했지만, 간호부는 잠자코 고개를 흔들었다. 나는 어서 속히 병을 고쳐야겠다고 생각했다.

미즈카미에서도 병을 고칠 수 없어, 나는 여름이 끝나갈 때 미즈카미의 여관에서 철수했다. 여관을 나와, 버스를 타고 뒤돌아 바깥을 보니, 아가씨 하나가, 작게 웃으며 나에게 배웅의 손짓을 하고 울기 시작했다. 아가씨는, 옆의 여관에서, 아픈 듯한 소학교 2, 3학년쯤의 남동생과 함께 탕치湯治를 하고 있었다. 내 방 창문에서는 그 옆 여관의 아가씨 방이 보였고, 서로 아침저녁 얼굴을 마주치곤 했지만, 어느 쪽에서도 인사를 하는 일 없이 모르는 체하고 지냈다.

당시, 나는 아침부터 밤까지, 돈을 빌려달라는 편지만 쓰고 있었다. 지금도, 나는 전혀 정직하지는 않지만, 그 무렵은 반미치광이처럼, 가련한 일시 모면의 거짓말만 하고 있었다. 숨 쉬고 살고 있기가 고달파, 창문으로 얼굴을 내밀면, 옆 여관의 아가씨는, 방의 커튼을 재빨리 완벽하게 닫아서, 나의 시선을 차단하기도 했다. 버스를 타고 뒤돌아보았을 때, 아가씨는 옆 여관 문간에 목을 움츠리고 서 있었는데, 그때 처음으로 나에게 웃었고, 그대로 운 것이다. 점점, 손님들이 돌아가버리는구나, 하는 추상적인 슬픔이 엄습했던 것으로 생각된다. 특히 나를 선택해서 운 것은 아니라고 이해하고 있기는 했지만, 그래도 내 가슴을 강하게 흔들어놓았다. 좀 더 살갑게 굴어둘걸 하고 생각했다.

이런 소리만 해도, 역시 '여자 자랑'쯤 되는 것일까. 이런 일이, 나에게 소중히 간직한 '여자 자랑'이라고 한다면, 나는 매우 한심한 작자임이 틀림없다. 조금도 '여자 자랑'이 아니다. 중화소바집 아가씨가 계란 한 개를 주었다고 해서, 그것이 무슨 자랑이 될 것인가. 나는 자신의 치욕을 고백하고 있을 뿐이다. 나는 나 자신의 용모가 우습게 생겼다는 것도 알고 있다. 어려서부터, 못생겼다는 소리를 들으며 자랐다. 불친절하고, 센스가 없다. 게다가 품위 없게 술을 퍼마신다. 여자가 좋아할 리가 없다. 나에게는 그것을 또, 약간은 자랑하고 있는 구석이 있었다.

나는 여자가 좋아하지 말았으면 생각하고 있다. 말하자면,

자포자기의 심사로도 그렇다는 이야기다. 분수를 알고 있는 것이다. 호감을 살 정도가 아님을 자각하고 있는 사람이, 어쩌다 호감을 사게 된다면, 당황해서, 스스로 비참한 생각만 하게 될 것이 아닌가 여겨진다. 내가 이런 소리를 해봤자, 진담으로 듣지 않는 사람이 있을지 모르지만, 이 밥통아! 너처럼 저열한 천착을 즐기는 자가 있으니까, 나까지 기를 써가며 이런 무지하고 어리석은 변명을, 진지한 얼굴을 하고 말하게 되는 거야. 남의 말은 잠자코 듣는 것이 좋다. 나는 거짓말을 하고 있는 것이 아니니까.

치욕을 고백하고 있다고 앞에서 말했는데, 이것은 표현이 좀 모자랐다. "치욕을 고백하는 일에 소소한 긍지를 가지고 싶어서 쓰고 있다"라고 고쳐 말하는 편이 좀 적절하지 않을까. 비참한 심경이지만 별도리가 없다. 나에게는 여자가 호감을 가져주지 않기 때문에, 어쩌다 아주 조금, 여자가 호의를 보이기만 해도, 그 당시에는 치욕으로까지 여겼던 일도, 이제는 그 기억만이라도 소중히 해야 할 것이 아닌가 하는 매우 깔끔하지 않은 비굴한 반성 때문에, 나는 그런 여성들에게 '누항의 마리아'라는 칭호를 다소 두 손 들어서, 될 대로 돼라, 하는 심사로 바치고 있는 형국이다.

저 미켈란젤로의 마리아가, 이 꼬락서니를 내려다보고, 화를 내는 일 없이, 미소 지어주신다면 다행이겠다.

나는 육친 이외의 여인에게서 금전을 받아본 일은 한 번도 없지만, 10년 전에, 일종의 폐를 끼친 일이 있다. 10년 전이라면 스물한 살 때이다. 긴자의 바에 들어갔는데, 내 주머니에는

5엔짜리 지폐 한 장과 전차표밖에 없었다. 오사카 말씨의 여급이었다. 품위가 있어 보였다. 나는 그 사람에게 5엔밖에 없다는 말을 하고, 될 수 있는 대로 술을 천천히 가져와달라고, 진지하게 부탁했다. 그 여자는 웃지도 않고 승낙해주었다. 한 병을 마시자 취기가 올라, 다음 한 병을 어서 달라고 부탁했다. 그 여자는 네네, 하며 가져다주었다. 꽤 마셨다. 계산은 13엔가량이었다. 지금도 그 액수는 잘 기억하고 있다. 내가 우물쭈물했더니, 그 여자는 됐어요, 됐어요, 하면서 내 등짝을 밀어대며 밖으로 내보내고 말았다. 그뿐이었다. 내 태도가 좋았기 때문이겠지 생각하며, 나는 그 이상의 들뜬 기분은 느끼지 않았다. 2, 3년, 아니면 4, 5년, 그것은 확실하지 않지만, 좌우간 상당히 뒷날, 그 바에 들어간 일이 있다. 아뿔싸, 그 여급이 아직도 있었다. 역시 품위 있게, 일하고 있었다. 내 테이블에도 들러서, 방글방글 웃으면서 누구시더라, 잊어버렸는걸요, 하고 말하고는, 그대로 다른 테이블로 가버렸다. 나는 비굴하고 쩨쩨하므로, 내 편에서 앞질러 감사의 말을 할 용기도 나지 않아, 술을 한 병 마시고 얼른 물러났다.

더 이상 쓸거리가 없다. 이제는 날조하는 수밖에 없다. 더는 아무 생각도 나지 않는다. 말을 해야 한다면 날조하는 수밖에는 없다. 점차로 비참해진다.

편지라도 하나 써보자.

"아저씨. 사비가리 씨. 사비시가리 씨도 아니고, 사무가리 씨도 아니죠. 사비가리 씨가 가장 잘 어울리네요.* 늘, 소설만 쓰고 있는 아저씨, 오늘 아침 엽서 고맙습니다. 마침 아침 식사

때 도착해서, 모두에게 읽어주었지요. 그처럼 맨날 들어박혀서 소설만 쓰고 계시다간 건강이 나빠집니다. 아무쪼록 운동을 하시기를 권해드립니다. 아저씨처럼, 노상 평상복을 입고 집에 들어박혀 지내는 사람은 아무래도 운동의 밝음과 건강을 필요로 하므로, 오늘도, 또 아저씨를 많이 웃겨드릴게요.

이제부터 쓰는 것은, 훨씬 나중에 쓸 생각이었지만, 속히 알려드리고 싶어 안달이 나서 쓰고 있습니다. 도대체 무엇일까요? 어쨌든 오늘 사 온 것이거든요. 우리 아가씨들이, 이를 착용하면, 도저히 참을 도리가 없어서, 바다가 보이는 모래언덕에 서보고 싶어집니다. 여행을 하고 싶어져서 참을 수가 없지요. 오늘 긴자의 로얄에서 발견했고, 돌아오는 길에 바로 착용했지요, 바로 구두예요. 저는, 걷는 것이 좋아서, 즐거워서, 저절로 눈길이 발치로 가버린답니다. 이젠 아시겠지요. 구두예요. 나는, 오늘, 구두만이 걷고 있는 기분이었어요. 모두가 내 구두를 바라보고 있는 것 같은 날아가는 기분이에요. 시시하다고요? 아저씨는 무엇이든지 시시하다, 시시하다, 그래서 곤란합니다. 나도 구두 이야기는 시시하다고 생각합니다.

그럼, 무엇이 좋을까요? 오늘 저녁, 어머니가 『여학생』을 읽어보고 싶다고 말했습니다. 나는, 얼른 '싫어요' 하고 거절했습

---

* "사비시가리 씨"는 '곧잘 쓸쓸해하는 사람'이라는 뜻의 '사비시가리야寂しがり屋'를 작가가 의인화시킨 표현으로, "사비가리 씨" 역시 이를 응용한 언어유희이다. "사무가리 씨" 또한 마찬가지의 표현으로, '곧잘 추위 타는 사람'을 뜻한다.

니다. 그리고 5분가량 지나, '엄마는 심술쟁이야. 하지만 어쩔 수 없지. 곤란해.' 이렇게 이상한 소리만 하다가, 그 책을 서재에서 가져다 드렸지요. 지금 엄마가 읽고 계신 모양이에요. 무슨 상관이 있겠어요. 엄마한테 나쁜 이야기는 조금도 쓰여 있지 않고, 게다가, 아저씨도 언제나 어머니를 존경하고 계시니까, 괜찮아요. 엄마는 아저씨를 혼낼 일이 없을 거예요. 하지만, 제가 좀 부끄러워요. 어째서 그런지 나도 잘 알 수가 없거든요. 나는 요즈음 들어 줄곧 어머니한테 묘하게 부끄러워하고만 있어요. 엄마한테만 그런 게 아니에요. 모두에게, 좀 더 평정심을 가지고 싶어요.

시시하지요, 이런 이야기. 날아가버려라, 비눗방울. 어제는 오테라 씨하고 쇼핑을 했습니다. 오테라 씨가 산 것은 흰 편지지하고, 루주하고(루주는 오테라 씨에게 딱 어울리는 색깔이었죠), 그리고 가죽 시계줄이었습니다. 저는, 지갑하고(아주 마음에 드는 지갑이에요. 다갈색하고 빨강 조개 모양입니다. 재미없으세요? 제 취미가 저급한가요? 하지만, 금속 부분하고, 조개 입 부분이 금빛으로 가늘게 장식되어, 근사해요. 나는 이것을 살 때, 금속 부분을 얼굴에 가까이 대보았거든요. 그랬더니, 여기에 내 얼굴이 조그맣고 동그랗게 비쳐 보이는 게 아주 귀여웠어요. 그 바람에 이제부터는, 내가 이 지갑을 열 때에는 남들이 지갑을 열 때하고는 다른 마음가짐을 하지 않을 수가 없게 되었답니다. 열 때에는 반드시 살짝 비추어 볼 생각입니다.) 그리고 루주도 샀지만, 이런 이야기, 역시 시시해요? 어찌된 거예요. 아저씨한테도 나쁜 점이 있어요. 나는 가끔씩, 그런 생각을 하면 쓸쓸해져요. 술은, 어쩔 수 없지만, 담배는 좀 삼가해주세요. 보통이 아니라니까요, 데카당아.

이번에는 좋은 이야기를 들려드리겠습니다. 왠지, 몽땅 자신이 없어지고 말았네. 개 이야기를 할까 생각했었지만, 아저씨랑 나랑은, 개에 대한 취미는 영 반대 아니에요? 그 생각을 하고 나니, 더는 말하고 싶지 않아졌네요. 자피! 얼마나 귀여운지. 지금 산책하고 돌아온 모양인지, 후아아앙, 하고 하품 같은 아양 떠는 소리를 내고 있습니다. 내일은 화요일, 화요일이라는 글자는 심술쟁이 같아서 싫어합니다.

뉴스를 알려드릴게요.

1. 벨기에의 화평 조정을 영불英佛, 완곡히 거부

벨기에 황제 레오폴트 3세는, 이하는 오늘 아침 신문을 보세요.

2. 폐선廢船은 뜻밖에도 우리 선물, 떠 있는 "서태후의 배"

베이징 교외 만수산 산록의 곤명호昆明湖, 그 호수의 서쪽 귀퉁이에 의외의 용이 나타났다. 매우 오래전부터 살고 있는 용으로서, 라는 것은 거짓말.

아저씨가 지금 감옥에 들어가 있었으면 좋았을 텐데. 그렇게 되면, 나는 매일, 신나게 뉴스를 보낼 수 있을 텐데. 신문만 읽으면, 모두 신문에 나와 있는 이야기이건만, 어째서 모두들, 그처럼 도도하게, 유럽의 정세는 말이야, 이렇게 자기 혼자 알고 있는 것 같은 얼굴을 하는 것일까요. 우습지 않으세요?

3. 자피는 요 이삼일 동안 도무지 기운을 못 차리네요. 낮에

는 줄곧 꾸벅거리고 있거든요. 갑자기 팍 늙은 얼굴이 되었습니다. 아마도 이젠 할아버지가 되고 말았나 봐요.

4. 사비가리 군은, 백의의 군인한테 절을 하시나요? 나는, 늘, '이번에는 꼭 절을 해야지' 하고 결심을 하곤 했지만, 도저히 할 수가 없었지요. 그랬는데, 요전에, 우에노의 미술관에 가는 길에, 저쪽으로부터 백의의 군인이 걸어오고 있었습니다. 나는, 살그머니 주변을 돌아다보았는데, 아무도 없었습니다. 됐다 하고 제대로 절을 했지요. 그랬더니, 군인도 정중하게 절을 해주었답니다. 나는 눈물이 날 정도로 기뻐서, 다리가 자꾸만 뿅뿅 튀어 올라서, 매우 걷기가 힘들어졌습니다. 뉴스는 이것으로 끝.

나는, 요즈음 매우 점잔을 빼고 지냅니다. 아저씨가 내 이야기를 근사하게 써주시는 바람에, 나는 온 일본에 알려져 있는 걸요. 나는요, 쓸쓸해요. 웃으면 안 돼요. 정말이라니까요. 나는 못된 아이인지도 몰라요. 아침에 눈이 떠지면, 오늘만큼은, 단단한 의지를 줄곧 유지해서, 후회 없이 살아보자, 이렇게 맹세하고 자리에서 일어나지만, 아침밥 때까지도 지속되지 않는 거예요. 그때까지는 그야말로 아주 지독하게 긴장을 하고 매사를 진행하는 거죠. 딱 정신을 차려서, 화장실 문 닫는 것도 신경을 쓰고, 입도 꾹 닫고, 눈길을 아래로 하고 복도도 걷고, 우편배달부한테도, 웃는 목소리로 정숙하게 응대를 하곤 하지만, 역시 나는 아닌 거예요. 아침밥의 맛있는 식탁을 보게 되면, 어느새 그 단단한 맹세가 어디론지 날아가버리고 맙니다. 그리고 종알종알 지껄이면서 천덕스러워지는 거죠.

밥만 보더라도 얌전하지 않게 쩝쩝거리며 먹고, 세 공기째에 접어들 때쯤 '큰일 났다!' 하고 정신이 듭니다. 그렇게 되면, 실망해버리고, 이제는 별 볼 일 없는 나 자신으로 안심하고 되돌아갑니다. 그걸 매일처럼 되풀이한답니다. 안 되겠지요? 아저씨는 요즈음 무엇을 읽고 계신가요. 저는 루소의 『참회록』을 읽고 있답니다. 며칠 전에는 플라네타리움을 보고 왔습니다. 아침이랑, 해가 질 무렵에, 아름다운 왈츠가 들려왔지요. 아저씨, 안녕."

주저리주저리 써놓았지만, 별로 재미없었을지도 모르겠다. 하지만, 지금은 이런 정도가, 나의 빈약한 마리아일지도 모른다. 실재인지 아닌지는 말할 것도 없다. 작자는 지금, 까닭도 없이 기분이 나쁘다.

(1940년 1월)

직소 駈込み訴え

말씀 올립니다. 말씀 올립니다. 나리. 그 사람은, 지독합니다.
지독합니다. 네. 고약한 작자입니다. 나쁜 사람입니다. 아아. 참
을 수 없습니다. 살려둘 수 없습니다.

네, 네. 차분히 말씀 올리겠습니다. 그 사람을, 살려두어서는
안 됩니다. 세상의 원수입니다. 네, 모조리 완전히, 전부 말씀
올리겠습니다. 저는, 그 사람이 있는 곳을 알고 있습니다. 지
금 당장 안내해 올리겠습니다. 아주 토막을 내서 죽여주십시
오. 그 사람은 저의 스승입니다, 주인입니다. 하지만, 저와 동갑
내기입니다. 서른넷입니다. 저는, 그 사람보다 겨우 두 달 늦게
태어났을 뿐입니다. 별 차이가 나지 않습니다. 사람과 사람 사
이에 그처럼 지독한 차별은 있을 수가 없습니다. 그럼에도 저
는 오늘날까지 그 사람한테 얼마나 심술궂게 부림을 받아왔

272

는지. 얼마나 조롱받으며 살아왔는지 모릅니다. 아, 더는 못 참 겠습니다. 참을 수 있는 데까지는, 참아왔습니다. 화내야 할 때 화내지 않는다면 인간이랄 수가 없습니다. 제가, 지금까지 얼 마나 남몰래 감싸주고 있었는지, 아무도 모릅니다. 그 사람 자 신조차도 그걸 알지 못했습지요. 아니, 그 사람은 알고 있습니 다. 썩 잘 알고 있습니다. 알고 있었기 때문에, 더욱더 나를 심 술궂게 경멸한 것입니다.

그 사람은 오만합니다. 저에게서 큰 보살핌을 받고 있었기 때문에 자신에게 화가 나는 겁니다. 그 사람은 멍청할 정도로 자신이 잘난 줄 압니다. 저 같은 사람한테 도움을 받고 있다는 것을, 뭔가 자기 자신의, 엄청난 열등감이라도 되는 양 믿고 있 는 겁니다. 그 사람은 무엇이든 스스로 할 수 있기라도 한 것처 럼, 남들이 보아주기를 간절히 바라는 겁니다. 멍청한 소리 아 닙니까. 세상은 그런 것이 아니지요. 이 세상을 살아가기 위해 서는, 아무래도 누군가한테 굽신굽신 머리를 숙여야 하는 법이 고, 그렇게 한 발 한 발, 고생한 끝에 남을 제어해갈 수밖에는 도리가 없지요. 그 사람은 도대체 무엇을 할 수 있단 말입니까. 아무것도 할 수 없습니다. 제 눈으로 보자면 햇병아리지요. 만 약에 제가 없었더라면, 그 사람은 일찌감치, 저 무능하고 멍청 한 제자들과 함께, 들판 어느 구석에선가 고꾸라져 죽었을 겁 니다.

"여우도 굴이 있고, 하늘을 나는 새도 보금자리가 있으나, 사 람의 아들은 머리 둘 곳이 없다." 그래, 그래, 바로 그겁니다. 확실히 자백하고 있지 않습니까. 베드로가 뭘 할 수 있습니까.

야고보, 요한, 안드레, 도마, 멍청이들의 무리, 그 사람 뒤를 졸 졸 따라다니며, 등줄기가 서늘해질 것 같은, 달콤한 알랑방귀 를 뀌며, 천국이네 어쩌네 어리석은 말을 정신없이 믿고서 열 광하며, 그 천국이 가까이 오면, 저놈들 모두 우대신, 좌대신 이라도 되겠다는 것인지, 바보 같은 놈들. 일용할 빵도 없어서, 제가 마련해 오지 않았다가는 몽땅 굶어 죽지 않았겠습니까. 저는 그 사람에게 설교를 할 수 있게 하고, 군중들에게서 슬쩍 헌금을 우려내고, 동네 부자한테서 헌납물을 거둬들이고, 잘 곳 마련과 일상의 입을 것 먹을 것 구매까지 온갖 수고를 아끼 지 않고 애써주었건만, 그 사람은 말할 것도 없고, 그 바보 같 은 제자들조차도 저한테 한마디 감사의 말도 없습니다. 감사의 말은커녕, 그 사람은 제가 허구한 날 남몰래 겪고 있는 고생에 대해 아예 못 본 체하고, 언제나 엄청 사치스러운 소리만 하는 데, 다섯 개의 빵과 두 마리 물고기밖에 없을 때에도 눈앞의 대 군중에게 먹을 것을 주라는 등 말도 안 되는 소리를 하는 바람 에, 저는 뒤에서 그야말로 힘겹게 변통을 해서, 그럭저럭 그 명 령받은 먹을거리를 장만할 수가 있었습니다.

말하자면, 저는 그 사람의 기적의 조수 노릇을, 위태위태한 마술의 조수 노릇을, 지금까지 몇 번씩이나 해왔단 말입니다. 저는 이래 봬도 결코 인색한 사나이가 아닙니다. 그렇기는커녕 저는 상당한 안목을 가진 사람입니다. 저는 그 사람을, 아름다 운 사람이라고 생각하고 있습니다. 제 눈으로 볼 때, 어린애처 럼 욕심이 없고, 제가 일용할 빵을 얻기 위해서, 돈을 착실하게 모아놓아 봤자, 금방 그것을 한 푼도 남김없이, 헛된 일에 쓰게 만들죠. 하지만, 저는 그런 것을 원망하지 않습니다. 그 사람은 아름다운 사람입니다. 저는, 원래 가난한 장사꾼이기는 하지만, 그래도 정신가精神家라는 것을 이해한다고 자부하고 있습니다. 그래서 그 사람이 제가 고생해서 모아놓은 알뜰한 돈을 아무리 바보같이 마구 쓰더라도, 저는 아무렇지도 않게 생각하고 있습니다.

생각하지는 않지만, 그래도 그렇지, 어쩌다가 저에게도 자상한 말 한마디쯤 해주어도 좋으련만, 그 사람은 언제나 저를 심술궂게 대하는 것입니다. 언젠가, 그 사람이 바닷가를 어슬렁어슬렁 걸어가다가, 문득, 제 이름을 부르더니, "자네한테 신세가 많네. 자네의 외로움은 이해가 되네. 하지만, 그처럼 노상 불편한 얼굴을 하고 있으면 안 되지. 외로울 때 외로운 얼굴을 짓고 있는 것은, 그것은 위선자들이 하는 짓이야. 외로움을 남이 이해해주기를 바라면서, 더더욱 낯빛을 바꿔 보이고 있는 것일 뿐이지. 참으로 신을 믿고 있다면, 자네는 외로울 때에도 아닌 척하고 얼굴을 깨끗이 씻고, 머리에 향유를 바르고, 미소 짓고 있는 것이 좋아. 모르겠는가. 외로움을 남이 알아주지 않더라도, 어딘가 눈에 보이지 않는 곳에 계시는 자네의 진정한 아버지만 알아주신다면, 그것으로 족한 것이 아닌가. 그렇지 않겠는가. 외로움은 누구에게나 있는 법이야." 이렇게 말씀해주시는 바람에, 저는 그 말을 듣고서 왠지 소리 내어 울고 싶어져서, 아니요, 저는 하늘의 아버지께서 알아주시지 않더라도, 그리고 세상 사람들에게 알려지지 않더라도, 오직, 당신 한 분만이 알아주신다면, 그것으로 족합니다. 저는 당신을 사랑하고 있습니다. 다른 제자들이 아무리 깊이 당신을 사랑하고 있다 하더라도, 그것과는 비교도 되지 않게 사랑하고 있습니다. 누구보다도 사랑하고 있습니다. 베드로나 야고보의 무리는, 그저 당신을 따라다니면서 무언가 좋은 일이 있을까, 그것만을 생각하고 있는 것입니다. 하지만, 저만큼은 알고 있습니다.

당신을 따라다녀봤자, 아무것도 얻을 게 없다는 것을 알고 있습니다. 그러면서도, 저는 당신에게서 떠날 수가 없습니다. 왜 그럴까요. 당신이 세상에서 없어지면, 저도 바로 죽을 겁니다. 살아 있을 수가 없습니다. 저는, 늘 혼자서 남모르게 생각하고 있는 일이 있습니다. 그것은 당신이, 별 볼 일 없는 제자들 모두에게서 떠나고, 또 하늘의 아버지의 가르침인가 하는 것을 설교하는 일을 그만두고, 조신한 백성의 한 명으로서, 어머님이신 마리아 님과, 저와 이렇게 조용한 일생을 오래 살아가는 일입니다. 저의 마을에는 아직 조그만 제 집이 남아 있습니다. 연로하신 아버지와 어머니도 계십니다. 꽤 넓은 복숭아밭도 있습니다. 봄, 지금쯤은 복숭아꽃이 피어서 보기 좋습니다. 평생 편안히 지낼 수 있습니다. 제가 언제나 곁에 붙어 모시고 싶습니다. 좋은 마나님도 맞이하십시오. 제가 이렇게 말했더니, 그 사람은 엷은 웃음을 띠면서, "베드로나 시몬은 어부지. 아름다운 복숭아밭도 없어. 야고보과 요한도 가난한 어부야. 그 사람들에게는, 그처럼 일생을 편안하게 지낼 수 있을 만한 땅이 아무 데도 없지" 하고 혼잣말처럼 중얼거리고 나서 다시 바닷가를 조용히 계속 걸었는데, 앞으로도 뒤로도, 그 사람과 찬찬히 이야기를 할 수 있었던 것은 그때 한 번뿐, 그 뒤로는 결코 저와 마음을 터놓는 일이 없었습니다.

　나는 그 사람을 사랑한다. 그 사람이 죽으면, 나도 함께 죽는다. 그 사람은 누구의 것도 아니다. 나의 것이다. 그 사람을 남에게 넘겨줄 정도라면, 넘겨주기 전에, 나는 그 사람을 죽여줄 것이다. 아버지를 버리고, 어머니를 버리고, 태어난 고장을 버리고, 나는 오늘날까지, 그 사람을 따라 걸어왔다. 나는 천국을 믿지 않는다. 신도 믿지 않는다. 그 사람의 부활도 믿지 않는다. 어째서 그 사람이 이스라엘의 왕이란 말인가. 바보 같은 제자들은, 그 사람을 신의 아들이라고 믿고, 그래서 하느님의 나라의 복음인가 하는 것을, 그 사람에서 전해 듣고는, 한심하게도 기뻐 날뛰고 있다. 좀 있으면 낙심하리라는 것을 나는 알고 있다. 높아지고자 하는 자는 낮아지고, 낮아지고자 하는 자는 높아진다고 그 사람은 약속했지만, 세상이란 게 어디 그리 달콤할 수가 있단 말인가. 그 사람은 거짓말쟁이다. 하는 말은 몽땅, 하나부터 열까지 엉터리다. 나는 애당초에 믿지 않는다. 하지만, 나는 그 사람의 아름다움만은 믿는다.

　저렇게 아름다운 사람은 이 세상에 없다. 나는 그 사람의 아름다움을 순수하게 사랑한다. 그뿐이다. 나는 아무런 보수도 생각하지 않는다. 그 사람을 따라다니다가, 이윽고 천국이 다가오게 되고, 그때가 되면, 얼씨구나 높은 자리 하나라도, 하는 따위의 약삭빠른 근성 따위는 갖고 있지 않다. 나는 그저, 그 사람에게서 떨어지고 싶지 않은 것이다. 오직 그 사람 곁에 있으면서, 그 사람의 목소리를 듣고, 그 사람의 모습을 바라보고 있기만 하면, 그것으로 족하다. 그리고, 가능하면 그 사람에게 설교 따위 그만두게 하고, 나와 단둘이서 평생 오래오래 살고 싶은 것이다. 아아, 그렇게만 된다면! 나는 얼마나 행복할까. 나는 지금의, 여기, 이승의 기쁨만을 믿는다. 다음 세상의 심판 따위는, 나는 조금도 두려워하지 않는다. 그 사람은, 나의 이 무보수의, 순수한 애정을 어째서 받아들여주지 않는 것일까. 아아, 그 사람을 죽여주십시오. 나리. 저는 그 사람이 있는 곳을 알고 있습니다. 안내해드리겠습니다. 그 사람은 저를 업신여기고, 증오하고 있습니다. 저는 미움받고 있습니다. 저는 그 사람과, 제자들의 빵을 마련해주고, 나날의 기갈을 해결해주고 있건만, 어째서 저를, 그처럼 심술궂게 경멸한단 말입니까.

한번 들어보십시오. 엿새 전의 일이었습니다. 그 사람이 베타니아에 있는 시몬의 집에서 식사를 하고 계실 때, 그 마을의 마르타의 누이 마리아가 나르드 향유가 가득 차 있는 석고 항아리를 그러안고 향연의 방으로 몰래 들어가더니, 거침없이 그 향유를 그 사람 머리에 퍼부어서 발까지 적시게 하고서는, 그러고도 그 실례를 사과하기는커녕, 차분하게 쪼그리고 앉아, 마리아 자신의 머리카락으로, 그 사람의 젖은 두 발을 찬찬히 닦아드렸는데, 향유의 냄새가 온 방 안에 가득해, 참으로 이상한 광경이 되었지요. 저는 공연히 화가 치솟아서, 실례되는 짓은 하지 마, 하고 그 아가씨에게 호통을 쳤습니다. 이봐, 이렇게 옷이 젖어버렸잖아, 게다가 이처럼 비싼 향유를 다 쏟아버리다니 아깝다고 생각하지 않는 거야, 너는 참으로 바보로구나, 이 정도의 향유라면, 300데나리온이나 할 게 아닌가, 이 향유를 팔아 300데나리온을 받아서 그 돈을 가난한 사람들한테

주었더라면, 가난한 사람들이 얼마나 기뻐하겠어, 이렇게 낭비를 하면 안 되지, 하고 저는 냅다 야단을 쳤습니다. 그랬더니, 그 사람은, 제 쪽을 쳐다보고서, "이 여자를 야단쳐서는 안 된다. 이 여자는 매우 좋은 일을 한 것이다. 가난한 사람에게 돈을 베푸는 것은, 너희들이 앞으로 두고두고 얼마든지 할 수 있지 않으냐. 나에게는 더 이상 베풀 수가 없게 되어 있다. 그 이유는 말하지 않겠다. 이 여자만은 알고 있다. 이 여자가 내 몸에 향유를 부은 것은, 내 장례 준비를 해준 것이다. 너희들도 기억해두길 바란다. 온 세계, 어느 고장에서나, 나의 짧은 일생이 전해지는 곳에는, 반드시, 이 여자의 오늘의 행위도 기념으로서 전해질 것이다." 이렇게 말을 맺었을 때, 그 사람의 창백한 뺨은 약간 상기되어 발개져 있었습니다.

저는 그 사람의 말을 믿지 않습니다. 늘 하듯이 과장된 연극일 것으로 생각하고 별생각 없이 흘려듣기는 했는데…… 그보다도 그때, 그 사람의 목소리에, 그리고, 그 사람의 눈동자 색에, 지금까지 한 번도 볼 수 없었던 수상한 것이 느껴져, 저는 순간 당황했고, 또 게다가 그 사람의 희미하게 붉어진 볼과, 눈물로 살짝 촉촉해진 눈동자를 다시 바라보며, 퍼뜩 떠오르는 것이 있었습니다. 아아 망측한, 입에 올리기조차 유감스러운 일입니다. 그 사람은, 이런 가난한 시골 아가씨에게 사랑, 까지는 아니지만, 설마, 그런 일은 절대로 없겠지요, 하지만, 그 비슷한 얄궂은 감정을 품게 된 것은 아닐까? 그토록 점잖은 사람이. 저런 무지한 농부네 여인 따위한테, 조금치라도 특별한 사랑을 느꼈다면, 그건 얼마만 한 추태란 말인가. 되돌려놓을 수 없는 일대 추문.

 저는 태어나기를 사람들의 치욕이 될 만한 감정을 냄새 맡
는 일에 능한 사나이입니다. 저 스스로도, 그것을 품위 없는 후
각이라고 생각하고, 마땅찮게 생각하고는 있지만, 쓱 한 번 보
기만 해도 그 사람의 약점을 틀리는 일 없이 알아내는 예민한
재능을 가지고 있습니다. 그 사람이, 설혹 살짝이라도, 저 무식
쟁이 농부 여인에게, 특별한 감정을 느꼈다는 건 틀림없습니
다. 제 눈에는 오류가 없습니다. 분명 그래. 아아, 못 참겠다. 용
서가 안 돼. 저는, 그 사람도 이런 꼬락서니로는 이제 끝이야,
하고 생각했습니다. 추태의 극치라고 생각했습니다. 그 사람
은 이제까지, 아무리 여자들이 좋아하더라도, 언제나 아름답
고, 물과 같이 고요했습니다. 조금도 평정을 잃는 일이 없었습
니다. 판단력이 쇠했어. 칠칠치 못하게시리. 그 사람도 아직 젊
은 나이이고, 그건 무리도 아니라고 말할 수 있을지 모르겠지
만, 그렇게 말한다면 나도 동갑 아닌가. 게다가 그 사람보다 두
달 늦게 태어났다. 젊다는 것에는 다를 게 없을 터이다. 하지
만, 나는 견디고 있다. 그 사람 하나에게 마음을 바치고, 지금
까지 어떤 여자에게도 마음이 흔들린 일은 없었던 것이다. 언
니인 마르타는 허우대가 크고 성품도 거칠고 시원시원하게 일
을 잘한다는 것 빼고는 볼 데라곤 없는 농부 아가씨이지만, 마
리아는 언니와는 달리 뼈대도 가늘고, 피부는 투명할 정도로
하얗고, 손발도 보드랍고 작고, 호수처럼 깊고 맑은 큰 눈이,
언제나 꿈꾸듯 먼 곳을 바라보는 자태로, 그 마을에서는 모두
신기해할 정도로 기품 있는 아가씨였습니다. 저만 해도 이렇게

생각하고 있었습니다. 마을에 갈 때에는 무언가 흰 비단이라도 살그머니 사서 줄까 하고 말이죠. 아아, 이젠, 도저히 알 수 없게 되어버렸습니다. 도대체 나는 무슨 소리를 하고 있단 말인가. 그래요, 저는 분합니다. 어째서인지는 모르지만. 발을 동동 구를 정도로 원통합니다. 그 사람이 젊다면, 나 역시 젊다. 저는 재능도 있고, 집과 농토도 있는 훌륭한 청년이란 말입니다. 그렇건만, 저는 그 사람을 위해 나의 특권 모두를 버리고 온 것입니다. 속았다. 그 사람은 거짓말쟁이다. 나리. 그 사람은, 저의 여자를 빼앗은 겁니다. 아니, 틀렸어! 저 여자가 나한테서 그 사람을 빼앗은 거야. 아아, 그것도 아니다. 제가 하는 말은 몽땅 엉터리입니다. 한마디도 믿지 말아주십시오. 저도 이제 모르겠습니다. 죄송합니다. 뜻하지 않게 얼토당토않은 말씀을 드렸습니다. 그따위 천박스러운 일은 털끝만치도 없습니다. 추한 소리를 내뱉었습니다. 하지만, 저는 원통합니다. 가슴을 쥐어뜯고 싶을 정도로 분했습니다. 무슨 까닭인지 알 수가 없습니다. 아아, 질투라는 것은 말할 수 없는 악덕이지요. 제가 이다지도, 목숨을 버릴 정도의 생각으로 그 사람을 따르고, 오늘날까지 추종해왔건만, 나에게는 한마디의 자상한 말도 해주지 않으시더니, 오히려 저따위 천한 농부 아가씨의 입장을 볼을 붉혀가면서 두둔하셨다. 아아, 역시 그 사람은 깔끔하지 못하다. 때가 된 거야. 이젠 더 이상 그 사람에게는 가망이 없어. 평범한 남자다. 보통 사람이다. 죽어도 아까울 게 없어. 그렇게 생각하는 순간 저는 문득 무서운 생각이 떠올랐습니다. 악마에게 넘어간 것인지도 모릅니다. 그때 이래로, 그 사람을, 아예 내 손으로 죽여버려야겠다고 생각했습니다. 어차피 죽임을 당할 사람임이 틀림없습니다. 그리고 그 사람만 하더라도, 억지로 자신을 죽이도록 꾸미고 있는 듯한 모습이 살짝살짝 보이기도 보이는 겁니다. 내 손으로 죽여드리자. 다른 사람의 손에 죽게 하고 싶지는 않아. 그 사람을 죽이고 나도 죽는 거야.

나리, 우는 모습까지 보여 부끄럽습니다. 네, 더는 울지 않겠습니다. 네, 네, 차분하게 말씀드리겠습니다. 그다음 날, 우리는 마침내 그리던 예루살렘을 향해 출발했습니다. 노소를 불문하고 대군중이 그 사람의 뒤를 따랐고, 예루살렘성 가까이 갔을 때, 그 사람은 한 마리의 늙은 나귀를 길바닥에서 발견하고, 미소 지으며 그 위에 타고서, 이것이야말로 "시온의 딸이여, 두려워 마라. 보라, 네 임금이 나귀를 타고 오실 것이다" 하고 예언된 그대로라고 제자들에게 겸연쩍은 얼굴로 가르쳤습니다만, 저 혼자만은, 웬지 떨떠름한 기분이었습니다. 이 얼마나 초라한 꼴이란 말입니까. 기다리고 기다리던 유월절 축제, 예루살렘으로의 입성, 이것이 저 다윗의 아들의 모습이란 말입니까. 그 사람의 일생의 염원이었던 영광의 모습이, 이 늙어빠진 나귀를 타고서 터벅터벅 나아가는 가련한 광경이었던가. 저로서는 더 이상, 연민 이외의 감정은 느낄 수 없게 되었습니다. 참으로 비참한, 볼품없는 연극을 보는 기분이 들었고, 아아, 이젠, 이 사람도 내리막길이다. 하루 연명하면, 연명한 만큼 보잘것없는 추태를 노출할 뿐이다. 꽃이란 것은 시들기 전까지가 꽃이 아닌가. 아름다운 동안에 자르지 않으면 안 된다.

그 사람을 가장 사랑하는 것은 바로 나다. 어떤 식으로 사람들의 미움을 사도 상관없다. 하루라도 속히 그 사람을 죽여드려야 한다고, 저는 마침내 이 쓰라린 결심을 굳힐 뿐이었습니다. 군중은 꾸역꾸역 그 숫자가 늘어나고, 그 사람이 지나가는 길에 빨강, 파랑, 노랑 이렇게 가지각색의 옷을 내팽개치기도 하고, 혹은 종려나무 가지를 쳐서 길바닥에 깔아놓고, 환호에 들떠서 맞아들이는 것이었습니다. 더러는 앞장서기도 하고, 더러는 뒤따르기도 하며, 좌로 우로 얽혀들기라도 하듯 큰 파도와 같이, 나귀와 그 사람을 뒤흔들고 뒤흔들며, "호산나 다윗의 자손이여, 찬송하리로다, 주의 이름으로 오시는 이여, 가장 높은 곳에서 호산나." 이렇게 열광하며 모두가 노래했습니다. 베드로와 요한과 바돌로매, 그 밖의 모든 제자들은 멍청한 놈들이라, 이미 천국을 눈앞에서 보기라도 한 듯, 마치 개선장군을 따라가고 있기라도 한 것처럼, 어쩔 줄 몰라 환희하며, 서로 부둥켜안고, 눈물에 젖은 입맞춤을 교환하고, 외고집쟁이 베드로 같은 자는 요한을 부둥켜안은 채 엉엉 큰 소리로 기쁨의 눈물을 흘리며 어쩔 줄 몰랐습니다.

그 꼬락서니를 보고 있는 동안에, 저 또한 별수 없이, 이 제자들과 함께 어려움을 무릅쓰며 포교를 해온, 그 쓰라린 곤궁의 나날이 떠오르는지라, 주책없이 눈두덩이 뜨거워졌습니다. 이렇게 해서 그 사람은 성으로 들어가 나귀에서 내리더니, 무슨 생각을 한 건지, 끈 하나를 집어 들고 그걸 휘두르며, 신전 안에 있는, 환전상들과 비둘기를 파는 자들의 의자를 둘러엎으시고, 또 팔기 위해 내놓은 소와 양도 그 채찍으로 몽땅 신전에서 내쫓고, 경내에 있는 많은 상인들을 향해 "너희들은 모두

나가라. 나의 아버지의 집을, 장사꾼의 집으로 삼아서는 안 된다"하고 소리 높여 외쳤습니다. 저 자상한 분이 이런 술주정뱅이 같은, 한심한 난동을 부리는 것을 보니, 아무래도 좀 머리가 이상해졌다고밖에는 생각되지 않았습니다.

옆에 있던 사람들도 모두 놀라서, 이게 어찌 된 일입니까, 하고 그 사람에게 물어보았는데, 그 사람이 숨을 헐떡거리면서 대답한 말은, "너희들은 이 신전을 부수어버려라. 내가 사흘 만에 다시 세울 터이니"라는 것이었습니다. 그처럼 우직한 제자들이었지만, 너무나 당치도 않은 그 말은 믿을 수가 없어서 멍하니 서 있기만 했습니다. 하지만 저는 알고 있었습니다. 어차피 그 사람의 유치한 허세가 틀림없어. 그 사람의 신앙이라는 것을 가지고, 만사 능히 이루지 못할 일이 없다는 기개의 정도를 사람들에게 보이려 한 게 틀림없습니다. 그렇다고는 하지만, 끈채찍을 휘두르며, 힘없는 장사치들을 내쫓는 따위의 짓은, 뭐, 치사한 허세이겠죠. 당신이 할 수 있는 최대의 반항이 단지 그것뿐이란 말입니까, 비둘기 장수의 좌판을 걷어차는 정도라는 말인가요, 하고 저는 쓴웃음을 지으며 물어보고 싶다는 생각조차 들었습니다.

이제 이 사람은 그른 것이지요. 엉망진창인 겁니다. 자중자애를 까먹은 거지요. 자신의 힘으로는 더 이상 아무것도 할 수 없다는 사실을 이 무렵부터 슬근슬근 알게 되었던지라, 더 큰 허점을 보이기 전에, 일부러 대사제에게 체포되어, 이 세상을 떠나고 싶어졌던 거겠지요. 저는 이렇게 생각하는 순간, 확실하게 그 사람을 포기할 수가 있었습니다. 그래서, 저렇게 젠체하는 도련님을 지금까지 온 심령을 다해 사랑해온 나 자신의 어리석음에 대해서도, 쉽게 웃어버릴 수가 있었습니다. 이윽고, 그 사람은 신전에 몰려든 거대한 군중을 앞에 놓고, 지금까지 한 말 중에서 가장 지독한, 오만무례한 폭언을, 엉망진창으로 떠들어댔습니다. 그래요, 분명히, 자포자기였습니다. 저는 그 모습을 다소 추하다고까지 생각했습니다. 죽임을 당하고 싶어서, 안달을 하고 있는 겁니다.

"율법학자들과 바리새파 사람들아! 위선자들아! 너희에게 화가 있다. 너희는 잔과 접시의 겉은 깨끗이 하지만, 그 안은 탐욕과 방종으로 가득 채우기 때문이다. 율법학자들과 바리새파 사람들아! 위선자들아! 너희에게 화가 있다. 너희는 회칠한 무덤과 같기 때문이다. 그것은 겉으로는 아름답게 보이지만, 그 안에는 죽은 사람의 뼈와 온갖 더러운 것이 가득하다. 이와 같이, 너희도 겉으로는 사람에게 의롭게 보이지만, 그 속에는 위선과 불법이 가득하다. 뱀들아, 독사의 자식들아! 너희가 어떻게 지옥의 심판을 피하겠느냐? 아, 예루살렘아, 예루살렘아, 네게 보낸 예언자들을 죽이고, 돌로 치는구나! 암탉이 병아리를 날개 아래 품듯이, 내가 몇 번이나 네 자녀들을 모아 품으려 하였더냐! 그러나, 너희는 원하지 않았다."

바보 같은 소리입니다. 우스꽝스러운 일입니다. 흉내 내기조차 사위스러운 일입니다. 엄청난 소리를 하는 작자입니다. 그 사람은 미쳤습니다. 이 말고도, 기근이 온다느니, 지진이 일어난다느니, 별이 하늘에서 떨어지고, 달은 빛을 발하지 않으며, 땅 위에 가득한 시체 둘레에 이를 먹기 위해 독수리가 몰리느니, 사람들은 그때가 되면 슬피 울고, 이를 갈 일이 있을 것이라는 둥 참으로 당치도 않은 폭언을 입에서 나오는 대로 내뱉는 겁니다. 이 무슨 지각없는 소리를 하는 건지요. 우쭐한 것도 정도가 있어야지. 바보다. 제 분수도 모른다. 태평스러운 작자다. 더 이상, 그 사람의 죄는, 벗을 길이 없다. 기필코 십자가. 그걸로 정해졌습니다.

제사장과 장로들이 대제사장 가야바의 안마당에 몰래 모여서, 그 사람을 죽이기로 결의했다던가, 저는 그런 소리를 어제 거리의 장사꾼에게 들었습니다. 만약에 군중의 눈앞에서 그 사람을 잡았다가는, 어쩌면 군중이 폭동을 일으킬지 모르니까. 그 사람과 제자들만이 있는 자리를 발견해서 당국에 알려준 자에게는 은 30냥을 준다고 한 소리도 들었습니다. 이제 더는 어물어물하고 있을 때가 아닙니다. 그 사람은, 어차피 죽은 거니까 말입니다. 다른 사람 손으로 하바리들에게 넘겨주게 하기보다는, 내가, 그걸 해야지. 오늘날까지 제가, 그 사람을 위해 바친 오직 외골수적인 사랑으로 볼 때, 이것이 마지막 인사지요. 저의 의무입니다. 내가 그 사람을 팔아야지. 괴로운 입장이로소이다. 어느 누가 저의 이 외골수적인 사랑의 행위를, 정당하게 이해해줄 것인가 말입니다. 아니지, 아무도 이해해주지 않아도 좋다. 나의 사랑은 순수한 사랑이다. 남에게 이해받기 위한 사랑이 아니다. 그따위 천덕스러운 사랑이 아니란 말이다. 나는 영원히, 남의 증오를 사고야 말겠지. 하지만, 이 순수한 사랑의 탐욕 앞에서는, 그 어떠한 형벌도, 그 어떠한 지옥의 업화業火도 문제가 아니지. 나는 나의 삶의 방식을 고집하는 거다. 몸부림칠 정도로 굳게 결심했습니다.

저는 은근히 적당한 때를 엿보고 있었습니다. 마침내 축제 당일이 당도했습니다. 우리들 사제師弟 13명은 언덕 위 오래된 음식점의, 어둠침침한 2층 방을 빌려서 잔치를 벌이기로 했습니다. 모두가 식탁에 앉아서, 막 잔치의 저녁 음식을 들려고 했을 때, 그 사람은, 불쑥 일어나더니, 잠자코 윗도리를 벗었으므로, 우리는 도대체 무엇을 시작하려는 것일까 하고 의아해서 보고 있었는데, 그 사람은 탁자 위의 물동이를 손에 들고, 그 물동이의 물을, 방구석에 있던 조그마한 대야에 쏟았고, 그러고 나서 새하얀 수건을 자신의 허리에 두르고서, 그 대야의 물로 제자들의 발을 차례차례 씻겨주었습니다. 제자들은, 그 이유를 알지 못해, 어찌할 바를 모르고 허둥거리고 있었습니다. 저는 왠지, 그 사람의 숨겨진 마음을 알 것만 같은 기분이 들었습니다. 그 사람은 외로운 거야. 극도로 마음이 쇠약해져서, 이제는 무지하고 몽매한 제자들에게까지 매달리고 싶은 심정이 되었을 게 틀림없습니다. 가엾어라. 그 사람은 자신의 피할 수 없는 운명을 알고 있었던 거야.

그 꼬락서니를 보고 있는 동안, 갑자기, 강렬한 오열이 목구멍으로 치밀어 오르는 것을 느꼈습니다. 문득, 그 사람을 끌어안고, 함께 울고 싶어졌습니다. 아이고 불쌍해라. 당신을 벌해서는 안 되지. 당신은, 언제나 따뜻했지. 당신은 언제나 올바르기만 했지. 당신은 언제나 가난한 자의 편이었지. 그리고 당신은, 언제나 빛을 발할 정도로 아름다웠지. 당신은, 분명 하느님의 아들이야. 나도 그것은 알고 있답니다. 용서해주세요. 나는 당신을 팔아넘기려고, 요 이삼일 기회를 노리고 있었답니다. 하지만, 이제는 아닙니다. 당신을 팔아넘기다니, 나는 얼마나 당치도 않은 생각을 하고 있었던 것일까요. 안심하십시오. 이제부터는 5백 명의 관리, 천 명의 병사들이 온다 하더라도, 당신의 몸에 손가락 하나 닿지 않게 할 겁니다. 당신은, 이제 노림을 받고 있는 겁니다. 위험해. 지금 당장, 여기서 도망칩시다. 베드로도 와라, 야고보도 와라, 요한도 와라, 모두 와라. 우리의 살뜰한 주님을 지키며 일평생 오래오래 살아나가자, 하고 마음 밑바닥으로부터 우러나는 사랑의 말이, 입 밖으로 내지는 못했지만, 가슴에 부글거리고 있었습니다. 오늘날까지 느껴본 일이 없었던 일종의 숭고한 영감에 사로잡혀, 뜨거운 용서를 비는 눈물이 기분 좋게 뺨을 따라 흘러내렸고, 이윽고 그 사람은 나의 발도 조용히, 정성껏 씻겨주시고 나서, 허리에 두르고 있던 수건으로 부드럽게 훔쳐주었는데, 아아, 그때의 감촉이란. 그거야, 나는 그때 천국을 보고 있었는지도 몰라.

저 다음으로는 빌립보의 발을, 그다음으로는 안드레의 발을, 그리고 차례로 베드로의 발을 씻겨주는 차례가 되었는데, 베드로는, 그처럼 우직하고 정직한 사람이었으므로, 의심쩍은 마음을 감추어둘 수가 없어, 주님, 당신은 어찌해서 저의 발 따위를 씻으시는 겁니까. 하고, 약간 불만스럽게 입을 비쭉이며 물었습니다. 그 사람은, "아, 내가 하는 일은, 너로서는, 알 수 없을 것이나, 나중에는 알게 될 것이다" 하고 온화하게 말하면서, 베드로의 발치로 몸을 쪼그렸는데, 베드로는 여전히 완강하게 이를 거부하며, 아니요, 안 됩니다, 영원히 저의 발 따위를 씻어서는 안 됩니다. 과분합니다, 하고 그 발을 끌어당기며 고집을 부렸습니다. 그러나, 그 사람은 조금 목소리를 높여서, "내가 너를 씻기지 아니하면, 너는 나와 아무런 관계도 없게 된다" 하고 매우 단호하고 강하게 말하는지라, 베드로는 크게 당황해서, 아아, 잘못했습니다, 그러시다면, 저의 발뿐 아니라 손과 머리도 마음껏 씻어주십시오, 하고 엎드려 머리를 조아리며 부탁했습니다. 저는 갑자기 웃음이 터졌고, 다른 제자들도, 살그머니 미소 지으며, 방 안 분위기가 밝아지는 것 같았습니다. 그 사람도 조금 웃음 지으면서, "베드로야, 발만 씻으면, 그것으로 네 온몸은 깨끗해지는 거다. 아, 너뿐이 아니라, 야고보도, 요한도, 모두 더러움 없는 깨끗한 몸이 된 것이다. 하지만" 하고 말하다 말고 쓱 허리를 펴고, 잠시 고통을 견뎌내기 힘든 듯한 슬픈 눈이 되었다가, 금방 그 눈을 꼭 감고서, 눈을 감은 채로 말했습니다. "모두가 깨끗했으면 좋으련만."

아차 싶었습니다. 망했다. 내 이야기를 하고 있는 거야. 내가 그 사람을 팔아넘기려고 마음먹고 있던 얼마 전까지의 어두운 기분을 알아차리고 있었던 거다. 하지만, 그때는, 아니었거든. 단연코, 나는, 달라져 있었다. 나는 깨끗해져 있었다. 단연코 내 마음은 달라져 있었다. 아, 그 사람은 그것을 모르는구나. 그것을 몰라. 아니야! 아닙니다, 하고 목구멍까지 나오려던 절규를, 나의 나약하고 비굴한 마음이, 침을 삼키듯 삼켜버리고 말았습니다. 말할 수 없어, 아무 소리도 할 수 없다. 그 사람이 그렇게 말하고 보니, 나는 역시 깨끗해지지 않은 건지도 모르겠다고 맥없이 긍정하는 샐쭉해진 기분이 떠오르더니, 금방 그 비굴한 반성이, 추하게 컴컴하게 부풀어 올라, 나의 오장육부를 들쑤신다 싶었는데, 이번에는 반대로, 꾸역꾸역 분노의 마음이 불꽃을 피우며 분출한 것입니다.

에라, 글렀어, 나는 글렀어. 그 사람의 마음속 밑바닥으로부터 나는 미움받고 있는 거야. 팔자, 팔아넘기자. 그 사람을, 죽이자. 그러고 나서 나도 함께 죽는 거야, 하고 이전부터의 결심이 다시 눈을 떠, 저는 이제 완전히, 복수의 귀신이 되었습니다. 그 사람은 저의 속마음이, 두 번 세 번 뒤집히는 대동란은 눈치채지 못하신 듯, 이윽고 윗옷을 입고 복장을 단정히 하고서 여유롭게 자리에 앉더니, 아주 싸늘해진 얼굴로, "내가 너희 발을 씻겨준 까닭을 알고 있느냐. 너희는 나를 주님으로 부르고, 또 스승이라고 부르고 있는 모양인데, 그것은 틀림없는 일이다. 나는 너희 주, 그리고 스승인 것이다. 그럼에도 나는 너희 발을 씻겨주었으니, 너희 역시 앞으로는 사이좋게 서로의 발을 씻겨주도록 애써야 한다. 나는, 너희하고 언제까지나 함께 있을 수는 없게 될지도 모른다. 지금, 이 기회에, 너희에게 모범을 보여준 것이다. 내가 한 그대로, 너희도 행하도록 명심해야 한다. 스승은 당연히 제자보다 뛰어난 존재니까, 내가 하는 말을 잘 듣고 잊어버리지 않도록 하여라." 매우 울적한 말투로 말하고 나서, 소리 없이 식사를 시작하더니, 문득, "너희 가운데 한 사람이, 나를 팔 것이다" 하고 얼굴을 숙이고, 신음하는 듯한, 흐느끼는 듯한 괴로운 목소리로 말했으므로, 제자들은 모두, 까무러칠 듯이 놀라, 일제히 자리를 차고 일어나, 그 사람 둘레에 몰려서 각각, 주여, 저 말씀입니까. 주여, 그것은 저를 가리킨 것입니까 하고, 노성을 지르며 떠들었고, 그 사람은 죽은 사람처럼 희미하게 고개를 저었으며, "내가 이제, 그자에게 한 쪽의 빵을 줄 것이다. 그 사람은 매우 불행한 남자이다. 참으로, 그자는, 태어나지 않는 편이 좋았을 것을" 하고 의외로 분명한 말투로 말하고는, 한 쪽의 빵을 뜯어 어김없이 저의 입에 넣어주었습니다.

저 역시, 이미 마음을 다잡고 있었던 참이라, 부끄러워하기보다는 증오했습니다. 그 사람이 새삼스럽게 부린 심술을 증오했습니다. 이처럼 모든 제자들 앞에서 공공연히 나를 망신 주는 것이, 그 사람의 지금까지의 관례였던 것입니다. 불과 물, 영원히 하나가 될 수 없는 숙명이, 나와 그 사람 사이에 있었습니다. 개가 고양이에게 주기라도 하듯, 한 줌의 빵 조각을 내 입에 쑤셔 넣고 말이지, 그것이 그놈 나름대로의 분풀이였단 말인가. 하항, 밥통 같은 놈 같으니라고. 나리, 그 녀석은 저에게, 네가 할 일을 속히 하라고 했습니다. 저는 당장에 음식점에서 뛰쳐나와, 저녁나절의 어둠 속을 냅다 달리고 달려, 방금 이곳에 왔습니다. 그리고 서둘러서, 이처럼 말씀을 드렸습니다. 자, 그 사람을 벌해주십시오. 아무쪼록 마음껏, 벌해주십시오. 붙잡아서, 몽둥이로 때리고 발가벗겨 죽이십시오. 더는, 더는 저는 참을 수가 없습니다. 저건 고약한 작자입니다. 지독한 사람입니다. 저를 여태까지 말할 수 없이 괴롭혔습니다. 하하하하, 고얀 놈.

그 사람은 지금, 기드론 개울 건너, 겟세마네 동산에 있습니다. 지금쯤은, 저 2층 요릿집의 저녁 식사도 끝나고, 제자들과 함께 겟세마네 동산으로 가서, 지금쯤은 아마 하늘에 대고 기도를 드릴 시간입니다. 아아, 새들이 재잘거려서 시끄럽네요. 오늘 밤은 어째서 이처럼 새소리가 들려오는 것일까요. 제가 이곳으로 뛰어오는 도중의 숲에서도 새들이 짹짹거리고 울고 있었습니다. 밤에 우는 새는 보기 힘들지요. 저는 아이들 같은 호기심으로, 그 새의 정체를 한번 보고 싶었습니다. 멈춰 서서 고개를 기울이고 나뭇가지들 사이로 비껴 보았습니다. 아아, 제가 쓸데없는 소리를 지껄이고 있군요. 죄송합니다.

나리, 준비가 되셨나요, 아아, 즐겁습니다. 기분이 좋습니다. 오늘 밤은 저로서도 마지막 밤입니다. 나리, 나리, 오늘 밤 이제부터 그 사람하고 저하고 당당하게 나란히 선 광경을 잘 보아주십시오. 저는 오늘 밤, 그 사람하고, 어엿이 어깨를 나란히 서 보일 겁니다. 그 사람을 두려워할 일은 없는 것이지요. 비루해질 건 없어요. 저는 그 사람하고 동갑이랍니다. 똑같은 어엿한 젊은이이지요, 아아, 새소리가 시끄럽군요. 어째서 이처럼 새들이 떠들어대고 있는 것일까. 지지배배 지지배배 무얼 떠들고 있는 것인지.

아니, 그 돈은? 저에게 주시는 겁니까. 저, 저한테, 30닢이라. 그렇군요. 하하하하. 아니, 거절합니다. 얻어맞기 전에 그 돈 거두어 들이세요. 돈이 필요해서 호소하러 온 게 아니란 말이에요. 집어치워! 아니, 죄송합니다. 받겠습니다. 그래요, 저는 장사치였지요. 돈 때문에, 저는 우아한 그 사람한테서 늘상 경멸받아오지 않았던가요. 받겠습니다. 나는 어차피 장사치란 말이다. 업신여김을 받고 있는 돈으로, 그 사람에게 멋지게 복수를 해주어야지. 이것이, 나에게 가장 어울리는 복수의 수단이다. 꼴좋다, 은 30닢으로, 그 작자는 팔리는 거야. 나는 요만치도 울지 않을 거야. 나는, 그 사람을 사랑하지 않아. 처음부터 조금도 사랑하지 않았지.

네, 나리. 저는, 저는, 거짓말만 했습니다. 저는, 돈에 욕심이 나서 그 사람을 따라다닌 겁니다. 오, 그랬던 것이 틀림없어. 그 사람이 조금도 돈을 벌게 해주지 않으리라는 것을 오늘 밤 확인했으니까, 나는 장사치 아니었던가, 재빨리 배반을 한 거지. 돈이라, 세상은 돈뿐이야. 은 30닢, 얼마나 멋진가 말이야. 받겠습니다. 저는, 쩨쩨한 장사치입니다. 갖고 싶어 안달이 났지요. 네, 고맙습니다. 네, 네, 소개가 늦어졌군요. 저의 이름은 장사꾼 유다. 헷헤헤, 가룟 유다.

(1940년 2월)

달려라 멜로스 走れメロス

멜로스는 격노했다. 반드시, 저 사악하고 포학한 왕을 없애야겠다고 결의했다. 멜로스는 정치를 모른다. 멜로스는 마을의 목인牧人이다. 피리를 불고, 양과 놀며 자라왔다. 하지만, 사악에 대해서는 남달리 민감했다. 오늘 새벽 멜로스는 마을을 출발해, 들을 건너, 산을 넘어, 40킬로미터 떨어진 이 시라쿠사의 마을에 왔다. 멜로스에게는 아버지도, 어머니도 없다. 아내도 없다. 16세의 내성적인 누이동생과 단둘의 살림이었다. 이 누이는 마을의 착실한 한 목동을, 오래잖아 신랑으로 맞이하게 되어 있었다. 결혼식도 바로 앞으로 다가왔다. 멜로스는, 그래서, 신부의 의상과 축하연의 음식들을 마련하기 위해 멀리 이곳으로 온 것이다. 우선, 그 물건들을 사들이고 나서, 도시의 대로를 어슬렁어슬렁 걸었다. 멜로스에게는 죽마고우가 있었다. 세리눈티우스다. 지금은 이 시라쿠사에서 석공 노릇을 하고 있다. 그 친구를 이제부터 찾아갈 생각이다. 오래도록 만나지 못했으므로, 방문이 기대되었다. 걸어가고 있는 동안 거리의 분위기를 이상하게 생각했다. 조용했다. 이미 해는 졌고, 거리가 어두운 것은 당연한데, 그래도, 어쩐지 밤 탓만이 아니라, 거리 전체가 묘하게 쓸쓸했다. 느긋한 멜로스도, 점차로 불안해져왔다. 길에서 마주친 젊은이를 불러 세워, 무슨 일이 있었는지를 물었다. 젊은이는 고개를 가로저으며 대답하지 않았다. 잠시 걷다가 한 늙은이를 만나, 이번에는 좀 더 말투를 강하게 해 질문했다. 늙은이는 대답하지 않았다. 멜로스는 양손으로 노인의 몸을 흔들며 질문을 거듭했다. 노인은, 주변을 신경 써 가면서 낮은 목소리로, 겨우 대답했다.

"임금님은, 사람을 죽입니다."

"왜 죽입니까?"

"나쁜 마음을 품었다고 하지만, 아무도 그런 나쁜 마음을 가지고 있지 않습니다."

"많은 사람을 죽였나요?"

"네, 처음에는 임금님의 매부를, 그러고 나서는 자신의 세자를, 그리고 누이를. 그러고는 누이의 아들을. 그리고 황후님을, 그리고 어진 신하인 알렉스 님을요."

"기가 막히군요. 국왕은 미쳤나요?"

"아니, 미친 것이 아닙니다. 사람을, 믿을 수가 없다는 것입니다. 요즈음은, 신하들의 마음까지도 의심하게 되어서, 조금이라도 화려하게 사는 사람한테는, 볼모 한 명씩을 내라고 명하고 있답니다. 어명을 거역했다가는, 십자가에 매달아 죽여버립니다. 오늘은 6명이 죽었습니다."

이 소리를 듣고 멜로스는 격노했다. "형편없는 왕이로군. 살려둘 수 없어."

멜로스는 단순한 사나이였다. 사들인 물건을 짊어진 채, 어정어정 그 왕궁으로 들어갔다. 금방, 그는 순라꾼에게 잡혔다. 조사를 받는 동안, 멜로스의 주머니에서 단검이 나왔으므로, 소동이 커지고 말았다. 멜로스는 왕 앞으로 끌려 나갔다.

"이 단검으로 무엇을 할 작정이었나. 말해라!" 폭군 디오니시오스는 조용히, 하지만 위엄을 가지고 물었다. 그 왕의 얼굴은 창백하고, 미간에 파여 있는 주름은 깎아내기라도 한 듯 깊었다.

"도시를 폭군의 손에서 구하려는 것이다" 하고 멜로스는 거침없이 말했다.

"네가 말이냐?" 왕은 빙긋 웃었다. "어쩔 수 없는 놈이로구나, 너한테는 내 고독이 이해되지 않는 거야."

"지껄이지 마라" 하고 멜로스는 대뜸 일어나 반박했다. "사람의 마음을 의심하는 것은 가장 수치스러운 악덕이다. 왕은 백성의 충성까지도 의심하고 있지 않은가."

"의심하는 것이 올바른 마음가짐이라고 가르쳐준 것은 너희들이다. 사람의 마음은 믿을 것이 못 돼. 인간은 애당초 사욕덩어리거든. 믿어서는 안 되는 거야." 폭군은 차분히 중얼거리고 나서 훅, 하고 긴 한숨을 내쉬었다. "나도 평화를 바라고 있다."

"무엇을 위한 평화냐. 자신의 지위를 지키기 위한 것인가." 이번에는 멜로스가 조소했다. "죄도 없는 사람을 죽이고서, 뭐가 평화야."

"닥쳐라. 천한 것." 왕은 쓱 얼굴을 들고 말했다. "입으로는 어떠한 깨끗한 소리도 말할 수 있지, 나한테는, 사람들의 뱃속 밑바닥까지 훤히 보이거든. 네놈 역시, 이제 십자가에 달려서, 울며 빌어도 소용없어."

"암, 왕은 영리하지. 으쓱거리고 있으라지. 나는 단단히 죽을 각오를 하고 있거든. 목숨을 살려달라는 따위의 소리는 절대로 안 한다. 다만—" 말을 하다가, 멜로스는 발치로 시선을 던지고 순간 멈칫하면서, 말투를 바꿔 "하지만, 나에게 혹시 은총을 내릴 수 있다면, 처형까지 사흘 동안 말미를 주십시오. 단 하나뿐인 누이동생을 짝지어주고 싶습니다. 사흘 안에 마을에서 결혼식을 올려주고, 반드시 이곳으로 돌아오겠습니다."

"무슨 소릴." 폭군은 찌그러진 듯한 목소리로 웃었다. "당치도 않은 거짓말을 지껄이는구나. 달아난 새가 되돌아온다더냐."

"그렇습니다. 되돌아옵니다." 멜로스는 필사적으로 주장했다. "나는 약속을 지킵니다. 저를 사흘만 용서해주십시오. 누이가, 제가 돌아오기를 기다리고 있습니다. 그런 저를 믿을 수 없다면, 좋습니다. 이 거리에 세리눈티우스라는 석공이 있습니다. 저의 둘도 없는 친구입니다. 그 친구를 인질로서, 여기에 두고 가겠습니다. 내가 도망쳐서 사흘 뒤 해 지기 전까지 이곳에 돌아오지 않거든, 그 친구를 죽여주십시오. 부탁합니다. 그렇게 해주십시오."

이 소리를 듣고 잔학한 마음이 들어 왕은 속으로 웃었다. 건방진 소리를 하고 있군 그래. 어차피 돌아오지 않을 게 틀림없지. 이 거짓말쟁이한테 속는 체하고 놓아주는 것도 재미있지 않겠나. 그러고 나서, 인질 놈을 죽여버리는 것도 재미있겠군. 사람이란, 이래서 믿을 수가 없는 거야, 이렇게 나는 슬픈 얼굴을 보이면서, 그 볼모 놈을 처형해주는 거지. 이 세상의 정직하다고 자처하는 놈들에게 보여주는 거야.

"네 소원을 들어주마. 너를 대신할 놈을 불러라. 사흘째 해넘이까지 돌아오너라. 늦었다간 너를 대신할 놈을 죽일 테다. 좀 늦게 오는 것도 좋겠지. 네 죄는 영원히 용서해주마."

"무슨, 그런 말씀을."

"하하하, 목숨이 소중하거든 늦게 오라고. 네 마음은 다 아니까."

멜로스는 분해서, 견딜 수가 없었다. 말도 하고 싶지 않았다.

죽마고우, 세리눈티우스는, 심야에 왕성으로 끌려왔다. 폭군 디오니시오스의 면전에서, 친한 벗과 친한 벗은 2년 만에 만났다. 멜로스는 친구에게 모든 사정 이야기를 다 했다. 세리눈티우스는 말없이 끄덕이며 멜로스를 꼭 껴안았다. 친구와 친구 사이는 그것으로 족했다. 세리눈티우스는 채찍질을 당했다. 멜로스는, 서둘러 출발했다. 초여름, 온 밤하늘에는 별이 가득했다.

멜로스는 그날 밤, 한숨도 자지 못하고 40킬로미터 길을 서두르고 서둘렀다. 마을에 도착한 것은, 다음 날 오전, 해가 이미 높직하게 솟았고, 마을 사람들은 들에 나가 일을 시작하고 있었다. 멜로스의 16세 누이도, 오늘은 오빠 대신에 양 떼를 지키고 있었다. 비틀거리며 걸어오는 오빠의 지쳐빠진 몰골을 보고 놀랐다. 그리고, 끈질기게 오빠에게 질문을 퍼부었다.

"아무것도 아니다." 멜로스는 억지로 웃으려고 애썼다. "그곳에 할 일을 남겨두고 왔거든. 금방 다시 시내로 가봐야 한다. 내일, 너의 결혼식을 올리자. 서두르는 게 좋겠다."

누이는 볼을 붉혔다.

"기쁘지? 예쁜 옷도 사 왔단다. 자, 이제부터 나가서 마을 사람들에게 알려주고 오너라. 결혼식은 내일이라고 말이야."

멜로스는 다시, 비틀비틀 걸어서, 집으로 돌아가 신들의 제단을 장식하고, 축하연을 준비한 다음, 자리에 엎어져 숨도 쉬지 않을 정도로 깊은 잠에 빠지고 말았다. 잠에서 깬 것은 밤이었다. 멜로스는 일어나서 곧장 신랑의 집을 찾아갔다. 그리고, 좀 어려운 사정이 생겼으니 결혼식을 내일 올려달라고 부탁했다. 목동인 신랑은 놀랐고, 그건 안 됩니다, 이쪽에서는 아직 아무런 준비도 되어 있지 않아서요, 포도 철까지만 기다려주세요, 하고 답했다. 멜로스는, 기다릴 수가 없다, 꼭 좀 내일로 해달라고 억지를 쓰며 부탁했다. 목동 신랑도 완강했다. 좀처럼 승낙해주지를 않는다. 새벽녘까지 논의가 이어진 끝에 간신히 신랑을 어르고 설득하여 승낙을 받아냈다.

결혼식은 낮에 벌어졌다. 신랑 신부의, 신들에 대한 선서가 끝날 무렵, 검은 구름이 하늘을 덮더니, 툭툭 빗방울이 떨어지기 시작했고, 금방 엄청난 큰비가 내렸다. 잔치에 모여 있던 마을 사람들은, 무엇인가 불길한 느낌을 받았다. 그래도 각자 기분을 다잡고서, 좁은 집 안에서 찌듯이 더운 것을 참았다. 기분 좋게 노래를 불렀고, 손뼉을 쳤다. 멜로스도 만면에 기쁜 얼굴을 지었다. 한동안은 왕과의 약속조차도 잊고 있었다. 축하연은 밤이 되면서 점차로 왁자하니 신명이 더해졌고, 사람들은 바깥에서 내리 퍼붓는 비에 신경도 쓰지 않았다. 멜로스는 평생 이곳에 있고 싶구나, 하고 생각했다. 이곳 좋은 사람들과 평생 살고 싶었다. 이제 내 몸은 내 몸이 아니다. 마음대로 할 일이 아니다. 멜로스는 마음에 채찍질을 하며, 마침내 출발을 결심했다. 내일 일몰까지는 아직 충분한 시간이 있다. 조금 눈을 붙이고 나서 바로 출발해야지, 하고 생각했다. 그 무렵에는 비도 좀 잦아들겠지. 조금이라도 오래 이 집에 우물거리며 머물러 있고 싶다. 멜로스쯤 되는 사나이에게도 역시 미련의 마음은 있는 법이다. 망연히 환희에 취해 있는 듯한 신부에게 다가가,

"축하한다. 나는 피곤해졌기 때문에, 잠시 실례하고 한잠 자고 싶다. 잠이 깨면, 바로 시내로 가겠다. 중요한 볼일이 있거든. 내가 없더라도, 너에게는 자상한 남편이 있으니까, 결코 쓸쓸할 일은 없다. 네 오빠가 가장 싫어하는 것은, 사람을 의심하는 일 그리고 거짓말을 하는 일이야. 너도 그건 알고 있겠지. 네 남편과의 사이에, 어떠한 비밀도 만들어서는 안 된다. 너에게 말하고 싶은 것은, 그것뿐이다. 너의 오빠는 꽤 훌륭한 남자란다. 너도 그것을 긍지로 삼고 있어야 해."

신부는, 꿈꾸는 듯이 고개를 끄덕였다. 멜로스는 신랑의 어깨를 두드리면서,

"준비 부족은 서로가 똑같지 않은가. 나의 집에도 보물이라 해보았자, 누이하고 양뿐이야. 다른 것은 아무것도 없지. 모두 자네 것이다. 또 한 가지. 멜로스의 동생이 된 것을 자랑으로 여겨주게."

신랑은 손을 비벼대며 수줍어하고 있었다. 멜로스는 웃으면서 마을 사람들에게 절을 하고, 연회석을 떠나, 양 우리로 기어 들어갔고, 죽은 듯이 깊은 잠에 빠졌다.

잠에서 깬 것은 이튿날 새벽 무렵이었다. 멜로스는 벌떡 일어났다. 이런, 너무 잤나, 아니야, 아직 문제없다. 바로 출발하면, 약속 시한까지는 충분히 댈 수가 있다. 오늘은 꼭, 저 왕한테, 사람에게 신실함이 있다는 점을 보여주어야지. 그리고 웃으면서 처형대 위에 올라가줄 거야. 멜로스는 유유히 준비를 시작했다. 빗발도 좀 뜸해진 모양이다. 준비는 되었다. 이렇게, 멜로스는 양팔을 횡 하고 크게 내두르고 나서, 빗속을 쏜살같이 뛰었다.

나는, 오늘 밤, 죽는다. 죽기 위해서 달린다. 나를 대신해준 친구를 구하기 위해 달린다. 왕의 간사스럽고 사악한 생각을 깨부수기 위해 달린다. 달려야 해. 그리고 나는 죽음을 당한다. 젊어서부터의 명예를 지켜라. 잘 있거라, 내 고향. 젊은 멜로스는 힘들었다. 몇 번인가 멈춰 설 뻔했다. 이놈아, 이놈아, 하고 자신을 질타하면서 뛰었다. 마을을 나와, 들판을 가로지르고, 숲을 빠져나오고, 이웃 마을에 도착할 무렵에는 비도 그치고, 해는 높이 치솟아서 슬슬 더워졌다. 멜로스는 이마의 땀방울을 주먹손으로 닦고, 여기까지 왔으면 문제없어. 이젠 고향에 대한 미련은 없다. 누이와 신랑은 틀림없이 좋은 부부가 될 테지. 나한테는 이젠 거리낄 것이 아무것도 없다. 곧바로 왕궁으로 가기만 하면 그것으로 된다. 그리 서두를 필요도 없어. 천천히 걷자, 하고 타고난 느긋한 마음으로 되돌아가, 좋아하는 노래를 소리 내어 부르기 시작했다.

그렁저렁 2리, 3리를 걸어, 갈 길의 반쯤에 도달했을 때, 생각지도 않은 재난이 기다리고 있었다. 멜로스의 발길은 뚝 멈추고 말았다. 보라, 저 앞의 강물을. 어제 온 호우 때문에 산의 수원지가 범람해서, 탁류가 도도하게 하류로 쏠리며, 다리를 일거에 파괴해놓았고, 엄청난 소리를 울려대는 격류가 산산이 흩어지며 깨진 교량을 뛰어넘고 있었다. 그는 멍하니 멈춰 서고 말았다. 이리저리 훑어보기도 하고 냅다 소리를 질러 사람을 불러보기도 했지만, 매인 배들은 모두 격랑에 휩쓸려 사라졌고, 사공의 모습도 보이지 않는다. 물결은 점차로 부풀어 오르고, 바다처럼 되어간다. 멜로스는 강가에 웅크리고 앉아, 울면서, 제우스에게 손을 들어 애원했다. "아아, 진정시켜주십시오, 날뛰고 있는 저 흐름을! 시시각각 시간이 지나가고 있습니다. 태양도 이미 한낮입니다. 저것이 지기 전에 왕궁으로 가지 못한다면, 저 착한 친구가 나 때문에 죽습니다."

탁류는, 멜로스의 외침을 비웃듯이 점차 격하게 미쳐 날뛴다. 물결은 물결을 삼키고, 말아 올리고, 피어 올리고 있고, 시간은 각일각 사라져간다. 마침내 멜로스는 각오를 했다. 헤엄치는 수밖에는 없다. 아아, 신들도 보시라! 탁류에도 지지 않는 사랑과 성실의 위대한 힘을, 이제야말로 발휘해볼 것이다. 멜로스는 분류에 풍덩 뛰어들어, 백 마리의 큰 뱀처럼 미쳐 날뛰는 파도를 상대로, 필사적인 투쟁을 시작했다. 온몸의 힘을 팔에 모으고, 밀려들고 소용돌이치는 탁류를 이를 악물고 헤쳐 내 가면서, 마구잡이로 분투하는 인간의 모습을 보고는, 신도 연민의 배려를 해주었다. 밀려 내려가면서도, 거뜬히 맞은편의 나무 기둥에 매달릴 수가 있었다. 감사한 일이다. 멜로스는 말과도 같이 냅다 몸을 부르르 떨고 나서, 다시 길을 재촉했다. 한시라도 허송할 수 없다. 해는 이미 서쪽으로 기울고 있다. 헉헉 거친 숨을 몰아쉬면서 언덕을 올라, 꼭대기에서 훅 하고 마음을 놓았을 때, 불쑥, 눈앞에 한 떼거리의 산적이 튀어나왔다.

"서라."

"무슨 짓이냐. 나는 해가 지기 전에 왕국에 가야 한다. 놓아라."

"어림도 없지. 가진 것을 몽땅 내놓고 가라."

"나한테는 목숨 빼고는 아무것도 없다. 그, 오직 하나뿐인 목숨도, 이제 왕한테 줄 것이다."

"그 목숨이 필요한 거다."

"그러고 보니, 왕의 명령으로 여기서 기다리고 있었군."

산적들은, 아무 소리도 하지 않고, 일제히 몽둥이를 휘둘러 올렸다. 멜로스는 슬쩍 몸을 굽히면서 잽싸게 가까이 있는 한 놈에게 달려들어, 그 곤봉을 빼앗고서,

"안됐지만, 정의를 위해서다!" 하고 사납게 일격, 댓바람에 셋을 쓰러뜨리고 나서, 나머지들이 멈칫하는 사이, 냅다 언덕을 뛰어 내려갔다. 단숨에 언덕을 뛰어 내려갔지만, 당찬 그에

게도, 피곤이 엄습했고, 때마침 오후의 지글거리는 햇빛이 정면으로 비쳐, 멜로스는 몇 번이나 현기증을 느꼈다. 이래서는 안 되지 하고, 정신을 차리고 비틀거리며 두세 발짝 걸었지만, 결국, 무릎이 꺾였다. 일어설 수가 없다. 하늘을 우러러보고, 속상해서 마구 울부짖었다.

아아, 아, 탁류를 헤엄쳐 건너고, 산적을 셋씩이나 쓰러뜨리고, 태풍처럼 달려 여기까지 돌파해 온 참된 용사, 멜로스여, 이제, 여기서 힘이 다 빠져서 꼼짝달싹할 수 없게 되다니, 한심하구나. 사랑하는 친구는, 너만 믿고서, 곧 죽음을 당해야 한다. 너는, 희대의 믿을 수 없는 인간, 바로 왕이 파놓은 함정에 빠진 거야, 하고 스스로를 질책해보지만, 온몸이 말을 듣지 않고, 더 이상 벌레만큼도 앞으로 나아갈 수가 없었다. 길바닥의 풀밭에 벌렁 누웠다. 몸이 피로해지면, 정신도 함께 끝장난다. 이젠, 아무래도 좋아, 하는 용사에게 어울리지 않는 뻔뻔한 근성이, 온몸을 좀먹고 있었다. 나는 그처럼 노력하지 않았던가. 약속을 깰 속셈은 조금치도 없었거든. 하느님도 보시는 대로, 나는 온 힘을 다해 온 거다. 움직일 수 없게 될 때까지 달려오지 않았던가. 나는 불신의 패거리가 아니다. 아아, 할 수만 있다면 나의 가슴을 갈라서, 새빨간 심장을 보여주고 싶다. 사랑과 신실의 피만으로 움직이고 있는 이 심장을 보여주고 싶다. 하지만 나는, 이 귀중한 시간에 정력과 기력이 다 빠져버린 거다.

나는 참으로 불행한 놈이다. 나는 모두에게 비웃음을 받게 되겠지. 나의 집안도 비웃음을 사겠지. 나는 친구를 속였다. 중도에서 쓰러진다는 건, 처음부터 아무것도 하지 않은 것과 똑

같다. 아, 이젠 아무래도 좋다. 이게 내 타고난 운명인 모양이다. 세리눈티우스여, 용서해다오. 자네는, 늘 나를 믿어주었지. 나도 자네를, 속이지 않았어. 우리는 참으로 좋은 벗과 벗이었지. 단 한 번도 어두운 의혹의 구름을 상대방 가슴에 안겨준 일은 없었지. 지금도, 자네는 나를 무심하게 기다려주고 있을 테지. 아, 기다리고 있겠지. 고맙다, 세리눈티우스. 정말이지 참 나를 굳게 믿어주었어. 이를 생각해보면 못 견디겠구나. 친구와 친구 사이의 신실은 이 세상에서 가장 자랑스러운 보배가 아닌가.

세리눈티우스, 나는 달렸어. 자네를 속일 생각은 조금도 없었어. 믿어다오! 나는 서두르고 서둘러서 여기까지 온 거야. 탁류도 돌파했지. 산적의 포위 중에서도, 재빨리 몸을 빼내서 단숨에 언덕을 뛰어 내려온 거야. 나니까 할 수 있었던 거지. 아, 이 이상 나한테 소망을 걸지 말아줘. 아무래도 좋아. 나는 졌다. 칠칠치 못하게시리. 웃어주라고. 왕은 나에게 좀 늦게 오라고 귀엣말을 했었지. 늦게 오면, 대신에 친구를 죽이고, 나를 살려주겠다고 약속을 했지. 나는 왕의 비열을 증오했어. 하지만, 이제 와 보니, 왕이 말한 대로 되고 말았어. 나는 늦고 말겠지. 왕은 그러면 그렇지, 하고 나를 비웃으며, 그리고 아무렇지도 않게 나를 놓아줄 거야.

그렇게 된다면, 나는 죽는 것보다 괴로울 거야. 나는 영원히 배신자다. 지상에서 가장 불명예스러운 인종이다. 세리눈티우스, 나도 죽는다. 자네와 함께 죽게 해주게. 자네만큼은 나를 틀림없이 믿어줄 거야. 아니로군. 이것도 나 혼자 생각인가? 아

아, 이젠 아주, 악덕자로서 살아남아줄까. 마을에는 내 집이 있
고, 양도 있다. 누이동생 부부는 설마하니 나를 마을에서 쫓아
내거나 하지는 않을 거야. 정의라느니, 신실이라느니, 사랑이
라느니, 생각해보니 다 쓰잘데없는 거야. 남을 죽이고 자신이
산다. 그것이 인간 세계의 법칙이 아니던가. 아아, 그 모든 것
들이 허망해. 나는 추한 배반자다. 될 대로 돼라. 어쩔 수가 없
지. —팔다리를 내뻗고 깜박 잠이 들고 말았다.

문득, 귀로 찰찰거리며 흐르는 물소리가 들려왔다. 살며시
고개를 들고, 숨을 삼키며 귀를 기울여보았다. 물이 흐르고 있
는 것 같다. 비틀비틀 일어나서 보니, 바위틈 사이로 뭐라고 속
삭여가면서 맑은 물이 솟아나고 있지 않은가. 그 샘에 빨려 들
어가듯이 멜로스는 몸을 기울였다. 물을 양손으로 받아서 단번
에 마셨다. 후, 하고 긴 탄식이 나오면서, 꿈에서 깨는 듯한 기
분이 들었다. 걸을 수 있다. 가자. 육체의 피로가 회복되는 것
과 더불어, 희미한 희망이 움터 나왔다. 의무를 수행할 수 있다
는 희망이었다. 내 몸을 죽여 명예를 지키는 희망 말이다. 석양
이 비껴 붉은빛을 나뭇잎에 던지고, 잎도 가지도 불타는 듯이
비치고 있다. 해넘이까지는 아직 시간이 있다. 나를 기다리는
사람이 있다. 조금도 의심하지 않고, 조용히 기다려주고 있는
사람이 있다. 나는 신뢰받고 있다. 내 목숨 따위는 문제가 아니
다. 죽음으로 용서를 빈다 따위의 그럴싸한 말을 하고 있을 수
는 없어. 나는 신뢰에 보답해야 한다. 지금은 오직 그것 하나뿐
이다. 달려라! 멜로스.

나는 신뢰받고 있어. 나는 신뢰받고 있는 거야. 아까 들은 저

악마의 속삭임은, 그건 꿈이다. 나쁜 꿈. 잊어버려라. 오장이 피로하게 되면, 문득 그따위 나쁜 꿈을 꾸는 법이다. 멜로스, 너의 수치는 아니다. 역시 너는 참용사야. 다시 일어나서 달릴 수 있게 되지 않았냐고. 고맙다! 나는 정의의 사나이로 죽을 수 있게 된다. 아아, 해가 진다. 해가 진다. 기다려라, 제우스여. 나는 태어나면서 정직한 사나이였다. 정직한 사나이인 채로 죽게 해주소서.

 길 가는 사람들을 밀치고, 제치며, 멜로스는 검은 질풍처럼 달렸다. 들판에서 벌어진 술자리를 보면, 그 술판 한가운데를 질주해서 술자리의 사람들을 놀라게 하고, 개를 걷어차고, 시냇물을 건너뛰고, 조금씩 저물고 있는 태양보다 열 배 더 빨리 뛰었다. 한 무리의 나그네들을 스쳐 지나가면서, 불길한 소리를 들었다. "지금쯤은, 그 사내도 형틀에 매달려 있을걸." 아아, 그 사내, 그 사내 때문에 나는 이처럼 서둘러 뛰고 있는 거야. 그 사내를 죽여서는 안 돼. 서둘러, 멜로스, 너는 늦어서는 안 된다. 사랑과 신실의 힘을, 제대로 알려주어야 돼. 옷차림 따위는 아무래도 좋아. 멜로스는 이제 거의 벌거벗은 몸이었다. 숨도 쉬기 힘들고, 두 번, 세 번, 입에서는 피가 뿜어져 나왔다.

 보인다. 저 멀리 조그맣게, 시라쿠사의 누각이 보인다. 누각은 석양을 받아서 반짝반짝 빛나고 있다.

 "아아, 멜로스 님." 신음하는 듯한 소리가 바람 소리와 더불어 들려왔다.

 "누구냐?" 멜로스는 뛰면서 말했다.

 "필로스트라투스입니다. 당신의 친구 세리눈티우스의 제자입니다." 그 젊은 석공도, 멜로스 뒤를 따라 뛰면서 외쳤다. "이젠 글렀어요. 소용없습니다. 뛰는 건 그만두십시오. 이젠 그분을 살릴 수는 없습니다."

"아니, 아직 해는 지지 않았어."

"방금 전에, 그분은 사형에 처해졌을 겁니다. 아, 당신은 늦었어요. 원망합니다. 아주 조금, 조금만이라도 일렀더라면!

"아니, 아직 해는 지지 않았어." 멜로스는 가슴이 찢어지는 마음으로, 크고 붉은 저녁 해를 바라보고 있었다. 뛰는 수밖에는 별도리가 없다.

"그만두십시오. 달리는 건 그만두세요. 지금은 자신의 목숨이 소중합니다. 그분은 당신을 믿고 있었습니다. 형장에 끌려 나와서도 아무렇지도 않았습니다. 왕이 쉴 새 없이 그분을 놀려대도, 멜로스는 옵니다, 라고만 대답하면서, 강한 신념을 가지신 것처럼 보였습니다."

"그래서 뛰는 거야. 신뢰받고 있기 때문에 뛰고 있다. 시간에 맞추고 못 맞추고는 문제가 아니야. 사람 목숨도 문제가 아니고. 나는, 무엇인가, 좀 더 큰 뜻을 위해 뛰는 거야. 따라오게! 필로스트라투스."

"아, 당신은 정신이 나갔군요. 그렇다면 실컷 뛰시라지. 어쩌면, 때를 못 맞출 것도 없겠군. 마구 달리라지."

말해 뭘 하겠나. 아직 해는 지지 않았다. 마지막 사력을 다해, 멜로스는 달렸다. 멜로스의 머리는 텅 비었다. 아무 생각도 하고 있지 않다. 그저 뜻 모를 거대한 힘에 이끌려 달렸다. 해는 흐늘흐늘 지평선에 가라앉으며, 바로 그 마지막 한 조각의 잔광까지 사라지려 할 때, 멜로스는 질풍과도 같이 형장으로 뛰어들었다. 되었다.

"기다려라. 그 사람을 죽여서는 안 된다. 멜로스가 돌아왔다. 약속대로 방금 돌아왔다"하고 큰 소리로 형장의 군중을 향해 외치려 했지만, 목이 잔뜩 찌부러져 쉰 목소리가 희미하게 나왔을 뿐이다. 군중은 아무도 그의 도착을 알아차리지 못했다. 이미, 형틀이 높직하게 서 있고, 채찍질을 당한 세리눈티우스는 서서히 끌려 올라가고 있다. 멜로스는 이를 목격하고, 마지막 안간힘을 써서, 아까, 탁류를 헤엄치듯 군중을 헤치고 헤쳐 가며,

"나다, 형리! 죽을 사람은 나다, 멜로스다. 그 사람을 인질로 삼은 나는 여기에 있다!"하고 쉰 목소리로 힘껏 소리치면서, 마침내 형틀로 올라가, 위로 끌려 올라가고 있는 벗의 양다리에 매달렸다. 군중은 웅성거렸다. 장하다, 사면해라, 하고 모두가 소리쳤고, 세리눈티우스의 포승은 풀리고 말았다.

"세리눈티우스." 멜로스는 눈물지으며 말했다. "나를 치게. 힘껏 뺨을 치게. 나는 중간에 한 번, 나쁜 꿈을 꾸었지 뭔가. 자네가 만약 나를 때려주지 않는다면, 나는 자네하고 포옹할 자격조차 없네. 치게."

세리눈티우스는, 모든 것을 알아차린 듯, 고개를 끄덕이고 나서, 형장 가득 울려 퍼질 정도의 큰 소리로 멜로스의 오른뺨을 쳤다. 때리고 나서, 자상하게 미소 지으며,

"멜로스, 나를 치게. 똑같이 큰 소리가 나도록 나를 치게. 나는 이 사흘 동안, 딱 한 번, 잠시 자네를 의심했네. 태어나서, 처

음으로 자네를 의심했어. 자네가 날 때려주지 않으면, 나는 자네랑 포옹할 수가 없네." 멜로스는 팔을 휘둘러 세리눈티우스의 뺨을 쳤다.

"고맙네, 친구여." 둘은 동시에 그렇게 말하고 꽉 껴안았다. 그리고, 기쁜 눈물을 흘리며, 소리 내어 울었다.

군중들 속에서도 흐느낌 소리가 들렸다. 폭군 디오니시오스는, 군중의 뒤에서, 두 사람의 모습을 빤히 바라보고 있었는데, 이윽고, 조용히 두 사람에게 다가와, 얼굴을 붉히며 이렇게 말했다.

"너희 소원은 이루었다. 너희는, 나의 마음을 이겼다. 신실이란, 결코 공허한 망상이 아니었어. 부디, 나도 친구로 삼아주지 않겠는가. 부디, 내 소원을 받아들여서, 너희 친구의 하나로 여겨주었으면 하네."

와자하니, 군중 사이에서 환성이 터져 나왔다.

"만세, 임금님 만세."

한 소녀가, 붉은색 망토를 멜로스에게 바쳤다. 멜로스는 당황했다. 착한 벗은 금방 알아차리고 말해주었다.

"멜로스, 자네는 거의 벌거벗지 않았나. 어서, 그 망토를 입으라고. 아 귀여운 아가씨는, 멜로스의 벗은 몸을 모두에게 보여주는 게 못 견디겠다는 거야."

용사는, 얼굴이 새빨개졌다.

– 옛 전설과, 실러의 시에서

(1940년 5월)

고전풍古典風

─이런 소설도, 나는 읽고 싶다. (작자)

A

미노 주로는 백작 미노 히데키의 맏아들이다. 28세.

어느 날 밤, 미노가 잔뜩 취해서 집에 돌아와보니, 온 집안이 웅성거리고 있었다. 별 신경도 쓰지 않고, 복도를 걸어서, 어머니의 거실 앞에 도달했을 때, 누구요, 하고 안에서 목소리가 나왔다. 어머니의 목소리다. 접니다, 하고 명확하게 대답을 하고서, 거실 장지문을 열었다. 방에는, 어머니가 혼자 떨어져 앉아 있었고, 맞은편으로는 아랫것들 대여섯이 한구석에 몰려서 앉아 있었다.

"뭡니까" 하고 미노는 선 채로 물었다.

어머니는 말하기 거북한 듯이,

"너는, 내 페이퍼 나이프 같은 건, 모르겠지. 은으로 된 것 말이야. 그게 없어져버렸거든."

미노는, 언짢은 얼굴이 되었다.

"알고 있습니다. 제가 가졌지요."

장지문을 닫지도 않고, 그대로 복도를 스적스적 걸어서, 내 침실에 들어갔다. 몹시 취해 있었다. 윗도리만 벗어 던진 채, 침대에 쿠당탕 몸을 내던지고서, 그대로 잠들어버렸다. 목이 말라서 눈이 떠졌다. 동이 트고 있었다. 베갯머리에 조그마한 계집애가 고개를 숙이고 서 있었다. 미노는 잠자코 있었다. 간밤의 취기가 아직 그대로 남아 있었다. 입을 여는 것조차 귀찮았다. 계집아이는 낯익은 데가 있었다. 요즈음 새로 고용한 우리 집 하녀가 틀림없었다. 이름은 모른다.

멍하니 종 아이의 꼴을 보고 있는 동안 언짢아졌다.

"뭘 하고 있는 거냐." 추레하다는 마음조차 들었다.

계집아이는, 고개를 버쩍 쳐들었다. 새파랬다. 볼 언저리가 묘한 긴장 때문에 굳어서 비틀어져 있었다. 추한 얼굴은 아니었다. 그렇지만, 무언지, 비참한 생물 같은 느낌으로, 미노는 분노를 느꼈다.

"바보 같은 놈이로군" 하고 뜻도 없이 야단을 쳤다.

"저는" 하녀 아이는 다시금 고개를 떨구더니, 떨리는 소리로 말했다. "주로 님을 나쁜 사람이라고만 생각하고 있었습니다." 그렇게 말하고는, 맥없이 주저앉았다.

"페이퍼 나이프 얘기냐?" 미노는 웃었다.

계집애는 두 번, 세 번 끄덕였다. 그리고 앞치마 밑으로 조그마한 은제 페이퍼 나이프를 슬쩍 보여주었다.

"페이퍼 나이프를 훔치다니 이상한 녀석이구나. 하지만, 예쁘다고 생각했다면 어쩔 수가 없지."

계집아이는 소리를 내지 않고 통곡을 시작했다. 미노는 약간 유쾌해졌다. 좋은 아침이라고 생각했다.

"어머니가 나빠. 제대로 읽지도 못할 양서洋書 따위를 사들여놓고는, 그저 페이지를 자르고, 그것만으로 끝, 참 별난 취미지." 미노는 누운 채로 그대로 냅다 과장스럽게 온몸을 쭉 뻗었다.

"아뇨." 계집애는 상반신을 일으키고, 머리를 쓸어 올리면서, "마님은 훌륭하신 분입니다. 저는 집안사람 흉보는 것 싫어요."

미노는 쓱 일어나 침상 위에 책상다리를 하고 앉았다. 조금, 쓴웃음이 나왔다.

"너는 몇 살이냐?"

"열아홉이 됩니다." 솔직하게 그렇게 말하고 얼굴을 숙였다. 기쁜 것 같았다.

"이젠 돌아가거라." 미노는 하녀의 나이 따위를 묻는 자신을 천박하다고 생각했다.

계집아이는 매트에 한 손을 짚고서 비스듬히 앉은 채로 가만히 있었다.

"아무한테도 말하지 않으마. 됐으니까 빨리 나가주지 않을래."

계집아이는 무엇보다도 칼을 갖고 싶었다. 반짝이는 수리검이 필요했던 것이다. 그렇다고 좀처럼 주세요, 하고 말할 수는 없었다. 땀으로 범벅이 될 정도로 쥐고 있던 손안의 나이프를, 힘껏 매트에 던져버리고 쏜살같이 방에서 뛰쳐나갔다.

B

오노에 테루는, 수줍은 듯한 웃는 얼굴과, 늘씬한 사지를 가진 성품 강한 아가씨였다. 아사쿠사 한 마을의 샤미센*집 맏딸로 태어났다. 장사가 꽤 잘되는 가게였지만, 테루가 열세 살 때, 아버지는 술고래였던지라, 손이 떨려 제대로 일할 수가 없게 되었다. 일이 마음먹은 대로 되지 않아서, 점포는 거의 망하고 말았다. 테루는 센주의 소바집에 들어가 일을 하게 되었다. 센주에서 2년간 일을 하고 나서 츠키시마의 밀크홀**에 잠시 있다가, 다시 우에노의 요네큐로 갔다. 여기서 3년을 지냈다. 얼마 안 되는 월급에서 2원이든 3원이든 매달 빼놓지 않고 부모에게 송금을 했다. 18세가 되어, 무코지마의 요릿집 하녀로 있으면서, 단골손님인 신파 할아버지 배우를 속이려 했다가, 오히려 속는 바람에, 부끄러운 나머지 나프탈렌을 먹고, 죽은 체를 해 보였다. 이 요릿집에서 해고되어, 5년 만에 집으로 돌아

---

* 일본 고유의 현악기 3현금.

** 메이지 시대부터 다이쇼 시대에 걸쳐 일본의 길거리에 존재했던, 우유나 간식을 판매했던 간이음식점.

갔다.

생가에서는 3년 전 간조라는 솜씨 좋은 일꾼을 찾아내어, 가게를 떠맡겨놓고 거의 회복되어가고 있는 중이었다. 테루는 남의집살이를 하지 않아도 되었다. 테루는 기특하게도 집안 살림도 돌보고, 바느질 같은 것도 배웠다. 테루에게는 남동생이 하나 있었다. 테루와는 달리 말이 없고, 심지가 약한 아이였다. 간조에게 배워, 가게 일에 열성을 내고 있었다. 테루의 노부모는 이 간조에게 테루를 짝지어줘, 남동생을 돌보게 하고 싶은 심산이었다. 테루도, 간조도, 부모의 그 계획을 조금 알아차리고 있었는데, 서로 싫은 것도 아니었다.

19세가 되었다. 테루도 슬슬 시집갈 나이가 되었으므로, 그저 예의범절을 배우기 위해 훌륭한 집안에 들어가 일해볼 생각이 없느냐는 노모의 권유를 받았고, 부모의 말을 잘 듣는 순진한 테루는, 정말이지, 매일처럼 집에서 놀고 있기보다는 낫겠다 싶어 기분 좋게 승낙을 했다. 가게의 단골인 신분 있는 집안의 어른의 도움으로, 일할 자리가 정해졌다. 미노 백작 댁이었다.

미노 가문은 쓸쓸한 집이었다. 테루는 절간에 온 듯한 기분이 들었다. 이 집에 온 지 이틀째 아침, 테루는 마당에서 수첩 하나를 주웠다. 거기에는 뜻 모를 일들이 잔뜩 쓰여 있었다. 미노 주로의 수첩이다.

　　○ 이것도 아니다, 저것도 아니다.
　　○ 아무것도 없다.

○ FN에게 팁 5원 잊지 말 것. 장미 다발, 흰색과 분홍이 좋겠지. 수요일, 건네줄 때의 몸짓이 문제.

○ 네로의 고독에 대해서.

○ 아무리 좋은 사람의 상냥한 인사에도, 무언가 계산이 있다는 것을 생각하자면 괴로워.

○ 누가 나 좀 죽여 줘.

○ 앞으로 양복은 월부로. 단행하라.

○ 진심으로 마음먹어지지가 않아.

○ 간밤에 점을 쳤더니, 오래 산다고 한다. 아이도 많이 낳을 거라는군.

○ 쓸모없게 된 가축이라도 죽을 때까지 길러주기.

○ 모차르트. Mozart.

○ 남에게 도움이 되고 죽었으면.

○ 커피를 여덟 잔 마셔본다. 아무렇지도 않네.

○ 문화의 적, 라디오, 확성기.

○ 자동차 한 대 구입. 별 용도 없음.

○ 모리타야의 여주인에게 600엔 건넴. 빚은 인생의 의무련가.

○ 낙타가 바늘구멍을 지나간다는 건, 그야말로 무리지. 안 된다니까.

○ 나를 매장시키기란 식은 죽 먹기로다.

○ 公侯伯子男. 공, 후, 백, 자, 남.

○ 돈 내는 목욕탕 좋지.

○ 미노 주로, 미노 주로, 미노 주로, 초호활자初号活字의 명

함이라도 만들어볼거나.

○ H, 바보. D, 저능. 골프의 컵은 침받이. S, 멍청이. 학교만 은 나왔습니다. U, 반죽음. 그 나이에 수전노라니. O 군은 좋아. 사내다움만 봐도.

○ 낮은 사라져가면서도 사물을 생각하게 해.

○ 미토 코몬水戶黃門,* 세상 주유周遊는 내 일생의 소원.

○ 나는 존경에 겁먹고 있다.

○ 몰락 만세.

○ 파스칼을 잊지 말자.

○ 창기의 7할은 정신병자라던가. "어쩐지 말이 통하더라 니."

○ 누군가 보고 있다.

○ 모두들 좋은 사람이라고 생각해.

○ 담배를 먹으면 죽을까.

○ 책상에 단정히 앉아서 10엔짜리 지폐를 빤히 바라본다. 신기하다.

○ 육친 지옥.

○ 싼 술일수록 효과가 좋은걸.

○ 거울을 들여다보며 웃음이 터졌다. 어차피 연애를 논할 얼굴은 아니야.

○ 근본을 따지자면 야산의 갈대란 말인가.

---

* 17세기 미토번의 수장 도쿠가와 미츠쿠니德川 光圀를 가리킨다. 코몬은 벼슬 이름. 유학을 장려하고 『대일본사』를 편찬했다.

○ 정상적인 사람이 되고자 노력.

○ 어차피 언어다. 역시, 언어다. 모든 것은, 언어다.

○ KR 여사에게 이어링을 선물하기로 약속.

○ 사람의 자식에게는, 하나의 얼굴밖에 없었다.

○ 성욕을 증오한다.

○ 내일.

읽고 있는 동안 테루로서는 매우 이상한 기분이 들었다. 마당을 쓸고 또 쓸면서, 몇 번씩이나 고개를 저으며 생각했다. 이, 말하자면 악마의 경문이, 테루가 시집가기 직전의 소중한 몸에 나쁜 숙명의 그림자를 던졌다.

C

나를 비웃어주십시오, 매일 밤, 매일 밤, 나는 꽃하고만 이야기를 하고 있습니다. 당신까지 포함해서 모두가 싫어졌습니다. 꽃은, 하고많은 꽃이라 해도 한 송이 한 송이 무서울 정도의 개성을 가지고 있습니다. 나는, 이제, 침대에 엎어져서, 연필을 빨고 빨아가며, 생각을 거듭해가면서 한 자, 한 자 글을 쓰다가, 이제는 죽을 정도로 괴로워져서, 그래서, 베갯머리의 수선화를 바라보고 있습니다. 스탠드 밑에서, 수선화가 세 송이, 하나는 오른쪽을 향하고, 하나는 왼쪽을 향하고, 또 한 송이는 고개를 떨군 채, 각각 나에게 말을 걸고 있습니다. 오른쪽을 향하고 있는 진실한 꽃은, 알고 있답니다, 하지만 살아야 합니다. 왼쪽을 향하고 있는 활발한 꽃은, 어차피 세상이란 이런 것이지. 고개를 떨구고 있는 조금 시들어가는 꽃은, 아씨, 당신은 꽃만도 못하군요. 이렇게 말하더군요.

태어나면서부터 고전인古典人, 말없이 있어도 역사적인, 도코노마의 장식물 같은 우리의 숙명을, 꽃까지도 웃으며 바라보고 있습니다. 도코노마의 멋진 돌 장식물은, 후지산의 형상인데, 사람들은 그저 멀리서 찬탄의 목소리를 보내주실 뿐, 아무래도, 이것은 먹을 것도, 만질 것도 아닌 모양이지요. 후지산의 장식물은, 홀로, 얼마나 춥고 괴로운 존재인지 아무도 모릅니다. 우스꽝스러운 일의 극치이지요. 문화의 끝장에 가서는 언제나 큰 웃음을 살 난센스가 출현하는 모양입니다. 교양의 온갖 길들은, 목적 없는 포복절도와 통하는 존재인 듯한 기분까지 드는군요. 나는 이 세상에서 가장 불건강한, 깜깜한 어둠 속의 여자인지는 모르지만, 그리고 바로 그런 까닭에, 가장 높은, 진정한 건강, 남에게 보여주기 위한 것이 아닌, 굳건한 아침을 알고 있는 것으로 여겨집니다.

어째서 살아야 하는가, 그런 물음을 놓고 고뇌하고 있는 동안에는, 우리는, 아침 햇빛을 볼 수가 없습니다. 그리고, 우리를 괴롭히고 있는 것은, 오직, 이 물음 하나로 족한 것 같습니다. 아아, 탄식 소리 하나마다 사람들은 백 발짝씩 후퇴한다던가. 나는 요즈음, 매우 가혹한 결론 하나를 발견했습니다. 귀족은 에고이스트다, 하는 움직일 수 없는 결론 말입니다. 아니, 아무 말씀도 마십시오. 역시 자신 하나의 일밖에는 생각하지 않지요. 자신 한 사람의 모습 때문에 죽을 정도로 괴로워하고 있습니다. 아시겠습니다만, 나의 머리맡에는 세 송이의 수선화 말고도 조그마한 경대가 하나 놓여 있습니다. 나는 꽃을 바라보고, 그러고 나서, 이 거울 속을 들여다보면서, 나의 아름다운 얼굴에 말을 겁니다. 아름답다고 말씀드렸습니다. 나는, 내 얼굴을 사랑하고 있습니다. 아니, 애석해하고 있습니다. 자백하세요. 당신도 아주 똑같은 하룻밤을 지내셨다고 말입니다. 우리의 불행은, 우리의 고뇌는 모두 이런 곳에서, 이 거울 속에서 용솟음쳐 나오는 게 아닙니까. 남을 위해, 매우 소소한, 하나의 육친을 위해 자신을 뻘 속에 파묻고, 가루가 되어주는 맹동盲動을, 어째서 우리는 할 수 없는 것일까요. 그렇게 할 수 있다면. 반석 같은 신앙을 가지고 그것을, 할 수 있다면, 하고 번드르르한 소리만 하고 있습니다. 경멸하십시오. 나는 갈 데까지 갔거든요. 나는 지금 볼을 붉히며 쓰고 있습니다. 나는 당신을 사랑합니다.

연필을 씹은 채, 오래도록 생각했습니다. 사랑하고 있습니다, 라고 써놓고, 지워버릴까, 하지만, 이건 역시 이대로 지우지 말고 놔두는 편이 좋을 거야, 하고 다시 고쳐 생각하고, 아아, 뭐 어찌 되었건 마음대로 하세요. 하지만, 역시 나는 당신을 사랑하고 있습니다. 말이 틀려먹은 거지요. 사랑하고 있습니다, 라는 이 말도 해놓고 보면, 얼마나 싱겁고, 얄궂고, 답답한 말인가 말입니다. 나는 말을 증오합니다.

사랑은, 사랑은, 포박할 수 없는 우주적인, 아니 선험적인 누멘numen입니다. 아무리 멋들어진 페노메논phenomenon이라 하더라도 사랑의 아주 일부분 주석에 지나지 않습니다. 아아, 또 다시 달콤한 소리를 뇌까렸군요. 웃어주세요. 사랑은 사람을 무능하게 만듭니다. 나는 졌습니다.

교양과, 이지와, 심미와, 이런 것들이 우리를, 나를, 오뇌懊悩의 구렁텅이로, 더더욱 그 바닥으로까지 처박아버렸습니다. 주로 님. 이번의, 아주 새로운 작은 애인을 위해 기뻐해드리겠습니다. 비웃음을 받아도 죽음을 당한다 해도 좋습니다, 평생에 한 번뿐인 부탁입니다. 의사한테 갔다 와주십시오. 나쁜 남자 품에 안겼던 게 아닙니까. 어느 날 아침, 주로 님에게 울부짖으며 부탁했다던가 하는 그 어리석은 애인을 위해 기쁜 말씀 올립니다. 용서해주세요. 저는 그것을 하찮은 일로 생각했습니다. 그리고, 그처럼 어리석은 사건을, 엄청난 희열을 가지고, 이것은 대지의 애정이야, 하고 말씀하시는 주로 님의 모습조차도, 천덕스럽고 우스꽝스러운 것으로 생각했습니다. 저도, 이제 25세가 되었습니다. 한 해, 한 해, 모두들, 거침없이 나에게서 떠나갑니다. 그리고서, 모두, 저 평민적인가 하는 군중 속으로 녹아들어갑니다. 나는 하다못해, 이 할머니 하나만은, 불꽃놀이의 불꽃처럼, 허망하고 화려하게 키워나갈 겁니다. 안녕히 계십시오. 이별의, 아니, 악수握手예요. 나, 젠체해도 좋지요? 당신은, 틀림없이, 나에게로 돌아옵니다.

안녕히 잘 지내십시오.

KR.

D

비 오는 날, 미노는 서재에서 글을 쓰고 있었다. 심각한 듯 얼굴을 찡그리고, 글을 쓰고 있었다.

놀이 친구인 시인이 불쑥 문짝에서 고개를 내밀었다.

"이봐, 뭐 좀 일을 저지르러 나가볼까. 좀 더 후회해보고 싶어서."

뒤돌아보지도 않은 채,

"오늘은, 싫은걸."

"이런, 이런." 시인은 방으로 들어왔다. "설마하니, 죽을 생각은 아니겠지."

"어때? 읽는다." 미노는 책상을 향한 채로 자신의 노작勞作을 큰 소리로 읽기 시작했다.

"아그리피나는, 로마의 왕자, 칼리굴라의 누이로 태어났다. 칠흑 같은 머리와, 밀빛 볼과, 깡마른 코를 가진 자그마한 부인네였다. 극단적으로 치올라간 두 눈은 산속 호소湖沼와도 같이 차갑게 맑았다. 순백의 드레스를 곧잘 입었다.

아그리피나에게는 유방이 없다, 이렇게 궁정에 모여드는 한량들은 속삭이곤 했다. 미녀는 아니었다. 하지만, 그 오만함과 영리함이라니, 예를 들자면 5월의 푸른 잎과도 같이, 꽃도 없이 청순감 넘치는 그 자태는, 당시의 궁궐 사내들 한둘에게는 오히려 미칠 듯한 매력을 풍겨주었다.

아그리피나는, 자신의 행복을 깨닫지도 못할 정도로 행복했다. 오빠는 한 점 흠 잡을 데 없는 어진 왕으로서, 카이저다운

숙명을 영특하게도 목숨 다해 감당해내리라는 처연한 각오를 하고, 내 오직 하나의 누이 아그리피나에게, 참으로 사람다운 자유를 누리게 해주어야겠다는 생각으로 말 없는 비호를 마다 하지 않았다. 아그리피나의 남성 모욕은, 매우 자연스럽게 나왔고, 이는 역사적인 경지에까지 도달했다. 당시의 입이 싼 군신들은, 이 점을 가지고, 아그리피나의 유례를 볼 수 없는 재녀 オ女다운 증좌라며, 이러쿵저러쿵 갈채를 아끼지 않았다.

아그리피나의 불행은, 아그리피나의 신체의 성숙과 더불어 시작되었다. 그녀의 남성 조소는, 그 결혼에 의해 완전무결하게 보답을 받았다. 혼례의 축하연이 있던 밤, 아그리피나는 그 신랑이, 술을 퍼마신 끝에 빚어낸 착상으로, 신랑이 키우고 있던 늙은 원숭이 몇 마리에게 덤벼들게 만들어, 향연에 즐비해 있던 호색 취객들을 열광하게 만들었다. 신랑의 이름은, 브라젠바트. 애당초에 전율에 의해서만 생명의 존재를 깨닫는 성품의 사나이였다. 아그리피나는 입술을 깨물고, 이 능욕을 잘 견디어냈다. 언젠가 이 눈앞의 남성들 모두에게, 오늘 밤의 무례를 후회하게 만들어줄 것이다, 하고 마음속으로 몰래 신에게 맹세했다. 하지만, 그 설욕의 날은 좀처럼 와주지 않았다. 브라젠바트의 폭압에는 끝이 없었다. 황홀한 애무 대신에, 잇몸에서 피가 나올 정도의 구타가 있었다. 물가의 조용한 산책 대신에, 먼지가 풀썩거리는 전차戰車의 질주가 있었다.

상극끼리의 결합은 함수含羞의 꽃을 피워냈다. 아그리피나는 아기를 가졌다. 프라젠바트는 이 사실을 알고 큰 웃음을 지었다. 별 뜻은 없었다. 그저 우스웠던 것이다.

아그리피나는, 복수를 거의 단념하고 있었다. 이 아기만큼은, 하고 가냘픈 희망으로 여기에 매달렸다. 그 아이는 여름의 한낮에 태어났다. 사내아이였다. 살갗이 야들거리고, 입술이 빨간 야리야리한 사내아이였다. 도미티우스(네로의 아명)라고 불렀다.

아버지 브라젠바트는, 갓난아기와 첫 대면을 하면서, 그 보드라운 한쪽 볼을 버쩍 움켜서 비틀어 올리더니, 흠, 요상하게 생겼군, 히포에게 좋은 장난감이 생겼네, 하고 내뱉더니, 배를 흔들어대며 웃었다. 히포란, 브라젠바트의 마음에 든 암사자의 이름이었다. 아그리피나는, 산후의 야윈 볼에 차가운 미소를 띠면서 응답했다. 이 아이는 당신의 아들이 아닙니다. 이 아이는 틀림없이 히포의 아이입니다. 그, 히포의 아들 네로가 세 살의 봄을 맞이할 무렵, 브라젠바트는 석류를 씨째 먹고 나서, 지독한 배앓이가 엄습해 신음하고 괴로워한 끝에 죽었다. 아그리피나는 때마침 아침 목욕 중이었는데, 그 죽음의 보고를 접하자, 말없이 욕탕에서 뛰쳐나와, 젖은 몸에 흰 시트 한 장을 두르고서, 숨을 거둔 낭군의 방을 그대로 지나쳐, 바람처럼 뛰어든 방은, 네로의 방이었다. 세 살 난 네로를 힘껏 끌어안으며, 살았다, 도미티우스야, 우린 살았어, 하고 신음하듯 속삭이며, 눈물과 키스로 네로의 귀여운 얼굴을 엉망으로 만들어놓았다.

그 기쁨도 잠시였다. 형 칼리굴라 왕의 발광 때문이다. 어제의 자상한 왕은 하루아침에 로마사상 굴지의 폭군이 되는 영예를 안았다. 지난날 예지에 빛나던 미간은 단검으로 잘라내기라도 한 것처럼 무참하게 깊은 세로 주름이 새겨졌고, 가늘고 작은 두 개의 눈에는 의심 가득한 불꽃이 퍼렇게 피어올라, 시녀들의 산들바람 같은 웃음소리에도, 장졸들의 너무나 큰 복도의 발소리에도, 용서를 모르는 가혹한 형벌을 과했다. 음울의 화신, 짖지도 않고 물어대는 한 마리의 병든 개가 되어 있었다. 어느 날 밤, 세 명의 병사가 아그리피나의 머리맡에 조용히 서 있었다. 하나는 사형 선고문을 들었고, 하나는 보석이 아로새겨진 독의 잔을, 또 하나는 단검을 칼집에서 빼고 말이다.

'무슨 일인고.' 아그리피나는 위엄을 잃지 않고, 당당히 일어나 힐문을 했다. 답은 없었다. 선고문은 건네어졌다.

흘금 보고 나서, '이러한 죽을죄를 선고받을 만한 이유는 없다. 게, 비켜라, 천한 것들.' 답은 없었다.

이유는 네가 알 터, 그렇게 말하며 칼리굴라 왕은 문간에 모습을 드러내고 있었다. 오늘 아침 너는 도미티우스를 안고 정원을 산책하면서, 도미티우스야, 우리는 어쩌다 이처럼 불행하게 되었을까, 하고 원망 어린 말을 뇌까리고 있었어. 나는 그걸 들었거든. 숨기지 마라. 반역의 의심은 충분해. 도미티우스하고 둘이 죽어라.

'도미티우스를 죽여서는 안 됩니다.' 아그리피나의 필사적인 목소리는 하늘에서 오는 소리라도 되는 듯이 엄숙하게 울려 퍼진다. '도미티우스는 당신의 것이 아닙니다. 그리고 나의 것도 아닙니다. 도미티우스는 하느님의 것입니다. 도미티우스는 아름다운 아이입니다. 도미티우스는 로마의 아들입니다. 도미티우스를 죽여서는 안 됩니다.' 의심덩이 칼리굴라는 피식 웃었다. 그래, 좋다. 형벌을 한 단계 감해주마. 유배다. 도미티우스를 잘 기르라고.

아그리피나는 네로와 함께 군함에 태워져 남해의 한 고도孤島에 유배되었다.

단조로운 나날이 이어졌다. 네로는 섬의 소젖을 마시고 통통하게 살이 찌고, 씩씩하고 아름답게 자랐다. 아그리피나는 네로의 손을 잡고 고도의 해변을 소요하고, 수평선 너머를 가리키면서, 도미티우스야, 로마는 분명 저 언저리란다. 어서 로마로 돌아가고 싶구나. 로마는 이 세상에서 가장 아름다운 도시란다. 그렇게 가르치면서 눈물짓고 있었다. 네로는 무심하게 물결과 장난치고 있었다.

그 무렵, 로마에는 소동이 일어났다. 창백해진 칼리굴라 왕은, 그 신하의 손으로 시해되었는데, 그는 자손이라고는 전혀 없는 고독한 신세였고, 앞으로 누가 제위에 오를 것인지를 놓고 군신 만민이 엄청난 흥분을 가지고 속닥거리고 있었다. 후계자가 결정되었다. 칼리굴라의 숙부, 클라우디우스. 당시 이미 쉰이 넘어 있었다. 궁정에서의 여러 세력들에 대해 과부족이 없는, 유별나게 과하지도 모자라지도 않은 인물이 뽑혔던 것이다. 클라우디우스는 매우 호인물이었고, 그 조건에도 적합한 것으로 보였다. 로마에서 으뜸가는 조가비 수집가로 알려져 있었다. 흑장미 재배에도 일가견을 가지고 있었다. 왕위에 앉고 나서, 그로서는 무엇인지 거북스러운 생각이 들었다. 황송했다. 마구잡이로, 특사, 대사면을 해대었다. 특히 외딴섬에 유배되어 있는 아그리피나와 네로의 신세를 무섭게 생각하며, 불쌍해죽겠다고, 누구에게랄 것도 없이, 그 이유를, 볼을 붉히며 중얼거렸고, 그 두 사람을 사면한다는 글에 서명했다.

사면장을 손에 든 외딴섬의 아그리피나는 미친 듯이 기뻤다. 개선을 하는 여왕이라도 되듯, 자랑스럽게 가슴을 활짝 펴고, 도미티우스야, 네 세상이 왔구나, 하고 외치며, 네로를 안고서 맨발인 채 밖으로 뛰어나가, 꽃 한 송이 없는 바닷가 돌짝 위를 춤추듯이 돌아다니고, 그러고 나서는 멈춰 서서 오래도록 훌쩍거렸다.

아그리피나는 로마에 돌아와서, 이젠 더 이상 무서운 사람은 없다, 하고 거침없이 사지를 쭉 뻗치고 나서, 문득, 등짝 뒤로 따가운 시선을 느꼈다. 클라우디우스의 왕후 메살리나였다. 메살리나는 아그리피나의 눈동자를 언뜻 보고서, 이건 위험하군, 하고 생각했다. 지글거리는 야망의 불꽃을 알아본 것이다. 메살리나에게는, 브리타니쿠스라고 불리는 세자가 있었다. 아버지 클라우디우스를 닮아서 느긋하고 점잖았다. 네로의 미모를, 한여름의 해바라기로 비유한다면, 브리타니쿠스는, 가을의 코스모스였다. 네로는 11세, 브리타니쿠스는 9세.

기묘한 사건이 벌어졌다. 네로가 낮잠을 자고 있었는데, 누군지도 알 수 없는 부드러운 손이 네로의 콧구멍과, 입을, 물에 적신 장미 잎사귀 두 장으로 덮어, 네로를 질식사시키려고 기도했던 것이다. 아그리피나는, 분노로 새파래져서, —"

"기다려, 기다려봐." 시인은, 비명 비슷한 소리를 질렀다. "사람이 참는 데도 한계가 있지. 도대체, 그건 뭐야."

"네로의 전기야. 폭군 네로. 그 녀석도 그리 나쁜 놈이 아니었거든." 자신도 모르게 창백해져 있었다. 미노는 자신의 그 흥분을 깨닫고서, 억지로 싱글싱글 웃기 시작했다. "이제부터가 재미있어지거든. 아그리피나는, 이처럼 네로를 소중하게, 소중하게 키워서, 네로를 왕위로까지 올려놓고 싶어서, 온갖 흉계를 꾸미는 거지. 끝내는 클라우디우스의 왕비까지 되고서, 그러고 나서 클라우디우스를 독살하는 거야. 그리고, 더 나쁜 짓을 하는 거지. 덕분에 네로는 왕위에 앉았어. 그리고 ─"

"네로도 나쁜 짓을 하거든." 시인은 차분히 말했다.

"아니, 아그리피나는 네로의 사랑을 방해하고, ─"

"흠, 그랬군." 시인은 담배를 피우면서, "네로는 그래서 어머니를 죽였어. 어머니, 용서해주세요. 나는 당신의 것이 아니에요. 어머니는 괴로운 숨을 쉬면서, 속삭인다. 너는, 엄마가 미우냐?" 미노는 김빠진 몰골로, "뭐, 그런 거지." 의자에서 일어나면서, 방 안을 돌아다니며, "코너로 몰린 사람들은 으레 꼭 혈족상잔을 시작하는 거야."

"집어치워, 너무 케케묵었어. 옛날이야기지." 시인은 미노의 이러한 다소간의 글재주를 사랑하고 있었고, 그리고, 이러한 이야기를 혼자서 남몰래 쓰고 있는 미노의 꼴은 안쓰럽게 생각하고는 있는데, 하지만, 미노의 이번의 무법스러운 새로운 연애에 대해서는 일부러 모른 체해야겠다고 생각하고 생각했다. "마치, 영화 이야기 아닌가."

"마실까?" 미노는 책상 위의 위스키병을 집어 들었다.

"사양하지 않겠어." 시인도 일어섰다.

이것으로 되었다.

"로마 사람들을 위해." 둘은 동시에 말하고, 짤깍하고 글라스를 마주쳤다. "멸망의 계급을 위해. 건배cheerio."

E

사람의 마음도
진실로 신뢰받기 위해서는
십자가에
올라가지 않아서는
안 되는 것일까

(이반 골)

F

테루는 해고되었다. 미노와의 사이가 탄로 나서가 아니다. 둘은 남의 눈을 속이는 일에 대해서는 능숙했다. 테루는, 그 몸놀림이 거칠고, 말씨 또한 무례하기 짝이 없고, 경어 사용법 같은 것이 엉망이었기 때문에 해고되었다.

미노는 모른 체하고 있었다.

사흘이 지나, 밤 9시경, 미노 주로는, 테루네 집 가게 앞에 가서 섰다.

"테루 있습니까? 저는 미노입니다."

나온 사람은, 눈빛이 날카로운 깡마른 청년이었다. 간조다.

"아." 간조는 정색을 하고, "테루!" 하고 집 안을 향해 소리쳤다.

"실례하겠습니다." 그대로 미노는, 가게를 떠나 터덕터덕 거리로 되돌아섰다. 사람들이 줄줄이 지나가고 있었다.

숨을 헐떡거리며, 테루가 뒤쫓아 왔다. 미노의 몸에, 오른쪽으로부터 왼쪽으로 달라붙을 듯이 하고 걸으면서,

"네? 왜 왔어요. 나는 손버릇이 나쁘거든요, 쫓겨난 거예요. 우리 집, 더러워서 놀랐지요? 하지만, 제발. 얕보면 안 돼요. 우리 집 사람들 모두들 착하거든요. 열심히 살고 있어요. 웃고 있어요? 어째서 잠자코 있는 거예요?"

"넌 신랑이 있더구나."

"어머나, 난, 이런 꼴로, 망측해라." 갑자기 노인네스럽게 그런 소리를 내뱉고 나서, 고개를 숙였다. "요즈음 들어, 제대로 머리도 묶지도 못하고 있네요."

"그 사람하고, 헤어질 수는 없겠니? 나는, 무슨 짓이든 다 할 거야. 어떤 어려운 일도 참아낼 거야."

테루는 대답하지 않았다.

"됐어. 됐다고." 미노는, 도망이라도 치듯이 걸음을 빨리했다. "괜찮아, 문제없어. 서로 죽지 않는다는 것만은 약속하자. 이런 소리를 하지만, 위험한 건 나거든."

둘은, 똑바로 앞을 바라보면서, 부지런히 걸었다. 그저, 걸었다. 걸었다. 천 리도 더 걸었다.

G

미노 주로는 실업가인 미무라 게이조의 둘째 딸 히사와 결혼했다. 제국호텔에서 화려한 피로연을 열었다. 당시의 신랑 신부의 사진이 두세 곳의 신문에 실렸다. 18세 신부의 모습은, 달맞이꽃처럼 가련했다.

H

모두들 행복하게 살았다.

(1940년 6월)

여치 きりぎりす

헤어지겠습니다. 당신은 거짓말만 하고 있었습니다. 저에게도 나쁜 점이 있을지 모릅니다. 하지만, 저는 저의 어떤 점이 나쁜지 알지 못합니다. 저도 이미 24세입니다. 이 나이가 되고 보니, 어디가 나쁘다고 말해주어도, 저로서는 고칠 수가 없습니다. 한 번 죽어서, 그리스도님처럼 부활이라도 하기 전에는 고쳐지지 않을 겁니다. 스스로 죽는다는 것은, 가장 큰 죄악 같은 기분도 들기 때문에, 저는 당신과 이별을 해서 제가 올바르다고 생각하는 방식으로 살아가며 애써볼 생각입니다.

저로서는 당신이 무섭습니다. 이 세상에서는, 당신의 삶의 방식이 올바를지도 모릅니다. 하지만, 저로서는, 그렇게는 도저히 살아갈 수 있을 것 같지가 않습니다. 제가 당신에게 온 지 벌써 5년이 됩니다. 19세 때 선을 보고, 그러고 나서, 바로, 저는 거의 내 몸 하나로 당신에게로 왔습니다. 지금이니까 말이지만, 아버지도, 어머니도, 이 결혼을 매우 반대하셨습니다. 동생도, 대학에 갓 들어갔을 무렵이었는데, 누나, 정말 괜찮겠어? 하고 어른스러운 소리를 하면서, 떨떠름한 모습을 보이고 있었습니다.

당신이 싫어할 것 같아서 지금까지 잠자코 있었지만, 그 무렵, 저에게는 달리 두 군데 선 자리가 있었습니다. 이제는 기억도 흐릿해져버렸지만, 한 사람은 제국대학 법과를 갓 나온, 도련님으로 외교관 지망생이라는 말을 들었습니다. 사진도 보았습니다. 낙천가 같은 환한 얼굴을 하고 있었습니다. 이것은 이케부쿠로의 큰언니 추천이었습니다. 또 한 사람은, 아버지 회사에 근무하고 있는 30세 가까운 기사였습니다. 5년이나 전의 이야기이므로 기억이 확실한 것은 아니지만, 아무튼, 큰 집안의 맏이로, 인물도 착실하다고 들었습니다. 아버지의 마음에 드셨던지, 아버지도 어머니도, 아주 열심히 권했습니다. 사진은 보지 못했던 것 같습니다. 이런 일은 아무래도 좋은 것이지만, 당신이 또 흥, 하고 웃으면 속상하므로, 기억하고 있는 일만, 확실하게 말해둡니다.

지금 이런 이야기를 하는 것은, 결코 당신에게 듣기 싫은 말을 하고 싶어서가 아닙니다. 그것은 믿어주십시오. 나는 난처합니다. 다른 좋은 곳으로 시집을 가면 좋았을걸 하는 따위의, 그런 부정한, 바보 같은 일은 조금도 생각하고 있지 않으며, 당신 이외에는 생각도 하고 있지 않습니다. 늘 하는 식으로 그렇게 웃으시면 나는 곤란합니다. 나는 진정으로 말하고 있습니다. 끝까지 들어주십시오.

그 무렵이나 지금이나, 저는 당신 이외의 사람과 결혼할 생각은 조금도 없습니다. 그것은 확실합니다. 저는 어렸을 때부터 우물쭈물하는 것이 무엇보다도 싫었습니다. 그 무렵, 아버지한테, 어머니한테, 그리고 큰언니한테도 이런저런 말을 들으면서, 좌우간 선이라도 보자는 말을 들었지만, 저로서는 선이나 결혼식이나 매한가지로 생각되었기 때문에, 쉽게 대답할 수가 없었습니다. 그런 분들하고 결혼할 마음은 전혀 없었던 것이지요.

많은 사람이 말하는 것처럼, 그런 훌륭한 분이라면, 특별히 내가 아니더라도, 따로 좋은 색시감이 얼마든지 나타날 것이고, 별로 마음이 내키지 않았습니다. 이 세상에서(이런 소리를 하면, 당신은 바로 웃겠지요) 내가 아니면 시집을 갈 수 없을 만한 사람에게 갔으면, 하고 나는 막연히 생각하고 있었습니다. 마침 그랬을 때 당신에게서 그 이야기가 있었던 것이지요.

좀 충동적인 이야기였으므로, 아버지도 어머니도 처음부터 마음이 내키지 않았습니다. 저 골동품상인 다지마 씨가 아버지의 회사로 그림을 팔러 왔다가, 이러쿵저러쿵 잡담을 실컷 하더니, 두고 보면, 이 그림의 작자는 틀림없이 물건이 될 겁니다. 어떻습니까, 아가씨를, 이렇게 조심성 없는 소리를 끄집어냈고, 아버지는 적당히 흘려들으면서, 좌우간 그림만큼은 사서, 회사의 응접실에 걸어두었는데, 이삼일 뒤, 다시 다지마 씨가 와서, 이번에는 정색을 하고 말을 걸어왔다는 것 아닙니까. 말도 안 돼요. 다지마 씨도 다지마 씨지만, 그 다지마 씨한테 그런 일을 부탁하는 남자도 남자 아닙니까. 하지만, 나중에, 당신에게 들은 말로는, 그것은 당신이 전혀 모르던 일이었고, 모든 것이 다지마 씨의 충직한 마음에서 나왔다는 것을 알았습니다.

다지마 씨한테는 신세를 많이 졌습니다. 오늘의 당신의 출세도, 다지마 씨 덕분이에요. 정말이지 당신한테는, 장사를 떠나 정성껏 대해주셨지요. 당신을 크게 인정했다는 것이지요. 앞으로도 다지마 씨를 잊어서는 안 됩니다. 그때, 저는 다지마 씨의 무모한 청혼 이야기를 듣고서, 좀 놀라면서도, 문득, 당신을 만나보고 싶은 생각이 들었습니다. 왜 그랬는지, 꽤 기뻤습니다. 나는 어느 날, 몰래 아버지 회사로, 당신의 그림을 보러 갔습니다. 그때의 일을 당신에게 이야기했던가요. 나는 아버지에게 볼일이 있는 척하고, 응접실에 들어가, 혼자서 당신의 그림을 찬찬히 살펴보았습니다. 그날은 매우 추웠지요. 불기라곤 없는 널따란 응접실 구석에서 덜덜 떨면서, 당신의 그림을 보았습니다. 그것은 조그마한 정원과, 양지바른 툇마루 그림이었습니다. 툇마루에는 아무도 앉아 있지 않았고, 하얀 방석 하나만이 오도카니 놓여 있었습니다. 파랑과 노랑과 흰색으로만 된 그림이었습니다. 보고 있는 동안, 나는, 좀 더 심하게, 서 있을 수 없을 정도로 떨려왔습니다. 이 그림은 내가 아니고서는 알 수 없는 것이라고 생각했습니다.

진심으로 하는 말이니까, 웃으시면 안 됩니다. 나는 그 그림을 보고 나서, 이삼일 동안 밤에도 낮에도 자꾸만 몸이 떨렸습니다. 어떤 일이 있어도 당신에게 시집을 가야 한다고 생각했습니다. 상스러운 일 같아서, 온몸이 불타는 듯이 부끄러웠지만, 나는 어머니에게 부탁했습니다. 어머니는 매우 언짢은 얼굴을 하셨습니다. 하지만, 나는 그것은 각오한 일이었기 때문에, 단념하지 않고, 이번에는 직접 다지마 씨에게 답변을 했습니다. 다지마 씨는 큰 목소리로, 장하다! 하고 말씀하시고 일어나다가, 의자에 걸려서 굴렀지만, 그때, 나도 다지마 씨도 조금도 웃지 않았습니다. 그 뒤의 일은 당신도 잘 아실 것입니다.

우리 집에서는, 당신에 대한 평판이 날이 갈수록 자꾸만 나빠지기만 했습니다. 당신이 세토瀨戶 내해의 고향에서 부모에게 알리지도 않고 도쿄로 뛰쳐나왔고, 부모님은 물론, 친척분들 모두가, 당신한테 정떨어져 있다는 점, 술꾼이라는 점, 전람회에 단 한 번도 출품한 일이 없다는 점, 좌익인 것 같다는 점, 미술학교를 졸업했는지 여부도 아리송하다는 점, 그 밖의 많은 것들, 어디서 조사해 온 것인지 아버지도 어머니도 온갖 이야기들을 나에게 이야기하며 꾸짖었습니다. 하지만, 다지마 씨의 열의 있는 배려로, 그럭저럭 선을 보는 데까지 진전되었습니다.

센비키야 2층에, 나는 어머니와 함께 갔습니다. 당신은, 내가 생각하던 대로의 인물이었습니다. 와이셔츠의 소매가 깨끗한 것을 보고 감탄했습니다. 내가 홍차 접시를 들어 올렸을 때 심술 사납게 몸이 떨려 스푼이 접시 위에서 딸각딸각 소리를 내서 매우 난처했습니다. 집에 돌아와서, 어머니는 당신의 흉을 한층 강하게 보았습니다. 당신이 담배만 피우면서, 어머니에게는 말도 별로 하지 않았다는 것이 무엇보다도 나빴던 것 같습니다. 인상이 나쁘다는 말도 어머니는 많이 했습니다. 별 볼 일 없다는 것입니다. 하지만, 나는 당신에게 가기로 마음을 굳히고 있었습니다. 한 달 동안 버틴 끝에 결국 내가 이겼습니다.

다지마 씨와 의논 끝에, 나는 거의 몸 하나만 가지고 당신에게 왔습니다. 나로서는 요도바시의 아파트에서 산 2년처럼 즐거운 나날은 없었습니다. 매일매일, 내일의 계획으로 가득했습니다. 당신은, 전람회에도, 그리고 대가의 이름에도, 전혀 관심이 없고, 제멋대로 그림을 그리고 있었습니다. 가난해질수록, 나는 가슴 설레며, 기뻐했고, 전당포에도, 헌책방에도, 아련한 추억의 고향과도 같은 그리움을 느꼈습니다. 돈이 그야말로 하나도 없이 뚝 떨어졌을 때에는 나의 전신의 힘을 시험할 수가 있어서, 보람을 느꼈습니다. 왜냐하면, 돈이 없을 때의 식사는 매우 즐겁고 맛있으니까요. 차례차례로 나는 좋은 요리를 발명했지요? 지금은 아닙니다. 무엇이든 필요한 것을 살 수 있다고 생각하면, 어떤 공상도 떠오르지 않거든요. 시장에 가서도 나는 허무합니다. 다른 아주머니들이 사는 것들을, 나도 비슷하게 사가지고 돌아올 뿐입니다.

당신이 갑자기 이름이 나서, 그 요도바시의 아파트를 떠나, 이 미타카로 온 뒤로는, 즐거운 일이 아무것도 없게 돼버리고 말았습니다. 제가 솜씨를 발휘할 데가 없어져버렸습니다. 당신은 갑자기 말솜씨도 좋아지고, 나를 한층 소중하게 대해주셨지만, 나는 나 자신이 어쩐지 집에서 키우는 고양이처럼 여겨져, 늘 곤란했습니다. 나는 당신이 이 세상에서 출세할 분이라고는 생각하지 않았던 것입니다. 죽을 때까지 가난하고, 제멋대로 그림을 그리고, 세상 사람들한테 조소를 받고, 그러면서도 아무렇지도 않게, 남에게 고개를 숙이지 않고, 더러는 좋아하는 술을 마시면서, 평생 속세에 물들지 않고 지낼 수 있는 사람이라고만 생각하고 있었습니다. 나는 바보였던 것일까요. 하지만, 한 사람쯤은 그런 아름다운 사람이 있을 것이다, 하고 나는 그 당시나, 지금이나 믿고 있습니다. 그 사람의 이마에 있는 월계수의 관은, 다른 사람의 눈에는 보이지 않기 때문에, 틀림없이 바보 취급을 받을 것이고, 아무도 결혼해주지 않고, 건사해주려 하지 않을 테니까, 내가 가서 평생을 보살펴주자고 생각하고 있었습니다. 그랬건만, 이게 웬일입니까. 갑자기 이렇게 훌륭해져버려서, 나는 어쩐 일인지, 부끄러워 참을 수가 없습니다.

나는 당신의 출세를 미워하고 있는 것이 아닙니다. 당신의 불가사의할 정도로 애틋한 그림이, 날로 날로 많은 사람들에게 사랑을 받는다는 것을 깨닫고, 나는 하느님에게 매일 밤 감사했습니다. 울고 싶을 정도로 기쁘게 생각했습니다. 당신이 요도바시의 아파트에서 2년간, 마음 내키는 대로, 좋아하는 아파트 뒤뜰을 그리기도 하고, 심야의 신주쿠를 그리고, 돈이 떨어졌을 때에는 다지마 씨가 와서, 두세 점의 그림 대신에 충분한 돈을 놓고 가시곤 했는데, 그 무렵, 당신은 다지마 씨가 그림을 가져가는 일이, 매우 섭섭한 듯, 돈 따위는 아주 무관심했습니다. 다지마 씨는 오실 때마다, 매번 나를 복도로 불러내어, 잘 부탁합니다, 하고 정중하게 말하며 절을 하고는, 흰 봉투를 나의 오비帯 사이에 끼워 넣어주셨습니다. 당신은 언제나 모르는 얼굴을 하고 계시고, 나 또한 그 각봉투의 알맹이를 살펴보는 따위의 저급한 짓은 하지 않았습니다. 없으면 없는 대로, 살아 나가자고 생각하고 있었으니까, 당신에게 보고한 일도 없습니다. 당신을 더럽히고 싶지 않았던 것이지요.

정말이지, 나는 단 한 번도, 당신한테, 돈이 필요해요, 유명해져주세요, 하고 바란 적이 없습니다. 당신처럼 말주변 없고, 거친 양반은(미안합니다) 결코 부자가 될 수도 없고, 유명인이 될 수도 없을 것으로 생각해왔습니다. 하지만, 그런 것은 겉보기뿐이었던 것일까요. 어째서, 어째서요.

다지마 씨가 개인전 상담을 하러 오실 때부터, 당신은 어쩐지 멋쟁이가 되었습니다. 우선, 치과에 다니기 시작했습니다. 당신은 썩은 이가 많아서, 웃으면 마치 할아버지처럼 보였지만, 당신은, 조금도 신경 쓰지 않았고, 내가 치과에 가시라고 권해도, 괜찮아, 이가 다 빠지고 나면 틀니를 하면 되거든, 금니를 번쩍이면서, 아가씨들을 좋아하게 해보았자, 무슨 소용이 있나, 등의 말을 하면서, 도무지 이를 돌보지 않으셨건만, 어찌된 셈인지, 일을 하는 틈틈이 좀 나갔다 올게, 하고는 하나둘씩 금니를 반짝이며 돌아오게 되었습니다. 여기 보고 웃어보세요, 하고 내가 말했더니, 당신은 수염이 더부룩한 얼굴을 붉히면서, 다지마란 친구가 귀찮게 굴어서 말이야, 하고 신기하게도 나약한 어조로 변명을 했습니다.

개인전은 내가 요도바시로 간 지 2년째 가을에 열렸습니다. 나는 기뻤습니다. 당신의 그림이, 한 사람이라도 많은 분에게 사랑받게 된다는데, 기쁘지 않을 수가 없지요. 나로서는 선견

지명이 있었던 셈입니다. 신문에서도 그처럼 대단한 칭찬을 했고, 출품한 그림이 모두 팔렸다고 하고, 유명한 대가들에게서도 편지가 옵니다. 너무나 좋은 나머지, 나는 무서운 생각이 들었습니다. 회장으로 구경하러 오라고, 당신도, 다지마 씨도 그처럼 강하게 권했지만, 나는 온몸이 떨려서, 방 안에서 편물만 하고 있었습니다. 당신의 저 그림들이 20장씩이나 30장씩이나 죽 도열해 있고, 그것을 많은 사람들이 감상하는 광경을 상상하면서도 나는 울음이 나올 것 같았습니다. 이처럼 좋은 일이, 이처럼 일찍 와버리고 보면, 아마도 나쁜 일도 벌어질 것이라고까지 생각했습니다. 나는 매일 밤, 하느님에게 빌었습니다. 제발, 행복은 이것으로 흡족합니다, 앞으로는, 그이가 병 따위에 걸리지 않게, 나쁜 일이 벌어지지 않게 지켜주십시오, 하고 빌었습니다.

당신은 매일 밤, 다지마 씨의 권유로, 여기저기 대가들에게 인사를 하러 돌아다닙니다. 다음 날 아침 돌아오는 일도 있지만, 나는 별로 달리 생각하고 있지도 않건만, 당신은 매우 세세하게 지난밤의 일을 나에게 이야기하기 시작합니다. 나는 지금까지 2년 동안 당신과 살면서, 당신이 남을 홍보하는 일은 한 번도 본 적이 없습니다. 무슨 선생님이야 어떻든, 당신은 유아독존의 태도로 전혀 무관심하지 않았던가요. 게다가 그처럼 말수가 많아지면서, 지난밤 당신은 전혀 컴컴한 구석이라곤 없었노라고 나를 납득시키고자 애를 쓰고 계신데, 그따위로 나약하게 에둘러 변명을 하지 않더라도, 저만 해도, 설마하니 지금까지 아무것도 모르고 자라온 것도 아니고, 분명하게 말해주시는 편이, 하루쯤 괴롭더라도, 그 뒤로는 훨씬 편해집니다. 어차피 평생의 아내이니까요. 나는 그 방면의 일에 관해서는 남정네를 그다지 신용하지 않습니다. 그리고 그렇게 집착하지도 않습니다. 그 방면의 일이라면, 나는 조금도 걱정하지 않고, 웃으며 참을 수도 있지만, 좀 더 속상한 일이 있습니다.

우리는 갑자기 부자가 되었습니다. 당신도 매우 바빠졌습니다. 이과회二科會*에 영입되어 회원이 되었습니다. 그러더니 당신은 아파트의 작은 방을 부끄러워하게 되었습니다. 다지마 씨가 자꾸만 이사하라고 권했는데, 이런 아파트에 살고 있으면, 세상 사람의 신용도 어떨까 싶고, 무엇보다도 그림값이 도무지 올라가지를 않습니다. 한 번 분발해서 큰 집을 빌리라는 고약한 비책을 제시하자, 당신까지도, 그건 그래, 이런 아파트에 있다가는 남들이 우습게 보거든, 따위의 천덕스러운 말을 힘주어 하기에, 나는 갑자기 불안한 마음이 들면서 공연히 쓸쓸해졌습니다.

다지마 씨는 자전거를 타고 사방으로 돌아다닌 끝에 이 미타카의 집을 발견해주셨습니다. 연말에 우리는 얼마 되지 않는 살림을 가지고 이, 엄청나게 큰 집으로 이사해 왔습니다. 당신은 나도 알지 못하는 사이에 백화점에 가서 무언지 그럴듯한 가구들을 참으로 많이 사서 들여놓았습니다. 그 짐들이 차례차례 백화점에서 배달되어 오는 것을 보고, 나는 가슴이 메었고,

---

* 1914년 결성된 일본의 미술단체로, 매년 〈이과전二科展〉을 개최한다.

그리고 슬퍼졌습니다. 이렇게 되고 보니, 그 흔해빠진 벼락부자하고 조금도 다를 것이 없거든요. 하지만, 나는 당신을 위해 애써 기쁜 것처럼 들뜬 모습을 보였습니다.

어느새 나는 저 끔찍한 '마님' 같은 꼴이 되고 말았습니다. 당신은 하녀를 두자는 말까지 꺼냈지만, 그것만큼은 나도 싫기 때문에 반대했습니다. 나는 사람을 부릴 줄을 모릅니다. 이사를 온 뒤, 곧 당신은 연하장을, 이사 통지를 겸해 300장이나 인쇄하게 했습니다. 300장, 어느 사이 그처럼 친지들이 많이 생긴 것일까요. 나로서는, 당신이 매우 위험한 외줄타기를 시작한 것 같은 마음이 들어 무서워서 견딜 수가 없었습니다. 이러다가는, 틀림없이 나쁜 일이 일어날 거야. 당신은, 그따위 저속한 교제 따위나 해서, 그것으로 성공할 분이 아닙니다. 그런 생각을 하면서, 나는 겁을 먹고, 불안한 하루하루를 지내고 있었지만, 당신은 실패를 하기는커녕, 차곡차곡 좋은 일만 벌어졌습니다.

내가 잘못된 것일까요. 저의 어머니도 종종 이 집으로 오시게 되었고, 그때마다, 나의 옷이나 저금통장 같은 걸 가지고 와 주시는데, 매우 기분이 좋으십니다. 아버지도, 회사 응접실 그림을 처음에는 싫어하시며 회사 창고에 치우게 하셨지만, 이번에는 그것을 집으로 가져오셔서, 액자도 좋은 것으로 바꾸시고 아버지의 서재에 걸어놓으셨다는 것입니다. 이케부쿠로의 큰언니도, 잘 지내라고 편지를 보내오게 되었습니다. 손님도 꽤 많아지게 되었습니다. 응접실이 손님으로 가득 차는 일도 있었습니다. 그럴 때, 당신의 밝은 웃음소리가 부엌에까지 들려왔습니다. 당신은 참으로 말수가 많아졌습니다. 전에는 그처럼 무뚝뚝해서, 나는 아아, 이분은 모든 것을 알고 있으면서도, 모든 것이 다 시시해서 늘 "……" 이렇게 입을 다물고 있는 것으로 생각했는데, 그런 것도 아닌 모양이네요.

당신은 손님들 앞에서, 아주 시시한 이야기를 하고 계십니다. 며칠 전, 손님에게서 막 들었던 그림 이론을, 아주 그대로 자신의 의견인 양 진지한 태도로 말하기도 하고, 또 내가 소설을 읽고 느낀 소감을 당신에게 잠시 말하면, 당신은 그다음 날, 시치미를 떼고, 손님에게, 모파상 역시 신앙에 대해서는 겁내고 있었던 거지요 하고, 나의 어리석은 논리를 그대로 피력하시는지라, 나는 찻잔을 가지고 응접실에 들어가다 말고, 너무나 부끄러워서, 우뚝 서버리는 일도 있었습니다. 당신은, 전에는 아무것도 알지 못했던 것이로군요. 죄송해요. 저 자신도 아무것도 아는 것이 없지만, 나 자신의 말만큼은 가지고 있다고 자부합니다. 그런데, 당신은 아주 말이 없거나, 아니면, 남이 한 말을 그대로 흉내 내고 있기만 합니다.

그럼에도 불구하고 성공하셨습니다. 그해의 이과二科 그림은, 신문사에서 상까지 받았는데, 그 신문에는, 왠지 부끄러워서 말로 할 수 없는 최대급의 찬사가 나열되어 있었습니다. 고고, 청빈, 사색, 우수, 기원, 샤반,* 그 밖에 여러 가지였는데, 당신은 나중에 손님과 그 신문 기사에 대해 말씀하시면서, 어지

---

* 피에르 퓌비 드 샤반Pierre Puvis de Chavannes, 채색 벽화를 주로 그린 19세기 프랑스 화가.

간히 제대로 맞는 말이었지, 이렇게 아무렇지도 않게 말하고 계셨지만, 정말이지 무슨 말씀을 하고 계신 건가요. 우리는 청빈하지 않습니다. 저금통장을 보여드릴까요. 당신은 이 집으로 이사 온 후로, 마치 사람이 달라진 것처럼 돈 이야기를 하게 되었습니다. 손님에게 그림 부탁을 받으면, 당신은 반드시 가격에 대해 거리낌 없이 말을 꺼냅니다. 분명하게 해두는 편이 나중에 골치 아픈 일이 일어나지 않아, 서로 기분이 좋지 않겠느냐고 말이죠, 이런 말들을 당신은 손님에게 하고 계셨지만, 나는 그 말을 듣고서, 역시 언짢은 기분이 들었습니다. 어째서 그처럼 돈에 구애될 필요가 있는 것일까요.

좋은 그림만 그리고 있으면, 생활 쪽은 자연히 꾸려나갈 수 있을 것으로 나는 생각합니다. 좋은 일을 하고, 그리고 아무에게도 알려지지 않고, 가난하게, 조촐하게 살아가는 것처럼 즐거운 일은 없습니다. 나는 돈도 아무것도 바라지 않습니다. 마음속에 원대한 프라이드를 가지고, 조용하게 살고 싶습니다. 당신은 나의 지갑 속까지 살펴보게 되었습니다. 돈이 들어오면, 당신은 당신의 큰 지갑과, 그리고, 나의 조그마한 지갑에 돈을 갈라서 넣습니다. 당신의 지갑에는 큰 지폐를 다섯 장쯤, 내 지갑에는 큰 지폐 한 장을 넷으로 접어서 넣습니다. 나머지 돈은 우편국과 은행에 맡깁니다. 나는 늘, 그것을 잠자코 곁에서 지켜봅니다.

언젠가, 내가 저금통이 들어 있는 책장 서랍을 잠그는 것을 잊고 있었는데, 당신은 그것을 발견하고, 이러면 곤란해, 라고 하더니 아주 언짢아하면서, 나에게 잔소리를 했습니다. 나는 정이 뚝 떨어졌습니다. 화랑으로 돈을 받으러 가게 되면, 사흘쯤 있다가 돌아오게 되는데, 그런 때에도, 깊은 밤, 취해서 드르륵 현관문을 열고 들어오자마자, 여보, 300엔 남겨 왔어, 확인해보라고, 이렇게 슬픈 소리를 합니다. 당신의 돈 아닌가요, 얼마를 쓰든 당연한 것 아니겠어요? 그리고 기분 내기 위해 실컷 돈을 쓰고 싶어질 때도 있을 것으로 생각합니다. 모두 쓰고 오면, 내가 낙심이라도 할까 봐 그러시는 건가요. 나 역시 돈의 고마움은 알고 있지만, 그렇다고, 그것만을 생각하고 있지는 않습니다. 300엔만 남겨놓고, 그리고 의기양양해서 돌아온 당신의 기분이 나는 쓸쓸해서 못 견디겠습니다.

나는 조금도 돈 욕심이 없습니다. 무엇을 사고 싶다, 무엇을 먹고 싶다, 무엇을 보고 싶다고 생각하지도 않습니다. 집안 살림도, 대개는 폐품 이용으로 꾸려가고 있습니다. 옷도 염색을 다시 하고, 바느질로 고치기 때문에 하나도 사지 않고도 견딥니다. 나는 잘 꾸려나갑니다. 손수건 하나만 하더라도, 나는 새로 사는 것은 싫습니다. 공연한 낭비니까요. 당신은 때때로 나를 시내로 데리고 가서, 비싼 중국요리 같은 것을 사주시는데, 조금도 맛있다고 생각되지 않았습니다. 왠지 차분히 있을 수가 없고, 깜짝 놀라는 기분으로, 참으로 아깝고 쓸데없는 일이라고 생각했습니다. 300엔보다도, 중국요리보다도, 나로서는 당신이, 이 집 마당에, 수세미 시렁을 만들어주시는 편이 얼마나 기쁜지 모릅니다.

8조 방 툇마루에는 그처럼 저녁 햇볕이 강하게 비치니까, 수세미 시렁을 만들게 되면, 딱 좋을 것 같습니다. 당신은, 내가 그처럼 부탁을 해도, 꽃집 사람을 불러오면 되니 않나 하면서, 스스로 만들어주시지는 않습니다. 꽃집 사람을 부르다니, 그런 부자 흉내를 내는 것은 나는 싫거든요. 당신이 만들어주면 좋으련만, 당신은 알았어, 알았어, 내년에는, 하실 뿐, 결국 지금까지 만들어주지 않습니다. 당신은 자신의 일에 관해서는 매우 낭비를 하면서도, 남의 일에 대해서는 언제나 모르는 체합니다.

언제였던가, 친구인 아메미야 씨의 부인이 병이 들어 곤란을 겪고 있어서 의논을 하러 오셨을 때, 당신은 일부러 나를 응접실로 불러서, 집에 지금 돈이 있나? 하고 진지한 얼굴을 하고, 물어보시기에, 나는 얼굴을 붉히며, 우물쭈물하고 있었더니, 숨기지 마, 그 근처를 뒤져보면, 20엔 정도는 나올 거야 하고, 나에게 놀리듯이 말을 하므로, 나는 깜짝 놀라고 말았습니다. 겨우 20엔. 나는 당신의 얼굴을 다시 보았습니다. 당신은 나의 시선을 한 손으로 털어내듯이 하면서, 나한테 좀 꿔줘, 쩨쩨하게 굴지 말고, 이렇게 말하고 나서, 아메미야 씨 쪽을 향해, 서로가, 이런 때에는 가난은 괴로운 거야, 하고 웃으면서 말하는 것이었습니다. 나는 놀라서, 아무 말도 못하고 말았습니다.

당신은 청빈도 아무것도 아닙니다. 우수憂愁라니, 지금의 당신 어느 구석에 그런 아름다운 그림자가 있나요. 당신은 그 반대의 막돼먹은 낙천가입니다. 매일 아침, 세면장에서, 우리 집은 그렇단다, 하고 큰 소리로 노래를 하고 있지 않나요. 나는 동네 사람에게 부끄러워 죽겠어요. 기도, 샤반, 아깝다고 생각합니다. 고고하다니, 당신은 추종자들의 알랑방귀 속에서 살고 있다는 것을 깨닫지 못하시나요? 당신은 집에 오시는 손님들 한테 선생 소리를 들으면서, 누군가의 그림을 가차 없이 공격하고, 마치 자신과 같은 길을 걷는 사람은 하나도 없는 것처럼 말씀을 하시지만, 만약에 진심으로 그렇게 생각한다면, 그처럼 마구 남의 흉을 보면서 손님들의 동의를 얻을 필요 따위는 없을 것으로 생각합니다.

당신은 그 자리에서만의 찬성이라 하더라도 얻고 싶은 것입니다. 거기에 무슨 고고함이 있을까요. 당신은 오시는 손님들 모두가 감복하게 만들지 않아도 되잖아요. 당신은 대단한 거짓말쟁이입니다. 작년 이과에서 탈퇴하고, 신낭만파라는 단체를 만들 때만 해도, 나는 혼자서 얼마나 비참한 마음이 들었는지 모릅니다. 왜냐 하면, 당신은 뒤에서 그처럼 비웃고 우습게 생각하고 있던 사람들만 모아서 그 단체를 만들었으니까요. 당신은, 그야말로 확고한 견해가 없는 것입니다. 이 세상에서는, 역시, 당신과 같은 삶이 올바른 것일까요. 가사이 씨가 오셨을 때, 두 분이서 아메미야 씨 흉을 보면서 격분하기도 하고 조소하기도 하시더니, 아메미야 씨가 오셨을 때는, 아메미야 씨에게 매우 친숙한 듯이 굴며, 역시 친구는 자네뿐이야 등, 거짓이라고는 도저히 생각할 수 없을 정도로 감격적으로 말하고 나서, 이번에는 가사이 씨의 태도에 대해 비난을 시작하셨으니 말입니다.

세상에서 성공한 사람들은, 모두 당신처럼 처신을 하며 살고 있는 것일까요. 그래가지고 용케도 걸려 넘어지지 않고 지낼 수 있는 것이구나 하고, 나는 두려움 가운데서, 신기하게 생각하기도 합니다. 틀림없이 일어날 거다, 일어나야 한다. 당신을 위해서도, 하느님을 실증하기 위해서도, 무엇인가 한번 나쁜 일이 일어나야 한다고, 나의 가슴속 어딘가에서 기도할 정도가 되었습니다. 하지만, 나쁜 일은 일어나지 않았습니다. 한번도 안 일어났습니다. 여전히 좋은 일만이 계속됩니다.

당신 단체의 제1회 전람회는 매우 평판이 좋았던 것 같습니다. 당신의 국화꽃 그림은, 진실로 심경이 맑아지고, 고결한 애정이 훈훈하게 풍겨 나온다느니, 이렇게 손님들이 수군거리는 것을 들었습니다. 어떻게 그렇게 될 수 있는 것일까요. 나는 신기해서 견딜 수가 없습니다. 지난 정월에는, 당신은, 당신 그림의 가장 열렬한 지지자라는 저 유명한 오카이 선생 댁으로, 나를 처음 데리고 가셨습니다. 오카이 선생은 그처럼 유명한 대가이건만, 우리 집보다도 작아 보이는 집에 살고 계셨습니다. 그것이 진정한 자세라고 생각합니다.

뚱뚱하게 살이 쪘고, 꿈쩍도 하지 않을 것 같은 느낌으로, 책상다리를 하시고, 안경 너머로 흘긋 우리를 보시는 그 큰 눈망울도, 참으로 고고한 분의 눈이었습니다. 나는, 당신의 그림을, 처음으로 아버지 회사의 싸늘한 응접실에서 보았을 때와 마찬가지로, 부들부들 몸이 떨려서 견딜 수가 없었습니다. 선생님은 아주 단순한 일만을, 아무것에도 구애되지 않고 말씀을 하십니다. 나를 보시고, 오, 훌륭한 부인이시군, 무가武家 집안 사람인 것 같군요, 하고 농담을 하셨더니, 당신은 매우 진지하게, 네, 이 사람의 어머니가 사족士族이었지요, 등 아주 자랑스럽게 말하는 바람에, 나는 식은땀을 흘렸습니다.

어머니가, 어떻게 사족이란 말입니까. 아버지도, 어머니도, 뼈속까지 평민이란 말입니다. 이러다가는, 당신은, 남이 추어올리는 소리를 듣고서, 이 사람의 어머니는 화족華族이라고 하지는 않으실까요. 그것은 참으로 두려운 일입니다. 선생 정도의 인물까지도, 당신의 모든 허상을 알아차리지 못하신다는 것은 기이한 일입니다. 세상 사람들은 전부, 전부 그런 존재인가요.

선생은 당신의 요즈음 작업을 놓고 매우 힘들 것이라며, 자꾸만 위로의 말씀을 해주고 계셨지만, 나는, 아침마다 당신이 "우리 집은 그렇단다"라는 노래를 하고 있는 모습을 떠올리면서, 무엇이 어떻게 돌아가는지 알 수 없게 되면서, 자꾸만 우스워져서, 웃음이 터져 나올 것 같았습니다. 선생 댁에서 나와 한 모퉁이도 지나지 않아, 당신은 돌멩이를 걷어차면서, 쳇! 여자한테는 물러가지고는, 이라고 했습니다. 나는 깜짝 놀랐습니다. 당신은 비열합니다. 방금 전까지, 저 훌륭한 선생 앞에서 굽실굽실하더니, 벌써, 그렇게 흉을 보다니, 당신은 미쳤습니다. 그때부터, 나는, 당신과, 헤어져야겠다고 생각했습니다. 더 이상, 견딜 수가 없었습니다. 당신은, 틀림없이 잘못돼 있었습니다. 화禍가 일어났으면, 생각했습니다. 하지만, 이번에도 나쁜 일은 일어나지 않았습니다.

당신은 다지마 씨의 옛 은혜를 잊어버렸는지, 다지마 멍청이가 또 찾아왔군, 이렇게 친구한테 이야기한 일이 있는데, 다지마 씨도 그 이야기를 어떻게 알았는지, 그 자신이, 다지마 멍청이가 또 왔소이다, 하고 웃으면서 뒷문으로 들어오십니다. 이러고 보니, 당신네들의 일에 대해서는, 저로서는 영 알 수가 없습니다. 인간의 긍지가 도대체 어디로 간 것일까요.

떠나겠습니다. 당신네들 모두, 한패가 되어서, 나를 놀리고 있는 듯한 기분조차 듭니다. 얼마 전, 당신은, '신낭만파의 시국적 의의'라든가 하는 것에 대해, 라디오 방송을 했습니다. 내가 거실에서 석간을 읽고 있는데, 불쑥 당신의 이름이 방송으로 나오더니, 계속해서 나오는 당신의 목소리가, 나로서는 남의 목소리같이 들렸습니다. 얼마나 더럽게 혼탁한 목소리였는지, 혐오스러운 사람이라고 생각했습니다. 확실하게, 당신이라는 남자를, 멀리서 비판할 수가 있었습니다.

당신은 보통 사람입니다. 앞으로도, 순조롭게, 그럴싸하게 출세하시겠지요. 말도 안 돼. "오늘날의 제가 있는 것은"이라는 말을 들으면서 나는 스위치를 껐습니다. 도대체 무엇이 되었다고 생각한 것일까요. 창피를 아셔야죠. "오늘날의 제가 있는 것은" 따위의 두려울 만큼 무지한 말은, 다시는, 두 번 다시는, 하지 말아주십시오.

아아, 당신은 하루바삐 걸려 넘어져야 마땅합니다. 나는 그날 밤, 일찍 잠자리에 들었습니다. 전등을 끄고, 홀로 누워 있자니, 등줄기 아래에서 귀뚜라미가 열심히 울고 있었습니다. 툇마루 밑에 있는 것이겠지만, 그것이, 마침 내 등줄기 아래에서 울고 있어서, 어쩐지 내 등뼈 속에서 조그마한 여치가 울고 있는 듯한 기분이 들었습니다.

이 조그마한, 그리고 희미한 소리를 평생토록 잊지 않고, 등

뼈에 간직하고 살아가야겠다고 생각했습니다. 이 세상에서는, 틀림없이, 당신이 옳고, 나야말로 틀렸을 테지만, 나로서는 어디가 어떻게 잘못된 것인지, 도무지 알 수가 없습니다.

(1940년 11월)

청빈담 清貧譚

다음에 적은 것은 『요재지이聊齋志異』* 가운데 한 편이다. 원문은 1,834자. 이것을 보통 사용하는 400자 원고지로 옮겨놓으면 겨우 넉 장 반 정도의 아주 짧은 글에 지나지 않지만, 읽다 보면, 온갖 공상이 튀어나와, 30장 전후 정도의 좋은 단편을 읽었을 때와 같을 정도의 뿌듯한 느낌을 갖게 된다. 나는 이 넉 장 반의 단편에 들어 있는 온갖 나의 공상을 그대로 써본다.

이런 방식이 과연 창작의 본길인지 여부는 여러 의견이 있겠지만 『요재지이』에 들어 있는 이야기는, 문학의 고전이라기보다는 그 땅의 구비口碑에 가깝다고 생각하므로, 그 옛이야기

---

* 청나라의 포송령이 지은 기괴 단편소설집으로 요괴와 짐승이 등장, 발상과 글이 현란하다.

를 골자로 해서, 20세기의 일본 작가가 왕성한 공상을 안배하면서, 자신의 감회를 곁들여서, 창작입네 하고 독자에게 내놓더라도, 딱히 큰 죄가 될 것은 없다고 생각한다. 나의 신체제도, 로맨티시즘의 발굴 외에는 없을 것 같다.

옛날, 에도 무코지마 근처에 마야마 사이노스케라는 보잘것없는 이름의 남자가 살고 있었다. 지독한 가난뱅이다. 32세. 독신이다. 국화꽃을 좋아했다. 좋은 국화 모종이 있다는 소리를 들으면, 어떤 무리를 해서라도 꼭 이를 구해 왔다. 천리도 마다하지 않는다고 쓰여 있으니, 대단한 열성임을 알 수 있다. 초가을께, 이즈의 누마즈 부근에 좋은 모종이 있다는 소리를 듣자, 당장에 여장을 갖추고, 안색까지 변해가며 출발했다. 하코네산을 넘어, 누마즈에 도착, 사방팔방 수소문한 끝에, 가까스로 한두 뿌리의 멋진 모종을 구할 수가 있었고, 이를 보물이라도 되듯 소중하게 기름종이로 싸서, 빙긋 웃으며 귀로에 올랐다.

다시금 하코네산을 넘어, 오다와라 마을이 눈 아래 펼쳐졌을 무렵, 달가닥달가닥하고 등 뒤에서 말발굽 소리가 들려왔다. 느릿한 속도로, 그 말발굽 소리가, 계속해서 자기와 똑같은 간격을 유지한 채, 그 이상 다가오는 것도 아니고, 또한 멀어지는 것도 아니고, 변함없이 달가닥거리며 따라온다. 사이노스케는, 좋은 국화 모종을 구하는 바람에 너무나 기뻤으므로, 그런 말발굽 소리 따위는 알아차리지 못한다. 하지만, 오다와라를 지나서, 2리, 3리, 4리를 가도 여전히 똑같은 간격으로 따라온다. 사이노스케도, 비로소, 좀 이상하구나 생각을 하고, 뒤돌아보니, 예쁘게 생긴 소년이 묘하게 말라빠진 말을 타고서, 자신하고 10간間도 떨어지지 않은 곳을 걷고 있다. 사이노스케의 얼굴을 보고 빙긋 웃은 것 같다. 모르는 체하기도 미안해서, 사이노스케는 잠시 서서 웃음으로 대답했다. 소년은 다가와 말에서 내려,

"좋은 날씨입니다" 했다.

"좋은 날씨로군요." 사이노스케도 찬성했다.

소년은 말을 끌고, 슬슬 걷기 시작했다. 사이노스케도, 소년과 어깨를 나란히 하고 걸었다. 잘 살펴보니, 소년은 무가 집안에서 자란 것 같지도 않은데, 그러면서도 인품은 어딘가 우아하고 복장도 산뜻하다. 몸놀림이 점잖다.

"에도에 가십니까" 하고 매우 친근한 말투로 물었으므로, 사이노스케도 이에 덩달아 마음을 놓고,

"네, 에도로 돌아갑니다."

"에도 분이시군요. 어디서 돌아오는 길이십니까?" 여행 이야기는 뻔하다. 이야기를 이어나가다가, 마침내 사이노스케는, 이번 여행의 목적 모두를 이야기해주었다. 소년은 갑자기 눈을 반짝이면서,

"그렇군요. 국화를 좋아하신다니, 반갑습니다. 국화에 대해서는 저도 좀 아는 것이 있습니다. 국화는 모종의 좋고 나쁨보다도, 키우는 솜씨지요"라면서 자신의 재배 방법을 조금 이야기했다. 국화광인 사이노스케는 금방 열중해서, "그런가요. 나는 역시 모종이 좋아야 하는 것으로 생각하고 있었는데, 그렇다면 말이죠," 하고, 평소에 구비하고 있던 해박한 국화에 대한 지식을 이야기하기 시작했다. 소년은 노골적으로 반대하지는

않았지만, 때때로 내놓는 의문의 말의 밑바닥에서는 만만치 않은 깊은 경험을 감지할 수 있었으므로, 사이노스케는 기를 쓰고 이야기를 하면 할수록, 자신감을 잃고, 끝내는 우는소리로,

"더는 아무 말도 못하겠습니다. 이론 따위는 별 볼 일 없는 거지요. 실제로 내가 키운 국화꽃을 보이는 일 말고는 별도리가 없네요."

"그건 그렇지요." 소년은 차분한 모습으로 끄덕였다. 사이노스케는 조바심이 들었다. 어떻게 해서든, 이 소년에게 자신의 뜰에 있는 국화를 보여주어서, 앗 소리를 지르게 하고 싶어 안달이 났다.

"그럼, 어때요." 사이노스케는 이미 분별심을 잃고 있었다. "이제부터 곧장 에도의 나의 집에 함께 가지 않겠어요? 잠깐이라도 좋으니, 나의 국화를 보아주셨으면, 꼭 좀 그렇게 했으면 해요."

소년은 웃으면서,

"우리는 그런 한가한 처지가 아닙니다. 이제부터 에도로 가서, 일자리를 찾아야 합니다."

"그런 일은 아무것도 아닙니다." 사이노스케는 이미 몸이 달아 있었다. "우선 우리 집에 가서, 천천히 쉬고, 그런 다음에 찾아도 늦지 않아요. 어쨌든 우리 집 국화를 한번 보셔야 합니다."

"이거, 엄청난 일이 되고 말았군요." 소년은 더는 웃지도 않고, 진지한 얼굴로 생각에 잠겼다. 잠시 동안 말없이 걷다가, 문득 얼굴을 들어, "실은, 나는 누마즈 사람으로, 제 이름은 타

우모토 사부로라고 합니다. 일찍이 부모를 잃고, 누님하고 둘이 살고 있었습니다. 요즈음 들어 갑자기 누님이, 누마즈를 싫어하면서, 어떡해서든 에도에 가고 싶다고 해서, 우리는 집안 살림을 모두 정리해서, 지금 에도로 올라가는 중입니다. 에도에 가봤자, 아무런 목적지도 없습니다. 생각하고 보면 불안한 여행이지요. 한가롭게 국화 이야기나 논의할 처지가 아니었던 겁니다. 저도 국화는 싫어하지 않는지라, 생각도 없이 쓸데없는 소리를 지껄이고 말았습니다. 이제 그만하지요. 부디 잊어주십시오. 이제, 작별해야겠습니다. 생각해보니, 지금, 우리는 국화 타령을 할 처지가 아니었습니다" 하고 쓸쓸한 말투로 이야기를 하고 묵례를 하고서, 곁에 있는 말을 타려던 것을, 사이노스케는 단단히 소년의 소매를 붙잡고,

"기다려봐요. 그렇다면, 더더구나 우리 집에 가야 되겠군. 망설일 것 없어요. 나도 매우 가난하지만, 자네들을 돌봐줄 정도는 되니까. 자, 이제 되었으니 나에게 맡겨달라고요. 누님도 함께라고 했는데, 어디에 계시죠?"

둘러보았더니, 아까는 모르고 있었지만, 말 뒤쪽에, 얼핏 붉은 여장旅裝의 아가씨가 있는 것을 알게 되었다. 사이노스케는 얼굴을 붉혔다.

사이노스케의 열띤 제안을 거부할 수 없어서, 누이와 동생은, 결국 무코지마의 누옥陋屋에서 일단 신세를 지기로 했다. 가서 보니, 사이노스케의 집은 그의 말 이상으로 가난하고 황량해서, 남매는 서로 얼굴을 마주 보며 한숨을 쉬었다. 사이노스케는 아무렇지도 않은 듯, 여장도 풀기 전에, 맨 먼저 자신의

국화밭으로 안내해, 여러 가지로 자랑을 하고 난 다음, 국화밭의 창고를 남매의 임시 거처로 지정해주었다. 그가 살고 있는 본채는, 그야말로 발을 들여놓을 곳도 없을 정도로 너저분해서, 오히려 이 창고 쪽이 훨씬 지내기 좋을 정도였다.

"누나, 난처하게 되었네. 엉뚱한 사람의 신세를 지게 되었어." 타우모토는 그 창고에서 여장을 풀면서, 누나에게 조그만 소리로 속삭였다.

"글쎄다," 누나는 미소 지으며, "그래도, 태평스러운 사람이라 오히려 좋지 않니. 뜰도 넓은 것 같은데, 앞으로 좋은 국화를 심어드려서 신세를 갚으면 되는 거야."

"이런, 누나는, 이런 데에 오래 머물러 있을 생각이야?"

"그래, 나는 여기가 마음에 들었어" 하면서 얼굴을 붉혔다. 누이는 스무 살 정도로, 색깔들이 녹아들 정도로 피부가 희고, 자태도 늘씬했다.

다음 날 아침, 사이노스케와 동생 타우모토는 일찌감치 말다툼을 벌이게 되었다. 남매가 교대로 타고 여기까지 온 그 늙은 말이 사라져버렸던 것이다. 간밤에는 분명 국화밭 한구석에 묶어놓았을 터인데, 아침에 사이노스케가 일어나서, 맨 먼저 국화를 살피러 나왔는데, 말이 없었다. 게다가, 밭에서 마구 뛰어 돌아다닌 듯, 국화를 마구 먹어버리고, 파헤쳐서 엉망이 되어 있었다. 사이노스케는 깜짝 놀라서, 창고의 문을 두드렸다. 동생이 먼저 나왔다.

"왜 그러십니까? 무슨 일이세요."

"보세요. 당신네 마른 말이, 내 밭을 엉망진창으로 만들어놓앞어요. 나는 죽고 싶을 정도예요."

"그렇군요." 소년은 침착했다. "그래서요? 말은 어찌 되었나요?"

"그까짓 말 따위야, 아무러면 어때요. 도망쳤겠지요."

"그것 큰일 났네."

"무슨 그런 말을. 그까짓 말라깽이 말."

"말라깽이 말이라뇨, 그놈은 영리한 말입니다. 곧바로 찾아보겠습니다. 이깟 국화밭쯤이야 아무러면 어때요."

"뭐라고?" 사이노스케는 파랗게 질려서 외쳤다. "자네는, 내 국화밭을 모욕하는 거야?"

누이가 창고에서, 빙긋이 웃으면서 나왔다.

"사부로야, 사과해라. 저따위 말라깽이 말은 아까울 게 없지 않니. 내가 풀어주었단다. 그보다도 이 엉망이 된 국화밭을, 얼른 손질해드려라. 신세를 갚을 좋은 기회 아니니."

"무어야." 사부로는 깊은 한숨을 쉬고 나서, 조그만 소리로 말했다. "그럴 심산이었던 거야."

동생은 어쩔 수 없이 국화밭 손질에 착수했다. 보고 있노라니, 잎은 찢어지고, 쓰러지고, 말라죽어가고 있는 국화도, 사부로의 손으로 다시 심기자, 금방 생기를 회복하고, 줄기는 흠뻑 물기를 머금고, 꽃봉오리는 무겁고 부드럽게, 시들어가던 잎까지도 서서히 그 정맥에 물결이 파도치며 뻗어나간다. 사이노스케는 저도 모르게 감탄했다. 하지만, 그 또한 국화를 기르는 지사가 아니던가. 자존심이라는 게 있다. 옷깃을 매만지며 애써 냉정한 체하고, "알아서 적당히 해주시오" 하고 뱉어놓고, 안

채로 돌아가, 이불을 뒤덮고 누워버렸지만, 금방 다시 일어나, 덧문 틈새로, 살그머니 밭을 내다보았다. 국화는, 역시 늠름하게 살아나고 있었다.

그날 밤, 타우모토 사부로가 웃으면서 안채로 와서,

"오늘 아침에는 정말 실례를 했습니다. 그런데, 어떠실까요. 지금 막 누나하고도 이야기한 것인데, 뵙기에, 실례지만, 그다지 넉넉한 살림 같지가 않으신데, 저에게 반만이라도 밭을 빌려주신다면, 좋은 국화를 만들어드리겠습니다. 그것을 아사쿠사 부근에 가져가서 파신다면, 좋지 않겠습니까. 어디 한번, 대대적으로 좋은 국화를 만들어드리고 싶은데요."

사이노스케로서는, 오늘 아침에는, 국화 작가로서의 자존심이 상처받은 일로 기분이 상해 있었다.

"거절합니다. 자네도 비열한 친구로군." 이때다 하고, 입을 비쭉거리며 경멸의 말을 했다. "나는 자네를 풍류를 아는 선비라고 알고 있었는데, 아니, 이건 뜻밖이네. 내가 사랑하는 꽃을 팔아서 쌀과 소금을 산다는 건 당치도 않은 이야기야. 국화를 능욕한다니 말도 안 돼. 자신의 고상한 취미를, 금전 따위로 바꾸다니, 아아, 망측해라. 거절하겠소" 하고 마치 사무라이 같은 말투로 쏘아붙였다.

사부로도, 불끈 하는 투로 어조를 바꾸어,

"하늘이 주신 자신의 실력으로 살림 자금을 얻는 일은, 딱히 부를 탐하는 악업은 아니라고 생각합니다. 속되다고 경멸하는 것은 잘못입니다. 도련님들이나 할 소리입니다. 철없는 소리지요. 사람은, 마구잡이로 돈을 탐하는 것도 나쁘지만, 공연스레 가난을 자랑하는 것도 못난 짓입니다."

"내가 언제 가난을 자랑했다는 거요. 나에게는 조상으로부터 받은 다소간의 유산도 있소. 나 하나 살아가는 데는 그것으로 충분하단 말이오. 이 이상의 부는 바라지 않아요. 쓸데없는 참견은 마시오."

다시 말다툼이 되고 말았다.

"이건, 충고라는 것입니다."

"충고, 됐어요. 도련님이든 뭐든 상관이 없어요. 나는, 나의 국화하고 희로애락을 함께하고 살아갈 뿐입니다."

"그 말씀은 알아들었습니다." 사부로는 쓴웃음을 지으며 끄덕였다. "한데, 어떻습니까. 저 창고 뒤쪽으로는 10평가량의 빈터가 있는데, 그것만이라도, 우리에게 잠시 빌려주지 않으시렵니까."

"나는 무얼 쩨쩨하게 아끼는 사람이 아닙니다. 창고 뒤의 빈터만 가지고는 모자라겠지요. 내 국화밭 반에는, 아직 아무것도 심어놓지 않았으니, 그 반을 빌려드리겠습니다. 마음대로 쓰세요. 다시 말해두지만, 나는 국화를 키워 팔려는 흑심이 있는 사람하고는 어울릴 수 없으니, 오늘부터는 남이라고 생각해 주세요."

"알겠습니다." 사부로는 매우 질려버린 모양이었다. "그럼, 말씀대로, 밭을 반만 빌리겠습니다. 그리고, 저 창고 뒤쪽에, 국화 부스러기 모종이 잔뜩 버려져 있던데, 그것도 가지겠습니다."

"그런 시시한 일까지 일일이 말할 필요는 없어요."

화해하지 않은 채로 헤어졌다. 그 이튿날, 사이노스케는 밭을 깨끗이 둘로 갈라서, 그 경계에 높은 산울타리를 만들어 서로 보지 못하게 만들어버렸다. 두 집안은 절교를 한 것이다.

이윽고, 가을이 한창일 무렵, 사이노스케의 밭의 국화도, 모두가 멋들어진 꽃을 피웠는데, 아무래도 이웃 밭 쪽에 신경이 자꾸 쓰여서, 어느 날, 살그머니 들여다보고는 놀랐다. 지금까지 본 적도 없는 커다란 꽃이 밭 하나 가득 피어 있는 것이다. 창고도 깨끗하게 수리되어서, 아주 살기 편하고 멋진 구조의 집이 되어 있었다.

사이노스케는 심중이 편하지 않았다. 국화꽃은 명백히 사이노스케의 패배다. 게다가 매끈한 집까지 지어놓았다. 틀림없이 국화꽃을 팔아서, 크게 돈을 번 것이 틀림없다. 괘씸하다, 혼을 내줄 생각으로, 의분, 질투, 온갖 감정이 야릇하게 가슴을 뒤흔들어, 참을 도리가 없어, 산울타리를 넘어, 이웃집으로 들어가보았다. 꽃 하나하나를 보면 볼수록, 너무나 잘 가꾸어져 있었다. 꽃잎의 살도 두툼하고, 힘차게 뻗고 한껏 펼쳐지고, 꽃송이는 팔팔하게 떠는 듯이, 더없이 활짝 피어 있다. 더욱 주의해서 잘 들여다보니, 그것은 모두, 자신이 창고 뒤에 버린, 그 모종 쓰레기에서 피어난 꽃이었다.

"으음." 저도 모르게 신음소리를 내고 있을 때,

"어서 오십시오. 기다리고 있었습니다" 하고 등 뒤로부터 말소리가 들려왔다. 허둥거리며 뒤돌아보니, 타우모토의 동생이 방글방글 웃으며 서 있었다.

"졌습니다." 사이노스케는 자포자기 비슷한 큰 목소리로 말했다. "나는 깨끗이 인정하는 사내이므로, 졌을 때는 확실하게 졌다고 말합니다. 부디 당신의 제자로 삼아주십시오. 지금까지의 모든 일들은 깨끗하게," 이렇게 말하면서, 자신의 가슴을 쓸어내려 보이며, "깨끗이 씻어버리기로 합시다. 하지만, — "

"아니, 그다음 말씀은 말아주십시오. 저는 당신처럼 결벽한 정신은 갖고 있지 않기 때문에, 짐작하신 대로, 국화를 조금씩 팔고 있습니다. 하지만, 제발 경멸하지는 말아주십시오. 누나도 늘, 그 점에 신경을 쓰고 있답니다. 우리도 최선을 다하고 있습니다. 우리한테는 당신처럼, 조상의 유산이라는 것도 없고, 정말로, 국화라도 팔지 않는다면 굶어 죽을 뿐입니다. 제발, 못 본 것으로 해주시고, 이 기회에 다시 왕래해주시기를 바랍니다." 이렇게 말하는 사부로의 모습을 보고 있노라니, 사이노스케도 애처로운 생각이 들어,

"아니, 아니, 그렇게 말해주니 정말 난처한데, 나라고 해서, 뭐 당신네 남매를 싫어하는 게 아니거든요. 특히, 앞으로는 국화꽃 선생님으로서 여러 가지로 배우고 싶으니, 아무쪼록, 나야말로 잘 부탁합니다" 하고 진지하게 말하고 목례를 했다.

이렇게 화해가 성사되어, 가로막았던 산울타리도 걷어치워버리고, 두 집안의 왕래가 시작되기는 했지만, 아무래도 때때로 시비거리는 생긴다.

"자네의 국화 키우기에는, 아무래도 비밀이 있는 것 같군."

"그런 건 없습니다. 저는 지금까지 모든 것을 당신에게 전해드렸습니다. 그다음은 손끝의 신비입니다. 그것은, 저로서도 무의식적인 것이어서, 무엇이라고 말로 전해야 할지, 저도 알

수가 없습니다. 말하자면, 재능이라는 것일지도 모릅니다."

"그렇다면, 자네는 천재이고, 나는 둔재라는 이야기로군. 아무리 가르쳐도 소용이 없다는 이야기 아닌가."

"그렇게 말씀하시면 곤란합니다. 어쩌면, 내가 국화를 만드는 것은, 목숨을 걸고, 이를 잘 만들어 팔지 못하면 밥을 먹을 수 없게 된다는, 그런 절박한 기분으로 하기 때문에, 꽃도 커지는 것이 아닐까 생각됩니다. 당신처럼 취미로 하시는 분은, 역시 호기심과, 자부심의 만족만이 있을 테니까요."

"그렇군. 나한테도 국화를 팔라는 말 아닌가. 자네는, 나한테 그런 천덕스러운 일을 권하면서 부끄럽지도 않은가."

"아니죠, 그런 말을 하고 있는 것은 아닙니다. 당신은 어째서 그 모양입니까."

아무래도, 잘 맞지 않았다. 타우모토의 집은 자꾸만 부자가 되어가는 모양이었다. 그 이듬해 정월이 되자, 사이노스케에게 한마디 의논도 없이, 목수들을 불러 갑자기 대저택 건축을 시작했다. 그 저택의 한쪽 끝은, 사이노스케의 오두막 한쪽 끝에 거의 닿을 정도였다. 사이노스케는, 또다시 이웃하고 절교를 할까 생각하기 시작했다. 하루는, 사부로가 아주 진지한 얼굴을 하고 찾아왔다.

"누님하고 결혼해주십시오" 하고 정중한 말투로 이야기했다.

사이노스케는 볼이 붉어졌다. 처음에 얼핏 봤을 때부터, 그 부드러움과 청아함을 잊지 못하고 있었다. 하지만, 역시 남자의 체통 문제랄까, 이상한 말다툼이 벌어졌다.

"나는 예물을 마련할 돈도 없고, 아내를 맞아들일 자격도 없네. 자네들은 요즈음, 부자가 된 것 같은데 말이야" 하고 오히려 비아냥거렸다.

"아닙니다, 모두 당신 것입니다. 누님은, 처음부터, 그럴 생각이었거든요. 예물 따위는 필요 없습니다. 당신이 그대로 우리 집으로 오시면, 그것으로 좋습니다. 누님은 당신을 그리워하고 있습니다."

사이노스케는, 당황한 마음을 감추고서,

"아니, 그런 일은 아무래도 좋네, 나에게는 내 집이 있으니까. 데릴사위는 딱 질색이거든. 나도 정직하게 말한다면, 자네 누님이 싫지 않아. 하하하하" 하고 호걸스럽게 웃어 보이고, "하지만, 데릴사위는, 남자로서는 가장 부끄러워할 일 아닌가. 거절하네. 돌아가서 누님에게 이렇게 말하라고. 청빈이 싫지 않다면, 오시라고."

싸움을 하고 헤어졌다. 하지만 그날 밤, 사이노스케의 지저분한 침소에, 한들한들 바람을 타고 희고 보드라운 나비가 숨어들었다.

"청빈은 싫지 않아요." 그렇게 말하며 쿡쿡 웃었다. 아가씨의 이름은 키에黃英라 했다.

한동안 둘이는 오막살이집에서 살았지만, 키에는 이윽고, 그 오두막집 벽에 구멍을 뚫고, 거기에 바짝 닿아 있는 타우모토의 집 벽에도 마찬가지로 구멍을 뚫어, 자유롭게 양쪽 집이 오갈 수 있게 해놓았다. 그러고는, 자신의 집에서 이것저것 필요한 살림을 사이노스케의 집에 가져오는 것이다. 사이노스케로서는 그게 자꾸만 신경이 쓰였다.

"곤란하군. 이 화로도 그렇고, 이 꽃병도 그렇고, 모두 당신 집의 것 아닌가. 여편네의 물건을 남편이 쓴다는 것은 영 면목이 없는 짓이야. 이런 것은 가져오지 말라고"하며 야단을 치지만, 키에는 웃기만 할 뿐, 여전히 찔끔찔끔 가지고 온다. 청렴의 선비임을 자임하고 있는 사이노스케는 커다란 장부 하나를 만들어, 위의 물품을 일시 맡아둡니다, 하고 써서, 키에가 가져오는 살림들을 일일이 기록해두기로 했다. 하지만, 이제는 주변에 있는 물건들은 모두, 키에의 살림살이다. 일일이 기입한다면, 장부가 여러 권 있어도 모자랄 지경이 되었다. 사이노스케는 절망했다.

"당신 덕분에, 나도 마침내, 마누라 등쳐서 먹고 사는 남편처럼 되고 말았어. 아내의 덕을 보고 부자가 된다는 것은 남자로서는 최대의 불명예야. 내 30년 동안의 청빈도, 당신 남매 때문에 엉망이 되고 말았어." 이렇게 어느 날 밤, 절절하게 푸념을 늘어놓았다. 키에도 과연 쓸쓸한 얼굴이 되어,

"제가 나빴을지도 모릅니다. 저는 그저, 당신의 인정에 보답하고 싶어서, 여러모로 마음을 써가며 살아왔는데, 당신이 그처럼 깊이 청빈에 뜻을 두고 계실 줄은 몰랐습니다. 그렇다면, 이 집 가구도, 저의 신축 건물도 모두 바로 팔아버리기로 하지요. 그 돈을, 당신이 마음 내키는 대로 써주십시오."

"그런 어리석은 말을 해서는 안 되지. 나라는 사람이 그런 부정한 돈을 받을 줄 아나?"

"그럼 어떻게 하면 되나요?" 키에는 울음 섞인 목소리로, "사부로만 해도, 당신에게 은혜를 갚기 위해, 매일 국화 키우기

에 정성을 다하고, 사방의 관저에 열심히 묘목을 보내서 돈을 벌고 있습니다. 어찌하면 좋을까요. 당신과 우리와는 생각이 아주 반대이니 말이죠."

"헤어질 수밖에." 사이노스케는, 말의 기세상, 자꾸만 더 그럴듯한 말을 하지 않을 수밖에 없어서, 마음에도 없는 쓰라린 선언을 하고 만 것이다. "맑은 자는 맑게, 탁한 자는 탁한 채로 살아가는 수밖에 없는 거야. 나로서는, 남에게 이래라 저래라 할 권리는 없지. 내가 이 집을 나갈게. 내일부터, 나는 저 마당 구석에 오두막을 짓고, 거기서 청빈을 즐기면서 살기로 할 거야." 어이없는 일이 되고 말았다. 하지만, 남자가 일단 말을 꺼낸 이상, 굽힐 수는 없다. 이튿날 아침 당장 마당 구석에 한 평가량의 오두막을 지어, 거기에 들어박혀, 추위에 떨며, 정좌를 하고 있었다. 하지만, 이틀 밤쯤 청빈을 즐기고 있다 보니, 도저히 추워서 견딜 수 없게 되었다. 사흘째 밤에는, 마침내 제 집의 덧문을 가볍게 두드렸다. 덧문이 가느다랗게 열리고, 키에의 웃음 띤 하얀 얼굴이 나타나더니,

"당신의 결벽도, 믿을 것이 못 되네요."

사이노스케는 너무 부끄러웠다. 그 뒤로는 조금도 고집을 부리지 않게 되었다. 보쿠테이墨堤*의 벚꽃이 피기 시작할 무렵이 되어, 타우모토의 집 건축이 완성되었고, 결국, 사이노스케의 집과 단단히 붙어서, 이제는 두 집이 구별할 수 없게 되

---

* 도쿄를 흐르는 스미다 강의 제방.

었다. 사이노스케는, 이제는 그런 일에는 조금도 간섭하지 않고, 모든 것을 키에와 사부로에게 맡겨놓고, 자신은 동네 사람들과 장기만 두고 있었다. 어느 하루, 일가 세 사람은 보쿠테이의 벚꽃을 보러 나갔다. 적당한 자리에 도시락을 펼쳐놓고, 사이노스케는 가져온 술을 마시기 시작했다. 사부로에게도 권했다. 누이는, 사부로에게 마시지 말라고 눈짓을 했지만, 사부로는 아무렇지도 않게 잔을 받았다.

"누나, 나는 이제 술을 마셔도 돼. 집에 돈도 많이 벌어놓았고, 내가 없어지더라도, 이제는 누나도 평생 놀고 지낼 수 있어. 국화 키우기도 질려버렸거든" 하고 묘한 소리를 하며 마구 술을 퍼마시는 것이었다. 이윽고 취해 떨어져서 누웠다. 어, 어, 하는 사이에 사부로의 몸이 녹아서 연기가 되었고, 그 자리에는 옷과 신발만이 남아 있었다. 사이노스케는 경악하면서, 옷을 들어 올렸다. 그 밑에는 싱싱한 국화 묘목 하나가 오도카니 자라나 있었다.

비로소, 타우모토 남매가 인간이 아님을 알게 되었다. 하지만, 사이노스케는, 이제 와서는 전적으로 남매의 재능과 애정에 경복敬服하고 있었으므로, 혐오의 마음은 일어나지 않았다. 가냘픈 국화의 정령인 키에를, 더더욱 깊이 사랑하고 있었다. 국화 묘목은, 집 안뜰에 옮겨 심겼고, 가을이 되어 꽃을 피웠는데, 그 꽃은 엷은 분홍색으로 물들어, 향기를 맡아보니, 술 향기가 났다. 키에의 몸에 대해서는 "별다름 없음" 이렇게 원문에 쓰여 있다. 즉, 언제까지나 보통 여자의 몸 그대로였다.

(1941년 1월)

누구誰

예수께서 제자들과 함께 빌립보의 가이사랴에 있는 여러 마을로 길을 나서셨는데, 도중에 제자들에게 물으셨다. "사람들이 나를 누구라고 하느냐?" 제자들이 예수께 말하였다. "세례자 요한이라고 합니다. 엘리야라고 하는 사람들도 있고, 또 예언자 가운데 한 분이라고 하는 사람들도 있습니다." 예수께서 그들에게 물으셨다. "그러면, 너희는 나를 누구라고 하느냐?" 베드로가 예수께 대답하였다. "선생님은 그리스도이십니다." (마가복음 8장 27절)

매우 위태로운 지경이다. 예수는 고뇌하신 끝에, 자기를 상실하고, 불안한 나머지, 무지몽매한 제자들을 향해 '나는 누구냐'라는 이상한 질문을 하고 있는 것이다. 무지몽매한 제자들의 답 하나에 의지하려 하고 있는 것이다. 하지만, 베드로는 믿고 있었다. 우직하게 믿고 있었다. 예수가 신의 아들이라는 것을 믿고 있었다. 그래서 아무렇지도 않게 답했다. 예수는 제자의 고백으로 더욱더 깊이 자신의 숙명을 알았다.

20세기의 멍청한 작가에게도, 이 비슷한 추억이 있다. 그렇지만, 결과는 아주 딴판이다.

그는 어느 가을밤, 학생들과 이노카시라 공원에 갔는데, 도중에 학생들에게 물어 말씀하셨다. "사람들은 나를 누구라고 하는가?" 답해 말하기를, "가짜. 어떤 사람은 거짓말쟁이. 또 어떤 사람은 촐랑이. 어떤 사람은 술주정뱅이의 하나라 하더이다." 다시 묻는다. "그대들은 나를 누구라고 하는가." 한 낙제생이 대답하여 말한다. "그대는 사탄, 악의 자식이로다." 그는 놀라서, "잘 있거라. 이만 가련다."

나는 학생들과 헤어져 집에 돌아와, 지독한 소리를 지껄여대는군, 하고 마음속이 도무지 편하지 않았다. 그렇지만 나로서는, 저 낙제생의 가공할 말을 부정해버릴 수도 없었다. 그 당시 나는, 자신을 완전히 상실해버리고 있었다. 내가 누구인지 알지 못했다. 무엇이 무엇인지 전혀 알 수 없게 되었다. 일을 해서 돈이 들어오면 논다. 돈이 떨어지면, 또 일을 하고, 약간의 돈이 들어오면, 논다. 이런 짓을 되풀이하다가, 어느 날 문득 생각한 끝에, 온몸이 송연해졌다.

도대체 나는, 자신을 무엇이라고 생각하고 있는가. 이런 짓은 도무지 인간의 생활이라고 할 수 없다. 나에게는 가정조차 없다. 미타카의 이 조그만 집은, 나의 일터다. 이곳에 잠시 들어박혀서 일거리 하나가 완성되면, 나는 허둥거리며 미타카에서 철수한다. 도망치는 것이다. 여행을 떠난다. 하지만, 여행을 떠나봤자, 나의 집은 아무 곳에도 없다. 여기저기 어정거리며, 그러면서도 늘 미타카 생각만 하고 있다. 미타카로 돌아오면, 금방 또 여행 생각을 한다. 작업장은 답답하다. 하지만, 여행 또한 허전하다. 나는 어정거리기만 할 뿐이다. 도대체 어찌 된 것일까. 나는 인간이 아닌 모양이다.

"지독한 소리를 떠벌리는군." 나는 뒹굴대면서 신문을 펼쳐 보고 있었지만, 너무나 화가 나서, 옆방에서 바느질을 하고 있 는 식구에게 들리라고 일부러 큰 소리로 말해보았다. "지독한 자식이다."

"왜 그러세요." 집사람이 걸려들었다. "오늘 밤은 일찍 들어 오셨네요."

"이르고말고. 이젠, 저따위 놈들하고는 어울릴 수 없어. 지 독한 소리를 나불거리고 말이야. 이무라라는 놈이 말이지, 날 보고 사탄이라고 지껄여댄 거야. 그놈은 벌써 2년씩이나 낙제 를 하고 있는 주제에, 날 그렇게 말할 사이가 아니거든. 실례 라고!" 남의 집에서 얻어맞고, 집에 돌아와 일러바치는 겁쟁이 아이와 비슷한 데가 있다.

"당신이 버릇없이 굴게 내버려두어서 그래요." 집사람은 재 미있어하는 투로 말했다. "당신은 항상, 여러 사람을 오냐오냐 받아주어서, 못쓰게 만들고 있는 거예요."

"그런가?" 뜻밖의 충고다. "쓸데없는 소리 말아. 오냐오냐 받아주고 있는 것처럼 보이겠지만, 나는 다 생각이 있어서 하 고 있는 거야. 그런 의견을 당신한테 들을 줄은 몰랐네, 당신도, 역시 나를 사탄이라고 생각하고 있는 거 아냐."

"글쎄요," 조용해졌다. 진지하게 생각하고 있는 모양이다. 잠시 후, "당신은요,"

"그래, 말해봐. 무슨 소리든 해보라고. 생각한 것 그대로 말이야." 나는 다다미 위에, 거의 큰대자로 널브러져 있었다.

"게으름뱅이에요. 그것만은, 분명해요."

"그래?" 그리 좋지는 않다. 하지만, 사탄보다야 낫지 않을까 생각한다. "사탄은 아니란 말이군."

"하지만, 게으름도 정도가 지나치면 악마처럼 보이겠지요."

어떤 신학자의 설에 의하면, 사탄의 정체는 천사였고, 천사가 타락해서 사탄이 되는 것이라고 했는데, 어쩐지 이야기가 너무나 잘 지어져 있다. 사탄과 천사가 한 족속이라는 따위는 위험 사상이다. 나로서는, 사탄이 그처럼 귀여운 갓파 같은 것이라고는 도저히 생각할 수가 없다.

사탄은 신과 싸워도, 여간해서는 지지 않을 정도의 굳센 마왕이다. 내가 사탄이라니, 이무라 군은 바보 같은 소리를 한 것이다. 하지만, 이무라 군에게 그런 소리를 듣고, 한 달쯤 지나는 동안, 역시 신경이 쓰여서, 나는 사탄에 관한 여러 사람의 설을 다양하게 조사해보았다. 나는 사탄이 아니라는 반증을 확실하게 잡아놓고 싶었다.

사탄은 보통, 악마라고 번역되고 있지만, 히브리어의 사탄, 그리고 아람어의 사탄, 사타나에서 생긴 말인 것 같다. 나는, 히브리어, 아람어는 고사하고, 영어조차 변변히 읽지 못할 정도의 능력인지라, 이런 학술적인 말을 늘어놓기가 매우 면구스럽지만, 그리스어로는 디아볼로스라고 한단다. 사탄의 원뜻은 확실하지 않지만, 대체로 '밀고자' '반항자'인 것 같다. 디아볼로스는 그 그리스어역이라는 말이다. 사전을 들척거려서, 막 알게 된 이야기를 자신의 지식인 듯이 도도하게 이야기한다는 것은 괴로운 일이다. 마음에 들지 않는다. 하지만, 내가 사탄이 아니라는 것을 실증하기 위해서는, 마음에 들지 않더라도, 좀 더 이야기하지 않고는 안 되겠다.

요컨대 사탄이라는 말의 첫 번째 의미는, 신과 인간 사이에 훼방을 놓아, 양자 사이를 이간시키는 자쯤 되는 모양이다. 하긴 구약 시대에는, 사탄은 신과 대립하는 강한 힘으로서는 나타나지 않는다. 구약에서는, 사탄은 신의 일부이기까지 했던 것이다.

어떤 외국의 신학자는, 구약 이후의 사탄 사상의 진전에 대해 다음과 같은 보고를 하고 있다. 즉, 유대인은 오래도록 페르시아에 살고 있는 동안, 새로운 종교 조직을 알게 되었다. 페르시아 사람들은, 그 이름을 자라투스트라, 혹은 조로아스터라고 하는 위대한 교조教祖의 설을 믿고 있었다. 자라투스트라는 일체의 인생을 선과 악 사이에서 일어나는 부단한 투쟁이라고 생각했다. 이는 유대인들로서는 아주 새로운 사상이었다. 그때까지 그들은, 야훼라고 불리는 만물 유일의 '주主'만을 인정하고 있었다. 세상일이 나빠지거나, 전쟁에 지거나, 병에 걸리거나 하면, 그들은 으레, 이런 불행은 모두 자신들의 민족의 신앙 부족 탓으로 돌리고 있었다. 오직 야훼만을 두려워했다. 죄가 악령 단독의 유혹의 결과라는 생각을, 그들은 한 번도 해본 일이 없었다. 에덴동산의 뱀조차도, 그들의 눈에는 제멋대로 신의 명령을 거스른 아담과 하와보다는 나쁘지 않았다. 하지만, 자라투스트라 교의의 영향을 받아서, 유대인도 이제는 야훼에 의해 완성되었던 일체의 선을, 뒤집어엎으려 하는 또 하나의 영의 존재를 믿기 시작했다.

그들은 그것을 야훼의 적, 즉 사탄이라고 이름 붙였다는 것이 간단한 설명이다. 슬슬 사탄은, 강하고 사나운 영으로서의 등장 준비를 시작했다. 이렇게 해서, 신약 시대에 접어들어, 사탄은 당당하게 신과 대립했고, 종횡무진으로 날뛰게 되었다. 사탄은 신약성서의 여기저기에 다양한 이름으로 불리고 있다. '두 개의 이름이 있는'이라는 것이 일본 가부키에서 악당을 형용하는 말로 쓰이고 있지만, 사탄은 두세 개 정도가 아니다. 디아볼로스, 벨리알, 바알세불, 악귀의 두목, 이 세상의 왕, 이 세상의 신, 고소하는 자, 시험하는 자, 악한 자, 살인자, 거짓 아버지, 망하게 하는 자, 원수, 거대한 용, 오래 묵은 뱀 등이다.

다음은 일본에서 유일하게 믿을 만한 신학자, 츠카모토 토라지塚本虎二 씨의 설이다.

"명칭에 의해서도, 대체로 짐작할 수 있는 바와 같이, 신약의 사탄은 어떤 의미로는 신과 대립하고 있다. 즉, 하나의 왕국을 가지고, 이를 지배하고, 신과 마찬가지로 하인을 거느리고 있다. 악귀들이 그의 수하이다. 그 나라가 어디에 있는지는 명료하지 않다. 하늘과 땅의 중간(에베소서 2장 2절)인 것 같기도 하고, 하늘이 있는 곳(같은 책 6장 12절), 아니면 땅속(묵시록 9장 11절, 20장 1절) 같기도 하다. 어쨌든 그는 이 지상을 지배하면서, 가능한 한의 악을 사람에게 가하려 하고 있다. 그는 사람을 지배하고, 사람은 태어나면서 그의 권력 아래 있다. 이런 까닭에 '이 세상의 왕'이면서, '이 세상의 신'이며, 그는 온 나라들의 모든 권위와 영화를 가지고 있다."

이에 이르러, 저 낙제생 이무라 군의 설은 더할 나위 없이 완전히 논파된 셈이다. 이무라 설은, 철두철미 오류였다는 것이 증명되었다. 거짓말이었던 것이다. 나는, 사탄이 아니었다. 이상스러운 표현이겠지만, 나는, 사탄처럼 위대하지가 않다. 이 세상의 왕이요, 이 세상의 신이면서, 그는 온 나라들의 모든 권위와 영화를 가지고 있다고 하지 않은가. 당치도 않은 일이다. 나는 미타카의 너저분한 오뎅집에서도 업신여김을 받고, 권위는커녕, 오뎅집 하녀에게 혼이 나고 어쩔 줄 모른다. 나는 사탄 정도의 거물이 아니었다.

휴 하고 안도의 한숨을 내쉰 순간, 다시금 또 다른 이상한 불안이 솟아난다. 어째서 이무라 군은, 나를 사탄이라고 했을까. 설마하니, 내가 대단히 선한 사람이라는 이야기를 하고 싶어서, "당신은 사탄입니다" 따위의 말을 꺼낸 것은 아닐 테지. 나쁜 사람이라는 말을 하고 싶었던 게 틀림없다. 하지만, 나는 절대로 사탄이 아니다. 이 세상의 권위도 영화도 갖고 있지 않다. 이무라 군은, 공부를 안 하는 친구니까, 사탄이라는 말의 참뜻을 몰랐고, 그저, 나쁜 사람이라는 의미로 그 말을 사용한 것이 틀림없다.

나는 나쁜 사람일까. 나는 이를 단호하게 부정할 정도로는 자신이 없었다. 사탄은 아니더라도, 그 수하에는 악귀라는 것도 있었을 것이다. 이무라 군은, 나를 그 수하인 악귀라고 하고 싶었는데, 사리를 알지 못하는 설움이랄까, 사탄이라고 말해버린 것인지도 모른다. 성서 사전에 의하면, "악귀란, 사탄을 추종하며, 더불어 타락한 영물로서, 사람을 원망하고, 이를 더럽히고자 하는 마음이 강한데, 그 수가 엄청나다"고 되어 있다. 매우 불쾌한 존재다. 내 이름은 레기온, 우리는 숫자가 많다고 헛소리를 하다가, 그리스도에게 질타를 받고, 허둥지둥 2천 마리의 돼지에 올라타고 굴러가듯이 도망을 쳐, 절벽에서 떨어져 바다에서 익사한 것도 이놈들이다. 칠칠치 못한 것들이다. 아무래도 비슷하다. 비슷한 것 같다. 사탄에게 아첨의 말 따위를 지껄이는 점 등은 아주 쏙 빼박지 않았는가 말이다. 나의 불안은 극점에까지 달했다. 나는 나의 33년간의 생애를, 찬찬히 살펴보았다. 유감스러운 일이지만, 있었다. 사탄에게 알랑거리고 있었던 한 시기가 있었다. 이에 생각이 미쳤을 때, 나는 참을 길 없어서, 한 선배 댁으로 달려갔다.

"이상한 소리를 하는 것 같습니다만, 제가 5, 6년 전에, 선배한테 돈을 빌려달라고 부탁드린 일이 있었지요. 그 편지, 아직도 가지고 계십니까."

선배는 즉각 대답했다.

"가지고 있지." 내 얼굴을 똑바로 바라보면서 물었다. "슬슬, 그런 편지에 신경이 쓰이기 시작한 모양이로군. 나는, 자네가 부자가 되면, 그 편지를 자네한테 가지고 가서, 공갈을 하려고 생각하고 있었거든. 지독한 편지야. 거짓말만 늘어놓고."

"알고 있습니다. 그 거짓말이, 어느 정도로 교묘한 거짓말인지, 그게 알고 싶어졌거든요. 좀 보여주십시오. 잠깐이면 됩니다. 걱정 마세요. 도깨비처럼 들고 튀지는 않겠습니다. 잠깐 보고 나서 바로 돌려드릴 테니까요."

선배는 웃으면서 조그마한 금고를 들고 나와, 잠시 찾다가 한 통을 나에게 건네주었다.

"공갈은 농담이지만, 앞으로는 조심하라고."

"알고 있습니다."

다음은 그 편지의 전문이다.

—○○ 형, 평생 한 번의 부탁입니다. 사방팔방으로 손을 써보았습니다만 어쩔 도리가 없어, 편지지를 꺼냈다 집어넣었다 하다가 겨우 씁니다. 이런 기분을 살펴주십시오. 이달 말까지는 반드시 갚아드릴 수 있으니, ×× 댁 언저리에서 20엔, 부득이하면 10엔, 변통해주실 수 없겠습니까? 형에게는 결코 폐를 끼치지 않겠습니다. '다자이가 좀 낭패를 보아서, 곤경에 처했다'고 말씀드리셔서 빌려주십시오. 3월 말에는 반드시 갚겠습니다. 돈은 보내주시든, 혹은 형 자신이 놀러 오실 겸 가져다주신다면 기쁨 이보다 더할 수가 없겠습니다. 뻔뻔하다, 버릇없다, 제멋대로다, 건방지다, 칠칠치 못하다, 어떠한 질타도 감수할 각오입니다. 지금은 일을 하고 있습니다. 이 일이 다 되면 돈이 들어옵니다. 하루 이르면, 하루 이른 만큼 도움이 됩니다. 20일에 필요합니다만. 늦어지면, 저로서도 변통은 할 수 있습니다만. 제 입장을 이해하시고, 부탁 말씀 올립니다. 모든 말씀 올릴 힘도 없습니다. 자세한 말씀은 직접 뵙고 하겠습니다. 3월 19일. 오사무 올림.

의외로, 이 편지 여기저기에, 선배의 붉은 글씨로 된 평이 들어가 있었다. 괄호 안이 그 선배의 평이다.

— ○○ 형, 평생 한 번의(인간의 어떤 행위도, 평생에 한 번뿐인 것을) 부탁입니다. 사방팔방으로 손을 써보았습니다만(기껏해야 서너 명 아니겠나) 어쩔 도리가 없어, 편지지를 꺼냈다 집어넣었다 하다가(이 대목은 진실일 테지) 겨우 씁니다. 이런 기분을 살펴주십시오(짐작은 되지만, 좀 이상하군). 이달 말까지는 반드시 갚아드릴 수 있으니, ×× 댁 언저리(언저리란 이상한 표현이도다)에서 20엔, 부득이하면 10엔, 변통해주실 수 없겠습니까? 형에게는 결코 폐를 끼치지 않겠습니다(이 대목은 진실이라 해도, 또한 믿어서는 안 될지어다). "다자이가 좀 낭패를 보아서, 곤경에 처했다"고 말씀드리셔서(말씀드리셔서라니 괴이쩍인 말이도다, 무례하도다) 빌려주십시오. 3월 말에는 반드시 갚겠습니다. 돈은 보내주시든, 혹은 형 자신이 놀러 오실 겸 가져다주신다면(그 자신은 아예 움직일 생각이 없군. 더더욱 무례하도다) 기쁨(기쁨은 맞는 말이겠지만, 더욱더 무례하도다) 이보다 더할 수가 없겠습니다. 뻔뻔하다, 버릇없다, 제멋대로다, 건방지다, 칠칠치 못하다, 어떠한 질타도 감수할 각오입니다(각오만큼은 좋아. 제대로 자신을 알고 있지 않나. 하지만, 알고 있을 뿐이로다). 지금은 일을 하고 있습니다. 이 일이 다 되면(이 대목은 동정한다) 돈이 들어옵니다. 하루 이르면, 하루 이른 만큼 도움이 됩니다. 20일에 필요합니다만(날 수에 대해서는 뻥튀기가 있는 듯, 요주의) 늦어지면, 저로서도 변통할 수는 있습니다만(허식뿐, 사람을 우롱

함이 심한 면이 있도다), 제 입장을 이해하시고, 부탁 말씀 올립니다. 모든 말씀 올릴 힘도 없습니다(신파 비극의 대사 같군. 사람을 어찌 알고). 자세한 말씀은 직접 뵙고 하겠습니다. 3월 19일. 오사무 올림.(돈 빌려달라는 편지치고 매우 졸렬하기 짝이 없는 글로 인정. 요컨대 조금도 진실성을 인정할 수 없도다. 모두 거짓 문장이로다).

"이건 지독한데요." 나도 모르게 탄성을 질렀다.

"지독하지? 기가 막히지?"

"아닙니다. 형이 쓴 붉은 글씨 쪽이 지독한데요. 제 문장은 생각했던 것 정도는 아니었습니다. 교지狡智의 극을 달리는 글을 종횡무진으로 구사하지 않았을까 생각했는데 지금 읽어보니, 의외로 제대로 된 것이어서 맥이 빠져버렸을 정도입니다. 무엇보다도, 형한테 이렇게 간파되어가지고, 이런, 이런." 멍청한 악귀라는 게 어디 있겠느냐고 말하려 했었지만, 말을 못 하고 말았다. 어디선가에서 아직 내가 이 선배를 속이고 있는 것인지도 모른다고 생각했기 때문이다. 내가 머뭇거리고 있었더니, 어디, 어디, 하면서 내 손에서 편지지를 빼앗고서,

"예전 일인지라, 어떤 문구인지 까먹어버렸거든." 중얼거리고 나서 읽다가 폭소를 터뜨리고 말았다. "자네도 바보로군" 하고 말했다.

바보. 이 말에 의해 나는 구원을 받았다. 나는 사탄은 아니었던 것이다. 악귀도 아니었다. 바보였다. 바보라고 하는 존재였다. 생각해보니, 내가 저지른 나쁜 짓은, 대체로 몽땅 남의 눈에 간파되고, 핀잔 받고, 어이가 없어 웃음을 샀던 모양이다.

도저히 완벽한 기만을 할 수 없었다. 꼬리가 나와 있었던 것이다.

"저는 말이죠, 어떤 학생한테 악마 소리를 들었거든요." 나는 좀 편한 마음으로 사정을 털어놓았다. "괴씸하기 짝이 없어서, 여러모로 연구를 하고 있는데, 도대체, 악마라느니, 악귀라느니 하는 것이 이 세상에 있는 것입니까. 내 눈에는, 사람들이 모두 착하고 약한 존재로 보이거든요. 남의 잘못을 비난할 수가 없어요. 무리도 아니라는 마음이 들거든요. 뿌리부터 나쁜 사람이라는 걸 나는 본 일이 없습니다. 모두 비슷비슷한 것 아닐까요?"

"자네한테는 악마의 소질이 있기 때문에, 흔해빠진 악에 대해 놀라지 않는 거야." 선배는 아무렇지도 않다는 얼굴을 하고 말했다. "대악한의 눈으로 볼 때, 이 세상 사람들은 모두가 물렁하고 약한 거지."

나는 다시 암담한 기분이 되었다. 이래서는 안 되겠다. '바보' 소리를 듣고 구원을 받아 마음이 편해졌는데, 지독한 지경에 빠졌다.

"그런가요?" 나는 원망스러웠다. "그렇다면 선배도, 역시 나를 신용하지 않는군요. 그런 거란 말이죠."

선배는 웃기 시작했다.

"화내지 말라고. 자네는 금방 화를 내서 못써. 자네가 지금, 남의 잘못을 비난할 수 없다는 둥, 그리스도처럼 훌륭한 소리를 하길래, 좀 놀려본 거야. 뿌리부터 나쁜 사람 같은 건 본 일이 없다고 자네는 말하지만, 나는 본 일이 있어. 2, 3년 전에 신문에서 읽은 일이 있지, 우체통에 성냥불을 던져 넣어서, 그 안의 우편물을 태우면서 좋아하던 사나이가 있었어, 미치광이는 아니야. 목적이 없는 놀이였던 거야. 매일, 매일, 여기저기 우체통 속의 우편물을 태우고 다닌 거야."

"그건, 심하군요." 그놈은 악마다. 조금치도 동정의 여지가 없다. 뿌리부터 나쁜 놈이다. 그런 놈을 발견한다면, 나도 엉망진창이 되도록 패줄 수가 있다. 사형 이상의 형벌을 내려야 한다. 그놈은 악마다. 그에 비해 보자면, 나는 그저 아무것도 아닌 '바보' 아닌가. 이젠, 이것으로 해결이 났다. 나는 이 세상의 악마를 보았다. 그놈하고 나하고는 전적으로 다른 것이다. 나는 악마도 악귀도 아니다. 아아, 선배는 좋은 것을 알려주었군. 감사하다고 생각하고 그날로부터 사오일 동안은 가슴속이 후련해져 있었는데, 또다시, 그게 아니었다. 바로 어제, 또 한 번 악마! 소리를 들은 것이다. 평생 나를 따라다니는 사상이란 말인가.

내 소설에는, 여자 독자가 하나도 없었다. 올 9월 이래로, 어떤 여자 독자 한 분으로부터 매일처럼 편지를 받게 되었다. 그분은 환자였다. 오래도록 입원해 있는 모양이었다. 심심한 나머지, 일기라도 쓰는 기분으로, 나에게 매일, 편지를 쓰고 있었다. 점차로 쓸거리가 없어졌던지, 이번에는 나를 만나보고 싶다고 하기 시작했다. 병원으로 와달라는 것인데, 나는 생각해 보았다. 나는 내 용모나 몸차림 따위를, 별로 여자분에게 보여주고 싶지 않았다. 경멸할 것이 틀림없기 때문이다. 특히 말주변이 없는 점에 대해서는, 나 스스로도 기막혀하고 있다. 만나지 않는 것이 좋다. 나는 답장을 보류해두었다. 그랬더니, 이번에는 우리 집사람에게 편지를 보냈다. 상대방이 환자였던 탓일까, 집사람도 관대했다. 가주세요라는 것이다. 나는 이틀, 사흘이나 생각했다.

그 여자는, 분명 예쁜 꿈을 꾸고 있는 것이 틀림없다. 내 검붉은 이상한 얼굴을 보게 되면 너무나 형편없어 기절할지도 모른다. 기절까지는 하지 않더라도, 병세가 덧나버릴 것은 정해진 이치다. 가능하다면, 나는 마스크라도 쓰고 만나고 싶었다.

여자분에게서는 자꾸만 편지가 온다. 정직하게 말한다면, 나는 어느덧, 그 사람에게 애정을 느끼고 있었다. 마침내 어제, 나는 가장 좋은 옷을 입고서, 병원을 방문했다. 죽을 것 같은 긴장이었다. 병실 문간에 서서, "건강하십시오" 이렇게 한 마디를 하고, 밝게 웃으며, 곧바로 헤어지자. 그것이 가장 깨끗한 인상을 줄 것이다. 나는 그대로 실행했다. 병실에는 국화꽃이 세 송이. 여자분은 깜짝 놀랄 정도로 아름다웠다. 파란 타월지의 잠옷에, 메이센銘仙 하오리를 걸치고, 침상에 앉아서 웃고 있었다. 환자라는 느낌은 전혀 없었다.

"건강하십시오." 말하고 나서, 한껏 나도 아름답게 웃었다고 생각한다. 이것으로 된 거야. 오래 끌고 있다가는 상대방을 무참하게 상처 준다. 나는 재빨리 헤어졌다. 돌아오는 길 내내, 마음이 편하지 않았다. 상대방의 꿈을 어루만진다는 일은 쓸쓸한 일이구나 생각했다.

이튿날, 편지가 왔다.

"태어나서, 23년이 되었습니다만, 오늘 같은 치욕을 받은 일은 없습니다. 내가 어떤 마음으로 기다리고 있었는지 아십니까. 선생님은 내 얼굴을 보자마자, 휙 등을 돌리고 돌아가버리셨습니다. 나의 추레한 병실과, 더러워지고 추해진 병자의 모습에 환멸을 느끼고 돌아가셨습니다. 선생님은 나를 걸레처럼 경멸했습니다. (중략) 당신은 악마입니다."

후일담은 없다.

(1941년 12월)

수치恥

키쿠코 씨. 창피를 당했어요. 지독한 창피를 당했어요. 얼굴에서 불이 난다 따위의 형용 가지고도 너무 미지근하군요. 풀밭을 굴러대면서, 와악 하고 부르짖고 싶다는 말로도 모자란답니다. 사무엘서 하권에 있었지요. "다말은 머리에 재를 뒤집어쓰고 자기가 입고 있는 긴 겉옷을 찢었다. 그리고 머리에 손을 얹은 채 울부짖으며 계속 걸었다." 가엾은 누이동생 다말. 젊은 여자는 부끄러워서 견딜 수 없게 되면, 참으로 머리부터 재라도 뒤집어쓰고 울고 싶은 기분이 되지요. 다말의 마음 알겠습니다.

키쿠코 씨, 역시 당신이 말한 대로였어요. 소설가란 건, 사람의 쓰레기예요. 아니 도깨비입니다. 나는 큰 수모를 당했어요. 키쿠코 씨, 나는 지금까지 당신에게 비밀로 하고 있었지만, 소설가인 도다 씨한테 몰래 편지를 내고 있었어요. 그리고 마침내 한 번 만나보고서 큰 창피를 당하고 말았습니다. 말도 못해요.

맨 처음부터 모두 말씀드릴게요. 9월 초, 나는 도다 씨한테 이런 편지를 드렸습니다. 매우 젠체하고 쓴 겁니다.

"실례합니다. 비상식적이라는 점을 알면서도 이 글을 씁니다. 아마도 귀하의 소설에는 여자 독자가 한 사람도 없었을 것으로 생각합니다. 여자들은, 광고를 많이 하는 책만 읽는답니다. 여자에게는 자신의 기호가 없습니다. 남이 읽으니까 나도 읽자는 허영 같은 마음으로 읽고 있는 것입니다. 사물을 알고 있는 듯한 사람을 마구 존경합니다. 보잘것없는 이치를 높이 평가합니다.

귀하는 실례지만, 사리를 조금도 모릅니다. 학문도 없는 것 같습니다. 귀하의 소설을 나는, 지난해 여름부터 읽기 시작해, 거의 전부를 읽은 셈입니다. 그래서, 귀하를 만나볼 것까지도 없이, 귀하의 신변 사항, 용모, 풍채, 그 모두를 알고 있습니다. 귀하에게 여성 독자가 하나도 없다는 것은, 확정적인 일로 생각했습니다. 귀하는 자신의 가난에 대해, 인색에 대해, 하찮은 부부싸움, 별 볼 일 없는 질병 그리고 용모가 매우 추하다는 것, 옷매무새가 너절하다는 것, 문어발 따위를 씹으면서 소주를 마시고, 난동을 부리고, 땅바닥에서 잔다는 것, 빚투성이, 그 말고도 숱한 불명예스러운 추잡한 일들을, 조금도 꾸미지 않은 채 고백하십니다.

그래서는 안 되지요. 여자는 본능적으로 청결을 중히 여깁니다. 귀하의 소설을 읽고서, 좀 안쓰럽게 생각하고 있기는 합니다만, 머리 꼭대기가 벗어지기 시작했다느니, 치아가 흐물흐물 빠져나왔다느니 하고 쓰인 것을 보노라면, 역시 너무나 지나쳐서, 쓴웃음이 나옵니다. 죄송합니다. 경멸하고 싶어지고 마는 것입니다. 게다가, 귀하는, 도저히 말로 할 수 없는 불결한 곳의 여자들에게 가시는 것 같더군요. 이것으로, 이젠, 결정적입니다. 나조차도, 코를 움켜쥔 채 읽은 일이 있습니다. 여자들이, 하나도 빠짐없이, 귀하를 경멸하고 빈축하는 것도 당연합니다. 나는 귀하의 소설을 친구들 몰래 읽고 있었습니다. 내가 귀하의 글을 읽고 있다는 사실이, 만약에 친구들에게 알려지는 날에는, 나는 비웃음을 사고, 인격을 의심받고, 절교를 당하겠지요. 아무쪼록, 귀하께서도, 좀 반성을 해주십시오.

나는 귀하의 무학, 혹은 문장의 졸렬함, 혹은 인격의 비열함, 사려의 부족, 머리의 나쁨 등 무수한 결점을 인정하면서도, 밑바닥에 한 줄기 애수감이 있다는 것을 발견했습니다. 나는 그 애수감을 아깝게 생각합니다. 다른 여자들은 알 수 없는 것이지요. 여자들은 앞에서도 말씀드린 것처럼 허영심만 가지고 읽는 것입니다. 쓸데없이, 고상 떠는 피서지의 사랑이라든지, 아니면 사상적인 소설을 좋아하지만, 나는 그런 점 말고도, 귀하의 소설 밑바닥에 있는 일종의 애수감이라는 것도 대단한 것이라고 생각했습니다.

아무쪼록, 귀하는 자신의 용모의 추함이라든지, 지난날의 몹쓸 짓이라든지, 혹은 문장의 결점 등에 절망하지 마시고, 귀하 특유의 애수감을 소중히 하시고, 동시에 건강에 유의하시면서,

철학이나 어학을 좀 더 공부하시고, 좀 더 사상을 깊게 해주십시오. 귀하의 애수감이, 만약에 장차 철학적으로 정리된다면, 귀하의 소설도 오늘날과 같이 조소를 받지 않게 될 것이고, 귀하의 인격도 완성될 것이라 생각합니다. 이를 완성하는 날, 저도 복면을 벗고 저의 주소 성명을 밝히고서 귀하와 만나고 싶지만, 다만, 지금은, 멀리서 성원을 보내는 것으로 그치고자 합니다. 말씀해두겠는데, 이것은 팬레터가 아닙니다. 마나님에게 보이면서, 내게도 여성 팬이 생겼다는 둥 저질스럽게 해롱거리지는 마시기 바랍니다. 저는 프라이드를 가진 사람이니까요."

키쿠코 씨, 대체로 이런 편지를 썼어요. 귀하 귀하, 하고 부르는 것은 좀 거북살스러웠지만, '당신' 따위로 부르자니, 도다 씨랑 나랑은 나이가 너무 차이 나고, 게다가 무언가 너무 친숙한 표현 같아서 안 되겠더라고요. 도다 씨가 나잇값도 못 하고 우쭐해가지고, 이상한 생각을 하면 곤란하다고 생각한 것이지요. '선생님'이라고 부를 정도로 존경하는 것도 아니고, 게다가 도다 씨는 별로 배운 것이 없는지라, '선생님'이라고 부르기에는 부자연스럽다고 생각하고 '귀하'라고 부르기로 했지만, '귀하'도 역시 좀 이상하지요? 하지만 나는 이 편지를 우체통에 넣고서도, 양심의 가책은 없었어요. 좋은 일을 했다고 생각했지요.

불쌍한 사람에게 조금이라도 힘을 보태주는 건, 기분 좋은 일입니다. 하지만, 나는 이 편지에는 주소도 이름도 쓰지 않았어요. 무서웠지요. 너절한 차림으로 술 취해 우리 집을 찾아왔다가는, 엄마가 얼마나 놀라시겠어요. 돈 좀 꾸어줘 어쩌고 하고 협박할지도 모르고, 아무튼 버릇이 고약한 사람이니까, 어떤 무서운 짓을 할지도 모르잖아요. 나는 영원히 복면의 여성으로 있고 싶었어요. 하지만, 키쿠코 씨, 그게 안 되더라고요. 아주, 고약한 일이 터지고 말았지요. 그로부터 한 달도 지나지 않아서, 나는, 다시 한 번 도다 씨에게, 편지를 쓰지 않을 수 없는 사정이 벌어진 거예요. 게다가, 이번에는 주소랑 이름도 확실하게 써서……

키쿠코 씨, 나는 불쌍한 아이예요. 이때의 내 편지 내용을 알려드리면, 사정도 대강 아실 터이므로, 다음에 소개할게요. 웃지 말아주세요.

"도다 님, 저는 놀랐습니다. 어떻게 저의 정체를 알아내실 수가 있었나요. 맞습니다, 정말로, 저의 이름은 카즈코입니다. 그리고 교수의 딸이고 23세입니다. 깨끗이 들통나고 말았습니다. 이번 달 〈문학세계〉의 신작을 보았습니다. 저는 멍해지고 말았습니다. 정말로, 정말로, 소설가라는 것은 정신 바짝 차려야 할 존재라고 생각했습니다. 어떻게 아셨을까요. 게다가 저의 기분까지, 완전히 꿰뚫어 보시고, '음란한 공상까지 하게 되었습니다' 하고 신랄한 한마디를 던지는 등, 분명 귀하의 경이적인 진보라고 생각했습니다. 저의 그 복면의 편지가, 댓바람에 귀하의 제작 의욕을 불러일으켰다는 사실은, 나로서도 기쁜 일이었습니다. 여성의 하나의 지지가, 작가를 이다지도 현저하게 분기하게 만들 줄은 생각도 못한 일이었습니다. 사람들의 말에 의하면, 위고, 발자크쯤 되는 대가들도, 모두 여성의 보호와 위로의 덕분으로, 수많은 걸작을 썼다고 하더군요. 저 역시 귀하를 미흡하나마 도와드리기로 각오했습니다. 아무쪼록 분발해주십시오. 때때로 편지를 드리겠습니다. 귀하의 이번 소설에서, 조금이라도 여성 심리의 해부를 하고 계신 것은 분명 진일보하신 일입니다. 군데군데, 아주 깔끔해서 감탄하기는 했지만, 아직 미진한 구석도 있습니다. 저는 젊은 여성이므로, 앞으로 여러모로 여성의 마음을 가르쳐드리겠습니다. 귀하는 장래가 유망한 선비라고 생각합니다. 점차로 작품도 좋아지리라 생각합니다. 부디, 좀 더 책을 읽고 철학적 교양도 갖추시도록 해주십시오. 교양이 부족해가지고는, 아무래도 대소설가가 될 수는 없습니다. 어려운 일이 일어나거든 사양 말고 편지를 주십시오. 이미 간파하셨으니, 복면은 그만두겠습니다. 저의 주소와 이름은 써놓은 대로입니다. 가명은 아니니까 안심하십시오. 귀하가, 앞으로 귀하의 인격을 완성시키는 날에는, 꼭 만나 뵙고 싶습니다. 그때까지는 편지로만 그치기로 하지요. 정말이지, 이번에는 깜짝 놀랐습니다. 제대로 제 이름까지 알고 계시니 말이에요. 귀하는, 그 내 편지에 흥분하고 난리 법석을 치면서 친구들에게 보이고, 그러고서 편지의 소인 같은 것을 실마리로, 신문사 친구들 따위에게 부탁해서, 마침내 저의 이름을 알아낸 것이라고 생각하고 있는데, 틀렸나요? 남자분들은 여자한테서 편지가 오면 금방 난리를 치니까, 싫어요. 어찌해서 저의 이름이랑, 그리고 23세라는 것까지 알게 되었는지 편지로 알려주십시오. 오래오래 글을 교환하기로 해요. 다음부터는 좀 더 상냥한 편지를 올리겠습니다. 자중하시기를."

　키쿠코 씨, 나는 지금 이 편지를 베끼면서 몇 번씩이나, 몇 번씩이나 울상을 지었답니다. 온몸에서 진땀이 나는 느낌이에요. 이해해주세요. 저는 틀렸어요. 내 이야기 따위를 쓴 것이 아니거든요. 영, 문제로 삼지도 않은 거예요. 아이고, 창피해라, 창피해라. 키쿠코 씨, 동정해주세요. 마지막까지 이야기할게요.

도다 씨가 이달 〈문학세계〉에 발표한 「나나쿠사七草」*라는 단편소설, 읽어보셨나요? 23세의 아가씨가, 너무나 사랑이 두려워서, 황홀을 증오해서, 마침내 돈 많은 환갑 할아버지하고 결혼했는데, 그랬는데, 역시 싫어져서 자살을 한다는 줄거리의 소설. 좀 노골적이고 어둡기는 하지만, 도다 씨의 특성이 잘 드러나 있었지요. 틀림없이 나를 모델 삼아 쓴 것이라고 생각해버렸어요. 어째서인지, 두세 줄 읽은 순간 그렇게 생각하면서 얼굴이 싸늘해졌지요. 왜냐하면, 그 여자아이의 이름은 나하고 똑같았고, 23세였거든요. 아버지가 대학 선생을 하고 있다는 점까지 똑같은 거예요. 그 뒤는 내 형편하고는 아주 다르지만, 그래도 이건 내 편지에서 힌트를 얻어서 창작한 것이 아닐까. 왠지 그런 생각이 들더라고요. 그게 대망신의 근원이 된 거예요.

사오일 후 도다 씨에게서 엽서를 받았는데, 거기에는 이렇게 쓰여 있었습니다.

"안녕하세요. 편지 잘 받았습니다. 응원을 고맙게 생각합니다. 그리고 전번 편지도 잘 받아 보았습니다. 나는 지금까지 남

---

* 봄의 일곱 가지 푸성귀, 가을의 일곱 가지 꽃.

의 편지를 집사람에게 보이며 웃는 따위의 실례되는 일은 한 번도 하지 않았습니다. 또, 친구들에게 보이고 떠들어댄 일도 없습니다. 그 점은 안심하십시오. 그리고, 나의 인격이 완성된 다음 만나주시겠다고 하셨는데, 도대체 인간은 스스로 자신을 완성할 수는 있는 것일까요. 여불비."

역시 소설가란 것은 참으로 그럴싸한 말을 하는구나, 생각했습니다. 한 방 먹었네, 하고 속이 상했습니다. 나는 하루 종일 멍하니 지내다가, 다음 날, 갑자기 도다 씨를 만나고 싶어졌습니다. 만나주어야 해. 그 사람은 지금 틀림없이 괴로운 거야. 내가 지금 만나주지 않았다가는, 저 사람은 타락해버릴지도 몰라. 그 사람은 내가 오기를 고대하고 있어. 만나자. 나는 서둘러 준비를 하기 시작했습니다. 키쿠코 씨, 공동주택의 가난뱅이 작가를 방문한다면서 사치스러운 차림으로 갈 수가 있겠어요? 절대로 안 되지요. 어떤 부인 단체의 간사님들이 여우 목도리 차림으로 빈민굴 시찰을 갔다가 문제를 일으킨 일이 있지 않았던가요? 조심을 해야죠. 소설에 의하면, 도다 씨는 입을 만한 옷조차 없어서, 솜이 비어져 나온 잠옷 한 벌뿐이랍니다. 그리고, 집 안의 다다미는 터지고, 신문지를 방 안 가득 깔고서 그 위에 앉아 있다는 겁니다. 그렇게 어려운 사람의 집에, 내가 얼마 전 맞춘 핑크 드레스 따위를 입고 갔다가는, 공연스레 도다 씨의 가족을 쓸쓸하게 만들고, 몸 둘 바 모르게 만드는 실례되는 일이라고 생각했거든요. 나는 여학교 시절의 허름한 스커트에, 여기다가 예전 스키를 타던 시절에 입었던 노란 재킷, 이 재킷은, 이젠 아주 줄어들어서, 양팔이 팔꿈치께에서 쑥 나오는 것입니다. 소매도 헐어빠지고, 털실이 늘어져 나온 것이, 아주 어울릴 만한 물건이었습니다. 도다 씨는 해마다, 가을만 되면 각기에 걸려 고생한다는 것도 소설로 알고 있었으므로, 내 침대의 모포 한 장을 보자기에 싸서 가기로 했습니다. 모포로 다리라도 감고 작업을 하시라고 충고를 하고 싶었던 것입니다. 나는 엄마 몰래 뒷문으로 가서 살그머니 나왔습니다. 키쿠코 씨도 아시겠지만, 나의 앞니는 한 개만이 의치여서, 뺄 수가 있는 것이었으므로, 전차 속에서 그것을 살짝 빼서, 일부러 미운 얼굴을 만들었습니다. 도다 씨는 분명, 치아가 마구 빠져 있을 터이므로, 도다 씨가 부끄러워하지 않도록, 안심하도록, 나의 이도 나쁘다는 것을 보여드릴 생각이었지요. 머리도 마구 흩뜨려놓아서 매우 추레하고 가난한 여자가 되었습니다. 약하고 무지하며 가난한 사람을 위로하기 위해서는 아주 자상하게 신경을 쓰지 않아서는 안 되는 것이지요.

도다 씨의 집은 교외에 있습니다. 전철에서 내려, 파출소에 물어보아서, 의외로 간단하게 도다 씨의 집을 발견했습니다. 키쿠코 씨, 도다 씨의 집은 공동주택이 아니었어요. 조그맣기는 하지만, 청결한 느낌을 주는 어엿한 단독주택이었습니다. 정원도 깨끗이 손질되고, 가을의 장미가 일제히 피어 있었습니다. 모든 것이 뜻밖의 일이었습니다. 현관을 열자, 신발장 위에 국화꽃을 꽂아놓은 수반이 놓여 있었습니다. 점잖고, 매우 기품 있는 마나님이 나와서, 나에게 절을 했습니다. 나는 집을 잘못 찾아온 것이 아닐까 생각했습니다.

"저, 소설을 쓰시는 도다 씨 계십니까" 하고 쭈뼛거리며 물었습니다.

"네" 하고 상냥하게 웃는 부인의 웃음 지은 얼굴은, 나에게는 눈부시기까지 했습니다.

"선생님은," 나도 모르게 선생님이라는 말이 나왔습니다. "선생님은 계신가요."

나는 선생님의 서재로 안내받았습니다. 점잖은 얼굴의 남자가, 단정하게 책상 앞에 앉아 있었습니다. 잠옷이 아니었습니다. 무슨 옷감인지 나로서는 알 수 없지만, 짙은 청색의 두툼한 맞춤옷에, 검은색에 흰 무늬가 한 줄 들어 있는 오비를 매고 있었습니다. 서재는 다실茶室 같은 느낌을 주었습니다. 토코노마에는 한시로 된 족자. 나로서는 한 글자도 읽을 수 없었습니다. 대나무 바구니에는 덩굴식물이 아름답게 자라고 있었습니다. 책상 옆에는 매우 많은 책들이 높다랗게 쌓여 있었습니다.

영 딴판이었습니다. 이도 빠지지 않았고, 머리도 민둥이 아니었습니다. 반듯한 얼굴을 하고 있었습니다. 불결한 느낌은 어디에도 없었습니다. 이 사람이 소주를 마시고 땅바닥에서 잔단 말인가, 하고 의아했습니다.

"소설에서의 느낌하고, 만나 뵌 느낌하고는 너무나 다르시군요." 나는 정신을 차리고 말했습니다.

"그렇습니까" 하고, 가볍게 대답했습니다. 나에게 그다지 관심이 없는 모습이었습니다.

"어떻게 저에 대해 아시게 되었는지, 그것을 여쭤보려고 왔습니다." 나는 이렇게 말하며 체면을 차려보려 했습니다.

"무슨 말씀이신지?" 조금도 반응이 없습니다.

"제가 이름도 주소도 숨기고 있었는데, 선생님은 다 꿰뚫어 보시지 않았나요. 얼마 전 편지를 올려서, 그 일을 맨 먼저 여쭤보았을 텐데요."

"나는 아가씨에 대해 아는 것이 없어요. 이상하군요." 맑은 눈으로 내 얼굴을 똑바로 보고 웃었습니다.

"어머!" 나는 허둥거리기 시작했습니다. "하지만, 그럼, 저의 그 편지의 의미를 전혀 모르셨을 터인데요, 그러고도 잠자코 계시다니, 너무해요. 저를 바보라고 생각하셨겠지요?"

나는 울고 싶어졌습니다. 나는 무슨 그런 뚱딴지같은 착각을 하고 있었던 걸까요. 엉망, 진창. 키쿠코 씨, 얼굴에서 불이 난다, 따위의 표현은 너무 미지근해요. 풀밭을 뒹굴면서 와악, 소리치고 싶다, 이렇게 말해도 아직 모자랍니다.

"그러시다면, 그 편지를 돌려주십시오. 부끄러워서 견딜 수가 없습니다. 돌려주세요."

도다 씨는 진지한 얼굴을 하고 끄덕였습니다. 화가 났는지도 모릅니다. 지독한 녀석이군, 하고 어안이 벙벙했겠지요.

"찾아보겠습니다. 매일 오는 편지를 일일이 보관해둘 수도 없으니까, 어쩌면, 없어졌을지도 모르지만, 나중에 집사람한테 찾아보게 하겠습니다. 혹시 발견되면, 보내드리지요. 두 통이라고 하셨지요?"

"두 통입니다." 비참한 기분.

"무언가, 나의 소설이 아가씨의 신세하고 비슷하다고 했는데, 나는 소설에 절대로 모델을 쓰지 않습니다. 모두 픽션입니다. 도대체, 아가씨의 첫 편지 같은 건" 하고 입을 다물고 얼굴을 숙였습니다. "실례했습니다." 나는 이가 빠진, 볼품없는 거지 아가씨다. 너무 작은 재킷 소매는 터져 있고, 쪽색 스커트는 누더기다. 나는 머리 꼭대기부터 발끝까지 경멸을 받았다. 소설가는 악마다! 거짓말쟁이다! 가난하지도 않으면서 극빈인 체를 하고 있고 말이지. 멋진 얼굴을 하고 있으면서 추한 얼굴이라는 소리를 해서 동정심을 모으고 있지 않나. 엄청 공부를 해놓고서는, 무학입네 하고 허풍을 떨고 있고. 부인을 사랑하고 있으면서, 매일같이 부부싸움을 한다고 뻥을 치고 있고, 괴롭지도 않으면서 괴로운 듯한 시늉을 해 보이고 있는 거야. 나는 속았어, 잠자코 절을 하고, 일어나면서,

"건강은, 어떠신지요? 각기라고 하셨지요?"

"나는 건강합니다."

나는 이 사람을 위해서 모포를 가지고 온 거다. 다시 들고 돌아가야지. 키쿠코 씨, 너무나 부끄러워서, 나는 모포 보퉁이를 안고 돌아오는 길 내내 울었어요. 모포 꾸러미에 얼굴을 처박고 울었어요. 자동차 운전사가, 이 멍청아! 정신 차리고 걸어라, 하고 호통을 쳤지요.

이삼일 지나, 나의 그 두 통의 편지가 큰 봉투에 담겨 등기우편으로 도달했습니다. 나에게는, 아직, 한 가닥의 희망이 있었습니다. 어쩌면, 나의 수치를 구원해줄 만한 좋은 말을 선생님이 써서 보내주시지나 않았을까. 이 큰 봉투에는 나의 두 통의 편지 말고도, 선생님의 따뜻한 위로의 글이라도 들어 있지 않을까. 나는 봉투를 그러안고, 그리고 기도하고, 그리고 나서 개봉을 했지만, 아무것도 없었습니다. 혹시나, 내 편지의 뒷면

에라도, 낙서처럼, 무슨 감상이라도 써주시지 않았을까 하고, 한 장 한 장 꼼꼼하게 살펴보았지만, 아무것도 없었습니다. 이 부끄러운 마음. 아실 수 있을까요. 머리에 재라도 뒤집어쓰고 싶습니다. 나는 10년이나 늙은 기분입니다. 소설가란 게, 볼품 없는, 인간쓰레기야. 거짓말만 쓰고 있지 않냐고. 조금도 로맨틱하지 않아. 평범한 가정에 살면서, 그리고 너절한 차림새의, 앞니 빠진 아가씨를, 싸늘하게 경멸하며, 배웅도 하지 않고, 영원히 타인의 얼굴을 한 채 멀쩡하게 있으니, 엄청난 거야. 저런 게, 협잡꾼이라는 거 아닐까요.

(1942년 1월)

신랑 新郎

하루하루를, 충실하게 살아가는 것 말고는 달리 방법이 없
다. 내일에 대해 근심하지 말자. 내일은 내일 스스로가 걱정할
테지. 오늘 하루를, 기뻐하고, 애쓰고, 남에게는 따뜻하게 대하
며 살고 싶다. 푸른 하늘도 요즈음 엄청나게 아름답다. 배를 띄
우고 싶을 정도로 아름답다. 산다화 꽃잎은 꽃조개다. 소리를
내며 지는구나. 이처럼 멋들어진 꽃잎이었던가, 올 들어서야
처음으로 경탄하고 있다. 담배 한 개비 피우면서도, 울고 싶을
정도로 감사의 마음으로 피우고 있다. 설마하니, 정말로 울지
는 않겠지. 나도 몰래 미소 짓는다는 정도의 의미다.

집안 식구들한테도, 부쩍 상냥해진 요즈음이다. 옆방에서 아
기가 울어도, 으레 모르는 체하고 지냈지만, 요즈음은, 벌떡 일
어나서 옆방으로 가, 서투른 솜씨로나마 안아 올려 가볍게 흔

들어주는 일이 있다. 아기의 자는 얼굴을, 잊어버리지 않도록, 살그머니 바라보는 밤도 있다. 마지막 모습, 설마. 하지만 그 비슷한 기분도 있는 것 같다. 이 아기는 반드시 건강하게 자란다. 나는, 그렇게 믿고 있다. 어째서인지, 그런 기분이 들어, 나에게는 미련이 없다. 외출을 했다가도, 될 수 있는 대로 서둘러 집에 돌아와, 저녁을 집에서 먹기로 하고 있다. 식탁 위에는 별것이 없다. 나에게는 그것이 낙이다. 아무것도 없는 것이 낙이다. 차분해진다. 집사람은 면목이 없는 듯한 얼굴을 하고 있다. 미안해요, 라고 사과한다. 하지만, 나는 마구 반찬 칭찬을 퍼붓는다. 맛있다, 고 하는 것이다. 집사람은 쓸쓸한 듯이 웃고 있다.

"생선조림이군, 나쁘지 않은데. 그러고 보니 새우조림이네. 용케도 구했군."

"말라붙은 거라서." 집사람은 자신감이 없다.

"말라붙어도 새우는 새우지. 내가 제일 좋아하는 거야. 새우의 수염에는 칼슘이 들어 있거든." 엉터리 소리다.

식탁에는 새우조림과, 배추 겉절이와 오징어조림, 이것이 전부다. 나는 무작정 칭찬을 한다.

"겉절이, 맛있는데. 딱 지금이 먹을 때지. 나는 어려서부터 배추 겉절이를 제일 좋아했지. 배추 겉절이만 있으면, 다른 반찬은 필요가 없었어. 사각거리는 이 씹는 맛이 너무 좋네."

"소금도, 요즈음에는 가게에 없어서," 집사람은 여전히 자신감이 없다. 떨떠름한 얼굴이다. "겉절이를 만드는데, 마음껏 소금을 쓸 수가 없게 되었어요. 좀 더 소금을 쓰면 맛있어졌을 텐데."

"아니야. 이 정도가 제일 좋아. 짠 것은, 난 질색이거든." 단호하게 버틴다. 맛없는 것을 칭찬한다는 건, 좋은 기분이다.

그렇지만 때때로, 실패하는 경우도 있다.

"오늘 저녁은? 그래, 아무것도 없나. 이런 저녁도 재미 아니겠어. 어디, 궁리를 해보지. 그렇지, 김 차즈케海苔茶漬로 해 먹지. 그거 훌륭하거든. 김을 줘." 가장 간단한 반찬일 것으로 생각하고 김 타령을 했지만, 실패다.

"없어요." 집사람은 민망스러운 얼굴을 하고 있다. "요즈음은, 어느 가게에나 다 없어요. 이상하지요? 저는 장보기가 서툰 편이 아니었는데, 요즈음에는, 고기도, 생선도, 아무것도 살 수가 없어요. 시장에서 장바구니를 들고서 울상이 될 때가 있거든요." 아주 풀이 죽어 있다.

나는 자신의 얼뜸을 부끄러워했다. 김이 없을 줄은 몰랐던 것이다. 쭈뼛거리면서,

"우메보시 있어?"

"있어요."

두 사람 모두, 후유 했다.

"견뎌내야지. 아무것도 아니잖아. 쌀하고 야채만 있으면, 사람은 그럭저럭 살아갈 수 있어. 일본은 이제부터 좋아질 거야. 점점 좋아질 거라고. 지금, 우리기 꾹 참고 있기만 하면, 일본은 꼭 성공할 거야. 나는 믿어. 신문에 나오는 대신들의 말을 모두 그대로 믿어. 마음껏 해보라지. 지금이 중요한 시점이라는군. 참자, 참아." 우메보시를 먹으면서, 진지하게 그렇게 뻔

해빠진 이야기를 들려준다. 어째선지 매우 통쾌하다.

어느 날 밤인가, 밖에서 저녁밥을 먹게 되었는데, 산해진미가 수두룩이 있는 것을 보고 놀랐다. 신기한 마음이었다. 수치를 무릅쓰고, 여종업원에게 부탁해서, 비프스테이크 한 조각을 싸달라고 해서 받아놓았다. 여기서 드시는 것은 상관없지만, 밖으로 가져가시는 것은 안 됩니다, 하고 여종업원은 당혹스러운 얼굴을 했다. 비프스테이크의 따뜻한 보퉁이를 들고 집을 돌아가는 기쁨도 처음으로 알았다. 나는 이제까지, 집에 선물을 들고 돌아가는 일 따위는 전무했다. 참으로 불결하고, 너절한 일이라고 생각하고 있었다.

"여종업원한테 세 번이나 절을 했지. 애써서 가져온 거야. 참 오랜만이지. 소고기야." 나는 천진스럽게 자랑을 했다.

"무슨 약이라도 되는 것 같은 생각이 들어서," 집사람은 어설프게 젓가락을 대었다. "조금도 식욕이 일지 않아요."

"자, 먹어보라고. 맛있지? 다 먹으라고, 나는, 많이 먹고 왔거든."

"체면 문제예요." 집사람은, 의외의 말을 조그마한 소리로 했다. "저는 별로 먹고 싶지 않으니까, 여종업원한테 고개를 숙이거나 하는 일은, 앞으로는 하지 말아주세요."

그 말을 듣고, 좀 면구스럽기는 했지만, 그래도 안심의 마음쪽이 더 컸다. 매우 안심했다. 문제없어. 이제 우리 집 먹을 걱정은 아예 하지 않기로 해야지. "쇠고기야"라니, 천덕스럽지 않은가 말이다. 먹을 것뿐 아니라, 우리 식구의 장래에 대해서도, 아주 안심하고 지내자. 아기와 더불어 반드시 튼튼하게 자랄 거다. 감사한 일이다.

집안일에 대해서는, 이제 와서는, 조금도 근심을 하지 않고, 매일, 나는 가벼운 마음이다. 푸른 하늘을 바라보고 즐기고, 담배를 피우고, 그리고 세상 사람들에게도 상냥하게 대하려고 애를 쓰고 있다.

미타카의 우리 집에는, 대학생들이 많이 놀러 온다. 머리 좋은 친구도 있는가 하면, 머리가 나쁜 친구도 있다. 하지만, 하나같이 정의파다. 아직까지 나에게 돈을 꿔달라고 하는 학생은 하나도 없었고, 오히려, 나에게 돈을 빌려줄 기색을 보인 학생도 있다. 타산이라고는 하나도 없이, 오직 나와 이야기를 하고 싶어서 놀러 오는 것이다. 나는 지금까지 한 번도, 이 연하의 친구들에 대해 면회를 거절한 일이 없다. 아무리 일이 바쁘더라도, "올라오게"라고 말한다. 하지만, 지금까지의 "올라오게"는 다분히 소극적인 "올라오게"였다는 점은 부정할 수 없다. 즉, 마음이 약해서, 어쩔 수 없이, "올라오게, 내 일 같은 것은 아무래도 괜찮아"라고 쓸쓸하게 웃으며 이렇게 말한 적도 분명 있었던 것이다.

나의 일거리란, 방문객을 단호하게 물리칠 수 있을 정도로 훌륭한 것은 아니다. 그 방문객의 고뇌와 내 고뇌 중 어느 것이 더 깊은지, 그것은 알 수가 없다. 내 쪽이 비교적 편한 것인지도 모른다. "뭐야, 그건. 취미 삼아 그리스도 놀이 같은 데 빠져가지고 말이야. 역겹도록 심각한 듯한 소리만 늘어놓으면서, 그리고, 알고 보면, 약간 젠체하는 에고이스트 아니냔 말이야" 따위의 소리를 듣는 일이 부끄러워서, 나는 아무리 절박한 일거리가 있더라도, 굳이 학생들을 맞아들이는 경향이 없지도 않았던 것 같다. 그다지 성의가 있는 웰컴은 아니었던 것 같다. 비열한 자기방위다. 아무런 책임감도 없었다. 학생들을 노하게 하지 않으면 그것으로 족했다.

나는 학생들의 이야기를 들으면서도, 다른 일만 생각하고 있었다. 이래도 저래도 좋은 짤막한 대답을 하고서 애매하게 웃고 있었다. 나의 입장만을 계산하고 있었다. 학생들은 나를, 수줍음이 많은 호인이라고 생각하고 있었는지도 모른다. 하지만, 요즈음 들어, 나도 부쩍 부드러워지면서, 생각하는 바를 그대로 엄하게 말하게 되고 말았다. 여느 부드러움과는 조금 다르다. 나의 부드러움은 나의 전모를 가감 없이 학생들에게 보여주는 것이다. 나는 이제 책임감을 느끼고 있다. 나에게 오는 사람을 하나라도 타락시켜서는 안 된다고 생각하고 있다. 내가 최후의 심판대에 서게 되었을 때, 오직 한 가지, "하지만, 저는 나와 사귀는 사람들을 하나도 타락시키지 않았습니다"라고 말할 수가 있다면 얼마나 기쁠까. 나는 요즈음 들어, 학생들에게, 단연코 쓴소리를 하기로 하고 있다. 호통을 칠 때도 있다. 그것이 나의 자상함이다. 그런 때면, 나는 이 학생에게 맞아 죽어도 좋다고 생각한다. 죽이는 학생은 영원한 바보다.

— 대단히 실례지만, 볼일은, 30분으로 해주기를. 이번 달에는 좀 진지한 일거리가 있어서. 용서하기를 바라며. 다자이 오사무 —

현관에 그런 글을 써 붙인 일도 있다. 그저 적당히 불성실한 친절로 만나주는 일은, 나쁜 일이라고 생각했기 때문이다. 나의 일거리도 소중하게 여기고 싶어지기 시작했기 때문이다. 나를 위해. 학생들을 위해. 하루의 삶은 소중한 것이다.

학생들은, 점점 우리 집에 오지 않게 되고 말았다. 그러는 편이 좋을 것으로 생각하고 있다. 학생들은 나에게서 떠나, 진실하게 노력하고 있을 테지.

하루하루의 시간이 아깝다. 나는 오늘 하루를, 가능한 한 충실하게 살고 싶다. 나는 학생들뿐 아니라, 세상 사람 모두에게, 정성을 다한 정직으로 대하기 시작했다.

왕복 엽서로 이런 편지가 왔다.

—여자의 결투, 직소. 결국 선생님의 작품은 좀 이상한 소설이다. 이렇게밖에는 나는 소화할 수 없습니다. 무엇인가 선생님에게 계시를 얻고자 합니다. 한번 설명을 부탁합니다. 단적으로 말입니다. 다다이즘이란 결국, 무엇을 의미하는 것입니까. 부탁드립니다. 촌구석의 초등학교 훈도로부터—

나는 답장을 보냈다.

—답신. 선생님의 서한 읽었습니다. 남에게 질문을 하실 때에는, 좀 더 정중한 문장을 쓰기로 하시지요. 소국민 小国民의 교육을 하시는 분께서 이래서는 안 될 것으로 생각했습니다.

질문에 대해, 진심을 가지고 답변드리겠습니다. 저는 지금까지, 다다이즘을 자처한 적이 한 번도 없었습니다. 저는 자신을 시원치 않은 작가라고 생각하고 있습니다. 어떻게 해서든지 내 가슴속의 생각을 이해받기 위해, 온갖 스타일을 시도하고 있는 것입니다만, 성공했다고는 생각할 수 없습니다. 어설픈 노력입니다. 저는 장난을 치고 있지 않습니다. 불비.—

그 초등학교 선생님이 우리 집에 호통치며 쳐들어와도 좋다고 생각하고 쓴 것이지만, 사오일 지나서 다음과 같은 약간 긴 편지가 왔다.

―11월 28일. 어젯밤의 피로 때문에 오늘 아침에는 7시 시보를 듣고서도 좀처럼 일어날 수 없었다. 그림 교재로 그려놓은 조릿대의 묵화를 보면서, 입영(×월 ×일)에 관한 일, 문학에 관한 일, 꽃다발에 관한 일 등을 막연하게 생각하기 시작했다. ××현의 지도와 조릿대가, 하얀 숙직실 벽에 무언가 노골적으로 달라붙어 있는 것이, 나 자신을 암시하고 있는 듯해 견딜 수가 없다. 이런 기분이 들 때면, 으레 무슨 큰 실수를 저지르게 마련이다. 사범학교 기숙사에서 모닥불을 피우다가 야단맞은 때의 일이 문득 떠올라, 얼굴을 찌푸리며 슬리퍼를 신고, 뒷문 우물가로 나갔다. 나른하다. 머리가 무겁다. 나는 목덜미를 손바닥으로 쳐보았다. 밖은 비가 억수로 퍼붓고 있었다. 삿갓을 쓰고 세수를 하러 욕탕으로 갔다.

"선생님, 안녕히 주무셨습니까."

학교와 가까운 마을의 아이들 셋이 우물가에서 발을 씻고 있었다.

2교시 수업을 마치고, 직원실에서 차를 마시며, 문득 창밖을 보았더니, 지독한 폭우 속을 검은 우비를 쓴 우편배달부가 자전거로 고생을 하면서 오는 것이 보였다. 나는 바로 받으러 나갔다. 내가 받아 든 것은 생각지도 않은 사람에게서 온 답신이었습니다. 선생님, 당시, 저는 매우 흔해빠진 말이지만, (중략)

참으로 감사합니다. 저는 후회합니다. 까닭 없이 불손했던 태도. 저는 언제나 이런 처신 때문에 첫인상이 나쁩니다. 안 좋은 일임을 알면서도, 늘, 멍청한 짓을 되풀이합니다.

교장에게도 엽서를 보여드렸습니다. 교장은 말했습니다. "정말이지. 이것은 당신이 심사숙고해야 할 일이야." 저도 그렇게 생각했습니다.

(중략)

저는 선생님에게 원합니다.

제가 참회하고 있다는 사실을 믿어주십시오. 저는 나쁜 사람은 아닙니다.

(중략)

저는 이제 펜을 놓고, 〈그 불씨를 꺼뜨리지 마라〉라는 노래를, 이 학교에 하나밖에 없는 조그마한 오르간으로 노래하고자 합니다. 경구敬具 —

여기저기 내가 마음대로 생략해버렸지만, 이것이 그 초등학교 훈도의 편지 내용이다. 기뻤다. 이번에는 내 쪽에서 감사의 답신을 보냈다. 입영을 하시든, 하지 않으시든, 하루하루의 의무를 다해주십시오, 라는 말도 덧붙였다.

정말이지, 요즈음은, 하루의 의무는, 그대로 생애의 의무라고 생각하며 엄숙히 노력하지 않아서는 안 된다. 어물쩍해서는 안 되는 것이다. 좋아하는 사람에게는, 한시바삐 거짓 없고 꾸밈없는 심정을 토로하는 것이 좋다. 더러운 타산은 그만두어야 한다. 솔직한 행동에는 후회가 없다. 나머지는 하늘의 뜻에 맡길 뿐이다.

바로 얼마 전, 나는 숙모에게서 긴 편지를 받았고, 이에 대해

다음과 같은 답장을 보냈다. 그 글은 그대로, 한 신문의 문예란에 발표되었다.

　―숙모님, 오늘 아침, 긴 편지를 받았습니다. 저의 건강 상태라든지, 또 장래의 삶에 대해 여러모로 걱정해주셔서 감사합니다. 하지만, 저는, 저의 장래 생활에 대해서는 조금도 계획을 하지 않게 되었습니다. 허무가 아닙니다. 체념도 아닙니다. 어설픈 예상 같은 것을 해서, 이렇게 할까, 저렇게 할까, 저울질하며 신중히 살펴보고 있다가는, 오히려 비참하게 곤두박질칠 지도 모릅니다.

　내일 일은 생각하지 말라고, 그분도 말하고 있습니다. 아침에 눈을 떠서, 오늘 하루를 충실하게 살아가는 일, 그것만을 요즈음의 저는 생각하고 있습니다. 저는 거짓말을 하지 않게 되었습니다. 허영이나 타산이 아닌 공부가, 조금씩 가능하게 되었습니다. 내일을 믿고, 그 자리를 어물쩍 내버려두는 일도 이제는 하지 않게 되었습니다. 하루하루가 그처럼 소중하게 되었습니다.

　결코 허무가 아닙니다. 지금의 저에게는, 하루하루의 노력이, 전 생애의 노력입니다. 전쟁터의 사람들도, 아마 똑같은 기분이리라고 생각합니다. 숙모님도, 이제부터는 사재기 같은 짓은 하지 마십시오. 의심하고 실패하는 일처럼 추한 삶은 없습니다. 우리는 오직 믿는 것입니다. 한 치의 벌레에게도 5푼의 진심이 있다고 했습니다. 웃으시면 안 됩니다. 순수하게 믿고 있는 자만이, 마음이 편합니다. 저는 문학을 그만두지 않습니다. 저는 믿고 성공할 것입니다. 안심해주십시오.

요즈음, 저는 매일 아침 반드시 수염을 깎고, 이도 깨끗이 닦고, 손톱 발톱도 제대로 자르고, 매일 욕탕에 가서 머리를 감고, 귓속도 깨끗이 청소해둡니다. 코털 따위는 1푼도 길게 하지 않습니다. 눈이 좀 피곤해지면, 안약을 한 방울, 눈에 떨어뜨려, 축축하게 합니다.

순백의 무명 한 폭을 배에서 가슴께까지 꽉 감고 있습니다. 항상 순백입니다. 팬티도 순백의 옥양목인데 이것도 항상 순백색입니다. 그리고 밤이면, 홀로, 순백의 시트에서 잡니다.

서재에는 언제나 계절의 꽃이 싱싱하게 피어 있답니다. 오늘 아침에는 수선화를 도코노마의 꽃병에 넣었습니다. 아아, 일본은 좋은 나라입니다. 빵이 없어져도, 술이 모자라게 되어도, 꽃만큼은, 꽃만큼은, 어떤 꽃 가게를 보더라도 가득, 가득, 빨강, 노랑, 하양, 보랏빛으로 서로 앞다퉈 피어 있지 않습니까. 이 아름다움을, 일본이여, 온 세계에 자랑하라!

나는 요즈음, 찢어진 평상복 따위는 입고 있지 않습니다. 아침에 일어날 때부터, 때가 없는, 산뜻한 무늬의 옷을 입고, 반듯하게 각대角帶를 매고 있습니다. 가까운 이웃 친구의 집을 방문할 때에도, 반드시 가장 좋은 정장을 차려입습니다. 주머니에는 갓 빤 손수건이 넷으로 반듯하게 접혀 들어 있습니다.

나는 요즈음, 어째서인지, 전통 예복을 입고 싶어 견딜 수가 없습니다.

오늘 아침, 꽃을 사서 들고 오는 길에, 미타카역 앞 광장에 고풍스러운 마차가 손님을 기다리는 것을 보았습니다. 메이지 시대, 로쿠메이칸鹿鳴館 요정의 냄새를 풍겼습니다. 나는 너무

그리운 나머지, 마부에게 물었습니다.

"이 마차, 어디로 갑니까."

"네, 어디로든요." 늙은 마부는 기분 좋게 대답했지요. "택시라고요."

"긴자에 데려다주시겠습니까?"

"긴자는 먼걸요." 웃기 시작했습니다. "전차 타고 가시구려."

나는 이 마차를 타고 긴자 번화가를 가보고 싶었던 거지요. 츠루노마루*(우리 집 가문이 츠루노마루다)의 무늬가 든 전통 예복을 입고, 센다이히라** 바지를 입고, 흰 버선, 이런 차림으로 마차에 유유히 앉아 긴자 번화가를 누비고 싶은 것입니다. 아아, 요즈음의 나는 매일처럼 새신랑의 심정으로 살아가고 있는 것입니다.

$$\left(\begin{array}{l}\text{1941년 10월 8일을 기록하나니.}\\ \text{이날 아침, 영미와 전쟁을 시작한다는 소식을 들었도다.}\end{array}\right)$$

(1942년 1월)

---

* 鶴の丸. 가문家紋의 한 종류로 날개를 펼친 학을 원형으로 도안한 형상.

** 仙臺平. 에도 시대에서 메이지 시대에 걸쳐 미야기현 센다이시에서 만들어진 실크 직물. 하카마에 사용되는 최고급 원단으로 알려져 있다.

리츠코와 사다코律子と貞子

　대학생, 미우라 켄지 군은, 올 12월에 대학을 졸업하고, 졸업과 동시에 고향으로 돌아가, 징병검사를 받았다. 극도의 근시안 때문에 병종丙種이었습니다, 창피한 마음이 들었습니다, 하고 우리 집에 와서 보고했다.

　"시골에서 중학교 선생을 하고 있습니다. 결혼할지도 모릅니다."

　"벌써 다 결정되어 있는 건가?"

　"네. 중학교 쪽은요, 결정되어 있습니다."

　"결혼 쪽은, 자신이 없는 모양이군. 극도의 근시안은 결혼에도 지장이 있나 보지."

　"설마요." 미우라 군은 쓴웃음을 짓고, 다음과 같은 부러운 염문을 이야기해주었다. 염문이라는 것은, 이야기하는 쪽에서

408

는 즐거운 법이지만, 듣는 쪽에서는, 그다지 즐겁지 않은 법이다. 나도 참고 이를 들었으므로, 독자도 잠시 참고 들어주시기를 바란다.

어느 쪽으로 해야 할 것인지, 망설이고 있다는 것이다. 언니와 동생, 일장일단이 있어, 도저히 결심을 내릴 수가 없습니다, 라는 이야기인 만큼, 듣고 싶지 않은 이야기 아닌가.

미우라 군의 고향은 고후시다. 고후에서 버스를 타고 미사카 고개를 넘어, 가와구치호수 기슭을 지나 후나츠를 지나면, 시모요시다라고 하는 홀쭉한 산그늘 마을에 도착한다. 이 마을을 벗어난 곳에, 둔중해 보이는 오랜 여관이 있다. 문제의 자매는 그 여관집의 딸들이다. 언니는 스물둘, 동생은 열아홉. 모두 고후의 여학교를 졸업했다. 시모요시다 마을의 아가씨들은 대체로 타니무라 아니면 오츠키 여학교에 다니고 있다. 지리적으로 가깝기 때문이다. 고후는 멀어서 통학하기가 곤란했다. 하지만, 마을의 이른바 있는 집에서는 딸들을 고후시의 여학교에 보내고 싶어 한다. 별 이유도 없는 견식이지만, 조금이라도 큰 학교에 아이들을 보낸다는 일은, 있는 집 소리를 듣는 집에서는, 하나의 의무처럼 되어 있었다. 고후 여학교에 다닐 때에는, 고후시의 큰 술집에 숙식하면서, 여기에서 학교를 다녔다. 그 술집은 자매의 집과는 먼 친척이다. 핏줄의 연결은 없다. 바로 미우라 양조장이고, 미우라 군의 생가다.

미우라 군에게도 누이동생이 있다. 형제는 그뿐이다. 그 누이동생은 스무 살로 시모요시다의 자매와 비슷한 또래다. 그래서, 세 자매처럼 친했다. 셋 모두 미우라 군을 "오빠"라고 부르고 있었다. 우선, 지금까지는 그런 사이인 것이다.

미우라 군은 올 12월, 대학을 졸업하고, 곧장 고향으로 돌아와 징병검사를 받았는데, 극도의 근시안 때문에, 병종 판정을 받았다. 그러자, 시모요시다의 아래 여동생에게서 위로 편지가 왔다. 문장은 그다지 좋지 않았던 모양이다. 너무 센티멘털하고 달콤해서, 미우라 군은 좀 질렸던 모양이다. 하지만, 그 편지를 읽고서, 시모요시다의 자매를 잠시 그립게 생각했다고 한다. 병종을 받아 좀 시무룩해 있던 처지이기도 했고, 기분 전환으로 시모요시다의 그 먼 친척이 있는 곳으로 놀러 가야겠다고 생각했다.

언니는 리츠코, 동생은 사다코, 이것은 모두 가명이다. 진짜 이름은 더 훌륭하지만, 실명을 써놓으면 미우라 군도 곤란할 것이고, 자매에게도 폐가 될지 모르니까, 이런 가명을 썼다.

미우라 군이 고후에서 버스를 타고, 벌써 눈이 쌓여 있는 미사카 고개를 넘어, 시모요시다에 도착했을 때는 해도 저물고 있었다. 춥다. 외투의 옷깃을 여미며, 자매가 있는 곳으로 걸음을 빨리했다.

도중에 만났다. 자매는, 양복점 앞에서 쇼핑을 하고 있었다.

"리츠 짱." 어째선지 언니 쪽을 불렀다.

"어머나" 하고, 주변 눈치도 볼 것 없이 큰 소리를 내며, 쇼핑하던 것을 내팽개치고, 구르듯이 뛰어온 것은 리츠 짱이 아니었다. 사다 짱 쪽이었다.

리츠코는, 얼핏 뒤돌아보았을 뿐, 쇼핑한 것을 정리해서 보자기에 쌌고, 점원에게 인사를 하고, 그리고 얌전한 자세로 미우라 군 쪽으로 와서, 미우라 군에게서 10미터 아니면 그 이상 떨어진 곳에 서서, 목도리를 거둬내며, 정중하게 절을 했다. 그리고 조금 웃고 나서,

"세츠코 씨는요?" 세츠코는 미우라 군의 누이동생 이름이다.

리츠코가 그 소리를 하자, 미우라 군은 당황했다. 그렇군, 누이동생도 함께 데려오는 편이 자연스러웠을지도 모른다. 어쩐지, 모든 것을 꿰뚫어보고 알아차려버린 것만 같아, 얼굴이 달아올랐다.

"갑자기 생각이 나서 온 거야. 이번에 시골 중학교에 근무하게 되어서, 그에 대한 인사차." 우물쭈물하며 섣부른 변명을 했다.

"가요, 가요." 동생인 사다코는 두 사람을 재촉하면서 신이 나서 걸었는데, 그저 방글거린다. "오랜만이네요. 정말 오랜만이지요. 여름에도 오지 않았고요, 그리고, 봄에도 오지 않았고, 그래, 너무해요, 너무해. 작년 여름에도 안 왔지 않아요. 그러고 보니, 사다코가 졸업하고 나서 한 번도 요시다로 오지 않았잖아요. 말도 안 돼. 도쿄에서 문학을 한다지요. 굉장하네. 사다코를 잊어버린 거예요? 타락한 게 아닐까? 오빠! 이쪽을 봐요. 얼굴을 보이라고요. 맞아, 저것 봐, 마음속에 켕기는 게 있으니까, 이쪽을 못 보는 거야. 타락했구나. 정말 타락한 거라고. 병종이 되는 것은 당연한 거야. 사다코가 세상 보기 창피하다고요. 지원해요, 가엾어라, 가엾어, 남자로 태어나서 군인이 될 수 없다니, 나 같으면, 울면서, 혈판血判을 찍을 거야. 혈판을 세 개

나, 네 개나 찍어 보일 거라고요. 오빠! 그렇지만, 사실은 사다코는 동정하고 있는 거예요. 저, 내 편지 읽었어요? 좀 서툴렀지요? 어머, 웃었어요, 이런, 내 편지를 경멸하다니, 그래요, 어차피, 나는 서툴러요. 경박스러운 고양이 귀신이라고요. 내 편지의 깊고도 기이이픈 진심을 유린하는 따위의 악한은, 저주하고 저주하고 저주해 죽여줄 테니까. 그렇게 생각하라고요! 한데, 안 추워요? 요시다는 춥지요? 그 목도리, 좋네요. 누가 짜주었어요? 어머나, 징그럽게 웃기만 하고, 다 알고 있어요. 세츠짱이죠. 오빠한테는 말이죠, 나랑 세츠 짱이랑 두 여자밖에는 없어, 어차피 병종이니까, 어딜 가나 인기가 없는 거예요. 안 그래요? 그런데도, 무슨 의미라도 있다는 듯이 싱글싱글 웃으면서, 달리 숨겨놓은 좋은 여자라도 있는 체하면서, 와, 들켰죠, 화났어요? 문학을 하고 있다지요? 어려워요? 엄마가 말이죠, 오늘 아침 일대 실수를 저질렀거든요. 그래서 모두에게 경멸을 당했지요. 저 말이죠, ─"이렇게 한도 끝도 없다.

"사다코." 언니가 끼어들었다. "나는 두부집에 들렀다 갈 테니, 두 사람이 먼저 가렴."

"두부집?" 사다코는 입을 삐죽이 내밀면서, "어때서 그래. 같이 가자, 왜 그러는 거야 같이 가자. 두부 같은 건 떨어져서 없을 게 틀림없어."

"아니야." 리츠코는 침착하다. "아침에 부탁해놓았어. 지금 사 가지 않으면, 내일 된장국에 넣을 게 없어."

"그저, 장사, 장사." 사다코는 단념한 듯이 합의했다. "그럼, 우리끼리 먼저 갈게."

"그래." 리츠코와 헤어졌다. 여관에는 이제 네다섯 명의 손님이 머물러 있다. 아침상의 된장국을 될 수 있는 대로 맛있게 만들어야 한다.

리츠코는 그런 아이였다. 착실했다. 얼굴도 갸름하고 창백했다. 사다코는 둥근 얼굴이고, 노상 떠들어대고 있다. 그날 밤에도 사다코는 미우라 군 곁에 달라붙어 있으면서 매우 귀찮게 굴었다.

"오빠, 좀 말랐네. 조금 위엄이 생겼군. 하지만 살갗이 너무 하얘서, 그 점이 마음에 안 들지만, 하지만, 그래서는 사다코도 너무 욕심쟁이겠지? 참아야지. 오빠, 이번에 울었어? 울었지? 아뇨, 하와이의 일, 결사적 대공습 말이에요. 어쨌든 살아서 돌아오지 않을 각오로 모함母艦에서 날아 올라간 거라지요. 울었어요. 세 번이나 울었어요. 언니는 말이죠, 내 울음이 너무 과장되고, 같잖다고 하더라고요. 언니는 말이죠, 저래 봬도 엄청 입이 험해요. 나는 불쌍한 아이에요. 노상 언니한테 야단맞고 있거든요. 어찌해볼 도리가 없어요. 나는 직업부인職業婦人*이 될 거예요. 좋은 일자리 좀 찾아주세요. 우리들도 징용령을 받을 수 있어요. 먼 데로 가고 싶어요. 아니다. 너무 멀리 가면, 오빠를 만날 수 없으니까, 재미가 없겠네. 내가 꿈을 꾸었는데, 오빠가, 아주 화려한 가스리 옷을 입고, 그리고 죽을 거라고 나

---

* 제1차 세계대전 시기 급속한 경제 발전에 따라 도심의 기업이나 관공서 등지에서 사무원이나 타이피스트 등 신분야의 업무에 종사하게 된 여성들을 가리키던 용어.

한테 말하면서, 후지산 그림을 자꾸만 그리는 거예요. 그게 유서라는 거예요. 우습지요? 나는 오빠도 문학을 하더니 마침내 정신이 이상해졌구나 하고, 꿈속에서 엄청 울었어요. 어머, 뉴스 시간이네. 거실로 라디오 들으러 가요. 오빠, 오늘 밤에는 사포 이야기를 들려줘요. 얼마 전 사다코는 사포의 시를 읽었거든요. 좋았어요. 아니, 나 같은 사람은 잘 이해가 되지 않아요. 사포도 불쌍한 사람이에요. 오빠도 알고 있지요? 뭐야, 모르는구나." 역시 정신없이 귀찮게 군다. 리츠코는 부엌에서 하녀들과 함께 설거지랑 이런저런 일 때문에 바쁘다. 좀처럼 미우라 군에게로 오지도 않는다. 미우라 군은 좀 섭섭했다.

이튿날, 미우라 군은, 작별을 했다. 버스 정류소까지, 언니와 동생이 배웅을 갔다. 그 가는 길 내내 동생은 떼를 쓰고 있었다. 함께 버스를 타고 후나츠까지 배웅하겠다는 것이다. 언니는 단칼에 거절했다.

"나는, 싫어." 리츠코에게는, 여러 가지 여관의 일거리가 있었다. 한가하게 놀고 있을 수가 없다. 게다가, 미우라 군하고 버스를 탔다가는, 그 고장 사람들에게 쓸데없는 오해를 받을 염려도 있다. 두려웠다. 하지만 사다코는 아무렇지도 않다.

"알았어. 언니는 모범적인 아가씨니까, 경솔하게 배웅을 하지 못하겠다는 것 아냐? 하지만, 나는 갈 거야. 언제 또다시 볼 수 있을지도 모르잖아? 나는 단연코 갈 거야."

정거장에 도착했다. 세 사람, 나란히 서서, 버스를 기다렸다. 셋 모두 머쓱해져서 말이 없다.

"나도, 갈게." 희미하게 리츠코가 중얼거렸다.

"가자." 사다코는 용기백배했다. "가자. 정말은, 고후까지 배웅하고 싶지만, 참는 거야. 후나츠까지야, 알았지, 함께 가자."

"꼭, 후나츠에서 내려야 돼. 마을의, 아는 사람들이 많이 버스에 타고 있으니까, 우리는 서로 모르는 체하고, 남인 것처럼 하고 있는 거야. 후나츠에서 헤어질 때도, 잠자코 내리는 거야. 나는 그러지 않으면, 안 가." 리츠코는 조심성이 깊다.

"그러면 되겠군" 하고 미우라 군은 저도 모르게 말을 뱉었다.

버스가 왔다. 약속한 대로, 미우라 군은, 자매하고는 전혀 모르는 사람처럼, 하나씩 떨어져서 자리에 앉았다.

과연, 버스 승객 대부분은 이 고장 사람들인 듯, 아름다운 자매에게 공손하게 절을 한다. 어디 가세요? 하고 묻는 사람도 있다.

"네, 후나츠까지 물건 사러요." 리츠코는 시치미를 떼고 거짓말하고 있다. 완전히, 미우라 군의 존재를 잊기라도 한 모습이다. 하지만, 사다코는 섣부르다. 노상, 찔끔찔끔 미우라 군 쪽을 바라보고, 픽 웃음을 터뜨릴 듯하다가, 당황해서 창밖을 내다보며 웃음을 얼버무리곤 한다. 소나무 길, 언덕길. 버스는 달린다.

후나츠. 호숫가에 버스는 멈추었다. 리츠코는 고장의 승객들에게 가볍게 인사를 하고서, 조용히 내렸다. 미우라 군 쪽으로는 눈길도 주지 않았다고 한다. 내린 자세 그대로, 버스를 뒤로 하고 걷기 시작했다. 사다코는 허둥지둥 내리더니, 미우라 군 쪽을 되돌아보고, 되돌아보고, 그러면서도 언니 뒤를 따라갔다.

미우라 군의 버스가 움직였다. 갑자기 동생은 휙 이쪽을 향하더니, 힘껏 달렸다. 버스도 달린다. 동생은 울듯이 얼굴을 찡그리며, 20미터쯤 뒤쫓다가, 멈춰 서서,

"오빠!" 하고 소리 높여 부르고, 한쪽 손을 들었다.

이상은 미우라 군의 부러운, 염문의 대략인데, 여기서 문제는, 이 언니와 동생, 어느 쪽으로 정하면 좋겠느냐를 놓고 미우라 군은 결정을 내리지 못하고 있다는 점에 있는 것이다.

미우라 군은, 나에게 의견을 물었다. 나 같으면, 일순간도 망설이지 않겠다. 확정적이다. 하지만, 사람의 호오란 각별한 것 아닌가. 나는 확실하고 구체적으로 의견을 내놓지 못했다. 나는 예언자가 아니다. 미우라 군의 장래의 행, 불행을, 지금 당장 책임을 가지고 말해줄 정도의 자신은 없다. 나는 그날, 성서의 한 대목을 미우라 군에게 읽게 했다.

— 예수께서 어떤 마을에 들어가셨다. 마르다라고 하는 여자가 예수를 자기 집으로 모셔 들였다. 이 여자에게 마리아라고 하는 동생이 있었는데, 마리아는 주님의 발 곁에 앉아서 말씀을 듣고 있었다. 그러나 마르다는 예수께 와서 말하였다. "주님, 제 동생이 저 혼자 일하게 두는 것을 아무렇지 않게 생각하십니까? 가서 거들라고 제 동생에게 말씀해주십시오." 그러나, 주님께서는 마르다에게 대답하셨다. "마르다야, 마르다야, 너는 많은 일로 염려하며 들떠 있다. 그러나 주님의 일은 많지 않거나 하나뿐이다. 마리아는 좋은 몫을 택하였다. 그러니 아무도 그것을 그에게서 빼앗지 못할 것이다." (누가복음 10장

38절 이하)

나는 그저 읽게 했을 뿐, 아무런 설명도 덧붙이지 않았다. 미우라 군은 고개를 기울이고 생각하고 있었는데, 이윽고 쓸쓸하게 웃으면서, "감사합니다"라고 했다.

하지만, 그로부터 열흘쯤 지나서, 미우라 군에게서, 언니인 리츠코와 결혼하기로 했다는, 매우 뜻밖의 편지가 왔다. 이게 웬일인가. 나는 의분 같은 것을 느꼈다. 미우라 군은, 결혼 문제에 있어서도, 역시 극도의 근시안인 것은 아닐까. 독자께서는 어찌 생각하시는지.

(1942년 2월)

기다림 待つ

　성선* 조그마한 기차역에, 나는 매일, 사람을 마중하러 나갑니다. 누군지도 모르는 사람을 맞으러.

　시장에서 쇼핑을 하고, 돌아오는 길에, 반드시 역에 들러, 역의 차가운 벤치에 앉아서, 쇼핑 가방을 무릎에 얹고서, 멍하니 개찰구를 바라봅니다. 상행과 하행 열차가 플랫폼에 도착할 때마다, 많은 사람들이 열차 문에서 쏟아져 나와, 북적북적 개찰구로 와서, 모두가 하나같이 화가 난 얼굴을 하고, 패스를 꺼내기도 하고, 표를 건네기도 하고, 그리고, 바쁜 걸음으로 곁눈질도 하지 않고, 내가 앉아 있는 벤치 앞을 지나, 역전 광장으로

---

* 省線. 예전에 정부에서 운영하는 철도 노선을 가리키는 호칭.

나가고, 그런 다음으로는 제각각 가고 싶은 방향으로 갑니다. 나는 멍하니 앉아 있습니다. 누군가, 한 사람, 웃으면서 나에게 말을 건다. 오오, 무서워라. 아아, 곤란하다. 가슴이 두근두근하다. 생각만 해도, 등판에 냉수라도 끼얹은 듯, 오싹하고는 숨이 막힌다. 하지만, 나는 역시 누군가를 기다리고 있는 것입니다.

도대체, 나는 누구를 기다리는 것일까요? 어떤 사람을? 아니, 내가 기다리고 있는 것은 인간이 아닐지도 모릅니다. 나는 인간을 싫어합니다. 아니, 무서워합니다. 사람과 얼굴을 마주 보고, 별일 없으십니까, 추워졌습니다 등 하고 싶지도 않은 인사를 적당히 하고 있자면, 어쩐지 나 같은 거짓말쟁이가 이 세상에는 없을 것 같은 괴로운 심정이 되어, 죽고 싶어집니다. 그리고 또, 상대방도 공연히 나를 경계하면서, 별탈이 없을 만한 겉치레 인사나, 그럴싸한 거짓 감상 따위를 늘어놓으면, 나는 그것을 듣고, 상대방의 쩨쩨한 조심성이 슬퍼지고, 더더욱 세상이 말할 수 없이 싫어집니다. 세상 사람이란, 서로 딱딱한 인사를 하고, 조심하고, 그리고 서로가 피곤해하면서 일생을 보내는 것일까요.

나는 사람 만나기가 싫습니다. 그래서 나는 대단한 일이 있지 않고서는, 내 쪽에서 친구에게 놀러 가는 일 따위는 하지 않았습니다. 집에서, 어머니와 묵묵히 바느질을 하고 있으면, 가장 마음이 편해집니다. 그렇건만, 마침내 대전쟁이 벌어지면서, 주위가 매우 긴장하고부터는, 나만이 집에서 매일처럼 멍하니 있는 것은 매우 나쁜 짓을 하는 것 같아서, 무언가 불안해져서, 차분하게 있을 수가 없게 되었습니다. 몸이 가루가 되도록 일해서, 직접 사회에 도움이 되고 싶은 기분입니다. 나는, 나의 지금까지의 생활에, 자신감을 잃고 말았습니다.

집에서 묵묵히 앉아 있을 수 없는 심정이고, 그렇다고, 밖으로 나와본들, 나에게는 갈 곳이 아무 데도 없습니다. 쇼핑을 하고, 돌아오는 길에 역에 들러서, 멍하니 역의 차가운 벤치에 앉아 있습니다. 누군가가 불쑥 나타났으면! 하는 기대와, 아아, 나타나면 곤란하다, 어떻게 하지 하는 공포와, 하지만, 나타났을 때에는 하는 수 없지, 그 사람에게 나의 생명을 주는 거야, 내 운명이 그때 결정되고 마는 것이라는 등의 체념에 가까운 각오와, 그 밖의 온갖 못된 공상 등이 묘하게 뒤얽혀서, 가슴이 답답해지고, 숨이 막힐 정도로 괴로워집니다. 살아 있는 것인지, 죽어 있는 것인지, 알 수 없는 듯한 백일몽을 꾸고 있는 듯한, 허전한 기분이 되어, 역전의 사람들의 오가는 모습도, 망원경을 거꾸로 들여다보았을 때처럼 작고 멀게 느껴져, 온 세계가 조용해지는 것입니다. 아아, 나는 도대체, 무엇을 기다리고 있는 것일까요.

어쩌면, 나는 매우 음란한 여자인지도 모릅니다. 대전쟁이 시작되자, 무엇인가 불안해져서, 몸이 가루가 되도록 일하고, 사회에 도움이 되고 싶다는 따위는 거짓이고, 알고 보면, 그런 훌륭한 구실을 만들어서, 자신의 경박한 공상을 실현하고 싶어서, 무엇인가, 좋은 기회를 노리고 있는 것인지도 모릅니다. 여기에, 이처럼 멍한 얼굴을 하고 있기는 하지만, 가슴속에서는 불온한 계획이 모락모락 타오르고 있는 듯한 기분도 듭니다.

도대체 나는, 누구를 기다리고 있는 것일까요. 또렷한 형태를 가진 것은 아무것도 없습니다. 그저, 덜떠름하기만 합니다. 하지만, 나는 기다립니다. 대전쟁이 시작되고부터는, 매일, 매일, 쇼핑에서 돌아올 때는 역에 들러, 이 차가운 벤치에 앉아서 기다립니다. 누군가, 홀로, 웃으면서 나에게 말을 거는…… 오오, 무서워라, 아아, 곤란해. 내가 기다리고 있는 것은, 당신이 아니야. 그렇다면, 도대체, 나는 누구를 기다리고 있는 것일까요. 남편? 아니 애인? 틀렸습니다. 친구? 싫어요. 돈? 설마하니. 귀신? 오, 안 돼.

좀 더 온화한, 환하게 밝은, 멋들어진 것. 무엇인지 모르겠네. 예를 들면, 봄 같은 것. 아니 틀렸어. 푸른 잎. 5월. 보리밭을 흐르는 맑은 물. 역시, 아니다. 아아, 하지만 나는 기다립니다. 가슴을 울렁거리며 기다리고 있습니다. 눈앞을, 줄줄이 사람들이 지나갑니다. 그것도, 아니고, 저것도 아니다. 나는 쇼핑백을 그러안고, 조그맣게 떨면서 간절히 간절히 기다리고 있습니다. 나를 잊지 말아주세요. 매일, 매일 역으로 마중 나가서, 허전하게 집에 돌아오는 스무 살 아가씨를 비웃지 마시고, 제발 기억해주세요. 그 조그마한 역의 이름은 일부러 가르쳐드리지 않을 것입니다. 가르쳐드리지 않더라도, 당신은, 언젠가 나를 볼 겁니다.

(1942년 6월)

눈 오는 밤 이야기 雪の夜の話

그날, 아침부터 눈이 내리고 있었지요. 벌써부터 만들고 있던 오츠루 짱(조카)의 몸뻬가 완성되어, 그날, 학교에서 돌아오는 길에 그것을 가져다주기 위해 나카노의 숙모 댁에 들렀거든요. 그리고 오징어 두 마리를 선물로 받고, 기치조지역에 도착했을 때에는, 벌써 어두워져 있었고, 눈은 한 자 이상 쌓여 있었건만, 그래도 계속 소복소복 내리고 있었습니다. 나는 장화를 신고 있었으므로, 오히려 기분이 가벼워져, 일부러 눈이 깊이 쌓여 있는 곳을 골라 걸었습니다. 집 근처 우체통까지 오고 나서야, 겨드랑이에 끼고 온 오징어를 싼 신문지 꾸러미가 사라진 것을 깨달았습니다. 나는 태평스러운 성품이기는 하지만, 그래도 물건을 떨어뜨리거나 하는 일이 별로 없었건만, 그날 밤은 내려 쌓이는 눈 때문에 흥분하고, 신나서 걸었기 때문

422

이었을까요, 떨어뜨리고 만 것입니다.

나는 풀이 팍 죽었습니다. 오징어를 잃어버리고 낙심을 하는 따위는 품위 없고 부끄러운 일이지만, 나는 그것을 새언니에게 드리려 했던 겁니다. 우리 새언니는, 올여름에 아기를 낳거든요. 배에 아기가 있으면 매우 배가 고파진다지 않아요. 배의 아기하고 두 사람분을 먹어야 하는 모양이지요. 새언니는 나하고는 달리, 몸가짐에 아주 품위가 있어서, 지금까지는 그야말로 '카나리아의 식사'라고나 할 정도로 가볍게 먹고, 간식 같은 것은 한 번도 먹는 것을 본 일이 없건만, 요즈음 들어 배가 고파져서 창피하다고 하더니, 묘한 것을 먹고 싶어진다고 합니다.

얼마 전에도 새언니는 나하고 함께 저녁 식사의 뒷설거지를 하면서, 아아, 입이 쓰네, 오징어 같은 게 먹고 싶어, 하고 조그만 소리로 말하고 한숨을 쉬었던 일을 나는 잊지 않고 있었으므로, 그날, 우연히, 나카노의 숙모에게서 오징어 두 마리를 받고서는, 이건 새언니한테 몰래 주어야지 하고 기대하고 있었던 것인데, 떨어뜨리고 말았으니, 나는 풀이 죽을 수밖에 없었습니다.

아시다시피, 우리 집은 오빠와 새언니와 나, 이렇게 세 식구가 삽니다. 그리고 오빠는 약간 괴팍스러운 소설가로, 벌써 마흔 가까이 되건만, 조금도 유명하지 않고, 게다가 가난하고, 몸 컨디션이 좋지 않다면서 누웠다, 일어났다, 그런 주제에 말이 많아서, 이러쿵저러쿵 우리에게 잔소리를 하고, 그러면서 입으로만 말을 할 뿐, 자신은 집안일에 조금도 협조를 하지 않아서,

새언니는 남자가 할 일까지 해야 하므로 매우 안됐습니다. 하루는 내가 의분을 느껴서,

"오빠, 가끔은 가방을 메고 야채라도 사 오세요. 남의 집 남자들은 대체로 그렇게 사는 것 같던데"

라고 말했더니, 심통이 나서,

"이 밥통아! 나는 그런 천덕꾸러기 남자가 아니야. 알겠니. 기미코(새언니 이름)도 잘 새겨들으라고. 우리 식구가 굶어 죽는 한이 있더라도, 나는 저따위 천덕스러운 쇼핑 따위는 갈 수 없어. 그렇게 알라고. 그것은 내 최후의 긍지니까."

과연 그 각오만큼은 훌륭하신데, 그래도 오빠의 경우, 나라를 생각하며 쇼핑 부대를 증오하고 있는 것인지, 자신의 게으름 때문에 쇼핑을 싫어하는 것인지, 도무지 알 수가 없습니다. 나의 부모도 도쿄 사람이지만, 아버지는 도호쿠의 야마가타에 있는 관청에 오랫동안 근무하셨고, 오빠도 나도 야마가타에서 태어났고, 아버지가 그 야마가타에서 돌아가시자, 오빠가 스무 살쯤, 나는 아직 어려서, 어머니 등에 업혀 우리 세 사람이 도쿄로 돌아왔는데, 어머니는 작년에 돌아가셔서, 이제는 오빠와 새언니와 나 3인 가족으로, 고향이라는 것도 없는지라, 남의 가정처럼 먹을 것을 시골에서 보내오는 법도 없었습니다. 게다가 오빠는 괴짜여서인지, 남과의 교제가 거의 없으므로, 생각지도 않게 신기한 물건이 '손에 들어오는' 일은 전혀 없었습니다.

별것도 아닌 오징어 두 마리라도 새언니에게 주면 얼마나 기뻐할까 생각하니, 천덕스러운 일일지는 몰라도, 오징어 두

마리가 아까워, 나는 뒤로 돌아서 지금껏 온 눈길을 천천히 걸으며 찾아보았습니다. 하지만, 발견될 턱이 없었습니다. 흰 눈길에 흰 신문지를 발견하기란 매우 어려울뿐더러, 눈이 쉬지 않고 내리고 있어서 기차조지역 근처까지 되돌아갔건만, 돌멩이 하나 발견할 수 없었습니다. 한숨을 내쉬고 우산을 고쳐 잡고, 어두운 밤하늘을 쳐다보니, 눈이 백만 개의 반딧불이처럼 광란을 부리며 내리고 있었습니다.

예쁘다, 하고 생각했습니다. 길 양쪽의 나무들은, 눈을 뒤집어쓰고, 무거운 듯이 가지를 늘어뜨린 채 한숨이라도 쉬듯, 희미하게 흔들리는 것이, 마치 무슨 옛날이야기 세상에 있는 기분이 들어, 나는 오징어에 대한 것은 잊어버렸습니다. 퍼뜩 묘안이 떠올랐습니다. 이 아름다운 눈경치를 새언니에게 가져다주어야지. 오징어 따위보다야, 얼마나 훌륭한 선물인가. 먹는 것에 집착하는 것은 천박한 짓이다. 정말, 부끄러운 일이다.

인간의 눈은, 풍경을 저장할 수가 있다, 이렇게 언젠가 오빠가 가르쳐주었습니다. 전구를 슬쩍 바라본 다음, 눈을 감고 있어도 눈꺼풀 뒤쪽으로 또렷하게 전구가 보이지 않니, 그게 증거야. 이에 대해, 옛 덴마크에는 이런 이야기가 있다면서, 오빠가 다음과 같은 짧은 로맨스를 나에게 가르쳐주었습니다. 오빠의 이야기는 늘 엉터리뿐이어서, 조금도 믿을 것은 못 되지만, 그때의 그 이야기만큼은, 가령 오빠가 지어낸 이야기라 해도, 좀 괜찮은 것이라고 생각했습니다.

옛날, 덴마크의 한 의사가, 난파한 젊은 뱃사람의 시체를 해부해서, 그 안구를 현미경으로 살펴보다가, 그 망막에 아름다운 일가의 단란한 광경이 있는 것을 발견하여, 친구인 소설가에게 이를 보고했더니, 그 소설가는 그 자리에서 그 불가사의한 현상에 대해 다음과 같은 해설을 해주었다. 그 젊은 뱃사람이 난파해서 노도에 말려들어, 바닷가에 내동댕이쳐져 정신없이 매달린 곳은 등대의 창가였다. 이렇게 기쁠 수가, 도움을 청하려고, 문득 안쪽을 들여다보니, 지금 등대지기 일가가 둘러앉아 즐겁게 저녁을 먹기 시작하고 있었다. 아아, 안 돼, 내가지금 "살려주세요!" 하고 크게 외쳐댔다가는, 이 일가의 단란함이 엉망이 되고 마는 거야, 이렇게 생각했더니, 창틀에 매달려 있던 손가락에서 힘이 빠졌고, 그 순간 큰 파도가 와서 뱃사람의 몸을 바다로 데려가버렸다. 분명 그랬다, 그 뱃사람은 세상에서 가장 착하고 그리고 가장 숭고한 사람이다, 라는 해석이 내려졌고, 그 의사도 이에 찬성, 두 사람이서 뱃사람의 시체를 정성껏 매장했다는 이야기.

나는 이 이야기를 믿고 싶습니다. 설혹 과학상으로는 있을수 없는 이야기일 테지만, 그래도 나는 믿고 싶은 겁니다. 나는그 눈 내리는 밤에, 문득 이 이야기를 떠올렸고, 나의 눈 안에아름다운 눈경치를 새겨놓으며 집으로 돌아가,

"새언니, 내 눈 속을 들여다보세요. 배의 아기가 예뻐져요."
이렇게 말할 생각이었습니다. 얼마 전, 새언니는 오빠에게,

"예쁜 사람의 그림을 내 방 벽에 붙여주세요. 나는 매일 그것을 바라보고, 예쁜 아기를 낳고 싶으니까요" 하고 웃으면서부탁을 했습니다. 오빠는 진지하게 끄덕이며,

"음, 태교라. 그건 중요하지."

이렇게 해서, 마고지로孫次郎라는 화려한 노멘*의 사진과, 유키노코오모테雪の小面이라는 가련한 노멘 사진, 이렇게 둘을 벽에 나란히 붙인 것까지는 좋았지만, 여기다 다시 오빠의 점잔뺀 사진을 그 두 장의 노멘 사진 사이에 절꺼덕 붙여놓는 바람에 우스꽝스럽게 되고 말았습니다.

"부탁이에요, 저, 당신 사진만은 빼주세요. 그것을 바라보면, 나는 싫거든요." 그 착한 새언니도, 참을 수가 없었던지, 오빠에게 사정사정해서, 어쨌든 그것만은 철회해버렸습니다. 오빠의 그 사진을 바라보고 있다가는, 사루멘칸자** 닮은 아기가 태어날 것이 틀림없습니다. 오빠는 그런 얼굴을 하고서도, 자신은 조금이라도 미남자라고 생각하고 있는 것일까. 기가 막힌 오빠입니다. 정말로 새언니는, 지금 배의 아기를 위해, 이 세상에서 가장 아름다운 것만을 보고 싶다고 생각하고 있는 것입니다. 오늘의 이 설경을 내 눈동자 속에 찍어서 새언니에게 보여준다면, 새언니는 오징어 선물 따위보다는 몇 배나, 몇십 배나 기뻐해줄 것이 틀림없습니다.

나는 오징어를 단념해버리고 집으로 돌아오는 길에, 가능한 한 많이, 주변의 아름다운 설경을 바라보면서, 눈뿐 아니라, 가슴속에까지, 순백의 아름다운 경치를 담은 기분으로 집에 도착하자마자,

---

* 能面. 일본 전통 가면극 노가쿠에 쓰이는 가면.
** 猿面冠者. 원숭이를 닮은 젊은이를 가리키는 말인데 특히 도요토미 히데요시의 어렸을 적 별명이다.

"새언니, 내 눈을 보세요. 내 눈동자 속에는 아주 아름다운 경치가 가득 들어 있거든요."

"뭐라고? 어떻게 한 거예요?" 새언니는 웃으면서 서서 내 어깨에 손을 얹더니, "아가씨, 도대체, 어떻게 한 거예요?"

"말이죠, 언젠가 오빠가 가르쳐주었잖아요? 사람의 눈 속에는, 바로 전에 본 경치가 사라지지 않고 남아 있는 법이라고."

"오빠의 말 같은 건 잊어버렸어요. 대개는 거짓말이니까."

"그래도, 그 이야기만은 진짜예요. 나는, 그것만은 믿고 싶어요. 그러니까, 내 눈을 보세요. 나는 지금, 기막히게 아름다운 눈경치를 많이 많이 보고 왔거든요. 자, 내 눈을 보아요. 눈처럼 살갗이 예쁜 아기가 태어나요."

새언니는, 서글픈 표정을 하고, 잠자코 내 얼굴을 바라보고 있었습니다.

"어이"

그때, 옆의 6조 방에서 오빠가 나와, "슌코(내 이름)의 그 보잘것없는 눈을 보기보다야, 내 눈을 보는 편이 백배 효과가 있을걸."

"어째서? 왜?"

때려주고 싶을 정도로 오빠가 미웠습니다.

"오빠의 눈 같은 걸 보고 있다가는, 새언니는 기분이 나빠진다고 했거든요."

"그렇지도 않을걸. 내 눈은 20년간 예쁜 설경을 봐온 눈이거든. 난 말이다, 스무 살이 될 때까지 야마가타에 있었단 말이야. 슌코는 철이 나기도 전에 이미 도쿄로 와서 야마가타의 멋들어진 설경을 모르기 때문에, 이런 도쿄의 시시한 설경을 보고 떠들어대고 있지 않니. 내 눈은 말이다, 훨씬 기가 막힌 설경을 백배 천배 실컷 구경한 처지란 말이야. 어쩌니 저쩌니 해 봤자, 슌코의 눈보다야 고급이지."

나는 약이 올라서, 울어버릴까 생각했습니다. 그때 새언니가 나를 도와주었습니다. 새언니는 미소 지으면서 조용히 말했습니다.

"하지만, 오빠의 눈은, 예쁜 경치를 백배 천배 봐온 대신에, 더러운 꼴도 백배 천배 봐온 눈이거든."

"맞다! 그래. 플러스보다도 마이너스가 훨씬 많은 거야. 그래서 저렇게 누렇게 흐려진 거야, 야호!"

"건방진 소리나 하고."

오빠는, 뾰로통해져서 옆의 6조 방으로 퇴각했습니다.

(1944년 5월)

죽청竹青

─신곡 요재지이新曲聊齋志異

옛날, 호남湖南 어떤 군읍에, 어용魚容이라는 이름의 가난한 서생이 있었다. 어째서인지, 예로부터 서생은 전부 가난했던 모양이다. 이 어용 군은 좋은 가문에 태어나 천티 나는 구석이라고는 없이, 미목이 수려하고, 자태 또한 조용하고 품위 있는 풍취가 풍기며, 독서를 탐하기를 색을 탐하는 듯이라고까지는 할 수 없을지 몰라도, 어려서부터 신묘할 정도로 배움에 뜻을 두었고, 이렇다 할, 도에 어긋나는 일을 저지른 일도 없건만, 어찌 된 셈인지, 복운福運만큼은 타고나지를 못했던 것이다.

일찍이 부모를 여의고, 친척 집을 전전하며 자랐고, 자신의 재산이라는 것도, 그러는 동안에 깨끗이 없어져버렸으며, 이제 와서는 친척들 모두에게 애물단지 취급을 받고 있는 처지였는데, 오직 하나 술주정뱅이 백부가 취기가 발동해서, 그 집의 피부가 거무스름하고 마른, 배운 것이라고는 없는 종을 이 어용에게 억지로 떠맡기며, 결혼해라, 좋은 연분이야 하고 방약무인하게 마음대로 정하는 바람에, 어용으로서는 매우 난처했지만, 이 백부 역시 자기를 키워준 어버이로서, 말하자면 이승의 대은인임이 분명하므로, 그 주정뱅이의 무례한 발상에 화를 낼 수도 없이 눈물을 참아가며, 멍한 기분으로, 자신보다도 두 살이 많은 그 말라빠지고 추한 여인을 취하게 되었다.

여자는 술꾼인 백부의 첩이었다는 소문도 있었는데, 얼굴도 못생겼지만, 마음 또한 곱지가 않았다. 어용의 학문을 아예 경멸하고, 어용이 "대학의 길은 지선至善에 머무름에 있느니라" 같은 소리를 하는 것을 듣고는, 흥 하고 콧방귀를 뀌고, "그따위 지선에 머무르기보다야, 돈에 머물러서, 맛있는 요리에 머무를 궁리라도 해야지" 하고 밉살스럽다는 듯이 말하며, "여보, 미안하지만, 이거 모두 빨래해주세요. 조금쯤은 집안 살림도 도와야지요" 하고 어용의 얼굴을 향해 여자의 지저분한 빨랫감을 집어던진다.

어용은 그 빨랫감을 들고 집 뒤쪽의 개천으로 가서, "말 우는 소리에 날이 저물고, 검 울리는 소리에 가을이 오는구나" 하고 작은 목소리로 읊고, 아무런 재미있는 일도 없이, 내 고향에 있으면서도 천애의 외로운 나그네처럼 마음은 쓸쓸하게 덧없이 물 위를 배회하는 듯한 멍한 몰골이었다.

"언제까지나, 이런 비참한 생활을 계속하고 있다가는, 우리 훌륭한 조상에 대해 면목이 없다. 나도 슬슬, 서른. 뜻을 세워야而立 마땅한 가을이다. 그렇다, 이제는 일대 분발해서, 큰 이

름을 이루어내야겠다"고 결심하고, 우선, 마누라를 한 대 쥐어
박고 집을 뛰쳐나가, 자신이 만만해서, 향시鄕試에 응했는데,
그동안 오랫동안 가난뱅이로 살아 배에 힘이 없어서, 앞뒤가
맞지 않고 종잡을 수 없는 답안밖에는 쓸 수가 없었으므로 깨
끗이 낙방했다.

터벅터벅, 다시 고향의 오막살이집으로 돌아가는 길의 서글
픔이란 어디 비할 데가 없었다. 게다가 배가 고파 도저히 다리
를 놀릴 수도 없게 되어, 동정호洞庭湖 가에 있는 오왕묘嗚王廟
복도로 기어 올라가 벌렁 드러누워, "아아아, 이 세상이란, 그
저 사람을 의미도 없이 괴롭히는 곳이로구나. 나 같은 사람은
어려서부터 오로지 나 자신을 삼가고, 옛 성현의 길을 궁구하
고 학이시습지學而時習之했건만, 멀리서 복음이 오는 기색은 전
혀 없고, 매일매일 참기 어려운 모욕만을 받고, 큰 용기를 불러
일으켜 향시에 응했건만 무참하게 실패했다. 이 세상은 철면피
의 악인들만이 잘살고, 나 같은 기가 약하고 가난한 서생은 영
원한 패자로 조소를 받을 뿐이란 말인가. 마누라를 때리고 상
쾌하게 집을 나선 것까지는 좋았는데, 시험에 낙방을 하고 돌
아가면, 마누라에게 얼마나 악다구니를 듣게 될까. 아아, 아예
죽고 싶다"고 극도의 피로 때문에 정신이 몽롱해져서, 군자의
도를 익힌 자에 어울리지 않게, 마구 세상을 저주하고, 나의 불
행을 한탄하며, 눈을 가늘게 떠서 하늘을 나는 까마귀 떼를 쳐
다보며, "까마귀에게는 빈부가 없어서 행복하겠구나" 하고 조
그마한 소리로 말하고 나서 눈을 감았다.

이 호반의 오왕묘는, 삼국시대의 오나라 장군 감녕甘寧을 오

나라 왕으로 존칭해서, 이를 수로水路의 수호신으로 모셔놓고 있는 것으로, 매우 영험이 강하다면서, 호수 위를 오가는 배가 이 묘의 앞을 지날 때면, 뱃사람들이 반드시 예배하는데, 묘의 옆에 있는 숲속에는 수백 마리의 까마귀가 몰려 살고 있으면서, 배를 발견했다 하면 일제히 날아올라, 깍깍 시끄럽게 울어대며, 돛대 주변을 장난치며 살아, 뱃사람들은 이를 오왕의 사자인 까마귀라며 존중해서, 양고기 조각 같은 것을 던져주면, 날아와서 입에 무는데, 천에 한 번도 실수하는 일이 없다. 낙제 서생인 어용은 이 사자 까마귀 무리가 희희낙락하면서 천공을 날고 있는 모습을 부러워하며, 까마귀는 행복하겠구나 가련한 작은 목소리로 중얼거리고 잠들기 위해 꾸벅거리고 있었는데, 그때 "이보시오, 이보시오" 하고 검은 옷을 입은 남자 때문에 일어나게 되었다.

어용은 꿈꾸듯이,

"아아, 죄송합니다. 야단치지 마세요. 이상한 사람이 아닙니다. 좀 더 여기 누워 있게 해주십시오. 제발, 야단치지 마십시오" 하고 빌었다. 어렸을 적부터 그저 남들에게 야단맞고 자란 터라, 사람을 보면 자기에게 야단을 치는 것이 아닐까, 겁을 내는 비굴한 버릇이 몸에 배어 있는지라, 이때에도 잠꼬대처럼 "죄송합니다"를 연발하면서, 몸을 뒤치며 다시 눈을 감았다.

"야단치는 것이 아니오." 그 검은 옷의 남자는 이상하게 쉰 목소리로 말하면서, "오왕님의 전갈입니다. 그처럼 사람 사는 세상이 싫어지고, 까마귀의 삶이 부럽다면, 마침 잘되었소. 지금 흑의대黑衣隊의 졸병 하나가 빠져 있으니까, 그 보충으로 당신을 채용해주겠노라는 말씀입니다. 어서, 이 흑의를 입으시오." 홀쩍, 엷은 흑의를, 자고 있는 어용에게 덮어씌웠다.

금방, 어용은 수까마귀가 되었다. 눈을 반짝거리며 일어나, 복도 난간에 홀쩍 올라앉아, 부리로 깃을 다듬고 나서, 날개를 활짝 벌려 위태위태하게 날아올라, 때마침 석양을 한껏 돛대에 받은 호반湖畔을 지나가는 배 위에서, 어지러이 지저귀며 고기 조각 잔치를 벌이고 있는 수백 마리의 신오神鳥 무리에 섞여 들어가, 이리저리 날며, 뱃사람들이 던져 올리는 고기 조각을 능숙하게 부리로 받아, 곧바로, 평생 처음이라고 여겨질 정도의 만복감을 느끼고, 숲으로 철수한 다음, 나뭇가지에 앉아, 부리를 나뭇가지에 문지르며, 물이 가득한 동정호 호면이 황금빛으로 환하게 빛나고 있는 모양을 내려다보면서, "가을바람에 휘날리는 황금물결 꽃잎 천 조각이라"는 등 이른바 군자의 도도한 기상으로 앉아 있는데,

"여보세요," 하고 요염한 여자의 목소리가 나며, "마음에 드세요?"

보니, 자신과 같은 가지에 암까마귀 한 마리가 앉아 있다.

"죄송합니다." 어용은 한 번 꾸벅하고 나서, "이제 겨우, 몸을 가볍게 해서 뻘밭을 떠난 처지이니, 야단치지 마십시오" 하고 늘 입버릇이 되어 있는 말을 공연히 한마디 덧붙였다.

"알고 있습니다." 암까마귀는 이렇게 침착하게, "지금까지 고생을 하셨다지요. 이해합니다. 하지만, 이제부터는 안심입니다. 제가 모시겠습니다."

"실례지만, 당신은 누구십니까?"

"어머, 저는, 그저, 당신 곁에, 어떤 볼일이라도 다 말씀해주십시오. 저는 무엇이든지 합니다. 그렇게 생각해주십시오. 싫으세요?"

"싫지는 않지만," 어용은 당황해서, "나에게는 마누라가 있습니다. 외도는 군자가 삼가야 하는 바입니다. 당신은 나를 유혹하려 하고 있소" 하고 억지로 사리분별을 가리며 말했다.

"너무해요. 제가 경박스럽고 호색의 마음으로 당신 곁으로 왔다고 생각하세요? 너무해요. 이것은 오왕님의 자상하신 배려예요. 당신을 위로해드리라고요. 이렇게 나는 오왕님의 분부를 받은 거예요. 당신은 이제 인간이 아니니까, 인간계의 마님의 일 따위는 잊어버려도 돼요. 당신의 마님은 매우 착한 분이신지는 모르지만, 저도 그에 못지않게 열성을 다해서 당신 시중을 들 거예요. 까마귀의 정조는 인간의 정조보다도 더 올바르다는 것을 알려드릴게요. 싫으시겠지만, 이제부터, 저를 곁에 두어주세요. 저의 이름은 죽청이라고 해요."

어용은 그 정다운 말에 감격해서,

"고맙소. 나도 사실은 인간 세상에서 너무나 혼이 나며 지내는 바람에, 영 의심이 깊어져서, 당신의 따뜻한 마음도 순순히 받아들일 수가 없었습니다. 죄송합니다."

"어머나, 그런 딱딱한 말씀을 하면 이상해요. 오늘부터, 나는 당신의 하녀잖아요. 그렇다면, 여보, 잠시 식후의 산책은 어떠시겠어요."

"그러지." 이렇게 어용도 거드름스럽게 끄덕이고, "안내해주오."

"그럼, 따라오세요" 하고 휙 날아오른다.

가을바람 하늘하늘 날개를 쓰다듬고, 동정호의 자잘한 물결은 눈 아래 있고, 저 멀리 바라보니, 악양岳陽의 지붕들이 눈부시게 석양에 불타고, 다시 눈길을 돌리니, 군산君山, 옥거울에 가련한 한 점의 눈썹을 그린 듯, 상군湘君*의 모습을 떠올리며, 흑의黑衣의 새 부부는 깍깍 서로 울면서 앞서기도 하고 뒤서기도 하면서, 거침없이 날았고, 피로해지면, 귀갓길의 범선 돛대 위에 나란히 앉아 쉬면서 얼굴을 마주 보며 미소 짓고, 이윽고 날이 저물자, 동정호에 교교하게 비치는 달을 감상하며, 표연히 잠자리로 돌아와, 서로 날개를 맞붙이고 잠들었다.

아침이 되자, 두 마리 나란히 동정호에서 첨벙첨벙 몸을 씻고 나서, 호숫가로 다가오는 배를 향해 날아가 뱃사람들에게서 아침 대접을 받았다. 신부 죽청이 청초하게 수줍어하면서 그림자처럼 언제나 곁에 있으면서 모든 일을 자상하게 돌봐주는 덕에, 낙제 서생인 어용도, 그 반생의 불행을 여기서 대번에 날려버린 기분이 들었다.

그날 오후, 어용은 이제 완전히 오왕묘의 신오의 한 마리가 되어서, 오고가는 배의 돛 주변에서 희롱하고 있었는데, 때마침 병사를 가득 실은 큰 배가 지났을 때, 까마귀들은, 저것은 위험하다며 도망했고, 죽청도 큰 소리로 울며 경고를 했지만, 어용의 신오는 이처럼 자유롭고 신나게 날 수 있는 것이 너무

---

* 중국 전설의 요임금의 첫째 딸로, 둘째 딸 여영과 함께 순임금에게 시집을 갔으나 순임금이 죽자 두 왕비도 뒤따라 상수湘水에 빠져 죽었다고 한다.

나 좋아서, 자랑스럽게 그 병사들의 배 위를 빙빙 돌고 있었고, 한 장난스러운 병사가 활을 쏘았는데, 그것이 정통으로 어용의 가슴을 맞혀, 돌멩이처럼 낙하하는 순간, 죽청이 전광석화처럼 날아와, 어용의 날개를 물고 날아올라서, 오왕묘 복도에 빈사의 어용을 눕히고, 눈물을 흘리면서 부지런하게 돌봐주었다. 하지만, 상당한 중상으로, 도저히 가망이 없다고 본 죽청은, 한소리 슬프고도 높이 울리며 수백 마리의 친구 까마귀를 모았다. 이들이 날개짓 소리도 굉장하게 일제히 날아올라, 그 배를 습격, 날개로 호수 면을 몰아쳐 큰 풍랑을 일제켜서 그 배를 뒤집어버려 멋지게 복수를 하고, 이 까마귀 떼는 호수 전면을 떨게 만들 정도로 떠들썩한 개가凱歌를 올렸다. 죽청은 부지런히 어용에게로 되돌아와, 그 부리를 어용의 볼에 문지르면서,

"들리세요, 저, 친구들의 개가가 들리세요" 하고 통곡하면서 말한다.

어용은 상처의 고통 때문에 숨이 끊어지는 심정으로, 보이지 않는 눈을 조금 떠서,

"죽청" 하고 조그마한 소리로 불렀다, 고 생각했는데, 문득 눈이 떠져, 정신을 차리고 보니, 자신은 인간의, 이전 그대로의 가난한 서생의 모습으로 오왕묘 통로에 누워 있었다. 석양이 환하게 눈앞의 단풍 숲을 비추고 있고, 그곳에는 수백 마리의 까마귀가 무심하게 깍깍 울며 놀고 있었다.

"정신이 드셨습니까" 하고 농부 차림을 한 할아버지가 곁에 서서 웃으며 묻는다.

"당신은 누구십니까."

"나는 이 근처의 농부인데, 어제저녁, 이곳을 지나다 보니, 당신이 죽은 듯이 깊이 잠들어 있고, 자면서도 때때로 웃기도 하고, 나는, 아주 큰 소리로 당신을 불렀는데도 도무지 깨지를 않더군요. 어깨를 붙잡고 흔들어대도, 축 늘어져 있는 겁니다. 집에 돌아가서도 걱정이 되어서, 여러 번 당신의 상태를 보러 오고, 깨어나기를 기다리고 있었지요. 보아하니, 안색도 좋지 않은데, 무슨 병이라도."

"아니, 병이 아닙니다." 이상하게도, 지금은 배도 고프지가 않다. "죄송합니다" 하고 늘 나오는 버릇이 나와, 똑바로 앉아서 농부에게 정중하게 절을 하고, "부끄러운 이야기지만," 하고, 이 묘의 복도에 와서 쓰러지게 된 사정 이야기를 정직하게 이야기하고 나서, 다시 "죄송합니다" 하고 사과를 했다.

농부는 애처롭게 생각한 듯, 주머니에서 지갑을 꺼내, 약간의 돈을 주면서,

"인간만사 새옹지마. 기운을 내서, 재기를 도모하는 거요. 인생 칠십, 이런저런 일이 다 있는 것이지요. 인정은 번복하되 동정호의 파란과 같으니." 이렇게 그럴싸한 말을 하고 떠났다.

어용은 아직도 꿈에서 깨지 않은 듯한 기분으로, 망연히 서서 농부를 보내고, 이번에는 뒤로 돌아서서, 나뭇가지에 몰려 있는 까마귀를 쳐다보며,

"죽청!" 하고 외쳤다. 한 떼의 까마귀가 놀라서 날아올라, 한바탕 시끄럽게 지저귀며 어용의 머리 위를 날더니, 곧바로 호수 쪽으로 갔고, 그뿐, 아무런 이상한 일도 없었다.

역시 꿈이었구나, 하고 어용은 슬픈 얼굴을 하고 고개를 가

로젓고서, 커다란 한숨을 한 번 쉬고서, 무기력하게 고향으로 향했다.

고향 사람들은 어용이 돌아와도, 별로 반가운 얼굴도 하지 않고, 냉혹한 마누라는, 백부 집 마당의 돌 운반을 어용에게 시켜, 어용은 땀투성이가 되어, 개울가에서 커다란 바위 여러 개를 백부 집 정원으로 끌어오기도 하고 져 나르기도 하면서 "가난은 원망 없기가 어렵도다"고 스스로에게 말하며, "아침에 죽청의 목소리를 들을 수 있으면 저녁에 죽어도 가ㅠ하다"고, 매사에 동정호의 행복했던 하루의 삶이 불타오를 정도로 강하게 그리워지는 것이었다.

백이숙제伯夷叔齊는 구악旧惡을 생각하지 않고, 원망하는 일이 드물었도다. 우리 어용 군 역시 군자의 길을 뜻하고 있는 고매한 서생인 고로, 인정머리 없는 친척도 미워하지 않으려고 노력하고, 무식한 노처에게 거스르지 않으며, 오로지 고서古書를 벗하며, 우아하고 맑은 취미를 기르고 있었지만, 그래도, 가까운 자들로부터 받는 멸시를 견뎌내기 힘든 경우가 있어서, 그로부터 3년째 봄, 또다시 아내를 때리고, 두고 보자, 하고 청운의 뜻을 품고 집을 나가, 시험을 보고 역시 깨끗이 낙방을 했다. 어지간히 재주가 없는 사람이었던 것으로 보인다.

돌아오는 길에 다시 추억의 동정호반, 오왕묘에 들렀는데, 눈에 보이는 것 모두가 그립고 슬픔 또한 천배가 되어, 엉엉 소리 내어 묘 앞에서 울었고, 얼마 안 되는 주머니 속의 남은 돈을 탈탈 털어 양고기를 사서, 이를 묘 앞에 흩뿌려 신오들에게 주고서, 나무 위에서 내려와 고기를 쪼아 먹고 있는 까마귀 무리를 바라보면서, 이 속에는 죽청도 있겠지 생각은 했지만, 모두가 한결같이 새까매서 그야말로 암수 구분도 할 수가 없어,

"죽청은 누구십니까?" 하고 물었건만, 뒤돌아보는 까마귀는 한 마리도 없이, 모두가 무심하게 고기만 쪼아 먹고 있다. 어용은 그래도 체념할 수가 없어서,

"이 가운데, 죽청이 있거든 맨 마지막까지 남아 있어주렴" 하고 천만의 사모의 정을 담아 말했다. 슬슬 고기도 다 없어지고, 떼를 이루던 까마귀는 두 마리, 다섯 마리, 무리로부터 떠나더니, 이제는 세 마리, 아직 고기를 찾으며 남아 있었고, 어용은 그것을 보면서 가슴 두근거리며 손에 땀을 쥐었건만, 고기가 더는 없다는 것을 확인하고는 미련도 없이 그 세 마리도 떠나가고 말았다.

어용은 맥이 빠진 나머지 현기증을 느꼈는데, 그래도 그 자리에서 떠날 수가 없어 묘의 복도에 걸터앉아, 봄 안개가 피어나는 호수면을 바라보면서, 공연히 한숨만 쉬며, "아, 두 번이나 계속해서 낙방을 하고, 무슨 면목으로 고향에 돌아갈 수가 있을 것인가. 살 가치도 없는 신세 아닌가. 옛날, 춘추전국시대, 굴원屈原도 뭇 사람들이 모두 취했으나, 나 홀로 취하지 않았노라, 외치며 이 호수에 몸을 던져 죽었다던가 하는 말을 들었지. 나 또한, 추억도 그리운 동정호에 몸을 던져 죽는다면, 혹 죽청이 어딘가에서 보고 있다가 눈물을 흘려줄지도 몰라. 나를 진정으로 사랑해준 것은 저 죽청뿐이야. 나머지는 모두가 욕심덩어리 귀신뿐이었지. 인간만사 새옹지마라고, 3년 전 그 노인이 말했지만, 그건 거짓말이다. 불행을 타고난 놈은 언제까지나

불행의 밑바닥에서 허우적거릴 뿐이야. 말하자면 천명을 안다는 일 아닌가. 아하하. 죽자, 죽청이 울어준다면 그것으로 족하다. 다른 소망은 아무것도 없다."

이렇게 옛 성현의 길을 궁구해온 어용도 실의와 우수를 견뎌내지 못하고, 오늘 밤은 이 호수에서 죽을 각오다. 이윽고 밤이 되자, 윤곽이 번진 모양의 보름달이 중공中空에 떠오르고, 동정호는 그저 허옇고 망망해서 하늘과 물의 경계도 없이, 물가의 모래벌은 낮과 같이 밝고, 버드나무 가지는 호수의 안개를 머금어 무겁게 늘어져, 멀리 보이는 복숭아밭의 수많은 꽃은 싸라기 비슷하고, 산들바람이 때때로 천지의 한숨 소리와도 같이 지나가며, 참으로 고요한 봄날의 좋은 밤, 이것이 이 세상의 마지막 모습이구나, 생각하니 눈물이 옷소매를 적시고, 어디선지 밤 원숭이의 슬픈 울음소리가 들려왔고, 그리움이 절정에 달했을 때, 등 뒤로 파닥파닥 날갯짓 소리가 나더니,

"그사이 안녕하셨어요."

뒤돌아보니, 달빛을 받으며 명모호치明眸皓齒, 스무 살쯤 된 미인이 방긋 웃고 있다.

"누구십니까, 죄송합니다." 우선 빌었다.

"왜 그러세요," 하고 가볍게 어용의 어깨를 두드리며, "죽청을 잊어버리셨나요?"

"죽청!

어용은 깜짝 놀라 일어났고, 그리고 잠시 주저했지만, 에라, 모르겠다, 하고 무작정 미녀의 가는 어깨를 감싸 안았다.

"놓아요. 숨이, 막혀요" 하고 죽청은 웃으면서 매끈하게 어

용의 팔에서 벗어나, "저는 아무 데도 가지 않아요. 이젠, 평생 당신 곁에."

"부탁이야! 그렇게 해줘. 당신이 없어서, 나는 오늘 밤 이 호수에 몸을 던져 죽을 작정이었거든. 당신은 도대체 어디 있었던 거야."

"저는 저 멀리 한양에요. 당신과 헤어져서 이곳을 떠나, 지금은 한수漢水의 신오가 되어 있거든요. 아까, 이곳 오왕묘에 있는 옛 친구들이, 당신이 와 있다는 이야기를 알려주어서, 나는 한양에서 서둘러 날아왔어요. 당신이 좋아하는 죽청이 이렇게 딱 와 있지 않아요? 죽는 따위의 무서운 일을 생각하면 싫어요. 어머나, 당신도 마르셨네요."

"마를 수밖에. 두 번이나 계속해서 낙방을 했거든. 고향에 돌아가면 또 어떤 일을 당할지 몰라. 정말이지 이 세상이 싫어졌어."

"당신은, 자신의 고향에만 인생이 있는 것으로 생각하시기 때문에 그렇게 고생을 하시는 거예요. 인간도처유청산人間到處有靑山이라고 서생들이 곧잘 노래하고 있지 않아요? 이제, 저와 함께 한양 집으로 가세요. 살아 있는 일도 좋은 일이라는 것을 아시게 될 테니까요."

"한양은 멀지." 누가 먼저랄 것도 없이 둘은 나란히 묘의 통로에서 나와, 달빛 아래 호반을 산책하면서, "부모가 계시면 멀리 놀지 아니하고, 놀이에 반드시 방식이 있다고 하지 않던가." 어용은 그럴듯한 표정으로 늘 하듯이 학덕의 편린을 과시했다.

"무슨 말씀이에요. 당신에게는 부모도 없으시면서."

442

"뭐야, 알고 있었던 거야? 하지만, 고향에는 보모 같은 친척들이 많이 있거든. 나는 어떻게 해서든, 그 사람들에게, 내가 출세한 모습을 한번 보여주고 싶은 거지. 그 사람들은 예전부터 나를 마치 바보나 되는 것처럼 생각하고 있거든. 그렇다, 한양에 가기보다는, 이제부터 당신하고 같이 고향으로 돌아가서, 당신의 그 예쁜 얼굴을 모두에게 보여서 놀라게 하고 싶군. 자, 그렇게 하자. 나는 고향 친척들 앞에서, 한번, 마음껏 낍다 뻐겨보고 싶은 거야. 고향 사람들에게 존경받고 있다는 것은, 인간의 최고의 행복이고 궁극적인 승리야."

"어째서 그렇게 고향 사람들의 생각에만 마음이 쓰이는 것일까요. 공연스레 고향 사람들의 존경을 얻고 싶어 애쓰는 사람을 향원鄕原이라고 하는 것 아닌가요. 향원은 덕의 적이니라, 이렇게 논어에 쓰여 있지요?"

어용은, 코가 납작해졌다. 될 대로 돼라, 하는 심정으로,

"좋아, 가자. 한양으로 가자. 날 데려다줘. 세상을 뜨는 자는 이러한가, 밤낮을 버리지 않도다." 무안한 김에 매우 당돌한 시구를 암송하고 나서, 아하하하, 하고 스스로를 조소했다.

"갈까요." 죽청은 신바람이 나서, "아아, 좋아라. 한양 집에서는 당신을 맞이하기 위해, 멋지게 준비가 되어 있어요. 잠시, 눈을 감으세요."

어용은 시키는 대로 눈을 가볍게 감았는데, 퍼덕퍼덕 날갯짓 소리가 나고, 그로부터 무엇인지 자신의 어깨에 얇은 옷 같은 것이 걸쳐지는 것 같더니, 쑥 하고 몸이 가벼워져, 눈을 떴는데, 이미 두 사람은 암수 까마귀가 되어, 달빛을 받으면서,

칠흑의 날개가 아름답게 빛나며, 두어 발짝 모래벌을 뛴 다음, 깍깍 두 마리는 함께 소리를 지르고 훌쩍 날아올랐다.

월하백광삼천리月下白光三千里의 장강長江은 양양洋洋히 북동쪽으로 흐르는데, 어용은 취한 것처럼 흐름을 타고 얼마 동안 날았다. 그럭저럭 먼동이 트며, 저 멀리 앞쪽에 물의 도시, 한양의 집들의 지붕들이 아침 안개 바닥에 고요히 잠들어 있는 듯한 광경이 보였다. 가까이 다가감에 따라, 청천晴川 역력하구나, 한양의 나무들, 방초 무성한 앵무의 모래섬, 대안에는 황학루黃鶴樓가 치솟아 있어, 장강 건너의 청천각晴川閣과 무엇인가 옛이야기를 속삭이며, 돛 그림자가 점점이 강 위를 오가고 있고, 다시 나아가니, 대별산大別山의 고봉이 눈아래 있으며, 그 기슭에는 물이 그득 찬 월호月湖가 펼쳐져 있고, 좀 더 북쪽으로는 한수가 연연하게 하늘가까지 흐르고, 동양의 베니스가 한눈에 들어와, "나의 고향은 어느 쪽인가, 강 위의 자욱한 안개 물결이 시름겹게 하는구나"* 하고 어용이 넋을 놓고 중얼거렸을 때, 죽청은 뒤돌아보며,

"자, 이제 집에 다 왔습니다" 하고 한수의 조그마한 모래톱 위를 유연하게 원을 그리며 말했다. 어용도 본받아서 큰 원을 그리고 날면서, 저 아래 모래톱을 보니, 푸른 버드나무가 물가에 드리우고, 어린 풀들이 연기처럼 퍼져 있는 한 귀퉁이에, 인형의 집과도 같은 가련하고 아름다운 누각집이 있었는데, 지금

---

* 최호의 〈황학루〉라는 시의 구절을 인용한 것. 원문은 日暮鄉關何處是 煙波江上使人愁.

그 집 안에서 하인 같은 자 대여섯 명이 뛰어나와, 하늘을 쳐다보고, 손을 흔들며 어용들을 환영하고 있는 모습이 인형처럼 조그맣게 보였다. 죽청은 눈으로 어용에게 신호를 보내고, 날개를 오므려, 일직선으로 그 집을 향해 내려갔고, 어용도 질세라 그 뒤를 따라, 두 마리가 그 모래톱의 푸른 초원에 내리는 순간, 두 사람은 귀공자와 미인, 방긋이 웃으며 나란히 서고, 마중 나온 사람들에게 둘러싸이면서 그 아름다운 집으로 들어갔다.

죽청의 손에 이끌려 안쪽 방에 들어갔는데, 그 방은 어둡고, 탁자 위의 은촛대는 푸른 연기를 토하고, 주렴의 금실 은실은 은은한 빛을 발하며, 침대에는 조그만 상이 놓여, 그 위에는 미주가효美酒佳肴가 마련되어, 이전부터 손님을 기다리는 얼굴이다.

"아직, 날이 밝지 않았던가." 어용은 멍청한 질문을 했다.

"어머나, 무슨 그런." 하며 죽청은 조금 얼굴을 붉히고, "어두운 편이, 부끄럽지 않을 것 같아서." 하고 조그만 소리로 말했다.

"군자의 길은 암연闇然하다는 말이군." 어용은 쓴웃음을 지으며 싱거운 농을 하고서, "하지만, 감추인 곳에서는 괴이한 짓을 한다는 말도 옛 글에 있지. 마땅히 창문을 열어 한양의 봄 경치를 만끽합시다."

어용은 주렴을 치우고 방의 창문을 열었다. 아침의 황금빛이 확 들이비치며, 정원의 복숭아꽃이 어지럽게 피어 있고, 꾀꼬리의 우는 소리가 귀를 간지럽히며, 저쪽으로는 한수의 자잘한 물결이 아침 햇살을 받아 춤추고 있다.

"아아, 좋은 경치로군. 고향의 마누라에게도 한번 보여주고 싶은걸." 어용은 저도 모르게 그런 말을 내뱉어놓고서는 깜짝 놀랐다. 나는 아직도 저 추한 마누라를 사랑하고 있단 말인가, 하고 제 가슴에 물었다. 그리고 갑자기, 어째선지 울고 싶어졌다.

"역시, 마나님 일이 잊히지 않으시는군요." 죽청은 곁에서, 차분히 말하고 나서, 희미하게 탄식을 토해냈다.

"아니, 그런 게 아니야. 마누라는 나의 학문을 조금도 존중해 주지 않았고, 더러운 것을 빨래하게 했고, 정원의 돌을 옮기게 했는데, 거기다가 마누라는 백부의 첩이었다는 평판도 있었어. 어느 것 하나 좋은 점이라곤 없었거든."

"그, 어느 것 하나 좋은 점이라곤 없었다는 점이, 당신으로서는 귀하고 그리운 거 아니세요? 당신의 마음속은 틀림없이 그런 거예요. 측은지심은 어떤 사람에게도 있는 것이라고 하지 않나요. 마나님을 미워하지 않고 원망하지 않고, 저주하지 않고, 평행토록 고생을 함께하면서 더불어 살아가는 것이 역시, 당신의 본심의 이상이 아닌가요. 당신은 당장 돌아가세요." 죽청은 돌변해서 엄숙한 얼굴이 되더니, 분명한 말투로 내뱉었다.

어용은 크게 당황해서,

"그건, 너무하군. 그처럼 나를 유혹해놓고서, 이제 와서 돌아가라는 것은 너무하지 않나. 향원이네 어쩌네 하고 나를 공격하면서 고향을 버리게 한 건 죽청 아닌가. 놀림감으로 삼은 거나 마찬가지야"

하고 항변했다.

"저는 신녀神女입니다" 하고 죽청은, 반짝반짝 빛나는 한수의 흐름을 똑바로 바라보며, 더욱 엄한 말투로 말했다. "당신은, 향시에는 낙방했지만, 신의 시험에는 급제했습니다. 당신이 진심으로 까마귀 신세를 선망했는지 어떤지, 잘 살펴보도록, 저는 오왕묘의 신이 몰래 부탁했던 것입니다. 금수의 처지가 되고서 참 행복을 느끼는 따위의 인간은, 신이 가장 혐오하십니다. 한 번은 응징하기 위해서 당신을 화살로 상처를 주어 인간 세계로 보내드렸지만, 당신은 다시금 까마귀 세계로 돌아가기를 빌었습니다. 신은, 이번에는 당신에게 먼 여행을 하게 하며, 온갖 즐거움을 누리게 해서, 당신이 그 쾌락에 취해 떨어져, 인간 세계를 망각할 수 있는지를 시험해본 것입니다. 만일 망각했다면, 당신에게 주어지는 형벌은 너무나 무서워 이루 말로 할 수 없을 정도의 것입니다. 돌아가세요. 당신은 신의 시험에는 멋지게 급제하셨습니다. 인간은 평생, 인간의 애증 가운데서 괴로워해야 하는 존재입니다. 여기서 벗어날 수는 없습니다. 참고 노력을 쌓을 뿐입니다. 학문이라는 것도 훌륭하지만, 오로지 탈속을 탐하는 것은 비겁합니다. 좀 더 진심으로 이 속세를 애석해하고, 일생을 이에 몰두해주십시오. 신은 그러한 인간의 모습을 가장 사랑합니다. 지금 하인들에게, 배를 준비시켜놓았습니다. 그것을 타고, 고향으로 똑바로 돌아가십시오. 안녕히 가십시오."

이렇게 말하더니, 죽청의 모습은 말할 것도 없고, 건물도 정원도 홀연히 사라졌다. 어용은 강 한가운데의 외로운 모래톱에 망연히 홀로 서 있었다.

돛대도 노도 없는 나무배가 하나 스르르 물가에 다가왔고, 어용은 빨려 들어가듯 거기에 탔는데, 그 배는 표연히 스스로 움직여, 한수를 내려가고, 장강을 거슬러 올라가고, 동정호를 가로지르고, 어용의 고향 가까이 있는 어촌가에 닿았다. 어용이 뭍으로 올라가자, 무인의 그 배는, 다시 저절로 스르르 되돌아가, 동정호 물결 사이로 사라졌다.

엄청 풀이 죽어서 흠칫거리며 자신의 집 뒷문 쪽으로 어둠 침침한 안쪽을 들여다보니,

"어머나, 어서 오세요" 하고 요염한 웃음으로 마중 나온 것은, 아아, 놀라워라, 바로 죽청이 아닌가.

"아니! 죽청!

"무슨 말씀이세요. 당신은, 어머, 어디에 가 계셨던 거예요? 저는 당신이 안 계신 사이에, 큰병이 나서, 엄청난 고열이 났는데, 아무도 저를 돌봐주는 사람이 없어서, 진심으로 당신이 그리워졌지요. 제가 지금까지 당신을 우습게 알고 있었던 일을 진심으로 후회하면서, 당신이 돌아오기를 얼마나 고대했는지 몰라요. 열이 좀처럼 내리지를 않더니, 온몸이 보랏빛으로 부어오르는 것을 보면서, 이것도 당신 같은 좋은 양반을 소홀히 대한 벌이라고, 당연한 업보라고 단념하고서, 조용히 죽기를 기다리고 있었거든요. 부어오른 피부가 째지면서 푸른 물이 잔뜩 나와서, 몸이 싹 가벼워졌는데, 오늘 아침 거울을 들여다보았더니, 제 얼굴이 완전히 변해서, 이렇게 예쁜 얼굴이 되어 있

지 않겠어요. 나는 병이고 뭐고 다 잊어버리고, 침상에서 일어나, 얼른 집 안 청소를 시작하고 있는데, 당신이 돌아오시지 않겠어요? 저는 기뻐요. 용서해주세요. 저는 얼굴뿐 아니라 몸 전체가 변한 거예요. 그리고 마음도 변했고요. 제가 나빴어요. 하지만 지난날의 저의 악행은, 저 푸른 물과 함께 모두 빠져나갔으니까, 당신도 예전 일은 다 잊으시고, 저를 용서하시고, 당신 곁에 평생 두어주세요."

1년 후, 옥같이 예쁜 사내아이가 태어났다. 어용은 그 아이에게 '한산漢産'이라는 이름을 지어주었다. 그 이름의 유래는 가장 사랑하는 마누라에게도 밝히지 않았다. 신오의 추억과 더불어, 그것은 어용의 가슴속 거룩한 추억으로서, 평생 아무에게도 말하지 않았고, 또, 그 늘 하던 '군자의 길' 타령도 그 이후로는 일절 하지 않았으며, 오직 묵묵히 가난한 그날그날을 살며, 친척들에게는 여전히 존경받지 못했지만, 딱히 그런 데에 신경을 쓰는 일도 없이, 지극히 평범한 한 농부로서 속진俗塵에 묻혀 살았다.

  * 이것은 나의 창작이다. 중국인들이 읽어주었으면 하고 썼다. 한역漢譯될 것이다.

(1945년 4월)

친밀한 우정의 교환 親友交歓

1946년 9월 초, 한 남자가 나를 방문했다.

이 사건은, 거의 로맨틱하지도 않고, 또, 전혀 저널리스틱하지도 않지만, 그러나, 나의 가슴에는, 내가 죽을 때까지 지워버릴 수 없는 흔적을 남겨놓은 것은 아닐까, 하고 생각될 만큼, 그다지도 묘하고 참을 수 없는 사건이었다.

사건.

그러나, 역시 사건이라고 말하면 너무 과장된 표현일지도 모른다. 나는 한 남자와 둘이서 술을 마셨고, 별로 싸움 같은 것도 없었고, 그리고 적어도 겉으로 보기에는 화기애애한 가운데 헤어졌다는 것이 전부인 일이다. 그래도, 나에게는 도저히 소홀히 할 수 없는 중대한 일 같은 마음이 들어 견딜 수 없었다.

아무튼, 그는 멋진 남자였다. 기가 막힌 놈이었다. 좋은 점이라고는 단 한 가지도 없었다.

나는 작년에 재난을 당해, 이 츠가루의 생가로 피란 온 이래, 거의 매일, 얌전하게 안방에 틀어박혀, 어쩌다 이 지방의 무슨 문화회라든지, 무슨 동지회라는 곳에서 강연을 하러 오라거나, 혹은 좌담회에 나오라는 소리가 들려도, "나 말고도 좀 더 적당한 강사가 많이 있을 겁니다" 하고 대답하여 거절하고, 혼자서 몰래 술을 홀짝거리고 자는 따위의, 약간 가짜 은둔자 비슷한 나날을 보내고 있지만, 그 전에 15년간 도쿄 생활을 할 때에는, 최하층 선술집에 드나들고, 최하치의 술을 마시며, 이른바 최하등의 인물들과 어울리고 있었던지라, 웬만한 무뢰한 따위에게는 놀라지 않을 정도가 되어 있었다. 하지만, 저 사나이에게는 손발을 들었다. 좌우간 엄청난 괴짜였다.

9월 초, 나는 점심을 먹고, 안채의 상거常居라는 방에서 홀로 멍하니 담배를 피우고 있었는데, 농부의 작업복 차림의 커다란 영감탱이가 현관 앞에 우뚝 서서,

"야아" 하고 말했다.

이것이 바로, 문제의 '친우'였다.

(나는 이 수기에서, 한 농부의 모습을 묘사해, 그의 혐오할 만한 성격을 세상 사람에게 널리 알리고, 이렇게 해서 계급투쟁에서의 이른바 '반동 세력'을 응원하고자 하는 의도 따위는 전혀 없다는 사실을, 바보스럽기는 하지만, 만일을 위해 덧붙이고 싶다. 이 수기를 끝까지 읽고 보면, 대개의 독자들에게는 자명한 일이므로, 이따위 다짐은 흥이 떨어질 일이기는 하

지만, 요즈음 들어 매우 머리가 나쁜, 무감각한 자들이, 자꾸만 고리타분한 소리로 떠들어대며, 당치도 않은 결론을 써 보내곤 하기 때문에, 그 머리 나쁘고 고약한—아니, 오히려 영리한 것인지도 모르지만—그 사람들을 위해, 한마디 안 해도 될 설명을 덧붙이는 것이다. 도대체, 이 수기에 나타나는 그는, 농부 같은 모습을 하고 있기는 하지만, 결코 저 '이데올로기스트'들이 경애해 마지않는 대상인 그런 농부는 아니다. 그는 실로 복잡한 사나이였다. 좌우간 나는, 저런 사나이는 처음으로 본다. 불가해라고 해도 좋을 정도였다. 나는 여기에서, 인간의 새로운 타입까지도 예감했다. 선과 악이라는 도덕적인 심판을 나는 이에 대해 시도해보고자 하는 것이 아니라, 그러한 새로운 타입의 예감을, 독자에게 제공할 수 있으면, 그것으로 나는 만족이다.)

그는 나와 소학교 시절의 동급생이었던 히라타平田라고 한다.

"잊어버렸냐?" 하고 흰 이를 드러내고 웃는다. 그 얼굴에는 희미하게 낯익은 것이 있었다.

"알지. 어서 올라와." 나는 그날, 그에 대해서 분명 경박스러운 사교가였다.

그는 짚신을 벗고 상거로 올라왔다.

"오래간만이다" 하고 그는 큰 소리로 말한다. "이게 몇 년만이냐? 아니, 몇십 년 만이냐? 이봐, 20년 만이야. 네가 여기 와 있다는 말은 진작 듣고 있었지만, 나도 밭일이 아주 바빠지고 말이지, 놀러 올 수가 없었어. 자네도 대단한 술꾼이 되었다지 않나. 와하하하하."

나는 쓴웃음을 지으며, 차를 내놓았다.

"자네는 나하고 싸움한 일은 잊었나? 맨날 싸움박질했지."

"그랬던가."

"그랬던가가 아니라고. 이것 좀 봐, 이 손등에 상처가 있지? 이건 자네가 할퀸 자국이야."

나는 그가 내민 손등을 찬찬히 살펴보았지만, 그럴 만한 상처 자국은 아무 데도 없었다.

"자네의 왼쪽 무릎에도, 분명 상처가 있을걸. 있지? 분명 있을 거야. 그건 내가 자네한테 돌로 때렸을 때의 상처야. 그래, 자네하고는 곧잘 싸움을 했어."

하지만, 나의 왼쪽 무릎에도, 오른쪽 무릎에도, 그런 상처는 하나도 없었다. 나는 그저 애매하게 미소 지으며, 그의 말을 경청하고 있었다.

"그런데, 자네한테 의논할 일이 하나 있는데. 동창회야. 어때, 싫은가? 대대적으로 마셔보자고. 출석자가 10명이라고 치고, 술을 두 말, 이건 내가 마련하지."

"그건 나쁘지 않지만, 두 말은 좀 많지 않을까."

"아니, 많지 않아. 한 사람 앞에 두 되쯤 되지 않으면 재미가 없지."

"그렇지만, 두 말씩이나 술을 마련할 수 있을까?"

"마련할 수 없을지도 모르지, 모르지만 해보아야지. 걱정 말라고. 하지만, 아무리 시골이라지만, 요즈음은 술도 싸지 않아서, 자네한테 부탁하는 거야."

나는 알았노라고 일어나, 안방에 가서 큰 지폐를 다섯 장 가지고 와서,

　"그럼, 먼저 이것만 맡아두라고. 나머지는 나중에."

　"좀 기다려봐" 하고 그 돈을 되밀며, "그건 아니야. 오늘은 내가 돈을 받으러 온 것이 아니야. 그저 의논하러 온 것이지, 자네 의견을 들으러 온 거야. 어차피 자네한테, 천 엔쯤 받아야 하게 될 테지만, 그러나, 오늘은 의논 겸, 옛 친구의 얼굴을 보고 싶어서 온 거야. 뭐, 되었으니까, 나한테 맡기고, 그런 돈은 도로 넣으라고."

　"그래?" 나는 지폐를 윗도리 주머니에 넣었다.

　"술은 없나?" 하고 그는 불쑥 말했다.

　나도 이번만은 그의 얼굴을 새삼 쳐다보았다. 그도 순간, 거북스러운 듯한, 눈부신 듯한 표정을 지었다. 하지만, 버티었다.

　"자네 집에는, 언제든, 두 되나 석 되 정도는 있다는 소리를 들었거든. 마시자고. 자네 마누라는 집에 없나. 마누라가 따라주는 술을 한잔하자고."

　나는 일어서서,

　"좋아, 그럼, 이리로 오라고."

　좋은 생각이 아니었다.

　나는 그를 안쪽 서재로 안내했다.

　"좀 어질러져 있다네."

　"뭐, 상관없어. 문학자의 방이란 건 모두 이렇더군. 나도 도쿄에 있을 때에는 많은 문학자들하고 알고 지냈거든."

　하지만, 나는 영 그 말이 믿기지 않았다.

"역시야. 하지만, 좋은 방이로군. 과연, 훌륭한 건축 솜씨야. 정원의 전망도 좋군. 호랑가시나무가 있네. 호랑가시나무의 내력을 알고 있나?"

"몰라."

"모른다고?" 하고 으쓱하더니, "그 내력은, 크게는 세계적, 작게는 가정, 그리고 자네들의 쓸거리가 되는 거야."

도무지 그 말이, 의미를 이루지 못하고 있었다. 어디가 모자란 것이 아닌가 하고 생각하기까지 했다. 하지만, 그런 것이 아니었다. 교활하고 능구렁이 같은 일면도, 나중에 보여주었던 것이다.

"무엇일까, 그 내력이라는 게."

빙긋이 웃고 나서,

"좀 있다 가르쳐주지, 호랑가시나무의 내력" 하고 비싸게 굴고 있다.

나는 벽장에서, 반가량 들어 있는 각병 위스키*를 끄집어내서,

"위스키인데, 상관없겠나?"

"좋지. 마누라는 없나. 술을 따라주어야지."

오래도록, 도쿄에 살면서 다양한 손님을 맞이해보았지만, 나에게 이런 말을 꺼낸 손님은 하나도 없었다.

---

* 산토리에서 만든 전전 일본 최고 등급의 위스키. 1937년 출시되었고 본고장 위스키에 뒤지지 않는 품질의 고급화와 일본인들의 입맛에 맞는 맛을 개발하는 데 성공해 오늘날 산토리 회사의 초석이 되었다.

"집사람은, 없어" 하고 나는 거짓말을 했다.

"그러지 말고" 하고, 그는 내가 하는 말 따위는 조금도 문제 삼지 않고, "여기 불러서, 술시중을 들게 하라고. 너의 아내가 따라주는 술 한잔하고 싶어서 온 거야."

도회의 여자, 세련되고 애교가 있는 여자, 그런 것을 기대하고 온 것이라면, 그 친구에게도 미안하고, 아내에게도 비참할 것이라고 생각했다. 아내는 도회지 여자이기는 하지만, 매우 촌스럽고 인물이 없고, 게다가 상냥하지도 않은 여자다. 나는 아내를 내놓기에는 마음이 무거웠다.

"무얼 그러나, 집사람이 술을 따르면, 오히려 술맛이 떨어지는 거야, 이 위스키는" 하고 말하면서 책상 위의 차 마시는 잔에 위스키를 따르면서, "옛날 같았으면 삼류품이지만, 그래도, 메틸알코올은 아니니까."

그는 꾹 하고 단숨에 마시고, 츳츳 혀를 차고 나서,

"살무사소주 맛 비슷하군"이라고 말했다.

나는 다시 부어주면서,

"하지만, 그렇게 마구 마시면, 나중에 한꺼번에 취기가 올라서 괴로워질 텐데."

"허, 잘못 보셨군. 나는 도쿄에서 산토리를 2병 마신 일도 있거든. 이 위스키는, 그래, 60퍼센트쯤 될까? 뭐, 보통이군. 그리 쎈 게 아니야." 그렇게 말하고는 다시 꿀꺽하고 마신다. 아무런 기색도 없다.

그리고, 이번에는 그가 나에게 따라주었고, 그러고 나서 다시 자기 자신의 찻잔에도 가득 따르더니,

"이제 없네" 하고 말했다.

"아, 그래" 하고, 나는 고상한 사교가처럼, 알았다는 얼굴을 하고 사뿐 일어나, 다시 벽장에서 위스키를 꺼내 뚜껑을 땄다.

그는 태연하게 수긍하고 다시 마신다.

그만, 나도 좀 울화가 치밀어왔다. 나에게는 어려서부터, 낭비를 하는 나쁜 버릇이 있어, 물건을 아낀다는 감각은, (결코 자랑스러운 일은 아니지만) 보통 사람에 비해 좀 둔하다고 생각된다. 하지만, 저 위스키는 말하자면, 나의 비장의 물건이다. 예전에는 삼류품이었다지만, 지금은 분명 일류품임에 틀림없었다. 값도 비싸지만, 그보다도, 이를 구하기 위한 연줄을 얻는 게 큰일이었던 것이다. 돈만 주면 살 수 있는 것은 아니다. 나는 이 위스키를 꽤 오래전에, 겨우 한 다스 구하면서, 그 때문에 파산할 지경이었지만 후회는 하지 않았고, 찔끔찔끔 즐기면서, 술 좋아하는 작가 이부세 씨 같은 이가 오면 마셔야겠다고 생각해서 소중히 하고 있었던 것이다. 그랬던 것이 점차로 줄어들더니, 이제는 2병 반밖에는 남아 있지 않았다.

마시자는 소리를 할 때에는, 하필이면 일본술도 아무것도 없었기에, 그 얼마 남지 않은 비장의 위스키를 내놓았던 것인데, 하지만, 이처럼 꿀꺽꿀꺽 마셔댈 줄은 몰랐다. 매우 쩨쩨한 소리를 하는 것 같지만, (아니지, 솔직하게 말해야겠다. 나는 이 위스키에 관해서는 인색하다. 아깝기 그지없다) 마치 당연한 일처럼, 당당하게 꿀꺽꿀꺽 마셔대는 것을 보노라니, 정말이지, 분통을 터트리지 않을 수 없었다.

게다가 또, 그가 하는 말이라는 게, 조금도 나의 공감을 일으켜주지 않았다. 그렇다고 내가 무슨 교양 있는 고상한 인물이고, 상대는 무식한 시골 영감탱이이기 때문이라는 것은 아니다. 그런 것은 절대로 아니다. 나는 전적으로 무교양한 매음부와, '인생의 진실'이라고 하는 것을 놓고 진지하게 이야기를 주고받은 경험까지 가지고 있다. 학식이 없는 늙은 장인에게 타이름을 받고 눈물을 흘린 일도 있다. 나는 세상에서 말하는 '학문'이란 것을 회의하고 있기도 하다. 그의 담화가, 조금도 나에게 상쾌하지 않았던 것은, 분명 다른 이유 때문이다. 그것은 무엇인가. 나는 그것을 여기서 두세 단어를 사용해서 단정하기보다는, 그의 그날의 다양한 언동을 그대로 옮겨놓고, 이를 독자의 판단에 맡기는 것이, 작자로서의 이른바 건강한 수단일 것이라 생각된다.

그는 "나의 도쿄 시절에는"이라는 말을, 처음부터 자꾸만 말하고 있었는데, 취해감에 따라, 점차로 빈번하게 그것이 연발되었다.

"자네도, 하지만, 도쿄에서 여자 문제로 실패를 보았는데" 하고 큰 소리로 말하고, 빙긋 웃고 나서, "나 역시. 실은, 도쿄 시절에 위태로운 지경까지 간 일이 있거든. 자칫했으면, 자네하고 똑같은 낭패를 볼 지경까지 갔던 거야. 정말이야. 사실, 거기까지 간 거야. 나는 도망쳤어. 응, 도망. 그래도 말이야, 여자라는 것은, 일단 꽂힌 남자를 잊지 못하는가 봐, 왓하하하. 지금까지도 편지를 보내는 거야. 우후후. 얼마 전에도 떡을 보냈지 뭐야. 여자는 바보거든. 여자가 반하게 만들려면, 얼굴 가지고도 안 되고, 돈 가지고도 안 돼. 기분이야. 마음이라고. 사실, 나도 도쿄 시절에는 펄펄 날았지. 생각해보니, 그 무렵에는 물론 자네도 도쿄에 있으면서, 게이샤를 울리는 등 놀아댔을 터인데, 한 번도 나하고 만나지 않은 건 이상하군. 자네는, 도대체 그 무렵에는, 주로 어느 쪽에서 놀고 있었던 거야?"

그 무렵이라는 게, 나로서는 어느 무렵인지를 알 수가 없다. 게다가 나는 도쿄에서, 그가 짐작하는 것처럼, 게이샤를 울려가면서 놀아난 기억은 한 번도 없다. 주로, 포장마차의 꼬치구이집에서, 아와모리泡盛*나 소주를 마시고 취해 주절거리곤 했다. 나는 도쿄에서, 그의 이른바 '여자 문제로 대낭패'를 보고, 그것도 한두 번이 아니라 여러 번씩이나 대실패를 해서, 부모 형제를 난처하게 만들기는 했지만, 하지만, 이것만은 말할 수 있다고 생각한다. "그저 돈이 있다고 해서, 난봉꾼 노릇을 하고, 게이샤들을 울려가며, 신명이 나 있었던 것 아니다!" 비참한 지경의 저항이기는 하지만, 이것조차도 아직 인정받지 못한 입장에 있다는 것을, 그의 말로 말미암아 알게 되어, 정나미가 떨어졌다.

하지만, 그 불유쾌함은, 그렇다고 이 사내에 의해 처음으로 맛보게 된 것은 아니고, 도쿄 문단의 비평가, 기타 다양한 자들, 그리고 친구라는 꼴로 되어 있는 인물들에 의해서도 맛보았던 쓴 잔이었으므로, 그것은 이제 웃어넘길 수 있게 되어 있지만, 또 한 가지, 이 농부 모습을 한 사나이가, 무엇인가, 그것

* 류큐 특산의 독한 술.

을 나의 대단한 약점인 것처럼 생각하고 이를 악용하고자 하는 기색이 느껴지는 바람에, 그러한 그의 심정이, 천박하고 한심한 것으로 여겨졌다.

하지만, 그날은, 나는 매우 경박한 사교가였다. 의연한 태도가 하나도 없었던 것이다. 뭐니 뭐니 해도, 나는 거의 무일푼의 전쟁 피해자이고, 처자식을 이끌고, 그다지 풍성하지도 않은 이 거리에 억지로 끼어 들어와, 이처럼 근근이 목숨이나 잇고 있는 신세임이 틀림없으므로, 이 거리의 터줏대감 격인 주민들에 대해서는, 아무래도, 경박한 사교가일 수밖에 없었다.

나는 안채로 들어가 과일을 받아가지고 와서 그에게 권했다.

"이것 좀 먹지. 과일을 먹으면, 취기가 가시고, 또 많이 마실 수 있지 않겠나."

나는, 그가 이런 추세로 위스키를 마구 퍼마셔서, 크게 취해, 난동은 부리지 않겠지만, 정신이 나가버리면 처치가 곤란해질 것으로 생각되어, 조금 그를 가라앉힐 요량으로, 배 껍질을 벗겨서 권했다.

하지만, 그는 취기를 깨는 일이 달갑지 않은 모양으로, 그 과일에는 눈길도 주지 않은 채, 위스키 잔으로만 손길이 간다.

"나는 정치는 딱 질색이야." 갑자기 화제는 정치로 튄다. "우리 농부는, 정치 따위는 아무것도 몰라도 돼. 실제로 우리 살림에 조금이라도 도움이 되는 일을 해준다면야, 그리로 붙지. 그게 좋겠지. 현물을 눈앞에 가지고 와서, 우리 손에 쥐여준다면, 그리로 붙을 거야. 그렇게 하면 좋을 게 아니냐고. 우리 농부한테는 야심이 없어. 받은 은혜는, 딱 그만큼 갚아주는 거지. 그야 뭐, 우리 농부의 정직한 바가 아니겠나. 진보당이고 사회당이고, 아무러면 어떤가. 우리 농부는 밭을 일구고, 밭을 갈고 있으면, 그걸로 된 거야."

나는, 처음에는, 어째서 그가 불쑥 이따위 묘한 소리를 끄집어냈는지, 까닭을 알 수 없었다. 하지만, 다음의 말로, 그 진의가 판명되어 쓴웃음을 지었다.

"하지만, 지난번 선거에서는, 자네도 형님을 위해 운동을 했겠지."

"아니, 아무것도, 하나도 하지 않았어. 이 방에서 매일, 내 일을 하고 있었지."

"거짓말. 아무리 자네가 문학자이고, 정치가가 아니라 하더라도, 그건 인정상, 형님을 위해 대대적으로 했을걸. 나는 말이야, 학문도 아무것도 없는 농부야. 하지만 인정이라는 것을 가지고 있거든. 나는 정치는 싫다. 야심도 아무것도 없어. 사회당이네 진보당이네 해봤자, 겁낼 것은 없다고 생각하지. 하지만, 인정만큼은 가지고 있어. 나는 말이지, 자네 형님하고는 별로 가까운 사이도 아무것도 아니지만, 그래도, 적어도, 자네는, 나하고 동급생이기도 하고 친구 아닌가. 이게 인정이라는 거지. 나는 누구 부탁을 받은 것도 아니지만, 자네 형님한테 한 표 던졌네. 우리 농부들은, 정치고 나발이고 알 필요가 없어. 이 인정 하나만 잊지 않는다면, 그것으로 다 되었다고 생각하는데, 어떤가."

그 한 표가, 위스키의 권리라는 이야기란 말인가. 너무나 뻔한 이야기에, 나는 점점 더 김이 빠지는 느낌이었다.

하지만, 그 녀석도 그리 단순한 사나이가 아니다. 민감하게, 언뜻 무엇인가를 알아차린 모양이다.

"나는, 그렇다고 뭐, 자네 형님의 수하 사람이 되고 싶다는 이야기는 아닐세. 그런 식으로, 이 나를 우습게 보면 곤란해. 자네의 집안도, 조상을 알고 보면 말이야, 기름 장수였던 거야. 알고 있나. 나는 우리 집 할머니에게 들었다네. 기름 한 홉을 팔아준 사람에게는, 사탕 한 개를 덤으로 주었지. 그게 성공한 거야. 그리고 개울 건너의 사이토만 해도, 이제는 저렇게 대지주입네 하고 뻐기고 있지만, 3대 전만 해도, 개천에 흘러내려 와 있는 나무를 주워 와서, 그걸 깎아 꼬챙이도 만들고, 개울에서 잡은 잡어들을 그 꼬치에 꿰어 구워서, 한 푼 두 푼 받고 팔아 돈을 번 거야. 그리고 오이케 씨네 집을 보면, 길바닥에 통을 놓아두고, 길 가는 사람들에게 오줌을 누게 하고, 그 오줌이 통에 가득 차면, 그걸 농부들에게 팔아 번 돈이 지금의 재산의 시작이고 말이야. 부자란, 그 근원을 더듬어보면, 모두 이런 거야. 나의 집안은, 알겠나, 이 지방에서는 가장 오래된 집안이야. 이야기를 들어보면, 조상은 교토 사람인데"라고 말하다 말고, 그래도 쑥스러운지, 흐흥 웃고는, "할머니의 말이니까, 믿을 것은 못 되지만, 아무튼 어엿한 계보는 있는 거야."

나는 진지하게,

"그렇다면, 역시 고관 출신인지도 모르겠네" 이렇게 말하면서, 그의 허영심을 만족시켜주었다.

"응, 뭐, 그건, 확실한 것은 모르겠지만, 대체로 그런 정도인가 봐. 나야 이처럼 지저분한 꼴로 허구한 날 논밭에 나가 있지만 말이야, 하지만, 우리 형은, 자네도 알고 있겠지, 대학을 나왔어. 대학의 야구 선수로 신문에 노상 이름이 나오지 않던가. 동생도 지금은 대학에 들어가 있어. 나는 뜻하는 바 있어 농부가 되었지만, 하지만, 형도, 동생도, 지금은 이 나한테 고개를 들지 못해. 좌우간, 도쿄에는 식량이 없어서, 형은 대학을 나와 과장 노릇을 하고 있지만, 노상 나한테 쌀을 보내달라는 편지질이야. 하지만, 보내는 일이 큰일 아닌가. 형이 직접 가지러 오면, 내가 얼마든지 등에다 지게 해줄 테지만, 역시 도쿄 관청의 과장쯤 되고 보면, 쌀을 지러 올 수도 없지 않겠나. 자네도, 지금 무엇인가 모자라는 것이 있거든, 아무 때고 우리 집에 오라고. 나는 말이지, 자네한테, 공짜로 술을 마시게 해주지는 않을 걸세. 농부란 말이야 정직한 거야. 받은 은혜는 반드시 정직하게 그만큼 되갚는 거지. 아니야, 이젠 자네가 따라주는 술은 안 마신다. 마누라를 불러 와. 마누라가 따라주는 게 아니면, 난 안 마셔!"

나는 좀 기묘한 심정이 되었다. 나는 별로, 그처럼 그에게 마시게 하고 싶다고 생각하지도 않건만, "난 더 안 마실 거야. 자네 마누라를 데려오라고! 자네가 데려오지 않겠다면, 내가 가서 끌고 오지. 마누라는 어딨어? 침실인가? 자는 방인가? 나는 천하의 농부다. 히라다 집안을 모르는 거야?" 점차로 취하며, 지저분하게 떠들어대더니, 비틀비틀 일어난다.

나는 웃으며, 그를 달래서 앉힌 다음,

"좋아, 그렇다면 데려올게. 별수 없는 여자야. 알겠지?"

그렇게 말하고 아내와 아이들이 있는 방으로 가서,

"여보, 옛날 소학교 시절의 친구가 놀러 와 있으니까, 잠깐 인사하러 와줘"

하고 그럴싸한 얼굴로 말했다.

나는, 내 손님을 아내가 우습게 보게 하고 싶지 않았다. 나에게 온 손님이 어떤 유형의 손님이 되었든, 집안사람들이 우습게 평가하는 기색을 조금이라도 보이면, 나는 매우 속이 상했던 것이다.

아내는 작은아들을 안고 서재로 들어왔다.

"이분은, 내 소학교 시절의 친구, 히라다. 소학교 시절에는 늘 싸움만 해서, 이분의 오른쪽인지, 왼쪽인지 손등에 내가 할퀸 자국이 아직 남아 있다는군. 그래서, 오늘은 그 복수를 하러 오셨다는 거야."

"어머나, 무서워라" 하고 아내는 웃으면서 "잘 부탁합니다"라며 정중하게 절을 했다.

우리 부부의 이처럼 경박스럽기 짝이 없는 사교적 의례가, 그로서는 그런대로 흡족했던지, 득의만면해서,

"아이고, 그처럼 딱딱한 인사는 질색입니다. 부인, 뭐, 이쪽으로 와 앉으셔서, 술 좀 따라주십시오." 그 역시 약삭빠른 사교가였다. 뒤에서는 마누라라고 부르고, 얼굴을 마주하고서는, 부인이라고 부르고 있다.

아내가 따른 술을, 죽 들이켜고서,

"부인, 방금도 슈지(나의 아명)에게 말해놓았지만, 무엇인가 부족한 것이 있으시면, 우리 집에 오십시오. 무엇이든지 있습니

다. 감자든 야채든 쌀이든, 달걀이든, 닭이든 말이죠. 말고기는 어떻습니까. 드시나요? 저는 말가죽을 벗기는 명인이랍니다. 드신다면 가지러 오세요. 말 다리 하나쯤 등에 지워드리겠습니다. 꿩은 어떻습니까, 산새 쪽이 더 맛이 있으려나? 나는 총을 쏩니다. 총잡이 히라다 하면, 이 인근에서는 모르는 사람이 없답니다. 기호에 맞추어 무엇이든 쏘아드리겠습니다. 들오리는 어떨까요. 들오리라면, 내일 아침에라도 논으로 나가 10마리 정도는 잡아 보여드리겠습니다. 아침밥 먹기 전에, 50마리를 쏜 일도 있지요. 거짓말이라고 생각하면 말이야, 다리 옆 대장간의 가사이 사부로한테 물어보라고. 그 사내는 나에 관한 일이라면 무엇이든지 알고 있거든. 총잡이 히라다, 하면, 이 고장의 젊은이들은 절대복종이야. 그래 내일 밤, 이봐, 문학자, 나하고 같이 하치만八幡* 님의 축제 전야제에 가보지 않겠나? 내가 데리러 올게. 젊은 녀석들의 큰 싸움이 벌어질지도 모르거든. 도대체 말이야, 불온한 분위기야. 거기에 냅다 뛰어들어 가서, 기다려라! 하는 거야. 마치 반즈이인 초베에幡随院長兵衛** 격인 거야. 나는 뭐 목숨이건 무엇이건 아까울 게 없어. 내가 죽어봤자, 나에게는 재산이 있으니까, 마누라나 아이들도 아쉬울 게 없지. 이봐, 문학자, 내일 밤에는 꼭 함께 가자고. 내가 얼마나 잘났는지 보여주마. 허구한 날, 이런 구석진 방에서 꾸물

---

* 옛 응신천황을 신격화한 궁시弓矢와 무운武運의 신.
** 에도 초기의 협객으로 일본 협객의 원조로 일컬어진다. 후에 그의 이야기가 가부키로 각색되어 유명하다.

꾸물하고 있어봤자, 좋은 문학은 나오지 않는다고. 대대적으로 경험을 넓게 가져야 하는 거야. 도대체, 자네는 어떤 글을 쓰고 있는가. 우후후, 게이샤 소설인가. 자넨 고생을 몰라서 탈이야. 나는 벌써 마누라를 세 번 바꿨어. 나중 마누라일수록 예쁜 법이지. 자넨 어때? 자네도 둘인가! 셋인가! 부인, 어떻습니까, 슈지는 부인을 예뻐합니까? 나는, 이래 봬도 도쿄에서 살아본 일이 있는 사나이랍니다.”

매우 고약한 지경에까지 이르렀다. 나는 아내에게, 안에 들어가 무언가 안주거리를 가져오라며 자리를 뜨게 했다.

그는 유유히, 허리춤에서 담뱃갑을 끄집어냈다. 그리고 그 담뱃갑에 딸린 주머니 안에서, 부싯깃이 들어 있는 조그만 상자와 부싯돌을 꺼내, 짤깍짤깍 담뱃대에 불을 붙이려 했는데 잘 붙지를 않는다.

“담배는 여기 많이 있으니까, 이걸 피우지 그래. 담뱃대는, 거추장스럽지 않은가”

하고 내가 말하자, 그는 나를 보고, 싱긋 웃고서, 담뱃갑을 집어넣으면서, 매우 자랑스럽게,

“우리 농부는, 이런 것을 가지고 있는 거야. 자네들은 우습게 알겠지만 말이야. 하지만 편리하기도 하지. 비가 내릴 때도, 부싯돌은 짤깍찔깍하기만 하면 불이 생기잖나. 이번에 나는 도쿄에 갈 때, 이것을 가지고 긴자 한가운데서 짤깍짤깍할 생각이야. 자네도 곧 도쿄로 돌아갈 것 아닌가. 놀러 갈게. 자네 집은 도쿄의 어디에 있나?”

“폭격을 당해서, 어디로 가야 할지, 아직 정해져 있지 않네.”

"그래, 폭격을 당했군. 처음 듣는 소리야. 그럼, 여러 가지로 특별 배급을 받았겠지. 얼마 전에 재해를 당한 집에 담요 배급이 있었잖아, 나한테 줘."

나는 당황스러웠다. 그의 진의를 이해하기 어려웠다. 하지만, 그는, 아주 농담도 아닌 듯, 집요하게 물고 늘어진다.

"달라고. 나는 잠바를 만들 거야. 꽤 좋은 모포라지 않나. 달라고. 어디에 있나. 나는 그걸 가지고 돌아갈 거야. 이건 내 방식이거든. 원하는 것이 있으면, 이거 가져가겠다! 이렇게 말하고 가져가는 거지. 그 대신 자네가 우리 집에 올 때면, 자네도 그렇게 하는 게 좋아. 나는 아무렇지도 않거든. 무엇을 가져가도 상관없어. 나는 이런 사나이야. 예의가 어쩌느니, 그런 귀찮은 일은 질색이야. 알겠지, 담요는 가져갈 거다."

그 단 한 장의 담요는, 아내가 보물처럼 소중히 하고 있는 것이다. 이른바 '훌륭한' 집에 지금 살고 있기 때문에, 우리는 무엇이든 넘쳐나는 듯이 그에게는 여겨지는 모양이지만, 우리는 영 어울리지 않게, 커다란 조가비 속에서 살고 있는 소라게 같은 존재여서, 조가비에서 쏙 나오는 순간, 벌거벗은 벌레 처지인 것이다. 부부와 두 아이들은 특별 배급 받은 담요와 모기장을 부둥켜안고, 허둥거리며 집 밖을 헤매고 다녀야 할지도 모른다. 집이 없는 가족의 비참한 꼴을, 시골에 집과 논밭을 가지고 있는 사람들로서는 알 수 없을 것이다. 이번 전쟁으로 집을 잃은 사람의 태반은, (틀림없이 그랬을 것이라 생각하지만) 한 번쯤은 일가 자살이라는 수단을 머릿속에 떠올렸을 것이 틀림없다.

"담요는 안 돼."

"쩨쩨하군, 자네는."

이렇게 끈질기게 버티려 하고 있을 때, 아내는 상을 들고 들어왔다.

"아이고, 부인" 하고 이야기는 그쪽으로 전환됐고, "수고를 끼쳐드렸네요. 먹을 것 따위는 아무것도 필요 없습니다. 자, 이쪽으로 와서 술을 따라주십시오. 슈지가 따라주는 술은 마시고 싶은 마음이 안 나요. 쩨쩨하고 못됐어요. 쥐어박아줄까요. 부인, 저는요, 도쿄 시절에 말이죠, 아주 싸움에 강했습니다. 유도도요, 좀 했지요. 지금도, 이런 슈지 같은 친구는 한 방에 갑니다. 언제든, 슈지가 부인한테 뻐기면 저한테 알려주세요. 냅다 패줄 테니까요, 어떻습니까, 부인, 도쿄에 계실 때나, 이곳으로 와서나, 슈지한테, 나처럼 이렇게 눈치 볼 것 없이 말을 놓는 사람은 없었지요? 좌우간 옛날의 싸움 친구니까, 슈지도 나도 젠체할 수가 없지요."

이쯤에서, 그의 무례도, 분명히 의식적인 노력이었다는 점을 깨달음에 따라, 점점 더 재미가 없어졌다. 위스키를 대접받고, 냅다 들었다 놓고 왔다고, 바보 같은 자랑거리를 만들려 했던 것일까.

나는, 문득, 기무라 시게나리木村重成*와 차보즈茶坊主**의 이야

---

* 에도 초기의 지장智將.

** 옛 무장武將의 직명. 다도를 관장한다.

기를 떠올렸다. 그리고 또 간자키 요고로_{神崎與伍郎}*와 우마고_{馬子}** 이야기를 떠올렸다. 한신_{韓信}의 가랑이 지나기 이야기도 떠올렸다. 원래, 나는, 기무라 씨가 되었든, 간자키 씨가 되었든, 또 한신의 경우가 되었든, 그 인내심에 대해 감탄하기보다는, 그 사람들이, 각각 무뢰한에 대해 품고 있었던 무언의 그 밑바닥을 알 수 없는 경멸감을 생각하면서, 오히려 빈정거리는 아니꼬움밖에는 느낄 수가 없었다.

곧잘, 선술집 같은 데서 벌어지는 논쟁에서, 한 사람이 비분강개하고 씩씩거리고 있는데, 또 하나는 여유를 부리고 싱글거리면서, 주위 사람들에게, "고약한 주정뱅이로군" 하고 말하는 듯한 눈빛을 하면서, 그 격앙하고 있는 상대방에 대해, "아이고, 잘못했군. 내가 빌게. 절을 올립니다" 따위로 말하는 것을 볼 때가 있는데, 그것은 그야말로 징그러운 짓이다. 비겁한 짓이다. 그런 태도로 나오게 되면, 비분의 사나이는 더더욱 미친 듯이 날뛰지 않을 수가 없을 것이다. 기무라 씨나 간자키 씨, 혹은 한신 등은, 그래도, 그런 관중을 향해 비열한 눈짓을 하면서, "미안하다, 내가 사과할게" 따위의 노골적인 스탠드 플레이는 하지 않았고, 당당하게, 그야말로 성의가 겉으로 드러나는 정중한 사과를 했을 것이 틀림없겠지만, 그렇다고 하더라

---

* 주군의 원수를 갚은 47 의사_{義士} 이야기 「아코 기시_{赤穗義士}」의 의사 중 하나로, 와카, 하이쿠에 능했다.
** '우마카타_{馬方}'라고도 한다. 에도 막부의 직명으로, 쇼군의 승마 조련을 담당했다.

도, 이런 미담은, 나의 모럴에 반하는 것이다. 나로서는, 그곳에서 인내심이라는 것은 느껴지지 않는다. 인내란, 그런 일시적인, 드라마틱한 것이 아니라고 생각한다. 아틀라스의 인내, 프로메테우스의 인고, 그러한 매우 영속적인 모습으로 표현되는 덕일 것이라 생각된다.

게다가, 앞에 나온 세 인물의 경우, 그 세 위인은 각각, 그 당시 기묘하게 높은 우월감을 품고 있었던 것 같은 구석이 엿보이는데, 그래 가지고는, 차보즈가 되었든, 우마고가 되었든, 쥐어박아주고 싶은 것도 당연하다며, 오히려 그들 무뢰한에게 동정의 마음이 쏠리는 것이다. 특히 간자키 씨의 우마고의 경우는, 꼼꼼하게 사과문까지 받아놓았다는데, 지독하게 떨떠름한 기분으로, 그로부터 사오일은 엉망진창으로 술을 퍼마셨을 것으로 생각된다. 이렇게, 나는 원래, 그따위 미담의 위인들의 마음보에는 조금도 감탄할 수가 없고, 오히려 무뢰한들에 대해 크나큰 동정과 공감을 품고 있다고 자부하고 있었건만, 이제 눈앞에, 이런 진객을 맞이해놓고 보니, 종래의 나의 기무라, 간자키, 한신관에 중대한 정정을 하지 않을 수 없게 되었다.

비겁이든 무엇이든 상관이 없다. 날뛰는 말은 피해야 한다는 모럴에 기울어져가고 있었던 것이다. 인내고 무엇이고, 그따위 미덕에 대해 생각을 하고 있을 여유란 없다. 나는 단언한다. 기무라, 간자키, 한신은, 분명, 그 막다른 골목에서 엉망인 무뢰한보다 약했던 것이다. 압도당하고 있었던 것이다. 이길 가망이 없었던 것이다. 그리스도라 하더라도, 때가 나에게 이롭지 않다고 보면, "이리하여 주는 빠져나가셨노라" 하게 되는 것이 아닐까.

피해 달아나는 수밖에 없다. 지금 여기서, 이 친구를 노하게 해서, 문짝이라도 파괴하는 따위의 활극을 벌였다가는, 이것은 내 집도 아닌데, 매우 거북살스러운 일이 되고 만다. 그렇지 않아도, 아들이 문짝을 찢고, 커튼을 째고, 벽에다 낙서 같은 것을 해서, 나는 늘 아찔아찔해하고 있는 처지다. 이제는 어떻게 해서든지, 이 친구의 기분이 상하지 않도록 노력해야 하는 거다. 저 세 사람의 전설은, 그건 도덕 교과서 같은 데서, '인내'라느니, '대용大勇과 소용小勇'이라느니 하는 테마를 가지고 다루어지고 있는 바람에, 우리들 구도求道의 지사들을 이처럼 깊이 현혹하게 만드는 것 아닌가. 내가 만약에, 그 이야기를 도덕 교과서에 채용한다면, 제목을 '고독'이라고 할 것이다.

나는, 지금이야말로, 저 세 사람의, 그 당시의 고독감을 깨달았다고 생각한다.

그가 내뿜어대는 기염을 들으면서, 나는 은근히 그러한 번민을 하고 있었는데, 돌연, 그는 "와악!" 하는 엄청난 괴성을 발했다.

흠칫하고 그를 보니, 그는,

"취하는구나!" 하고 외치면서, 마치 인왕仁王이라도 되는 듯, 부동명왕不動明王이라도 되는 듯, 눈을 굳게 닫고 으음 신음 소리를 내면서, 양팔을 무릎에 뻗쳐대고, 온몸의 힘을 발휘해가며, 취기와 싸우고 있는 모양이었다.

취할 수밖에 없었다. 거의 그 혼자서, 이미 각병角瓶의 반 이상이나 해치웠던 것이다. 이마에는 진땀이 번들거리는 것이,

이는 그야말로 금강역사金剛力士 아니면 아수라와 같은 형용을 하기에 합당한 대단한 모습이었다. 우리 내외는 이를 보고, 매우 불안한 시선을 주고받았다. 하지만, 30초 후에는, 멀쩡해지더니,

"역시, 위스키는 좋군. 잘 취해. 부인, 자 술을 따라줘요. 좀 더 이리 오세요. 나는 말이죠, 아무리 취해도 정신은 잃지 않거든요. 오늘은 자네 집에서 대접을 받았지만, 다음번에는 내가 꼭 자네들을 대접할 걸세. 우리 집으로 오라고. 하지만, 우리 집에는 아무것도 없어. 닭을 키우고 있지만, 그건 절대로 잡을 수 없어, 그냥 닭이 아니거든. 군계라는 건데, 싸움을 시키는 닭이야. 올 11월에 투계 대시합이 있는데, 그 시합에 모두 내보낼 생각으로, 지금은 훈련 중이고, 형편없이 지는 놈만을 골라서 잡아먹을 생각이지. 그러니까, 11월까지는 기다려야지. 뭐, 무 두세 뿌리는 드리겠습니다." 점점 스케일이 작아졌다. "술도 없고, 아무것도 없어. 그래서, 이렇게 마시러 온 거야. 오리 한 마리, 잡게 되면 증정할게. 하지만, 거기에는 조건이 있어. 그 오리를 나하고 슈지하고 부인, 이렇게 세 사람이 먹을 텐데, 그때 슈지는 위스키를 내놓고, 그리고, 그 오리 고기 말인데, 맛이 없다는 따위의 소리를 하면 가만 안 둘 거야. 이런 맛없는 것 따위의 소리를 하면 용서 안 한다고. 내가 애써서 쏘아 떨어뜨린 오리니까. 맛있다고 해줘야 해. 알았지, 약속했다. 맛있다! 기막히다! 이렇게 말하는 거야. 왓하하하. 부인, 농부라는 것은 이런 겁니다. 우습게 여겼다간, 이젠, 지푸라기 한 올도 주기가 싫거든. 농부하고 사귀자면 요령이 있는 거야. 부인,

점잔빼면 안 돼요. 점잔빼면…… 뭐, 부인도, 우리 마누라하고 마찬가지로, 밤이 되면, ……"

아내는 웃으면서,

"아이가 안에서 울고 있는 것 같아서"

하고 도망쳐버렸다.

"안 돼!" 그는 호통을 치면서 일어나, "자네 마누라는 못써! 우리 마누라는 저렇지 않거든. 내가 가서 끌어와야지. 우습게 보지 말라고. 우리 집안은, 좋은 집안이야. 아이가 6명이지만 부부 원만이야. 거짓말이라고 생각한다면, 다리 옆 대장간의 사부로한테 가서 물어보라고. 마누라 방은 어디야. 침실을 보이라고. 너네들이 자는 방을 보이란 말이야."

아, 이런 사람한테 소중한 위스키를 마시게 한다는 것은 허튼 짓이로군.

"그만둬, 그만둬." 나도 일어나, 그의 손을 잡고, 이젠 웃을 수도 없어져서, "저런 여자를 상대하지 말라고. 오랜만 아닌가, 즐겁게 마시자고."

그는, 쿵 하고 앉아서,

"자네들은 부부 사이가 나쁘지? 나는 그렇게 보았거든. 이상해, 무언가가 있어. 나는 그렇게 보았어."

보고 자시고도 없다. 그 "이상해"의 원인은, 친구의 엉망인 취기에 있는 것이다.

"재미도 없게끔…… 어디, 노래라도 부를까."

그가 이렇게 말하는 바람에 나는 이중으로 안심했다.

하나는, 노래에 의해 이 당면한 어색함이 해소될 것이라는 것과, 또 하나는, 그것은 나의 그런대로의 마지막 소원이었는데, 좌우간, 점심때부터, 슬슬 날이 저물어가고 있는 5, 6시간 동안이나, 이 '전혀 사귐이라곤 없었던' 친구를 상대하며, 여러 가지 그의 이야기를 듣고, 그러는 동안, 단 한 순간도 이 친구를 사랑할 만한 작자라고, 아니면 훌륭한 사람이라고도 생각할 수 없는 채, 이대로 헤어진다면, 나는 영원히 이 사나이를 공포와 혐오의 마음만으로 추억하게 될 것이라 생각하니, 그를 위해서나, 나를 위해서나 이처럼 형편없는 일은 없지 않은가. 하나만이라도 좋아, 무엇인가 즐겁고 그리운 추억이 될 만한 언동을 해다오, 제발, 가기 전에, 슬픈 목소리로 츠가루의 민요든 무엇이든 불러서, 나를 눈물짓게 해다오, 하는 바람이, 그가 노래를 부를까라는 말에 의해, 무럭무럭 가슴속에 움터 나온 것이다.

"그것 좋군. 제발 하나, 부탁하네."

그것은 이제, 경박스러운 사교의 말이 아니었다. 나는 진심으로 여기에 한 가닥 기대를 걸었다.

하지만, 그 최후의 바람까지도 무참하게 배반당했다.

산천초목은 점차 황량해지고
10리에 피비린내 나는 새 전쟁터

그러고는, 뒷부분은 잊었다는 것이다.

"자, 돌아간다, 나는. 자네 마누라는 도망쳤고, 자네가 따르는 술은 맛이 없고, 슬슬 돌아갈 거야."

나는 말리지 않았다.

그는 일어서서, 진지하게,

"동창회는, 그럼, 어쩔 수 없군. 내가 주선해줄 테니까, 그 뒤는 잘 부탁하네. 틀림없이 재미있는 동창회가 될 거야. 오늘은 잘 먹었네. 위스키는 가져갈 거야."

그것은 각오하고 있었다. 나는 4분의 1쯤 남아 있는 각병에, 그가 아직 찻잔에, 남아 있는 위스키를 더 따라주었는데,

"이봐, 이봐, 그게 아니야. 치사하게 굴지 말라고. 새것이 하나 더 벽장에 있지 않나."

"알고 있었군." 나는 전율했고, 이때부터는 아예 통쾌하게 웃어대었다. 장하다고나 할 수밖에는 없지 않은가. 도쿄에도 어디에도, 이만한 사나이는 없었다.

이렇게 해서, 다시는 이부세 씨가 오든 누가 오든, 함께 즐길 수가 없게 되고 말았다. 나는 벽장에서 마지막 한 병을 꺼내 그에게 주며, 아예 이 위스키값을 알려줄까 생각했었다. 그 소리를 듣고서, 그가 태연하게 있을 것인지, 아니면, 그렇다면 미안하니까 필요없다고 할 것인지 알고 싶었던 것이지만, 그만두었다. 남에게 대접을 하고 나서, 그 값을 이야기한다는 따위의 짓은 역시 할 수가 없었다.

"담배는?" 이렇게 말해보았다.

"음, 그것도 필요해. 나는 담배를 피우거든."

소학교 시절의 동급생이라고 하지만, 나에게는, 대여섯 명의 진짜배기 친구가 있었지만, 이 친구에 대해서는 기억이 별로 나지 않았다. 이 친구만 하더라도, 그 무렵의 나에 대한 추억이

란 게, 그 싸움을 했다는 것 말고는, 거의 없는 것이 아닐까. 그렇건만, 착실하게 한나절, 친밀한 우정의 교환을 한 것이다. 나에게는, 강간이라는 극단적인 단어까지 떠올랐다.

그렇다고, 아직, 이것으로 끝난 것은 아니었다. 여기에다 다시 '유종의 미' 한 점이 더해졌던 것이다. 참으로 통쾌하다고나 표현해야 마땅할 사나이였다. 현관까지 배웅을 하면서, 막 헤어질 찰나, 그는 내 귓가에 맹렬한 기세로 이렇게 속삭였던 것이다.

"뻐기지 마!"

(1946년 12월)

메리 크리스마스 メリイクリスマス

도쿄는 애처로운 활기를 보이고 있었다. 이렇게 첫 문장의 첫 줄에 쓰게 되는 것이 아닐까, 이렇게 생각하며 도쿄로 되돌아왔는데, 내 눈에는 아무 일도 없는 여전히 그렇고 그런 '도쿄 생활'처럼 비쳤다.

나는 여태까지 1년 3개월간 츠가루의 생가에서 지내다가, 올 11월 중순에 처자식을 데리고 다시 도쿄로 이사를 왔다. 와서 보니, 거의, 마치 2, 3주 동안의 작은 여행에서 돌아온 것 같은 기분이 들었다.

"오랜만에 보는 도쿄는, 좋지도 않고, 나쁘지도 않고, 이 도시의 성격은 아무것도 달라진 것이 없습니다. 물론 형이하의 변화는 있지만, 형이상의 기질로 볼 때, 이 도시는 여전합니다. 바보는 죽어야 달라진다는 그 느낌입니다. 조금쯤은 달라져주어도 괜찮을 텐데, 아니, 달라져야 한다고까지 생각했습니다."

이렇게, 나는 시골의 어떤 사람에게 써 보내고, 나 또한 무엇 하나 달라진 것 없이, 구루메가스리의 평상복 차림에 외투를 걸치고, 멍하니 도쿄의 거리를 쏘다니고 있었다.

12월 초, 나는 도쿄 교외의 한 영화관(이라기보다는 활동사 진집이라는 편이 딱 들어맞을 앙증맞고 조촐한 집)에 들어가, 미국 활동사진을 보았고, 거기서 나온 것은 이미 오후 6시경이 었는데, 도쿄의 거리에는 저녁 안개가 연기처럼 뽀얗게 충만해 있었고, 그 안개 속에서 검은 옷의 사람들이 바쁜 듯이 오가는 것이, 어느새 벌써 연말이 된 것 같은 분위기였다. 도쿄의 생활 은 역시 변한 것이 없다.

나는 책방에 들어가, 어떤 유명한 유대인의 희곡집 한 권을 사서, 이를 주머니에 넣고, 언뜻 입구 쪽을 바라보니, 젊은 여 자가, 새가 날기 전의 일순간 같은 느낌으로 서서 나를 보고 있 었다. 입을 조그맣게 열고는 있지만, 아직 말은 나오지 않았다.

길이냐, 흉이냐.

옛날에 뒤쫓아 다닌 일이 있지만, 지금은 조금도 그 사람을 좋아하지 않는다, 그런 여자와 마주치는 것은 최대의 흉이다. 그리고 나에게는 그런 여자가 많이 있다. 아니지, 그런 여자만 있다고 해도 좋다.

신주쿠의, 그, ……그건 곤란해, 하지만, 그걸까?

"가사이 씨." 여자는 중얼거리듯이 내 이름을 말하고는, 발 꿈치를 내리고 가벼운 인사를 한다.

녹색의 모자를 쓰고, 모자 끈을 턱 밑에서 매었고, 새빨간 코트를 입고 있다. 자꾸자꾸 그 여자는 젊어져서, 거의 12, 3세의 소녀가 되면서, 내 추억 속의 한 영상하고 딱 매치되었다.

"시즈에코 짱."

길이다.

"나가자, 나가자. 아니면, 뭐 사고 싶은 잡지라도 있나?"

"아니요. 『아리엘』이라는 책을 사러 왔지만, 뭐 됐어요."

우리는 연말 가까운 도쿄 거리로 나섰다.

"많이 자랐네. 못 알아봤어."

역시 도쿄야. 이런 일도 있구나.

나는 노점에서 하나에 10엔짜리 땅콩 두 봉지를 사고서, 지갑을 넣고 다시 생각해서 지갑을 꺼내 또 한 봉지를 샀다. 옛날에 나는 이 아이를 위해, 늘, 무엇인가 선물을 샀고, 그렇게 이 아이의 어머니에게 놀러 가곤 했던 것이다.

어머니는 나와 동갑이었다. 그리고 그 사람은 내 추억 속의 여자 중 하나로, 지금 불쑥 만나더라도, 내가 두려워하고 당혹해하지 않을 매우 드문, 아니 아니, 유일하다고 해도 좋을 정도의 사람이었다. 어째서일까. 이제 네 개의 답안을 내놓아본다. 그 사람은 이른바 귀족 태생이고, 미모에 병이 있으며, 이렇게 말해봤자, 그런 조건으로는 그저 젠체할 뿐, 그 '유일한 사람'의 자격이 될 수가 없다. 부자 남편과 헤어져서, 몰락, 얼마 되지 않는 재산으로 딸과 둘이 아파트에서 산다고 설명해줘도, 나는 여자의 신상에 대해서는 조금의 흥미도 없는 편이고, 실제로 그 부자 남편과 헤어진 것은 어떤 이유 때문인지, 약간의 재산이란 어떤 것인지, 도대체 아무것도 몰랐다. 들어봤자 금방 잊고 말 것이다. 너무나, 여자들에게 놀림을 받아온 탓인지, 여자에게서 어떠한 애달픈 신세타령을 듣는다고 해도, 모두 그럴싸한 거짓 같은 기분이 들어, 한 방울의 눈물도 흘릴 수 없었다.

즉, 나는 그 사람이, 태생이 좋다거나, 미인이라거나, 점차로 몰락해서 불쌍하다거나, 그런 이른바 로맨틱한 조건을 가지고, 예의 '유일한 사람'이라고 들어놓고 있는 것은 아니었다. 답안은 다음 넷으로 끝난다. 첫째로, 깨끗하다는 것이다. 외출했다 돌아오면 반드시 현관에서 손발을 씻는다. 몰락했다지만, 그럼에도 번듯한 2층 방 아파트에 있었는데, 언제나 구석구석까지 걸레 청소가 잘되어 있고, 특히 부엌살림이 청결했다. 둘째로, 그 사람은 조금도 나에게 반하지 않았다는 점이다. 그리고 나 역시, 조금도 그 사람에 반하지 않았다. 성욕에 관한, 저 허둥거리고, 말할 수 없이 귀찮은, 배려랄까 자기도취랄까, 관심 끌기라든지, 자신과의 싸움이라든지, 무엇이 어찌 돌아가는지, 십 년이고 천 년이고 변함없을 진부한 남녀 투쟁을 하지 않아도 되었다. 나의 견해로는, 그 사람은 역시 헤어진 남편을 사랑하고 있었다. 그리고, 그 남편의 아내로서의 긍지를 가슴속 깊이 단단히 가지고 있었다. 셋째로는, 그 사람이 나의 신상에 대해 민감했다는 것이다. 내가 이 세상 모든 것들이 귀찮아지고, 참을 수 없게 되었을 때에, 요즈음 들어 왕성하신가 봐요, 따위의 말을 듣게 되면 영 아니올시다. 그 사람은, 내가 놀러 가면, 언제나, 그때그때의 내 상황에 딱 어울리는 대화를 했다. 어느 시절에나, 진짜 이야기를 했다가는 죽음을 당하지요, 요한도, 그리스도도 그렇고, 그리고 요한 같은 사람에게는 부활도 없으니까요, 라고 말한 일도 있었다. 일본의 살아 있는 작가에 대해서는 한마디도 한 일이 없었다. 넷째로는, 이것이 가장 중요한 것일지도 모르겠는데, 그 사람의 아파트에는, 언제나 술이 풍부하게 있었다. 나는 별로 나 자신을 인색하다고 생각하지는 않지만, 어느 술집에나 외상값이 쌓여 있고 우울할 때면, 자연히 거저 마시게 해주는 곳으로 발길이 향하는 것이다.

전쟁이 오래 끌면서, 일본에 점차로 술이 귀하게 되었을 때에도, 그 사람의 아파트를 찾아가면, 반드시 무엇인가 마실 것이 있었다. 나는 그 사람의 딸에게 별것도 아닌 물건을 선물로 가져가고, 그러고는, 잔뜩 취할 때까지 마시고 왔다. 이런 네 가지가, 어째서 그 사람이 나에게 그 '유일한 사람'이냐 하는 설문의 답안인데, 그게 바로, 너희 두 사람의 연애의 형식이 아니냐 하고 따져 묻는다면, 나는 멍청한 얼굴을 하고, 그럴지도 모르지, 하고 답하는 수밖에는 없다. 남녀 간의 사귐이 모두 연애라고 한다면, 나의 경우도, 그야 그럴지도 모르지만, 그러나, 나는, 그 사람에 관해 번민한 일은 한 번도 없는 데다, 그 사람 역시, 연극스럽고 까다로운 짓은 싫어했다.

"어머니는? 별일 없지."

"네."

"아프지 않고?"

"네."

"지금도 시즈에코 짱하고 둘이 사나?"

"네."

"집은 가까워?"

"하지만 아주 지저분한 곳이에요."

"아무러면 어때. 당장 가보자. 그리고, 어머니를 불러내서, 어디 그 근처의 요릿집에서 실컷 마시자."

"네."

여자는 점차로 기운이 빠지는 것 같았다. 그리고 한 발 한 발 어른스러워지는 것으로 보였다. 이 아이는, 어머니가 18세 때 낳은 아이라고 하니까, 어머니는 나하고 동갑인 서른여덟. 그렇다면, ……

나는 우쭐했다. 어머니에게 질투한다는 일도 있을 것이 아닌가. 나는 화제를 바꾸었다.

"『아리엘』이라고?"

"그게 이상한 거예요." 생각대로 생기가 돈다. "아주 전에 말이죠, 제가 여학교에 막 들어갔을 무렵, 가사이 씨가 아파트에 놀러 오셨는데, 여름이었어요, 엄마하고 이야기하는 중에, 자꾸만, 아리엘, 아리엘, 하는 말이 나왔어요, 나는 무슨 소린지 몰랐지만, 묘하게 잊지 못하게 되어서," 갑자기 이야기하기가 싱거워졌다는 듯이 훅 하고 말꼬리를 흐리더니, 아주 입을 다물고 말았다. 한참 걷고 난 후, 잘라 말하듯이, "그건 책 제목이었어요."

나는 더욱 으쓱했다. 분명할 것으로 생각했다. 어머니는 나에게 빠져 있지 않았었고, 나 역시 어머니에게 색정을 느낀 일은 없었다. 하지만, 이 아가씨하고라면, 어쩌면, 하고 생각했다.

어머니는 몰락하기는 했지만, 맛있는 것을 먹지 않고는 살아갈 수 없는 유형의 사람이었으므로, 2차 대전이 벌어지기 직전에, 일찌감치 히로시마 근처의 맛있는 것들이 많이 있는 곳으로 딸과 함께 피란을 갔고, 피란 직후, 나는 어머니에게서 그림엽서로 짧은 소식을 전해 들었는데, 당시의 나의 생활은 어려웠고, 피란지에서 느긋하게 지내고 있는 사람에게 답장 같은 것을 쓸 생각도 없이 지내고 있는 사이, 나의 환경도 자꾸만 변했으며, 결국 5년 동안 그 모녀와의 소식이 끊겼던 것이다.

그리고 오늘 밤, 5년 만에, 전혀 생각지도 않게 이렇게 만나게 되었는데, 어머니의 기쁨과, 딸의 기쁨과 비해 볼 때 어느쪽이 클 것인가. 나는 어째선지, 이 딸의 기쁨 쪽이 어머니의 기쁨보다 순수하고 깊을 것으로 생각되었다. 과연 그렇다면, 나는 지금부터, 나의 소속을 분명하게 해둘 필요가 있다. 어머니와 딸에게 똑같이 속해 있기란 불가능한 일 아닌가. 오늘 밤부터 나는, 어머니를 배반하고, 이 딸의 친구가 되어야겠다. 설혹, 어머니가 언짢은 얼굴을 해도 상관없다. 사랑을 해버렸으니까 말이다.

"언제, 이쪽으로 온 거지?" 하고 나는 묻는다.

"10월, 작년요."

"뭐야, 전쟁이 끝나고 금방이네. 하긴, 시즈에코 짱의 어머니 같은 방자스러운 사람이라면, 시골에서 도저히 견디어내기 힘들었을 테지."

나는 좀 깡패스러운 말투로, 어머니의 험담을 했다. 딸의 환심을 얻기 위해서다. 딸은, 아니, 인간은, 모녀 사이라 하더라도 서로가 경쟁하고 있는 것이다.

하지만, 딸은 웃지 않았다. 흉을 보아도, 칭찬을 해도, 어머니 이야기를 꺼내는 것이 금물인 듯이 보였다. 지독한 질투로군, 하고 혼자서 판단을 내렸다.

"정말 용케 만났네." 나는, 얼른 화제를 바꾼다. "시간을 정해놓고 책방에서 기다린 형국 아니냐고."

"정말 그래요" 하고, 이번에는 나의 달콤한 감개에 문제없이 빠져들었다.

나는 기세를 타고,

"영화를 보며 시간을 보낸 다음, 약속 시간 딱 5분 전에 그 책방으로 가서, ……"

"영화를요?"

"그래, 더러 구경하거든. 서커스의 재주 부리는 영화였는데, 좋았어. 예술인이 예술인으로 나오면, 잘하거든. 아무리 서투른 배우라도, 예술인으로 나오게 되면, 아주 맛깔스러운 맛을 낸단 말이야. 근본이 예술인이어서겠지. 예술인의 슬픔이 무의식 가운데 배어 나오게 마련이거든."

연인끼리의 화제로서는 역시 영화가 좋다. 묘하게 딱 들어맞았다.

"그건, 저도 보았어요."

"만나는 순간에, 두 사람 사이의 파도가, 좌악 밀려오고 나서, 또 따로따로 헤어지게 되거든. 그런 점도 좋았어. 그런 일 때문에, 다시 영원히 따로따로 떨어지게 된다는 일도 인생에서는 있는 법이거든."

이 정도로 달콤한 이야기도 아무렇지도 않게 할 수 있게 되지 않아 가지고는, 젊은 여자의 연인이 될 수 없다.

"내가 딱 1분 전에 책방에서 나오고, 그러고 나서 시즈에코 짱이 그 책방에 들어갔더라면, 우리는 영원히, 아니 적어도 10년간은 만날 수 없었을 것 아냐?"

나는 오늘의 만남을 가능한 한 로맨틱하게 피워 올리려고 애를 썼다.

길은 좁고, 어둡고, 게다가 진탕 같은 것도 있어서, 우리는 둘이 나란히 걸을 수가 없게 되었다. 여자가 앞서고, 나는 외투 주머니에 양손을 꽂아 넣은 채 그 뒤를 따르면서,

"앞으로 반 정丁? 한 정?" 하고 물어본다.

"저, 저는, 1정이 어느 정도인지 몰라요."

나도, 실은 마찬가지로, 거리의 측량에 관해서는 무지한 처지다. 하지만, 연애에서 바보스러움은 금물 아닌가. 나는 과학자연하면서,

"100미터쯤 되나."

"글쎄요."

"미터라면 실감이 날걸. 100미터는 반 정이야"라고 해놓고, 나는 어쩐지 불안해서 몰래 암산해보았는데, 100미터는 약 1정이었다. 하지만, 나는 정정하지 않았다. 연애에서 우스꽝스러운 짓은 금물이다.

"하지만, 바로 저기예요."

가건물 같은 지독한 아파트였다. 어둠침침한 복도를 지나, 다섯인지 여섯 번째 방 문짝에 진바陳場라는 귀족의 성이 쓰여 있었다.

"진바 씨!" 하고 나는 큰 목소리로 방 안을 향해 불렀다.

네, 분명, 이렇게 대답하는 소리가 들렸다. 이어서, 문의 불투명한 유리 뒤로 그림자가 움직였다.

"야, 있네, 있어" 하고 나는 말했다.

딸은 오뚝 서서, 얼굴에서 핏기를 잃은 채, 아랫입술을 밉게 씰그러뜨리더니, 갑자기 울기 시작했다. 어머니는 히로시마의 공습 때 죽었다는 것이다. 죽기 직전 마지막 중얼거림 중에, 가사이 씨의 이름도 나왔다고 한다.

딸은 홀로 도쿄로 돌아와, 어머니 쪽 친척인 진보당 의원, 그 사람의 법률사무소에서 근무하고 있다는 것이다.

어머니가 죽었다는 사실을 말하기가 어려워, 어찌해야 할지 몰라, 좌우간 여기까지 안내해 왔다는 것이다.

내가 어머니 이야기를 꺼내면, 시즈에코 짱이 갑자기 시무룩해지는 것도 그런 이유였다. 질투도, 사랑도 아니었다.

우리는 방에 들어가지 않고, 그대로 되돌아서, 역 근처의 번화가로 갔다.

어머니는 장어를 좋아했다.

우리는 장어집으로 들어갔다.

"어서 오십시오."

손님은, 서 있는 사람은 우리 둘뿐이고, 저 안쪽에 앉아서 마시고 있는 신사가 하나 있다.

"큰 꼬치가 좋을까요, 작은 꼬치가 좋을까요?"

"작은 것으로 셋."

"네, 알았습니다."

그 젊은 주인은 도쿄내기로 보였다. 펄떡펄떡 기세 좋게 풍로를 부채질한다.

"접시를, 세 사람, 따로따로 해주시오."

"네, 또 한 분은요? 나중에?"

"세 사람 있지 않은가." 나는 웃지 않고 말했다.

"네?"

"이 사람하고 나 사이에 또 한 사람, 걱정스러운 얼굴을 한 미인이 있지 않냐고." 이번에는 나도 조금 웃으며 말했다.

젊은 주인은, 내 말을 어떻게 해석했는지,

"야, 못 당하겠네."

이렇게 말하고, 머리띠 매듭께로 한 손을 올렸다.

"이것 있지?" 나는 왼손으로 마시는 흉내를 해 보였다.

"극상품이 있습니다. 아니, 그렇지도 않은가."

"컵 셋." 이렇게 나는 말했다.

작은꼬치 접시가 셋, 우리 앞에 놓였다. 우리는 한가운데의 접시는 그대로 두고, 양쪽 끝 접시에 각각 젓가락을 대었다. 이윽고 넘치도록 술이 담긴 컵도 셋 나왔다.

나는 끝의 컵을 들고 쭉 들이켜고,

"내가 도와줄게"

하고 시즈에코 짱에게만 들리게 조그만 목소리로 말하고, 어머니의 컵을 들고 쭉 마시며, 주머니에서 아까 산 땅콩 주머니 셋을 끄집어내서,

"오늘 밤, 나는 이제부터 조금씩 마실 거니까, 콩이라도 먹으면서 상대해줘." 이렇게 역시 조그만 소리로 말했다. 시즈에코

쨍은 끄덕였고, 그 뒤로 우리는 한마디도 하지 않았다.

나는 묵묵하게 넉 잔, 다섯 잔 이렇게 마시고 있는 동안, 안쪽의 신사가 장어집 주인을 상대로 시끄럽게 떠들기 시작했다. 말할 수 없이 시시한, 이상할 정도로 형편없는, 센스라곤 아예 없는 농담을 지껄이며, 본인이 가장 재미있다는 듯이 웃고, 주인도 따라 웃어주는데, "어쩌고저쩌고 그러더니 말이죠, 그래서 말이죠, 멍해져가지고요, 사과가 예쁘구나, 기분을 안다지 않아요. 와하하하, 그놈은 머리가 좋아가지고, 도쿄역은 내 집이라지 않아요. 손들었지요. 내 첩의 집은 마루노우치 빌딩이라고 했더니, 이번에는 저쪽에서 손들었고요, ······" 하는 식으로, 별로 우습지도 않은 농담이 언제까지나 계속되는 것을 보자, 나는 일본 취객의 유머 감각 결여에 새삼스럽게 넌더리가 나서, 아무리 그 신사와 주인이 웃어대도, 이쪽에서는 알은체도 하지 않고 술을 마시며, 가게 옆을 지나는 연말 가까운 인파를 멍하니 바라보기만 했다.

신사는 문득 내 시선을 따라가, 역시 나와 마찬가지로 가게 밖 인파의 흐름을 바라보는가 싶더니, 갑자기 큰 소리로,

"헬로, 메리 크리스마스"

하고 외쳤다. 미국 병사가 걷고 있었던 것이다.

뭐랄 것도 없이, 나는 신사의 그 해학에만큼은 폭소가 터졌다.

인사 소리를 들은 병사는, 무슨 소리냐는 얼굴로 고개를 흔들고, 성큼성큼 걸어가버렸다.

"이 장어도 먹어버릴까."

나는 가운데에 남겨져 있는 장어 접시에 젓가락을 가져간
다.

"네."

"반씩."

도쿄는 여전하다. 이전과 조금도 달라지지 않았다.

(1947년 1월)

토카톤톤 トカトントン

근계謹啓.

하나만, 가르쳐주십시오. 난처한 일이 있습니다.

저는 올해 26세입니다. 태어난 곳은 아오모리시의 데라마치입니다. 아마 모르실 것으로 생각하는데, 데라마치의 청화사淸華寺 옆에, '도모야'라는 조그마한 꽃집이 있었습니다. 저는 그 도모야의 둘째 아들로 태어났습니다. 아오모리중학교를 나와서, 요코하마의 어떤 군수공장 사무원이 되어 3년 근무, 그러고 나서 군대에서 4년간 복무하고, 일본의 무조건 항복과 동시에 고향으로 돌아왔지만, 집은 이미 불타버리고, 아버지와 형 내외 이렇게 3명이, 그 불탄 자리에 볼품없는 오두막을 짓고 살고 있었습니다. 어머니는, 내가 중학 4학년 때 돌아가셨습니다.

나로서도, 그 불탄 자리의 조그만 주택에 끼어들기는, 아버지에게나, 형 내외에게도 미안해서, 아버지와 형과도 의논한 끝에, 이 A라는 아오모리시에서 2리가량 떨어진 바닷가 마을의 3등 우체국에 근무하게 되었습니다. 이 우체국은 돌아가신 어머니의 친정으로, 국장님은 외삼촌이었습니다. 이곳에 근무한 지, 이미 그럭저럭 1년 이상 되었지만, 날로 날로 자신이 보잘것없는 존재로 변해가는 것 같아, 참으로 난처해졌습니다.

　제가 선생님의 소설을 읽기 시작한 것은 요코하마의 군수공장에서 사무원 노릇을 하고 있었을 때입니다. 〈문체文體〉라는 잡지에 실려 있는 선생님의 단편소설을 읽고, 그다음으로는 선생님의 작품을 찾아서 읽는 버릇이 생겼는데, 그러는 사이, 선생님이 나의 중학교 선배이고, 또 선생님은 중학교 시절, 아오모리 데라마치의 도요다 씨 댁에 계셨다는 것을 알고 나서 가슴이 메어지는 것 같았습니다. 양복점을 하는 도요다 씨라면, 저희 집과 같은 동네였으므로 저는 잘 알고 있습니다. 선대인 다자에몬太左衛門 씨는 뚱뚱하셨으니까, 다자에몬이라는 이름이 잘 어울렸지만, 당대의 다자에몬 씨는 마르고 세련되었으므로, 우자에몬羽左衛門이라고 부르고 싶었지요. 하지만, 모두 좋은 분이었습니다. 이번 공습으로 도요다 씨 댁도 전소했는데 광까지 불타버린 모양입니다. 참으로 안됐습니다. 저는 선생님께서, 그 도요다 씨 댁에 계신 적이 있다는 것을 알고 나서, 당대의 다자에몬 씨에게 부탁을 해서, 소개장을 받아, 선생님을 찾아뵐까 생각했지만, 워낙 소심해서, 그저 그렇게 공상을 해볼 뿐, 실행에 옮길 용기는 없었습니다.

그러다가 저는 군에 들어가, 치바현의 해변 방위를 하게 되었고, 전쟁이 끝나기까지 그저 매일처럼 구덩이 파기만 하고 있었습니다만, 그래도 때로는 한나절이라도 틈이 나면 거리에 나가, 선생님의 작품을 찾아서 읽었습니다. 그리고, 선생님께 편지를 올리고 싶어, 펜을 든 일이 몇 번이나 있었는지 모릅니다. 하지만, 안녕하십니까, 라고 써놓고, 그다음에는 무엇이라고 써야 할지, 별다른 볼일도 없는 데다가 선생님한테는 생판 모르는 사람이고, 펜을 붙잡은 채 한동안 당혹해하기만 했습니다. 일본이 무조건 항복을 하면서, 저도 고향으로 돌아가, A 우체국에 근무를 하게 되었는데, 얼마 전 아오모리에 간 김에 아오모리의 책방을 들여다보고, 선생님의 작품을 찾아냈고, 그래서 선생님도 이재민이 되어 태어나신 고장인 가나기초에 와 계시다는 것을 선생님의 작품을 통해 알게 되어 다시금 가슴이 메는 느낌을 받았습니다. 그래도 저는, 선생님의 생가로 불쑥 찾아갈 용기는 없고, 여러모로 생각한 끝에 좌우간 편지를 쓰기에 이른 것입니다. 이번만큼은, 근계, 라고만 써놓고 어쩔 줄 몰라 하지는 않았습니다. 왜냐하면 이것은 사무를 위한 편지니까요. 게다가 화급한 볼일입니다.

가르침을 받고자 하는 일이 있습니다. 참으로 난처한 일입니다. 더군다나, 이것은 저 하나의 문제가 아니라, 저 말고도 이 비슷한 생각으로 고뇌하는 사람이 있을 듯하니, 저희들을 위해 가르쳐주십시오. 요코하마의 공장에 있었을 때도, 그리고 군대에 있었을 무렵에도 선생님에게 줄곧 편지를 써야겠다, 써야겠다 생각은 했고, 이제야 겨우 선생님에게 편지를 올리는,

그 첫 편지가, 이처럼 기쁨이 적은 내용의 것이 되리라고는 참으로 생각지도 못한 일이었습니다.

쇼와 20년 8월 15일 정오에, 우리는 병사 앞 광장에 정렬하고서, 폐하 스스로의 방송이라는, 잡음 때문에 거의 알아들을 수 없는 라디오 소리를 듣게 되었고, 그런 다음, 젊은 중위 하나가 뚜벅뚜벅 단상으로 뛰어 올라가,

"들었나. 알았나. 일본은 포츠담선언을 수락하고 항복했다. 하지만, 그것은 정치상의 일이다. 우리 군인은, 어디까지나 항쟁을 계속, 최후에는 모두가 남김없이 자결해서, 이로써 오오키미大君*에게 사죄하는 것이다. 나는 애초부터 그럴 작정을 하고 있었다. 너희 모두들 그런 각오를 하고 있어야 한다. 알겠나. 좋아. 해산."

그렇게 말하고 그 젊은 중위는 단에서 내려와 안경을 벗고, 걸어가면서 주르르 눈물을 흘렸습니다. 엄숙이란 말은 그런 느낌을 표현하는 것이겠지요. 저는 뻣뻣이 서서, 언저리가 몽롱하게 어두워지고, 어디선지 모르게 싸늘한 바람이 불어오고, 그리고 나의 몸이 저절로 땅속으로 가라앉는 듯한 느낌을 받았습니다.

죽어야지, 하고 생각했습니다. 죽는 게 진짜야, 하고 생각했습니다. 저 앞쪽의 숲이 묘하게 조용한 데다, 칠흑빛으로 보이

---

* 원래는 일본에서 천황, 황자, 황녀 등에 대한 존칭. 태평양전쟁 시기 애국심을 고취하기 위한 군가, 시, 정치 선전, 선동물 등에서 주로 천황을 지칭하는 존칭으로 쓰였다.

고, 그 꼭대기에는 한 무리의 작은 새들이 한 줌의 깨알을 공중에 던져놓은 듯이 소리도 없이 날아올랐습니다.

아, 그때였습니다. 배후에 있는 막사 쪽으로부터, 누군가 망치로 못을 치는 소리가 희미하게 토카톤톤 하고 들려왔습니다. 그 소리를 들은 순간, '눈에서 비늘이 떨어진다'는 것은 그때의 감정을 말하는 것이겠지요. 비장함도, 엄숙함도 한순간에 사라지고, 나는 내게 들렸던 악령이 나에게서 떨어져 나간 듯이 정신이 맑아지고, 이루 말할 수 없이 멀쩡해진 기분으로 여름날 땡볕의 모래벌판을 휘둘러보는 동안, 나에게는 어떠한 감개도, 아무것도 없었습니다.

그렇게 해서 저는, 가방에 물건을 잔뜩 쑤셔 넣고, 멍하니 고향으로 돌아왔습니다.

저, 멀리서 들려온 희미한, 쇠망치 소리가, 신기할 정도로 깨끗하게 나로부터 밀리터리즘의 환영을 벗겨주어서, 다시는 저 비장하고 엄숙한 악몽에 취하는 일 따위는 절대로 없게 된 것 같았지만, 그 조그만 소리는, 나의 뇌수의 정곡을 쏘아 맞힌 것인지, 그 이후로 오늘날에 이르기까지 계속되면서, 저는 참으로 이상하고, 고약한 간질병자 같은 사내가 되고 말았습니다.

그렇다고 해서, 결코 흉폭한 발작 같은 것을 일으킨다는 것은 아닙니다. 그 반대입니다. 무엇인가 사물에 감격해서 분기하려 하면, 어디선지 모르게, 희미하게 토카톤톤 하고 그 쇠망치 소리가 들려오게 되고, 순간, 나는 눈망울을 흘금하고 굴리고는, 눈앞의 풍경이 싹 바뀌어버리고 말아서, 영화 장면이 도중에 끊어지고 순백의 스크린만이 남아, 그것을 빤히 바라보고 있는 듯한, 아주 허무하고, 바보 같은 기분이 드는 것입니다.

처음, 저는 이 우체국에 와서, 자 이제부터는 무엇이든 자유로이 하고 싶은 공부를 할 수 있는 거야. 어디, 우선 소설이라도 하나 쓴 다음 선생님께 보내서 읽어주십사 청하기로 하고, 우체국 업무 사이사이에 틈이 나는 대로, 군 생활의 추억을 써보았는데, 엄청난 노력 끝에 100장 가까이 써서, 이제 내일이면 완성이다 싶었던 가을 저녁, 우체국 일도 끝난 다음 목욕탕에 가서, 뜨거운 물에 잠기면서, 오늘 밤, 마지막 챕터를 마감할 때, 『예브게니 오네긴』의 끝 장면 같은 그런 화려한 슬픔의 결말로 할까, 아니면 고골의 「이반 이바노비치와 이반 니키포로비치가 싸운 이야기」식 절망의 피날레로 할까, 이렇게 엄청난 흥분으로 울렁거리는 가운데, 목욕탕의 높은 천장에 매달려 있는 전구 빛을 쳐다본 순간, 토카톤톤 하고 멀리에서 저 쇠망치 소리가 들려온 것입니다. 나는 어둑어둑한 욕조 한구석에서 철벅철벅 탕물을 휘저어대고 있는 일개 벌거벗은 사내에 지나지 않게 되었습니다.

참으로 허전한 마음으로, 욕조에서 기어 나와, 발바닥의 때 따위를 긁어내면서, 목욕탕의 다른 고객들의 배급 타령 같은 것에 귀를 기울이고 있었습니다. 푸시킨도, 고골도, 그런 것은 마치 외국제 칫솔 이름 같은 멋대가리 없는 것으로 여겨졌습니다. 목욕탕을 나오고, 다리를 건너, 집으로 돌아와 묵묵히 밥을 먹고, 그러고 나서, 내 방으로 돌아와, 책상 위의 100장 가까운 원고를 훌훌 넘겨 보니, 너무나 보잘것없어서 기가 막혔고, 맥이 빠져서 찢어버릴 기력도 없어, 그 뒤로는 매일매일의

코 푸는 종이로 삼았습니다. 그 이래로, 저는 오늘날까지 소설 비슷한 것은 한 줄도 쓰지 않았습니다.

백부 댁에는 조금이기는 하지만 장서가 있으므로, 어쩌다, 메이지나 다이쇼 시절의 걸작 소설 같은 것을 빌려다 읽으며, 감탄하기도 하고 감탄 안 하기도 하면서, 매우 진지하지 못한 태도로, 눈보라 치는 날에는 일찍 잠을 자는 등, 그야말로 '정신적'이지 못한 생활을 하는 중에, 그러다가, 세계미술전집 같은 것을 보았는데, 이전에는 그처럼 좋아하던 프랑스 인상파의 그림에도 별 감흥을 느끼지 못했고, 이번에는 일본의 겐로쿠元禄 시대의 오가타 코린尾形光琳과 오가타 켄잔尾形乾山 두 사람의 작품에 가장 주목했습니다. 코린의 〈진달래〉 같은 작품은 세잔, 모네, 고갱, 어느 누구의 그림보다도 훌륭하다고 생각했습니다. 그러면서 다시, 점차로 저의 이른바 정신 생활이 다시 숨 쉬기 시작하는 듯한 기분이 들었습니다.

하지만, 제 자신이 코린, 켄잔과 같은 명가가 되어야겠다는 따위의 엉뚱한 야심을 일으키는 일은 없었고, 그럭저럭 촌구석의 딜레탕트, 그리고 내가 최선을 다해 할 수 있는 일이란, 아침부터 저녁까지 우체국 창구에 앉아서, 남의 지폐나 세고 있는 일, 기껏 그 정도일 것이고, 나 같은 무능 무학의 인간은, 그런 생활만 하더라도, 타락의 생활이라 할 수는 없지 않겠나, 겸양의 왕관이라는 것도 있을지 모르잖아, 평범한 나날의 업무에 힘쓴다는 일이야말로 가장 고상한 정신 생활일지도 몰라, 등 조금씩 자신의 나날의 삶에 프라이드를 갖기 시작했습니다.

그 무렵, 마침 엔화의 화폐개혁이 있었는데, 이처럼 구석진 시골의 삼등 우체국이건만, 정말이지, 조그만 우체국일수록 일손이 부족해져서, 이리 뛰고 저리 뛰는 등 정신이 없었습니다. 당시 우리는 매일 새벽부터 예금 신고 접수하랴, 구화폐의 증지 붙이랴 진이 빠지고, 그러고도 쉴 새가 없었고, 특히 나는 백부 댁에 얹혀사는 처지라, 바로 지금이 은혜를 갚을 때라고 느껴, 양손에 마치 쇠 장갑이라도 끼고 있는 듯이 무거워져서, 조금도 내 손 같은 생각이 들지 않을 정도로 활약을 했습니다.

그처럼 일을 하고 나서, 죽은 듯이 잠을 자고, 그리고 이튿날 아침에는 베개맡의 자명종이 울림과 동시에, 튀어 일어나, 곧장 우체국으로 나가 대청소를 시작하는 겁니다. 청소 같은 것은 여자 직원이 하는 것으로 되어 있었지만, 그 화폐개혁의 대소동이 벌어진 이래로, 내 움직임에 이상한 가속도가 붙어버리고, 거의 반미치광이처럼 분투를 계속, 마침내, 화폐개혁 소동도 오늘로 끝이구나 하는 날, 나는 역시 컴컴할 때부터 일어나 우체국 청소를 부지런히 해놓고, 모든 것을 깔끔하게 마무리하고 나서, 내 담당 창구에 걸터앉았습니다.

때마침 아침 해가 내 얼굴에 똑바로 비쳐 들었는데, 나는 잠이 모자란 눈을 가늘게 뜨고, 그러면서도 무엇인지 으쓱하며 만족스러운 기분으로, 노동은 신성한 거야, 따위의 말을 떠올리면서 훅 한숨을 내뱉었을 그때, 토카톤톤 하고 그 소리가 희미하게 들린다 싶었는데, 그뿐, 세상 모든 것이 일순간에 어처구니없이 여겨지며, 나는 벌떡 일어나 백부 댁의 내 방으로 가서, 이불을 뒤집어쓰고 자고 말았습니다. 밥 먹으라는 소리를 듣고서도, 나는 몸이 불편해서, 오늘은 일어나지 않겠다고 무뚝뚝하게 대답했는데, 그날은 우체국에서도 가장 바빴던 모양으로, 제일 우수한 일손이 곯아떨어진 바람에 모두가 난처해졌던 모양입니다.

나는 하루 종일 꾸벅꾸벅 졸았습니다. 백부에 대한 보은도, 이러한 나의 방자스러움 때문에, 오히려 마이너스가 되었던 모양이지만, 더 이상, 나에게는 온 정력을 다해 일할 생각 따위는 조금도 없어, 그다음 날에는, 지독하게 늦잠을 잤고, 그러고서는 내 담당 창구에 멍하니 앉아, 하품만 하는 바람에, 웬만한 사무는 옆자리의 여자 직원이 맡아 하게 되었습니다. 그다음 날도, 그 다음다음 날도, 나는 매우 기력이 없는 느림뱅이에다 무뚝뚝한, 즉 보통내기 창구 직원이 되었습니다.

"넌, 어딘가 탈이 난 게 아니냐"

하고 백부인 국장이 물어도, 빙긋이 웃으며

"아무 데도 나쁘지 않은데요. 신경쇠약인가?"

하고 대답합니다.

"그래, 그거야." 백부는 의기양양한 듯이, "나도 그렇게 생각했지. 넌 머리는 좋지 않지만, 어려운 책을 자꾸 읽으니까 그렇게 되는 거 아니냐. 나나 너처럼 머리가 안 좋은 사람은, 어려운 일은 생각하지 않도록 해야 되는 거다" 하고 웃는 바람에 나도 쓴웃음을 지었습니다.

이 백부는 전문학교를 나온 게 틀림없는 사람입니다. 도무지 어디에도 인텔리스러운 구석이 없습니다.

그러고 나서(제 글에는 '그러고 나서'란 말이 무척 많지요? 이게 다 머리 나쁜 사나이의 문장의 특색이 아닐까요? 스스로도 크게 마음은 쓰이지만, 자꾸만 자연스럽게 나오고 맙니다. 어쩔 수가 없습니다), 그러고 나서, 저는 사랑을 시작했답니다. 웃으시면 안 됩니다. 아니, 웃으신다고 해도 어쩔 수가 없습니다. 어항의 송사리가 바닥으로부터 두 치쯤 되는 곳에 떠서, 꼼짝 않고 정지하고 있으면서, 그러면서도 언제부터인지 알을 배고 있듯이, 저도 멍하니 살아가면서도, 언제부터랄 것도 없이, 아무래도, 수줍은 사랑을 시작하고 있었던 것입니다.

연애를 시작하면, 자꾸만 음악이란 게 몸으로 스며드는 모양입니다. 그 점이 연애라는 질병의 가장 확실한 조짐이라고 생각합니다.

짝사랑입니다. 하지만, 나는 그 여자가 좋아도 너무나 좋아서 참을 수가 없습니다. 그 사람은, 이 바닷가 동네에 오직 하나뿐인 조그만 여관의 종업원입니다. 아직 스물이 안 된 것 같습니다. 백부인 국장은 술을 좋아하시니까, 무엇인가 마을의 연회가, 그 여관 안채에서 벌어질 때마다, 으레 빠짐없이 참석하시는지라, 백부와 그 종업원은 서로 허물없는 처지 같은데, 여종업원이 저금이 어쩌고, 보험이 어쩌고 하고 우체국 창구 저쪽에 나타났다 하면, 백부는 으레 우습지도 않은 시시껄렁한 농담을 하면서 그 여종업원을 놀리곤 합니다.

"요즈음 경기가 좋은 모양인지, 아주 열심히 저축을 하네. 아주 기특해. 그래, 좋은 남편감이라도 생겼나?"

"시시한 말씀을."

그렇게 말합니다. 그러고서, 실제로 시시한 듯한 얼굴을 하고 있습니다. 반 다이크 그림에 나오는 여자의 얼굴이 아니라,

귀공자 비슷한 얼굴을 하고 있습니다. 도키다 하나에라는 이름입니다. 통장에 그렇게 쓰여 있습니다. 이전에는 미야기현에 있었던 모양으로, 저금통장의 주소란에는, 이전의 그 미야기현 주소도 써 있었고, 그것은 붉은 줄로 지워져, 그 옆에 새 주소가 기입되어 있습니다. 여자 국원들의 소문으로는, 미야기현 쪽에서 전재戰災를 겪었고, 무조건 항복 직전에, 이 마을로 온 여자인데, 그 여관 마나님의 먼 친척이라느니, 몸가짐이 썩 좋지 않은 듯, 어린 나이에 상당한 수완을 가지고 있다느니 한다지만, 소개해 온 사람치고, 그 고장 사람들한테 좋은 평판을 듣는 사람 따위는 하나도 없습니다.

나는 그런, 상당한 수완 따위의 말은 조금도 믿지 않습니다. 하지만, 하나에 씨의 저금은 결코 적지 않습니다. 우체국 사람이 이런 일을 공표해서는 안 되는 법이지만, 좌우간 하나에 씨는 국장에게 놀림을 받아가면서도, 일주일에 한 번쯤은 200엔, 또는 300엔의 저축을 하러 와서, 총액이 마구 늘어나고 있었습니다. 설마, 좋은 남편감이 생겼기 때문이라고 생각하지는 않지만, 나는 하나에 씨의 통장에 200엔, 300엔 등의 도장을 찍을 때마다, 공연히 가슴이 쿵쿵거리고 얼굴이 벌게졌습니다.

그러면서, 점차로 나는 고통스러워졌습니다. 하나에 씨는 결코 상당한 수완 따위는 아닌 것 같지만, 그래도, 이 마을 사람들은 모두 하나에 씨를 노리며, 돈 따위를 주고서, 그래놓고, 하나에 씨를 망가뜨리는 것이 아닐까요. 그럴 것이라는 생각이 들자, 움찔하고 한밤중에 자리에서 벌떡 일어나 앉는 일도 있었습니다.

하지만, 하나에 씨는 역시 일주일에 한 번가량의 비율로, 아무렇지도 않다는 듯이 돈을 가지고 옵니다. 이제는 더 이상 가슴이 두근두근하고, 얼굴이 불그레해지기는커녕, 얼굴이 파래지고, 이마에 진땀이 나는 듯한 기분으로, 하나에 씨가 새침스럽게 내미는, 증지가 붙은 때 묻은 10엔짜리 지폐를 한 장 두 장 세어가면서, 이것을 몽땅 북 찢어버리고 싶은 발작이 몇 번 일어났는지 알 수가 없습니다. 그리고 나는, 하나에 씨에게 한 마디 해주고 싶었습니다. 저, 바로 그, 어떤 소설에 나오는 유명한 대사, "죽어도, 남의 노리개가 되지 말아라!" 이렇게, 같잖기 짝이 없는, 게다가 나 같은 꺼벙한 시골뜨기로서는 도저히 할 수 없는 대사이기는 하지만, 그래도 나는 진지하게, 그 한마디를 해주고 싶어서 견딜 수가 없었습니다. 죽어도, 남의 노리개가 되지 말아라, 물질이란 게 뭐란 말이냐, 돈이 뭐란 말이냐고 말입니다.

사모하다 보면 사모받는다는 일은 역시 있을 수 있는 것일까요. 그것은 5월의, 한낮이 지날 무렵이었습니다. 하나에 씨는 언제나 그렇듯이, 새침하게 창구 앞에 나타나더니, "자요" 하고 돈과 통장을 나에게 내밀었습니다. 나는 한숨을 쉬며 이를 받아 들고, 슬픈 마음으로 지저분한 지폐를 한 장 두 장 하고 세어봅니다. 그리고 통장에 금액을 기입한 다음, 잠자코 하나에 씨에게 돌려줍니다.

"5시경에 시간이 나시나요?"

나는 내 귀를 의심했습니다. 봄바람한테 농락당하고 있는 것이 아닐까 생각했습니다. 그만큼 낮은 목소리로 재빨리 말했습니다.

"시간 나시면, 다리로 오세요."

그렇게 말하고, 살짝 웃더니, 금방 새초롬해져서 하나에 씨는 떠나갔습니다.

나는 시계를 보았습니다. 2시가 조금 지나 있었습니다. 그로부터 5시까지, 창피한 일이지만, 나는 무엇을 하고 있었는지, 지금은 도저히 생각해낼 수가 없습니다. 아마도, 무엇인가 심각한 얼굴을 하고, 우물쭈물하면서, 불쑥 옆자리의 직원에게, 오늘은 참 좋은 날씨로군요 하고, 흐린 날임에도 큰 소리로 그렇게 말하고 나서, 상대방이 놀라자, 흘금 쏘아봐주고, 벌떡 일어나 화장실에 가기도 하고, 숫제 바보처럼 되어 있었을 것입니다. 5시. 7, 8분 전에 나는 집을 나섰습니다. 도중에, 내 양손의 손톱이 자라 있는 것을 발견하자, 그것이 어째선지, 묘하게 신경이 쓰였다는 것을 지금도 기억하고 있습니다.

다리에, 하나에 씨가 서 있었습니다. 스커트가 너무 짧은 것처럼 느껴졌습니다. 늘씬한 맨다리를 얼핏 보고서, 나는 눈을 내리떴습니다.

"바다 쪽으로 가요."

하나에 씨는 차분하게 그렇게 말했습니다.

하나에 씨가 앞서고, 그 뒤 대여섯 발짝 떨어져서 내가 천천히 바다 쪽으로 걸어갔습니다. 그리고, 그 정도 떨어져서 걷고 있었건만, 두 사람의 보조가 어느 사이엔지 딱 맞아떨어졌습니다. 난처했습니다. 흐린 날씨에, 바람이 좀 불고, 해안에는 먼지가 피어나고 있었습니다.

"여기가 좋겠네요."

뭍에 올라와 있는 큰 어선과 어선 사이로 하나에 씨는 들어 갔고, 그런 다음 모래땅에 앉았습니다.

"오세요. 앉으면 바람이 가려져서, 따뜻해요."

나는 하나에 씨가 양쪽 다리를 앞으로 내밀고 앉아 있는 곳에서 2미터가량 떨어진 곳에 앉았습니다.

"나오시라고 해서 미안해요. 하지만, 저는 당신에게 한마디 하지 않을 수가 없었어요. 저의 저금에 대해서요. 네, 이상하게 생각하고 계시지요?"

나도, 이때다 하고, 쉰 목소리로 대답했습니다.

"이상하다고 생각하고 있습니다."

"그렇게 생각하는 건 당연해요" 하고 하나에 씨는 얼굴을 떨군 채, 맨다리에 모래를 퍼서 부어가면서, "그건 말이죠, 내 돈이 아니에요. 내 돈이라면, 저금 따위는 안 해요. 일일이 저금 따위는 귀찮아서……"

그렇군, 하고 생각하며, 나는 잠자코 끄덕였습니다.

"그렇죠? 그 통장은 말이죠, 우리 마님의 것이거든요. 하지만, 그것은 절대로 비밀이에요. 당신은 아무한테도 얘기해서는 안 돼요. 마님이 어째서 그렇게 하는 건지, 나는 어렴풋이 알고 있기는 하지만, 하지만, 그건 아주 복잡한 일이라서 말하고 싶지 않아요. 괴로워요, 저는. 믿어주시겠어요?"

조금 웃으면서, 하나에 씨의 눈이 묘하게 빛나는구나 생각 했더니, 그것은 눈물이었습니다.

나는 하나에 씨한테 키스를 해주고 싶어서 참을 수가 없었습니다. 하나에 씨하고라면, 어떤 고생을 해도 좋다고 생각했습니다.

"이 동네 사람들은 모두 못써요. 저는, 당신에게 오해받지나 않을까 생각하고, 당신에게 한마디 하고 싶어서, 그래서 오늘 말이죠, 단행한 거예요."

그때, 아주 가까운 오두막에서 토카톤톤 하고 못 박는 소리가 울렸습니다. 이때의 소리는, 나의 환청이 아니었습니다. 바닷가 사사키 씨네 헛간에서, 실제로 소리 높이 못을 박기 시작했던 것입니다. 토카톤톤, 토카톤톤, 이렇게 냅다 치고 있습니다. 나는 몸을 부르르 떨고 일어났습니다.

"알겠습니다. 아무에게도 말하지 않겠습니다." 하나에 씨 바로 뒤에 꽤 많은 양의 개똥이 있는 것을 그때 발견하고, 하나에 씨한테 주의를 줄까 생각했습니다.

파도는 나른한 듯이 굼실거리고, 지저분한 돛을 단 배가 해안 가까이를 비틀거리며 지나가고 있습니다.

"그럼 실례합니다."

종잡을 수 없는 이야기였습니다. 지금이야 아무러하든 내가 알 바가 아니잖나. 원래가 남 아닌가. 남의 노리개가 되건, 어떻게 되건 그것은 나하고 아무런 상관도 없어. 웃기는 이야기다. 배가 고프다.

그 뒤로도, 하나에 씨는 여전히, 일주일에서 열흘 간격으로 돈을 가지고 와서 저축을 해서 이제는 몇천 엔인가의 액수에 도달했는데, 나로서는 조금도 흥미가 느껴지지 않았습니다. 하나에 씨가 말한 대로, 그것은 마님의 돈인지, 아니면, 역시 하나에 씨의 돈인지, 어느 쪽이 되었든, 그것은 저하고는 전적으로 아무 관계가 없는 일입니다.

이쯤 되고 보니, 도대체 이것은 어느 쪽이 실연한 것이냐 하는 이야기가 되겠는데, 나로서는 아무래도, 실연한 것은 내 쪽이라는 기분이 들고 맙니다. 그렇지만, 실연했다고 해서 별로 슬픈 마음도 들지 않으므로, 이것은 그야말로 이상한 실연 방식이라고 생각합니다. 그리고 저는, 다시금, 어병하고 평범한 우체국원이 된 것입니다.

6월로 접어들어, 저는 볼일이 있어, 우연히, 노동자의 데모를 보았습니다. 지금까지 나는, 사회운동 혹은 정치운동이라는 것에는 그다지 흥미가 없다, 라기보다는 절망 비슷한 것을 느끼고 있었습니다. 누가 한들 똑같은 것이 아닌가. 그리고 또 내가 어떤 운동에 참가한들, 결국은 그 지도자들의, 명예욕이 올라탄 선박의, 희생이 될 뿐이다. 아무런 의심점도 없이 당당하게 소신을 말하고, 내 말을 따르기만 하면, 그대 자신뿐 아니라, 그대의 가정, 그대의 동네, 그대의 나라, 아니 온 세계가 구원을 받을 것이라며, 큰소리를 치고, 구원을 받지 못하는 것은 그대들이 내 말을 따르지 않았기 때문이라고 뻥을 치며, 또한 한 창녀에게 차이고, 차이고 또 차인 끝에, 분통이 터져 공창 폐지를 부르짖으며, 울화통이 터져 미남 동지를 후려치고, 난동을 부리고, 성가신 존재가 되기도 하고, 더러는 훈장을 받고서, 의기충천해서 집으로 뛰어 들어가, 마누라에게, 여보 이것 보라고, 하고 득의만면하면서, 그 훈장 상자를 살짝 열어서 보였다가, 아내는 냉랭하게, 어머, 훈5등 아니에요, 하다못해 훈

2등 정도는 되어야지요, 하고 말하면, 남편이 기가 팍 죽는 따위의, 무엇이 어떻게 돌아가는 건지, 반미치광이 같은 사나이가, 그 정치운동이라느니 사회운동이라느니에 몰두하고 있는 것으로 생각하고 있었거든요.

그러니, 이번 4월의 총선거도, 민주주의가 어떻고 하고 떠들어대봤자, 저로서는 전혀 그 사람들을 신용할 마음이 우러나지 않았고, 자유당, 진보당은 여전히 구닥다리 같은 사람들이어서 전혀 문제 삼을 것이 없고, 또 사회당, 공산당은 묘하게 기가 올라 떠들어대고 있기는 하지만, 이것 역시 패전에 편승하는 꼴이랄까, 무조건 항복의 시체 위에 꾀어든 구더기 같은 불결한 인상을 지워버릴 수가 없었고, 4월 10일 투표 날에도, 백부인 국장이 자유당의 가토 씨를 찍으라고 했지만, 네네 그러고 집을 나가 해변을 산책하고서, 그대로 집으로 돌아와버렸습니다. 사회 문제나 정치 문제에 대해 아무리 떠들어봤자, 나의 일상생활의 우울함은 해소되는 것이 아니라고 생각했습니다. 하지만, 나는 그날, 아오모리에서 우연히, 노동자의 데모를 보면서, 나의 지금까지의 생각은 모두 잘못되어 있었다는 것을 깨달았습니다.

생기발랄이라고나 하면 좋을까요. 어쩌면 그처럼 즐거운 듯이 행진을 하는지. 우울의 그림자도, 비굴의 주름살도, 나는 하나도 발견해낼 수가 없었습니다. 죽죽 뻗어가는 활력뿐이었습니다. 젊은 여성들도, 손에 깃발을 들고, 노동가를 부르는 것을 보자, 나는 가슴이 꽉 메고 눈물이 나왔습니다. 아아, 일본이 전쟁에 지기를 잘했다고 생각했습니다. 태어나서 처음으로 참

자유라는 것의 본모습을 보았다고 생각했습니다. 만약에 이것이, 정치운동이나 사회운동에서 태어난 자식이라 한다면, 인간은 무엇보다도 정치사상, 사회사상을 맨 먼저 배워야 할 것이라고 생각했습니다.

계속해서 행진을 보고 있는 사이에, 내가 나아가야 할 한 줄기 빛의 길을 제대로 알게 된 듯한 일대 환희의 기분이 들면서, 눈물이 기분 좋게 볼을 타고 흘러내렸고, 그리고, 자맥질을 하다가 불쑥 눈을 떴을 때와 같이, 주변의 풍경이 어렴풋이 녹색으로 피어나고, 그 속을 헤쳐나가고 있는 공간에 붉은 기가 불타오르고 있는 양상은, 아아 그 색깔을 나는 훌쩍훌쩍 울면서, 죽어도 잊지 말아야겠다고 생각하는 순간, 토카톤톤 하고 멀리서 희미하게 들리더니 그것으로 끝이었습니다.

도대체 그 소리는 무엇이란 말입니까. 허무, 니힐, 이렇게 간단하게 정리해버릴 수는 없는 것입니다. 저 토카톤톤이라는 환청은 허무조차도 타파해버리고 마는 것입니다.

여름이 되자, 이 지방의 청년들 사이에서, 갑작스럽게 스포츠 열기가 타오르게 되었습니다. 저에게는 다소간, 늙은이스러운 실리주의적인 경향도 있는 것인지, 아무런 의미도 없이 벌거벗고 씨름을 하고, 엉어터져서 크게 다친다거나, 얼굴빛을 싹 바꿔가며 달리고 나서, 누구보다도 누가 빠르다느니, 어차피 100미터 20초의 클래스에서 도토리 키 재기에 지나지 않는 것을, 멍청한 짓거리가 아닌가 생각해서, 청년들이 벌이는 그런 스포츠에 참가하려고 생각한 일은 한 번도 없었습니다. 하지만, 올 8월에, 이 해안선의 각 마을을 주파하는 역전 경주라는 것이 벌어져, 이 군의 청년들이 대거 참가해, 이 A의 우체국도, 그 경주의 중계소가 되는 바람에, 아오모리를 출발한 선수가, 여기서 다음 선수와 교대한다는 것입니다.

아침 10시 좀 지나, 이제는 슬슬, 아오모리를 출발한 선수들이 이곳에 도착할 시간이라 해서, 우체국 사람들은 모두, 밖으로 구경을 나갔고, 나와 국장만이 안에 남아, 간이보험 정리를 하고 있었는데, 이윽고, 왔다, 왔어, 하는 웅성거림이 들려왔고, 나는 일어서서 창으로 이를 내다보고 있었습니다. 그랬더니, 이게 라스트 스퍼트라는 것일까, 양손의 손가락 사이를 마치 개구리의 손처럼 벌리고서, 공기를 헤집으면서 나아가는 것 같은 기묘한 팔놀림으로, 게다가 벌거벗고, 팬티 하나, 물론 맨발로, 커다란 가슴을 높이 치켜 올리고, 괴로운 표정을 짓고서 목을 빼어 좌우로 움직이더니, 비틀비틀 달려, 우체국 앞까지 와서, 끙 소리를 한 번 내고 쓰러진 겁니다. "잘했어! 수고했다!" 도우미가 그렇게 외치고, 그를 안아 올린 다음, 내가 보고 있는 창 아래로 데려오더니, 준비해놓은 물통의 물을 좍 하고 그 선수에게 끼얹었었습니다. 선수는 거의 반죽음의 위험한 상태로 보였고, 얼굴은 창백해져서 축 늘어져 있었습니다. 그 꼴을 보고서, 나는 참으로 이상한 감격을 맛보게 되었습니다.

가련하다, 이렇게 26세의 내가 말했다가는 우쭐하고 있는 것으로 생각되겠지만, 갸륵하다고나 할 것인지, 좌우간, 힘의 낭비도 이쯤 되고 보면 대단한 것이라고 생각했습니다. 이 사람들이 1등을 하고 2등을 한들, 세상이 그다지 흥미를 느끼는 것도 아닐 터인데, 그럼에도 생명을 걸고, 라스트 스퍼트 따위를 하고 있는 것입니다. 뭐, 그렇다고 이른바 문화 국가를 건설하자는 이상을 가지고 있는 것도 아닐 것이고, 게다가, 이상도 아무것도 없음에도, 그래도 체면상 그런 이상을 입에 담으며 달려가지고, 이렇게 해서 세상 사람들에게 칭찬받아야겠다고 생각하는 것은 아니겠지요.

게다가, 장차 마라톤 선수가 되어야겠다는 야심도 없이, 어차피 시골의 뜀박질이므로, 기록 따위는 문제가 되지 않는다는 것은 잘 알고 있을 것이고, 집에 돌아가서도, 가족들에게 이를 자랑할 생각도 없고, 오히려, 아버지한테 혼나지나 않을까 걱정을 하지만, 그래도 달리고 싶은 것입니다. 목숨을 걸고 해보고 싶은 것입니다. 누가 칭찬해주지 않아도 좋습니다. 그저 달리기만 하면 됩니다. 무보수의 행위지요. 어린아이의 나무 타기에는, 그래도 감을 따서 먹어야겠다는 욕망이 있었지만, 이 목숨을 건 마라톤에는 그것조차 없습니다. 거의 허무의 정열이라고 생각했습니다. 그것이 그때의 나의 공허한 기분에 딱 들어맞았던 것입니다.

나는 국원들을 상대로 캐치볼을 시작했습니다. 진이 빠지도록 계속하고 보니, 무엇인가 탈피 비슷한 상쾌함이 느껴졌고, 바로 이거야 하고 생각한 순간, 역시 저 토카톤톤이 들려왔습니다. 저 토카톤톤 소리는 허무의 정열조차도 타파합니다.

이제, 요즈음에는, 저 토카톤톤이 점점 빈번하게 들려오고, 신문을 펼쳐서, 신헌법을 한 조, 한 조, 숙독하다 보면, 토카톤톤, 국내의 인사에 관해 백부가 의논 좀 하자고 해서, 명안이 떠올라도, 토카톤톤, 선생님의 소설을 읽고자 해도 토카톤톤,

얼마 전 동네에서 불이 나서 화재 현장에 달려가려 해도 토카톤톤, 이젠 미쳐버린 게 아닐까 생각하기만 해도 역시 토카톤톤, 자살을 생각해도 토카톤톤.

"인생이란 한마디로 무엇입니까."

나는 간밤에 백부와 대작을 하면서, 일부러 장난조로 여쭈어보았습니다.

"인생, 그건 모르지. 하지만, 세상은 색과 욕심이야."

의외로 명답이라고 생각했습니다. 그리고 문득, 암상인이 돼볼까 생각했습니다. 암상인이 되어 1만 엔을 버는 생각을 했더니, 금방 토카톤톤이 들려왔습니다.

가르쳐주십시오. 이 소리는 무엇일까요. 그리고, 이 소리로부터 벗어나기 위해서는 어찌하면 좋을까요. 저는 이제 실제로, 이 소리 때문에 꼼짝도 할 수 없게 되었습니다. 제발 답장을 주십시오.

마지막으로, 한마디 덧붙인다면, 내가 이 편지를 반도 쓰지 않았을 때, 이미, 토카톤톤 소리가 마구 들려왔습니다. 이런 편지를 써야 하는 보잘것없는 신세, 그래도 꾹 참고 좌우간 이만큼 쓸 수가 있었습니다. 그리고, 너무나 별 볼 일이 없어서, 열이 올라서 거짓말만 한 것 같은 기분이 듭니다. 하나에 씨 같은 여자도 없고, 데모도 본 것이 아닙니다. 그 밖의 일들도 대체로 거짓말 같습니다. 하지만, 토카톤톤만큼은 거짓말이 아닌 것 같습니다. 다시 읽어보지 않고, 이대로 보냅니다.

경구敬具.

이 기이한 편지를 받아 든 한 작가는, 무참하게도 무학, 무사상의 사내였지만, 다음과 같은 답을 보내주었다.

배복拜復. 거드름 피우는 듯한 고뇌로군요. 나는 별로 동정하지 않습니다. 열 손가락이 가리키는 곳, 열 눈이 보는 바, 어떠한 변명도 성립하지 않는 추태를, 당신은 아직 회피하고 있는 것 같군요. 참사상은, 예지보다도 용기를 필요로 하는 것입니다. 마태복음 10장 28절, "육신은 죽여도 영혼은 죽이지 못하는 자들을 두려워하지 마라. 오히려 영혼도 육신도 지옥에서 멸망시키실 수 있는 분을 두려워하여라." 이 경우의 '두려워하다'는 '외경하다'라는 뜻에 가까운 것 같습니다. 이 예수의 말씀에, 벽력霹靂을 느낄 수 있게 되면, 당신의 환청은 그칠 것입니다. 불비不備.

(1947년 1월)

비용의 아내 ヴィヨンの妻

1

황급히 현관문 여는 소리가 들려오고, 나는 그 소리에 눈이 떠졌지만, 그것은 으레 인사불성이 된 남편의, 심야 귀가인 게 뻔하므로, 나는 그대로 가만히 자고 있었습니다.

남편은, 옆방에 전등을 켜고, 헉헉, 엄청 거친 숨을 쉬면서, 책상 서랍과 책장 서랍을 열고 뒤적거리며 무엇인가를 찾는 모양이었지만, 이윽고 쿵 하고 다다미에 주저앉는 듯한 소리가 들려왔고, 그 뒤로는 그저, 헉헉 하는 거친 숨소리뿐, 무엇을 하고 있는 것인지, 나는 누운 채로,

"오셨어요. 식사는 하셨나요? 찬장에 주먹밥이 있는데요"
하고 말하자,

"어, 고마워" 하고 여느 때와는 달리 부드러운 대답을 하더니, "애는 어때. 열은, 아직 있나?" 하고 물었습니다.

이 또한 신기한 일입니다. 아이는, 올 네 살인데, 영양부족 탓인지, 아니면 남편의 주독 탓인지, 병독 탓인지, 남의 집 두 살배기 아이보다도, 작을 정도이고, 걸음걸이조차도 불안정하며, 말 또한 기껏 우마우마라든지, 이야이야 정도 하는 것이 고작이어서, 지능이 떨어지는 것이 아닐까 생각되고, 나로서는 이 아이를 목욕탕에 데리고 가서, 발가벗겨 들어 올려보고서는, 너무나 조그맣고 추하게 말라 있는 것을 보고, 슬퍼져서, 많은 사람 앞에서 울어버린 일도 있습니다. 그리고 이 아이는 배앓이를 하기도 하고, 열이 나기도 하는데, 남편은 거의 집에 차분히 있는 일이 없어, 아이에 대해 어떻게 생각하고 있는 것인지, 아이가 열이 나는데요, 하고 말해보아도, 아, 그래, 의사한테 데려가야 되겠군, 이렇게 말하고, 부지런히 외투를 입고 어딘가로 나가버립니다. 의사에게 데려가고 싶어도, 돈도 아무것도 없으므로, 나는 아이 곁에 붙어 자면서, 머리를 말없이 쓰다듬어주는 것 말고는 달리 해줄 것이 없습니다.

하지만, 그날 밤은 어찌 된 셈인지, 묘하게 부드럽게, 아이 열은 어때, 하고 신기하게도 물었는데, 나는 반갑기보다는, 무엇인가 오싹하는 예감 때문에 등줄기가 싸늘해졌습니다. 아무 대답도 할 것이 없어 잠자코 있었는데, 그로부터 한참 동안은, 오직, 남편의 식식거리는 격한 숨소리만이 들려오고 있었습니다.

"계십니까."

이렇게, 여자의 가느다란 목소리가 현관에서 울렸습니다. 나는 온몸에 찬물을 뒤집어쓴 것처럼 깜짝 놀랐습니다.

"계십니까, 오타니 씨."

이번에는 좀 날카로운 말투였습니다. 동시에, 현관 열리는 소리가 나며,

"오타니 씨! 계신 거죠?"

하고, 확실히 노기가 서린 목소리로 말하는 것이 들렸습니다.

남편은, 그제야 간신히 현관으로 나간 듯,

"뭐요?"

하고 매우 쭈뼛거리는 듯한, 맥 빠진 대답을 했습니다.

"뭐요가 아니고요." 이렇게 여자는 목소리를 낮추어서 말하더니, "이렇게 반듯한 집도 있으면서, 도둑질을 한다는 게 말이 돼요? 고약한 농담은 그만두고, 그것을 돌려주세요. 안 그러면, 나는 지금 경찰서에 가서 고발할 겁니다."

"무슨 소리를 하는 거야. 무례한 소리 하지 말라고. 여기는 너희들이 올 곳이 아니야. 돌아가! 돌아가지 않는다면, 내 쪽에서 너희를 고발할 거다."

그때, 또 하나의 남자 목소리가 들렸습니다.

"선생, 배짱 좋으시네. 너희들이 올 곳이 아니라니 대단하시군. 기가 막혀서 말도 안 나와. 다른 일과는 달라. 남의 집 돈을! 당신, 농담에도 정도가 있는 거지. 지금까지만 해도, 우리 부부는, 당신 때문에 얼마나 시달렸는지 몰라. 그런데도, 이렇게 오늘 밤처럼 박정한 짓을 저지르시는 거요. 선생, 나는 사람을 잘못 보았소."

"공갈하는 거야?" 이렇게 남편은 위압적으로 말했지만, 그 목소리는 떨리고 있었습니다. "공갈이야, 돌아가! 할 말이 있으면 내일 듣겠다."

"대단한 소리를 하시는군. 선생, 이젠 아주 어엿한 악당이시네. 그렇다면, 이젠 경찰 신세를 지는 수밖에 별도리가 없겠군."

그 말투에는, 내 온몸에 소름이 끼칠 정도로 엄청난 증오가 깃들어 있었습니다.

"맘대로 하라고!" 이렇게 외치는 남편의 목소리는, 달아오르고 공허한 느낌이었습니다.

나는 일어나서, 잠옷 위에 하오리를 걸치고, 현관에 나가, 두 손님에게,

"어서 오십시오"

하고 인사를 했습니다.

"야아, 부인이십니까?"

무릎께까지 오는 짧은 외투를 입은 쉰 지난 둥근 얼굴의 남자가, 조금도 웃지 않고, 나를 향해 까딱 수긍할 때처럼 인사를 했습니다.

여자 쪽은 마흔 전후의 야위고 자그마한, 옷차림이 반듯한 사람이었습니다.

"이런 늦은 밤에 찾아와서."

그 여자는, 역시 조금도 웃지 않고 숄을 벗으며 나에게 절을 했습니다.

그때, 갑자기 남편은, 게다짝을 걸치고 밖으로 튀어 나가려

했습니다.

"어쭈, 그건 안 되지."

남자는, 남편의 한쪽 팔을 잡았고, 두 사람은 잠시 옥신각신 했습니다.

"놓아라! 찌른다."

남편의 오른손에는 잭나이프가 반짝이고 있었습니다. 그 나이프는, 남편이 아끼는 것으로, 분명 남편의 책상 서랍 안에 있었던 것입니다. 그렇다면, 아까 남편이 집에 돌아오자마자 서랍을 뒤져대는 것 같았는데, 이런 일이 벌어질 것을 예기하고, 나이프를 찾아서 주머니에 넣었던 것이 틀림없습니다.

남자는 몸을 뒤로 빼었습니다. 그 틈을 타서, 남편은 커다란 까마귀처럼 외투 소맷자락을 휘날리며, 밖으로 달려나갔습니다.

"도둑이야!"

하고, 그 사람은 큰 소리를 지르며, 뒤를 따라 밖으로 달려나가려 했지만, 나는 맨발로 뛰어가 남자를 끌어안고 말리면서,

"그만두세요. 어느 분이든 다쳐서는 안 됩니다. 일의 뒤처리는 제가 합니다."

이렇게 말하자, 곁에 있던 마흔의 여자도,

"그래요, 여보, 미치광이에 칼이에요. 무슨 짓을 할지 몰라요."

하고 말했습니다.

"염병할! 경찰이다. 이젠 용서 못 해."

멍하니 바깥의 어둠을 바라보면서, 혼잣말처럼 중얼거렸는

데, 그 남자도 온몸의 힘이 빠져버린 듯했습니다.

"죄송합니다. 부디, 올라가셔서, 이야기를 들려주십시오."

나도 현관 마루로 올라가 쪼그리고,

"제가, 뒤처리를 할 수 있을지도 모르니, 어서, 올라가세요, 어서요. 지저분한 곳이지만."

두 손님은 얼굴을 마주 보며, 가볍게 끄덕거렸고, 그리고 나서 남자는 태도를 고쳐,

"뭐라 하셔도, 우리 기분은 이미 정해졌습니다. 하지만, 지금까지의 경위는 일단 부인께 말씀드려두겠습니다."

"네, 어서, 들어오셔서, 편하게."

"아니, 그렇게는, 편히 있을 수도 없습니다만."

그러면서, 남자는 외투를 벗으려 했습니다.

"그대로 계십시오. 추우니까요. 정말, 그대로 부탁드립니다. 집 안에 불기운이 하나도 없어서요."

"그럼, 이대로 실례합니다."

"제발, 이쪽 분도 제발 그대로."

남자가 먼저, 그리고 여자가, 남편의 6조 방으로 들어가, 썩어가고 있는 듯한 다다미, 찢어진 채 있는 장지문, 부스러져가고 있는 벽, 종이가 벗겨져, 속의 뼈대가 드러나 있는 다락문, 한구석에 있는 책상과 책장, 그것도 텅 빈 책장, 그런 황량한 방의 풍경을 바라보며, 두 사람 모두 숨을 삼키는 것 같았습니다. 나는 터져서 솜이 비어져 나온 방석을 권하면서,

"다다미가 지저분하니까, 이거라도."

그리고서, 다시 두 분에게 인사 말씀을 했습니다.

"처음 뵙습니다. 남편이 지금까지 매우 폐를 끼치고 있었던 모양이고, 게다가, 오늘 밤 어떻게 된 일인지, 그런 무서운 짓까지 해서, 사과드릴 말씀도 없습니다. 아무튼 저렇게 이상한 성품의 사람인지라."

말하다 말고, 목이 메었고, 눈물이 떨어졌습니다.

"부인, 매우 실례입니다만, 나이가 어떻게 되십니까?"

하고, 남자는 찢어진 방석에 거침없이 책상다리로 앉고, 팔꿈치를 그 무릎 위에 세우고서, 주먹으로 턱을 괴고, 상반신을 앞으로 내밀듯이 하면서 나에게 물어봅니다.

"저, 저 말씀이십니까?"

"네, 분명 바깥양반은 서른, 이었지요?"

"네, 저는, 저, ……네 살 아래입니다."

"그렇다면, 스물여섯, 아이고 놀랍군요. 아직, 그렇습니까? 아니, 그럴 테지요, 남편이 서른이라면 그렇게 되겠지만, 놀랍군요."

"저도, 아까부터" 하고 여자분은, 남자의 등 뒤에서 얼굴을 내밀 듯이 하면서, "감탄하고 있었답니다. 이처럼 훌륭한 부인이 있는데, 어째서 오타니 씨는 저렇게, 그죠."

"병이야, 병. 전에는 저 정도는 아니었는데, 자꾸만 나빠지는 군."

이렇게 말하고는 큰 탄식을 했습니다.

"실은 부인," 하고 새삼스러운 어조로,

"우리 부부는, 나카노역 근처에서 조그마한 요릿집을 경영하고 있습니다. 나도 이 사람도 조슈上州 태생이고, 나는 이래

518

봬도 착실한 장사꾼이었는데, 도락道樂 기질이 강하다고나 할까, 시골 농사꾼을 상대로 하는 장사에 싫증이 나서, 그럭저럭 20년쯤 전에, 이 사람을 데리고 도쿄로 나왔습니다. 아사쿠사의 한 요릿집에 입주 고용살이를 하게 되면서, 말하자면, 남들처럼 이런저런 고생도 해서, 약간의 저축이 생겨서, 지금의 저 나카노역 근처에, 1936년이었던가 6조 한 칸에 좁은 토방이 딸린 볼품없는 작은 집을 빌려서, 한 번의 유흥비가 기껏 1엔이나 2엔 손님 상대로 소소한 음식점을 열었지요.

그래도 우리 내외는 낭비하지 않고, 착실하게 일했고, 그렇게 해서 소주라든지 진 같은 것을 그런대로 잔뜩 사들일 수가 있게 된 덕에, 그 후의 술 부족 시절이 되고서도, 다른 음식점처럼 업종을 바꾸거나 하지 않고, 어떻게든 버티면서 장사를 했습니다. 그렇게 되자, 단골손님들도 전적으로 응원을 해주시더니, 이른바 군관軍官의 술안주를, 이쪽으로도 조금씩 흘러들어 오도록 길을 열어주시는 분도 있고 해서, 전쟁이 시작되어, 점차로 공습이 심해진 뒤로도, 우리에게는 성가시게 구는 아이도 없고, 고향으로 피란 갈 생각도 일어나지 않는지라, 뭐, 이 집이 불탈 때까지는 버텨보자고 해서, 그럭저럭 재난도 당하지 않고 종전을 맞게 된 거지요.

그래서 이제는 당당하게 암시장의 술을 구해서 팔고 있는, 짧게 말하자면, 그런 신세의 인간입니다. 하지만, 이처럼 짧게 이야기하고 보면, 그다지 대단한 고생도 없이 꽤 운 좋게 살아온 인간처럼 생각하실지 모르지만, 인간의 일생은 지옥 아닙니까. 촌선척마寸善尺魔라더니, 참으로 맞는 말인 것 같아요.

한 치의 행복에는 한 자의 마귀가 꼭 따라다니는 거지요. 인간 365일, 아무 걱정 없는 날이 하루, 아니, 한나절 있으면, 그건 행복한 인간입니다.

댁의 남편인 오타니 씨가 처음으로 우리 집에 온 것은 1944년 조금 전이었던가, 좌우간 그 무렵에는 아직, 전쟁에서도 별로 밀리지 않는, 아니지, 슬슬 패색을 보이기 시작하던 무렵이었겠지만, 우리는 그런 실체랄까, 진상이랄까, 그런 건 알지 못하고, 앞으로 2, 3년만 버티면, 그럭저럭 대등한 자격으로 화평이 올 것으로 생각하고 있었지요. 오타니 씨가 처음으로 우리 가게에 나타났을 때도, 분명, 구루메가스리의 평상복에 외투를 걸치고 있었는데, 그것은 오타니 씨만이 아니라, 아직 그 무렵은 도쿄에서도 방공 복장으로 거리를 걷는 사람은 드물고, 대체로 평상복으로 편하게 외출할 수 있을 무렵이어서, 우리도, 그 당시의 오타니 씨의 차림새를 별로 이상스럽게 생각하지 않았습니다.

오타니 씨는 그때, 혼자가 아니었습니다. 부인 앞이기는 하지만, 아니, 이젠 모조리 몽땅 있는 그대로 말씀드리지요. 그분은, 어떤 연상의 여자를 데리고 가게의 뒷문으로 몰래 들어왔습니다. 하기야, 이미, 그 무렵은 어느 가게나, 매일 바깥쪽 문은 아주 닫아버리고, 그 당시 유행하던 말로 하자면, 폐점 개업이라는 것을 하고 있었는데, 아주 적은 수의 단골손님만이 뒷문으로 몰래 들어와, 가게 토방에 있는 의자석에서 술을 마시는 일은 없고, 안쪽 6조 방에 조명을 어둡게 해놓고, 큰 소리를 내지 않고, 몰래 술을 마시는 그런 시절이었지요.

그 연상의 여자라는 것은, 바로 얼마 전까지, 신주쿠의 바에서 여급을 하고 있었던 사람인데, 그 여급 시절, 돈푼깨나 있는 손님을 우리 가게로 데려와 마시게 해서, 우리 집 단골로 만들어주는, 그런 끈끈한 관계를 맺고 있었습니다. 그 사람의 아파트는 바로 가까이 있었는데, 우리 가게에서도 점차로 술이 줄어들어, 아무리 괜찮은 손님이라고 해도, 술 마실 사람이 는다는 것은, 이전처럼 고맙지가 않았을 뿐 아니라, 귀찮은 존재로까지 여겨졌었지요. 하지만, 그 4, 5년 동안, 돈 씀씀이가 매우 활수한 손님들을 많이 데리고 와주었기 때문에, 그런 의리도 있고 해서, 그 여자가 소개한 손님들에게는, 우리도, 싫은 얼굴 하지 않고 술을 드리기로 하고 있었답니다.

그래서 이 집 주인이, 그 연상의 여자, 아키 짱이라고 하는데요, 그 사람에게 이끌려 뒷문으로 몰래 들어와도, 우리는 별 의심도 하지 않고, 늘 하듯이, 안쪽 6조 방으로 모시고, 소주를 내놓았습니다. 오타니 씨는 그날 밤 조용히 마셨고, 계산은 아키 짱이 하고 나서 다시 뒷문으로 함께 돌아갔습니다. 그런데, 나는 기묘하게도, 그날 밤의, 오타니 씨의 조용하고 품위 있는 태도를 잊을 수가 없습니다. 마물魔物이 남의 집에 처음 나타날 때에는, 그처럼 조용하고, 신선한 모습을 하는 것일까요.

그날 밤부터, 우리 가게는 오타니 씨한테 노림을 받게 된 겁니다. 그로부터 열흘쯤 지나, 이번에는 오타니 씨가 혼자서 뒷문으로 들어와, 대뜸 100엔 지폐를 한 장 꺼냈는데, 아니, 그 무렵에는 아직 100엔이라면 큰돈이었지요. 지금의 2, 3천 엔, 혹은 그 이상에 해당되는 큰돈이었습니다. 그걸 억지로 내 손에 쥐여주고서, 부탁해요, 라고 말하고는 심약하게 웃었습니다. 벌써, 많이 술을 드신 모양이지만, 좌우간 부인도 아시겠지요, 그렇게 술이 센 사람도 없는 겁니다. 취했구나 싶으면, 갑자기 멀쩡하게 사리가 통하는 말을 하고, 아무리 마셔도, 다리가 비틀거린다는 일은, 여태까지 한 번도 본 일이 없으니 말입니다.

인간 삼십 전후는 바로 혈기 왕성한 때라서, 술에도 강한 나이지만, 저런 경우는 보기 드뭅니다. 그날 밤도, 어디선지 다른 데서 상당히 많이 드시고 온 모양이지만, 우리 집에서도 소주를 연이어 열 잔이나 마시고, 거의 말도 없이, 우리 부부가 말을 걸어도, 그저 수줍은 듯이 웃으면서, 응, 응, 하면서 애매하게 끄덕거리다가, 불쑥, 지금 몇 시예요? 하고 시간을 묻고 일어나, 거스름돈이오, 하고 내가 말하면, 아니, 아니, 됐어요, 하길래, 그러시면 곤란합니다, 하고 내가 강하게 말하자, 싱긋 웃고는, 그럼 요다음까지 맡아두세요, 다시 오겠습니다, 하고 돌아갔습니다. 부인, 우리가 그 사람한테서 돈을 받은 것은, 오직 그때 한 번뿐, 그 뒤로는, 이렇다느니 저렇다느니 속이면서, 3년 동안 단 한 푼도 돈을 내지 않고, 우리 집 술을 거의 혼자서 마셔버렸으니 기가 막히지 않습니까."

무심결에, 나는 폭소를 터뜨렸습니다. 이유도 알 수 없는 웃음이, 불쑥 치솟아 오른 것입니다. 당황해서 입을 가리고 부인 쪽을 바라보니, 부인도 묘하게 웃으며 고개를 숙였습니다. 그러자, 남편도 어쩔 수 없이 쓴웃음을 지으며,

"아니, 정말이지 웃을 일은 아닌데, 너무나 기가 막혀 웃음이

나오기도 합니다. 사실 저 정도의 솜씨를 다른 올바른 방면으로 썼더라면, 장관이나, 박사도 될 수 있을 겁니다. 우리 내외뿐 아니라, 저 사람의 노림을 받아서, 알거지가 되어 이 추위에 울고 있는 사람이 또 있는 모양입니다. 당장에, 저 아키 짱은, 오타니 씨하고 알게 되는 바람에, 좋은 후견인은 놓쳤지, 돈도 입을 것도 없어졌지, 이제는 공동주택의 지저분한 방에서 거지같이 살고 있다는데, 사실, 그 아키 짱은 오타니 씨하고 사귈 무렵에는, 딱할 정도로 푹 빠져서, 우리에게도 자랑을 하고 있었습니다.

우선, 신분이 굉장한 겁니다. 시코쿠의 어떤 영주의 별가別家인, 오타니 남작의 차남으로, 지금은 잘못을 저질러 쫓겨나 있지만, 언젠가 아버지인 남작이 세상을 떠나면, 장남과 둘이서 재산을 나눠 가질 수 있게 되어 있다. 머리도 좋아 천재다. 21세 때 책을 써서 이시카와 타쿠보쿠石川啄木라는 대천재가 쓴 책보다도, 더 훌륭하고, 그로부터 10여 권의 책을 썼는데, 나이는 젊지만, 일본 제일의 시인이라는 것. 게다가 대학자로서, 학습원學習院에서 일고一高, 제국대학으로 진학, 독일어, 프랑스어, 좌우간 엄청납니다. 무엇이 어찌 되었는지, 아키 짱이 이야기하게 되면 하느님 같은 사람인 겁니다. 하지만, 그게 또한 아주 거짓말을 아닌 듯, 다른 사람한테 들어봐도, 오타니 남작의 차남이고, 유명한 시인이라는 사실에는 변함이 없는지라, 저의 집 할망구까지, 나잇값도 못하고, 아키 짱하고 경쟁을 하느라 열을 올리면서, 과연 집안 좋은 양반은 어딘가 다르시네 따위의 말을 하면서, 오타니 씨가 오기를 학수고대하고 있는 판이니 말이 아닙니다.

　이제는 화족華族이고 나발이고 다 없어져버렸지만, 전쟁이 끝나기 전까지는, 여자를 꼬드기는 데는, 좌우간 화족 가문에서 쫓겨난 아들이라는 게 최고였던 모양입니다. 이상하게도 여자들이 콩깍지가 씌는 모양이에요. 역시 이것은 그, 요즈음 유행하는 말로 하자면 노예근성이라는 것이겠지요. 나 같은 사람은 사나이 중에서도 닳고 닳은 놈이라, 그까짓 화족 나부랭이의, 아니, 부인 앞이라 뭣하지만, 시코쿠의 영주殿様님의, 분가의, 차남 따위라니, 그런 것은 나 같은 신분하고 차이가 있을 것으로 생각하지 않고 말입니다, 설마하니, 천덕스럽게 콩깍지가 씌거나 하지도 않습니다. 하지만, 역시, 무언가, 저 선생은 나로서도 벅찬지라, 이제 다시는, 아무리 부탁을 하더라도 술은 내주지 않을 거다 하고 굳게 결심을 하건만, 뭔가에 쫓기는 사람처럼 의외의 시간에 우리 집에 쓱 와가지고 안도하는 듯한 모습을 보면, 그 결심이 무너져 술을 내놓곤 한 겁니다. 취했다고 해서 시끄럽게 떠들어대는 것도 아니고, 그저 계산만 제대로 해주신다면 좋은 손님이거든요. 스스로 자기 신분을 떠벌리는 것도 아니고, 천재라느니 뭐라느니 그런 바보 같은 자랑을 한 일도 없거든요. 아키 짱이, 저 선생 곁에서 우리한테 저 사람이 대단한 사람이라는 것을 떠벌리고 있는 마당에, 나는 돈이 필요한 거야, 우리 계산을 해주었으면 해, 이렇게 아주 딴소리를 했다가는 분위기가 썰렁해질 것 아닙니까.

　저 사람이 우리에게 지금까지 술값을 낸 일은 없지만, 그 사람 대신에 아키 짱이 종종 지불을 하고 가고, 또, 아키 짱 말고도, 아키 짱이 알게 되었다가는 난처할 듯한 여인네도 하나 있었습니다. 그 사람은 어느 집 마나님인 것 같았는데, 그 사람도 때때로 오타니 씨하고 같이 와서, 이 역시 과분한 돈을 두고 가는 일도 있었습니다. 우리야 장사치니까, 그런 일이라도 있지 않아가지고는, 아무리 오타니 선생이든, 미야사마宮樣*가 되었든, 그렇게 언제까지나 공짜로 마시게 할 수는 없습니다. 게다가, 그런 어쩌다 내는 술값만 가지고는 도저히 꾸려나갈 수가 없을 정도로, 큰 손해가 나게 마련인데, 어쩌다, 고가네이에 선생 댁이 있고, 거기에는 제대로 부인도 계시다는 말을 듣고 보니, 한번 가서, 돈 계산 이야기를 의논해야겠구나 생각해서, 슬그머니, 오타니 씨한테 댁은 어디 근처이신가요, 하고 물어본 일이 있었습니다. 하지만, 바로 감을 잡고, 없는 거는 없는 거야, 어째서 그렇게 신경을 쓰는 거지? 싸움 끝에 헤어지는 것은 손해라고, 하는 등 심통 사나운 소리를 하더군요. 그래서, 우리는 몇 번인가, 선생의 집만이라도 알아둬야겠다고 두세 번 뒤를 밟은 일도 있었지만, 그때마다 묘하게 실패를 하고 말았습니다.

그러는 동안, 도쿄는 대공습을 연속적으로 받게 되었습니다. 무엇이 무엇인지, 혼란 통에, 오타니 씨가 전투모자 같은 것을 뒤집어쓰고 들어오더니, 마음대로 벽장에서 브랜디병 같은 것을 끄집어내서 선 채로 벌컥벌컥 마시고는 바람처럼 사라져버

---

* '미야' 칭호를 가진 황족.

려, 계산이고 나발이고 없는 채로, 이윽고 종전이 되었습니다.

이번에는 우리도 당당하게 암시장의 안주거리를 구입하면서, 가게 앞에 새로 간판을 내걸고, 아무리 가난한 가게지만, 활기차게, 손님한테 애교를 떨어대는 아가씨를 하나 고용하기도 했지만, 또다시 저 악마 같은 선생이 나타났습니다. 이번에는 여자하고가 아니라, 반드시 두세 명의 신문기자나 잡지사 기자와 함께 왔습니다. 이제는 군인이 몰락해서 지금까지 가난하게 살던 시인들이 세상에서 환영받게 되었다든가 하는 게 그 기자들의 이야기입니다. 오타니 선생은, 그 기자들을 상대로, 외국인 이름인지, 영어인지, 철학인지, 무엇인지 알 수 없는 이상한 소리를 들려주고 나서는, 쓱 일어나 밖으로 나간 채, 다시는 돌아오지 않는 겁니다. 기자들은, 흥이 깨진 얼굴을 하고, 그 양반 어디로 간 거야, 슬슬 우리도 돌아가지, 하고 돌아갈 채비를 시작하고, 나는 기다리세요, 선생은 언제나 저런 식을 도망칩니다. 계산은 여러분에게 받겠습니다, 하고 말하지요.

얌전하게 서로 돈을 내고 가는 경우도 있지만, 오타니한테 지불하라고 해, 우리는 500엔 생활을 하고 있다고, 이렇게 말하면서 화를 내는 사람도 있습니다. 욕설을 들으면서도, 나는, 아닙니다, 오타니 씨의 빚이 지금까지 얼마나 밀렸는지 아세요? 만약에 당신네들이 그 빚을 얼마간이라도 오타니 씨한테 받아 와주신다면, 저는 당신들에게 그 반을 드리겠습니다, 하고 말했더니, 뭐냐, 오타니가 그런 놈이라고는 생각지도 못했군, 앞으로는 그놈하고 마시지 말아야지, 우리는 오늘밤에는 돈이 100엔도 없어, 내일 가지고 올 테니, 그때까지 이걸 맡겨두지, 하고 기세 좋게 외투를 벗기도 합니다.

기자, 하면 영 품성이 고약하다고 세상 사람들이 말하고 있는 것 같지만, 오타니 씨하고 비교해보면, 당치도 않습니다. 정직하고, 시원시원하고, 오타니 씨가 남작의 차남이라면, 기자들 쪽이 공작의 도련님 정도의 값어치가 있습니다. 오타니 씨는, 전쟁이 끝나면서 한층 주량도 늘고, 인상도 험악해지고, 여태까지는 들어볼 수가 없었던 천덕스러운 농담이나 지껄이고, 또, 함께 온 기자를 갑자기 때려서, 싸움을 벌이기도 하고, 또, 우리 가게에서 부리고 있는 아직 스물도 되지 않은 계집애를 어느 사이엔지 꼬드겨내고, 하는 바람에 우리도 엄청 놀라고, 아주 난처해졌지만, 이미 저질러진 일이라 울며 겨자 먹기식으로 참는 수밖에 없어, 계집애에게도 참고 단념하라고 달래서 슬그머니 부모에게 돌려보냈습니다. 오타니 씨, 오타니 씨에게 이제 아무 말도 하지 않을 테니, 부탁합니다, 앞으로 오지 마시오, 이렇게 말했더니, 오타니 씨는 암거래로 장사를 하고 있는 주제에 큰소리치지 마, 나는 죄다 알고 있어, 이렇게 저질 협박의 말을 뱉고 나서, 바로 다음 날 밤에 천연덕스러운 얼굴을 하고 또 옵니다.

우리도, 전쟁 때부터 암거래 장사를 해서, 그 벌로 이런 귀신 같은 인간을 받아야 하는 것인지는 모르지만, 오늘 밤 같은 엄청난 일을 당해가지고는, 더 이상 시인이고 선생이고 없는 겁니다. 도둑 말입니다. 우리 돈을 5천 엔 훔쳐 도망쳤습니다. 이제는 우리도 재료 구입에 돈이 많이 들어, 집 안에는 기껏해야 500엔이나 천 엔의 현금이 있을 정도이고, 아니, 정말이지, 매상으로 올린 돈은 금방 이리저리 재료 구입으로 돌려 써야 합니다. 오늘 밤, 우리 집에 5천 엔이라는 큰돈이 있었던 것은, 올해도 이제 연말 대목이 다가오고 있는지라, 제가 단골손님 댁을 돌아다니며, 외상값을 받아서, 겨우 그만큼 모아놓은 것이어서, 그것은 바로 오늘 밤에라도 재료 구입을 위해 지불하지 않았다가는, 내년 정월부터 우리 집 장사를 계속할 수 없게 되는, 그런 소중한 돈입니다.

집사람이 6조 방에서 계산하여 벽장 서랍 속에 넣어두었던 것을, 그 사람이 봉당의 의자에 앉아 혼자 술을 마시면서 보고 있었던지, 갑자기 일어서서 더벅더벅 6조 방으로 올라오더니, 말없이 집사람을 밀쳐내고, 서랍을 열고, 그 5천 엔의 돈다발을 움켜쥐고는 외투 주머니에 쑤셔 넣은 다음, 우리가 어안이 벙벙해 있는 사이, 휙 가게에서 튀어 나갔습니다. 우리는 소리를 질러 불러대었고, 집사람과 함께 뒤를 쫓으면서, 이제는 이 판사판 도둑이야! 하고 외치면서, 길 가는 사람들을 모아서 붙잡을까 했지만, 좌우간 오타니 씨는 우리하고도 아는 처지이고, 그렇게 하는 것은 너무 지나치다 싶어서, 오늘 밤에는 어떤 일이 있더라도 오타니 씨를 놓치지 않고 뒤를 밟아, 도착하는 곳을 확인한 다음, 조용히 대화를 해서 그 돈을 돌려받으리라고, 이렇게, 뭐, 저희는 연약한 장사치 아닙니까. 우리 내외가 힘을 합쳐, 간신히 오늘 밤에는 이 집을 확인했지요. 참을 수 없는 기분을 억누르고, 돈을 돌려주십시오, 하고 온화하게 말씀드렸건만, 이게 무슨 짓이란 말입니까. 칼 따위를 들이대고 찌른다라니, 이게 무슨."

또다시, 영문을 알 수 없는 웃음이 치솟아서, 나는 소리 내어 웃고 말았습니다. 부인도 얼굴을 붉히며 조금 웃었습니다. 나는 도무지 웃음이 그치지 않아, 술집 남자에게 죄송스럽게 생각하기는 했지만, 기묘하게도 자꾸만 웃음이 나와, 언제까지나 웃다가 눈물이 나오면서, 남편의 시 속에 있는 '문명 끝자락의 큰 웃음'이라는 것은, 이런 기분을 말하는 것일까, 문득 생각했습니다.

2

어찌 됐든, 그렇게 큰 웃음을 터뜨려가면서 끝낼 수 있는 사건이 아니었으므로, 나도 생각한 끝에, 그날 밤, 두 분을 향해, 그럼, 제가 어떻게 해서든지 뒷수습을 하도록 노력해보겠으니, 하루만 더 기다려주십시오, 내일 댁으로, 제가 찾아뵙겠습니다, 하고 말하고, 그 나카노의 점포가 있는 곳을 상세하게 물은 다음, 억지로 두 분의 승낙을 받아내어, 그날 밤은 그대로 돌아가주기를 부탁드렸습니다. 그때부터 추운 6조 방 한가운데에 오도카니 앉아 골똘히 생각해보았지만, 별 시원한 생각도 떠오르지 않았으므로, 일어서서 겉옷을 벗고, 아이가 자고 있는 이불로 들어가, 아이의 머리를 쓰다듬으면서, 언제까지나, 언제까지나, 동이 트지 않았으면 하고 생각했습니다.

나의 아버지는 전에, 아사쿠사 공원의 효탄 연못가에서 포장마차 오뎅집을 내고 있었습니다. 어머니는 일찍 돌아가시고,

아버지와 나 둘이서 공동주택에 살면서, 포장마차 일도 아버지와 나 두 사람이 하고 있었는데, 지금의 남편이 때때로 포장마차에 찾아오곤 했고, 어느 사이에 나는 아버지를 속이고, 그이와 다른 곳에서 만나게 되었습니다. 배 속에 아기가 생겼으므로, 이런저런 일들을 겪은 끝에, 결국 그이의 아내라는 꼴이 되기는 했지만, 물론 호적 같은 데에도 올라 있지 않습니다. 아기는 아비 없는 자식이 될 판이고, 그이는 집을 나갔다 하면 사흘 밤이고, 나흘 밤이고, 아니지요, 한 달 동안이나 돌아오지 않는 일도 있는데, 어디 가서 무슨 일을 하고 있는지, 돌아올 때면, 언제나 만취해서, 새파란 얼굴로, 헉헉 괴로운 듯 숨을 몰아쉬며, 내 얼굴을 보고서, 눈물을 주룩주룩 흘리는 일도 있는가 하면, 갑작스레, 내가 자고 있는 이불로 파고 들어 와, 내 몸을 꼭 껴안고서,

"아아, 안 돼. 무서워, 무섭다고. 나는 무서워! 살려줘" 소리를 하고서, 덜덜 떠는 일도 있었고, 자면서도 잠꼬대를 하지 않나, 신음 소리를 내지 않나, 그런 다음 날 아침이면, 넋이 나간 사람처럼 멍하니 있다가도, 어느새 사라져버리고, 그러고서 사흘 밤, 나흘 밤도 돌아오지 않고, 오래전부터 남편의 친지인 출판사의 두세 분이, 그이와 나와 아이가 걱정돼서 오시는데, 어쩌다가 돈도 주고 가시므로, 그럭저럭 우리도 굶어 죽지 않고 오늘까지 살아온 것입니다.

깜박 잠이 들었다가, 문득 눈을 뜨니, 덧문 틈으로, 아침 햇빛이 스며들고 있음을 깨닫고, 일어나서 옷매무새를 가다듬고, 아이를 업고서, 밖으로 나갔습니다. 이젠 도저히 방구석에 들

어박혀 있을 수 없는 기분이었습니다.

딱히 가야 할 곳도 없고, 역 쪽으로 걸어가, 역 앞에 있는 노점에서 사탕을 사 아이에게 주고, 그러다 문득 생각이 나서, 기치조지까지의 표를 사서, 전차를 타고 손잡이를 붙잡고 별생각 없이 전차 천장에 매달려 있는 포스터를 보았더니, 남편의 이름이 나와 있었습니다. 그것은 잡지 광고였는데, 남편은 그 잡지에 '프랑수아 비용'이라는 제목의 긴 논문을 발표해놓은 모양이었습니다. 나는 그 프랑수아 비용이라는 제목과 남편의 이름을 보고 있는 동안, 까닭을 알 수 없지만, 매우 쓰라린 눈물이 넘쳐 나와, 포스터가 희미해져 보이지 않게 되었습니다.

기치조지에서 내려, 참으로 몇 년 만에, 이노카시라 공원을 거닐어보았습니다. 연못가의 삼나무가 깨끗이 베어져버리고, 뭔가 이제부터 공사라도 시작되는 듯, 이상하게 벌거벗겨지고 휑한 느낌으로, 예전하고는 완전히 달라져 있었습니다.

아기를 등에서 내려놓고, 연못가 조금 망가져 있는 벤치에 둘이 나란히 걸터앉아, 집에서 가지고 온 감자를 아이에게 먹였습니다.

"아가야, 예쁜 연못이지? 예전엔 말이야, 이 연못에 잉어 친구랑, 금붕어 친구가 많이 많이 있었는데 말이야, 인제는 아무것도 없구나. 시시하지."

아기는 무슨 생각을 했는지, 감자를 입안 하나 가득 문 채로, 케케, 하고 묘하게 웃었습니다. 내 아이지만, 거의 바보 같은 느낌이었습니다.

그 연못가 벤치에 아무리 있어봤자, 해결될 일이 있을 턱이 없어, 나는 다시 아기를 업고, 흐늘흐늘 기치조지역으로 되돌아가, 흥청거리는 노점상들을 구경하고, 그러고 나서, 역으로 가서 나카노행 표를 사, 아무런 생각도 계획도 없이, 말하자면, 무시무시한 마의 구덩이로 술술 빨려들어 가듯이, 전차를 타고 나카노에 내려, 어제 알려준 길을 따라서, 그 사람들의 작은 요릿집에 당도했습니다. 바깥문이 닫혀 있었으므로, 뒤로 돌아 뒷문으로 들어갔습니다. 남자는 없고, 안주인 혼자, 가게 안을 청소하고 있었습니다. 안주인하고 얼굴이 마주치는 순간, 내 자신도 생각지도 못한 거짓말이 술술 나왔습니다.

"저, 아주머니, 돈은 제가 깨끗이 돌려드릴 수 있을 것 같습니다. 오늘 밤, 아니면 내일, 아무튼, 확실한 가능성이 생겼으니까, 이제 걱정하지 마세요."

"어머나, 어쩌면, 정말이지 감사합니다."

그렇게 말하며, 안주인은, 잠시 기쁜 표정을 지었지만, 그래도 무엇인가 납득이 되지 않는 듯한 불안한 그림자가 얼굴 한 구석에 남아 있었습니다.

"아주머니, 정말이에요. 확실하게 여기에 가져다줄 사람이 있거든요. 그때까지는, 제가 인질이 되어서, 여기에 쭉 있기로 되어 있어요. 그럼 안심되시죠? 돈이 올 때까지, 저는 가게 심부름 같은 것을 할게요."

나는 아이를 등에서 풀러, 안쪽 6조 방에서 혼자 놀게 해놓고, 바지런히 일을 했습니다. 아기는 원래, 혼자서 노는 데는 익숙한 터이므로, 조금도 방해가 되지 않습니다. 그리고 머리가 나쁜 탓인지, 낯가림을 하지 않아, 아주머니에게도 웃음을 짓고, 내가 아주머니 대신에, 아주머니의 집 배급 물건을 가지러 가 있는 동안에도, 아주머니로부터 미국 통조림통을 장난감으로 받아, 이를 두들기는 등, 6조 방 구석에서 놀고 있었던 모양입니다.

낮이 되어, 주인 양반이 생선과 야채 등을 구입해서 돌아왔습니다. 나는 주인의 얼굴을 보자마자, 또다시 안주인에게 한 것과 똑같은 거짓말을 했습니다.

주인은 어이가 없다는 얼굴이 되어,

"그래요? 하지만, 아주머니, 돈이란 건 말이죠, 내 손아귀에 쥐어보기 전까지는 믿을 것이 못 됩니다"

하고, 의외로 조용하게 가르치는 듯한 투로 말했습니다.

"아니에요, 그게 말이죠, 정말로 분명한 일이에요. 그러니, 저를 믿고, 고소하는 일은, 오늘 하루만 기다려주십시오. 그때까지는 제가, 이 집 일을 돕겠습니다."

"돈이 돌아오기만 한다면야, 그야 뭐" 하고 주인은 혼잣말처럼 말하고 나서, "좌우간, 이제 올해도 대엿새뿐 아닙니까."

"네, 그래서, 그러니까, 저, 나는…… 어머나, 손님이에요. 어서 오십시오" 하고 나는 가게로 들어온 세 명의 직장인으로 보이는 손님을 향해 웃으면서, 조그만 소리로, "아주머니, 미안해요, 앞치마 좀 빌려주세요."

"야, 미인을 고용하셨군. 이것 굉장하네"

하고 손님 하나가 말했습니다.

"유혹하면 안 됩니다" 하고 주인도, 아주 농담도 아닌 듯한 말투로 말하고 나서, "큰돈이 걸려 있는 몸이니까요."

"백만 불의 명마*란 말이군."

또 한 사람의 손님은, 너절한 재담을 했습니다.

"명마도, 암컷은 반값이라지요."

이렇게 나도, 술을 따르면서, 지지 않고 상스러운 말로 받았습니다.

"겸손할 것 없어요. 앞으로의 일본은, 말이 되었든, 개가 되었든, 남녀평등이거든." 이렇게 가장 젊은 손님이 떠들어대듯이 말하고 나서, "누님, 나는 반했어. 한눈에 반했다고. 하지만, 누님에게는 아기가 있구나."

"아니요." 안주인이 안에서 아기를 데리고 나와, "이 애는 이번에 우리 친척집에서 데리고 온 아이예요. 이렇게 해서, 우리도 이제야 후사가 생긴 거지요."

"돈도 생겼고 말이야"

하고 손님 하나가 놀리자, 주인은 진지하게,

"색色도 생기고, 빚도 생기고" 하고 중얼거리고 나서, 문득 말투를 바꿔, "무엇으로 하실까요? 모둠냄비라도 만들까요?" 하고 손님에게 물었습니다. 나는, 그때 어떤 한 가지를 깨닫게 되었습니다. 역시 그랬군, 하고 혼자서 끄덕이면서, 겉으로는 아무렇지도 않은 듯이, 손님에게 술잔을 넘겼습니다.

그날은, 크리스마스의 전야제라는 것에 해당하는 듯, 그래선지, 손님이 그칠 사이도 없이 계속 들어와서, 나는 아침부터 거

---

* 1935년에 야마나카 사다오 감독이 만든 〈백만 냥의 항아리〉라는 일본의 걸작 영화를 비튼 말.

의 아무것도 먹지 않았지만, 가슴속에 온갖 생각들이 꽉 차 있어서인지, 아주머니가 무얼 좀 먹으라고 권했지만, 아니에요, 괜찮아요, 하고는, 오직 그저, 부지런히, 깃옷 한 장을 두르고서 춤이라도 추듯, 가볍게 움직였습니다. 자화자찬일지도 모르지만, 그날의 손님들은 이상할 정도로 활기를 띤 모양으로, 나의 이름을 묻기도 하고, 악수를 청하는 손님이 두세 명 정도가 아니었습니다.

하지만, 이렇게 되고 보니, 앞으로 어찌 되는 것일까요. 나로서는 도무지 짐작도 할 수 없는 일이었습니다. 그저 웃기만 하고, 손님의 음란한 농담에도, 맞장구를 쳐주고, 게다가, 좀 더 천덕스러운 농담으로 응수하고, 이 손님, 저 손님에게 술을 따르는 동안, 나의 이 몸이 아이스크림처럼 녹아 흘러버렸으면 좋겠다는 따위의 생각을 하고 있었습니다.

기적은 역시, 이 세상에도 더러는 나타나는 모양입니다.

9시 조금 지난 무렵이었을까. 크리스마스이브 축제의, 종이로 된 삼각모자를 쓰고, 루팡처럼 얼굴 위쪽 반을 가린 검은 가면을 쓴 남자와, 34, 5세의 마른 타입의 예쁜 여인네 한 쌍의 손님이 들어왔는데, 남자는 우리에게는 뒤를 향해, 토방 귀퉁이 의자에 앉았습니다. 나는 그 사람이 가게에 들어오자, 금방, 누구인지 알았습니다. 도둑인 남편입니다.

그쪽은 나에 대해서는 전혀 눈치채지 못한 것 같았으므로, 나도 모르는 체하고 다른 손님과 잡담을 하고 있었는데, 그 여자가 남편 맞은편에 앉아서,

"아가씨, 나 좀 봐요"

하고 불렀으므로,

"네."

대답을 하고 두 사람 테이블 쪽으로 갔습니다.

"어서 오십시오, 술 드릴까요?"

하고 말할 때, 언뜻, 남편은 가면 밑으로 나를 보고서, 어지간히 놀란 모양이었지만, 나는 그 어깨를 살짝 만지며,

"크리스마스 축하합니다, 라고 하나요, 뭐라고 하나요? 앞으로 한 되 정도는 마실 수 있을 것 같지요?"

하고 말했습니다.

여자는 이에는 대꾸도 하지 않고, 새삼스러운 얼굴 표정이 되면서,

"저, 언니, 미안하지만, 이곳 주인한테 긴한 이야기를 하고 싶은데, 잠시 여기에 주인을"

하고 말했습니다.

나는 안에서 튀김을 만들고 있는 주인에게 가서,

"오타니가 돌아왔습니다. 만나주십시오. 하지만, 함께 온 여자분에게, 제 이야기는 하지 말아주십시오. 오타니가 창피를 당하면 안 되니까요."

"결국 왔군요."

주인은, 나의 그 거짓말을 반은 의심했으면서도, 그래도 꽤 믿어주었던지, 남편이 돌아온 것도, 그것도 내가 시켜서 한 것으로 지레짐작을 하고 있는 모양이었습니다.

"제 이야기는 하지 말아주세요"

하고 다시 말하자,

"그편이 좋으시다면, 그렇게 하지요"
하고 싹싹하게 말하고 객석으로 갔습니다.

주인은, 토방의 손님들을 한 번 쓱 훑어보고 나서, 곧장 남편이 있는 테이블로 걸어가, 그 예쁜 부인네하고 무엇인가 두세 마디 교환하더니, 그 세 사람이 함께 밖으로 나갔습니다.

이젠 됐다. 만사가 해결된 것이다. 어째선지 그런 믿음이 생기면서, 너무나 반가워서, 곤가스리*의 기모노를 입은, 아직 스무 살도 되지 않았음 직한 젊은 손님의 손목을, 느닷없이 강하게 쥐고서,

"마십시다, 자, 마셔요. 크리스마스잖아요."

3

근 30분, 아니, 좀 더 일찍, 어머나, 하고 생각될 정도로 일찍, 주인 혼자 돌아와서, 내 곁으로 다가오더니,

"부인, 참으로 감사합니다. 돈을 되돌려 받았습니다."

"그래요? 잘됐군요, 전부요?"

주인은 묘한 웃음을 지으면서,

"네에, 어제의, 훔쳐간 돈만큼은요."

"여태까지의 것 모두는, 얼마나 되나요, 대략, 뭐, 아주 많이

---

* 붓으로 스친 듯한 흰 무늬가 있는 감색 옷감.

깎아서요.”

“2만 엔.”

“그것이면 되나요?”

“아주 엄청 깎은 겁니다.”

“갚아드릴게요, 아저씨. 내일부터 나를 여기서 일하게 해주지 않으실래요? 네, 그렇게 해요! 일해서 갚을게요.”

“아이고, 부인, 대단하십니다.”

우리는 같이 소리 내어 웃었습니다.

그날 밤, 10시 지나서, 나는 나카노의 가게를 떠나, 아이를 업고서, 고가네이의 우리 집으로 돌아왔습니다. 역시, 남편은 돌아와 있지 않았지만, 나는 아무렇지도 않았습니다. 내일 다시, 그 가게에 가면, 남편을 만날지도 모르거든요. 어째서 나는 지금까지, 이처럼 좋은 방법을 몰랐던 것일까요. 어제까지의 나의 고생도, 알고 보면, 내가 바보여서, 이런 명안을 떠올리지 못한 때문이지요. 나도 예전에는 아사쿠사의 아버지의 포장마차에서 손님 다루기가 서투르지 않았으니까, 앞으로도 나카노의 가게에서도 반드시 잘 꾸려나갈 것이 틀림없습니다. 당장, 오늘 밤만 하더라도, 나는 팁을 500엔 가까이 받았으니 말입니다.

주인의 말에 의하면, 남편은 지난밤 그 후로 어딘가의 아는 사람의 집에 가서 잔 모양이고, 그 예쁜 여자가 경영하고 있는 교바시의 바를 습격, 아침부터 위스키를 마셨고, 그러고 나서, 그 바에서 일하는 5명의 여자애들에게 크리스마스 프레젠트라며 돈을 마구 뿌리고 나서, 낮이 되자, 택시를 불러 어딘가로 갔다가, 조금 뒤에 크리스마스의 삼각모자랑 가면, 데코레이션 케이크와 칠면조까지 들고 들어와, 사방에 전화를 걸게 해서 친지분들을 불러들여 일대 연회를 열었는데, 평소에 돈이라곤 갖고 있지 않은 사람 아닌가 하고 바의 마담이 수상쩍게 여겨, 슬쩍 물어보았더니, 남편은 태연히, 간밤에 저지른 일을 몽땅 털어놓았다는 겁니다. 그 마담도 이전부터 오타니하고는 남남의 사이가 아니었던 듯, 좌우간 그런 일은, 경찰에 불려 가 일이 커지면 재미없으니, 되돌려주지 않으면 안 된다고 진지하게 타이르면서, 그 돈은 그 마담이 대신 갚기로 하고, 남편에게 안내를 하게 해서, 나카노의 가게로 와주었다는 것입니다. 나카노의 가게 주인은 나에게,

"대체로 그럴 것이라고 생각은 하고 있었지만, 부인은, 용케도 그 방면에 대해 알아차리셨군요. 오타니 씨의 친구에게 부탁이라도 하셨던가요."

이렇게, 역시, 내가, 처음부터 이렇게 돌아올 것이라 내다보고, 이 가게에 미리 와서 기다리고 있었던 것으로 생각하는 말투이기에, 나는 그저 웃으면서,

"네, 그야 뭐."

이렇게만 얼버무려두었습니다.

그다음 날부터의 나의 생활은, 지금까지와는 영 딴판으로, 활기차고 즐거운 것이 되었습니다. 당장에 미장원에 가서, 머리 손질도 했습니다. 화장품도 사서 갖추어놓고, 옷 수선도 하고, 또한 아주머니에게서 새하얀 흰 버선도 두 벌 받았고, 지금까지 가슴속의 답답했던 것들이 깨끗이 씻겨 나간 느낌이었습

니다.

아침에 일어나 아이와 둘이서 밥을 먹고 나서 도시락을 만들어 아이를 업고, 나카노로 출근하게 되었는데, 연말, 정월 초하루인 설날, 가게에 돈이 마구 들어오는 나날이었고, 츠바키야의 삿짱이라는 것이 가게에서의 나의 새 이름인데, 그 삿짱은 매일, 정신이 없을 정도로 바삐 돌아갔고, 이틀에 한 번쯤은 남편이 마시러 와서, 계산은 나에게 치르게 하고는, 어느새 사라졌다가, 밤늦게 가게를 기웃하고 들여다보며,

"안 갈 거야?"

하고 말을 하면, 나도 끄덕이고 돌아갈 준비를 시작, 함께 즐겁게 집으로 돌아가는 일도 종종 있었습니다.

"어째서 처음부터 이렇게 하지 않았을까요. 나는 아주 행복해요."

"여자한테는 행복도 불행도 없는 거야."

"그래요? 그렇게 말하니, 그런 기분도 들기는 하지만, 그럼, 남자는 어떤데요?"

"남자한테는, 불행만이 있는 거야. 노상 공포하고 싸우기만 하는 거지."

"모르겠네요, 나는. 하지만, 언제까지나 나는, 이런 생활을 계속하고 싶어요. 츠바키야의 아저씨도 아주머니도 아주 좋은 사람이거든요."

"멍청이들이야, 그 사람들은. 시골뜨기지. 게다가 아주 욕심이 사납거든. 나한테 마시게 해놓고, 결국은 돈을 벌자는 거야."

"그야 장사니까, 당연하지요. 하지만, 그것만이 아니지요? 당신은 저 아주머니에게도 손을 댔지요."

"옛날 일이야. 아저씨는 어때, 알아차리고 있나?"

"제대로 알고 있는 것 같아요. 색도 생기고, 빚도 생기고, 이렇게 언젠가 한숨 소리와 함께 말하던걸요."

"나는 말이지, 멀쩡한 것 같지만, 죽고 싶어서 못 견디겠어. 태어나면서부터, 죽을 일만 생각했지. 모두를 위해서도 죽는 편이 좋을 거야. 그야 뭐, 틀림없어. 그러면서도 좀처럼 죽어지지 않거든. 이상한, 무서운 하느님 같은 것이, 내가 죽는 것을 가로막는 거야."

"일거리가 있으니까요."

"일거리란 건 아무것도 아니야. 걸작이고 졸작이고 다 없는 거야. 사람들이 좋다고 하면 좋아지고, 나쁘다고 하면 나빠지지. 꼭 들숨 날숨 같은 거야. 무서운 건 말이지, 이 세상의 어딘가에 하느님이 계시다는 사실이야. 계시겠지?"

"네?"

"계시겠지?"

"저는 모르겠어요."

"그래."

열흘, 스무 날, 이렇게 가게를 다니게 되는 동안, 나는, 츠바키야에 술 마시러 오고 있는 손님들이, 하나도 빠짐없이 모조리 범죄인뿐이라는 사실을 깨닫게 되었습니다. 남편 정도라면 그래도 괜찮은 편이라고 생각될 정도였습니다. 그리고 가게의 고객뿐 아니라, 길을 걸어가는 사람들 모두가, 어쩐지, 으레 뒷구멍으로 죄를 감추고 있는 것처럼 생각하게 되었습니다. 점잖은 차림의, 쉰 연배의 마님이, 츠바키야의 뒷문으로 술을 팔러 와서 한 되에 300엔이라고 또렷이 말했는데, 그것은 지금 시세에 비해 싼 편이므로, 아주머니가 얼른 샀지만, 그것은 물 같은 술이었습니다. 그처럼 고상해 보이는 마님조차도 이런 일을 해야 하는 세상에서, 제 몸에 컴컴한 구석이 하나도 없이 살아간다는 일은 불가능하다고 생각했습니다. 카드놀이처럼, 마이너스를 모두 모아놓으면 플러스로 변한다는 일이, 이 세상의 도덕상으로는 일어날 수 없는 일일까요.

하느님이 계시다면, 나와주십시오! 나는 정월 말일께에 가게 손님에게 추행을 당했습니다.

그날 밤은, 비가 오고 있었습니다. 남편은 나타나지 않았지만, 예전부터 남편의 친지로 출판 일을 하고 있는 분으로, 때때로 우리 집에 생활비를 보내주신 야지마 씨가, 그 동업자인 듯한, 역시 야지마 씨 정도의 마흔 연배 사람과 둘이 와서, 술을 마시면서, 두 사람이 큰 소리로, 오타니의 마누라가 이런 데서 일하는 것은 좋지 않다느니, 좋다느니 반쯤은 농담조로 이야기하기에, 나는 웃으면서,

"그 부인은 어디에 계신가요?"

하고 물었더니, 야지마 씨는,

"어디 있는지 모르지만 말이죠, 적어도, 츠바키야의 샷짱보다는, 고상하고 예쁘지"

하고 말하므로,

"샘나네요. 오타니 씨하고라면, 나는 하룻밤이라도 좋으니,

모시고 싶네요. 나는 그런 능글맞은 사람이 좋거든요."

"이런다니까"

하고 야지마 씨는 같이 온 사람에게 얼굴을 돌리고, 입을 오므려 보였습니다.

그 무렵이 되자, 내가 오타니라는 시인의 아내라는 사실이, 남편과 함께 오는 기자님들에게도 알려지게 되었고, 또 그 사람들에게서 소문을 듣고, 일부러 나를 놀리기 위해 오는 호기심 많은 사람들도 있고 해서, 가게는 자꾸만 번창하기만 하고, 주인의 기분도 자꾸만 흐뭇해지고 있었습니다.

그날 밤은, 그로부터 야지마 씨들이 종이의 암거래 등을 의논하고 돌아간 것은 10시 지나서였고, 나도, 오늘 밤은 비도 오고, 남편도 나타나지 않았으므로, 손님이 아직 한 사람 남아 있기는 했지만, 슬슬 돌아갈 준비를 시작해, 6조 방의 구석에서 자고 있는 아이를 둘러업고,

"또 우산을 빌려 갑니다"

하고 조그만 소리로 아주머니에게 부탁을 했는데,

"우산이라면, 나도 가지고 있으니, 배웅해줄게요."

라며, 가게에 혼자 남아 있던 25, 6세 된 마르고 자그마한 공장 사람 같은 손님이 진지한 얼굴을 하고 일어섰습니다. 이 사람은, 나로서는 오늘 밤 처음 보는 손님이었습니다.

"죄송합니다. 혼자 다니는 데 익숙해져 있어서요."

"아니, 댁은 멀지요. 알고 있어요. 나도 고가네이 그 근처 사람이에요. 바래다드릴게요. 아주머니, 계산이오."

가게에서는 세 병 마셨을 뿐, 그다지 취하지 않은 것 같았습

니다.

함께 전차에 타고, 고가네이에서 내렸고, 비가 오는 캄캄한 길을 우산 하나로, 나란히 걸었습니다. 그 젊은 사람은, 그때까지 거의 말이 없었는데, 조금씩 말을 하기 시작했습니다.

"알고 있었습니다. 나는 말이죠, 저 오타니 선생님 시의 팬이랍니다. 나도 시를 쓰고 있는데, 한번 오타니 선생님께 보여드렸으면 생각하고 있지만요. 아무래도, 저 오타니 선생님이 무서워서 말이죠."

집에 도착했습니다.

"감사합니다. 또 가게에서 뵙지요."

"네, 안녕히 가세요."

젊은 사람은 빗속을 돌아갔습니다.

깊은 밤, 드르륵 하고 현관 열리는 소리에 눈을 떴는데, 늘 그렇듯 남편이 잔뜩 취해서 돌아온 것으로 생각해, 그대로 잠자코 자고 있는데,

"죄송합니다. 오타니 씨, 죄송합니다"

하는 남자의 목소리가 들렸습니다.

일어나서 전등불을 켜고 현관에 나가 보았더니, 아까의 그 젊은이가, 거의 똑바로 설 수도 없을 정도로 비틀거리며,

"부인, 죄송합니다. 가는 길에 포장마차에서 한잔 걸쳤거든요. 사실은 우리 집은 다치카와입니다. 역에 갔더니, 전차가 끊겼어요. 부인, 부탁드립니다. 재워주십시오. 이불 같은 건 필요 없습니다. 이 현관 마루도 좋습니다. 내일 아침 첫차가 나올 때까지만 재워주십시오. 비만 오지 않았더라도, 저 언저리의 처

마 밑에서라도 자겠는데, 이렇게 비가 와가지고는, 그렇게 할 수도 없고요. 부탁드립니다."

"주인도 안 계시고, 이런 현관 마루라도 좋다면, 그렇게 하세요"

하고 나는 말하고, 찢어진 방석을 두 개 가져다주었습니다.

"죄송합니다. 어, 취한다"

하고 괴로운 듯이 조그만 목소리로 말하고, 바로 그 현관 마루에 뒹굴더니, 내가 침상으로 되돌아올 무렵에는 이미 코 고는 소리가 드높이 울리고 있었습니다.

그리고, 그 이튿날 새벽, 나는, 아주 간단하게 그 남자의 손에 들어갔습니다.

그날도 나는, 겉으로는 역시 늘 하듯이, 아기를 업고, 가게로 일을 하러 갔습니다.

나카노의 가게 토방에서, 남편이 술이 든 컵을 테이블에 놓고, 혼자서 신문을 읽고 있었습니다. 컵에는 아침 햇살이 비쳐서 아름답다고 생각했습니다.

"아무도 없어요?"

남편은 내 쪽을 뒤돌아보며,

"응, 아저씨는 아직 물건 사러 가서 안 돌아왔고, 아주머니는, 바로 지금까지 부엌 쪽에 있는 것 같았는데, 없나?"

"엊저녁에는 안 오셨어요?"

"왔지. 츠바키야의 삿짱의 얼굴을 보지 못하면, 요즈음 잠이 오지 않거든. 10시 지나 여기를 기웃해보았는데, 지금 막 돌아갔다지 뭐야."

"그래서요?"

"잤지, 여기서. 비는 좍좍 내리지……"

"저도 이제부터, 이 가게에서 지내기로 할까요."

"좋겠지, 그것도."

"그럴게요. 저 집을 계속 빌리는 건 의미가 없으니까."

남편은 잠자코 다시 신문에 눈길을 주더니,

"야, 또 내 악담을 써놓았네, 쾌락주의자인 가짜 귀족이라는 거야. 이건 당찮은 말이야. 하다못해 하느님을 두려워하는 쾌락주의자라고 해도 좋으련만. 삿짱, 이것 보라고. 여기 나에 대해 사람답지 않은 사람이라고 했어. 그게 아니지, 나는 지금이니까 말하지만, 작년 말에, 여기서 5천 엔 들고 갔던 것은, 삿짱하고 우리 아기에게, 그 돈으로 오랜만에 훌륭한 정초를 맞게 해주고 싶어서였어. 사람다운 사람이니까, 그런 일도 저질렀던 거야."

나는 그다지 기쁘지도 않아서,

"사람답지 않은 사람이면 어때서요. 우리는, 살아 있기만 하면 되는 거예요"

라고 말했습니다.

(1947년 3월)

어머니母

　　1945년 8월부터 약 1년 3개월가량, 혼슈 북단 츠가루津輕의
생가에서, 이른바 소개 생활을 하고 있었는데, 그러는 동안 나
는, 거의 집 안에만 들어박혀, 여행다운 여행은 한 번도 하지
않았다. 언젠가, 츠가루 반도의 바다 쪽 어떤 항구 마을에 놀러
간 일이 있는데, 그것도, 내가 피란 가 있던 마을에서 기차로
서너 시간 되는, '외출'이라고 표현하는 것이 좋을 정도의 나들
이였다.

　　하지만, 나는 그 항구 마을의 한 여관에 1박을 하면서, 애화
哀話 비슷한 사건을 접했다. 그 이야기를 써본다.

　　내가 츠가루에 피란 가 있을 무렵에는, 내 쪽에서 남의 집을
방문한 일은 거의 없었고, 또, 나를 찾아오는 사람도 거의 없었
다. 그래도 더러는 군 복무를 마친 청년 등이, 소설 이야기를

들려달라며 찾아온다.

"지방 문화, 라는 말이 곧잘 사용되고 있는 것 같은데, 그건, 선생님, 어떤 것입니까."

"흠, 나로서도 잘 알 수가 없지만, 예를 들어, 지금 이 지방에서는 탁주를 많이 만들어내고 있는 모양인데, 어차피 만들 것이면, 맛있게, 그리고 많이 마셔도, 숙취가 없는 고급을 만든다. 탁주만이 아니라, 딸기주가 되었든, 오디주가 되었든, 포도주든, 사과주든, 많이 연구해서, 기분 좋게 술이 깨는 고급품을 만드는 거지. 음식에 대해서도 마찬가지로, 이 지방 산물을 될 수 있는 대로 맛있게 먹을 수 있도록 독자적인 연구를 하는 거야. 그리고 모두가 유쾌하게 마시고 먹는다, 뭐, 이런 거 아닐까."

"선생님, 탁주 같은 것 드시나요?"

"안 마시는 것도 아니지만, 별로 맛이 있다고는 생각하지 않거든. 취하는 기분도 시원치 않고."

"하지만, 좋은 것도 있습니다. 청주랑 조금도 다르지 않은 것, 요즈음 들어 나오게 되었거든요."

"그래? 그게 바로, 지방 문화의 진보라는 건지도 모르겠군."

"다음번에, 선생님 댁에 가지고 와도 괜찮겠습니까? 선생님께서 드시겠습니까."

"그건, 마셔도 좋겠군. 지방 문화 연구를 위한 것이니까 말이지."

며칠 후, 그 청년은 수통에 술을 담아 가지고 왔다.

나는 마셔보고 나서,

"거, 맛 좋군"

했다.

청주와 마찬가지로 깨끗하고 맑은데, 청주보다는 좀 짙은 호박색인 데다가, 알코올 농도도 꽤 센 것 같았다.

"우수하지요?"

"음, 우수해. 지방 문화를 무시하면 안 된다는 거지."

"그리고 말이죠, 선생님, 이게 뭔지 아시겠습니까?"

청년은 가져온 도시락통의 뚜껑을 열어 탁자 위에 놓았다.

나는 한눈에 보고서,

"뱀이다"

하고 말했다.

"그렇습니다. 살무사 양념구이입니다. 이것 또한, 지방 문화의 하나가 아닐까요. 이 지방의 산물을 가능한 한 맛있게 먹게 하기 위해, 독자적인 연구를 한 결과, 이런 것이 나온 겁니다. 지방 문화 연구를 위해서라도, 잡숴봐 주십시오."

나는, 어쩔 도리 없이, 먹었다.

"어떻습니까. 맛있지요?"

"음."

"정력이 붙습니다. 이걸 한꺼번에 다섯 치 이상 먹으면 코피가 납니다. 선생님은 지금 두 치를 드셨으니까, 아직 문제없습니다. 두 치만 더 드셔보십시오. 네 치 정도 드시면, 몸에 딱 좋을 것입니다."

"그렇다면, 두 치만 더 먹어야지"

하면서 먹었다.

"어떠세요, 몸이 훈훈해오지 않으십니까."

"흠, 훈훈해오는걸."

갑자기, 청년은 소리 내어 웃었다.

"선생님, 죄송합니다. 그건, 구렁이입니다. 술도, 탁주가 아닙니다. 1급주에다 위스키를 섞은 것이지요."

하지만, 나는 그로부터, 그 청년과 사이가 좋아졌다. 나를 이처럼 멋지게 속이다니, 쓸 만하군 하고 생각했다.

"선생님, 다음에는 저의 집에 놀러 와주지 않으시겠습니까?"

"어렵겠는걸."

"지방 문화가 엄청 많거든요. 술이든, 맥주든, 위스키든, 생선이든, 고기든."

그 청년의 이름은 오가와 신타로인데, 어느 항구 마을의, 여관의 외아들이라는 것을, 나는 알고 있었다.

"그걸 미끼 삼아 좌담회 하자는 것 아닌가?"

나는 이른바, 문화 강연회라느니, 좌담회 같은 데에 나가서, 사람들에게 민주주의의 의의 따위를 들려주는 일 같은 건 질색이다. 아무래도, 내가 가짜이고, 너구리 요괴라도 된 듯한 기분이 들어 견딜 수가 없기 때문이다.

"설마하니, 선생님의 이야기 같은 것을 들으러 올 사람은 없겠지요."

"그렇지도 않을걸. 당장, 자네도 내 이야기를 듣기 위해 이렇게 종종 오고 있지 않나."

"아닙니다. 저는 놀러 오는 것입니다. 노는 방법을 연구하러 오는 겁니다. 이것도 문화 운동의 하나겠지요?"

"잘 배우고, 잘 놀아라, 하는 것이로군. 그 착상은, 하지만, 나쁘지 않은걸."

"그러시다면, 저의 집에, 편한 마음으로 놀러 와주셔도 되지 않겠습니까? 지저분한 집이지만, 바다에서 갓 올라온 맛있는 생선만큼은 보증합니다."

나는 가기로 했다.

내가 피란 가 있던 마을에서 기차로 서너 시간, 한 항구 마을의 역에서 내렸는데, 오가와 신타로는, 늠름한 양복 차림으로 마중 나와 있었다.

"자네는, 이런 좋은 양복을 가지고 있으면서, 우리 집에 올 때에는, 어째서 그처럼, 허름한 군복 같은 걸 입고 왔나?"

"일부러 초라하게 하고 가는 겁니다. 미토 코몬도, 사이묘지 뉴도最明寺入道*도, 여행을 할 때는 일부러 허름한 차림을 하지 않습니까. 그렇게 하면, 여행이 한층 재미있어집니다. 잘 노는 사람은 일부러 꺼벙한 차림을 하는 것이지요."

구정 무렵이어서, 항구 마을의 눈길은, 꽤 들떠 있는 사람들이 오가며 붐비고 있었다. 좀 흐리기는 했지만, 비교적 따뜻해서, 눈 덮인 길에서는 모락모락 김이 피어오르고 있었다. 바로 오른쪽으로 바다가 보인다. 겨울 바다는 컴컴하고, 풀썩풀썩

---

* '뉴도'란 고승이란 뜻으로, 13세기 가마쿠라 막부의 집권자이자 사이묘지를 창건한 호조 토키요리北条時賴를 가리킨다. 허름한 차림으로 민정을 살피고 다녔다.

촌스럽게 몸부림치고 있다. 바다를 따라 난 눈길을, 나는 고무 장화로, 오가와 군은 끽끽 소리가 나는 붉은 가죽 구두로, 건들 건들 걸어가면서,

"군대에서는, 꽤 얻어맞았죠."

"그야, 그럴 테지. 나만 해도 자네를 때려줄까 보다 하고 생각한 일이 있거든."

"소생이 좀 건방져 보이나 보죠? 하지만 군대는 엉망진창이 거든요. 저는 이번에 군대에서 돌아온 다음, 오가이鷗外 전집을 펼쳐 보다가, 오가이의 군복을 입고 있는 사진이 눈에 띄는 바람에, 진저리가 나서, 전집을 몽땅 팔아버렸습니다. 오가이가 싫어졌어요. 죽어도 읽지 않겠다고 다짐했습니다. 그런 군복 따위를 입고 있으니 말이죠."

"그렇게 싫으면, 자네도 입고 다니지 않으면 될 게 아닌가. 허름하게 꾸미고 나발이고 없는 거야."

"너무나, 싫기 때문에 입고 다니는 겁니다. 선생님은 이해하지 못하시겠지만요. 어쨌든 여행은 굴욕이 많은 것 아닙니까. 군복은 그런 굴욕에는 안성맞춤이니까요. 그래서, 그러니까, 아이고 모르겠네, 작가 방문이란 것도 일종의 굴욕이거든요. 아니 굴욕의 왕초쯤 되는 겁니다."

"그런 건방진 소릴 하니까 얻어맞지."

"그런가요, 지겨워지네요. 남을 때린다는 건 미치지 않고는 할 수 없는 일 아닌가요. 저는 말이죠, 군대에서 너무나 얻어맞아서, 이쪽에서도 미치광이 흉내를 내야겠다고, 연구 끝에, 양쪽 눈썹을 싹 밀어버리고 상관 앞에 서본 일도 있었습니다."

"그건 또, 엄청난 짓을 했구먼. 상관이 어처구니없어했겠어."

"기막혀했지요."

"그 바람에 그 뒤로는 얻어맞지 않게 되었겠네."

"웬걸요, 오히려 더 얻어터졌습니다."

오가와 군의 집에 도착했다. 산을 등지고, 바다에 접한 말끔한 여관이었다.

오가와 군의 서재는 뒤쪽 2층에 있었다. 명창정궤明窓淨几, 필연지묵筆硯紙墨, 개극정량改極精良*이라는 느낌이라서, 너무나 정돈이 잘되어 있어, 오히려 오가와 군은 이 방에서 공부라는 것을 전혀 하지 않는 게 아닐까 여겨질 정도였다. 방 기둥에는 샤라쿠寫樂**의 판화가 은빛 액자에 넣어져 걸려 있었다. 그것은 바로, 덴구를 잘못 그린 듯한, 그로테스크한, 배우의 그림이다.

"닮았지요? 선생님을 쏙 닮았거든요. 오늘은 선생님이 오시니까, 특별히 여기에 걸어둔 겁니다."

나는 별로 반갑지 않았다.

우리는, 책상 곁의 난로를 사이에 두고 앉았다. 그의 책상 위에는 한 권의 책이 펼쳐진 채로 놓여 있었다. 바로 지금까지 읽고 있었다는 꼴인지는 모르겠는데, 그게 또, 너무나 반듯하게

---

* 당송팔대가의 한 사람인 구양수의 '햇빛이 잘 비치는 창 아래 놓여 있는 깨끗한 책상에 붓 벼루 종이 먹이 지극한 명품이니 이 또한 인생의 큰 즐거움이다'라는 말의 일부.

** 에도 시대의 우키요에 화가 도슈사이 샤라쿠東洲斎写楽. 불과 1년여라는 짧은 기간 동안 활동하였으나 강렬한 개성으로 우키요에 판화의 극치로 평가받는다.

펼쳐져 놓여 있는 바람에, 오히려, 그가, 그 책을 한 페이지도 읽지 않은 것이 아닐까 하는 실례되는 생각이 절로 떠오르는 것을 막을 수 없을 정도였다.

내가 책상을 흘깃 보고서 나도 모르게 입을 쫑긋한 것을, 그는 재빨리 알아본 듯, 분연, 이라고나 형용할 기세로, 그 책상의 책을 집어 들고,

"좋은 소설이더군요, 이건"

하고 말했다.

"나쁜 소설은, 권하지 않거든."

그 책은, 내가, 어떤 책을 읽으면 좋을까요, 라는 그의 물음에 대해, 이것을 꼭 읽으라고 권한 단편집이었다.

"참으로 위대한 작가입니다. 저는 지금까지 몰랐지요. 좀 더 일찍부터 읽었으면 좋았을걸. 만세일계萬世一系란, 이런 작가를 가리키는 말이겠지요. 이 작가하고 비교해보면, 선생님은 거지 같아요."

이 단편집의 작가가 만세일계인지 어떤지, 그것은 그의 언론의 자유에 관한 것이므로, 불문에 붙인다 하더라도, 그에 비해 내가 거지 같다는 그의 단안에는 승복할 수 없는 바가 있었다. 젊은 녀석하고 너무 친해지다 보면, 대체로 이런 꼴을 보게 마련이다.

나는 또 한 번, 여관 현관으로부터 다시 들어와, 이번에는 생면부지의 타인의 입장에서 한 여객으로 이곳에 묵으며, 무슨 일이 있어도 셈을 확실히 해서 지불하고, 그런 다음 찻값을 엄청나게 듬뿍 치른 다음, 이 녀석하고는 한마디도 하지 말고 돌

아갈까 하는 생각까지 했다.

"과연 저의 선생님은, 안목이 높으시구나, 하고 생각했습니다. 정말이지, 이건 재미있었거든요."

오가와 군은, 그러나, 여념이 없는 듯이 그렇게 말했다.

내 쪽에서, 지나치게 비참한 생각을 한 것일까, 하고 나는 고쳐 생각했다.

"도련님"

하고 문 그늘에서, 여자 하나가 신타로 군을 불렀다.

"왜"

라고 대답을 한 뒤, 문을 열고 복도로 나가,

"응, 그래, 그래, 그거야. 잠옷? 물론이지, 빨리 해."

그렇게 말하고 있다.

그러고, 방 안의 나를 향해,

"선생님, 목욕하시지요. 잠옷으로 갈아입으세요. 저도 지금, 갈아입고 오겠습니다."

"실례합니다. 잘 오셨습니다."

마흔 전후의, 갸름한 얼굴에다 옅은 화장을 한 하녀가, 잠옷을 가지고 방으로 들어와, 내가 옷 갈아입는 것을 도왔다.

나는 남의 용모나 차림새보다는, 목소리에 신경이 쓰이는 성품인 것 같다. 목소리가 나쁜 사람이 곁에 있으면, 공연히 신경질이 나고, 술을 마셔도 취하지 않는다. 그 마흔 전후의 하녀는 생김새야 어쨌든 나쁘지 않은 목소리를 가지고 있었다. 도련님, 하고 문 그늘에서 부르던 순간부터 나는 이를 깨달았다.

"당신은 이 고장 사람인가요?"

"아니에요."

나는 욕조로 안내받았다. 흰 타일로 된 세련된 욕탕이었다.

오가와 군과 둘이서, 깨끗한 탕물에 잠기면서, 자네의 집은, 여관만이 아니겠지? 하고 오가와 군에게 말하며, 나의 감각이 얕볼 수 없는 경지임을 드러내서, 이것으로 아까의 거지 앙갚음을 해줄까 생각했지만, 역시 참았다. 별로 확증이 있어서가 아니다. 그저, 문득 그런 생각이 났을 뿐, 혹시라도 틀렸으면, 그에게 사과를 할 방법도 없을 정도의 실례되는 질문을 한 꼴이 된다.

그날 밤은, 이른바 지방 문화의 정수를 만끽했다.

바로 그, 예쁜 목소리를 가진 중년 하녀는, 해가 넘어가자, 짙은 화장을 하고 연지도 산뜻하게 바르고, 그런 다음 술이랑 요리를 우리 방으로 가지고 와서, 여관 주인의 분부였는지, 아니면 도련님의 명령인지 알 수 없지만, 방 입구에 이것을 두고 절을 한 다음, 잠자코 물러갔다.

"자네는, 나를 호색의 인간으로 생각하나. 어때."

"그야, 호색이겠지요."

"사실은, 그래."

그렇게 말하고, 하녀에게 술시중이라도 받을까, 은근히 수수께끼 같은 소리를 해보았지만, 그는 의식적이었는지, 아니면 무의식적이었는지, 도통 이를 못 알아들은 얼굴을 하면서, 이 항구 마을의 흥망성쇠의 역사를 길게 설명하는 바람에 나는 낙심했다.

"아, 취했다. 잘까."

나는 바깥쪽 2층의, 아마도 이것은 이 여관에서 가장 좋은 방일 것일 것 같은 다다미 20조가량 되는 커다란 방 한가운데서, 혼자 자게 되었다. 나는 괴로울 정도로 취해 있었다. 지방 문화, 우습게 보면 안 된다, 어쩌고저쩌고하고 잠꼬대 같은 소리를 중얼거리다, 어느덧 잠이 든 모양이다.

문득, 잠이 깼다. 잠이 깨었다고 해봤자, 눈을 뜬 것은 아니다. 눈을 감은 채 깨어서, 먼저 파도 소리가 귀에 들어왔고, 아아, 그래, 여기는 오가와 군의 집이다, 어제는 매우 폐를 끼쳤지, 라고 하는 즈음부터 후회가 시작되고, 앞으로 어찌해야 할 것인지를 놓고 가슴이 울렁거리면서, 갑자기, 20년이나 옛날의 자신의 기묘한 행위 하나가, 앞뒤 아무런 관련도 없이 또렷이 떠오르는 바람에, 악 소리를 지르고 싶어 참을 수 없는 기분이 되었고, 안 돼! 거지같이! 등 입 밖으로 조그만 소리를 내보기도 하면서, 이부자리 속에서 전전긍긍하고 있었다. 잔뜩 취해서 자면, 언제나 한밤중에 깨어서, 이런 참을 수 없는 형벌의 두세 시간을 하느님에게서 받는 것이, 나의 지금까지의 관례가 되어 있었다.

"조금이라도 자지 않으면 안 돼요."

바로 그 하녀의 목소리다. 하지만, 그것은 나를 향해 한 소리가 아니다. 내 이부자리의 끝자락에 해당하는 옆방에서, 소곤소곤 들려오는 목소리다.

"네, 좀처럼 잠이 안 와서요."

젊은 남자의, 아니, 거의 소년 같은 사람의, 싱그러운 응답이다.

"조금, 눈을 붙여요, 몇 시지요?" 여자의 말.

"2시 13, 아니 4분입니다."

"그래요? 그 시계는, 이처럼, 깜깜한 데서도 보이는 거예요?"

"보여요. 형광판이라는 거예요. 봐요, 어때요, 반딧불이 빛 같지요?"

"정말이네요. 비싼 거겠지요."

나는 눈을 감은 채, 몸을 뒤척이며 생각한다. 뭐야, 역시, 그랬군. 작가의 직관은 무시할 게 아니다. 아니, 호색한의 직관 무시할 게 아니다일까? 오가와 군은 나한테 거지 어쩌고 하면서, 그 자신은 대단히 고결한 것처럼 으스대고 있었지만, 보라니까. 이 집의 하녀는, 손님하고 함께 자고 있지 않은가. 내일 아침, 당장에, 이 일에 대해 이야기하고, 그 친구를 쩔쩔매게 하는 것도 하나의 재미일 것이다.

계속해서 옆방에서는 두 사람의 두런거리는 소리가 새어 나온다.

그 대화를 들으면서, 나는, 남자는 귀환한 항공병이라는 것, 그리고 바로 지금 귀환해서, 어젯밤, 이 항구 마을에 도착했고, 그의 고향은 이 항구 마을에서 3리가량 걸어가야 하는 한촌이므로, 여기서 하루 자고, 날이 밝으면 곧장 고향 집으로 출발한다는 프로그램으로 되어 있는 모양이라는 것, 두 사람은 어젯밤 처음 만났을 뿐, 별로 서로 아는 처지가 아닌 듯, 서로가 다소간 예를 갖추고 있다는 것 등을 알았다.

"일본의 여관은 참 좋아요." 남자의 말.

"어째서죠?"

"조용하니까요."

"하지만, 파도 소리가 시끄럽지 않아요?"

"파도 소리에는 익숙해요. 내가 태어난 마을에서는, 훨씬 더 파도 소리가 크게 들려오는걸요."

"아버님, 어머님이 기다리고 계시겠네요."

"아버지는 돌아가셨어요. 없습니다. 돌아가셨거든요."

"어머님만?"

"그래요."

"어머니는 몇이세요?"

"서른여덟이에요."

나는 어둠 속에서 번쩍 눈을 뜨고 말았다. 저 사나이가 스물 전후라고 한다면, 그 어머니의 나이는, 그야 그럴지도 모르지. 그럴 테지, 이상할 것은 없어, 하고 생각하기는 했지만, 하지만, 서른여덟은 옆방의 나로서는 쇼크였다.

"……"

이렇게 써야 할 듯이, 여자는 입을 다물고 말았다. 헉 하고 숨을 삼킨 여자의, 그 희미한 분위기가, 어둠을 통해 옆방의 내 호흡과 절격하고 맞은 감이다. 무리도 아니지, 저 여자는 서른 여덟 아니면 서른아홉일 것이다.

서른여덟 소리를 듣고 숨을 삼킨 것은, 하녀와, 또 하나 옆방의 호색 선생뿐, 젊은 귀환병은 아무런 눈치도 채지 못했다.

"당신은, 아까, 손가락을 데었다고 했는데, 어때요, 아직 아파요?" 하고 태평스럽게 물어본다.

"아니요."

내 생각이 그런 건지, 그것은 꺼져 들어가는 약한 목소리였다.

"덴 상처에 아주 잘 듣는 약을 가지고 있거든요. 그 배낭 속에 들어 있어요. 발라드릴까요."

여자는 아무 대답도 하지 않는다.

"불 켜도 괜찮아요?"

남자는 일어나려 했던 모양이다. 배낭에서, 그 덴 상처에 바르는 약을 꺼내려 하는 모양이다.

"됐어요. 추워요. 자요. 자지 않으면, 안 돼요."

"하룻밤쯤 자지 않아도, 나는 아무렇지도 않아요."

"전깃불 켜면 싫어요!

날카로운 말투였다.

옆방 선생은 혼자서 끄덕인다. 전기를 켜면 안 된다. 성모를 밝은 곳에 드러내놓지 말라!

남자는 다시 이불 속으로 기어 들어간 것 같다. 그러고, 잠시 동안, 둘은 잠자코 있다.

남자는 곧 낮게 휘파람을 불었다. 전쟁 중에 유행한 소년 항공병의 노래 같았다.

여자는 불쑥 말했다.

"내일은 곧장 집으로 돌아가세요."

"네, 그럴 생각입니다."

"곁길로 빠지면 안 돼요."

"곁길로 가지 않아요."

나는 꾸벅꾸벅 잠이 들었다.

눈이 떠졌을 때는 이미 아침 9시가 지났고, 옆방의 젊은 손님은 떠난 뒤였다.

이불 속에서 우물쭈물하고 있는데, 오가와 군이 음료수 코로나를 한 손에 대여섯 개 들고 내 방으로 왔다.

"선생님, 좋은 아침입니다. 간밤에는 잘 주무셨나요?"

"음, 푹 잤지."

나는 옆방에서 있었던 일을 고하여 오가와 군을 난처하게 만들 계획을 포기하고 있었다. 그리고 말했다.

"일본의 여관은 좋군."

"어째서요?"

"음, 조용해."

(1947년 3월)

남녀동권 男女同權

　이것은 10년쯤 전 홀로 도시를 떠나, 어떤 촌구석에 자리 잡고 살고 있는 노시인이, 이른바, 일본 르네상스의 때가 이르렀다며 각광을 받고, 그 지방 교육회의 초빙을 받아, '남녀동권'이라는 제목으로 시도해본 불가사의한 강연의 속기록이다.

　―이제는, 더 이상, 우리 늙은이들이 나설 일이 아니라고 체념을 하고, 오래도록 칩거하면서, 매우 부자유스럽고 면목 없는 생활을 해왔습니다만, 이제는, 어떠한 무기도 들어서는 안 된다, 맨손으로 때려도 안 된다, 오로지 우아하고 아름다우며 예절 바르게 이 세상을 지내야 하는, 참으로 고마운 세상이 되었습니다. 그러기 위해서는 우선 시가 관현 詩歌管絃을 흥룡하게 해서, 이로써, 황량해진 사람들의 마음을 풍아 風雅의 길로 들어

서도록 연구하지 않으면 안 된다고 생각한 사람도 있는 모양인데, 덕분에 나처럼 거의 세상에서 망각되고 버림받은 문인이, 기묘한 봄을 만나게 되고 말았습니다.

뭐, 정말이지, 거드름을 피워봤자 별수가 없습니다. 저는 17세 때부터 그저 도쿄에서 여기저기 우왕좌왕하고 다니다가, 이처럼 늙어빠지고, 지금으로부터 꼭 10년 전에, 이 시골의 아우 집에 끼어들어서, 영 쓸모없는 노인으로서 이 지방 여러분에게 천덕꾸러기가 되고, 비웃음도 받고, 아니 아니, 결코 원망하는 말씀은 아닙니다. 실제로 저는 보잘것없는 늙은이로서, 천덕꾸러기가 되고 비웃음을 받는 것도, 말하자면 당연한 이치입니다. 이러한 사나이가, 아무리 세상이 변했다고는 하지만, 염치없이 사람들 앞에 나왔는데, 그것도 교육회라니 말입니다.

이 세상에서 가장 숭고하고 또한 엄숙해야 할 모임에 얼굴을 내밀고 강연을 한다니, 이것은 뭐, 저로서는 거의 잔혹하다고 해도 좋을 것입니다. 며칠 전, 교육회의 대표 되시는 분이, 저의 거처로 오셔서, 무엇인가 문화에 대한 의견을 말하라고 하신 것을 승낙하는 동안에, 저의 늙은 몸은 부들부들 떨리고, 아니, 정말입니다, 이윽고, 사랑의 고백을 받은 처녀처럼 얼굴이 새빨갛게 타오르는 것을 깨달으면서, 무언가, 대단히 나쁜 일을 상담하는 듯한 기분이 들었습니다.

하지만, 좀 더 자세하게 그 대표분이 하시는 말씀을 듣고 보니, 이번 교육회에는 저 유명하신 사회 사상가 오지카 고로小鹿伍郎 님이 그 소개疏開 가셨던 A시로부터 오시기로 되어 있고, 무엇인지 새로운 사상에 대해 강연을 하실 예정이셨다는데, 그랬는데 운 사납게, 오지카 님이 일단 약속을 해두시고서는, 갑자기 거절하는 전보를 보내셨다고, 아니, 그 정도로 유명해지시면, 여러 가지 사정이 많이 있게 마련이겠지요. 이는 딱이 오지카 님의 독선 때문이라고만 해석할 수도 없는 일로서, 세상이라는 것은 대체로 그런 것 아니겠습니까.

어느 세상에나 머리가 훌륭한 분에게는, 이런 사정이라는 것이 많이 생기는 모양이므로, 우리 같은 사람은 그저 울며 겨자 먹기가 될 수밖에 없겠는데, 어쨌든, 그 오지카 님에게 거절당하기는 했지만, 이미 오늘의 교육회는 예정되어 있었던지라, 새삼스럽게 중지할 수도 없었던 모양입니다. 이렇게 해서 어느 분이신지가 나의 존재를 떠올리고, 그 영감탱이도 옛날에는 시 같은 것을 쓴 일이 있다니까. 말하자면 문화인 축에 끼지 않겠나 하고, 뭐, 아닙니다, 나는 결코 원망의 소리를 하자는 것이 아닙니다. 정말로 저는, 참으로 나를 잘 떠올려내주셨다고 영광으로 생각하고 있을 정도입니다.

하지만, 그렇다고는 하나, 이는 범죄, 아니, 범죄 따위의 극단적인 말은 할 수 없겠지만, 나 같은 사람이, 신성한 교육회 여러분에게 강연을 한다는 것은, 이는 참으로 당치않은 일이 아닐까 하고, 나는 지난밤 잠도 자지 못하고 번민을 했습니다. 도대체, 이 일은 그때, 내가 깨끗이 거절했더라면, 아무 일도 없었을 것이지만, 나는 저 유명한 오지카 님과는 달리, 허구한날, 내 몸 하나의 처신을 주체 못하고 지내고 있다는 처지를, 그 대표분께서 간파하고 만 끝이라, 새삼, 내 형편이 어쩌고저쩌고 해본들, 그것은 우스꽝스러운 꼬락서니가 되고 말겠지요. 그뿐 아니라, 나 같은 사람도 얼굴을 내밀고 무엇인가 문화에 관해한 말씀 드리게 되면, 그렇게 해서, 그럭저럭 만사가 원만하게 해결될 것이니, 제발, 이렇게 부탁을 받게 되고 보면, 나 같은 사람은, 이런 늙은이가 남에게 덕이 된다는 것만으로 그저 감사하고, 감사한 마음이 들어, 참으로 정말, 엉터리라고는 생각하면서도, 이를 경솔하게 승낙했고, 이제 비틀거리면서 단상으로 올라왔습니다. 아아, 그리고, 역시, 어떤 일이 있어도 거절했어야 하는구나 하고 후회를 곱씹고 있는 형편입니다.

도대체 나는, 지금은 별 볼 일 없는 노인이라는 것은 말할 것도 없지만, 그렇다면, 젊은 시절, 하다못해 어느 한 시절이라도 별 볼 일 있었던 시절이 있었더냐고 하신다면, 이 역시 전혀 아니올시다입니다. 내가 도쿄에서 어느 한 시기, 이래 보여도, 다소간, 뭐, 아주 소수의 사람들 사이에서, 문제의 인물이었다고, 뭐, 말할 수 있지 않을 것도 없다고 생각합니다만, 얼마나 내가 엉터리 사나이였는지, 아마도 일본에서 몇몇 꼽아볼 수 있을 정도의 형편없는 인간이 아닐까, 에 대해 문제로 삼아진 것이었습니다.

당시, 나의 대표작이라는 말을 들었던 시집의 제목은 '나, 너무나 어리석어, 사기꾼도 오히려 돈을 치르더라'라는 것이었는데, 이것만 보더라도, 나의 문명文名이라는 것은 그야말로 존경의 대상이 아니라, 기막혀하고 비웃음을 사며, 또한 극소수의 정이 많은 사람들에게는, 위로를 받고, 돌봄을 받아가며, 겨우겨우 숨이나 쉬고 있을 정도의 성질의 것이었음을 알 수 있을 것입니다. 매우 묘한 표현입니다만, 말하자면, 그 당시의 나의 존재 가치는, 그 부負의 면으로만 존재했던 것이어서, 만약에 내가 엉터리가 아니었더라면, 나의 존재 가치가 아무것도 남김 없이, 싹 없어질, 참으로 나로서도 기괴하고 기막힌 위치에 서 있었던 것입니다.

그러나, 나도 나이를 먹어감에 따라, 그러한 엉뚱한 위치가 일개 남아로서 얼마나 면목이 없고 파렴치한 것인지를 깨닫게 되어, '지난날의 도덕 이제 어디에'라는 제목의, 다소 분별을 아는 듯한 시집을 출판했는데, 이 한 방으로 나는 완전히 끝장이 났습니다. 결판의 또 밑바닥이랄까, 말하자면 '진짜배기' 결 딴이 나는 바람에, 나는 시단詩壇에서도 실각했고, 게다가, 이루 말로 다 할 수 없는 궁핍 생활의 악전고투를 하느라 지치고 말아, 마침내 가을바람과 더불어, 홀로 도시를 떠나는 추레한 꼬락서니가 되고 말았습니다.

즉, 나라는 늙은이는, 어느 무엇 하나 볼만한 것이 없는데, 바로 그것이 나의 본령이라는 따위의 말로 뻐길 수 있는 처지는 결코 아닙니다만, 그런 사나이가, 이 지방의 교육회의 어른들을 향해서 도대체 무슨 강연을 하면 좋다는 말입니까. 잔혹하다는 말은 바로 이런 것을 가리키는 말일 것입니다.

애당초에 민주주의란, ―아니, 이것은 너무나 당돌해서, 내가 말하고서도, 스스로 놀라 쓴웃음을 지을 수밖에 없습니다만, 실은 나도, 전혀 배움이 없어서, 아무것도 모릅니다. 하지만, 민주주의란, 백성이 주인이라고 쓰고, 바로 그, 주의, 사상, 미국, 세계, 뭐, 대체로 그런 것이라고 나는 이해하고 있습니다.

그래서, 뭐, 일본에서도 마침내 이 민주주의라는 것을 하게 되었는데, 참으로 경하스러운 일입니다만, 이 민주주의 덕분에, 남녀동권! 이것, 바로 이것이, 나의 가장 큰 관심사가 되고, 또한 오래도록 대망하고 있었던 것이었습니다. 이제부터는 나도 누구 눈치 볼 것 없이, 남성의 권리를 여성에 대해 주장할 수 있을 것이라 생각하고 보니, 참으로 동이 터오는 듯한 마음이 되면서, 저절로 미소가 떠오르는 것을 금할 수 없는 바입니다. 알고 보면, 나는 지금까지 여성이라는 존재 때문에, 줄곧 혼만 나왔던 것입니다. 내가 오늘날, 이처럼 별 볼 일 없는 늙은이가 되어버린 것, 이것은 모두, 여성의 탓이 아닐까, 이렇게 나는 은근히 생각하고 있는 바입니다.

어렸을 때부터, 나는 여성이라는 사람이 못살게 구는 바람에, 괴로움을 당해왔습니다. 나의 어머니는, 계모도 아니고, 나를 낳아준 친어머니였는데, 어찌 된 셈인지 동생만 귀여워하고, 장남인 나에 대해서는 묘하게 데면데면, 심술궂게 굴었습니다. 이제는 나의 어머니도, 아주 예전에 세상을 뜨셔서, 부처님에 대해서 이러쿵저러쿵 원망의 소리를 늘어놓기가, 나로서도 매우 괴로운 심정입니다만, 잊을 수가 없습니다. 내가 열 살쯤이고, 동생이 다섯 살쯤이었을 무렵, 나는 강아지 한 마리를 다른 집에서 받아 와 자랑스럽게 어머니와 동생에게 보였더니, 동생이 강아지를 달라면서 울었습니다.

그러자, 어머니는 동생을 달래면서, 그 강아지는 형아의 밥으로 기를 것이란다, 이렇게 묘한 소리를 진지한 얼굴로 말했습니다. 형의 밥이라니, 무슨 뜻일까. 나 스스로가 먹을 밥을 먹지 않고 그 강아지에게 주어 키워야 한다는 뜻이었을까요. 아니면, 우리 집에서 먹고 있는 밥은, 모두가 맏이인 나의 것이므로, 동생에게는 개를 키울 자격이 없다는 뜻이었는지, 지금까지도 나로서는 확실히 이해할 수가 없지만, 어쨌든 그런 소리를 듣고, 이상한 감정이 일어났는데, 억지로 그 강아지를 동생에게 떠안겨주었더니, 어머니는 돌려줘라 돌려줘라, 그건 밥을 축내는 벌레야, 이렇게 동생에게 말하는 것입니다. 나는 매우 풀이 죽어서, 그 강아지를 동생에게서 빼앗아, 뒤꼍 쓰레기터에 버렸습니다.

겨울날의 일이었습니다. 우리가 저녁밥을 먹고 있는데, 강아지가 밖에서 낑낑 울고 있는 소리가 들려, 나는 밥이 목구멍으로 넘어가지 않는 심정이었습니다. 그러다가, 이윽고 아버지가 그 강아지 울음소리를 듣고 어머니에게 물었습니다. 그때, 어머니는 아무렇지도 않게 이렇게 대답했습니다. 얘가 강아지를 데리고 왔다가, 금방 싫어졌는지, 버렸나 봐요. 얘는 금방 싫증을 내곤 하거든요. 이렇게 말하는 것입니다. 나는 어안이 벙벙해서 어머니의 얼굴을 쳐다보았습니다. 아버지는 나를 야단치시더니, 어머니에게 말해 그 강아지를 집 안에 들여놓게 했습니다. 어머니는, 강아지를 끌어안고서, 오, 추웠지, 혼났지, 불쌍해라, 불쌍해라, 하고 말하면서, 형한테 주었다가는 금방 버릴 테니까, 이건 동생의 장남감으로 해요, 하고 웃으면서 아버지의 승낙을 얻었는데, 이렇게 해서, 그 개는 냉혹한 나 때문에 죽을 뻔했던 것을 어머니의 온정으로 목숨을 건지고, 그런 다음 마음 착한 동생의 졸개가 되고 말았습니다.

이뿐 아니라, 내가 생모한테서 기묘하게 심술 사나운 대접 받은 기억은 수도 없습니다. 어째서 어머니가 나를 그처럼 못살게 굴었는지, 그것은 물론, 내가 이처럼 못생기게 태어나, 어렸을 때부터 조금도 귀여운 구석이라곤 없었던 아이였기 때문인지는 모르겠지만, 그렇다고 하더라도, 그 심술은 거의 사리에 맞지 않고, 무엇이 무엇인지, 이야기의 어느 구석을 어찌 들어야 할 것인지, 거의 이해할 수 없는 성질을 가지고 있었습니다. 역시, 그것은 여성 특유의 난취爛醉라고밖에는 달리 생각할 수가 없습니다.

내가 태어난 집은, 아시는 분도 계시겠지만, 여기서 3리가량 떨어진 산기슭의 한촌으로, 예나 지금이나 다를 것이라곤 없는 곳인데, 우리는 소지주이고, 동생은 나와는 달리 진실한 사나이였으므로, 자작농 같은 것을 하면서, 지난번의 농지 조정이라는 법령의 그물에서도 빠질 정도의 조그마한 집안이었습니다. 하지만, 그런대로, 그 마을에서는 약간 상류 가정 축에 속했는지, 우리가 어렸을 무렵에는 하녀와 일꾼도 있었습니다. 그리고, 역시 내가 열 살쯤 때의 일이었을까요, 이 하녀는, 글쎄요, 17, 8세나 되었을까요, 볼이 빨갛고 눈이 동글동글한 마른 여자로, 이 애가 주인의 맏아들인 나에게 참으로 못된 짓을 가르쳤는데, 그 후로, 이번에는 내 쪽에서 접근해 갔더니, 마치 다른 사람이 된 듯이 냅다 화를 내고 나를 밀치면서, 너는 입냄새가 나서 안 돼! 하고 말했습니다. 그때의 창피한 마음이라니, 나는 그로부터 수십 년 지난 오늘날에 떠올려보아도, 와악!

하고 큰 소리를 지르고 미치고 싶을 정도입니다.

또, 아마도 같은 무렵일 것으로 생각되는데, 마을의 소학교, 라고 해봤자, 학생이 4, 50명에 선생님이 둘, 그나마 그 선생님이라는 사람도, 스물을 갓 넘겼을 것 같은 젊은 선생님과, 그 부인, 이렇게 두 분이었는데, 나는 어린 마음에도 그 부인을 아름다운 분이라고 생각했습니다. 아니, 어쩌면 동네 사람들이 그렇게 평판하는 것을 듣고서, 나도 어느새 그런 기분이 된 것인지, 아무튼 어린 시절이었으므로, 아름다운 분이라는 정도로 생각했고, 별로, 이에 대해서 고뇌하는 등의 심각한 일은 없이, 그저 막연하게 그리워하는 정도였습니다. 사실, 나는 그날의 일을 지금까지도 똑똑히 기억하고 있습니다. 태풍이 지독하게 날뛰는 날이었습니다. 우리는 그 아름다운 부인에게서 습자 공부를 하고 있었는데, 부인이 내 곁을 지나갈 때, 어찌 된 셈인지, 내 연적통이 뒤집어지면서, 부인의 옷소매에 먹물이 끼얹어졌고, 그 바람에 나는 학습 시간 후 남아 있으라는 명을 받았습니다.

하지만, 나는 그 부인을 은근히 좋아하고 있었으므로, 그런 명을 받고서도 기뻐했을 정도였고 별로 무섭지도 아무렇지도 않았습니다. 다른 학생들은 모두, 빗속에 집으로 돌아갔고, 나는 부인과 단둘이 남게 되었습니다. 그랬더니, 부인은 갑자기 다른 사람이 되기라도 한 듯, 밝은 목소리를 내면서, 남편은 오늘 이웃 마을로 볼일을 보러 가서 아직 돌아오지 않았고, 비도 내리고, 쓸쓸하니까, 너랑 놀까 생각해서 남아 있으라고 한 것이란다, 나쁘게 생각하지 말아 줘, 도련님, 숨바꼭질이라도 할까, 라고 하는 것입니다. 도련님 소리를 듣고서, 역시 우리 집은 이 마을에서는 있는 집이고 품위도 있어서, 내 품행에도 어딘가 점잖은 매력이 있어서, 이처럼 특별히 귀여워해주는 것일까, 하고 참으로 어린애답지 않은 상스러운 만심慢心이 우러났고, 도련님 소리에 어울리는 아이답게, 일부러 녹신녹신하게 몸을 굽히기도 하고, 더더욱이나, 수줍어해 보였습니다.

가위바위보를 해서 부인이 졌으므로, 내가 먼저 숨게 되었지만, 그때 학교 현관 쪽에서 무슨 소리가 났고, 부인은 귀를 기울이더니, 잠깐 가서 보고 올게, 도련님은 그 동안에 적당한 곳에 숨어 있어, 하고 빙긋 웃고서 현관 쪽으로 뛰어갔습니다. 나는 얼른 교실 한구석 책상 밑에 기어 들어가, 숨을 죽이고 부인이 찾으러 오기를 기다리고 있었습니다. 잠시 후, 부인은, 남편과 함께 왔습니다. 저 아이는 끈적끈적하는 게 기분 나쁘니까, 당신이 한번 야단을 쳐주셨으면 해서요, 이렇게 부인이 말했고, 남편은, 아, 그래 어디 있지 했고, 부인은 태연하게, 거기 어딘가에 있을걸요, 했고, 남편은 저벅저벅 내가 숨어 있는 책상 쪽으로 와서, 이봐, 그런 데서 무얼 하고 있는 거야, 했고, 아아, 나는 그 책상 밑에 엎어진 채로, 너무나 창피해서 나오고 싶어도 나올 수가 없었으며, 저 부인이 원망스러워 뚝뚝 눈물을 흘렸습니다.

어차피, 내가 어리석었기 때문이겠지요. 하지만, 그렇다 하더라도, 여인들의 저 무자비함은 도대체 어디에서 나오는 것일까요. 나는 그 뒤의 생애에서도, 언제나, 이 여자들이 느닷없이 휘두르는 강력한 잔인성 때문에, 갈기갈기 찢기고 지냈습니다.

아버지가 돌아가시고 나서, 우리 집안에도 별로 재미없는 일뿐이어서, 나는 집안일을 모두 어머니와 동생에게 맡기겠노라고 선언하고, 17세에 도쿄로 가서, 간다의 한 인쇄소의 심부름꾼이 되었습니다. 인쇄소라고 해봤자, 공장에는 주인과 직공 두 사람과, 그리고 나, 네 명이 일하는 조그마한 개인 경영의 인쇄소로서, 광고 전단이나 명함 같은 것을 찍어주는 곳이지만, 마침 그 무렵은 러일전쟁 직후였고, 도쿄에서도 전차가 달리기 시작하기도 하고, 멋들어진 서양 건축물이 마구 서기도 하는 등, 매우 경기가 좋은 시절이었으므로, 그 조그만 인쇄소도 매우 바빴습니다.

아무리 바삐 돌아가도, 일 때문에 힘들다고 생각한 적은 없지만, 그 인쇄소의 안주인과, 또 치바현 출신이라는 살갗이 까만, 서른 전후의 하녀, 이 두 사람의 심술궂은 처사에는 몇 번이나 울음이 터졌는지 알 수 없습니다. 그들이 하는 짓이, 얼마나 나로서는 쓰라린 일인지 알아차리지 못하는 모양이므로, 그저 무섭다고 할 수밖에는 없었습니다. 안에 있을 때면, 그 마나님과 하녀에게 시달리고, 또 어쩌다 쉬는 날 밖으로 나가봤자, 밖에는 또한 별종의 강력한 야차夜叉가 도사리고 있었습니다. 그것은, 내가 도쿄로 가서 1년쯤 지난 무렵, 비가 추적추적 내리고 있던 장마 때의 일로 기억합니다. 분수에 어울리지 않게, 인쇄소의 젊은 직공과 둘이서 우산 하나를 받고 요시와라吉原*에 놀러 갔다가, 그야말로 혼이 났습니다.

애당초, 요시와라의 여자 하면, 여성 가운데서 가장 비참하고 불행한, 그래서 세상의 동정과 연민의 대상일 터이겠지만, 실제로 견학해보니, 웬걸, 상당한 세력이 있어가지고, 거의 귀부인처럼 제멋대로 행동해, 나는 야단이나 맞지 않을까 하고, 그날 밤은 살얼음을 밟듯이 말과 행동을 삼가면서, 조용하게 염불 같은 것을 중얼거리며, 살아 있는 기분조차 들지 않았습니다. 염불 덕분에 그럭저럭, 그날 밤은 별로 혼나는 일도 없이, 여인과 헤어질 아침을 맞았는데, 여자는 차나 한 잔 마시고 가라고 했습니다. 유녀 중에서도, 그 여자는 조금쯤 지위가 높은 편이었는지도 모르겠는데, 다소 위엄 같은 것을 가지고 있었습니다.

할머니를 시켜서, 내 동료인 직공과 그를 상대한 유녀를 우리 방으로 불러와, 차분한 자세로 차를 달이고, 또 방구석의 찻장에서 접시 가득 담은 야채튀김을 꺼내서 우리에게 권했습니다. 같이 온 직공은 이봐요 영감, 이렇게 나를 부르고서는, 그럼, 마나님이 하신 요리를 먹기로 하지, 자넨, 의외로 인기가 있군 그래, 이 호색한好色漢, 이라고 합니다. 그 소리를 듣고서 나도 듣기 싫지 않아, 우후후 하고는 우쭐한 기분으로 고구마 튀김을 우적우적 먹었더니, 나의 여자가, 너는 농부의 자식이로구나, 하고 쌀쌀맞게 말합니다. 뜨끔해서, 얼른 입속의 음식을 꿀꺽 삼키고는, 음, 하고 끄덕여주었더니, 그 여자는 같이 온 직공의 여자 쪽을 향해, 조그만 목소리로, 집안이 안 좋은

* 에도 시대의 유명한 유곽촌이 있던 거리.

남자는, 음식을 먹여보면 금방 알 수 있거든, 쩝쩝거리며 먹는 거야, 이렇게 전혀 아무런 표정도 없이, 날씨 타령이라도 하듯, 멀쩡하게 말하는 것이었습니다.

뭐, 그때의 나의 쑥스러움. 동료 직공한테, 영감이니 호색한 이니 하는 소리를 들은 터에, 이제는 어찌해야 할지, 겉으로는 적당히 얼버무리면서, 울적한 웃음을 짓고 돌아왔지만, 돌아오 는 길에, 나막신의 끈이 끊어지는 바람에, 맨발로, 옷 꽁지를 허 리춤에 접어 찌르고 묵묵히 걸어온 그때의 비참한 기분, 이제 생각해봐도 몸서리가 납니다. 여성 가운데서도, 가장 천대받 고, 비참하게 살고 있는 것으로 알려진 그런 유녀조차도, 나로 서는, 참으로 두려운, 뇌신雷神 이외의 아무것도 아니었습니다.

이런 식으로, 여인네들에게서 지독한 일격을 당한 경험은, 뭐, 저로서는 수도 없이 많이 있습니다만, 그중에서도, 아직 잊 지 못하고 있는 치욕의 기억만을 말씀드리기로 한다면, 충분 히 한 달간 연속 강연을 해야 할 정도로, 그야말로 엄청난 숫자 이지만, 오늘은 그 잊을 수 없는 기억 중에서 그저 서너 개만을 말씀드리기로 하고, 이쯤에서, 사라질까 생각합니다.

그 간다의 조그마한 인쇄소에서, 안주인과 안색이 검은 치 바 출신의 하녀에게 시달려가면서, 그래도 나는 5년 동안 일했 습니다. 그러는 동안, 이것은 뭐, 나로서는 행복한 일이었는지, 불행한 일이었는지, 지금까지도 의문스럽습니다만, 이 보잘것 없는 사나이에게, 시단의 한구석에 끼어들 기회가 온 것입니 다. 실로, 사람의 일생이란, 불가사의한 것이라고 말할 수밖에 없는 것입니다.

그 무렵 일본에서는 문학열이 왕성했는데, 그것은 오늘날의 이 문화 부흥인지 무엇인지 하는 고리타분한 것하고는 비교도 되지 않을 정도로, 참으로 맹렬하고 하이칼라고, 그야말로 천마가 하늘을 달리는 듯한 기세였으며, 특히 외국의 시 번역처럼 행을 마구 바꾸어가며 쓰는 시가 대유행하고 있었고, 내가 일하고 있는 인쇄소에도, 그 시인들이 기관 잡지를 인쇄해달라는 주문을 하러 왔습니다. '동틀 녘'이라는 제목의 20쪽가량 되는 팸플릿이었으므로, 의뢰를 받아 인쇄하게 되었는데, 나는 늘 그 원고를 읽으면서 활자를 골라내어, 점차로 문학열에 들떠, 책방에 가서 당시 대가들의 시집을 사서 읽게 되었고, 점차로 자신 같은 것이 생겨, '돼지 등에 까치가 타고서'라는 제목으로, 내가 시골 논밭에서 실제로 목격한 진풍경을, 그럴싸하게 마구 행을 바꾸어가며 써보았고, 그것을 언감생심, 〈동틀 녘〉의 시인 한 사람에게 보였더니, 그거 재미있군, 하면서 〈동틀 녘〉의 지상에 게재되는 뜻밖의 영광을 누렸습니다.

이렇게 신바람이 나서, 그다음에는 '사과를 훔치러 갔을 때'라는 제목으로, 역시 시골에서의 나의 모험 실패담을 꽤 길게, 으레 하듯이 행을 바꾸어가며 써서, 역시 〈동틀 녘〉에 싣게 되었는데, 이게 말하자면 제대로 들어맞았다고나 할까, 신문 같은 데서도 이를 제대로 다루어주면서, 무엇인지 내가 알 수 없는 어려운 말로 그럴싸하게 논하는 것을 보고서, 나도 놀라고 말았습니다.

갑자기 시인 친구들도 늘어났는데, 시인이라는 것은 그저 술을 엄청 퍼마시고, 그리고 땅바닥 같은데서 자거나 하면, 순진하다느니, 무어니, 해가면서 칭찬을 듣게 되는지라, 나도 거기에 빠질세라, 들입다 술을 퍼마시고, 좌우간 땅바닥에 뒹굴며 자보았고, 친구들에게도 칭찬 소리를 듣고, 이 바람에 돈이 떨어져, 전당포에 빈번하게 들락거리게 되었고, 인쇄소 안주인 마님과, 그 치바현 출신의 공격의 불화살은 거의 극에 달했으므로, 나는 이를 방어할 길이 없어, 마침내 그 인쇄소에서 도망치고 말았습니다.

역시 나는, 시라는 마물 때문에 일생을 그르쳐버린 것인지도 모릅니다. 하지만, 그 당시, 인쇄소 마나님과 치바현이 조금만 나에게 살갑게, 그리고 조용히 충고를 해주었더라면, 나는 깨끗이 시 삼매三昧를 단념해버리고, 착실한 인쇄공으로 되돌아갔을 것이고, 지금쯤은 그럴싸한 인쇄소 주인이 되어 있지나 않았을까, 늙은이의 군소리이겠지만, 자꾸만 그런 생각을 하게 됩니다. 나 같은 형편없는 사나이가, 시 같은 것을 써가며, 그 알량한 붓 하나를 의지해서, 도쿄의 현명한 문인들과 어깨를 나란히 하며 살아갈 수 있다는 것은 아예 당치도 않은 일입니다. 그 인쇄소에서 도망쳐 나온 뒤의 나의 생활로 말할 것 같으면, 지금 되새겨봐도, 그야말로 지옥의 주마등을 망연하게 바라보고 있는 기분이 들며, 미치지도, 굶어 죽지도 않고 잘도 버텨냈구나 하고, 스스로도 경탄의 마음을 금할 수 없습니다. 신문 배달도 했습니다. 넝마주이도 해보았습니다. 길에서 수레를 미는 일도 해보았고, 포장마차도 해보았습니다. 밀크홀 같은 것도 해보았습니다. 너절한 사진이나 그림을 팔고 다니기도 했습니다. 엉터리 신문기자가 되기도 하고, 폭력단의 심부름꾼이 되기도 하고, 좌우간 타락한 남자가 할 수 있는 일은 모조리 해 봤다고 해도 결코 과언이 아닐 것으로 생각합니다.

그리고, 그 타락한 남자는 자꾸만 더 타락할 뿐, 마침내 홀로 넝마를 입은 채 도시를 떠나, 이제는 동생네 집에 얹혀사는 형편이 되어, 어느 무엇 하나 내세울 것이 없는 생애로, 이제 와서 누구를 원망할 자격도 아무것도 없습니다만, 하지만, 그렇지만, 그래도 아아, 그때, 그 여자가, 그처럼 심술궂게 굴지만 않았더라도, 나는 그래도 다소간의 프라이드와 힘을 얻어, 엉망이지만 엉망인 나름대로, 무엇인가 꼴을 갖춘 남자가 되어 있지 않았을까, 하고 늙은이의 잠꼬대처럼, 내 어렸을 무렵부터의 비참한 여난女難들을 반추해보지만, 역시, 가슴을 쥐어뜯고 싶은 일도 있습니다.

내가 도쿄에 살 때, 세 명의 마누라가 도망을 쳤습니다. 첫 번째 마누라도 지독한 여자였지만, 두 번째는 좀 더 질이 나빴고, 세 번째는 도망은커녕 나를 내쫓았습니다.

이상한 말을 하는 것 같지만, 나는 이래 보여도, 결혼을 위해, 내 쪽으로부터 적극적인 행동을 개시한 일은 한 번도 없었고, 모두 여자 쪽에서 나에게 쳐들어오는 형국으로, 아니, 이것은 결코 내 자랑이 아닙니다. 여성에게는, 의지박약한 별 볼 일 없는 남자를 거의 직관에 의해 식별해내고, 이를 이용해서, 철저하게 그 남자를 닦달을 하고, 싫증이 나면, 헌신짝처럼 버리고는 되돌아보지 않는다는 경향이 있는 모양인데, 나 같은 사람은 말하자면, 그런 절호의 존재였던 모양입니다.

첫 마누라는, 이는 뭐, 당시의 문학소녀라고나 할, 안경을 낀 머리가 나쁜 여자였는데, 이 여자는 아침부터 한밤중까지, 노상 나에게, 사랑하는 방법이 모자란다며 울어대서, 나도 두 손을 들고, 결국 떨떠름한 얼굴이 되고 말았는데, 대뜸 그 여자는 쇳소리 같은 소리를 지르기를, 아아, 저 무서운 얼굴! 악마다! 색마다! 처녀를 되돌려줘! 정조 유린! 손해 배상! 등으로 정말이지 흥이 깨지는 소리만 해댔는데, 그 무렵에는 나도 열심히 공부를 해서, 시를 쓰고 싶다는 생각을 하고 있던, 말하자면 청운의 꿈을 은근히 가슴에 품고 있던 시기인지라, 설혹 그 것이 반미치광이의 헛소리라 하더라도, 악마라느니, 색마라느니, 정조 유린이라느니 하는 불명예스럽기 짝이 없는 소리를 듣게 되고, 그것이 세상 평판이 되고 말면, 그것만으로도 나의 장래는 엉망진창이 될 것이라고 생각하니, 이건 웃을 일이 아니다, 나도 아직 젊은 시절이었던지라, 너무나 우울해져서, 이 여자를 죽이고 나도 죽자고 몇 번이나 생각했는지 모릅니다. 마침내, 이 여자는 나하고 3년 동거 끝에 나를 버리고 도망쳤습니다. 이상한 글 하나를 남겨놓고 갔는데, 그것이 또한 매우 불유쾌한 것입니다. 당신은 유대인이었군요. 처음으로 알았습니다. 벌레로 비유하자면, 붉은개미입니다, 이렇게 쓰여 있었습니다. 무슨 소린지 완전히 난센스지만, 그러나, 감각적으로 오싹할 정도로 고약한, 마치 지옥의 요괴 할멈의 주문과도 같은 매우 정떨어지는 기분이 드는 말이어서, 저런 머리 나쁜 여자라도, 이따위 불유쾌하기 짝이 없는 전율스러운 말을 떠올려서 내던질 수가 있다니, 참으로 여성이라는 것은 그 바닥의 깊이를 알 수 없는 무서운 점이 있구나 하고 진심으로 감탄했습니다.

하지만, 그것은 그래도 문학소녀의 문학적인 악담이겠지만, 두 번째 마누라의 현실적인 악랄함과 비해 보자면, 그래도 참을 만하다고 할 수 있을지도 모릅니다. 이 두 번째 마누라는, 내가 고향에 조그마한 밀크홀을 열었을 때 여급사로 채용한 여자인데, 밀크홀이 망해 문을 닫고 나서도 그대로 우리 집에 눌러앉아버렸고, 이 여자는 돈을 밝히는 꼴이 마치 굶주린 늑대와 같아서, 나의 시 공부 따위는 아예 인정하지 않고, 또 나의 시 친구 하나하나에 대한 험담이 극렬하기 짝이 없습니다.

뭐, 속된 소리로 하자면, 또랑또랑한 일면이 있어서, 나의 시에 대한 비판 따위는 나 몰라라 한 모양인지, 오직 내가 일하지 않는 점을 나무라면서, 자기처럼 불행한 사람은 없다고 한탄을 하고, 어쩌다 잡지사의 사람이 나에게로 시 청탁을 하러 오면, 나는 빼놓고 그녀 자신이 마주 앉아서, 요즈음 들어 물가가 비싸졌다는 것, 남편은 어리숙하고 머리가 나쁘고 막돼먹어서 전혀 믿을 수가 없다는 것, 시 같은 것 가지고는 도저히 먹고살 수가 없어서, 남편을 이제 철도에서 일하게 하려 한다는 것, 고약한 시 동아리 친구가 따라붙어 있는 바람에, 남편은 이제 불량배가 될 것이라는 것, 방긋도 하지 않은 채 흐트러진 머리카락을 쓸어 올리고 쓸어 올리면서, 마치 그 잡지사 사람이 원수가 되기라도 하는 듯이, 지독하게 밉살맞게 구는 바람에, 모처럼 나에게 시를 청탁하러 오신 분도, 찌푸린 얼굴을 하고서, 아마도 나와 마누라 양쪽을 경멸한 것이겠지요, 잽싸게 퇴각해버리는 것입니다.

그리고 마누라는, 그 사람이 돌아간 뒤로는 나에게 덤벼들었습니다. 저런 사람은 중요한 손님인데, 당신이 붙임성이 없어가지고 금방 놓쳐버리는 것 아니에요, 나한테만 의지하지 말고, 당신도 남자라면, 좀 더 기운을 내서, 교제를 활발하게 해야 하지 않겠어요, 하고 엉뚱한 화풀이라도 하듯이 설교를 해 댑니다.

나는 그 당시, 어떤 엉터리 신문의 광고 영업 같은 일을 하고 있어서, 그 뜨거운 땡볕에 땀을 뻘뻘 흘려가며, 도쿄 시내를 동분서주하면서, 가는 곳에서마다 거지 취급을 받았고, 그래도 웃어가면서 굽실굽실 백만 번 절을 하고, 그런 끝에 그런대로 1엔짜리를 10장 가까이 마련할 수가 있어서, 대단한 기세로 집에 돌아왔건만, 잊어버리지도 않습니다, 서늘바람이 불기 시작하는 저녁, 마누라는 쪽마루에서 저고리를 벗고 머리를 감고 있었는데, 내가, 여보, 오늘은 큰돈을 가지고 왔거든, 하면서 그 지폐를 보여주었더니, 마누라는 방긋도 하지 않고, 1엔짜리라면 보지 않아도 뻔하지, 라고 말하고서 계속 머리를 감는 겁니다. 나는 참으로 허탈한 마음이 들었습니다. 그럼, 이 돈은 필요 없는 거야? 했더니, 그녀는 찬찬히 자신의 무릎께를 턱으로 가리키며, 여기에 놓아요, 라는 겁니다. 나는 그 말대로 돈을 그곳에 놓았지요. 그 순간, 휙 하고 저녁 바람이 불어와, 그 지폐가 마당으로 날아가버렸는데, 1엔짜리가 되었든 무엇이 되었든, 나로서는 죽을 만큼 고생을 해서 벌어 온 큰돈입니다. 나도 모르게, 악 소리를 지르고 마당으로 뛰어 그 지폐 뒤를 쫓아갈 때의 비참한 기분이란 이루 말할 수 없는 것이었습니다.

이 여자는 신슈信州에 단 하나의 살붙이인 남동생이 있다든가 하면서, 내가 벌어 온 돈 대부분을 그 남동생에게 보내곤 했습니다. 그러면서, 내 얼굴을 보기만 하면 돈, 돈, 돈 하는 것입니다. 나는 이 여자에게 돈을 주기 위해서 강도, 살인 등 무엇이든 해볼까 하고 생각한 일도 있습니다. 돈 때문에 죄를 저지르는 사람들 주변에는, 틀림없이 이런 따위의 여자가 도사리고 있을 것이라고 생각했습니다.

기묘하게도, 이 여자는 그처럼 나의 시 친구들을 엉망으로 흉을 보았고, 그중에서도 특히 가장 젊은 아사쿠사의 페라고로*의 시인, 그래봤자 아직 시집 한 권 낸 일이 없는 소년이었습니다만, 그에 대한 그녀의 조롱과 매도는 가장 심했습니다. 그랬는데, 그게 아니었습니다. 이윽고 그 소년과 눈이 맞아서, 나를 버리고 줄행랑을 쳐버린 것입니다. 참으로 여자들은 기괴한 짓을 하는 존재입니다. 그야말로, 참으로, 그 심리를 이해할 수가 없습니다.

하지만, 이 정도 가지고는, 그다음의 세 번째 마누라에 비하자면, 아직 좋은 편이라고 말하지 않을 수가 없습니다. 이건 뭐, 처음부터 나를 쿨리苦力**처럼 부려먹을 목적으로 접근해 왔

---

* '오페라고로츠키オペラごろつき'의 준말로, '오페라에 미친 청년들'이라는 의미. 다이쇼 시대 말기, 오페라에 열중하던 젊은이들을 가리킨다.
** 동양 각지의 최하층 노동자.

던 것입니다. 그 무렵에는 나도 점차로 형편이 나빠져, 시를 쓸 기력조차 쇠하고, 핫초보리八丁堀에 조그만 포장마차 오뎅집을 차려, 거기서 들개처럼 먹고 자고 했는데, 그 골목 안쪽에 예순이 넘은 할머니와, 그 딸이라는 마흔 가까운 노처녀가 군고구마 포장마차를 내고서, 밤에 잘 때에는 싸구려 여인숙으로 가는 등, 거의 나와 마찬가지로 가진 것이라고는 없는 거지 같은 생활을 하고 있었습니다. 그들이 나에게 눈독을 들여, 공연히 쓸데없는 도움을 주곤 하더니, 마침내 나는 그 싸구려 여인숙에 이끌려 갔고, 그것이 말하자면 악연의 시작이었습니다.

두 개의 포장마차를 맞붙여놓아, 점포 확장의 꼴이 되었고, 나에게 목수 일이라든지, 물품 구입 등, 매일같이 녹초가 될 때까지 일을 하게 했는데, 할머니와 딸은 손님 상대를 하고, 구질구질한 일은 몽땅 나에게 떠맡기고, 벌어놓은 돈은, 할머니와 딸이 움켜쥐고 놓지 않으면서, 점차로 나를 노골적으로 하인 취급을 하게 되었으며, 밤에 내가 딸에게 다가가려 하면, 할머니와 딸은 쉿쉿 하고 마치 고양이라도 쫓아내는 듯한 묘한 방법으로 나를 멀리하는 겁니다. 나중에 가서야 나도 알게 된 것인데, 이 할머니와 딸은 진짜 모녀가 아닌 듯한 구석도 있고, 어쩐지, 두 사람 모두 요타카夜鷹* 정도로까지 타락했던 구석까지 엿보였는데, 좌우간 너무나 심보가 고약해서 사람들에게 버림을 받고, 이제 와서는 아무도 상대해주지 않게 된 모양이었

---

* 밤에 길바닥에서 손님을 끌던 하층 매춘부.

습니다.

나는 이 마흔 가까운 여자에게서 질이 좋지 않은 병까지 옮아, 남모를 고생도 했는데, 할머니와 딸은 오히려 그 죄를 나에게 뒤집어씌웠으며, 딸은 무언가 신통찮은 일이 있으면, 금방 허리가 아프다는 등 핑계를 대고 누워버리기 일쑤고, 또 할머니와 딸은 별 볼 일 없는 남자하고 알게 되는 바람에 이런 돌이킬 수 없는 일이 되고 말았노라고, 노상 나를 매도하고, 나에게 마구 잔심부름까지 시키면서 부려먹었습니다. 가게는 내 노력 덕택에, 라고 나는 감히 말하고 싶지만, 어쨌든 조금씩 번창해서, 포장마차 두 개를 붙여놓은 정도 가지고는 어림도 없게 되어, 딸과 할머니의 아이디어로, 신토미초新富町의 한길에 조그마한 집을 빌려, 오뎅, 일품요리라는 간판초롱을 내걸게 되었습니다. 그 집으로 이사한 뒤로는, 나는 완전히 하인의 신분이 되어, 할머니는 마님으로 부르고, 내 마누라는 누님으로 부르라는 엄명이 내려졌으며, 할머니와 마누라는 2층에서 자고, 나는 부엌에 돗자리를 깔고 자는 신세가 되었습니다.

잊을 수가 없습니다. 그것은 가을도 무르익은 달이 매우 좋은 밤의 일이었는데, 나는 12시에 가게를 닫고 나서, 부지런히, 평소 친하게 지내고 있는 츠키지의 요릿집으로 욕탕을 빌려 쓰러 갔고, 돌아오는 길에, 포장마차에서 소바를 먹고, 집에 돌아와 뒷문을 열려 했는데, 이미, 문을 잠가버렸는지 열리지 않았습니다. 그래서 나는 한길 쪽으로 나가, 2층을 쳐다보며, 마님, 누님, 마님, 누님 하고 조그만 목소리로 불러보았지만, 이미 잠들어버렸는지, 2층은 캄캄하고 아무런 반응도 없었습니다. 목욕을 끝낸 몸에 가을바람이 써늘하게 느껴졌고, 매우 화가 나서, 나는 쓰레기통을 발판 삼아 지붕에 올라가, 2층 덧문을 가볍게 두드리면서 마님, 누님 하고 가볍게 불렀는데, 갑자기 안에서는 여편네가 도둑이야! 하고 외치더니, 계속해서 도둑이야! 도둑이야! 도둑이야! 하고 소리를 질러대는 바람에, 나는 당황해서, 아니, 나야, 나야, 해도 알아듣지 못하고, 도둑이야! 도둑이야! 도둑이야! 하고 외치더니, 이윽고 쨍쨍쨍쨍 하고 참으로 이상한 소리가 안에서 울려 나왔는데, 그것은 할머니가 세숫대야를 두들겨대는 소리라는 것을 나중에 알았습니다. 하지만, 나는 몸서리쳐질 정도의 공포가 엄습하는 바람에, 지붕에서 뛰어내린 순간, 여편네들의 소동 소리를 듣고 달려온 순경에게 잡히면서 두세 대 얻어맞았고, 순경은 달빛으로 내 얼굴을 확인하면서, 뭐야 당신 아냐, 하고 말했습니다. 바로 가까이 있는 파출소의 순경으로, 나하고는 물론 서로 아는 처지입니다. 나는 간단하게 사정 이야기를 했고, 순경은 허, 그건 대단하군, 하면서 웃었지만, 2층에서는 아직도 도둑이야! 도둑이야! 하고 외치며, 대야도 두들겨대고 있었습니다.

동네 사람들도 모두 일어나 밖으로 튀어나와서 소동이 자꾸만 커지기만 했습니다. 순경은 엄청 큰 소리를 질러서, 2층 사람들에게 가게 문을 여시오! 하고 호통을 쳤습니다. 그렇게 해서 그럭저럭 2층의 광란도 가라앉으면서, 2층에 전깃불이 켜지고, 이윽고 아래층에도 불이 켜지고 나서, 가게 문이 열리면서 잠옷 차림의 할머니와 마누라가, 불쑥 얼굴을 내밀었고, 주변 사람들은 쓴웃음을 지으며, 도둑이 아닙니다, 하고 말하면서 나를 면전으로 밀어냈더니, 할머니는 이상하다는 얼굴로, 이건 누굽니까, 이런 남자는 모르는데요, 너는 알겠니, 하고 딸에게 물었고, 딸도 진지한 얼굴로, 좌우간 우리 집 사람은 아닙니다, 하고 대답했습니다.

이런 꼴까지 당해가지고는 아무리 나라지만, 너무나 어안이 벙벙해서 할 말도 잃고, 그렇군요, 잘들 있으시오, 하고서, 순경이 부르는 소리도 못 들은 채, 저벅저벅 개천 쪽으로 걸어가, 어차피 뭐, 언젠가는 쫓아낼 생각이었을 테고, 도저히 오래 살 수 있는 집이 아니니까, 오늘 이것으로, 다시 홀로 방랑 생활을 할 것을 각오하고, 다리의 난간에 기대고 보니, 갑자기 눈물이 쏟아져 나와, 그 눈물이 똑똑 개울물에 떨어졌는데, 달그림자를 띄운 채 천천히 흐르고 있는 그 개울에, 눈물이 한 방울씩 떨어질 때마다 조그맣고 아름다운 금빛 물결무늬가 생겨서, 아아, 그로부터 벌써 20년 가까이 지났지만, 나는 지금도, 그때의 쓸쓸함을 그대로, 생생하게 떠올릴 수가 있습니다.

그 뒤로도 나는, 온갖 여자들로부터 지독한 타격을 받아왔습니다. 그래도 그것은 배우지 못한 여자들이기 때문에 그런 가당치도 않은 잔혹한 짓거리를 할 수 있을 것이라고 생각했지만, 아닙니다. 결코 그런 것이 아닙니다. 오래도록 외국에서 공부하고 온 여자대학의 할머니 교수가 있었습니다. 이미 이분은 지난해 돌아가셨습니다만, 이분 때문에 나의 어느 시집이, 실로 이상할 정도로 엄청난 조롱과 매도를 당해, 나는 마음 밑바닥으로부터 전율을 느끼고, 그 뒤로는 시라고는 한 줄도 쓰

지 못하게 되었고, 반박을 하고 싶었지만, 그 욕설은 용서라고
는 없는 가차 없는 것이어서, 내가 소학교밖에 졸업하지 못해
학식이라고는 전혀 없다는 것, 시가 점차로 졸렬해져서 도저히
읽을 수가 없다는 것, 도호쿠東北의 한촌 같은 데서 태어난 자
에게는 고귀하고 우아한 시 같은 것이 절대로 나올 수가 없다
는 것, 저 얼굴을 보라, 도대체 시인의 얼굴이 아니다, 그 생활
의 너절함, 더러움, 비겁, 미련, 이따위 무학의 룸펜 시인이 어
정거리고 있는 일본은 결코 문명국이라고는 할 수 없다는 둥,
참으로 하나부터 열까지 맞는 말인지라, 멍청한 어린아이를 향
해, 너는 우리 집안의 거추장스러운 존재이니 죽는 게 좋겠다
는 식의 매서운 공격으로 나오면서, 아주 노골적으로 안 되는
놈은 안 되는 것이라며 일거에 압살할 듯한 맹렬한 기세였습
니다.

　나는 그분하고는 언젠가 시인의 모임에서 꼭 한 번 얼굴을
마주친 적이 있는, 개인적인 원한 따위는 없었을 터인데, 어째
서 나처럼 존재감도 없는 이른바 룸펜적 존재를 특별히 골라
서 공격을 한 것일까요. 역시 오래도록 외국에서 공부를 하고
대학교수 같은 것을 하고 있기는 하지만, 저 무능한 남자의 허
점을 틈타서 고통을 주어야겠다는 여성 특유의 본능을 가지고
있는 것일까요. 아무튼, 나는 그 소름 끼치는 문장을 어떤 시
잡지에서 읽고 나서, 덜덜 떨리면서, 극도의 공포감 때문에, 이
상스러운 성욕도착 같은 것을 일으켜서, 그 예순을 넘긴, 웬만
한 남자한테서도 보기 드문 크고 엄숙한 얼굴을 하고 있는 할
머니에게, 이런 전보를 쳐서, 창피에다 창피를 덧칠했습니다.

'너에게 키스를 보낸다.'

하지만, 그 할머니 교수는, 나에게 이처럼 미칠 정도의 일대 공포를 주었고, 또한 나의 그렇지 않아도 가느다랗게 쇠약해져 있던 시의 생명을 완전히 뚝 끊어버렸다는 사실은 아마도 알아차리지 못하셨을 것이고, 아니 아니, 알아차리셨더라면, 오히려 득의양양하실지도 모르지만, 어쨌든 지난해, 편안한 대왕생大往生을 하셨던 모양입니다.

자, 이제는 꽤 어두워졌으므로, 저의 우매한 경험담도, 슬슬 끝낼까 합니다만, 이를 요약해보면, 세상의 여자라는 것은, 학문이 있느냐 없느냐와는 상관없이, 이상할 정도로 가공스러운 잔인성을 가지고 있는 모양인데, 그러면서도, 또 여자는 약하다면서, 이를 보살펴주기를 바라는가 하면, 남자는 남자답기를 바라는데, 남자답다는 것은 도대체 어떤 것일까요. 대대적으로 남자다움을 발휘해서 여자에게 사랑받고자 하면, 이제는 난폭해서 안 된다는 소리를 하고, 그러면서 심각하고 뼈아픈 복수를 당하는 판이니, 어찌해야 한다는 것입니까. 이곳으로 홀로 온 다음, 10년 동안, 나는 당연히, 동생의 마누라라든지, 또 그 마누라의 누이라느니, 숙모라느니, 무엇이라느니 하는 여자들 때문에 복잡기괴한 공격을 받고 있는지라, 이 세상에 여자가 있는 한, 내 몸이 있을 곳이 없는 것이 아닐까, 하고, 참으로 고민하고 있었던 차에, 이번에 민주주의의 여명이 찾아온 이상, 새 헌법에 의해 남녀동권이 확실하게 결정될 터이니, 참으로 경하할 일이며, 이제부터는 여자는 약하다 따위의 말은 하지 못하게 될 것입니다.

좌우간 동권 아닙니까. 참으로 유쾌합니다. 아무 거리낄 것
도 없이, 비호할 것도 없이, 마음껏 여성의 흉을 볼 수 있는 세
상이 되었고, 언론 자유의 존재 방식도, 이에 극점에 도달한 감
이 있으며, 저 할머니 교수에 의해 시의 혓바닥을 송두리째 뽑
혀버린 저입니다만, 아직은 여성에 대한 호소를 할 수 있는 혀
만큼은, 이 새 헌법의 남녀동권, 언론의 자유에 의해 허용된 터
이므로, 나의 앞으로의 여생은 모두, 이 여성의 폭력을 적발하
는 데에 바칠 작정입니다.

(1946년 12월)

아버지 父

의義를 위해, 자기 자식을 희생한다는 일은, 인류가 시작되면서, 바로 그 직후에 일어났다. 믿음의 조상이라 불리는 아브라함이, 그 믿음의 의를 위해 내 자식을 죽이려 했던 일은, 구약의 창세기에 기록되어 있어 유명하다.

하느님이 아브라함을 시험해보시려고,

아브라함아,

하고 부르셨다.

아브라함이 대답하였다.

예, 여기 있습니다.

하느님이 말씀하셨다.

너의 아들, 네가 사랑하는 외아들 이삭을 데리고 모리아 땅으로 가거라. 그 산에서 그를 번제물로 바쳐라.

아브라함이 다음 날 아침 일찍 일어나서, 나귀의 등에 안장을 얹고 사랑하는 외아들 이삭을 태우고, 하느님이 그에게 말씀하신 그곳으로 가서, 이삭을 나귀에서 내려, 번제에 쓸 장작을 이삭에게 지우고, 자신은 불과 칼을 챙긴 다음 두 사람은 함께 걸었다.

이삭이 그의 아버지 아브라함에게 말하기를,

아버지,

하고 불렀다.

그가

아들아, 나 여기 있노라,

하고 대답하자,

이삭이 물었다.

불과 장작은 여기에 있습니다마는 번제로 바칠 어린 양은 어디에 있습니까?

아브라함이 대답하였다.

얘야, 번제로 바칠 어린 양은 하느님이 손수 마련해주실 것이다.

이렇게 두 사람이 나아가, 마침내 산꼭대기에 이르렀다.

아브라함은 거기에 제단을 쌓고, 제단 위에 장작을 벌려놓았다. 그다음에 제 자식 이삭을 묶어서 제단 위에 올려놓았다.

그는 손에 칼을 들고서, 아들을 잡으려 하였다.

그때 주님의 천사가 하늘에서,

아브라함아,

아브라함아!

하고 그를 불렀다.

아브라함이 대답하였다.

예, 여기 있습니다.

천사가 말하였다.

그 아이에게 손대지 말아라.

그 아이에게 아무 짓도 하지 말아라.

네가 너의 아들, 너의 외아들까지도 나에게 아끼지 아니하니, 네가 하느님 두려워하는 줄을 내가 이제 알았다.

이렇게 해서 이삭은 간신히 아버지에게 죽음을 당하지 않을 수가 있었다. 하지만, 아브라함은, 믿음의 위인임을 보이기 위해, 주저하지 않고, 사랑하는 외아들을 죽이려 했던 것이다.

양의 동서東西를 물을 것 없이, 그리고, 신앙의 대상이 무엇인가를 물을 것 없이, 의義의 세상은 애달픈 것이다. 〈사쿠라 소고로佐倉宗伍郎 일대기〉라는 활동사진을 본 것은 내가 일고여덟 무렵의 일이었다. 나는 그 활동사진에서 소고로의 유령이 나쁜 지방관을 괴롭히는 장면, 그리고 또 하나, 눈 오는 날의 이별 장면을 지금도 잊지 않고 있다.

소고로가, 마침내 직소直訴할 결심을 하고, 눈 오는 날 길을 떠난다. 내 집의 격자창으로, 아이들이 얼굴을 내밀고, 작별을 아쉬워한다. 아버지, 하고 모두들 불러낸다. 소고로는 갓으로 자신의 얼굴을 덮으며, 나룻배를 탄다. 내리는 눈은 폭풍 같았다.

일고여덟 살인 나는 이를 보고 눈물을 흘렸지만, 그것은 울부짖는 아이들을 동정했기 때문은 아니었다. 의를 위해 아이를 버리는 소고로의 괴로움을 생각하면서, 참을 수가 없었다. 그리고, 그 이래로, 나로서는 소고로를 잊을 수가 없게 되어버렸다. 내가 앞으로 살아가는 동안에는, 반드시 저 소고로의 작별 장면 같은 슬프고도 괴로운 일이 두세 번은 있을 게 틀림없으리라는 예감이 들었다.

나의, 지금까지의 40년 가까운 생애에서, 행복의 예감은 대체로 들어맞지 않는 것이 상례지만, 불길한 예감만큼은 모두가 적중했다. 아이들과의 이별 장면도, 두세 번 정도가 아니라, 요 수년 동안에는 거의 하루걸러, 아주 빈번하게 연출되고 있었다.

나만 없었더라도, 적어도 내 주변 사람들이, 평안히 자리 잡게 될 수 있는 것이 아닐까. 나는 올해 벌써 39세가 되는데, 나의 지금까지의 문필로 벌어들인 수입 전부는, 나 혼자의 놀이 때문에 낭비되었다고 해도, 과언이 아니다. 게다가, 그 놀이라는 것은, 나 자신으로서도, 지옥의 고통인 홧술과, 추하고 무서운 귀녀鬼女와의 드잡이 싸움 형국 비슷한 난봉이었으며, 나 자신은, 전혀 즐거움이라고는 없었다. 그리고, 그러한 나의 놀이 상대가 되어서, 내 향응을 받게 되는 친지들 또한 조바심을 내기만 할 뿐, 조금도 즐거운 것 같지가 않다. 결국, 나는 나의 모든 수입을 낭비해가면서, 하나의 인간도 즐겁게 해줄 줄을 모르고, 게다가 아내가 풍로 하나를 사도, 이건 얼마짜리냐, 사치가 아니냐는 등 잔소리를 해대는 막돼먹은 남편인 것이다.

나쁘다는 것은 물론 잘 알고 있다. 하지만, 나는 그 버릇을 고칠 수가 없었다. 전쟁 전에도 그랬다. 전쟁 중에도 그랬다.

전쟁 뒤로도 그렇다. 나는 태어나면서부터, 참으로 골치 아픈 큰병에 걸려 있는 것인지도 모른다. 태어나자마자, 요양원 같은 데에 입원했고, 그리고 오늘날까지 충분한 요양 생활을 해 왔다고 하더라도, 그 비용은, 내가 지금까지 쓴 담배값으로 들어간 비용의 10분의 1 정도의 것인지도 모른다. 정말이지, 엄청나게 많은 돈이 들어가는 병이란 이야기다. 일족 중에서 이런 큰 병자가 나오는 바람에, 내 집안사람들은, 모두 깡마르고, 모두가 조금씩 수명이 줄어들었던 것 같다.

죽으면 된다. 별 볼 일 없는 것을 써놓고, 가작이네, 뭐네, 하고 경박스럽게 칭찬받고 싶어 하는 바람에, 집안사람의 수명을 줄여놓는다니, 증오하고도 남을 극악무도한 인간이 아닌가. 죽어라! 부모가 없어도 아이는 자라는 법이라지 않아. 나의 경우, 부모가 있어서 아이는 자라지 않는 것이다. 어버이가, 아이의 저금까지 다 써버리는 형편이니 말이다.

난로가의 행복. 어째서 나는 그렇게 할 수 없는 것일까. 정말이지, 참을 수가 없었다. 난로가가 두려워 견딜 수 없었다.

오후 3시 아니면 4시경, 나는 일을 일단락 짓고 일어난다. 책상 서랍에서 지갑을 꺼낸다. 내용을 흘긋 확인하고 주머니에 넣은 다음, 잠자코 외투를 입고 밖으로 나간다. 밖에서는 아이들이 놀고 있다. 그 아이들 중에는 나의 아이도 있다. 내 아이는 놀이를 그치고, 내 쪽을 정면으로 향하고, 내 얼굴을 쳐다본다. 나도 아이의 얼굴을 내려다본다. 서로 말이 없다. 더러는 나도, 주머니에서 손수건을 꺼내, 아이의 콧물을 싹 닦아주는 일도 있다. 그리고, 횡하니 나는 걸어간다. 아이의 간식, 아이의 장난감, 아이의 옷, 아이의 신발, 여러 가지를 사야 할 돈을, 하룻밤 사이에 종이조각처럼 낭비할 장소를 향해 부지런히 걸어간다. 이것이 바로 나와 아이의 이별의 장소다. 떠났다 하면 이틀이고 사흘이고 돌아오지 않는 일도 있다. 아버지는 어디선가 의를 위해 놀고 있다. 지옥 같은 생각을 하며 놀고 있다. 목숨을 걸고 놀고 있다. 어머니는 아예 단념을 하고, 동생을 업고, 형의 손을 이끌고, 헌책방으로 책을 팔러 나간다. 아버지는 어머니에게 돈을 두고 가지 않으니까.

이렇게 해서, 올 4월에는, 또 아기가 태어난다고 한다. 그렇지 않아도 모자랐던 의류 태반을 전쟁 때문에 태워버렸으므로, 이번에 태어나는 아기의 옷이랑, 이불, 기저귀를 전혀 마련할 방도가 없어, 어머니는 망연히 한숨만 쉬고 있는 모양이지만, 아버지는 이를 모른 체하고 부지런히 외출을 한다.

바로 전에, 나는 '의를 위해' 논다고 썼다. 의라고? 가당찮은 소리를 하면 안 되지. 너는 살 자격도 없는 주색잡기병의 중환자에 지나지 않은가. 그런 것을 뭐, 의라니, 적반하장도 유분수지.

하지만, 분명, 처녀가 아기를 낳아도 할 말은 있다는 말과도 비슷하지만, 그러나, 나의 가슴 한구석 흰 비단에는, 무언가 자잘한 글자가 잔뜩 쓰여 있는 것이다. 그 글자가 무엇인지는, 나로서도 똑똑히 읽을 수가 없다. 예를 들자면, 열 마리의 개미가 먹물의 바다에서 기어 올라가, 그 흰 비단 위를 솔솔솔 조그마한 소리를 내며 걸어 다니면서, 무엇인가, 가느다랗게 먹 발자국을 찍어낸 것 같은, 희미하고 간지러운 듯한 글자. 그 글자를 모두 판독할 수만 있다면, 내 입장의 '의'의 의미도 깨끗이 모두에게 설명할 수 있을 것 같은 기분이지만, 그게 매우 까다롭고 어렵다.

그따위 비유를 써가며, 내가 우물우물 넘어가자는 속셈은 결코 아니다. 그 문자를 구체적으로 설명해서 들려주기란, 어려울 뿐만 아니라, 위험하다. 아차 잘못하면, 코라도 틀어막아야 할, 같잖은 허영의 영탄 비슷해질 염려도 있고, 또는 신물이 나도록 뻔뻔스러운 낯짝의 두툼한 궤변, 아니면 사교邪敎의 글발, 또는 뺑을 때리는 사기꾼의 구국 정치담으로까지 타락하고 말 위험이 없다고는 할 수 없다.

그따위 불결한 이, 벼룩하고, 나의 가슴속 깊은 곳에 있는 흰 비단에 쓰여 있는 개미 발자취 같은 글자하고는 본질상 전혀 다른 것이라는 데는, 나도 확신을 가지고 있다고 자부하는데, 그렇다고, 그 설명을 할 수가 없다. 그리고, 지금 할 마음도 없다. 같잖은 표현 같지만, 꽃 피는 계절이 오지 않고는, 그것을 확실하게 설명할 수 없다고 생각된다.

올 정월, 10일경, 추운 바람이 불던 날,

"오늘만큼은, 집에 계시지 않겠어요?"

하고 집사람이 말했다.

"왜지?"

"쌀 배급이 나올지도 모르거든요."

"내가 가지러 가는 거야?"

"아니요."

집안 식구 하나가, 이삼일 전부터 감기에 걸려, 지독하게 기침을 하고 있다는 것을 나는 알고 있었다. 그 반병자에게, 배급 쌀을 지게 한다는 것은 애처로운 일이라고 생각하기는 했지만, 그렇다고, 나 자신이 그 배급을 위한 줄을 선다는 것은 귀찮기 짝이 없는 일이다.

"좀 괜찮은가?"

하고 나는 말했다.

"제가 가겠지만, 아이들을 데리고 가게 되면 힘이 들거든요. 당신이 집에 계셔서, 아이들을 봐주세요. 쌀만 해도 아주 무겁 거든요."

집사람의 눈에서 눈물이 반짝했다.

배에도 아기가 있고, 등에 한 놈을 업고, 한 놈의 손을 끌고, 자신에게도 감기 기운이 있고, 한 말 가까운 쌀을 가져오는 고 난은, 그 눈물을 보지 않더라도, 나는 이해가 된다.

"그래, 있을게, 집에 있을 거야."

그로부터 3분 뒤,

"계십니까."

현관에서 사람 소리가 나서, 내가 나가보았더니, 그것은 미 타카의 오뎅집 하녀였다.

"마에다 씨가 와 계시는데요."

"아, 그래."

방문 옆 벽에 매달려 있는 외투에 나는 어느새 손을 대고 있 었다.

얼핏, 그럴싸한 거짓말도 떠오르지 않고 해서, 나는 옆방에 있는 집사람에게는 한마디도 하지 않고, 외투를 입고, 그러고 나서 책상 서랍을 휘저었는데, 돈이 별로 없었으므로, 오늘 아침 잡지사에서 보내온 소액 수표를 석 장, 그 봉투째 외투 주머니에 쑤셔 넣고 밖으로 나갔다.

밖에는 딸아이가 서 있었다. 그 딸아이가 머쓱한 얼굴을 하고 있었다.

"마에다 씨가? 혼자서?"

나는 일부러 아이를 무시하고, 오뎅집 하녀에게 물었다.

"네, 잠시라도 좋으니, 뵙고 싶으시대요."

"그래."

우리는 아이를 남겨놓고 서둘러 걸었다.

마에다 씨는 마흔이 넘은 여성이었다. 오랫동안 유라쿠초의 신문사에 근무하고 있었다고 한다. 하지만, 지금은 무엇을 하고 있는지, 나도 알 수가 없다. 그 사람은 2주쯤 전인 연말에, 그 오뎅집으로 식사를 하러 왔고, 그때 나는 친구 둘을 상대로 술에 취해 있었는데, 어쩌다 그 여자에게 말을 걸었다가, 우리 자리에 동석하게 되었고, 나는 그 사람과 악수를 했다. 그 정도의 사귐밖에는 없었지만,

"놉시다. 이제부터 놀아요. 크게 놉시다."

이렇게 내가 말했을 때,

"별로 놀 줄 모르는 사람에 한해서, 그렇게 기세를 올리는 법입니다. 평소에는 착실하게 일만 하고 계시죠?"

그렇게 그 사람이 보통의 목소리로 차분하게 말했다.

나는 뜨끔해서,

"좋아요. 그렇다면, 이번에 만나서, 나의 철저한 놀이 방식을

보여드리겠습니다"

라고 했지만, 속으로는, 고약한 아줌마로군, 하고 생각했다. 내 입으로 이렇게 말하는 것도 이상하겠지만, 이런 사람이야말로 진짜배기 불건강이라는 것이 아닐까 생각했다. 나는 고민이 없는 놀이를 증오한다. 공부 잘하고, 놀기도 잘하고, 그 놀이를 긍정할 수는 있더라도, 그저 노는 사람, 그것처럼 나를 화나게 하는 인종은 없다.

명청한 작자라고 생각했다. 하지만, 나 역시 바보였다. 지고 싶지 않았다. 젠체하는 소리를 지껄여보았자, 이 작자는 어차피 속물임에 틀림없는 거다. 요다음에는, 냅다 끌고 다니고, 집적거려주고, 얼굴 가죽을 벗겨줘야겠다고도 생각했다.

언제든 상대를 해줄 테니, 마음이 내키거든, 이 오뎅집으로 와서, 하녀를 시켜 나를 불러내세요, 이렇게 말하고, 악수를 하고 헤어진 일을, 나는 많이 취해 있었지만 잊지 않고 있었다.

이렇게 써놓으면, 내가 그야말로 고결하고 착한 사람처럼 되고 말겠지만, 하지만, 역시, 술취한 끝의 저급스럽고 지저분한 색을 밝히는 마음이 동했던 것인지도 모른다. 말하자면, 같은 것끼리 어울린다는 추잡한 그림에 지나지 않았을지도 모른다.

나는 그 불건강한 악마가 있는 곳으로 서둘러 갔다.

"새해 복 많이 받으세요."

나는 그런 말을 쑥스러움을 감추느라 내뱉었다.

마에다 씨는 전에는 양장이었지만, 이번에는 화복和服 차림이었다. 오뎅집 토방 의자에 앉아서 담배를 피우고 있었다. 마르고 키가 큰 사람이었다. 얼굴은 갸름하고 창백했으며, 분도, 연지도 바르지 않은 것 같은데, 상당히 도수가 높은 안경을 끼고, 미간에는 깊은 세로주름이 새겨져 있었다. 요컨대 내가 가장 좋아하지 않는 족속의 생김새였다. 지난번의 취한 눈에는 그래도 좀 괜찮게 보였지만, 지금 민얼굴을 보고서 정나미가 떨어졌다.

나는 공연스레, 컵의 술을 들이켰고, 주로 오뎅집 여주인과 하녀를 상대로 주절대었다. 마에다 씨는 거의 아무 말도 없었고, 술도 그다지 마시지 않았다.

"오늘은, 묘하게 얌전하시지 않습니까."

이렇게, 나는 영 재미없는 기분으로 그렇게 말해보았다.

하지만, 마에다 씨는 얼굴을 숙인 채, 흥 하고 웃을 뿐이었다.

"신나게 놀자는 약속이었지요" 하고 나는 다시 말했다. "좀 마시세요. 지난번 밤에는 상당히 마시지 않았습니까."

"낮에는 못해요."

"낮이건, 밤이건 똑같습니다. 당신은, 놀이의 챔피언 아닙니까?"

"술은 플레이에는 들어가지 않거든요"

하고 건방진 소리를 한다.

나는 점점 더 흥이 깨져서,

"그럼, 뭐가 좋습니까. 키스입니까?"

이 색할망구! 나는 아이와의 이별까지 해가면서, 놀이 상대를 하러 와 있는 거라고.

"저는, 돌아가겠습니다." 여자는 테이블 위의 핸드백을 끌어당기면서, "실례했습니다. 그럴 생각으로 나오시라고 한 것은, ……" 하고 말하다 말고, 울상이 되었다.

그것은 참으로 형편없는 얼굴이었다. 너무나 형편없어서, 가련할 정도였다.

"아, 죄송합니다. 함께 나가시지요."

여자는 조금 고개를 끄덕이고, 일어나, 그러고 나서 코를 풀었다.

함께 밖에 나와서,

"나는 야만인이지요, 플레이고 뭐고 아무것도 모르거든요. 술이 안 된다면, 곤란하네요."

어째서 이대로 바로 헤어질 수 없는 것일까.

여자는, 밖으로 나오자 갑자기 기운을 차리더니,

"창피를 당했네요. 그곳 오뎅집은, 저는 이전부터 알고 지내는데 말이죠, 오늘, 당신을 불러달라고, 아주머니한테 부탁을 했더니, 아주 언짢은, 묘한 얼굴을 하더라고요. 나 같은 사람은 이제, 여자도 아무것도 아닌 처지에, 정말이지. 당신은 어때요? 남자입니까?"

점점 같잖은 소리를 한다. 하지만, 그래도 나는 아직 안녕 소리를 할 수 없었다.

"놉시다. 뭐 플레이의 명안名案이 없습니까?"

이렇게, 기분하고는 정반대의 소리를, 발치의 돌멩이를 걷어차며 말했다.

"저의 아파트에 오시지 않겠어요? 오늘은 처음부터 그럴 생각으로 있었거든요. 아파트에는, 재미있는 친구들이 많이 있어요."

나는 우울해졌다. 마음이 내키지 않았다.

"아파트에 가면, 멋들어진 플레이가 있나요."

씩 웃고 나서,

"아무것도 없어요. 작가란, 의외로 현실가로군요."

"그야⋯⋯"

나는 말하려다 말고 입을 다물었다.

있어! 있었다. 반병자인 우리 집사람이, 흰 거즈 마스크를 쓰고, 동생인 남자아이를 업고, 찬 바람을 쐬어가면서, 쌀 배급줄 가운데에 서 있었다. 집사람은 나를 못 본 체하고 있었지만, 그 곁에 서 있는 딸아이는, 나를 발견했다. 딸아이는 엄마 흉내를 내서, 조그맣고 흰 마스크를 썼고, 그러고는 맥주에, 취해서 이상한 아주머니와 걷고 있는 아버지 쪽으로 뛰어올 기색을 보였고, 아버지는 숨이 멈출 듯한 기분이었지만, 어머니는 아무렇지도 않은 듯이, 딸아이의 얼굴을 아기 포대기로 감추었다.

"따님 아니세요?"

"말도 안 돼요."

웃으려 했지만, 입이 일그러졌을 뿐이었다.

"하지만, 느낌이 어쩐지, ⋯⋯"

"놀리지 마세요."

우리는 배급소 앞을 지나갔다.

"아파트는? 먼가요?"

"아니, 바로 저기예요. 오실 거지요? 친구가 좋아하겠네."

집사람에게 돈을 주고 오지 않았는데, 괜찮은 것일까. 나는 진땀이 나고 있었다.

"술이라면, 저, 준비해두었어요."

"얼마나요?"

"현실가시군요."

아파트의, 마에다 씨의 방에는, 서른이 훨씬 넘은, 역시 아무래도, 정상은 아닌 듯한 느낌의 여자가 둘 놀러 와 있었다. 그리고 매력이고 뭐고, 아니 색에 대해 겁을 먹고 발광이라도 할 정도랄까, 남자보다도 거셀 정도의 태도로 나에게 말을 걸고, 또 여자끼리는, 철학인지 문학인지 미학인지, 무슨 소리인지 말도 되지 않는, 엉성하기 짝이 없는 논리를 내세우고 논의를 하고 있는 것이다. 지옥이다, 지옥이야, 하고 생각하면서도, 나는 적당히 건성 대답을 해가면서 술을 마시고, 찌개 냄비를 뒤적이고, 떡국을 먹고, 고타츠로 파고들어, 잠을 자고, 돌아가려 하지 않는 것이다.

의.

의란?

그 해명을 할 수는 없지만, 하지만, 아브라함은 외아들을 죽이고자 했고, 소고로는 자식과의 이별의 장면을 연출하고, 나는 고집스럽게 지옥으로 빠져 들어가야 하는, 그 의란, 의란, 아아, 어찌해볼 도리가 없는 남자의, 가련한 약점과 비슷하다.

(1947년 4월)

범인犯人

"저는 당신을 사랑하고 있습니다" 하고 부르민은 말했다.
"진심으로, 당신을 사랑하고 있습니다."
마리아 가브릴로브나는, 얼굴이 확 붉어지며,
점점 깊이 고개를 떨구었다.
－푸시킨, 「눈보라」

어찌 이런 평범이라니. 젊은 남녀의 사랑의 대화는, 아니, 의외로 성인끼리의 사랑의 대화도, 곁에서 들어보면, 그 진부함, 같잖음 때문에 온몸에 소름이 돋을 것 같아진다.

하지만, 웃어넘길 수만은 없는 가공할 사건이 벌어졌다.

같은 회사에 다니는 젊은 남자와 젊은 여자다. 남자는 26세. 츠루타 케이스케. 동료들은 츠루, 츠루, 이렇게 부르고 있다. 여자는 21세, 고모리 히데. 동료들은 모리 짱이라고 부르고 있다. 츠루와 모리 짱은 서로 좋아하고 있다.

늦가을의 어느 일요일, 둘은 도쿄 교외의 이노카시라 공원에서 데이트를 했다. 오전 10시. 때도 나빴고, 장소도 나빴다. 게다가 돈도 없었다. 가시덤불 속 깊이 헤치고 들어가보지만, 바로 옆으로 아이를 거느린 가족이 지나간다. 둘만이 될 수가 없다. 이 둘은 서로가 단둘이 되고 싶어 못 견디겠는데, 그럼에도, 그런 마음이 상대방에게 간파되는 게 부끄러워서, 푸른 하늘, 단풍의 허무함, 아름다움, 공기의 맑음, 사회의 혼돈, 정직한 사람은 바보 취급당한다는 등의, 이 모든 말을 건성으로 지껄여대며, 도시락을 나누어 먹고, 시 말고는 아무것도 염두에 두지 않노라는 천진스러운 표정을 애써 지으며, 늦가을의 추위를 참아가면서, 오후 3시가 되자, 남자는 시무룩한 얼굴이 되어,

"돌아갈까"

하고 말한다.

"글쎄요."

이렇게 말하더니, 공연한 소리를 한마디 덧붙인 것이다.

"함께 돌아갈 집이 있으면 행복하겠지요. 돌아가서, 불을 피우고, ……3조짜리 한 칸이라도, ……"

웃을 일이 아니다. 사랑의 대화는 으레 이처럼 진부한 법이다. 하지만, 이 한마디가, 젊은 남자의 가슴을 엄청나게 쿡 쑤셔놓았다.

방이라.

츠루는 세타가야의 기숙사에 있었다. 6조 방 한 칸에 동료와 셋이 기거하고 있다. 모리 짱은 고엔지의 숙모 댁에 얹혀산다. 회사에서 돌아가면, 하녀 대신에 일한다.

츠루의 누님은, 미타카의 조그마한 고깃간으로 시집을 갔다. 그 집의 2층이 두 칸이다.

츠루는 그날, 모리 짱을 기치조지역까지 배웅하고서, 모리

짱에게는 고엔지행 티켓을, 자신은 미타카행 티켓을 사고, 플랫폼의 혼잡 속에서 모리 짱의 손을 잡은 다음 헤어졌다. 방을 찾아보겠다는 의미로 손을 쥔 것이다.

"어서 오십시오."

가게에서는 점포의 아이 하나가 고기 써는 칼을 갈고 있다.

"형님은?"

"나가셨습니다."

"어디로?"

"모임요."

"또, 마시는군."

매부는 대단한 술꾼이다. 집에서 착실하게 일하는 것은 드물다.

"누님은 계시겠지."

"네, 2층에 계시겠지요."

"올라간다."

누님은, 올봄에 태어난 딸아이에게 젖을 먹이며 함께 누워 있었다.

"빌려줄 수 있다고, 매부는 말했었거든."

"그야 그랬을지는 모르지만, 그이 혼자서 마음대로 결정할 수 없어. 나한테도 사정이 있거든."

"어떤 사정?"

"그런 것까지 너한테 말해줄 필요는 없잖아."

"매춘부한테 빌려주게?"

"그렇겠지."

"누나, 나 이제 결혼할 거야. 부탁이니까 빌려줘."

"네 월급이 얼만데? 자기 혼자서도 벌어먹지 못하는 주제에, 방값이 얼만지는 알고 있니?"

"그야, 여자한테도 좀 도움을 받아서, ……"

"거울을 본 일은 있니? 여자가 도와줄 상통이냐?"

"그래? 알았어, 부탁 안 해!

벌떡 일어나, 2층에서 내려와, 그래도 단념할 수가 없어서, 꾸역꾸역 증오심으로 불타오른 끝에 실성을 해서, 가게의 고기 써는 칼을 하나 손에 들고,

"누님이 필요하다는군, 빌려줘"

하고 말하고는 계단을 뛰어올라, 냅다 해치웠다.

누님은 소리도 못 지르고 쓰러졌고, 피가 뿜어져 나와 츠루의 얼굴에 끼얹어진다. 방구석에 있던 아기 기저귀로 얼굴을 닦고, 거친 숨을 몰아쉬면서, 아래층 방으로 들어가, 점포의 매상을 넣어둔 서랍에서 수천 엔을 움켜잡고 잠바 주머니에 쑤셔 넣었다. 가게에는 마침 손님 두세 명이 들어와 있었고, 종업원은 바삐 움직이며,

"가십니까?"

"그래, 형님에게 안부 전해줘."

밖으로 나온다. 황혼이 지고 안개가 낀 가운데, 회사들의 퇴근으로 혼잡해진 길을 헤집어 가면서 도쿄까지의 표를 산다. 플랫폼에서 상행 전차를 기다리고 있는 시간이 어찌 그리도 긴지. 왁! 소리를 내고 싶은 발작. 오한. 요의尿意. 스스로도 자신의 운명을 믿을 수 없었다. 타인의 표정이 모두, 평화롭게 보

이고, 어둠침침한 플랫폼에, 홀로 떨어져서 우뚝 서서, 오직 거친 숨을 쉬고 있는 것이다.

겨우 4, 5분 기다리고 있었건만, 적어도 30분은 기다린 기분이다. 전차가 왔다. 혼잡하다. 탔다. 전차 속은 사람들의 체온으로 미지근하고, 그리고 속도는 어찌 그리 느린지, 전차 속에서 뛰고 싶은 기분이다.

기치조지, 니시오기쿠보, ……느리다, 왜 이리 느린 거야. 차창의 금 간 유리의, 그 물결무늬의 선을 따라 손가락 끝을 더듬어 가다가, 나도 몰래, 슬프고 무거운 한숨을 토해냈다.

고엔지. 내릴까. 순간 캄캄하도록 멀미가 났다. 모리 짱을 한번 만나고 싶어서 온몸이 뜨거워졌다. 누나를 죽인 기억도 날아가버렸다. 지금은 오직, '방을 빌리지 못한' 실패의 원통함만이, 츠루의 가슴을 쥐어짜고 있다. 둘이 함께 회사에서 돌아와, 불을 피우고 웃으며 저녁을 먹고, 라디오를 듣고 자는 거다. 그 '방을 빌리지 못한' 원통함이라니. 사람을 죽였다는 공포 따위는, 그 원통한 마음에 비해 보자면, 별것도 아니다. 사랑을 하고 있는 젊은이의 경우, 지극히 당연한 일이다.

크게 마음이 동요해서, 한 발짝 문 쪽으로 향해 발을 내디뎠을 때, 고엔지 발차. 문이 쓱 닫힌다. 잠바 주머니에 손을 쑤셔 넣으니, 엄청난 양의 종이쪽이 손가락 끝에 닿는다. 무엇일까. 퍼뜩 생각이 난다. 돈이다. 은근히 구원받은 기분. 좋아, 노는 거야. 츠루는 젊은 남자다.

도쿄역 하차. 지난봄, 다른 회사와 야구 시합을 해서 이겼고, 그때 윗사람들에게 이끌려, 니혼바시의 '사쿠라'라고 하는 요정에 가서, 스즈메라는, 츠루보다 두셋 나이가 많은 게이샤에게 인기가 있었다. 그리고 음식점 폐쇄 명령이 나오기 전에도 다시 한 번, 윗사람을 따라 '사쿠라'에 갔고, 스즈메와 만났다.

"폐쇄가 되더라도, 이 집에 와서 나를 불러주시면, 언제든 말날 수 있어요."

츠루는 그때의 말이 생각나서, 오후 7시, 니혼바시의 '사쿠라' 현관에 섰고, 차분히 그의 회사 이름을 고하며, 스즈메에게 볼일이 있다고, 조금은 얼굴을 붉히며 말했고, 하녀와 어느 누구로부터도 의심받는 일 없이, 안채 2층 방으로 안내되었고, 곧바로, 실내복으로 갈아입으면서, 욕실은? 하고 물었다. 이쪽으로, 하고 안내를 받고서,

"홀아비는 괴로운 거야. 온 김에 빨래도 좀 해야지"
하고 수줍은 얼굴을 하고 말하며, 핏자국이 조금 나 있는 와이셔츠를 숨기자,

"어머, 제가 할게요"
라고 하녀가 말했지만,

"아니야, 익숙해져 있어서, 잘한다고"
하고 매우 자연스럽게 거절한다.

핏자국은 좀처럼 지워지지 않았다. 빨래를 마치고, 수염을 깎아 괜찮은 남자가 되어, 방으로 돌아가서, 빨래는 옷걸이에 걸고, 다른 옷들을 꼼꼼하게 살펴서, 핏자국이 없음을 확인하고 나서, 차를 연이어 석 잔이나 마시고, 벌러덩 누워 눈을 감았지만, 잠이 오지 않아, 벌떡 일어나는 차에, 평상복 차림의 스즈메가 와서,

"어머, 오랜만이에요."

"술 구할 수 없나?"

"구할 수 있지요. 위스키라도, 괜찮겠어요?"

"상관없어, 사 오라고."

잠바 주머니에서 한 줌의 100엔짜리 지폐를 꺼내서 던져준다.

"이렇게 많이 필요 없어요."

"필요한 만큼 가져가면 되잖아."

"그럼, 받겠습니다."

"이왕이면, 담배도."

"어떤 담배요?"

"가벼운 게 좋아. 퀼런은 안 돼."

스즈메가 방에서 나가는 순간 정전이다. 캄캄한 어둠 속에서, 츠루는, 갑자기 무서워졌다. 소곤소곤 무슨 말소리가 들린다. 하지만, 그것은 헛 들은 것이다. 복도에서 살그머니 밟는 발소리가 들린다. 그 역시 헛 들은 것이다. 츠루는 숨이 가빠져서, 큰 소리를 지르며 울고 싶었지만, 한 방울의 눈물도 나지 않았다. 다만, 가슴의 고동이 이상하게 심해지고, 다리가 빠져나갈 듯이 무거웠다. 츠루는 뒹굴면서, 오른팔을 양쪽 눈에 강하게 대고 우는 시늉을 했다. 그리고 작은 목소리로, 모리 짱, 미안해라고 말했다.

"들어갑니다, 케이 군." 츠루의 이름은 케이스케다.

모기 소리처럼 가냘픈 여자 목소리로 그렇게 말하는 것을 듣자, 머리카락이 곤두서는 듯한 기분이 들어 미친 듯이 벌떡 일어나, 문짝을 열고 복도로 뛰쳐나갔다. 복도는 깜깜하고, 멀리에서 전차 소리가 들려왔다.

복도 아래쪽이 좀 밝아지는가 싶더니, 작은 램프를 든 스즈메가 나타나, 츠루를 보고 놀라서,

"어머, 무얼 하고 계신 거예요?"

램프 빛으로 보는 스즈메의 얼굴은 추했다. 모리 쨩이, 그립다.

"혼자서 무서웠거든."

"암시장 장사꾼이 암흑에 놀라다니요."

자신이 건네준 그 돈을, 무엇인가 암시장에서 장사를 해서 번 것으로, 스즈메가 생각한다는 것을 알고, 츠루는 약간 기분이 가벼워졌다.

"술은?"

"애들한테 부탁해놓았어요. 금방 가져온다니까요. 요즈음은 자꾸만 까다로워져서, 못살겠어요."

위스키, 안주, 담배. 하녀는 도둑처럼 발소리를 죽여가며 가지고 왔다.

"조용하게 드세요."

"알고 있어."

츠루는 암시장 거물 장사꾼이라도 된 것처럼, 태연하게 그렇게 대답하고 웃었다.

아래쪽으로는 감벽紺碧보다 더 짙푸른 물,

위쪽으로는 황금을 이루는 햇빛.

하건만,

쉼을 모르는 돛대는,

폭풍 속에서야말로 평온하다는 듯,

절실하게 광란노도만을 찾아 헤매네.

  애달프다. 폭풍에 쉼 있으랴. 츠루는 이른바 문학청년은 아
니다. 매우 태평스러운 스포츠맨이다. 하지만, 애인인 모리 짱
은, 언제나 문학 책을 한두 권, 핸드백 속에 넣고 다니는데, 오
늘 아침, 이노카시라 공원의 데이트 때에도, 레르몬토프인가
하는, 28세 나이에 결투를 해서 쓰러진 천재 시인의 시집을 츠
루에게 읽어줘서, 시 같은 것에는 전혀 관심이 없었던 츠루도,
그 시집 중의 시가 제대로 마음에 쏙 들었고, 그래서 그는 모리
짱에게 여러 번, 여러 번 되풀이해서 낭독시켰다.

  폭풍 속에서야말로, 평온, …… 폭풍 속에서야말로, ……

  츠루는, 스즈메를 상대로 작은 램프 빛 아래서 위스키를 마
셨고, 점차로 즐겁게 취해갔다. 밤 10시 가까이 되고서야 방의
전등불이 들어왔지만, 그러나, 그때에는, 전등 빛도, 작은 램프
빛도 츠루에게는 필요하지 않았다.

  새벽.

  돈dawn. 그 분위기를 본 적이 있는 사람은 알고 있겠지. 해
돋이 이전의 저 먼동, 돈의 분위기는 결코 상쾌한 것은 아니다.
음산한 신들의 분노의 북소리가 울려오고, 아침 햇빛과는 아주
다른 무엇인가의 빛이, 끈끈한 팥 색깔의 빛이, 나무들의 가지
들을 피비린내 나게 물들인다. 음산, 무참지경에 가깝다.

츠루는, 화장실 창으로부터 돈의 처참함을 바라보며, 가슴이 찢어질 듯했고, 망자이기라도 하듯, 얼굴빛을 잃고, 비척비척 방으로 돌아가, 입을 벌리고 잠들어 있는 스즈메의 머리맡에 책상다리로 앉아서, 간밤의 위스키 남은 것을 계속해서 들이켰다.

돈은 아직 있다.

취기가 돌기 시작해서, 이불 속으로 기어들어, 스즈메를 그러안는다. 자면서, 다시 위스키를 들이켜고, 잠시 얕은 잠을 잔다. 눈이 떠진다. 이럴 수도 저럴 수도 없는 자신의 지금 처지를 확실하게 깨달았고, 이마에 진땀이 비질비질 뿜어 나오는 바람에, 몸을 꼬며, 스즈메에게 다시 위스키 한 병을 사 오게 한다. 마신다. 안는다. 꾸벅거리며 잔다. 잠에서 깬다. 또 마신다.

이윽고 저녁. 위스키를 한 모금만 더 마셔도 토할 것 같아서,

"간다."

이렇게 괴로운 숨을 쉬는 가운데 한마디를 겨우 하고서, 무엇인가 농담을 하려다 말고, 금방 토악질이 나게 되어, 잠자코 기듯이 옷을 주워 모으고, 스즈메의 도움을 받아 그럭저럭 옷을 입고, 끊임없이 토악질과 싸워가면서, 지척거리며, 비틀거리며, 니혼바시의 '사쿠라'에서 나왔다.

바깥은 겨울 가까운 황혼. 그로부터 하루 밤낮. 다리께의 석간을 사는 사람들의 줄로 끼어든다. 세 종류의 석간을 산다. 샅샅이 살펴본다. 나오지 않았다. 나오지 않는 것이 오히려 불안했다. 기사를 못 쓰게 하고 비밀리에 범인을 쫓고 있는 것이 분

명하다.

이러고 있을 수는 없다. 돈이 있는 한 도망을 치고, 그리고 마지막에는 자살이다.

츠루는, 붙잡혀서, 육친들에게, 회사 사람들에게, 분노의 소리를 듣고, 슬퍼하고, 기분 나빠 하고, 욕지거리를 듣고, 원망소리를 듣는 것이 무엇보다도 싫고 무서워 죽을 지경이다.

하지만, 피곤하다.

아직 신문에는 실려 있지 않다.

츠루는 결심을 내리고, 세타가야의 회사 기숙사로 향한다. 자신의 소굴에서 하룻밤 푹 자고 싶었다. 기숙사에서는 6조 한 칸에서, 동료와 셋이 먹고 자고 하고 있다. 동료들은, 시내로 놀러 갔는지 없다. 이 부근은 별도의 전기선이 들어오는지, 전등이 들어온다. 츠루의 책상 위에는 컵에 꽂아놓은 국화가 꽃잎이 컴컴해진 채 주인의 귀가를 기다리고 있었다.

잠자코 이불을 끌어당기고, 전등을 끄고 잤다. 하지만, 금방 일어나, 전등을 켜고, 누워서 한 손으로 얼굴을 가리고, 작은 목소리로, 아아아, 하고 말하고는, 곧 죽은 듯이 깊은 잠에 빠진다.

아침, 동료 하나가 흔들어 깨웠다.

"이봐, 츠루. 어디를 쏘다녔던 거냐. 미타카의 형님이, 여러 번씩이나 회사에 전화를 하는 바람에 우리가 난처했어. 츠루가 있으면, 당장 서둘러서 미타카로 오라는 전화였거든. 급한 환자라도 생긴 게 아닌가 싶었는데, 자네는 결근이고 기숙사에도 오지 않고 말이야. 모리 짱도 전혀 모르겠다고 하지, 아무튼,

오늘은 미타카로 가보라고. 예사일은 아닌 것 같은 형님의 말투던데."

츠루는 온몸의 털이 모두 곤두서는 기분이었다.

"그저 오라고만 하던가. 다른 말은, 없고?"

이미 일어나서 바지를 입고 있다.

"응, 아무튼 급한 용건인 모양이야. 곧바로 가는 게 좋겠네."

"갔다 올게."

뭐가 뭔지, 츠루로서는 알 수가 없었다. 자신의 신상이, 아직 세상하고 연결될 수 있단 말인가. 순간, 꿈을 꾸는 듯한 기분이 되었지만, 황급히 그것을 부정했다. 나는 인류의 적이다. 살인귀다. 이미 인간이 아니다. 세상 사람들은 모두, 힘을 집중해서 그 도깨비 한 마리를 뒤쫓고 있다. 벌써, 그야말로 거미줄처럼, 나를 잡기 위한 그물이 가는 곳마다 펼쳐져 있을지도 모른다. 하지만, 나에게는 아직 돈이 있다. 돈만 있다면, 잠시 동안이라도, 공포를 잊어버리고 놀 수가 있다. 도망칠 수 있을 때까지는 도망치고 싶다. 어쩔 도리가 없게 되면, 자살.

츠루는 세면소에서 이를 세게 닦고, 칫솔을 입에 문 채 식당으로 가서, 식탁에 놓여 있는 여러 종류의 조간 앞뒤를 살기 어린 눈으로 살펴보았다. 나와 있지 않다. 어느 신문에도, 츠루의 일에 대해서는 조용히 입을 다물고 있다. 이 불안. 스파이가 입 다물고 등 뒤에 있는 것 같은 불안. 철벅거리며 눈에 보이지 않는 홍수가 어둠의 밑바닥을 기면서 다가오고 있는 듯한 불안. 그러다가 꽝 하고 치명적인 폭발이 일어날 것 같은 불안.

츠루는 세면소에서 입안을 헹구고, 얼굴도 씻지 않은 채 방으로 돌아와, 벽장을 열어, 자신의 고리짝 속에서 여름옷, 셔츠, 메이센鍛仙 겹옷, 띠, 모포, 운동화, 마른오징어 세 축, 은피리, 앨범, 팔 수 있을 만한 물건들을 몽땅 끄집어내어 가방에 넣고, 책상 위의 자명종까지 잠바 주머니 속에 넣은 다음, 아침도 들지 않은 채,

"미타카에 갔다 올게"

하고 쉰 목소리로 간신히 말하고 나서, 가방을 메고 기숙사를 나온다.

우선, 이노카시라선으로 시부야에 가는 거다. 시부야에서 물건들을 몽땅 팔아치운다. 가방까지 팔아버린다. 5천 엔의 돈이 들어왔다.

시부야에서 지하철, 신바시 하차. 긴자로 가다 말고, 강 가까이 있는 허름한 약국에서 수면제 브로바린, 200정들이 한 갑을 사서, 신바시역으로 되돌아가, 오사카행 표를 샀다. 오사카로 가서 어쩌겠다는 계획도 없지만, 기차를 타고 나니, 조금은 불안감도 가라앉는 듯한 기분이었다. 게다가, 츠루로서는 지금까지 한 번도, 그쪽으로는 가본 일이 없다. 이 세상을 하직하는 마당에 간사이 지방에서 노는 것도 나쁘지 않겠지. 간사이 쪽 여자들이 괜찮은 듯하다. 나에게는 돈이 있는 것이다. 1만 엔 가까이 있다.

역 근처 가게에서 식료품을 잔뜩 사서, 정오 조금 지나, 기차를 탄다. 급행열차는 의외로 비어 있어서, 츠루는 편하게 좌석에 앉을 수 있었다.

기차는 달린다. 츠루는 문득, 시를 써봐야겠다고 생각했다.

취미라곤 없는 츠루로서는, 이는 기괴하다고 해도 좋을 정도로, 당돌하기 짝이 없는 일이었다. 분명, 태어나서 처음으로 맛보는 참으로 이상한 유혹이었다. 인간은 죽을 때가 가까워지면, 아무리 속되고 막돼먹은 자라도, 기묘하게, 시라는 것에 마음이 끌리는 모양이다. 임종의 시가나 하이쿠俳句라는 것을, 고리대금업자도, 장관도 곧잘 읊으려 하지 않던가.

츠루는 떨떠름한 얼굴을 하고, 고개를 흔들면서, 주머니에서 수첩을 꺼내, 연필을 입으로 빨았다. 잘되면, 모리 짱에게 보내야지. 유품인 셈이다.

츠루는 천천히 수첩에다 쓴다.

나에게는, 브로바린, 200정이 있노라.
먹으면, 죽는다.
생명,

거기까지 써놓고는 벌써 막히고 말았다. 이어서, 아무것도 쓸 게 없다. 되읽어보지만, 도무지 한심하다. 치졸하다. 츠루는 쓴 음식을 먹은 것처럼, 속 깊이 불쾌한 듯 얼굴을 찡그렸다. 수첩의 그 페이지를 찢어 내버린다. 시는 단념하고, 이번에는 미타카의 매부에게 보내는 유서 쓰기를 시도한다.

나는 죽습니다.
다음번에는 개나 고양이가 되어서 태어날 것입니다.

더 쓸 이야기가 또 없어졌다. 한동안, 수첩의 그 글을 바라보다가, 문득 창문 쪽으로 얼굴을 돌리고, 무르익은 감과도 같은 추하게 우는 얼굴이 된다.

그러는 사이, 기차는 이미 시즈오카현으로 접어들고 있다.

그 뒤의 츠루의 소식에 대해서는, 츠루의 근친들에 대한 조사도 추측도 시원치 않아, 도무지 확실하게 알 수가 없다.

닷새쯤 지난 이른 아침, 츠루는 불쑥, 교토시 사쿄구의 한 가게에 나타났고, 지난날 전우였다던가 하는 기타카와라는 회사원하고 만나, 둘이 교토 시내를 돌아다니고, 츠루는 경쾌하게 헌옷 가게에 들어가, 입고 있던 잠바, 와이셔츠, 스웨터, 바지 등을 농담을 지껄여가며, 몽땅 팔아버리고, 그 돈으로 둘이서 술을 마셨고, 그다음으로는, 그 청년과 헤어져, 혼자서 게이한 京阪선 시조四条역에서 오츠로 향한다. 어째서 오츠 같은 데로 갔는지는 알 수 없다.

초저녁의 오츠를 건성으로 빈들빈들 돌아다니며, 술도 여기저기서 꽤 마신 모양으로, 저녁 8시경, 오츠역 앞, 슈게츠 여관 입구에 나타난다.

도쿄내기다운 혀 꼬부라진 소리로 하룻밤 자겠다고 하고, 방으로 안내받자마자, 바로 똑바로 드러누워, 양다리를 격하게 퍼덕거렸다. 직원이 가져간 숙박부에는, 나름대로 똑바로 주소 성명을 기록했고, 술 깨기 위한 물을 부탁해서, 꿀꺽꿀꺽 마셨는데, 그 물로 브로바린 200정을 단숨에 먹은 모양이다.

츠루의 주검 머리맡에는, 몇 종류의 신문과 50전 지폐 두 장과, 10전 지폐 한 장, 그것만이 흩어져 있을 뿐, 그 말고는 소지품이 아무것도 없었다고 한다.

츠루의 살인은, 끝내 어떤 신문에도 나지 않았지만, 츠루의 자살은, 간사이의 신문 한구석에 조그맣게 나왔다.

교토의 한 상회에 근무하고 있는 기타카와라는 청년은 놀라 오츠로 급히 가서, 여관 사람들과 의논했고, 츠루의 도쿄 동료들에게 전보를 보낸다. 기숙사에서 사람들이 미타카의 매부 집으로 달려간다. 누나는 왼팔의 찔린 상처 자국의 실밥을 아직 뽑지 못하고 있어서, 왼팔을 붕대로 목에 걸어놓고 있다. 매부는 여전히 취해서, "세간에 알려지고 싶지 않아서, 오늘까지 알아볼 만한 곳을 닥치는 대로 알아보았는데, 그게 나빴어."

누나는 그저 눈물을 흘리면서, 젊은 녀석의 시시한 연애라는 것도 우습게 볼 일이 아님을 뼈저리게 깨닫는다.

(1948년 1월)

향응 부인饗応夫人

　마님은, 원래 손님에게 어떻게든 접대를 하고, 음식 대접하는 것을 좋아하는 편이셨죠. 아니, 그게 아니라, 마님의 경우, 손님을 좋아한다기보다는, 손님에게 겁먹고 있다고 말하고 싶을 정도로, 현관에서 벨 소리가 나면, 맨 먼저 내가 나가고, 그러고는 손님의 이름을 고하러 마님의 방으로 들어가면, 마님은 벌써, 독수리의 날갯짓 소리를 듣고 뛰어나가기 직전의 참새와도 같은 느낌으로 매우 긴장한 얼굴을 하시고, 목덜미의 머리털을 긁어 올리고, 옷매무새를 바르게 하고 몸을 일으키면서 내 말을 반도 듣지 않은 동안에 벌써 복도로 뛰어나가 현관에 서서, 금방, 우는 듯, 웃는 듯 피리 소리 비슷한 신기한 목소리를 내면서 손님을 맞이하고서는, 그 뒤로는 마치 착란을 일으킨 사람처럼 눈빛이 바뀌면서, 객실과 부엌 사이를 뛰어다니고, 냄비를 뒤집어놓기도 하고 접시도 깨면서, 미안해요, 미안해요, 하고 하녀인 나에게 사과의 말을 하기도 하고, 그러고 나서 손님이 돌아가고 난 다음에는, 멍한 몰골로, 객실에 홀로 다리를 모로 모으고 앉은 채, 꼼짝도 않고, 어떤 때는 눈물을 짓는 일도 있었습니다.

이곳 주인어른은, 고향의 대학 선생님 노릇을 하고 계셨고, 태어난 집안도 부호라고 하는데, 여기다가, 마님의 고향도 후쿠시마현의 부농이라고 하며, 아이가 없는 탓이기도 하겠지만, 내외가 마치 어린아이처럼 고생이라는 것을 모르는 느긋한 분위기가 있었습니다. 내가 이 집에 하녀로 온 것은, 아직 전쟁이 한창이던 4년 전의 일인데, 그로부터 반년가량 지나, 주인어른은 제2국민병의 약하디약한 몸이었음에도, 갑자기 소집되어 운 사납게 금방 남태평양의 섬으로 끌려가신 모양이었고, 오래지 않아 전쟁이 끝나고도 소식 불명으로, 그 당시의 부대장이 마님에게, 어쩌면 단념해주시지 않으면 안 될지도 모릅니다, 하는 뜻의 간단한 엽서를 보내왔고, 그 뒤로는 마님의 손님 접대도 점차로 광적이 되어, 너무나 안쓰러워서 보기 민망할 정도가 되었습니다.

저, 사사지마 선생이 이 집에 나타나기 전까지는, 마님의 교제는, 주인어른의 친척이거나, 마님의 친척 같은 사람들로 한정되었고, 주인어른이 남태평양의 섬으로 가신 뒤로도, 살림쪽은 마님의 고향에서 충분한 뒷받침을 해주어서, 그런대로 마음 편하고 조용한, 말하자면 품위 있는 생활을 했었지만, 저 사사지마 선생이 온 뒤로 엉망진창이 되고 말았습니다.

이 고장은 도쿄의 교외임에는 틀림없지만, 도심에서 꽤 가까우면서도 다행히 전화戰禍를 면할 수가 있었기에, 도심에서 화를 당한 사람들이, 그야말로 홍수처럼 이 언저리로 밀려들어와서, 상점가를 걸어 다녀도, 오가는 사람들의 얼굴이 모두 바뀌어버린 느낌이었습니다.

지난 연말이었지요, 마님이 10년 만의 일이라면서, 주인어른의 친구인 사사지마 선생을 저잣거리에서 만났다던가 해서, 이 집으로 모셔 온 일이 악운이 되고 말았습니다.

사사지마 선생은 이곳 주인과 똑같은 마흔 전후의 어른인데, 역시 이곳 주인이 근무하시던 고향 대학의 선생을 하고 있었답니다. 하지만, 주인어른은 문학사이고, 사사지마 선생은 의학사인데, 중학교 시절의 동급생이었다던가, 그리고, 이곳 주인이 지금의 이 집을 짓기 이전에 마님과 고마고메에 있는 아파트에 잠시 산 일이 있었는데, 그 당시 사사지마 선생은 독신으로 같은 아파트에 살고 있었기 때문에, 짧은 기간이기는 하지만, 친교가 있었고, 주인이 이곳으로 이사한 뒤로는, 연구 분야가 다른 탓도 있었겠지만, 서로 방문하는 일도 없이, 소식이 끊어지고 말았는데, 그로부터 10여 년인 지난 다음, 우연히 이 동네의 저잣거리에서 이곳 마님을 발견하고 소리를 질렀다는 것입니다. 부르는 소리를 듣고, 우리 마님도 그저 인사만 하고 헤어졌으면 좋았을 것을, 정말이지 그랬으면 좋았을 것을, 몸에 밴 버릇대로, 우리 집은 바로 저기니까, 뭐, 잠시, 괜찮으시겠지요, 등등 끌어들이고 싶지도 않으면서, 손님을 두려워해가며 정신없이 필사적으로 끌어들인 모양인지, 사사지마 선생

은 멜빵에 쇼핑 상자 차림이라는 묘한 모습으로 이 집에 오시더니,

"아이고야, 매우 대단한 저택 아닌가. 전화를 면한 것을 보니 운이 매우 좋으셨군요. 함께 사는 사람이 없나요. 그래요, 그건 너무 사치스럽군요. 아니, 하긴, 여자만이 사는 가정인 데다, 이처럼 말끔하게 청소가 잘돼 있는 집에는 오히려 동거를 부탁하기도 어려운 법이지. 동거를 허락받더라도 거북할 테니 말이죠. 하지만, 아주머니가 이처럼 가까이 살고 있는 줄은 몰랐네, 집이 M동이라는 말은 들었는데…… 하지만 나란 인간은 멍청해서요. 나는 이곳으로 흘러들고서 벌써 1년 가까이 되건만, 이 문패는 전혀 알아보지 못했네요. 이 집 앞을 곧잘 지나다니거든요. 시장에 물건 사러 갈 때면, 으레 이 길을 지나거든요. 아니, 저도 이번 전쟁에서는 혼이 났지요. 결혼하고 금방 소집되어서, 겨우 돌아와보니, 집은 깨끗이 불타버리고, 아내는 내가 없는 사이에 태어난 아들아이하고 함께 치바현의 친정집으로 피란해 있는데, 도쿄로 불러들이고 싶어도 살 집이 없는 형편이거든요. 어쩔 도리 없이 저 혼자 잡화점 안쪽의 다다미 3조짜리를 빌려서 자취 생활을 한답니다. 오늘 밤에는, 모처럼 닭찜이라도 만들어놓고 냅다 술이라도 퍼마실까 생각해서 이런 쇼핑 상자를 매달고 시장을 어슬렁거리고 있었던 겁니다. 뭐, 이쯤 되고 보면, 나 스스로도 살아 있는 건지, 죽어 있는 건지 알 수가 없네요."

객실에 떡하니 책상다리를 하고 앉아, 자신에 관한 일만 말하고 있습니다.

"어머, 안되셨네요."

마님은 그렇게 말하고 나서, 뭐, 벌써, 그 정신없는 향응벽이 시작되어, 눈빛이 달라져가며 부엌으로 뛰어와서,

"우메 짱, 미안해요."

라고 나에게 사과의 말을 하고 나서, 닭찜 준비와 술 준비를 부탁하더니, 금방 또 부지런히 객실로 뛰어가고, 바로 부엌으로 뛰어와서 불을 피우랴, 차 도구를 끄집어내랴, 늘 하는 짓이기는 하지만, 그 흥분과 긴장과 허둥거리는 모양은, 애처로움을 지나서, 씁쓰름한 감정까지도 우러나는 것이었습니다.

사사지마 선생 또한 뻔뻔스럽게도,

"야, 닭찜이로군요, 실례지만 아주머니, 저는 닭찜에는 꼭 실곤약을 넣거든요. 부탁드립니다. 이왕지사 두부구이가 있으면 더 좋고요. 단순히 파만 넣어가지고는 심심해서……" 따위의 말을 큰 소리로 했고, 마님은 그 소리를 다 듣기도 전에 부엌으로 구르듯이 뛰어와서,

"우메 짱, 미안해요"

하고 수줍은 건지, 울고 있는 아기 같은 표정으로 나에게 부탁을 했습니다.

사사지마 선생은 술을 작은 소주잔으로 홀짝거리는 것이 귀찮다면서, 컵으로 꿀꺽꿀꺽 마시고 취해가지고는,

"그렇군요, 주인 양반은 결국 생사 불명이란 말이군요. 뭐 그렇게 되면, 십중팔구 전사로군요. 어쩔 수 없지요, 아주머니, 불행해진 건 아주머니만이 아니거든요"

하고 매우 간단하게 마무리하더니,

"나 같은 사람은 말이죠, 아주머니"

하고, 다시금 자신의 일을 끄집어냈습니다.

"살 집도 없고, 가장 사랑하는 처자식과도 따로 살고, 살림 살이도 죄다 타버리고, 옷도 타고, 이불도 타도, 모기장도 타서, 아무것도 남아 있는 게 없답니다. 나는 말이죠, 아주머니, 저 잡화점 안의 3조 다다미방을 빌리기 전엔 말이죠, 대학병원의 복도에서 자곤 했답니다. 의사 쪽이 환자들보다 훨씬 비참한 생활을 하고 있는 겁니다. 숫제 환자가 되고 싶을 정도였지요. 아아, 재미없어. 비참해요. 아주머니, 아주머니는 좋은 편입니다."

"네, 그렇지요."

이렇게 마님은 얼른 맞장구를 쳤습니다.

"그렇게 생각하고 있답니다. 정말이지, 나 같은 사람은 여러 분과 비교해볼 때 너무 행복하다고 생각하고 있어요."

"그래요, 그렇고말고요. 다음에는 제 친구를 데리고 올 테니 까요, 모두들, 뭐, 아주 불행한 친구들이거든요. 자알 부탁드리지 않을 수 없는, 그런 신세랍니다."

마님은, 호호호 하고 즐거운 듯이 웃고 나서,

"그야, 뭐."

라고 하시더니, 진지하게,

"영광입니다."

그날부터, 우리 집은 엉망진창이 되고 말았습니다.

취해서 내뱉은 농담도 아무것도 아니고, 정말로, 그로부터 사오일 지나고 나서, 뻔뻔스럽게도, 이번에는 친구들을 셋이나 데리고 오더니, 오늘은 병원 망년회가 있었는데, 오늘 밤에는 이 댁에서 2차를 벌일 겁니다. 아주머니, 이제부터 대대적으로 밤새워 마시기로 하겠습니다. 요즈음은 말이죠, 도무지 2차를 벌일 만한 적당한 곳이 없어서 난처해요. 이봐, 자네들, 조금도 눈치 볼 것 없네. 올라와, 올라오라고. 객실은 이쪽이야. 외투는 입은 채로 있어도 좋아, 추워죽겠구먼. 이런 식으로, 마치 자기의 집이라도 되는 것처럼 행동하고, 떠들어대고…… 그중 한 명은 여자였는데, 간호원인 듯, 남의 눈치도 볼 것 없이 그 여자와 해롱거리고, 그리고 그저 어쩔 줄 몰라 허둥거리며 억지로 웃음 짓고 있는 마님을 마치 하인이기라도 하듯 부려먹었는데,

"아주머니, 죄송하지만, 이 고타츠에 불 좀 넣어주십시오. 그리고, 요전처럼 술도 좀 마련해주십시오. 일본술이 없으면 소주가 되었건 위스키가 되었건 상관없으니까요. 그리고, 먹을 것은, 아 그렇다, 아주머니, 오늘 밤에는 멋진 선물을 가져왔답니다. 드십시오. 장어구이입니다. 추울 때는 이게 제일이지요. 한 꽂이는 아주머니에게, 한 꽂이는 우리가 하는 게 좋겠군요. 그리고, 이봐, 누군가 사과 가지고 있는 녀석이 있지 않았나. 아낌없이 마님에게 드리라고. 인도라는 건데 그건 아주 향기가 나는 비싼 사과랍니다."

내가 차를 들고 객실로 갔을 때, 누군가의 주머니에서 조그마한 사과가 한 개 떽데굴 굴러 나와 내 발치에 멎었고, 나는 그 사과를 냅다 걷어차버리고 싶었습니다. 단 한 개, 그따위를 선물이라고 뻔뻔스러운 소리를 뇌까리고…… 장어만 하더라

도, 나중에 보았더니 납작한 데다 반쯤 마른 것 같은, 마치 장어포 같기도 한 형편없는 것이었습니다.

그날 밤은, 새벽녘까지 떠들어대면서, 마님에게도 억지로 술을 마시게 했고, 날이 훤하게 밝을 무렵, 이번에는, 고타츠를 중심으로 모두가 뒤섞여 자는 꼬락서니가 되었는데, 마님까지도 억지로 그에 합세시키는 바람에, 마님은 볼 것도 없이 한잠도 주무시지 못했을 터인데, 다른 사람들은 점심때가 지날 때까지 쿨쿨 자더니, 눈을 뜨고부터는, 오차즈케*를 먹고, 이제는 취기도 가셨을 터이므로, 조금은 풀이 죽어 있었습니다. 특히 나는 노골적으로 화가 나서 툭툭거리고 있었으므로, 나에 대해서는, 모두들 외면을 하고 있더니, 마침내 풀 죽은 썩은 물고기 같은 몰골로 줄줄이 돌아갔습니다.

"마님, 어쩌자고 저런 사람들하고 섞여서 주무신 거예요. 저는 저따위 난잡한 일은 질색입니다."

"미안해. 나는 싫다는 소리를 할 수가 없어서."

잠 부족에다 지쳐빠진 창백한 얼굴로, 눈에는 눈물까지 배어나며 그렇게 말하는 것을 듣고서, 나는 더 이상 아무 소리도 할 수가 없었습니다.

그렁저렁하는 사이, 늑대들의 습격이 점점 지독해지기만 하더니, 이 집이 사사지마 선생 친구들의 살롱처럼 되어버렸고, 사사지마 선생이 오지 않을 때는, 사사지마 선생의 친구들이

---

* 간단히 먹기 위해 밥을 찻물에 만 음식.

와서 자고 가는데, 그때마다 마님은 함께 섞여 자는 신세가 되어, 마님만큼은 한잠도 자지 못했고, 원래부터 튼튼한 사람이 아니었던지라, 마침내 손님이 오지 않을 때는 언제나 누워 지내게까지 되었습니다.

"마님, 많이 수척해지셨네요. 저따위 손님 대접은 이제 그만 두세요."

"미안해. 나는 그렇게 할 수가 없어. 모두들 불행한 사람들 아니겠어? 우리 집에 놀러 오는 것이 오직 하나의 즐거움 같은 거 아니겠어?"

말도 안 돼. 마님의 재산도, 이제는 시원치 않은 형편인지라, 이렇게 가다가는 반년쯤 지나면, 집을 팔아야 할 처지가 될 모양이건만, 그런 불안한 모습은 조금치도 손님에게 보여주지 않았고, 건강 또한 분명 나빠져가고 있는 것 같건만, 손님이 왔다 하면, 금방 침상에서 벌떡 일어나, 재빨리 몸 매무새를 갖추고, 현관으로 뛰어나가서는, 금방 우는 듯한 웃는 듯한 이상한 환성을 올리고 손님을 맞이했습니다.

이른 봄날 밤의 일이었습니다. 역시 한 쌍의 술 취한 손님이 왔고, 어차피 또 밤샘이 될 터이니까, 우리들끼리 미리 재빨리 배를 채워놓기로 하지요, 하고 내가 마님에게 권해서, 우리 두 사람이 부엌에 선 채로 대용식인 찐빵을 먹고 있었습니다. 마님은, 손님들에게는 얼마든지 맛있는 음식을 대접하건만, 혼자서 식사를 할 때면, 언제나 대용식으로 때우곤 했었습니다.

그때, 객실에서 술 취한 손님들의 천박스러운 웃음소리가 왁자하니 오르더니, 이어서,

"아냐, 아냐, 그럴 리가 없지. 분명 자네하고 의심스러운 사이라고 나는 보고 있네, 저 아주머니 역시 자네랑, ……" 하고 듣기에 거북한 실례되는, 더러운 소리를, 의학 용어로 말했습니다.

그러자, 젊은 이마이 선생 같은 목소리가 이에 답하기를

"무슨 소리를 하는 거야. 나는 애정 때문에 여기 놀러 와 있는 게 아니야. 여긴 말이야, 그냥 숙소야."

나는 울컥해서 얼굴을 번쩍 들었습니다.

어두운 전등 밑에서 묵묵히 고개를 숙이고 찐빵을 먹고 있는 마님의 눈에는, 그때만큼은 눈물이 비쳤습니다. 나는 너무나 안쓰러워서 말문이 막혀 있었는데, 마님은 고개를 숙인 채 조용히,

"우메 짱, 미안하지만, 내일 아침에는 목욕물 좀 데워줘. 이마이 선생은 아침 목욕을 좋아하니까."

하지만, 마님이 나에게 분한 듯한 얼굴을 보여준 것은 그때뿐이었습니다. 그러고는 아무 일이 없었다는 듯이, 손님에게 환한 건성 웃음을 지은 채 객실과 부엌 사이를 뛰어다녔습니다.

몸이 점점 쇠약해지는 것을 나는 똑똑히 알고 있었지만, 워낙, 마님은 손님을 대할 때면, 조금치도 피곤한 모습을 보이지 않았는지라, 손님들은 모두 훌륭한 의사들뿐이었건만, 어느 누구도 마님의 건강이 좋지 않다는 것을 알아차리지 못한 것 같았습니다.

조용한 봄날의 어느 아침, 그날 아침은, 다행히도 손님은 한

사람도 묵지 않았으므로 나는 느긋하게 우물가에서 빨래를 하고 있었는데, 마님은 비척비척 맨발로 마당에 내려와서, 황매화 꽃이 피어 있는 울타리께에 쪼그리고 앉아, 상당히 많은 피를 토했습니다. 나는 큰 소리를 지르며 우물가에서 뛰어가, 뒤로부터 안고, 짊어지듯이 방으로 옮겼고, 조용히 눕히고 나서, 나는 울면서 마님에게 말했습니다.

"그래서, 그래서 저는 손님이 질색이었던 겁니다. 이쯤 되었으면, 이젠 저 손님들이 의사니까, 원래대로 몸을 회복시켜주지 않는다면, 저도 용서할 수 없어요."

"안 돼. 그런 소리를 손님에게 했다가는, 손님들이 책임감을 느껴서 실망하지 않겠어."

"하지만, 이처럼 몸이 나빠져서, 마님은 이제부터 어떡하실 거예요? 역시 일어나서 손님 대접을 하실 거예요? 혼숙을 하는 동안에 피라도 토하신다면 좋은 구경거리가 되겠군요."

마님은 눈을 감은 채 잠시 생각하더니,

"친정으로 일단 돌아갈게. 우메 짱이 집을 지켜주면서, 손님들을 재워줘요. 저 사람들한테는 마음 편히 잘 집이 없으니까. 그렇게 해줘요, 내 병 이야기는 하지 말고."

그렇게 말하고 나서 생긋 미소 지었습니다.

손님이 오기 전에 할 셈으로, 나는 그날 짐을 꾸리기 시작했습니다. 그리고 나 역시 좌우간 마님의 친정인 후쿠시마까지 동행하는 것이 좋겠다고 생각했으므로, 차표를 두 장 샀습니다. 그로부터 사흘째 되던 날, 마님도 그런대로 힘이 났고, 손님이 나타나지 않는 사이, 도망치듯이 마님을 재촉하며, 덧문

을 닫고 문단속을 하고 나서 현관으로 나섰는데,

나무관세음보살!

사사지마 선생께서 대낮부터 취해 간호원인 듯한 젊은 여자 둘을 이끌고,

"아이고, 이런, 어디 나가십니까?"

"괜찮아, 상관없어. 우메 짱, 미안하지만 객실 덧문을 열어요. 어서, 선생님, 올라가십시오. 상관없습니다."

우는 듯, 웃는 듯한 이상한 소리를 지르며, 젊은 여자들과도 인사를 하고, 또다시 이리 뛰고 저리 뛰는 생쥐 같은 접대의 광분이 시작되었고, 내가 심부름을 나갔고, 마님이 당황해서 지갑 대신에 건네준 마님의 여행용 핸드백을 시장에서 열고 돈을 꺼내려 했을 때, 마님의 티켓이 두 조각 나 있는 것을 보고 놀랐는데, 이건 저 현관에서 사사지마 선생을 만나는 순간, 마님이 몰래 찢어버린 것이 틀림없다고 생각하는 순간, 마님의 깊이를 알 수 없는 자상함에 멍해지는 동시에, 인간이란, 다른 동물하고 전혀 다른 귀한 것을 가지고 있다는 사실을 태어나서 처음으로 알게 된 기분이 들었습니다. 나 또한 띠 속에서 내 티켓을 끄집어내서, 살그머니 두 조각을 냈고, 그 시장에서 무엇인가 더 좋은 음식을 사 가기 위해, 좀 더 시장 안을 물색하기 시작했습니다.

(1948년 1월)

철새渡り鳥

겉으로는 쾌락을 가장하고, 마음은 고뇌하다.

― 단테 알리기에리

늦가을 밤, 음악회도 끝나고 히비야공회당에서 엄청난 수의 까마귀들이 다양한 모습으로, 밀고 밀리며 줄줄이 나오더니, 이윽고 각자의 집을 향해 퍼덕퍼덕 휙 하니 날아간다.

"야마나 선생님 아니신가요?"

이렇게 부른 한 마리 까마귀는, 더부룩한 머리에다, 잠바 차림으로, 마르고 키가 훌쩍 큰 청년이다.

"그런데요."

불려진 까마귀는 중년의, 통통한 신사다. 청년에게는 신경 쓰지 않고 유라쿠초를 향해 성큼성큼 걸어가면서,

"당신은요?"

"저 말입니까?"

청년은 더벅머리를 긁어 올리며 웃으면서,

"뭐, 일개 딜레탕트라고나⋯⋯"

"무슨 용무이신지요?"

"팬입니다. 선생님의 음악평론의 팬입니다. 요즈음, 그다지 안 쓰시는 갈던데요."

"쓰고 있는데요."

아차! 하고 청년은 어둠 속에서 입을 일그러뜨린다. 이 청년은 도쿄의 한 대학에 적을 두고 있는데, 제모도 제복도 가지고 있지 않았다. 잠바와 춘추복 한 벌은 가지고 있다. 육친으로부터의 송금이 전혀 없는 듯, 어떤 때는 구두닦이를 한 일도 있고, 또 어떤 때는 복권팔이 노릇을 한 일도 있는데, 요즈음은 겉으로는, 어떤 출판사의 편집 조수라고 내세우는데, 아주 엉터리는 아니지만, 뒤로는 슬금슬금 암상인 노릇도 하고 있는지라, 주머니 사정은 비교적 괜찮은 모양이다.

"음악은, 모차르트가 최고지요."

알랑방귀의 실패를 회복해볼 생각으로, 야마나 선생이 모차르트 예찬을 한 어떤 소논문을 떠올리며 혼잣말처럼 지껄이면서 선생에게 아첨을 한다.

"그렇게만 말할 수는 없지만, ⋯⋯"

됐다! 조금, 기분이 회복된 것 같다. 내기를 해도 좋다. 이 선생의 외투 깃에 가려져 있는 표정이 조금은 풀어졌을 것이 틀림없다.

청년은 좀 우쭐해져서,

"근대음악의 타락은, 저는, 베토벤 언저리로부터 시작되었다고 생각합니다. 음악이 인간의 생활을 마주하며 대결을 기한

632

다는 것은 사도邪道라고 생각합니다. 음악의 본질은, 어디까지나, 생활의 반주여야 한다고 생각합니다. 저는 오늘 밤, 오랜만에 모차르트를 들으면서, 음악이란 이런 것이라고 마음 깊이, ……."

"나는 여기서 탈 겁니다."

유라쿠초역이다.

"아아, 네, 그러시군요. 실례했습니다. 오늘 밤은 선생님과 대화할 수 있어서 즐거웠습니다."

바지 주머니에 양손을 찔러 넣은 채로, 청년은 가볍게 인사를 하고, 선생과 헤어져, 쓱 뒤로돌아를 하고는 긴자 쪽으로 향한다.

베토벤을 들으면 베토벤이지. 모차르트를 들으면 모차르트이고. 아무러면 어떤가. 저 선생, 수염을 기르고 있지만, 그 콧수염의 취미는 난해하군. 그래, 도대체 저 친구한테는 취미가 없을지도 몰라. 응, 그거야, 평론가라는 자한테는 취미가 없는 거야. 따라서 혐오도 없지. 나도 그런지 몰라. 한심하군. 하긴, 콧수염이라…… 콧수염을 키우면 이가 튼튼해진다던데, 누군가를 물어뜯기 때문이라지, 설마하니. 황실의 사람이 하나 있었지. 양복에다 게다 차림, 그리고 수염이 멋졌지. 안됐어. 정말, 그 심리를 이해하느라 고생했지. 수염이 그 사람의 생활에 대해 대결을 꾀하고 있는 느낌이라고나 할까. 잠든 얼굴이, 엄청나겠지. 나도 길러볼까. 그렇게 되면, 또, 알게 될 일이 있을지도 모르지. 마르크스의 콧수염은, 그게 뭐야. 도대체 그것은 어떤 구조로 되어 있는 것일까. 옥수수를 코밑에 끼워 넣은 느낌 아니냐고. 불가해하다. 데카르트의 콧수염은, 소의 침 같은데, 그게 바로 회의 사상이라…… 엇? 저건 누구더라? 다나베씨다. 틀림없어. 40세. 하지만, 여자도 40이 되면, ……늘 용돈을 가지고 있으니까 든든한 거다. 애초에 그녀는, 조그마하고, 젊어 보여서 좋다.

"다나베 씨."

뒤로부터 어깨를 툭툭 친다. 이런! 녹색의 베레모, 안 어울린다. 안 그러면 좋을 텐데, 이데올로기스트는 취미를 준열하게 거부한다 이거지. 하지만, 나이를 생각해야지, 나이를.

"누구시던가요?"

근시냐? 한숨이 나오는군.

"크레용사의, ……"

이름까지 말하란 말이야. 축농증 아니냐?

"어머, 실례를, 야나가와 씨."

그건 가명이고, 본명은 따로 있지만, 가르쳐주지 않을 거야.

"그렇습니다. 지난번에는 감사했습니다."

"무얼요, 저야말로."

"어디 가시나요?"

"선생님은요?"

조심하고 있지 않나.

"음악회요."

"아아, 그러시군요."

안심한 모양이다. 이래서, 가끔은 음악회라는 데에 갈 필요가 있다니까.

"저는, 집에 돌아가는 길이에요, 지하철로. 신문사에 잠시 볼 일이 있어서, ……"

무슨 볼일? 거짓말이다. 남자랑 만나고 온 게 아닐까? 신문 사에 볼일이라니, 거창하게 나오시는군. 도무지, 여자 사회주 의자는 허영심이 강해서 곤란해.

"강연입니까?"

보라지. 얼굴도 붉히지 않는다니까.

"아니, 조합의, ……"

조합? 틀에 박힌 사전 왈, 그것은 우왕좌왕하다 피곤해져서 우는 일이다. 다망多忙의 시노님synonym.

나 역시, 좀 운 일이 있지.

"매일, 큰일이군요."

"네, 힘들어요."

이렇게 나오지 않으면 거짓말이다.

"하지만, 지금은 민주혁명의 절호의 찬스 아닙니까."

"맞아요, 그래요. 찬스예요."

"지금 때를 놓쳐버리면, 아주 영원히, ……"

"아니죠, 하지만, 우리는 절망하지 않아요."

이번에도 알랑방귀는 실패로군. 어렵다, 어려워.

"차라도 하실까요."

치근덕거려보는 거야.

"네, 하지만, 저, 오늘 밤에는 실례하겠습니다."

하이고, 야무지기는. 하지만, 이런 마누라를 가지게 되면, 남 편은 편하겠군. 주변머리가 좋을 게 틀림없어. 아직, 생기도 남아 있지 않나.

마흔 먹은 여자를 보면, 40녀. 서른 먹은 여자를 보면 30녀, 167을 보면, 167. 베토벤. 모차르트. 야마나 선생. 마르크스. 데카르트. 황족. 다나베 여사. 하지만, 이제 더 이상 내 주변에는 아무도 없다. 바람뿐이다.

무얼 좀 먹어볼까. 배 속이 좀…… 음악회라는 게 위장에는 나쁜 것인지도 모르겠다. 트림을 참았던 것이 나빴다.

"아이고, 야나가와 씨!

에그, 좋은 이름이 아니지. 센류川柳를 거꾸로 한 것 아닌가. 야나가와나베柳川鍋*라. 안 되겠다, 내일부터 펜네임을 바꿔야지, 그런데, 이 녀석은 누구더라. 되게 못생겼네. 아, 생각났다. 우리 회사에 원고를 들고 온 문학청년이다. 시시껄렁한 녀석하고 만났군. 취했네. 나한테 친한 척할 생각인지도 모르겠군. 쌀쌀맞게 굴어줘야지.

"저, 누구시던가요, 실례지만."

까딱하다가는 덤벼들지도 몰라.

"언젠가, 크레용사로 원고를 가지고 가서, 선생한테 문인 카후荷風를 그대로 흉내 낸 글이라는 소리를 듣고 물러난 사람인데, 잊어버리셨나요?"

협박하는 것은 아니겠지? 나는 흉내 냈다는 소리는 하지 않은 것 같은데 말이다. 아류라고, 아니 이미테이션이라고 했었

---

* 미꾸라지와 우엉을 질냄비에 끓인 요리.

나? 아무튼, 나는 그 원고는 통 읽지 않았다. 제목부터가 글러먹은 거야, 에, 그게 뭐더라, '어떤 무희의 묻지도 않는데 하는 혼잣말'. 내가 당황해서 얼굴이 붉어졌지 않냐고. 밥통 같은 녀석 같으니라고.

"생각났습니다."

아주 정중하게 대해주는 것이 장땡이다. 좌우간, 상대방은 바보 아닌가. 얻어맞으면 손해다. 하지만, 약해 보이는걸. 이 친구한테는 이길 것 같지만, 하지만, 사람은 겉보기하고는 다를 수가 있으니까, 조심보다 더 좋은 것은 없을 터.

"제목을 바꿨답니다."

뜨끔했다. 용케도 알아차리셨네. 아주 바보는 아닌 모양이군.

"그러셨군요. 그러는 게 좋을지도 모르겠군요."

흥미 없어, 흥미 없다고.

"남녀접전, 이라고 고쳤습니다."

"남녀접전, ……"

더 할 말이 없네, 바보 같으니라고. 일에는 정도라는 게 있는 거야. 벌레 같은 놈 아니냐고, 가까이 오지 마, 더러워져. 이래서 문학청년은 싫어.

"팔렸어요."

"네?"

"팔렸단 말입니다, 그 원고가."

이건 기적 이상이로군. 신인의 출현이란 말인가. 기분이 언짢아졌다. 이런, 괴물 가면 같은 얼굴을 하고 있으면서도, 의외로 천재인지도 모른다. 소름이 끼치는군. 사람을 놀라게 하지 않나. 이래서, 나는 문학청년이란 건 딱 질색이거든. 좌우간 겉치레 소리는 해야지.

"제목이 재미있군요."

"네, 시대의 기호하고 들어맞았던 것이지요."

갈겨줄 거다, 제기랄. 적당히 해두라고. 신을 두려워해야지. 절교야.

"오늘 말이죠, 원고료를 받았는데 말이죠, 그게 깜짝 놀랄 정도로 많은 거예요. 여기저기 마시고 돌아다녔건만, 아직도 반 이상이나 남아 있거든요."

쩨쩨한 방식으로 마셔서 그런 거야. 건방진 놈, 돈 있다고 자랑을 하고 있지 않나. 잔금 3천 엔이라고 짐작하는데, 아닌가? 기다려봐, 이 친구, 화장실에서 몰래 잔금을 살펴보았다는 얘기로구나. 그렇지 않으면, 반 이상 남아 있을 것으로 확신할 턱이 없지 않나. 그래, 그랬던 거야. 곧잘 볼 수 있는 광경이지. 화장실 안이거나, 아니면 골목 전봇대 그늘에서 잔뜩 취해가지고, 잔금을 한 장 두 장 세고 나서, 한숨을 쉬며, 걱정하지 마라, 하늘을 나는 새를 보라, 이렇게 중얼거리기도 하고 말이지, 애처로운 꼬락서니 아닌가. 실은, 나에게도 그런 기억이 있기는 하거든.

"오늘 밤, 이제부터 나머지 돈을 몽땅 써버릴 작정인데, 동무해주지 않겠습니까. 어딘가, 당신의 단골 술집이라도 이 근처에 있으면, 안내해주십시오."

실례, 다시 보아야겠다. 하지만, 돈은 정말로 가지고 있는 것이겠지. 각자 부담 따위는 재미없어. 확인을 해야지.

"있기는 한데, 거긴 좀 비싸거든요. 괜히 안내했다가, 나중에 당신한테 원망 소리를 듣게 되면……"

"상관없어요. 3천 엔 있으면 넉넉하겠지요. 이건 당신에게 넘겨드릴 테니, 오늘 밤, 둘이서 써버리지요."

"아니, 그건 안 되고요. 남의 돈을 받게 되면, 아무래도 책임감을 느끼게 돼서 저는 취할 수가 없거든요."

생김새가 형편없는 것에 비해, 꽤 괜찮은 사나이 아닌가. 역시 소설을 쓸 정도의 남자라면, 어딘지 시원시원한 구석이 있군. 나로 말하자면, 모차르트를 들으면 모차르트. 문학청년을 만나면 문학청년. 자연히 그렇게 되는 것을 보면 신기하다.

"그렇다면, 오늘 밤은 대대적으로 문학이라도 논해볼까요. 나는, 당신의 작품에 대해서는 전부터 호의를 가지고 있었거든요. 그런데, 편집장이 말이죠, 보수적이라서 말이죠."

다케다야로 끌고 가야겠다. 거기에 내 외상값이 아직 1천 엔쯤 있을 테니까, 이 기회에 그걸 갚아야겠군.

"여깁니까?"

"네, 지저분한 곳이기는 하지만, 나는 이런 데서 마시는 게 좋거든요. 선생은 어떠신지요."

"나쁘지 않은데요."

"하, 취미가 딱 맞아떨어졌습니다. 마시지요, 건배. 취미란 게 어려운 게 돼놔서, 천 가지 혐오에서 하나의 취미가 탄생하는 겁니다. 취미가 없는 놈은 그래서 좋고 나쁜 것도 없는 거예요. 마십시다. 건배. 오늘 밤은 한번 대대적으로 논해보자고요.

당신은 의외로 말수가 적은 것 같군요. 침묵은 안 돼요. 그거에는 못 당합니다. 그건 우리의 최대의 적이라고요. 이렇게 주절거리는 건, 이건 대단한 자기희생이고, 거의, 인간 최고의 봉사중 하나 아니겠어요? 게다가, 보수를 조금도 바라지 않는 봉사아닙니까. 하지만, 또한 원수도 사랑하라 아닙니까.

나는 나를 활기차게 해주는 사람을 사랑하지 않을 수 없어요. 우리의 적수는, 언제나 우리를 활기차게 만들어주거든요. 마시자고요. 바보들은, 해롱거리는 짓은 진지하지 못한 거라고믿고 있는 겁니다. 게다가, 익살에 대해서는 대답할 수 없는 것이라고 생각하고 있나 봐요. 또한, 공연스레 솔직한 태도 따위를 요구하지요, 하지만, 솔직 따위는 말이죠, 남한테 마치 신경이 없다는 듯이 행동하는 짓입니다. 남의 신경을 인정하지 않아요. 그래서 말이죠, 지나치게 감수성 강한 인간은, 남의 고통을 알기 때문에, 여간해서는 솔직해지지 않는답니다. 솔직 같은 건 말이죠, 그건 폭력이라고요. 그래서, 나는 노대가老大家들을 좋아하지 않는 겁니다. 다만, 그치들의 완력이 두려운 거지요. '늑대가 양을 먹는 것은 안 되는 거야, 그건 부도덕한 짓이야. 참으로 불쾌해. 내가 그 양을 먹어야 마땅하거든' 어쩌고, 난폭한 소리를 태연하게 지껄일 것 같은 느낌의 사람들뿐이거든요. 지혜가 따르지 않는 직감은, 재난에 지나지 않습니다. 요행입니다. 마십시다. 건배. 서로 털어놓자고요. 우리의 진짜 적은 무언無言입니다. 도무지, 말을 하면 할수록 불안해진다, 누군가가 소매를 잡아당기고 있는 거죠.

뒤를 슬쩍 되돌아보고 싶은 심정. 영 아닙니다, 역시 나는.

가장 위대한 인물은 말이죠, 자신의 판단을 선뜻 신뢰할 수 있었던 사람입니다. 가장 멍청한 놈도 마찬가지지만요. 하지만, 이제 그만두지요, 남의 흉보기란. 정말, 내 생각에도 그다지 고상하지가 않네요. 원래 남의 흉이라는 것은 말이죠, 상대방을 대할 때의 쩨쩨한 근성이 들어 있는 것 아니겠어요. 마십시다, 문학을 논해보자고요. 문학론은 재미있는 거지요.

신인하고 만나면 신인, 노대가하고 만나면 노대가, 저절로 기분이 그렇게 되는 바람에 재미가 있어요. 여기서 한번 생각해봅시다. 당신이 지금부터 신인 작가로 등장해서 300만의 독자들 마음에 들기 위해서는, 도대체 어찌하면 좋을 것인가. 이건 참으로 어려운 일입니다. 하지만, 절망해서는 안 됩니다. 이건 말이죠, 아시겠어요? 특별하게 선택된 100명 이외의 독자 마음에 들지 않게 하기보다는, 훨씬 쉬운 일입니다. 대체로, 몇 백만 명을 만족시킨 작가는, 언제나 자기 자신에게도 만족스러워하는 법이지만, 소수밖에 만족시키지 못한 작가는 대체로 자기 스스로도 불만족스러운 겁니다. 이건 비참한 거지요.

다행히도, 당신의 작품은, 당신 자신이 만족스러울 테니까, 역시 300만 독자들의 마음에도 들어서, 대유행 작가가 될 가망이 있다고 생각합니다. 절망해서는 안 돼요. 요즈음 유행하는 말로 한다면, 당신은, 가능성이 있어요. 자, 마십시다. 건배. 작가님, 귀하는 한 독자에게 천 번 읽히는 것하고, 10만 독자에게 한 번 읽히는 것하고, 도대체, 어느 쪽을 소망하시나요? 하고 물어보았더니, 저 문필의 선비께서는, 10만 독자한테 천 번 읽히는 것이라고 대답을 하고 멀쩡한 얼굴을 하시더라고요. 하십시오. 대대적으로 하십시오. 당신은 가망이 있습니다.

카후의 흉내든 무엇이든 무슨 상관이 있겠어요. 원래가 이 오리지널리티라는 것은, 위장胃腸의 문제거든요. 남의 양분을 먹고, 그것을 소화시킬 수 있느냐 없느냐, 원형 그대로 똥이 되어 나와가지고는 좀 난처하지요. 소화만 할 수 있게 되면, 아주 문제가 없는 겁니다. 옛날부터, 오리지널 문인이라는 게 있었던 적이 없으니까 말이죠. 참으로 제 이름값을 하는 놈들은 세상에 알려지지 않고 있을 뿐만 아니라, 알고 싶어도 알 수가 없어요. 그러니, 당신의 경우는 안심해도 좋을 테지요. 하지만, 때로는 말이죠, 이 몸이야말로 오리지널 문인이노라! 하는 얼굴을 하고 배회하고 있는 인간도 있더라고요. 그건 그저, 멍청이일 뿐, 두려워할 게 없거든요.

아아, 한숨이 나오네. 당신의 앞길은 참으로 창창하지 않겠어요. 길은 넓은 거지요. 그렇지, 이번 소설은 '넓은 문'이라는 제목으로 하면 어떻겠습니까. '문'이라는 글자에는 역시 시대의 감각이 있으니까 말이죠.

실례합니다. 저는 좀 토해야겠습니다. 문제없어요, 네, 이젠 문제없다고요. 이 집 술은 그다지 좋지가 않네요. 아, 개운하다. 아까부터 토하고 싶어서 어쩔 줄을 몰랐거든요. 사람을 칭찬해가면서 술을 마시다 보면, 고약하게 취하지요. 그런데, 그 발레리 말인데요, 아이고, 결국 말을 하고 말았네, 그대의 침묵에 나 스스로 패했도다. 내가 오늘 밤 여기서 한 말 중 거의 모두가 발레리의 문학론입니다. 오리지널리티고 똥이고 몽땅 뭐란 말입니까. 위장의 컨디션이 나빴던 거지요. 소화해내지 못해서, 결국 고형물까지 토해버렸군요.

소망하신다면, 아직 더 말할 수 있지만요, 그보다는, 이 발레리의 책을 당신한테 드리는 편이, 나로서도 거추장스럽지 않아 좋겠군요. 아까 헌책방에서 사서, 전차 속에서 막 읽은 신지식이어서, 아직도 기억에 남아 있지만, 내일이 되면, 나는 잊어버리고 말 겁니다. 발레리를 읽으면 발레리, 몽테뉴를 읽으면 몽테뉴. 파스칼을 읽으면 파스칼. 자살의 허가는, 완전히 행복한 사람에게만 주어진다네요. 이것도 발레리. 나쁘지 않지요? 우리는 자살조차 할 수 없지요. 이 책은 드릴게요. 이봐요, 주인장, 여기 계산해주세요. 전부 계산이에요. '전부' 말이에요. 그럼, 먼저 실례. 깃털처럼이 아니라, 새처럼 가벼워지지 않으면 안 된다고 그 책에 써 있던데. 어떡하면 좋다는 거지."

모자도 없이 더벅머리, 잠바 차림의 마른 청년은, 물새와 같이 화다닥 날았다.

(1948년 4월)

앵두 桜桃

산들을 향하여 내 눈을 드네.

– 시편 121장

아이들보다는 부모가 소중하다고 생각하고 싶다. 아이를 위해서라는 둥, 고풍스러운 도학자 같은 생각을 해본들, 알고 보면, 애들보다는 부모 쪽이 약하다. 적어도 우리 가정에서는 그렇다. 설마하니, 자신이 늙고 나서, 아이들 도움을 받고, 기대어 살아야지, 하는 따위의 뻔뻔스러운 속셈은 전혀 가지고 있지 않지만, 그 부모란 게, 가정에서는 언제나 아이들의 기분을 눈치 보고 사는 거다. 아이들이라 해보았자, 우리 집 아이들은 모두 아직 매우 어리다. 맏딸은 일곱 살, 맏아들은 네 살, 둘째 딸은 한 살이다. 그럼에도, 이미 각각이 부모를 압도하고 있다. 아버지와 어머니는, 마치, 아이들의 일꾼과 하녀 몰골을 하고 있다.

여름날, 가족 모두가 좁은 방에 모여 앉아 와자하니, 대혼란

의 저녁밥을 먹고 나서, 아버지는 수건으로 연신 얼굴의 땀을 닦으며,

"밥 먹고 크게 땀을 흘리는 꼴도 천덕스러워, 라고 『야나기다루柳多留』*에 나와 있는데, 도무지, 이렇게 아이들이 법석을 떨게 되면, 아무리 품위 있는 아버지라 하더라도, 땀이 나는걸" 하고 중얼중얼 불평을 늘어놓는다.

어머니는, 한 살 된 둘째 딸에게 젖을 먹이랴, 여기다가 아버지와 맏딸 맏아들의 시중을 들랴, 아이들이 흘린 것을 훔치랴, 코를 풀어주랴, 정신없이 뒤치다꺼리를 하면서,

"아빠는, 코에서 가장 많이 땀이 나는군요. 노상 부지런히 코를 닦고 계시니……"

아버지는 쓴웃음을 지으며,

"그렇다면, 당신은 사타구니인가?"

"참, 품위 있는 아빠시네요."

"아니야, 그게 뭐, 의학적인 이야기 아닌가. 품위고 뭐고 없어."

"저는요,"

어머니는 좀 진지한 얼굴이 되며,

"이 젖과 젖 사이가, ……눈물 골짜기, ……"

눈물 골짜기라.

아버지는 묵묵히, 식사를 계속했다.

---

* 센류川柳 선집. 센류는 에도 시대 중기에 쓰인 풍자와 익살을 담은 짧은 시로 5, 7, 5의 세 구로 구성된 17음으로 이루어진다.

나는 가정에서는 곧잘 농담을 한다. 그야말로, '마음속으로는 고민거리가' 많은 고로, '겉으로는 짐짓 쾌락'을 가장하지 않을 수 없다고나 할까. 아니, 집 안에 있을 때뿐이 아니다. 나는 남과 만날 때에도, 마음속이 아무리 힘들더라도, 몸이 아무리 괴롭더라도, 거의 필사적으로 즐거운 분위기를 조성하느라 애쓴다. 그리고, 손님과 헤어져서는, 피로 때문에 비틀거리고, 돈에 관한 일, 도덕에 관한 일, 자살에 관한 일들을 생각한다. 아니, 그것은 사람과 접촉하는 경우만이 아니다. 소설을 쓸 때도 마찬가지다. 나는 슬플 때에, 오히려 가볍고 즐거운 이야기를 창작하기 위해 노력한다. 스스로는, 가장 맛있는 봉사를 하는 셈 치고 있는데, 남들은 그런 것은 모르고, 다자이라는 작가도, 요즈음 들어 경박해졌어, 재미만으로 독자를 낚아대고 있지 않느냐, 매우 안이한 사람이로군, 하고 나를 우습게 취급한다.

　　인간이, 인간에게 봉사한다는 것은 나쁜 일일까. 젠체하고 좀처럼 웃지 않는다는 것은 선한 일일까.

　　즉, 나는 진실하기만 하고 흥을 깨는, 멋쩍은 일은 참을 수가 없다. 나는 나의 가정에서도 쉴 새 없이 농담을 하고, 아슬아슬한 생각으로 농담을 하고, 일부 독자, 비평가의 상상을 배반하고, 나의 방 다다미는 새롭게, 책상 위는 말끔하게 정돈되고, 부부는 서로 잘 돌보고, 서로 존경하고, 남편은 아내를 때리는 일이 없음은 물론, 나갓! 네, 나가지요. 따위의 난폭한 말싸움 따위를 한 일이 한 번도 없었고, 아빠도 엄마 못지않게 아이들을 귀여워하고, 아이들도 부모를 밝은 모습으로 잘 따른다.

하지만, 그것은 겉보기에 그렇다는 이야기다. 어머니가 가슴을 열면 눈물의 골짜기, 아버지가 잠잘 때의 식은땀도 자꾸만 심해지고, 부부는 서로가 상대방의 고통을 알고 있지만, 애써 이에 터치하지 않도록 노력하고, 아버지가 농담을 하면 어머니도 따라 웃는다.

하지만, 그때, 눈물의 골짜기 소리를 들은 아버지는 묵묵히, 무엇인가 농담으로 답하고 싶었지만, 순간 좋은 말이 줄곧 떠오르지 않자, 점차로 거북한 마음이 들어, 도사를 자처하는 아버지도, 마침내, 진지한 얼굴이 되어,

"누구, 적당한 사람을 고용하지. 아무래도 그렇게 해야 되겠어"

하고 어머니의 기분이 상하지 않도록, 어정쩡하게 혼잣말처럼 뇌까린다.

아이가 셋. 아버지는 집안 살림에는 아주 무능하다. 이불 하나 제 손으로 개지 않는다. 그러고, 그저 바보처럼 농담이나 하고 있는 것이다. 배급이라든지, 등록이라든지, 그런 일에 대해서는 아무것도 모른다. 전적으로 여관에서라도 살고 있는 듯한 형국이다. 손님. 접대. 작업실로 도시락을 들고 나가, 그대로 일주일간이나 집에 돌아가지 않는 일도 있다. 일, 일, 하고 늘 떠들어대고 있지만, 하루에 두세 장밖에는 쓰지 못하는 모양이다. 나머지 시간은, 술이다. 과음하면, 해쓱 수척한 몰골로 잠들고 만다. 게다가, 여기저기에 젊은 여자 친구들도 있는 모양이다.

아이들, ……일곱 살배기 맏딸도, 올봄에 태어난 둘째 딸도,

조금 감기에 잘 걸리는 편이지만, 그래도 보통이다. 그러나, 네 살짜리 맏아들은 말라빠져서, 아직 잘 서지도 못한다. 말은, 아아, 라느니 다아, 라느니 할 뿐, 한마디도 하지 못하고, 게다가 남의 말을 들을 줄도 모른다. 기어 다니면서, 똥 소리도 오줌 소리도 알려주지 않는다. 그러면서도 밥은 정말 많이 먹는다. 그렇건만, 늘 말라빠지고 작고, 머리카락도 엷은 데다 조금도 자라주지 않는다.

아버지도 어머니도, 이 맏아들에 대해서는 깊은 이야기 나누기를 피한다. 백치, 벙어리, ……그런 소리를 한마디라도 내뱉고서, 둘이 함께 긍정하기란 너무나 비참하기 때문이다. 어머니는 때때로 이 아이를 꼭 껴안는다. 아버지는 종종 발작적으로 이 아이를 안고 강으로 뛰어들어 죽고 싶다는 생각을 한다.

"벙어리인 차남을 참살. ×일 정오 지나 ×구 ×동 ×번지, 모 씨(53)는 자택의 6조 방에서 차남 아무개 군(18)의 머리를 도끼로 일격해서 살해, 자신은 가위로 목을 찔렀는데, 죽지 않아, 부근의 의원에 수용되었지만, 위독하다. 그 집에서는 최근 둘째 딸(22)에게 양자를 들였는데, 차남이 농아인 데다 머리가 약간 나빠서, 딸 생각을 하고 저지른 범행이다."

이런 신문 기사 또한 나에게 술을 퍼마시게 만든다.

아아, 그저 단순히 발육이 좀 늦는 것이었으면! 이 아이가 이제 갑자기 자라서, 부모의 걱정에 대해 분노하고 조소하게 돼버린다면! 이 내외는 친척에게도 친구에게도, 즉 아무에게도 말하지 않은 채, 은근히 마음속으로 이렇게 염원하면서, 겉으로는 아무렇지도 않다는 듯이, 맏아들을 놀리며 웃고 있다.

어머니도 정성을 다해 노력하며 살고 있겠지만, 아버지 역시, 전심전력을 다하고 있는 것이다. 그다지 많은 글을 쓸 수 있는 소설가는 아니다. 극단적으로 소심하다. 그런 자가 공중의 면전으로 끌려 나가, 허둥거리며 글을 쓰고 있는 것이다. 글 쓰기가 힘들어서, 홧술을 마신다. 홧술이란 것은, 자신이 생각하고 있는 바를 주장할 수 없는 답답함, 분통 때문에 마시는 술이다. 언제든, 자신이 생각할 수 있는 것을 확실하게 주장할 수 있는 사람은 홧술 따위를 마시지 않는다. (여자들에게 술꾼이 적은 것은, 이런 이유 때문이다.)

나는 논쟁을 해서 이겨본 적이 없다. 으레 지곤 한다. 상대방의 강력한 확신, 엄청난 자기 긍정에 압도당해버린다. 그리고 나는 침묵한다. 하지만, 찬찬히 생각하다 보면, 상대방의 방자함을 알아차리게 되고, 게다가 내 쪽이 나쁜 것이 아니었다는 확신이 오기는 하지만, 일단 진 처지에 다시금 끈질기게 전투를 개시하기도 무엇하고, 게다가 나는 말싸움을 했다 하면, 서로 치고받고 한 것만큼이나 불쾌한 증오심이 남게 된다. 분노로 치를 떨어가면서도 웃고, 침묵하고, 그리고, 이런저런 생각을 하고, 결국에는 홧술로 가고 마는 것이다.

확실하게 말해야겠다. 구시렁구시렁, 이리저리 빙빙 도는 식으로 써놓았지만, 이 소설, 부부 싸움의 소설이다.

"눈물의 골짜기."

그것이 도화선이 되었다. 이 부부는 이미 이야기한 대로, 거친 몸짓은 물론, 지저분하게 말다툼 한 번 해보지 않은 얌전한 한 쌍이기는 한데, 그렇다고는 하지만, 일촉즉발의 위험에 몸을 떨고 있는 경우도 있었다. 양쪽이 말없이, 상대방이 나빴다는 점에 대한 증거 다지기를 하고 있는 듯한 위험, 한 장의 카드를 살짝 보이고 나서 덮고, 다시 한 장을 보이고는 덮고, 그래서, 언젠가는 불쑥, 자 다 되었습니다, 하고 패를 가지런히 늘어놓을 것만 같은 위험, 그런 점이 부부를 서로 심사숙고하게 만들고 있다고 말할 수 없는 것도 아니었다. 아내 쪽은 어떨지 몰라도, 남편 쪽은 두들기면 두들길수록 얼마든지 먼지가 피어 나올 것 같은 사나이니 말이다.

"눈물의 골짜기."

그런 소리를 듣고, 남편은 마음이 상했다. 하지만, 말싸움은 좋아하지 않는다. 침묵했다. 당신은 나한테, 조금은 빈정대는 기분으로 그렇게 말한 것이겠지만, 그렇다고, 울고 있는 것은 당신만이 아니야. 나만 해도 당신 못지않게, 아이들을 생각하고 있어. 내 가정은 소중하다고 생각해. 좀 더, 괜찮은 집으로 이사해서, 당신이랑 아이들을 기쁘게 해주고 싶어 못 견디겠어. 하지만, 도저히 거기까지는 내 힘이 미치지 못해. 이래 봬도, 최선을 다하고 있다고. 나도, 무슨 사나운 마물이 아니야. 처자식을 모른 체하고 태평스럽게 구는, 따위의 '배짱'은 가지고 있지 못하거든. 배급이랑 등록하는 일 따위도 모르는 게 아니야. 알 틈이 없는 거야. ……아버지는 속으로 그렇게 중얼거리고, 그렇다고 그런 말을 꺼낼 자신도 없었고, 그렇다고, 또 말을 꺼냈다가 어머니가 뭐라고 하면, 찍소리도 할 수 없을 것 같은 그런 기분도 들어서,

"누구, 사람 하나 쓰라고."

이렇게 혼잣말처럼, 겨우 주장해본 거다.

어머니도, 대체로 말수가 적었다. 그러나, 말할 때는 언제나 자신감을 가지고 있었다. (이 어머니에 국한된 것이 아니라, 어떤 여자들도, 대체로 그런 법이지만 말이다.)

"하지만, 좀처럼 와줄 만한 사람도 없어요."

"찾아보면, 틀림없이 있겠지. 와줄 사람이 없는 게 아니라, 와서 있어줄 사람이 없는 게 아닌가?"

"제가, 사람 부리는 일에 서투르다는 거예요?"

"무슨 그런 소릴……"

아버지는 다시 입을 다물었다. 사실은 그렇게 생각했던 것이다. 하지만 입을 다물었다.

아아, 누군가 한 사람 고용하면 좋겠다. 어머니가 막내를 업고 볼일을 보러 밖에 나가게 되면, 아버지는 나머지 두 아이를 돌봐야 한다. 그뿐인가. 손님이 매일, 으레 10명쯤은 온다.

"작업실로, 가야겠는데."

"벌써부터요?"

"그래. 꼭 오늘 밤 안에 써야 할 일거리가 있거든."

그것은 거짓말이 아니었다. 하지만, 집 안의 우울한 기분에서 벗어나고 싶었던 것이다.

"오늘 밤은, 저, 누이동생한테 가보았으면 하는데요."

그것도, 나는 알고 있었다. 처제는 중태였다. 하지만, 아내가 병문안을 가고 나면, 아이들은 내가 돌봐야만 한다.

"그러니까, 사람을 하나 써서……"

말하다 말고, 나는 그만두었다. 아내의 집안사람 일에 조금이라도 참견했다가는, 두 사람 사이의 감정이 묘하게 얽혀버린다.

산다는 것은 대단한 일이다. 여기저기서 사슬들이 서로 얽혀 있어서, 조금이라도 움직였다 하면, 피가 뿜어져 나온다.

나는 잠자코 일어서서, 6조 방의 서랍에서 고료가 들어 있는 봉투를 꺼내, 옷소매 속에 쑥 쑤셔 넣고, 그러고 나서, 원고지와 사전을 검은 보자기에 싸고, 물체가 아닌 듯, 가볍게 밖으로 나갔다.

일이고 뭐고, 자살 생각만 하고 있다. 그리고, 술 마실 곳으로 곧장 간다.

"어서 오십시오."

"마셔야지. 오늘은 또 엄청 예쁜 줄무늬를, ……"

"꽤 괜찮죠? 당신이 좋아하는 줄무늬일 거라고 생각하고 있었어요."

"오늘은 부부 싸움으로 말이야, 기분이 우중충해서 참을 수가 없어. 마셔야지, 오늘 밤은 잘 거야. 암, 자야지."

아이들보다 어른이 소중하다고 생각하고 싶다. 아이들보다도, 그 부모 쪽이 약하다.

앵두가 나왔다.

우리 집에서는, 아이들에게 사치스러운 것은 먹이지 않는다. 앵두 따위는 본 적도 없을지 모른다. 먹이면 좋아하겠지. 아버지가 가지고 돌아가면 좋아할 거야. 이것을 실로 이어서, 목에 걸면, 앵두는 산호 목걸이처럼 보일 테지.

하지만, 아버지는 접시에 수북이 담긴 앵두를 아주 맛없다는 듯이 먹고는 씨를 뱉어내고, 먹고는 씨를 뱉어내고, 먹고는 씨를 뱉어내고, 그러면서 마음속으로 허세 부리듯 중얼거리는 말은, 아이들보다도 부모가 소중하지.

(1948년 5월)

오상おさん

1

넋이, 나간 사람처럼, 발소리도 내지 않고 현관을 쑥 빠져나갑니다. 나는 부엌에서 저녁 설거지를 마무리하다가, 혹 하고 그 기운을 등줄기에 느끼면서, 접시를 떨어뜨릴 만큼이나 쓸쓸해져, 나도 모르게 한숨을 쉬고 나서, 부엌의 격자창으로 밖을 내다보니, 호박 덩굴이 구불구불 뒤얽혀 있는 담장 옆의 오솔길을, 남편이 낡은 홑옷에 가느다란 띠를 두르고서, 여름 저녁의 어둠 속을 떠 있는 듯이 유령처럼, 마치 이 세상을 살고 있는 존재가 아닌 듯한, 엄청 슬픈 뒷모습을 보이며 걸어갑니다.

"아빠는요?"

뜰에서 놀고 있던 일곱 살 맏딸이, 부엌문 쪽 양동이로 발을 씻으면서, 무심하게 나에게 묻습니다. 이 아이는, 엄마보다도 아빠 쪽을 더 좋아해서, 매일 밤, 6조 방에 아빠하고 이불을 나란히 펴고, 하나의 모기장 속에서 자곤 합니다.

"절간이란다."

입에서 나오는 대로, 아무렇게나 대답을 했는데, 그렇게 말하고 나서, 무엇인지 매우 불길한 소리를 한 기분이 들어, 오싹했습니다.

"절에? 무엇하러?"

"백중 아니니, 그래서 아버지가 절에 가신 거야."

거짓말이 신기할 정도로 술술 나왔습니다. 정말로 그날은 백중의 13일이었습니다. 다른 집 계집애는 예쁜 옷을 입고, 그 집 문 앞에 나와서, 자랑스럽게 꼬까옷의 긴 소매를 휘날리며 놀고 있지만, 우리 집 아이들은, 좋은 옷이 전쟁 중에 모두 타버려서, 백중에도 여느 날과 다름없이 허름한 옷을 입고 있습니다.

"그래? 일찍 오실까."

"글쎄다. 어떠실까. 마사코가 얌전하게 있으면, 일찍 오실지도 모르지."

이렇게 말은 했지만, 하지만, 저런 꼴이라면 오늘 밤도 외박을 할 것이 틀림없습니다.

마사코는 부엌으로 들어가, 여기서 3조 방으로 갔고, 3조 방 창가에 쓸쓸한 듯이 앉아서 밖을 내다보며,

"엄마, 마사코의 콩나무에 꽃이 피고 있어요"

하고 조잘거리는 것을 들으며, 애틋한 마음에 눈물지으면서,

"어디 보자, 어머, 정말로! 이제 곧 콩이 많이 매달릴 거다."

현관 옆에 10평가량의 텃밭이 있어서, 전에는 내가 그곳에 여러 가지 채소를 심곤 했지만, 아이를 셋이나 낳고 보니, 도저히 밭일에까지는 손이 미치지 못했고, 남편 역시, 전에는 나의 밭일에 가끔씩 도움을 주곤 했건만, 요즈음은 도무지 집안일에는 관여하지 않습니다. 이웃집의 밭은 그 집 어른 손으로 말끔하게 손질이 잘되어, 갖가지 채소가 훌륭하게 잘 자라는데, 우리 밭은 이에 비해 엄청 부끄러울 정도로, 잡초만이 무성해져 있었습니다. 마사코가 배급받은 콩을 한 톨, 땅에 묻고 물을 주었는데, 그것이 쏙 하고 싹을 틔워, 장난감 따위는 아무것도 갖지 못한 마사코로서는, 그것이 유일한 자랑거리 재산이었으므로, 이웃집에 놀러 가서도, 우리 집 콩, 우리 집 콩, 하고 남이 묻지도 않는데 자랑하고 있는 모양입니다.

영락. 외로움. 아니, 그것은 뭐, 오늘날의 일본에서는, 우리 집만의 일이 아니게 되었고, 특히 이 도쿄에 살고 있는 사람들은, 어디를 둘러보나, 힘없이 추레해진 느낌으로 매우 힘들다는 듯이 느릿느릿 움직이는지라, 우리 역시 가진 것을 몽땅 불태워버려서, 매사에 아쉬움을 느끼지만, 하지만, 지금 괴로운 것은 그런 일보다도, 바로 절박한, 이 세상 아내로서, 무엇보다도 쓰라린 어떤 일 때문입니다.

나의 남편은, 간다에 있는 꽤 유명한 잡지사에 10년 가까이 근무하고 있었습니다. 그리고 8년 전에 나와 평범하게 선을 본 끝에 결혼했는데, 그 무렵부터 이미 슬슬 도쿄에서는 임대주택이 줄어들고, 중앙선가의 교외에 있는, 밭 한가운데에 오도카니 서 있는 집 같은, 이 조그만 임대주택을 겨우 찾아냈고, 그로부터 전쟁 때까지 줄곧 이곳에 살고 있었습니다.

남편은 몸이 허약해서, 군 소집과 징용에서도 빠져, 무사히 매일, 잡지사에 통근하고 있었는데, 전쟁이 한창 심해져, 우리가 살고 있는 이 교외 마을에, 비행기의 제작 공장 등이 있는 탓으로, 집 가까이로 빈번하게 폭탄이 떨어진다 싶더니, 마침내 어느 날 밤, 뒤쪽 대나무 숲에 폭탄 하나가 떨어졌고, 그 바람에 부엌과 뒷간과 3조 방이 엉망진창이 되어버려, 도저히 우리 네 식구(당시에는 마사코 말고도, 장남인 요시타로도 태어나 있었습니다)가 그 반쯤은 허물어진 집에서 살 수 없게 되었으므로, 나와 두 아이는, 나의 친정인 아오모리로 소개疎開 가기로 하고, 남편은 혼자서 반은 허물어진 이 집에서 먹고 자며, 여전히 잡지사에 통근을 계속하기로 했습니다.

하지만, 우리가 아오모리로 소개하고, 4개월도 되지 않는 동안에, 오히려 아오모리시가 공습을 받아 전소해버리면서, 우리가 그 고생을 해가며 아오모리로 가져간 짐이 모조리 불타버렸고, 그야말로 입고 있던 옷차림 그대로인 비참한 몰골로, 아오모리에 있는 친지의 집으로 가서, 지옥 같은 꿈을 꾸는 심정으로 어쩔 줄 몰라 하던 중, 열흘쯤 지나자, 일본이 무조건 항복을 하게 되었습니다. 나는 남편이 있는 도쿄가 그리워서, 두 아이를 데리고, 거의 거지꼴을 하고 다시 도쿄로 되돌아왔고, 달리 살 수 있는 집도 없었으므로, 반쯤 무너진 집을 목수에게 부탁해, 대충 수리를 하고 나서, 그럭저럭, 다시 예전과 같은 네 식구의 단란한 생활로 되돌아왔다 싶어 한숨을 돌리고 있던 차에, 남편에게 일이 벌어졌습니다.

잡지사도 재해를 입었고, 엎친 데 덮쳐, 회사의 중역들 사이에 자금 문제를 놓고 티격태격이 벌어진 끝에, 회사가 문 닫게 되어, 남편은 당장에 실업자 신세가 되고 말았습니다. 하지만 오래도록 잡지사에 근무를 했고, 그 방면에서 알게 된 분들이 많이 있었으므로, 그러는 동안에 유력한 듯한 분들과 자본을 서로 내서, 새로이 출판사를 일으켜놓고, 두세 종류의 책을 출판한 모양이었습니다. 하지만, 그 출판 사업도, 종이 구입을 잘못했다든가 해서 결손이 크게 나서, 남편도 많은 빚을 지게 되었고, 그 뒤치다꺼리 때문에, 멍하니 매일, 집을 나가서, 저녁에 축 처진 몰골로 집에 돌아오고는, 전부터 말수가 적은 사람이었지만, 그 무렵부터는 아예 입을 다물었습니다. 그리고, 출판의 결손을 간신히 메우게 되고 나서부터는 매사에 일을 할 기력을 잃어버린 모양인데, 그렇다고 해서 하루 종일 집에 머물러 있는 것도 아니고, 무슨 생각을 하는지, 툇마루에 우뚝 서서, 담배를 피워가며, 먼 지평선 쪽을 언제까지나 바라보고……, 아아, 또 시작했구나, 하고 어쩔 줄 몰라 하고 있으면, 늘 그렇듯, 어찌해야 할지 모르겠다는 듯 깊은 한숨을 쉬고, 피우고 있던 담배를 마당으로 툭 던지고 나서, 책상 서랍에서 지갑을 꺼내 주머니에 넣고, 그리고, 그 영혼이 빠져버린 사람 같은, 발소리 없는 걸음걸이로, 살며시 현관으로 나가고 나면, 그런 날 밤은 대체로 돌아오지 않았습니다.

좋은 남편, 착한 남편이었습니다. 술은, 일본술이면 한 홉, 맥주라면 한 병 겨우 정도이고, 담배는 피우는 편이지만, 그래도 배급 담배로 때우는 정도이고, 결혼해서 이제 10년 가까이 되지만, 그동안, 나를 때린다든지, 욕설을 퍼붓는다든지 하는 일은 없었습니다. 꼭 한 번, 남편의 손님이 오셨을 때, 마사코가 세 살쯤 되었을 때였을 겁니다, 손님한테 기어가서, 손님의 차를 쏟았다든가 해서, 나를 부르셨던 모양이지만, 나는 부엌에서 퍼덕퍼덕 풍로불을 부치고 있었던 탓에 그 소리를 듣지 못해서 대답을 할 수 없었는데, 남편은, 그때만큼은 무서운 얼굴을 하고, 마사코를 안고서 부엌으로 왔고, 마사코를 마루에 내려놓고 나서, 살기 띤 눈초리로 나를 노려보더니, 잠시 우뚝 서 있으면서, 한마디도 하지 않고, 이윽고 휙 등을 돌려 방으로 간 다음, 쫙 하고 내 뼛속까지 울려 퍼질 것 같은 엄청 날카로운 소리를 내면서 방문을 닫아버린 것입니다. 나는 남자의 무서운 모습에 몸서리쳤습니다. 남편에게 야단맞은 일은, 정말로, 딱 그때뿐이었으며, 이번 전쟁 때문에, 나 역시 남들이 겪는 만큼 고생을 하기는 했지만, 그래도 남편의 자상함을 생각해본다면, 이 8년간, 나는 행복한 사람이라고 말하고 싶습니다.

(사람이 변하고 말았다. 도대체, 언제부터 저런 일이 시작된 것일까. 소개 간 아오모리에서 돌아와서, 4개월 만에 남편을 만났을 때, 남편의 웃는 얼굴이 어딘지 비굴해 보였고, 그리고 나의 시선을 피하는 듯한, 당당하지 못한 태도를 보여, 나는 그것을 그저, 불편한 혼자 생활을 하느라 야위었구나 하고만 생각하고, 매우 안된 생각을 했는데, 어쩌면 그 4개월 사이에……, 아아, 아무 생각도 말자. 생각하게 되면, 생각하는 만큼 늪 속으로 깊이 빠지고 말 뿐이다.)

어차피 돌아오지도 않을 남편의 이부자리를, 마사코의 이부자리와 나란히 펴놓고, 이번에는 모기장을 치면서, 나는 슬펐고, 괴로웠습니다.

2

다음 날 점심 조금 전에, 내가 현관 옆에 있는 우물가에서, 올봄에 태어난 둘째 딸 도시코의 기저귀를 빨고 있는데, 남편이 도둑과도 같은 떳떳치 못한 얼굴로, 슬금슬금 오더니, 나를 보고, 잠자코 꾸벅 고개를 숙이고, 발부리가 채여 휘청거리면서 현관으로 갔습니다. 아내인 나에게, 꾸벅 고개를 숙이다니, 아아, 남편도 괴로운 게지 하고 생각하니, 애처로운 생각이 가슴 하나 가득 들어, 도저히 빨래를 계속할 수가 없게 되어, 일어나 남편 뒤를 따라 집으로 들어가서,

"더우셨지요? 옷을 벗으세요. 오늘 아침 백중 특별 배급으로, 맥주가 2병 나왔거든요. 차게 해두었는데, 드시겠어요?"

남편은 허둥거리며 나약하게 웃으며,

"그것 굉장하군"

하고 쉰 목소리를 내며,

"당신이랑 한 병씩 마셔볼까."

뻔한, 어설프고 간살스러운 소리까지 했습니다.

"대작해드릴게요."

돌아가신 아버지가 대단한 술꾼이셔서, 그래서인지, 남편보

다도 술이 센 편입니다. 막 결혼했을 무렵, 남편과 둘이서 신주쿠 같은 곳을 걷다가, 오뎅집 같은 곳에 들어가, 술을 마셔도, 남편은 금방 새빨개지고 마는데, 나는 전혀 아무렇지도 않고, 그저 조금 어쩐 일인지 귀울림 소리 같은 것을 느낄 정도였습니다.

3조 방에서, 아이들은 밥을 먹고, 남편은 웃통을 벗고, 젖은 수건을 어깨에 덮고, 맥주, 나는 한 컵만 마시고서, 나머지는 아까워서 사양하고 나서, 도시코를 안고 젖을 먹이며, 겉으로는 평화롭고 단란한 가족의 장면이었지만, 역시 어색해서, 남편은 나의 시선을 피하고만 있었고, 나 역시, 남편의 아픈 곳을 건드리지 않도록 화제 선택에 세심하게 마음을 썼으므로, 도무지 대화가 이어지지 않습니다. 맏딸 마사코도, 맏아들 요시타로도, 왠지 부모들의 그런 기분의 어색함을 민감하게 알아차린 듯, 매우 얌전하게 대용식인 찐빵을 홍차에 적셔서 먹고 있습니다.

"낮술은, 취하는걸."

"어머, 정말, 온몸이 새빨개요."

그때, 흘긋, 나는 보았습니다. 남편의 턱 밑에 보랏빛 나방 한 마리가 달라붙어서, 아니, 나방이 아닙니다. 갓 결혼했을 무렵, 나에게도 그런 기억이 있었던 터라, 나방 모습의 반점을 얼핏 보고서, 가슴이 덜컹했고, 동시에 남편도 내가 눈치챈 것을 알았던지, 어쩔 줄 모르고, 어깨에 걸쳐져 있던 젖은 수건 끝으로, 그 빨린 자국을 어색하게 감추었고, 처음부터 그 나방 모양을 얼버무리기 위해 젖은 수건 따위를 어깨에 걸치고 있었다

는 것을 알았습니다. 하지만, 나는 아무것도 알아차리지 못한 시늉을 하느라 엄청 노력을 하면서,

"마사코도, 아빠랑 같이 있으니까, 빵이 맛있지?"

하고 농담처럼 말해보았지만, 어쩐지 그것도 남편에 대한 비아냥거림으로 들리는 바람에, 오히려 썰렁한 분위기가 되었고, 내 고통이 극에 달했을 때, 마침, 곁에 있던 라디오에서 프랑스 국가를 시작했고, 남편은 거기에 귀를 기울이고,

"아아, 그렇군. 오늘은 파리 축제일이야."

혼잣말처럼 말하고 나서, 희미하게 웃음 짓고, 그런 다음 마사코와 나에게 반반 들려주듯이,

"7월 14일, 이날은 말이지, 혁명, ……"

하고 말을 하다가, 문득 말이 끊어졌는데, 바라보니, 남편은 입을 일그러뜨리고, 눈에는 눈물이 반짝였고, 울고 싶은 것을 참기라도 하는 듯한 얼굴이었습니다. 그러고는, 거의 우는소리로,

"바스티유를 말이지, 감옥을 공격해서, 민중이 말이야, 여기서도 저기서도 봉기해가지고, 그 뒤로, 프랑스의 봄꽃놀이가 영원히, 영원히 말이지, 영원히 없어지게 되고 말았거든. 하지만, 파괴하지 않으면 안 되었던 거야. 영원히 새 질서의, 새 도덕의 재건을 할 수 없다는 것을 알고 있으면서도, 그래도 파괴하지 않으면 안 되었던 거야. 혁명이 아직 성취되지 않았다고, 손문孫文이 그렇게 말하고 죽었다지만, 혁명의 완성이라는 건, 영원히 될 수 없는 것인지도 모르지. 하지만, 그래도 혁명을 일으키지 않아서는 안 되는 거야. 혁명의 본질이라는 것은, 그처

럼 슬프고도 아름다운 거야. 그따위 짓을 해서 무엇이 되겠느냐고 하지만, 그 슬픔과 아름다움과, 그리고 사랑, ……"

프랑스 국가는 계속 이어지고 있고, 남편은 말을 하면서 울고 말았는데, 그런 다음 겸연쩍다는 듯이 억지로 흥 하고 웃어 보이고 나서,

"이건, 영…… 아빠는 울보인가 보다"

하고는, 얼굴을 떨구고 부엌으로 가서 물로 얼굴을 씻으면서,

"이거, 영 안 되겠네, 취했어. 프랑스 혁명 때문에 울어버렸군. 좀 잘게."

이렇게 말하고 나서, 6조 방으로 가, 그 후로는 조용해졌습니다만, 몸을 비틀고 몰래 울었던 게 틀림없습니다.

남편은 혁명을 위해서 운 것이 아닙니다. 아니에요. 하지만, 프랑스에서 일어난 혁명은, 가정에서의 사랑하고 매우 비슷한 것인지도 모릅니다. 슬프고도 아름다운 것 때문에, 프랑스의 낭만적인 왕조를, 그리고 평화로운 가정을, 파괴하지 않으면 안 되는 괴로움, 그 남편의 괴로움은 잘 알 것 같으면서도, 그렇지만, 나 역시 남편에게 사랑을 하고 있는 것이죠. 저 옛날의 가미지紙治의 오상*은 아니지만,

아내의 품속에는

도깨비가 사는가

아아아

---

* 일본 고전 『신주텐노아미지마心中天網島』에 나오는 가미야 지혜에紙屋治兵衛의 아내.

뱀이 사는가

라는 식의 비탄에는, 혁명 사상도 파괴 사상도 아무런 연관 없다는 얼굴로 무사통과하고, 그리고 혼자 오도카니 남겨져, 언제까지나 같은 장소에서 똑같은 모습으로 쓸쓸한 한숨만 내쉬면서, 이 일은 어찌 되는 것일까, 운을 하늘에 맡기고, 오직 남편의 사랑의 풍향이 바뀌기만을 빌며, 참고 따라야 하는 것일까. 아이가 셋이나 있지 않은가. 아이들을 위해서라도, 새삼, 이제 와서 남편과 헤어질 수는 없습니다.

　이틀 밤쯤 계속해서 외박을 하고 나면, 그래도 남편은 하룻밤은 집에 와서 잡니다. 저녁 식사를 마치고서 남편은, 아이들과 툇마루에서 놀아주면서, 아이들에게까지 비굴한 비위 맞추기 같은 소리를 하는데, 올해 막 태어난 막내딸을 어색한 몸짓으로 안아 올리고는

　"통통해지셨쪄요. 미인이셔용"

이라고 칭찬하고, 내가 별생각 없이,

　"귀엽지요? 아이들을 보고 있노라면 오래 살아야겠다고 생각하지 않으세요?"

했더니, 남편은 갑자기 묘한 얼굴이 되면서,

　"흠."

　괴로운 듯한 대답을 하는 바람에, 나는, 금방 식은땀이 나는 느낌이 들었습니다.

　집에서 잘 때면, 남편은, 8시경에는 벌써, 6조 방에 자신의 이부자리와 마사코의 이부자리를 깔고 모기장을 치고, 조금만 더 아버지와 놀고 싶어 하는 마사코의 옷을 억지로 벗겨 잠옷

으로 갈아입혀 재우고는, 자신도 전등을 끄고 잠이 들면 그것으로 끝입니다.

나는 옆방의 4조 방에 아들과 둘째 딸을 재우고, 그때부터 11시까지는 바느질을 하고, 그러고 나서 모기장을 치고서 아들과 둘째 딸 사이에 '川' 자 모양이 아니라 '小' 자 모양이 되어 잡니다.

잠이 안 옵니다. 옆방의 남편도 잠이 오지 않는지, 한숨 소리가 들려오고, 나도 몰래 덩달아 한숨을 쉬고, 다시금, 저 오상의,

아내의 품속에는

도깨비가 사는가

아아아

뱀이 사는가

라는 탄식의 노래가 떠올랐는데, 문득 남편이 일어나 나의 방으로 오는 바람에, 나는 몸을 경직시키고 있었지만, 남편은,

"저, 수면제가 없었던가."

"있기는 했는데, 제가 간밤에 먹어버렸거든요. 조금도 효과가 없었지만."

"너무 많이 먹으면 오히려 안 듣는 거야. 6알 정도가 딱 알맞아."

불쾌한 듯한 목소리였습니다.

3

매일처럼, 무더운 날이 계속되었습니다. 나는 더위와, 그리고 걱정거리 때문에 음식도 목구멍으로 넘어가지 않는 형편으로, 볼의 뼈가 눈에 뜨이게 도드라지고, 아기에게 먹일 젖도 잘 나오지 않게 되었으며, 남편도 식욕이 조금도 나지 않는지, 눈언저리가 퀭해지면서 번들번들 무섭게 빛을 발하고, 어떤 때는, 흥 하고 스스로를 비웃듯이 웃고 나서,

"아주, 미쳐버렸으면, 마음 편하련만"

하고 말했습니다.

"저도 그래요."

"올바른 사람은, 괴로울 턱이 없지. 난 곰곰 생각하며 감탄하는 일이 있거든. 어떻게 당신 같은 사람은, 그처럼 진실하고, 성실한 것일까. 이 세상을 훌륭하게 살아나가는 사람하고, 그렇지 않은 사람하고, 처음부터 확실하게 구별되어 있는 것이 아닐까."

"아뇨. 둔감한 거예요, 나 같은 사람은. 그저, ……"

"그저?"

남편은, 정말로 미친 사람 같은 이상한 눈초리로 나의 얼굴을 보았습니다. 나는 우물거리며, 아아, 말 못해. 구체적인 이야기는 겁이 나서 아무 말도 못해.

"그저, 당신이 괴로운 듯하면, 저도 괴로운 거예요."

"뭐야, 쓸데없이."

이렇게, 남편은, 안도한 듯이 미소 지으며 그렇게 말했습니

다.

그러자, 문득 나는, 참으로 오랜만에, 상쾌한 행복감을 맛보았습니다. (그런 거야. 남편의 마음을 편하게 해주면, 나의 마음도 편해지는 거야. 도덕이고 무엇이고 없는 거야. 기분이 편해지면, 그것으로 족해.)

그날 밤 늦게, 나는 남편의 모기장 안에 들어가서,

"괜찮아요, 괜찮아요. 뭔 생각이 있어 이러는 건 아니에요."

그러면서 쓰러졌더니, 남편은 쉰 목소리로,

"익스큐스 미"

하고 농담처럼 말하더니, 방바닥에 책상다리를 하고 앉아,

"돈마이,* 돈마이."

여름 달이, 그날 밤은 보름달이었는데, 그 달빛이 덧문의 깨진 틈을 통해서 가느다란 은선이 되어 네댓 가닥이 모기장 속으로 들이비쳐, 남편의 야윈 맨가슴에 와 닿아 있었습니다.

"꽤 야위었네요."

나도 웃으며, 농담처럼 그렇게 말하고 일어나 앉았습니다.

"당신도, 야윈 것 같군. 쓸데없는 걱정을 하니까 그렇게 되는 겁니다."

"아니요, 그래서 그렇게 말했잖아요. 뭔 생각이 있는 건 아니라고 말이에요. 나는 영리하거든요. 다만, 때로는 소중하게 대해주소."

---

* "Don't mind"의 준말.

이렇게 말하고 웃었더니, 남편도 달빛을 받은 흰 이를 드러내 보이며 웃었습니다. 내가 어렸을 때에는, 친정의 할머니 할아버지가 곧잘 부부 싸움을 했고, 그럴 때마다, 할머니가, 소중하게 대해주소, 하고 말씀하셨는데, 나는 어린 마음에도 그것이 우스워서, 결혼한 뒤에는 그런 이야기도 하면서 둘이 큰 소리로 웃곤 했던 것입니다.

내가 그 소리를 했을 때, 남편은 역시 웃기는 했지만, 금방 진지한 얼굴이 되어서,

"소중하게 여긴다고 생각하고 있거든. 바람도 쐬지 못하게 하고, 소중히 하고 있다고 생각해. 당신은, 참으로 좋은 사람이야. 쓸데없는 일에 신경 쓰지 않고, 제대로 프라이드를 가지고, 차분하게 지내라고. 나는 언제나, 당신 생각만 하고 있거든. 그점에 대해서는, 당신은 아무리 자신을 가져도 지나치지 않아."

몹시 정색을 하듯, 흥을 깨는 듯한 말을 하는 바람에 나는 매우 어색해져서,

"하지만, 당신은 많이 변했어요"
하고 고개를 숙이며 조그만 소리로 말했습니다.

(나는, 당신이 아예, 생각해주지 않는 편이, 당신이 싫어하고, 미워해주는 편이, 오히려 기분 산뜻하고 좋아요. 나를 그처럼 생각해주시면서, 다른 사람을 부둥켜안고 있는 모습이, 나를 지옥으로 밀쳐 떨어뜨리고 있는 거예요.

남자들은, 아내를 줄곧 생각하고 있는 것이 도덕적이라고 착각하고 있는 것이 아닐까요. 따로 좋아하는 사람이 생기더라도, 나의 마누라를 잊지 않는다는 것은 좋은 일이다, 양심적이

다, 남자란 늘 그래야 한다고 생각하고 있는 것이 아닐까요. 그러고서는, 다른 사람을 사랑하기 시작하면, 아내 앞에서 우울한 한숨을 쉬어 보이고, 도덕에 관한 번민인가를 시작하고, 덕분에 아내 쪽에서도, 그 남편의 음울함에 감염되어, 이쪽에서도 한숨을 쉬는 거지요. 혹시 남편이 아무렇지도 않게 쾌활하게 지내고 있게 되면, 아내 쪽에서도 지옥 같은 생각을 하지 않게 되는 것 아닐까요. 누군가를 사랑할 셈이면, 아내를 완전히 잊어버리고, 아예 무심히 사랑해주세요.)

남편은 힘없는 소리로 웃으며,

"변하다니, 변하지야 않았지. 그저, 요즈음은 더운 거야. 더워서 견딜 수가 없어. 여름은 아무래도 익스큐스 미야."

기댈 만한 구석도 없으므로, 나도 조금 웃으며,

"미운 사람"

하고, 남편을 때리는 시늉을 하고서, 획 하고 모기장을 나와서, 내 방의 모기장으로 들어가, 아이들 사이에 '小' 자 모양이 되어 갔습니다.

하지만, 나는 그 정도라도 남편에게 아양을 부리고, 말을 하고 서로 웃을 수 있었다는 것만으로 기뻐서, 가슴속의 응어리도 조금 가신 듯한 기분으로, 그날 밤은 오랜만에, 아침까지 괴로움을 잊고 단잠을 잘 수 있었습니다. 앞으로는 무엇이든 이런 식으로, 도덕 따위는 아무러면 어떤가, 그저 조금이라도 잠시라도, 편한 마음으로 살고 싶다. 한 시간이 되었든, 두 시간이 되었든, 기쁠 수 있으면 그것으로 족한 것이다, 하는 마음으로 바꾸어, 남편을 꼬집기도 하고, 집 안에 높은 웃음소리도 종종 나게 되었을 즈음, 어느 날 아침 느닷없이 남편은 온천에 가고 싶다는 소리를 꺼냈습니다.

"머리가 지끈거려서 말이야, 더위를 먹은 것이겠지. 신슈信州의 그 온천 말이야, 근처에 아는 사람이 있는데, 언제든지 와라, 쌀 싸 들고 올 필요도 없어, 하고 그 사람은 말했거든. 2, 3주 쉬고 오고 싶네. 이대로 있다간, 난, 미칠 것 같아. 좌우간, 도쿄에서 도망치고 싶어."

그 사람한테서 도망치고 싶어서, 여행을 간다는 것일까, 문득 나는 그렇게 생각했습니다.

"안 계신 동안 권총 강도가 들어오면, 어쩌지요?"
하고 나는 웃으면서, (아, 슬픈 사람들은 곧잘 웃는 거야) 그렇게 말했습니다.

"강도한테 이렇게 말하는 거야, 우리 남편은 미치광이예요, 하고 말이지. 권총 강도도, 미치광이한테는 영 못 당할걸."

여행에 반대할 이유도 없었으므로, 나는 남편의 외출용으로 삼베 여름옷을 옷장에서 꺼내기 위해 여기저기 찾아보았지만 보이지 않았습니다.

나는 새파래진 기분으로,
"없어요. 어쩐 일일까요. 빈집털이가 들어왔던 것일까요."
"팔았어."
남편은 우는 듯한 웃는 얼굴을 지으며, 그렇게 말했습니다.
나는 깜짝 놀랐지만, 굳이 아무렇지도 않다는 표정을 지으며,
"어머나, 재빠르셔."

"그게 바로, 권총 강도보다 대단한 점이지."

그 여자 때문에, 몰래 돈 쓸 일이 생겼던 게 틀림없어, 하고 나는 생각했습니다.

"그럼, 무얼 입고 가실 거예요?"

"와이셔츠 하나면 돼."

아침에 말을 꺼내고, 점심때 일찌감치 출발을 하게 되었습니다. 한시바삐, 집에서 나가고 싶은 모양이었지만, 염천이 계속되던 도쿄에 모처럼 그날, 소나기가 쏟아졌고, 남편은 가방을 짊어지고 구두를 신은 다음, 현관 마루에 걸터앉아, 매우 조바심이 나는 듯이 얼굴을 찡그리며, 비가 그치기를 기다리더니, 문득 한마디,

"백일홍 나무는 해를 걸러 피는 것일까"

하고 중얼거렸습니다.

현관 앞의 백일홍 나무는, 올해 꽃이 피지 않았습니다.

"그런가 보지요."

나는 별생각 없이 그렇게 대답했습니다.

그것이, 남편과 나눈 마지막 부부다운 대화였습니다.

비가 그치고, 남편은 도망치듯 허둥지둥 출발했고, 그로부터 사흘 후, 저 스와 호수 정사 사건 기사가 신문에 조그맣게 실렸습니다.

그리고, 스와 호수의 여관에서 보낸 남편의 편지를 나는 받았습니다.

'내가 이 여자하고 죽는 것은 사랑 때문이 아니야. 나는 저널리스트지. 저널리스트라는 것은, 남에게 혁명이니 파괴니 하고

부추겨놓고서, 언제나 자신은 그곳으로부터 매끄럽게 도망쳐 나와서 땀을 씻는 거야. 참으로 기괴한 생물이지. 현대의 악마야. 나는 그 자기혐오를 참아내지 못하고, 스스로 혁명가의 십자가에 올라갈 결심을 한 거야. 저널리스트의 추문. 이것은 일찍이 그 예가 없었던 일이 아닐까. 자신의 죽음이, 현대의 악마를 조금이라도 얼굴 붉히도록 반성시키는 일에 소용이 닿는다면 기쁘겠군.'

따위의, 참으로 시시하고 바보 같은 일이, 그 편지에 쓰여 있었습니다. 남자들이란, 죽을 순간에까지도, 이따위 멋스러운 의의가 어쩌고저쩌고하며 허세를 부려 거짓말을 해야 하는 것일까요.

남편 친구분에게 들은 이야기에 의하면, 그 여자는, 남편의 전번 근무처인 간다의 잡지사의 28세 된 여기자였는데, 내가 아오모리로 소개를 가 있는 동안, 이 집에 묵으러 와 있었다는데, 임신인지 무엇인지, 뭐, 겨우 그따위 일을 가지고, 혁명이네 무엇이네 하고 소동을 부리고, 그리고 죽다니, 나는 참으로 남편이 형편없는 사람이라고 생각했습니다.

혁명이란, 사람들이 편하게 살기 위해서 벌이는 일입니다. 비장한 얼굴의 혁명가를, 나는 신용하지 않습니다. 남편은 어찌해서, 그 여자를, 좀 더 공공연하게 사랑하고, 아내인 나까지 즐거워할 수 있도록 사랑해줄 수 없었던 것일까요. 지옥 같은 생각을 해야 하는 사랑 따위는, 당사자의 괴로움도 각별하겠지만, 도대체, 곁에 있는 사람들에게도 엄청 폐가 되는 것입니다.

마음가짐을 어찌 가지느냐를 놓고, 가볍게 변신하는 것이

참 혁명이고, 그것만 할 수 있다면, 어떤 어려운 문제도 없을 것입니다. 자신의 아내를 대하는 기분 하나 바꿀 줄 모르고, 혁명의 십자가라느니 엄청나구나 하고, 세 아이들을 데리고, 남편의 주검을 넘겨받기 위해 스와로 가는 기차 속에서, 슬픔이나, 분노의 감정보다는 어처구니없는 황당함에 몸부림을 쳤습니다.

(1947년 10월)

가정의 행복 家庭の幸福

　'관료가 나쁘다'는 말은, 소위 '맑고 밝고, 명랑하게' 같은 말
과 마찬가지로, 그야말로, 맥 빠지고 진부하고, 바보같이 여겨
져서, 나는 '관료'라는 족속의 정체가 무엇인지, 그리고, 그것
이 어떤 식으로 나쁘다는 것인지, 도무지, 깔끔하게 실감할 수
가 없었다. 문제 밖, 관심 없음, 그런 기분에 가까웠다. 그러니
까, 관리들은 으스댄다, 그런 정도의 말이 아닐까 생각하기조
차 했다. 그러나, 민중 역시, 교활하고, 더럽고, 욕심 사납고, 배
반하고, 별 볼 일 없는 것이 많으니까, 말하자면, 서로 비겼다
고나 할 만하고, 오히려 관리 쪽은 그 태반이, 어려서는 배우기
를 좋아하고, 커서는 입신출세, 주로 육법전서의 암기를 위해
노력하고, 근검절약, 친구들에게 쩨쩨하다는 소리를 들어도 마
이동풍, 조상을 공경하는 마음이 두터워서, 돌아가신 아버지

의 기일이면 묘의 청소에 힘쓰고, 대학 졸업 증명서는 금빛 액자에 넣어서, 어머니 주무시는 방 벽에 붙여놓고, 이런 식으로, 부모에게는 효도, 형제와는 벗하지 않고, 붕우朋友와는 서로 믿지 않고, 관청에 근무하더라도, 오직 나에게 탈이 없기를 기도하며, 사람을 미워하지 않고 사랑하지 않으며, 방긋 웃지도 않고, 오직 공평, 신사의 귀감, 훌륭, 훌륭, 조금은 뻐겨도 상관이 없어, 이렇게 나는 이른바 관리들을 동정까지 하고 있었다.

그런데, 며칠 전, 나는 몸 컨디션이 좀 좋지 않아서, 하루 종일, 침상 속에서 꾸벅꾸벅하면서, 라디오라는 것을 들어보았다. 나는 요 10여 년간 라디오라는 기계를 내 집에 들여놓은 일이 없다. 그저 촌스럽게 젠체하고, 아무런 재주도 기지도 용기도 없이, 뻔뻔스럽기 짝이 없고, 공연스레 꽥꽥 시끄럽기나 한 것으로 단정해버리고 있었다. 공습 때면, 나는 창문을 크게 열어 고개를 내밀고서, 이웃집 라디오에서 들려오는, 비행기 하나는 어찌어찌했고, 또 한 대는 어찌어찌했다는 보고를 듣고서, 당장은 괜찮아 하고 집안사람들에게 말하고 끝내곤 했던 것이다.

아니다, 실은, 저 라디오라는 기계는 좀 비싼 거다, 주겠다는 사람이 있으면, 그거야 받아놔도 되겠지만, 술과 담배와 맛있는 부식 말고는, 극단적으로 인색한 나로서는, 수신기 구입이란 말도 안 되는 낭비였다. 그랬는데, 작년 가을, 내가 늘 그렇듯, 밖에서 이삼일 연거푸 술에 취해, 저녁이면, 우리 집이 무사할까 하고 가슴 두근거리며, 걸을 수가 없을 정도로 불안과 공포와 싸워가면서, 간신히 집 앞에 당도해, 커다란 한숨을 토

해놓고서, 드르르 현관문을 열고서,

"나 왔어!

그야말로, 맑고 밝고 명랑하게, 집에 돌아왔다는 보고를 할 셈이었지만, 무참하게도 늘상 쉰 목소리다.

"와, 아버지가 오셨다."

하고 일곱 살 난 맏딸.

"어머, 여보, 도대체 어디 갔다 오신 거예요."

아기를 안은 아이 엄마도 나온다.

얼른 그럴싸한 거짓말도 떠오르지 않아,

"여기저기, 여기저기."

하고 말하고,

"다들, 밥은 먹었어"

라는 둥, 필사적인 얼버무리기 질문을 하고서, 외투를 벗고, 방 안으로 한 발짝 들여놓는 순간, 옷장 위에서 라디오 소리.

"샀어? 이걸."

나에게는 외박이라는 약점이 있다. 화를 낼 수는 없었다.

"이건 마사코 거야."

일곱 살짜리 딸은 으쓱이면서

"엄마하고 같이 기치조지에 가서 사 왔어요."

"거, 잘했구나."

이렇게 아버지는 아이에게 상냥하게 말했다. 그리고 어머니를 향해 작은 소리로,

"비싸겠지. 얼마야?"

천 정도라고 어머니는 답한다.

"비싸군. 도대체 당신은 어디서 그런 큰돈을 마련했어?"

아버지는 술과 담배와 맛있는 부식 때문에, 늘 돈이 궁하고, 그야말로, 이곳저곳 출판사에서, 지독하게 빚을 지고 있어서, 별수 없이 가정은 가난하고, 어머니의 지갑에는 기껏해야 100엔 지폐 서너 장 정도라는 것이, 거짓 없는 우리 집 실상이었다.

"아빠의 하룻밤 술값도 되지 않는데, 큰돈이라니요, ……"

어머니도 기가 막혔던지, 웃으면서 변명을 하는데, 내가 없는 사이 잡지사 분이 원고료를 가져오셨기에, 이때다 하고 기치조지로 가서, 큰맘 먹고 샀어요. 이 수신기가 가장 쌌거든요. 마사코도 불쌍해요. 내년이면 학교에도 가야 하니까, 라디오로 음악 교육이라도 다소 시켜줘야 하지 않겠어요. 그리고, 저도, 밤늦게까지 당신 돌아오기를 기다리면서 바느질 같은 것을 하고 있을 때, 라디오라도 듣고 있으면, 얼마나 기분이 위로가 되는지 모르거든요.

"밥 먹자."

이런 경위로, 우리 집에도 라디오라는 것이 들어오기는 했지만, 나는 여전히 여기저기, 여기저기인지라, 차분히 들어본 일은 거의 없었다. 어쩌다 내 작품이 방송될 때에도, 나는 깜박 놓쳐버리곤 한다.

즉, 한마디로 말하자면, 나는 라디오에 기대를 하지 않았던 것이다.

그랬는데, 며칠 전, 아파서 눕게 되어, 라디오의 이른바 '프로그램'의 처음부터 끝까지 거의 모두를 듣고 보니, 이 또한 미국인들의 지도 덕분인지, 전쟁 전과 전쟁 중의 그 촌스러움이 어느 정도 사라지고, 이게 웬일, 꽤 흥겨운 것이어서, 갑자기 교회의 종소리 같은 것도 울리고, 고토琴* 소리가 나오기도 하고, 또 쉴 새 없이 외국 클래식 명곡 레코드 등 다양한 아이디어가 풍부해서 청취자에게 지루함을 주지 않겠다는 친절한 마음으로, 막간이라는 것이 조금도 없는지라, 정신없이 듣는 동안 낮이 되고, 밤이 되고, 한 페이지의 독서도 할 수 없게 만드는 장치가 되어 있는 것이다. 그러다가, 밤 8시인지 9시인지에, 나는 묘한 것을 듣게 되었다.

가두 녹음이라는 것이다. 말하자면, 소위 정부의 관리와, 소위 민중이 길거리에서 서로 의견을 내놓는다는 취향이다.

소위 민중은 거의 화가 나 있는 듯한 말투로, 그 관료한테 덤벼든다. 그러면, 관료는 묘한 웃음을 섞어가면서, 실로 유치한 관념어(예컨대, 연구 중, 지당한 말씀이지만 그것을 어떻게든, 일본 재건, 관과 민이 서로 힘을 합쳐, 그것은 잘 명심하여, 민주주의의 세상, 설마 그런 극단적인, 그래서 정부는 여러분의 조력을 바라면, 운운), 그런 소리만 지껄이고 있다. 그 관료는, 처음부터 끝까지 한마디도 하지 않은 것과 마찬가지였다. 소위 민중은, 점점 더 설봉舌鋒이 날카로워져, 그 관리에게 대든다. 관리는 더더욱 열심히, 그 징그러운 웃음을 발하면서, 후안무치의 바보 같은 일반 개념을 정중하기 짝이 없게 되풀이할 뿐

---

* 우리의 가야금 같은 악기.

이다. 민중의 한 사람은, 마침내 우는소리로, 관리를 공박한다.

잠자리에서 그 소리를 듣다가, 마침내 나도 마침내 분통이 터졌다. 만약에 내가 저 자리에 있었더라면, 그리고 사회자가 의견을 말하라고 했으면, 틀림없이 이렇게 외칠 것이다.

"나는 세금을 내지 않을 작정입니다. 나는 빚으로 살고 있습니다. 나는 술을 마십니다. 담배도 피웁니다. 하지만, 모두 높은 세금이 붙어 있어서, 그 때문에 내 빚은 자꾸만 늘어나기만 합니다. 여기서 또 여기저기 돈을 꾸러 돌아다니고, 세금을 낼 힘이 나에게는 없습니다. 게다가 나는 병약하므로, 부식과 주사액과 약을 위해서도 빚을 내고 있습니다. 나는 지금, 매우 어려운 일을 하고 있습니다.

적어도, 당신보다는 괴로운 일을 하고 있습니다. 스스로도, 거의 발광하고 있는 것이 아닐까 생각될 만큼, 일에 대한 생각만 하고 있습니다. 술도, 담배도, 그리고 맛있는 부식물도, 오늘날의 일본인에게는 사치스럽다, 그만두어라 하게 된다면, 일본에는 단 한 명도 좋은 예술가가 없게 됩니다. 그것만큼은 나도 단언할 수 있습니다. 겁을 주고 있는 것이 아닙니다. 당신은, 아까부터, 정부가 어쩌느니, 국가가 어쩌느니, 그야말로 중대사라고 거드름을 피우고 있지만, 우리를 자살로 이끄는 따위의 정부나 국가는, 얼른 사라져버리는 편이 낫습니다. 아무도 아까워하지 않을 겁니다. 난처해지는 것은 당신네뿐이겠지요. 그러다가 목이 날아가버릴 테니까요. 몇십 년간의 근속도 물거품이 되고 말 테니까. 그리고 당신의 처자식이 울 테니까.

그런데, 이쪽은 일 때문에, 훨씬 이전부터 처자식을 울게 만들고 있는 것입니다. 좋아서 울리는 것이 아닙니다. 일해야 하기 때문에, 도저히 거기까지는 손이 돌아가지 않는 겁니다. 그런데, 뭐라고. 싱글거리면서, 그걸 좀 어떻게든 양해해주셔야지요라니, 당치도 않은 소리, 목을 매란 소리냐. 이봐, 꼴 보기 싫어. 그 징그러운 웃음은 그만두라고! 저리 가! 꼴 보기 싫다. 나는 사회당의 우파도 좌파도 아니고, 공산당원도 아니야. 예술가라는 거야. 잘 기억해두라고. 더러운 얼버무림이 무엇보다도 싫다. 도대체 당신은 깔보고 있는 거야, 그따위로, 이것도 저것도 아닌 얼버무리는 소리나 하면서, 소위 민중을 달래고, 납득시킬 수가 있을 거라고 생각하는 거냐. 당신 입장에서의 실정을 말해! 당신 입장에서의 실정 말이야. ……"

이런 식의 매우 지저분한 면박의 말이 끝도 없이 얼마든지 자꾸만 자꾸만 가슴에 떠올라, 나 자신도 이건 좀 품위가 없다고는 생각하면서도, 분노가 자꾸만 치밀기만 하더니, 결국 흥분을 했고, 마침내 눈물까지 나왔다.

어차피 나는 겉으로는 큰소리를 치지만 약한 존재다. 나는 경제학에 대해서는 아예 깜깜하다. 세금 문제에 대해서는 아무것도 모른다고 해도 좋다. 그 가두 녹음 장소에 있었다가, 쭈뼛거리며 질문을 했다가, 그 자리에서 관리에게 가르침을 받고,

"그렇군요, 죄송합니다."

이런 처량한 꼴이 될지도 모른다. 하지만, 나로서는, 그 관리의 실실 웃는 것이 마음에 들지 않았다. 자신이 하는 말에 확신이 없다는 증거다. 얼버무리고 있다는 증거다. 실실 웃으며 하는 답변이, 관료의 실체라고 한다면, 관료라는 것은 분명 나쁜

것이다. 너무나 우습게 알고 있다. 세상을 너무 우습게 알고 있다. 나는 라디오를 들으면서, 그 관리의 집에 불이라도 지르고 싶을 정도로 극도의 증오를 느꼈다.

"여보! 라디오 꺼버려."

그 이상 관리의 실실거리는 웃음을 듣고 싶지 않았다. 나는 세금을, 내지 않겠다. 저따위 관리가 실실 웃어대는 동안에는 안 낸다. 감옥에 들어가도 좋다. 저따위로 얼버무리는 소리나 하고 있는 동안에는 안 낼 거다. 미칠 만큼 화가 났고, 그렇게 해서 그저 더욱 분해져서, 눈물이 나는 것이다.

그렇지만, 역시 나는 정치 운동에는 흥미가 없다. 나의 성격이 거기에 어울리지 않을 뿐 아니라, 그것을 해서 나 자신이 구원받을 것으로 생각하지도 않는다. 그저, 그것은, 자신에게는 성가실 뿐이다. 나의 시선은 언제고 인간의 '집'을 향하고 있다.

그날 밤, 나는 전날 의사에게 받아놓은 진정제를 먹고 좀 안정한 다음, 오늘의 일본 정치나 경제 따위는 생각하지 않고, 전적으로 앞에 나온 관리의 생활 형태에 대해서만 생각을 하고 있었다.

바로 그 사람의 실실거림은, 그러나, 소위 민중을 경멸하는 웃음은 아니다. 결코 그러한 성질의 것은 아니었다. 자신의 몸과 입장을 아울러 지키는 웃음이다. 방어의 웃음이다. 적의 예봉鋭鋒을 피할 때의 웃음이다. 즉 얼버무림의 웃음이다.

그래서, 내가 자면서 하게 된 공상은, 다음과 같은 전개를 하게 되었다.

그는, 그 거리의 토론을 끝내고, 후유 하고 땀을 닦고, 그러고 나서 갑자기 불쾌한 얼굴이 되어, 그 사람의 관청으로 철수를 한다.

"어떠셨습니까?"

하고 부하가 묻자, 그는 쓴웃음을 지으며,

"이야, 정말, 혼났어"

하고 답한다.

토론 현장에 함께 있던 한 하급 관료는,

"아니, 아니, 웬걸요, 쾌도난마라고 해야 할 것이었습니다."

이렇게 알랑거린다.

"쾌도라는 게, 괴상한 칼이라고 쓰는 것 아닌가?"

하고 그는 쓴웃음을 지으면서도, 속으로는 기분이 나쁘지도 않다.

"말도 안 됩니다. 도대체, 저따위 질문자하고는 머리의 구조가 다른 거지요. 워낙, 이쪽은 천군만마의, ……"

아첨이 좀 지나쳤다는 걸 깨닫고 부하는 얼른 화제를 돌린다.

"오늘의 녹음은, 언제 방송되는 겁니까?"

"몰라."

알고는 있지만, 모른다고 해두는 편이 인물이 커 보이고, 대범해 보인다. 그는, 오늘의 일을 싹 잊어버린 듯한 얼굴을 하고, 슬슬 집무를 시작한다.

"아무튼, 저 방송은 기대가 되는군요."

부하는 아직도 작은 목소리로 아첨을 한다. 하지만, 이 부하는 조금도 방송을 기대하지 않았고, 실제로 그 방송을 하는 날에는 가스토리라고 하는 기묘한 술을, 요상한 포장마차에서 마시고, 바로 그 가두 토론 방송 시각에는 한창 웩웩 토악질을 하고 있었다. 기대고 뭐고 없었던 것이다.

기대를 하고 있는 것은, 바로 그 관리와 그 가족이다.

드디어 오늘 밤은 방송이다. 관리는, 그날은 여느 때보다 한시간가량 일찍 귀가한다. 그리고 가두녹음 방송의 30분가량 전부터 온 가족이, 긴장하고 수신기 옆에 몰려 앉는다.

"이제, 이 상자에서 아빠의 목소리가 울려 나올 거다."

중학교 1학년인 남자아이는, 정좌를 하고, 반듯하게 양손을 무릎 위에 얹고, 참으로 방정하게 방송 개시를 기다린다. 이 아이는 용모도 단정하고, 공부도 곧잘 한다. 그리고, 아버지를 마음속 깊이 존경하고 있다.

방송 개시.

아버지는 태연하게 담배를 피우기 시작한다. 그러나, 담뱃불은 곧 꺼진다. 아버지는 이를 알아차리지 못하고, 그대로 손가락 사이에 끼우고, 자신의 답변에 귀를 기울인다. 자신이 예상하고 있었던 것 이상으로 자신의 답변이 쾌조로 녹음되어 있다. 우선, 이것으로 되었어. 대과가 없거든. 관청에서의 평판도 좋을 거야. 성공이다. 게다가, 이것은 온 일본을 향해 지금 방송되고 있는 것이다. 그는 자기 가족의 얼굴을 차례차례 둘러본다. 모두가 자랑과 만족으로 환히 빛나고 있다.

가정의 행복, 가정의 평화.

인생 최고의 영광.

비아냥거리는 것도 아니고, 그야말로, 아름다운 풍경이기는 한데, 좀 기다려.

나의 공상의 전개는, 그때 뚝 중단되면서, 이상한 생각이 머릿속을 스친다. 가정의 행복이라. 어느 누가 이를 바라지 않는 자가 있을까. 나는 웃자고 하는 말이 아니다. 가정의 행복은, 어쩌면, 인생의 최고의 목표요, 영광일 것이다. 최후의 승리일지도 모른다.

그러나, 이를 획득하기 위해서, 그는 나를 원통해하며 울게 만들었다.

자면서 하고 있는 나의 공상은 일대 전환을 한다.

문득, 다음과 같은 단편소설의 테마가 떠오른 것이다. 이 소설에는 더 이상, 그 관리가 등장하지 않는다. 애초에, 그 관리라는 것도, 전적으로 내 병중의 공상의 소산이었고, 실제로 보고 들은 것이 아님은 물론이지만, 다음 단편소설의 주인공 역시, 내 환상 속의 인물에 지나지 않는다.

……그것은, 아주 행복한, 평화로운 가정이다. 주인공의 이름을 일단, 츠시마 슈지로 해둔다. 이는 나의 호적 이름이지만, 섣부르게 가명을 쓰다가, 자칫 우연히 실제 인물의 이름과 비슷하거나 해서, 그 사람에게 누를 끼쳐서는 곤란하므로, 그러한 오해가 일어나지 않도록, 나의 호적 이름을 제공하는 바다.

츠시마의 근무처는 아무 데라도 상관이 없다. 그저 관청이기만 하면 된다. 호적명이라는 말이 나왔으니 말인데, 이를 따라 구청의 호적계쯤으로 해두어도 무방하다. 아무러면 어떤가. 테마는 나와 있으니, 이제는 츠시마의 근무처에 어울리게 줄거리의 살 붙이기를 궁리하면 된다.

츠시마 슈지는, 도쿄시 산하의 한 구청에서 근무하고 있었다. 호적계다. 나이는 30세. 노상 싱글거리고 있다. 미남은 아니지만, 혈색도 좋고, 말하자면 양성 陽性의 얼굴이다. 츠시마 씨하고 대화를 하다 보면, 피로를 잊는다고, 배급계의 노처녀가 말한 일이 있다. 24세에 결혼해서, 자녀는 6세, 그 밑의 사내아이는 3세. 가족은 이 두 아이와 아내와, 그의 노모와 그 이렇게 5명이다. 그리고, 좌우간 행복한 가정이다. 그는 관청에서는 지금까지 한 번도 잘못을 저지르지 않은 모범적인 호적계이고, 또 아내에게는 모범적인 남편, 그리고 노모한테는 모범적인 효자이고, 아이들에게도 모범적인 아빠였다. 그는 술도 담배도 하지 않는다. 참고 있는 것이 아니라, 원하지 않는 것이다. 아내가 그것을 모두 암시장에 팔아서, 노모와 아이들이 좋아하는 것을 산다. 인색한 것은 아니다. 남편도 아내도, 가정을 즐겁게 하기 위해 전력을 다하고 있다. 원래 이 가족은 기타타마군에 본적을 가지고 있었지만, 망부가 중학교와 여학교 교장을 하면서, 이리저리 전임하게 되면서, 가족들도 따라다녔는데, 망부가 센다이의 한 중학교 교장이 된 지 3년째에 병몰하게 되자, 츠시마는 노모의 고향을 그리는 마음을 헤아려, 망부의 유산 거의 모두를 투입해, 현재의 이 무사시노 한구석에, 8조, 6조, 4조반, 3조의 새로 지은 문화주택을 샀고, 자신은 친척이 손을 써주어서, 미타카의 구청에 근무하게 된 것이다.

다행히도 전쟁 때 피해도 입지 않았고, 두 아이는 토실토실하게 살이 찌고, 노모와 아내 사이도 괜찮다. 그는 해돋이와 더불어 일어나, 우물가에서 세수를 하고, 그 상쾌한 기분에, 저도 몰래 태양을 향해 팡팡 손뼉을 치고, 예배를 본다. 노모와 처자식 생각을 하면, 사 들고 오는 고구마 한 자루도 무거울 것이 없고, 밭일, 물푸기, 장작 패기, 그림책 읽기, 아이들의 말 노릇, 집짓기 놀이의 상대, 걸음마 시키기도 선수, 조촐한 대로 가정은 언제나 봄과 같고, 꽤 널따란 마당은, 구석구석 일궈내서 밭이 되어 있는데, 이 주인님, 흥을 깨게 만드는 실리주의자 따위와는 달리, 밭 주변에 사철의 화초와 나무의 꽃을 제대로 피우며, 마당 한구석 닭장의 하얀 레그혼이 알을 낳을 때마다 온 집안에 환성을 올리고, 쓰기 시작했다가는 끝이 없을 정도로, 말하자면, 행복한 가정이다.

얼마 전에도, 동료가 떼를 쓰는 바람에 어쩔 수 없이 받아놓은 '복권', 두 장 중, 하나가 1천 엔에 당첨되었는데, 원래가 차분한 사람이었던지라, 조용하게, 집안사람들에게나 동료에게도 알리지 않았고, 며칠 뒤 출근길에 은행에 들러 현금을 받아왔다. 그는 가정의 행복을 위해서는 인색하기는커녕 만금도 아끼지 않는 마음씨 좋은 인물이다. 그의 집 라디오 수신기가, 수리하는 곳에서 "수리를 할 도리가 없다"고 선고될 정도로 망가져서, 요 2, 3년 동안 찻장 위에 장식물 노릇을 하고 있었고, 노모도 아내도, 이 폐물에 대해 때때로 구시렁거리고 있었음을 떠올리고, 은행에서 나오자마자 곧장 라디오집으로 가서, 주저없이 수신기를 샀고, 집의 번지수를 가르쳐주면서, 이를 배달해달라고 부탁, 아무 일도 없었다는 듯이 관청으로 가서 집무를 시작했다.

하지만, 속으로는 붕붕 떠 있었다. 노모와 아내의 놀라움도 그렇지만, 장녀도 세상을 좀 알게 되면서, 처음으로 우리 집 라디오에서 노래가 나오는 것을 들으면서, 그 흥분, 그 자랑스러움, 그리고 아들놈이 눈을 반짝이면서 이상한 표정을 지어, 온 집안이 크게 웃을 것임을 환하게 알 수 있는 것이다. 어서, 집에 갈 시간이 되었으면 좋겠다. 평화로운 가정의 빛을 온몸에 받고 싶다. 오늘 하루는 멍청하게 길다.

됐다! 집에 갈 시간이다. 허둥지둥 책상 위의 서류를 정리한다.

그때 가쁜 숨을 몰아쉬며, 아주 남루한 차림새의 여자가 출산신고서를 들고 그의 창구에 나타난다.

"부탁드립니다."

"안 됩니다. 오늘은 더는."

츠시마는, 늘 하듯 '피로를 잊게 하는' 방글거리는 얼굴로 대답을 하고, 책상 위를 깨끗이 정리하고, 텅 빈 도시락 통을 들고 일어난다.

"부탁드립니다."

"시계를 보세요, 시계를."

츠시마는 밝게 말하면서, 그 출산신고서를 창구 밖으로 내민다.

"부탁드립니다."

"내일 하시지요. 네, 내일요."

츠시마의 말투는 부드러웠다.

"오늘이 아니면, 저는 곤란합니다."

츠시마는 이미 그곳에 없었다.

⋯⋯추레한 여인의 출산과 관련된 비극. 여기에는 온갖 형태가 있을 것이다. 그 여자가 죽지 않을 수 없었던 까닭은, 그것은 나(다자이)도 확실히 알지 못한다. 좌우간 그녀는 그날 야밤에 다마가와 상수로에 뛰어든다. 신문의 도하판 한구석에 조그맣게 기사가 나온다. 신원 불명. 츠시마에게는 아무런 죄가 없다. 귀가 시간에 귀가한 것이다. 도대체, 츠시마는, 그 여자의 일 따위는 기억하고 있지 않다. 그리고 여전히 방글거리면서 가정의 행복에 전력을 기울인다.

대체로, 이런 줄거리의 단편소설을 나는 병중에, 잠을 자지 않고서 떠올려본 것인데, 생각해보니, 이 주인공 츠시마 슈지는, 굳이 관리가 아니더라도 상관이 없을 것 같다. 은행원이 되었든, 의사가 되었든 상관이 없을 것 같다. 하지만, 나에게 이런 소설을 생각하게 만든 것은, 그 관리의 싱글거리는 웃음이었다. 그 싱글거리는 웃음의 근원은 무엇인가. 소위 '관료의 악'의 지축은 어디인가. 소위 '관료적'이라는 기풍의 바람굴은 무엇인가. 나는 그것을 더듬어나가다가, 가정의 에고이즘이라고나 할 음울한 관념에 맞닥뜨리고, 그리고, 마침내 다음과 같은 결론을 얻은 것이다.

왈, 가정의 행복은 여러 악의 근원.

(1948년 8월)

다자이 오사무 연보

1909년 아오모리현 기타츠가루의 대지주 집안에서 6남으로 탄생. 본명은 츠시마 슈지津島修治. 아버지 겐에몬은 현 내에서 손꼽히는 재산가로 중의원 의원, 귀족원 의원, 은행장, 철도 회사의 대표이사 등을 역임한 실업가.

1923년(14세) 3월 귀족원 의원 재임 중이던 아버지가 폐암으로 사망해 큰형인 츠시마 분지가 집안을 승계받음. 4월 현립 아오모리 중학교에 입학해 집에서 나와 하숙 생활 시작. 성적이 우수해 1학년 2학기부터 졸업까지 반장을 맡았고 졸업 때의 성적은 전체 148명 중 4등. 아쿠타가와 류노스케, 기쿠치 칸, 시가 나오야, 이부세 마스지, 무로 사이세이의 작품을 애독하고, 이부세 마스지의 작품 「도롱뇽」을 읽고 크게 감명받음.

1925년(16세) 이 무렵부터 명확히 작가를 지망. 아오모리 중학교 〈교우회지〉에 「최후의 전하太閤」를 발표. 8월에 반 친구들과 동인지 〈성좌〉를 창간하고 11월에 동인지 〈신기루〉를 창간해 12호까지 발행.

1926년(17세) 아쿠타가와 류노스케에 심취. 9월에 셋째 형인 규지가 동인지 〈아온보青んぼ〉를 창간해 츠시마 슈지辻島衆二란 필명으로 기고.

1927년(18세) 히로사키 고등학교 문과에 입학. 7월에 아쿠타가와 류노스케의 자살 소식을 듣고 충격에 빠져 학업을 방기하고 하숙집에서 두문불출.

1928년(19세) 5월에 스스로 편집 발행인이 되어 동인지 〈세포 문예〉를 창간해 당시 유행이던 프롤레타리아문학의 영향을 받은 「무한나락」(미완) 등을 발표. 이 무렵 다자이의 여러 작품에서 등장인물의 모델이 된 게이샤인 오야마 하츠요小山初代를 알게 됨.

1929년(20세) 좌익사상에 경도. 개조사改造社의 현상소설에 응모했으나 낙선. 12월 10일 새벽에 칼모틴을 다량 복용해 혼수상태에 빠짐(첫 번째 자살 미수).

1930년(21세) 4월 프랑스어는 몰랐으나 프랑스 문학을 동경해 도쿄 제국대학 불문과에 입학. 이 무렵부터 공산당의 비합법 활동에 참가. 강의를 따라가지 못해 미학과, 미술사과 등으로의 전과를 검토. 5월 이부세 마스지를 처음 만나 사제지간이 됨. 10월 오야마 하츠요가 도쿄로 올라옴. 큰형의 만류에도 불구하고 하츠요와의 결혼을 고집해 대학 졸업까지 매달 120엔을 송금받는 조건으로 집안에서 제적당함. 기대했던 재산 분배는 없어 낙담. 그로부터 열흘 뒤 긴자의 카페 여급이던 당시 18세의 다나베 시메코와 동반자살을 기도했으나(두 번째 자살 미수) 다나베만 사망하고 다자이는 살아남아 요양소에 수용됨. 자살방조죄를 추궁받았지만 기소유예 처분을 받음.

1931년(22세) 오야마 하츠요와 동거. 공산당의 비합법 활동에 적극적으로 관여. 주로 자금 모집이나 아지트 제공 등을 함. 학교 수업에는 거의 결석.

1932년(23세) 소설가가 되기로 결의하고 「추억」「어복기」를 집필. 큰형과 함께 아오모리 경찰서 특고과特高課에 출두해 공산당 활동에서 손을 떼겠다고 서약.

1933년(24세) 1월 이부세 마스지의 저택을 방문, 이후 정월의 연례행사가 됨. 2월 다자이 오사무란 필명을 사용한 첫 작품 「열차」를 발표. 3월 동인지 〈해표海豹〉에 「어복기」를 발표하고 이어서 「추억」을 연재.

1934년(25세) 잡지 〈쇠물닭鷭〉이 발간되어 「잎」 「원숭이 얼굴을 닮은 젊은이」 등을 기고. 10월 〈세기〉에 「그는 예전의 그가 아니다」를 발표. 12월 다자이가 기획하고 이름을 붙인 문예동인지 〈푸른 꽃〉을 창간하고 「로마네스크」를 게재했으나 나카하라 추야와의 다툼 등으로 1호로 폐간.

1935년(26세) 〈문예〉 2월호에 「역행」에 들어 있는 단편 중 3편을 발표. 3월 대학의 낙제가 결정적이 되자 도 신문사(현재의 〈도쿄신문〉)의 입사 시험을 쳤으나 불합격. 그 뒤 가마쿠라에서 목을 매 자살하려 했으나 실패(세 번째 자살 미수). 4월 급성맹장염으로 입원. 이때 진통제로 파비날 주사를 맞고 이후 중독이 됨. 5월 〈일본낭만파〉에 발표한 「어릿광대의 꽃」이 사토 하루오의 눈에 들어 칭찬의 엽서를 받음. 요양을 위해 치바현 후나바시로 이사. 파비날 복용이 습관화됨. 7월 〈작품〉에 「완구」 「참새」를 발표. 8월 〈일본낭만파〉에 「생각하는 갈대」를 연재. 「역행」이 제1회 아쿠타가와상의 후보작에 올랐으나 차석으로 낙선. 선고위원이었던 사토 하루오를 방문해 이후 교분을 쌓음. 9월 〈문학계〉에 「원숭이 섬」을 발표. 경성京城에 있던 다나카 히데미츠와 편지 교제가 시작됨. 수업료 미납으로 도쿄제국대학에서 제적됨. 10월 〈문예춘추〉에 「다스 게마이네」를 발표.

1936년(27세) 6월 첫 작품집 『만년』을 스나고서방砂子屋書房에서 간행. 7월 〈문학계〉에 「허구의 봄」을 발표. 8월 『만년』이 제3회 아쿠타가와상에서 낙선했다는 소식을 군마현 온천에서 파비날 중독과 폐병 치료에 전념하던 중에 듣고 충격을 받음. 10월 〈신조〉에 「창생기」를, 〈동양〉에 「교겐의 신」을 발표. 도쿄 무사시노 병원에 강제 입원되었고 자살, 도망 등의 우려가 있다고 해서 곧바로 폐쇄병동에 수용됨.

1937년(28세) 1월 〈개조〉에 「이십세기 기수」를 발표. 3월 집안 친척이던 미술 학생 고다테 젠시로로부터 하츠요와 간통했다는 고백을 들음. 하츠요와 다니카와 온천에서 동반자살을 기도했으나 미수에 그침(네 번째 자살 미수). 6월 하츠요와 헤어짐. 4월 〈신조〉에 「HU-MAN LOST」를 발표. 6월 『허구의 방황, 다스 게마이네』가 문학총서의 한 권으로 신조사에서 간행됨. 7월 『이십세기 기수』를 간행.

1938년(29세) 6월경부터 침체에서 벗어나 창작자로서의 자각을 재확인하는 새로운 전기를 맞이함. 9월 이부세 마스지의 권유로 야마나시현에서 체류하던 중 고등여학교 교사인 이시하라 미치코와 선을 보고 곧바로 결혼을 결심. 10월 〈신조〉에 「우바스테」를 발표. 다자이의 재기는 여기에서 시작됨.

1939년(30세) 1월 이부세 마스지의 집에서 이시하라 미치코와 결혼식을 올림. 2월 〈문체〉에 「부악백경」을 발표. 4월 〈문학계〉에 「여학생」을 발표. 〈국민신문〉의 단편소설 콩쿠르에 「황금 풍경」이 당선되어 상금으로 50엔을 받음. 5월 이부세의 알선으로 단편집 『사랑과 미에 관하여』 간행. 7월 단편집 『여학생』 간행. 9월 도쿄 미타카시 시모렌자쿠로 이사. 근처에 살던 비평가 가메이 카츠이치로와 친교가 깊어짐. 11월 〈문학계〉에 「피부와 마음」, 〈부인화보〉에 「멋쟁이 동자」를 발표.

1940년(31세) 1월 〈월간문학〉에 「여자의 결투」 연재 시작. 2월 〈중앙공론〉에 「직소」를 발표. 3월에 다나카 히데미츠가 미타카를 방문해 처음으로 만남. 이때 다나카가 갖고 온 「살구 열매」를 「올림포스의 과실」로 제목을 바꿔 개작하게 한 뒤 〈문학계〉에 알선해줌. 〈부인화보〉에 「알트 하이델베르히」 발표. 4월 단편집 『피부와 마음』을 간행. 5월 〈신조〉에 「달려라 멜로스」를 발표. 6월 단편집 『추억』 간행. 〈신풍〉 창간호에 「맹인독소盲人獨笑」를 발표. 단편집 『여자의 결투』 간행. 11월 〈신조〉에 「여치」를 발표. 전년에 간행된 단편집 『여학생』이 제4회 기타무라 토코쿠 기념문학상을 수상.

1941년(32세) 1월 〈문학계〉에 「도쿄 팔경」을, 〈공론〉에 「사도佐渡」 발

692

표. 2월 〈문예춘추〉에 「복장에 관하여」 발표. 이즈의 유가노 여관에서 집필한 단편집 『도쿄 팔경』 간행. 6월 장녀 소노코 탄생. 7월 『신 햄릿』 간행. 8월 단편집 『치요조千代女』 간행. 9월 오타 시즈코(28세)가 친구들과 처음으로 다자이의 집을 방문. 오타에게 일기를 쓸 것을 권유했고 그 일기는 전후 『사양』 집필 때 다자이가 자료로 사용. 11월 문사 징용령에 의해 신체검사를 받았으나 폐 질환 때문에 면제가 됨.

1942년(33세) 2월 〈부인공론〉에 「12월 8일」을 발표. 4월 단편집 『풍문』 간행. 5월 단편집 『알트 하이델베르히』 간행. 6월 『정의와 미소』, 단편집 『여성』 간행. 10월 어머니가 중태에 빠져 처음으로 처자와 함께 귀성. 〈문예〉에 「불꽃놀이」를 발표했으나 시국에 부합하지 않는다는 이유로 전문 삭제 명령이 내려짐(전후에 「해가 나기 전」으로 개제改題). 11월 『신천옹信天翁』 간행. 이부세 마스지가 징용 해제되어 귀국. 12월 어머니 사망 소식 듣고 단신 귀성.

1943년(34세) 1월 〈문학계〉에 「오손 선생 언행록」, 〈신조〉에 「고향」 발표. 단편집 『부악백경』 간행. 9월 고심하고 있던 염원의 소설 『우대신 사네토모』를 간행. 10월 「종다리 소리」를 탈고하나 검열을 우려해 출판을 보류(나중에 출판 허가가 나왔으나 공습으로 원고 소실).

1944년(35세) 1월 가나가와현 시모소가로 가서 오타 시즈코를 방문. 〈개조〉에 「아름다운 날佳日」, 〈신조〉에 「신역 여러 지방 이야기新釈諸国噺」 발표. 5월 단편집 『아름다운 날』 간행. 8월 고후에서 장남 마사키 탄생. 9월 「아름다운 날」을 영화화한 〈네 개의 결혼〉 개봉. 11월 『츠가루』를 간행. 내각정보국으로부터 정식 위촉을 받아 『석별』 집필을 위해 센다이로 가서 센다이의학전문학교 시절의 루신魯迅에 관하여 취재.

1945년(36세) 1월 『신역 여러 지방 이야기』 간행. 3월 처자를 고후의 처가로 피신시킴. 4월 미카타가 폭격을 당해 일시 가메이 카츠이치로의 신세를 지다가 고후의 처가로 피신함. 7월 고후의 처가도 폭격으로 전소되어 그 뒤 처자를 데리고 아오모리의 생가로 가서 종전을 맞음. 9월 『석별』 간행. 10월 『옛날이야기』 간행. 소실된 「종다리 소리」의 교정쇄로 개작한 『판도라의 상자』를 〈하북신보〉에 연재 시작.

1946년(37세) 문단 저널리즘의 시류 편승에 분노를 느낌. 4월 〈문화전망〉에 「15년간」을 발표. 6월 〈전망〉에 첫 희곡 『겨울의 불꽃놀이』를 발표. 『판도라의 상자』 간행. 〈신문예〉에 「고뇌의 연감」을 발표. 9월 〈인간〉에 희곡 『봄의 고엽枯葉』을 발표. 11월 사카구치 안고, 오다 사쿠노스케와의 좌담회에 참석. 안고 등과 긴자의 술집 루팡 등에서 환담. 단편집 『박명薄明』 간행. 12월 〈개조〉에 「남녀동권」, 〈신조〉에 「친밀한 우정의 교환」 발표.

1947년(38세) 1월 오타 시즈코가 작업실을 방문. 〈군상〉에 「토카톤톤」, 〈중앙공론〉에 「메리 크리스마스」를 발표. 〈도쿄신문〉에 「오다 군의 죽음」을 게재. 2월 시모소가의 산장으로 오타 시즈코를 방문해 일기를 빌린 뒤 다나카 히데미츠가 체재하고 있던 시즈오카현 미토로 향해 여관에 투숙. 3월 차녀 사토코(작가 츠시마 유코) 탄생. 〈신조〉에 「어머니」, 〈전망〉에 「비용의 아내」를 발표. 7월경부터 요리집 치구사千草 2층을 작업실로 삼고 집필. 〈신조〉에 「사양」 연재 시작. 『겨울의 불꽃놀이』 간행. 『판도라의 상자』가 〈간호원의 일기〉라는 제목으로 다이에이 영화사에서 영화화. 8월 몸이 안 좋아 자택에 칩거. 이부세 마스지 전집의 전권 해설 집필을 맡음. 이 무렵부터 야마자키 토미에의 방을 집필실로 사용. 단편집 『비용의 아내』 간행. 10월 〈개조〉에 「오상」 발표. 여기에서 1933년의 「어복기」 이래 14년간에 걸쳐 다자이 자신이 기록해왔던 창작 연표는 끊어져 있음. 11월 오타 시즈코가 다자이의 딸 하루코(작가 오타 하루코)를 출산. 12월 『만년』 간행. 단행본 『사양』을 신조사에서 간행해 곧바로 베스트셀러가 됨.

1948년(39세) 1월 초순 객혈. 〈중앙공론〉에 「범인」, 〈히카리〉에 「향응 부인」, 〈지상〉에 「술의 추억」을 발표. 2월 『봄의 고엽』이 무대에 올려짐. 3월 〈일본소설〉에 「미남자와 담배」, 〈소설신조〉에 「비잔眉山」을 발표. 〈신조〉에 연재한 「여시아문」에서 시가 나오야를 격렬하게 규탄. 〈다자이 오사무 전집〉의 1차분이 간행됨(출판사의 도산으로 전집 출간은 무산). 4월 심신의 피로쇠약으로 다량의 비타민제 주사로 버팀. 5월 〈세계〉에 「앵두」를 발표. 6월 〈전망〉에 『인간실격』(제2의 수기까지)을 게재(8월까지). 6월 13일 한밤중 「굿바이」(미완 절필)의 초고, 유서 몇 통을 책상에 남기고 야마자키 토미에와 다마가와 상수로에 입수. 14일 유서가 발견되었고 19일 두 사람의 유체가 발견됨. 21일 고별식. 7월 18일 미카타의 황벽종 黃檗宗 선림사에 매장됨. 〈아사히평론〉에 「굿바이」, 〈신조〉에 철야로 구술해 탈고한 「여시아문 (4)」 게재. 『인간실격』, 단편집 『앵두』 간행. 8월 〈중앙공론〉에 「가정의 행복」 게재. 11월 에세이집 『여시아문』 간행.

옮긴이 | 김유동

1936년생. 연세대 의예과를 수료했고 한글학회, 잡지사 등을 거쳐, 경향신문 부국장과 문
화일보 편집위원을 지냈다. 저서로『편집자도 헷갈리는 우리말』이 있고『메이지라는 시
대』『고전과의 대화』『유희』『주신구라』『잃어버린 도시』『빈 필-음과 향의 비밀』『투명인
간의 고백』『모차르트의 편지』 등을 우리말로 옮겼다.

다자이 오사무 선집

초판 1쇄 발행 2022년 3월 15일

지은이 다자이 오사무
옮긴이 김유동

펴낸곳 서커스출판상회
주소 경기도 파주시 광인사길 68 202-1호(문발동)
전화번호 031-946-1666
전자우편 rigolo@hanmail.net
출판등록 2015년 1월 2일(제2015-000002호)

ⓒ 서커스, 2022

ISBN 979-11-87295-62-4 03830